ro
ro
ro

ro
ro
ro

JENNY GLANFIELD

Hotel Quadriga

Die Geschichte einer Berliner Familiendynastie

Aus dem Englischen
von Wolfgang Rhiel

Rowohlt Taschenbuch Verlag

Neuausgabe
Veröffentlicht im Rowohlt Taschenbuch Verlag,
Hamburg, Dezember 2019

Einzig berechtigte Übersetzung aus dem Englischen von Wolfgang Rhiel
Titel des Originals: »The Hotel Quadriga«
Covergestaltung Hauptmann & Kompanie Werbeagentur, Zürich
Coverabbildung Ildiko Neer/Arcangel; akg-images
Gesamtherstellung CPI books GmbH, Leck, Germany
ISBN 978-3-499-00086-7

»Hotel Quadriga« ist ein historischer Roman. Das Hotel Quadriga hat es außer in meiner Vorstellung nie gegeben, doch schulde ich dem Hotel Adlon Dank, da es als Idee hinter dieser Schöpfung stand. Ebenso sind die Jochums, Kraus, von Biederstedts und andere wichtige Familien und Personen in diesem Roman erfunden. Notwendigerweise werden jedoch in einer Geschichte, die in einem historischen Rahmen spielt, existierende Personen erwähnt und zitiert. Ich habe mich indessen sehr darum bemüht, daß diese Hinweise richtig sind, und der informierte Leser wird zwischen den tatsächlichen und den fiktiven Personen unterscheiden können.

1871–1894

I

Im Triumphzug ritten und marschierten sie durch das Brandenburger Tor an jenem glorreichen Morgen des Juni 1871, die Reihen der Soldaten in Galauniform, Kavallerie-, Infanterie- und Artillerieregimenter. Ihre Helme glänzten, die Helmbüsche wippten, die Lanzen funkelten, und die Kürasse blitzten. Im Paradeschritt stachen polierte schwarze Stiefel über die gepflasterte Straße. Die Hufe der prächtig geschmückten Pferde klapperten auf dem Stein. Trommeln wirbelten, Trompeten schmetterten, und lodernde Fackeln wurden in der Luft geschwenkt. Sie leiteten eine neue geschichtliche Ära ein. Sie verkündeten die Geburt eines neuen Reiches – der deutschen Nation.

Karl Jochum war in diesem Sommer dreizehn. Mit seinen Eltern und seiner Schwester stand er inmitten Tausender anderer Berliner Unter den Linden und schrie sich heiser vor Begeisterung, als sie die siegreichen deutschen Truppen begrüßten. Endlos marschierten sie, diese prachtvollen Soldaten, die den Krieg gegen Frankreich gewonnen hatten, als Preußen ausgezogen waren und jetzt als Deutsche zurückkehrten.

Irgendwann war die Parade zu Ende, und die jubelnden Menschenmassen zerstreuten sich allmählich, doch Karl stand wie angewurzelt und blickte zum Brandenburger Tor mit der Quadriga hinauf – dem von vier stolzen Pferden gezogenen Triumphwagen, von der Siegesgöttin Viktoria gelenkt. Die von Johann Gottfried Schadow geschaffene

Quadriga war ursprünglich zur Erinnerung an den Frieden zwischen Frankreich und Preußen 1795 entstanden. Doch nur elf Jahre später hatte Napoleon Berlin eingenommen und die Quadriga nach Paris geholt. Ein schmachvolles Ereignis, das sich, so schworen die Berliner, nie mehr wiederholen sollte. 1814 schlugen die Preußen Napoleon entscheidend und forderten die Quadriga zurück, der sie ein Eisernes Kreuz und einen preußischen Adler hinzufügten, bevor sie wieder aufgestellt wurde.

Ein Mann, der neben Karl stand, folgte seinem Blick. »Ab jetzt«, prophezeite er, »wird dieses Tor nicht mehr Preußen symbolisieren, sondern Deutschland.«

Das alles war das Werk des Kanzlers Bismarck. Die ersten dreizehn Jahre im Leben Karls hatte es kein Deutschland gegeben, sondern nur ein Bündnis von etwa 350 souveränen Staaten, das vom militärisch überlegenen Preußen beherrscht wurde. Jetzt hatte Bismarck sie vereint, so daß das neue Reich von Ostpreußen bis an die Grenzen Dänemarks und Hollands ging, die französischen Provinzen Elsaß und Lothringen umfaßte und im Süden bis einschließlich Bayern reichte. In einer spektakulären Feier im Spiegelsaal von Versailles war der König von Preußen zum deutschen Kaiser ausgerufen worden.

Widerstrebend wandte sich Karl vom Brandenburger Tor ab und folgte seiner Familie, die im Sog der Truppen langsam Unter den Linden hinabschlenderte. Noch immer hatte Karl die prächtigen Uniformen vor Augen, vor allem das scharlachrot verzierte Weiß der Ersten Brandenburgischen Garde. Er drehte sich zu seinem Vater um. »Papa, wenn ich groß bin, werde ich Gardeoffizier.«

Siegfried Jochum legte den Arm um die Schultern seines Sohnes. »Tut mir leid, mein Sohn, aber das wird nicht gehen. Um Gardeoffizier werden zu können, mußt du dem Adel angehören, und die Familie muß eine lange militärische Tradition haben. Ich bin erst kurz vor deiner Geburt aus Wien hierhergekommen, und selbst wenn du auf die Militärakademie gehen dürftest, könnte ich dir doch nicht den finanziellen Zuschuß geben, den du bräuchtest. Die Gardeoffiziere sind die Elite des Landes und werden vom Kaiser persönlich ausgewählt. Du wirst deinen Militärdienst ableisten müssen, aber als gewöhnlicher Soldat, so wie ich.«

Karl nickte, denn die Antwort seines Vaters überraschte ihn eigentlich nicht. Er war einfacher Herkunft.

Sie schlenderten weiter zum Schloßplatz, wo sie ihren kleinen Laden hatten, aber als sie am Café Kranzler vorbeikamen, blieb Karl einen Augenblick stehen und blickte hinüber. »Wenn ich nicht Offizier werden kann, will ich dem Kaiser auf andere Art dienen. Papa, wir machen unsere Zuckerbäckerei zur größten und besten Konditorei in ganz Berlin. Und dann – eröffnen wir ein Café.«

»Und wer soll es führen?« fragte seine Mutter spöttisch.

»Ich«, erwiderte Karl ganz ernst.

Seit seinem achten Lebensjahr war Karl morgens um vier aufgestanden, um seinem Vater beim Backen des dunkelbraunen Roggenbrots, des Gebäcks und der Kuchen zu helfen, die Sigi Jochums Ruf in Wien begründet und in Berlin gefestigt hatten. Inzwischen machte er auch federleichte Backwaren, Marzipan und Konfekt.

»Du wirst bestimmt einmal ein guter Konditor, mein Junge«, sagte Sigi Jochum, »aber ein Café führen – ich weiß nicht.«

Karl erwiderte im Augenblick nichts. Er hatte so viele Pläne, so viele Träume, die er verwirklichen wollte.

Schließlich kamen sie über die Spreebrücke und standen vor dem Schloß. Es war ein düsterer, unnahbarer Bau, wo der Kaiser selten weilte, denn er zog die Schlösser draußen in Charlottenburg und Potsdam vor, aber dennoch verkörperte es den Wunschtraum Karls.

»Ich werde in der Garde dienen«, sagte er entschlossen.

»Und eines Tages werde ich ein Café eröffnen, in das der Kaiser zum Essen kommt.«

»Der Kaiser ißt in keinem Restaurant, mein Junge«, erklärte Sigi. »Er ißt immer nur im Schloß. Er mischt sich nicht unter das einfache Volk.«

Als Karl mit achtzehn einberufen wurde, war er ein ebenso guter Konditor wie sein Vater, hatte aber nichts von seinem Ehrgeiz verloren, mehr aus seinem Leben zu machen, als nur eine kleine, gemietete Zuckerbäckerei am Schloßplatz zu betreiben.

Karl war größer als Sigi, grobknochig und muskulös. Der ausgeglichene junge Mann mit dem schüchternen Lächeln zog inzwischen die ersten bewundernden Blicke junger Mädchen auf sich, doch seine unbeholfenen Annäherungsversuche riefen meistens nur spöttische Erwiderungen hervor, die ihn kopfscheu und sprachlos machten.

Zu seiner unbeschreiblichen Freude wurde er der Ersten Brandenburgischen Garde in Karlshorst zugeteilt, wo er nach seiner Einweisung der Bursche von Oberleutnant Ewald Graf von Biederstedt wurde. Als Karl den Offizier sah, wurde ihm klar, was sein Vater mit militärischer Elite gemeint hatte, denn der Graf war der bei weitem eleganteste und vornehmste Herr, dem er je begegnet war.

Graf Ewald war dunkelhaarig, hatte runde, glänzende Augen und einen akkurat gezwirbelten Schnurrbart über einem feinen, fast weiblichen Mund. In seiner Offiziersunterkunft beschrieb er knapp die Pflichten eines Offiziersburschen: »Ich erwarte, daß meine Uniformen jederzeit sauber und gebügelt sind und meine Stiefel so blank, daß ich mich darin spiegeln kann. Hast du das verstanden, Jochum?«

Karl salutierte. »Jawohl, Herr Oberleutnant!«

Graf Ewald grinste plötzlich. »Ach zum Teufel, Jochum, du wirst deine Pflichten schnell genug lernen. Jetzt wollen wir Elvira besuchen – sie ist das einzige, was wirklich zählt.«

Er führte Karl aus dem Zimmer, die Treppe hinunter und über den Exerzierplatz zu einem riesigen Stallkomplex. »Verstehst du etwas von Pferden?«

Karl schüttelte den Kopf. »Leider nicht, Herr Oberleutnant.«

Graf Ewald blickte ihn entgeistert an und seufzte dann: »Glaubst du, du kannst es lernen?«

»Ja, Herr Oberleutnant. Wenn Herr Oberleutnant mir Zeit geben, kann ich, glaube ich, alles lernen.«

»Hm.« Der Graf machte bei einer Box halt, in der eine schwarze Stute mit einer weißen Blesse stand. Sie wieherte, als sie ihn erblickte, und senkte den Kopf, um sich tätscheln zu lassen. Karl sah aufmerksam zu, wie der Offizier das Tier streichelte. Um zu zeigen, daß er keine Angst hatte, hob auch er schließlich die Hand und fuhr über das samtene Fell. Elvira blickte ihn unerschrocken an, dann schnaubte sie zustimmend. Karl spürte, daß er den ersten Test bestanden hatte.

Graf Ewald lächelte Karl zu. »Was bist du im Zivilleben, Jochum?«

»Zuckerbäcker, Herr Oberleutnant. Mein Vater hat eine Konditorei am Schloßplatz.« Er merkte, daß der Graf seine schlanken Finger mit den manikürten Nägeln mit Karls kräftigen, ziemlich plumpen Händen verglich. »Ich mache wirklich sehr gute Süßwaren«, fügte er zögernd hinzu.

»Ein Konditor, soso. Vielleicht erweist sich das irgendwann einmal als nützlich.«

Karl erkannte sehr schnell, daß Ewald Graf von Biederstedt einen Erfahrungsschatz besaß, den zu erwerben ihn ein ganzes Leben beschäftigen würde. Der Graf sprach gern und hatte in seinem neuen Burschen einen dankbaren Zuhörer. Schleppend erzählte er, daß er 1856 geboren worden war, was ihn zwei Jahre älter als Karl machte, und das älteste von sechs Kindern war. »Der Kaiser ist natürlich mein Pate«, bemerkte er beiläufig.

Karl bemühte sich, sein ehrfurchtsvolles Staunen zu verbergen, und konnte es noch immer nicht fassen, daß jemand so Gottähnliches wie Graf Ewald so vertraulich mit ihm sprach. »Wo leben die Familie von Herrn Oberleutnant?«

»Fürstenmark, Karl.« Ewald nannte ihn, wenn sie allein waren, beim Vornamen. »Das liegt in Pommern. Bist du schon einmal in Pommern gewesen, Karl?«

»Nein, Herr Oberleutnant. Aber es ist bestimmt ein schönes Land.«

»Es ist gut zum Jagen und Reiten, aber das ist auch schon alles, was ich dafür sagen kann. Schloß Fürstenmark selbst ist ein feuchtes, dunkles Loch aus dem 13. Jahrhundert, und im Umkreis von dreißig Kilometern leben nur Bauern.«

»Haben die Familie von Herrn Oberleutnant schon immer dort gelebt?«

»Seit es erbaut wurde«, seufzte Graf Ewald. »Und bestimmt lebt sie auch noch im 26. Jahrhundert dort. Um ehrlich zu sein, Karl, für mich ist es der langweiligste Ort der Welt. Meine Heimat ist die Armee, und das soll sie immer sein.«

Karl bemühte sich, in allem Graf Ewald nachzuahmen. Offen imitierte er die manierierte Art und Sprache des Oberleutnants, denn ihm war klar, wenn er in seinem Café die Creme der Berliner Gesellschaft bewirten wollte, mußte er lernen, sich wie ein Herr zu benehmen. Seine unbeholfenen Versuche entgingen dem Grafen nicht, der sich keine Mühe gab, seine Belustigung zu verbergen. »Zum Teufel, Jochum«, schnarrte er und schlug mit dem Offiziersstöckchen gegen den gewichsten schwarzen Stiefel. »Es hat Generationen gedauert, Männer wie mich hervorzubringen. Ein Bauer kann nicht erwarten, über Nacht ein Herr zu werden.«

Karl war keineswegs beleidigt. »Ich sehe keinen Grund, warum ich nicht versuchen sollte, mehr aus mir zu machen, Herr Oberleutnant.«

Der Graf betrachtete ihn kritisch. »Du gefällst mir, Karl.

Mal sehen, vielleicht können wir doch einen richtigen Herrn aus dir machen.«

Unter der Aufsicht des Grafen machte Karl große Fortschritte. Schon bald wußte er, wie er sich in Anwesenheit adliger Damen benehmen mußte, konnte ihnen beim Ein- und Aussteigen aus der Kutsche helfen, kannte die Geschenke, die sie bevorzugten, und die Komplimente, die angemessen waren. Er lernte die Namen der guten Restaurants der Stadt und die besten Wein- und Champagnerjahrgänge. Er wußte über alle Skandale bei Hof Bescheid und alles, was man vom Kaiser wissen mußte.

Karl erkannte bald, daß der Oberleutnant das Leben beim Militär weniger wegen des möglichen Ruhms auf dem Schlachtfeld schätzte als wegen der Siege, die anderswo zu erringen waren: auf der Rennbahn, beim Duell und im Boudoir einer Dame. Als er einmal einen wichtigen Brief für den Grafen überbringen mußte und sah, daß er nicht an General von Hofer adressiert war, sondern an dessen Nichte, kam Karl erstmals der Gedanke, den Flirt des Offiziers zu seinem eigenen Vorteil zu nutzen. Beim nächstenmal bat er um Abendausgang und die Erlaubnis, einem Brief des Grafen eine Kleinigkeit beizulegen, die ihn vielleicht unwiderstehlich machen würde.

Zu Hause fabrizierte er ein paar herzförmige, schokoladenüberzogene Kirschen und packte sie ein. »Karl, du bist ein Genie«, erklärte der Graf am nächsten Tag. »So was habe ich noch nie erlebt! Ich habe ihr die Pralinen gegeben, und sie war schon ausgezogen, noch bevor ich richtig im Zimmer war!« Und er gab Karl ein reichbemessenes Trinkgeld.

Das war der Beginn eines sehr einträglichen kleinen Handels. Karl verwendete das Geld zum Kauf weiterer Zutaten und nutzte den Ausgang, den er jetzt ohne Schwierigkeiten bekam, um in der Küche seines Vaters Pralinen nicht nur für den Grafen herzustellen, sondern auch für andere Offiziere.

Binnen einem Jahr verlief Karls Leben in geregelten, wenn auch geschäftigen Bahnen. Wenn er nicht dem Grafen diente oder Süßigkeiten herstellte, nahm er sich einiger anderer stark vernachlässigter Gebiete seiner Bildung an. Zur spöttischen Belustigung der anderen Männer in seiner Unterkunft gab er seinen mageren Sold für den Kauf von Büchern aus und lernte eifrig Französisch, Englisch und Buchhaltung.

Obwohl der Graf Karls Eifer inzwischen widerstrebend anerkannte, konnte er doch nicht den Versuchen widerstehen, ihn von seinen Studien abzuhalten. Sein beliebtester Schachzug bestand darin, ihm Theaterkarten und die Gesellschaft attraktiver junger Damen anzubieten, die offenbar meistens Anna hießen – die Zofen seiner zahlreichen Geliebten. Doch Karl lehnte die vielen Versuchungen stets ab, denn Frauen waren ein Luxus, den er sich einfach nicht leisten konnte. Selbst wenn die Karten nichts kosteten, erwarteten die Mädchen doch, nach dem Theater zum Essen eingeladen zu werden.

»So jemand wie du ist mir noch nicht untergekommen«, sagte der Graf einmal beleidigt, nachdem Karl Karten für »Romeo und Julia« und einen Abend mit einem hübschen Schatz zugunsten der Buchhaltung ausgeschlagen hatte. »Wenn von den Mädchen eins an *mein* Bett käme, würde ich sie nicht wegschicken, das weiß ich.«

Karl schloß scharfsinnig, daß der Graf sich offenbar häufig die Zofen ins Bett holte, nachdem er ihre Herrinnen zufriedengestellt hatte. Er und sein Herr hatten offensichtlich unterschiedliche Ambitionen.

Graf Ewald hegte allerdings keinen Groll. »Ich habe die Karten Unteroffizier Kraus geschenkt«, erzählte er am nächsten Tag grinsend. »Er war entzückt, mir einen Gefallen zu tun. Der arme Kraus ist zwar Erbe eines riesigen Vermögens, aber nichts auf der Welt hätte er lieber als einen Titel. Wahrscheinlich läuft er jetzt herum und erzählt, daß er und ich Busenfreunde sind. Nun, wenn ihn das glücklich macht und die Zofe der Gräfin Bensheim für den Abend aus dem Weg schafft, macht das wohl nichts.«

An dem Abend, als Karl dem Oberleutnant eine schön verpackte Schachtel Pralinen überreichte, bevor er zur Gräfin Bensheim ritt, klopfte der ihm auf die Schulter. »Morgen machst du am besten ein paar mehr, Karl. Der Wirkung nach zu urteilen, die sie auf die Gräfin haben, ebnen sie mir vielleicht den Weg zum Herzen der Prinzessin Ida Czerevill.«

Am nächsten Tag stand Karl in der Küche hinter dem Familiengeschäft am Schloßplatz. Auf leicht eingefettetem Papier lagen in Reihen feingeformte Marzipanrosen mit Tautropfen auf den eingerollten Blütenblättern, parfümierte Veilchen, Schneeglöckchen mit einer Zuckerkruste und mit Schokolade überzogene kandierte Früchte. Er nickte zufrieden.

»Du bist ein Künstler, mein Junge«, sagte Sigi Jochum. »In all den Jahren, in denen ich Süßigkeiten herstelle, habe ich nie etwas so Schönes gemacht. Du vertust deine Zeit in der Armee, das ist sicher.«

»Nein, Papa, es ist keine vertane Zeit. Ich habe viel gelernt – und ich verdiene etwas.«

»Ach, Geld, das ist nicht das Wichtigste auf der Welt. Du bist jung, Karli, du solltest das Leben genießen.«

»Ich werde es später genießen, wenn ich genug Geld habe, mir die Dinge zu kaufen, die ich haben möchte.« Karl ging durch den kleinen Raum zu einem Berg Schachteln, die auf der Anrichte standen. Er breitete die Schachteln auf dem Tisch aus und hob mit einer Zange behutsam die zarten Leckereien hinein.

Die Arme tief in einem Bottich mit heißem Wasser, scheuerte Klara, Karls Mutter, die klebrigen Tiegel und Pfannen, die Karl gebraucht hatte. Sie war klein, hatte breite Hüften, graue, im Nacken zu einem Knoten gesteckte Haare und trug einen weiten, schwarzen Rock. »Dein Vater hat recht, es ist nicht richtig, daß du in deiner freien Zeit immer arbeitest. Du solltest dir eine Freundin suchen, Karli, und mit ihr Unter den Linden oder im Tiergarten spazierengehen.«

»Die Zofe einer vornehmen Dame vielleicht, aus einem der feinen Häuser, in die du deine Süßigkeiten lieferst«, meinte seine Schwester Grete und blickte von dem Knopf auf, den sie gerade an Karls Uniformrock nähte. »Du bist schließlich ein recht hübscher Junge, jetzt, wo dein Schnurrbart wächst.«

Karl spürte, wie ihm das Blut ins Gesicht schoß. »Beeil dich. Ich muß um sieben wieder in der Kaserne sein, und wir müssen die Süßigkeiten noch einpacken.«

»Fünfzig Schachteln«, zählte Sigi Jochum. Jede trug in dezenten, gotischen Buchstaben den Schriftzug *Karl Jochum*.

»Die sind alle für den Oberleutnant«, erklärte Karl ihnen mit leuchtenden Augen. »Er schenkt sie der Prinzessin Czerevill.«

»Der Prinzessin Czerevill ...«, murmelte Sigi bewundernd, und Klara blickte stolz auf ihren Sohn.

Nur Grete war nicht beeindruckt. »Was ist so Besonderes an der Prinzessin? Nur ihr Titel unterscheidet sie von uns und macht sie bestimmt nicht besser. Ganz Berlin weiß, daß sie nicht viel mehr als eine Hure ist.«

»Grete!« Sigis Stimme schallte durch die Küche. »Du sprichst mir nicht so!«

Karl runzelte die Stirn und fragte sich nicht zum erstenmal, wieso er und sie so verschieden waren. Grete lebte in einer Traumwelt, in der alle Menschen gleich waren. Sie hatte die naive Vorstellung, daß der Adel abgeschafft werden sollte und die Jochums den Biederstedts eines Tages gesellschaftlich gleichgestellt sein würden. Sie las ständig über die Französische Revolution, und Clemenceau, der radikale Bürgermeister vom Montmartre, war ihr größter Held.

Es klopfte an der Tür, und Klara eilte durch den Raum, um zu öffnen. »Karli, der Wagen ist da. Grete, wo ist der Rock deines Bruders?« Grete stand auf, um Karl in den Uniformrock zu helfen.

Karl beugte sich zu seiner Mutter hinunter, um ihr einen Kuß zu geben, und verabschiedete sich von Grete mit einem leichten Klaps auf den Po. »Du benimmst dich, junges Fräulein.«

Sigi begleitete ihn nach draußen und stellte die Schachteln mit den Süßigkeiten vorsichtig in den leeren Wagen. Karl sprang zu dem Kutscher hinauf auf den Bock. Er knallte mit der Peitsche, und die alte Stute trottete gemächlich die gepflasterte Straße hinunter.

Vor dem Haus wartete Sigi Jochum, bis der Wagen seinen Blicken entschwunden war. Er war stolz auf seinen Sohn, aber er hatte auch ein bißchen Angst um ihn. Karl schien es nicht als Hindernis zu betrachten, daß er nur von einfacher Herkunft war. Er und Grete glaubten offenbar, Ewald Graf von Biederstedt ebenbürtig werden zu können. Er spürte, wie Klara ihn am Arm faßte. »Komm rein, Sigi. Es ist noch einiges zu tun.«

Sigi schüttelte den Kopf. »Was wird aus unsern Kindern werden, Klara?«

Sie lächelte ihm verständnisvoll zu. »Sie sind noch jung, Sigi. Du wirst sehen, sie werden heiraten und eine Familie gründen und all ihre Flausen vergessen.«

»Abscheuliches Essen«, stellte Gustav Kraus fest, schob die Reste eines Schweinekoteletts in kaltes Kartoffelpüree und legte Messer und Gabel auf den Teller. »Berlin ist angeblich die Hauptstadt Deutschlands, aber nirgendwo gibt es ein Restaurant, das etwas Eßbares bietet. Wie kann der Staat erwarten, ausländische Geschäftsleute herzulocken, wenn das die Einrichtungen sind, die er ihnen bietet?« Voller Mißmut blickte er sich im Speisesaal des Hotels Konrad um, wo er während seines kurzen Besuchs in der Stadt abgestiegen war.

Auch sein Sohn Heinrich legte Messer und Gabel weg. Er war, wie Gustav, ein kräftiger Mann mit einem gesunden Appetit. Er wußte, als er sich in seinen Stuhl zurücklehnte, daß er in der Uniform der Ersten Brandenburgischen Garde eine blendende Figur machte. »Sogar das Essen in der Kaserne ist besser«, pflichtete er bei. »Bist du in letzter Zeit mal in der Wilhelmstraße gewesen? Da schießen Neubauten, Botschaften und Paläste aus dem Boden. Und das Bankhaus Arendt hat eine neue Zentrale in der Behrendstraße eröffnet. Vielleicht sollten wir selbst ein Hotel bauen.«

Gustav betrachtete kritisch seinen Sohn. »Vielleicht hast du recht, aber Immobilien ist etwas, wovon ich nichts verstehe. Ich bin Ingenieur, mein Junge, vergiß das nicht. Und Kraus ist ein Bergwerks- und Industrieunternehmen. Damit haben wir unser Geld gemacht.«

Heinrich nickte, denn die Geschichte der Kraus-Werke erzählte sein Vater wieder und wieder. Gustav Kraus war Anfang Zwanzig gewesen, als er durch seine Frau ein abgewirtschaftetes schlesisches Stahlwerk geerbt hatte. Er hatte die meisten Arbeiter an die Luft gesetzt und diejenigen weiterbeschäftigt, die billige Messerwaren herstellten. Binnen zwei Jahren erwirtschaftete die Firma wieder einen Gewinn und bekam den hochtrabenden neuen Namen Kraus-Werke. Seitdem hatte die Firma keine Rückschläge mehr erlitten, denn Kraus war zur richtigen Zeit am richtigen Ort gewesen – in der Stahlbranche im Zeitalter der Eisenbahn.

Er erhielt einen Staatsauftrag für Eisenbahnräder. Dann nahm er die Panzerung der verschiedensten Schiffs- und Fahrzeugtypen ins Programm und übernahm anschließend die Kruppsche Idee einer Kanone aus Gußstahl. In den frühen 1870er Jahren wurde er offiziell zum Waffenlieferanten der deutschen Nation ernannt. Mit den Gewinnen erwarben die Kraus-Werke ein Riesenunternehmen im Ruhrgebiet und ein Chemiewerk in Berlin-Wedding.

»Nimm unser Werk in Wedding«, fuhr Gustav fort. »Ich bin ein Wagnis eingegangen, als ich es vor zehn Jahren gekauft habe. Ich verstand nichts von Chemie. Viele hielten mich für verrückt, eine Fabrik zu kaufen, die Farben, Farbstoffe, Klebstoff und Bohnerwachs herstellte. Was will der alte Kraus damit anfangen, haben alle gesagt. Aber ich rechnete mir aus, daß es gewinnbringend wäre, selbst Sprengstoff zu produzieren, statt ihn zu kaufen. Und ich hatte natürlich recht. Einen schlauen Schlesier kriegt keiner.«

Heinrich lächelte matt. In den zehn dazwischenliegenden Jahren war das Kraussche Chemieunternehmen derart gewachsen, daß es zu einem örtlichen Wahrzeichen geworden war. Viele Kilometer weit konnte man die hohen Schornsteine sehen, die schweflige, schwarze Rauchwolken ausstießen. Mehrere hundert Menschen fanden bereits dort Arbeit.

Das war allerdings nicht die Zukunft, wie Heinrich sie für sich sah. Er war stolz auf die Leistungen seines Vaters, weigerte sich aber, sich von ihnen einschränken zu lassen. Für ihn stand bereits fest, daß er ins Immobiliengeschäft einsteigen würde, in dem bestimmt eine Menge Geld zu verdienen war.

Er hatte auch noch andere Pläne, bei denen nach seinem Willen sein Militärdienst in Karlshorst eine nützliche Rolle spielen sollte. »Ewald Graf von Biederstedt und ich sind dabei, enge Freunde zu werden«, erzählte er seinem Vater. »Wir hatten neulich Theaterkarten.« Er berichtete allerdings nicht, daß er die Zofe der Gräfin Bensheim ausgeführt hatte, während Biederstedt mit ihrer Herrin schlief.

»Graf Ewald ist ein Patenkind des Kaisers«, sagte Gustav nachdenklich. »Seine Familie mag ja große Ländereien in Pommern besitzen, aber sie hat nicht unser Geld, Heinrich. Du tust gut daran, dich gut mit dem Grafen zu stellen.«

Heinrich wußte, daß Oberleutnant Ewald Graf von Biederstedt ihn als neureichen Emporkömmling betrachtete, als Bürgerlichen, der nicht wichtiger war als sein Bursche Karl Jochum oder seine Stute Elvira, aber er war entschlossen, daß dies nicht immer so bleiben sollte. »Graf Ewald hat drei Schwestern. Die beiden älteren sind bereits vergeben, aber Julia, die jüngste, ist erst dreizehn. Ich habe vor, sie zu heiraten, Vater.«

Bevor sein Vater antworten konnte, trat ein Ober an ihren Tisch. »Herr Konrad entbietet die besten Grüße, Herr Kraus, und läßt fragen, ob die Herren vielleicht einen Cognac trinken möchten. Selbstverständlich als seine Gäste.«

Mit Ekel blickte Heinrich auf die schmutzigen weißen Handschuhe des Ober. Als der Mann sich umdrehte, bemerkte er, daß seine Hose speckig glänzte. An den Zustand der Küche wagte er gar nicht zu denken.

Der Ober brachte ihnen zwei Cognacs. Ein bißchen schwappte auf die Tischdecke. Als Heinrich sein Glas ergriff, war der Inhalt eiskalt. Schaudernd versuchte er sich vorzustellen, er würde Julia von Biederstedt hierherbringen. Wenn er erst die Leitung der Kraus-Werke hatte, würde er in die Hotelbranche investieren, denn er war sicher, dort war viel Geld zu machen.

An einem milden Septembernachmittag im Jahre 1878, am Ende seines zweiten Jahres bei der Garde, stand Karl an der Leipziger Straße und blickte über den Potsdamer Platz. Das war nach seiner Überzeugung der Platz für das Café Jochum, denn hier schlug das Herz der Stadt. Vorsichtig bahnte er sich einen Weg durch das Gewirr der Pferde, Kutschen und von Pferden gezogenen Omnibusse über den Platz.

Er blieb vor einem zurückgesetzten Gebäude stehen. Eine hohe Mauer mit mächtigen schmiedeeisernen Gittertoren schirmte den Vorgarten ab. Er spähte durch das Gitter, sah im Geist die Mauer niedergerissen, den Rasen mit Platten belegt und mit weißen Tischen belebt, die von bunten Gartenschirmen vor der Sonne geschützt wurden. Er sah die weit geöffnete große Eingangstür und die Menschen, die in das Café-Restaurant strömten, über dem CAFÉ JOCHUM stehen würde.

Die Rolläden des Hauses waren heruntergelassen, doch der Garten und das Äußere wirkten gepflegt. Er fragte sich, wem es gehören mochte. Wahrscheinlich einem Landjunker, der selten nach Berlin kam. Er warf einen Blick auf das benachbarte Haus, in dem Loewe, der renommierteste Tabakwarenladen der Stadt, seine Geschäftsräume hatte. Er zögerte einen Augenblick, faßte sich ein Herz und ging hinein. Ein Verkäufer kam auf ihn zu und fragte: »Womit kann ich Ihnen dienen?«

»Ich möchte eigentlich gar nichts kaufen, sondern nur fragen, ob Sie wissen, wem das Haus nebenan gehört. Es sieht unbewohnt aus.«

»Es gehört, wie auch unser Geschäft, dem Herzog von Altweg. Der Herzog ist sehr alt und war schon seit Jahren nicht mehr in Berlin. Hat Ihr vorgesetzter Offizier Sie geschickt?«

»Ja, genau. Vielen Dank für die Auskunft.«

Karl verließ das Geschäft und ging durch die Leipziger und Wilhelmstraße nach Unter den Linden. Berlin wuchs unvorstellbar schnell. Überall wurden neue Straßen geplant und Häuser gebaut. Reiche Industrielle zogen in Luxuswohnungen am Tiergarten, in der Wilhelmstraße entstanden Prunkvillen, in der Behrend- und Kochstraße aufwendige Hauptsitze von Banken, Zeitungen und Versicherungen.

Mit einem Anflug enttäuschter Ungeduld blickte er die breite Allee Unter den Linden mit den inzwischen über zweihundert Jahre alten Bäumen entlang, die ihr den Namen gegeben hatten. Er war ein Kind Berlins, war in der Stadt aufgewachsen. Ihre und seine Zukunft waren untrennbar miteinander verknüpft. Er hatte Pläne – aber wie konnte er sie verwirklichen?

Geld, das war das Problem. Wie sollte er je ein Anwesen wie das am Potsdamer Platz kaufen können? Der Laden am Schloßplatz würde nie so viel Gewinn bringen, daß es für die Gründung eines Cafés Jochum reichte. Und die Ersparnisse, die er im Quartier in Karlshorst in einem verschlossenen Kasten unter dem Bett hortete, waren erbärmlich wenig angesichts der Ausgaben, die er plante. Er brauchte viel Geld – und zwar möglichst schnell.

Die Offiziere der Ersten Brandenburgischen Garde hatten beträchtliche Privateinkommen, die sie durch Spielen manchmal aufbesserten. Karl schlenderte Unter den Linden entlang und erwog das Für und Wider des Spielens. Man konnte dabei ein Vermögen gewinnen, aber auch ein Vermögen verlieren, wie viele Offiziere es bewiesen. Mit Schaudern dachte er an den Leutnant Eitel Tobisch. Sein Bursche hatte ihm erzählt, der Offizier habe inzwischen so hohe Schulden, daß er bald seinen Abschied nehmen müsse, und da sein Vater den Großteil seines Vermögens beim 73er Börsenkrach verloren hatte, würde er ihm nicht mehr helfen können.

Das Spielen in Form des Spekulierens mit Wertpapieren war noch problematischer, denn man war auf den Rat von Fachleuten angewiesen. Pferde, Karten und Aktien – das war alles gleich riskant. Karl blickte sich um. Er brauchte ein Spekulationsobjekt, das keine Risiken barg. Was würde mit Sicherheit im Wert steigen?

Er kam an einem Bauplatz vorbei, wo man gerade die Grube für das Fundament ausgehoben hatte. Es war sicher richtig, an den Kauf von Häusern zu denken, aber noch besser würde es sein, Land zu kaufen!

Er blickte zurück durch das Brandenburger Tor und sah im Geist die Felder an der Pappelallee, die sich westlich der Stadt bis Steglitz und Wilmersdorf erstreckten. Da Berlin immer größer wurde und neue Vororte entstanden, würde der, dem diese Felder gehörten, viel Geld machen. Karl beschloß, sich daran zu beteiligen.

Etwa eine Woche nachdem Karl Jochum seine weitreichende Entscheidung hinsichtlich seiner finanziellen Zukunft getroffen hatte, fand auf der Rennbahn in Karlshorst das Amateurrennen statt. Die Tribünen waren voll, denn die Berliner Gesellschaft war zum größten Ereignis der Rennsaison herbeigeströmt.

In weißen Reithosen, glänzenden schwarzen Stiefeln und einer scharlachroten und goldenen Rennjacke kam Leutnant Eitel Tobisch mit dem Rennsattel in der Hand aus dem Wiegeraum. Sein Pferd stand geduldig neben dem Stallburschen und wartete darauf, gesattelt zu werden. Der vierjährige braune Wallach Romeo war kräftig gebaut und hob stolz den Kopf, als der Stalljunge ihn vor den kritischen Zuschauern durch den Ring führte.

Eitel Tobischs Blick glitt über die Menge: Offiziere, viele von ihnen aus der Ersten Brandenburgischen, Geschäftsleute, Honoratioren und Damen mit großen Hüten. Wie viele von ihnen hatten ihr Geld wohl auf ihn und Romeo gesetzt?

Die Chancen hatten 20 gegen 1 gestanden, als sein Stalljunge Eitels Betrag auf Romeo gesetzt hatte, was bedeutete, daß er mit Sicherheit 20000 Mark und das Preisgeld gewinnen würde, wenn er das Rennen für sich entschied. Es war natürlich gegen die Regeln, daß ein Jockey auf das eigene Pferd wettete, aber Eitel Tobisch war am Ende. Sein Bursche hatte das Geld gesetzt, so daß niemand hinter sein Geheimnis kommen würde. Nicht einmal Isaak Arendt, der am Vortag mit erheblichen Bedenken Eitels Kredit um eben jene tausend Mark erhöht hatte in dem Glauben, der Offizier brauche sie für seine kranke Mutter.

Schweißperlen bildeten sich auf Eitels Stirn, und er merkte, wie ihm die Knie zitterten. Morgen würde das Bankhaus Arendt das Geld zurückbekommen, nicht nur diese tausend Mark, sondern auch einen großen Teil seiner übrigen Schulden. Und auch die Schulden bei seinen Offizierskollegen würde er begleichen können, einschließlich der fünftausend, die er Ewald von Biederstedt vom letzten Pokerspiel schuldete.

Er bestieg sein Pferd und kanterte den Kurs bis zum ersten Hindernis hinunter, um Romeo zu zeigen, was ihn erwartete. Dann schlossen sie zu den anderen Pferden auf. Unruhig blickte Eitel zu den übrigen Reitern. Nach seiner Einschätzung war in dem Feld nur ein Pferd, das es mit Romeo aufnehmen konnte: der Rotschimmel Zar Nikolaus, ein hervorragender Springer, aber auf den Flachstrecken nicht so schnell.

Die Pferde stellten sich zum Start auf. Die Namen der Teilnehmer wurden verlesen, die Hand des Starters senkte sich auf den Hebel, das Band schnellte in die Höhe, und das Rennen ging los.

Mindestens ein Dutzend Pferde lagen nach dem sechsten Hindernis vor Romeo, doch Eitel forcierte noch nicht, da er um die Gefahr wußte, sein Pferd zu früh zu fordern. Aus den Augenwinkeln konnte er Zar Nikolaus erkennen, der zu ihm aufschloß.

Sie flogen über die Hindernisse und den Wassergraben. Romeo meisterte alles mühelos. Vom Rand der Bahn hörte Eitel flüchtig rufen: »Romeo! Romeo!« Andere schrien: »Zar Nikolaus! Zar Nikolaus!«

In der Ferne waren jetzt schon die Tribünen zu erkennen. Der Zielpfosten war nicht mehr weit. Jetzt waren nur noch vier Pferde vor Romeo und Zar Nikolaus. Eitel schwang die Peitsche und murmelte durch die zusammengepreßten Zähne: »Komm, mein Junge, komm!«

Alles geschah in Sekundenbruchteilen. Die vier Pferde bildeten vor dem Hindernis eine dichte Gruppe, und gerade als Romeo sich nach oben schnellte, scheute Zar Nikolaus und stieß mit ihm zusammen. Romeo stürzte zu Boden, und Eitel spürte, wie ihm die Zügel aus den Händen gerissen wurden.

Als er auf die Erde geschleudert wurde, hörte er das Trommeln der Hufe der anderen Pferde, die dem Ziel entgegenstrebten. Mit dem ganzen Gewicht fiel Romeos massiger Körper ihm auf die Beine. Er spürte einen bohrenden Schmerz und verlor das Bewußtsein.

Graf Ewald und Karl kehrten in gedrückter Stimmung vom Rennplatz zurück. Zar Nikolaus hatte den Unfall relativ unbeschadet überstanden, aber Romeo mußte erschossen werden, während Eitel Tobisch ins Lazarett gebracht worden war, wo man noch immer an dem zertrümmerten Bein operierte.

»Er wird seinen Abschied nehmen müssen«, sagte Graf Ewald, lehnte sich in seinem Sessel zurück und streckte die Beine aus, damit Karl ihm die Stiefel ausziehen konnte. »War ein verdammter Narr. Ist mir nie in den Sinn gekommen, daß er spielte, um seine Spielschulden zu begleichen. Wenn der Kaiser davon erfährt, ist der Teufel los. Am besten, der Mann hätte sich dabei umgebracht. So wie es aussieht, wird er sein ganzes Leben hinken, gesellschaftlich nirgendwo mehr akzeptiert sein und wahrscheinlich noch besessener spielen, um seine Schulden zu bezahlen.«

»Vielleicht hat er daraus gelernt, Herr Oberleutnant.«

»Das bezweifle ich. Einmal ein Spieler, immer ein Spieler. Tobisch wird sich nie ändern.« Er machte ein finsteres Gesicht. »Ich hoffe, es ist nichts nach Fürstenmark gedrungen. Wenn mein Vater erfährt, daß Tobisch mir fünftausend schuldet, wird er rasend. Ich mußte ihm versprechen, nicht zu pokern. Wahrscheinlich sperrt er nur den Wechsel.«

Karl versuchte, sich einen Augenblick auszumalen, wie es sein mußte, Graf Ewald zu sein und, ohne weiter nachzudenken, fünftausend Mark abschreiben zu können. Gott sei Dank war sein eigenes Geld sicher verwahrt.

Als ob der Graf Gedanken lesen könnte, fragte er plötzlich: »Was machst du mit deinem Geld? Du mußt doch inzwischen ein ganz schönes Sümmchen zusammenhaben. Ich vermute, du versteckst es wie alle Bauern unter der Matratze.« Als Karl nickte, knurrte er: »Mensch, eröffne ein Konto, damit du Zinsen bekommst. Warum nicht beim Bankhaus Arendt? Meine Familie ist seit mehreren Generationen dort.«

»Das Bankhaus Arendt möchte sicher mit einem so kleinen Konto wie meinem nicht behelligt werden, Herr Oberleutnant.«

»Warum nicht? Gustav Kraus war ein Niemand, als er sein Konto eröffnete, und heute gehört ihm halb Schlesien, der größte Teil von Essen und ein guter Teil von Berlin, soweit ich weiß.«

»Aber die Arendts beraten sogar Kanzler Bismarck, Herr Oberleutnant.«

Graf Ewald hob die Hand. »Ich gebe dir eine persönliche Empfehlung mit, Karl. Die Banken interessiert nicht, wer du bist. Sie sind daran interessiert, Geld zu machen. Herrn Arendt ist dein Konto, das ihm Geld einbringt, lieber als das von Leutnant Tobisch, das ihn welches kostet.«

Das Büro von Isaak Arendt im neuen Hauptsitz der Familienbank hatte dunkle Eichenholzwände, an denen Porträts seiner Vorfahren hingen. Das riesige Ölgemälde seines Urgroßvaters zeigte einen ziemlich kleinen, vornehmen Herrn in einem schwarzen Gehrock, mit dunklem Gesicht, tiefliegenden Augen, einer kräftigen Nase und Schläfenlocken. Isaak besaß offenbar kaum Ähnlichkeit mit ihm. Geistig war er ihm jedoch sehr ähnlich. Jakob Arendt war ein sehr entschlossener Mann gewesen, und das war Isaak ebenfalls.

Jakob Arendt hatte die Bank Ende des 18. Jahrhunderts gegründet. Der Sohn eines Kölner Schusters hatte mit einem

Laden für Gebrauchtkleidung angefangen, war auf Geldverleih umgestiegen und schließlich Bankier geworden. Während er in Deutschland blieb, gründeten seine drei Söhne Arendt-Banken in London, Paris und Wien. Das Klopfen an der Tür schreckte Isaak aus seinen Gedanken auf.

»Herein«, rief er.

»Der Soldat Karl Jochum«, meldete ein Angestellter.

»Bitten Sie ihn herein«, sagte Isaak Arendt.

Aufgeregt folgte Karl dem Angestellten in Isaak Arendts Büro. Der Bankier bedeutete ihm, Platz zu nehmen. Isaak Arendt sah nur wenig älter als er selbst aus, aber im Gegensatz zu ihm war er dunkel und schmächtig. Das schwarze Haar, Schnurrbart und Backenbart waren akkurat geschnitten, und sein eleganter Anzug stammte offensichtlich von einem Hofschneider. Karl rutschte unruhig hin und her.

»Nun, Herr Jochum, womit kann ich Ihnen dienen?«

»Herr Oberleutnant Graf von Biederstedt hat mir geraten, bei Ihrer Bank ein Konto zu eröffnen.«

»Wir wären erfreut, Sie als Kunden begrüßen zu dürfen, Herr Jochum. Wenn Sie mir vielleicht einige Angaben über sich machen würden.«

Karl sah zu, wie der Bankier seine persönlichen Daten aufschrieb. Er erzählte, wie sein Vater kurz nach 1850 von Wien nach Berlin gezogen war, von dem Geschäft am Schloßplatz und seinem eigenen Militärdienst. Die Formalitäten waren erledigt, die zu hinterlegende Summe übergeben, und nachdem Karl zwei Unterschriftenproben geleistet hatte, lehnte sich der Bankier in seinem Sessel zurück. »Das klingt sehr erfreulich, Herr Jochum. Beabsichtigen Sie, bei der Ersten Brandenburgischen Garde zu bleiben?«

Karl schüttelte den Kopf. »Nein, Herr Direktor. So ehrenvoll es ist, Seiner Majestät dem Kaiser und dem Herrn Oberleutnant zu dienen, werde ich die Armee doch verlassen, wenn die drei Jahre um sind. Das ist in etwa einem Jahr der Fall.«

»Wollen Sie Ihrem Vater im Geschäft helfen?«

Karl biß sich auf die Lippe. Es schien noch zu früh, seine hochfliegenden Pläne zu enthüllen, doch wenn der Augenblick kam, sie zu verwirklichen, würde er die Hilfe dieses Mannes brauchen. Er entschied sich schnell und intuitiv. »Eine Weile noch, Herr Direktor, doch ich habe nicht vor, den Rest meines Lebens Konditor zu bleiben. Ich habe den Ehrgeiz, ein Café-Restaurant zu eröffnen.«

»Auf Ihrem Grundstück am Schloßplatz?«

»Das ist nur gemietet und sehr klein, Herr Direktor. Ich möchte die Eigentumsrechte an einem sehr viel größeren Anwesen erwerben, mit Terrasse und großem Speisesaal.«

»Haben Sie schon einen Platz im Auge?«

»Am Potsdamer Platz steht ein Haus, das ideal wäre. Es gehört dem Herzog von Altweg und steht nicht einmal zum Verkauf. Dort müßte das Café Jochum sein.« Er machte eine Pause und fügte hinzu: »Wenn ich es mir leisten könnte.«

»Kommen Sie wieder her, wenn Ihre Dienstzeit zu Ende ist. Banken nehmen nicht nur Geld an. Sie verleihen es auch – für das richtige Vorhaben. Es ist durchaus möglich, daß das Café Jochum eins davon ist.«

»Es wird ein sehr schönes Café«, platzte Karl heraus. »Ich weiß genau, wie es aussehen soll, und auch, welche Kundschaft ich dort haben will. Es wird das beste Café-Restaurant in Berlin sein. Eines Tages wird sogar der Kaiser dort speisen.«

Isaak Arendt erhob sich. »Es war mir ein Vergnügen, Sie kennenzulernen, Herr Jochum.« Er zeigte auf das Bild des alten Mannes mit den Schläfenlocken und dem wallenden, weißen Bart. »Das war mein Urgroßvater, Jakob Arendt, der Gründer dieser Bank. Er hat in einem kleinen, schmutzigen Zimmer in Köln angefangen. Sein Enkel, mein Vater, ist heute der Finanzberater des Kanzlers Otto Fürst von Bismarck. Wenn Sie für Ihre Träume arbeiten wollen, können sie wahr werden. Wenn Sie an sich glauben, werden andere auch an Sie glauben.«

Karls militärische Laufbahn erreichte im Frühsommer 1879 ihren Höhepunkt, als der Kaiser die Absicht bekundete, Karlshorst mit seinem Enkel Wilhelm einen Besuch abzustatten. Wochen vor dem Besuch des »Obersten Kriegsherrn« war die ganze Garnison in Aufregung.

Um diesem großen Ereignis beizuwohnen, kündigte die Familie Graf Ewalds eine ihrer seltenen Reisen nach Berlin an. Der Oberleutnant nahm diese Nachricht alles andere als freudig auf. »Das ist ja zum Wahnsinnigwerden!« rief er, während Karl nach dem gestrigen Pokerabend aufräumte. »Meine Mutter tut immer so, als ob ich noch in den Windeln läge, und mein Vater erwartet, daß ich über jeden ausgegebenen Pfennig Rechenschaft ablege. Arrangements für das Wiedersehen von Familie und Freunden müssen getroffen werden, einschließlich mehrerer passender junger Damen, von denen ich dann eine heiraten soll.«

»Möchten der Herr Oberleutnant denn nicht heiraten?«

»Warum, wenn mir das Alleinsein so viel Spaß bringt? Mein Vater sorgt sich natürlich um einen Erben, aber ich meine, dafür ist noch Zeit. Eine Frau, egal, welche, ist eine Belastung, und Kinder zehren an den Gefühlen. Nein, bei fünf Geschwistern habe ich genug Familienleben mitbekommen, um zu wissen, das ist nichts für mich. Was meinst du, Karl? Ich nehme an, du möchtest heiraten und Kinder in die Welt setzen. Das machen doch die Bauern so.«

Karl hatte sich an die Arroganz seines Vorgesetzten längst gewöhnt. »Eines Tages hoffe ich zu heiraten, Herr Oberleutnant, aber ich bezweifle, daß das bald sein wird. Ich glaube nicht, daß ich in der nächsten Zukunft viel Zeit für Frauen haben werde.«

Der Graf lehnte sich in seinem Sessel zurück. »Du amüsierst mich, Karl. Wann wirst du begreifen, daß Frauen das einzige im Leben sind, wofür es sich lohnt, Zeit zu haben? Was gibt es außer Frauen und Pferden sonst noch? Nichts habe ich mir jemals sehnlicher gewünscht, als so viele Frauen wie möglich, einen Vollblutstall und vielleicht ein gutes Scharmützel mit den Franzosen. Bezweifle, daß ich das jetzt nach Bismarcks Friedenskongreß je auch nur zu sehen bekomme.«

Karl selbst war erleichtert, daß die Unruhen auf dem Balkan friedlich beigelegt worden waren, denn ein Krieg hätte seine Pläne stark beeinträchtigt. Für die jungen Offiziere wie den Grafen, das wußte er, bedeutete Krieg Aufregung und auch die Chance zur Beförderung. In Friedenszeiten konnte es fünf Jahre dauern, bis ein Leutnant Oberleutnant wurde und weitere sechs bis zum Hauptmann. »Preußen steht in dem Ruf, kriegerisch zu sein, Herr Oberleutnant. Vielleicht gar nicht schlecht für uns, wenn wir zeigen, daß wir auch in Frieden mit unseren Nachbarn leben können.«

»Wirst du philosophisch, Karl? Du würdest dich gut mit meiner jüngsten Schwester Julia verstehen. Sie sagt immer Dinge, die mich trösten sollen.« Ewald lächelte. »Wenigstens etwas, worauf ich mich freue – Julia wiederzusehen. Flottes kleines Ding!«

Als Karl am nächsten Tag auf dem Exerzierplatz stillstand, vergaß er augenblicklich die von Biederstedts und sogar sein Café. Gleich den Hunderten von Soldaten, die in Reih und Glied neben ihm standen, sah er nur zwei Personen – den Kaiser und seinen Enkel, die in Galauniform zu Pferd die Parade abnahmen. Als Karls Regiment, Augen rechts, an seinem obersten Feldherrn vorbeimarschierte, platzte Karl fast vor Stolz.

Er kam schnell auf die Erde zurück, als er am Nachmittag an der Tür des Quartiers seines Oberleutnants stand und die Familie von Biederstedt hoheitsvoll an ihm vorbeirauschte. Die bei weitem respektheischendste war Ewalds Mutter, die Gräfin Christina. Eine stattliche Dame mit weiten, wallenden Röcken, inspizierte sie die Zimmer kritisch durch ihre Lorgnette. Ihr Gatte, Graf Friedrich, war ebenfalls kräftig, hatte einen buschigen, roten Backenbart und ein vom Wetter gegerbtes Gesicht.

Drei ihrer Kinder hatten sie mitgebracht: Irina, Johann und Julia. Irina war das Ebenbild ihrer Mutter und bereits verlobt. Johann ähnelte mehr seinem Vater und gefiel Karl weit besser. Karl wußte, daß Johann hoffte, eines Tages Fürstenmark zu übernehmen.

Nur eine aus der Familie schien etwas mit Ewald gemein zu haben – Julia. Sie war erst vierzehn, doch es war unmöglich, ihre kecken Locken, die lebhaften Züge und die flinken, braunen Augen zu übersehen. Karl verlor auf der Stelle sein Herz an sie. Nur sie lächelte ihm zu und nahm seine Gegenwart zur Kenntnis, dankte ihm, als er ihr den Mantel abnahm, ihren Stuhl zurechtrückte und ihr eine Erfrischung anbot.

Die Unterhaltung drehte sich zunächst natürlich um den Kaiser und die Parade. Graf Friedrich wollte Genaueres über die Offiziere wissen, die an dem Tag die Garnison verließen. Die Gräfin verstärkte ihre Suche nach Spuren eines ausschweifenden Lebenswandels. Irina saß schweigend da, und Johann spielte mit seinen Jackenknöpfen. Julia verschlang die belegten Brötchen mit gar nicht damenhafter Hast und rief: »O Ewald, bitte überrede Mama, daß ich heute abend mit zum Ball darf.«

Ewald lächelte ihr liebevoll zu. »Du weißt doch, daß es unmöglich ist. Erst wenn du dein Debüt gegeben hast wie Irina, kannst du Garnisonsbälle besuchen.«

Gräfin Christina ignorierte beide. »Die Gräfin Waldheim wird heute abend anwesend sein, Ewald. Du hast auf sie und Rosalinde offenbar einen sehr günstigen Eindruck gemacht.«

»Rosalinde hat eine Warze auf der Nase und dicke Fesseln«, erwiderte Ewald.

»Ewald!« Seine Mutter richtete sich kerzengerade auf. Ihre Nasenflügel bebten. »Niemand hat von dir eine persönliche Bemerkung verlangt.«

»Mama, du sprichst über eine sehr persönliche Seite meines Lebens. Erstens möchte ich nicht heiraten, und zweitens werde ich keine häßliche Frau heiraten.«

Graf Friedrich knurrte unwillig, und die beiden älteren Geschwister rutschten unruhig auf ihren Stühlen hin und her. Karl holte tief Luft, und zum erstenmal gab die Gräfin zu erkennen, daß sie ihn bemerkt hatte. »Das ist kein Thema, das wir vor den Bediensteten besprechen sollten«, sagte sie kalt.

Sogar Karl bekam am Abend frei, nicht um zum Offiziersball zu gehen, sondern zu einem Fest in den Mannschaftsräumen, mit Freibier und ohne Wachdienst. Dieses eine Mal gab sich Karl ganz dem Vergnügen hin.

Dem Stöhnen überall nach zu urteilen, war er nicht der einzige, der sich am nächsten Morgen wie gerädert vorkam. Sein Kopf dröhnte, die Glieder schmerzten, und die Zunge fühlte sich dick und geschwollen an. Sich im Bett aufzurichten war äußerst unangenehm, das Aufstehen noch schlimmer. Er zog die Uniform an und schwankte zu den Waschräumen, um den Kopf in eine Schüssel voll kaltes Wasser zu tauchen. Den letzten Krug Bier hätte er keinesfalls mehr trinken sollen.

Mit glasigen Augen überquerte er den Hof, gespannt, wie es dem Grafen gehen mochte. Machte Champagner auch so einen Brummschädel wie Bier?

Das erste, was Karl im Offiziersquartier auffiel, waren die Schrankkoffer der scheidenden Offiziere, die vor den Türen standen, um später zum Bahnhof gebracht zu werden. Burschen, denen offenbar genauso schlecht war wie ihm, ordneten stumm das Gepäck ihrer Offiziere.

Er betrat das Zimmer des Grafen, holte heißes Wasser und bereitete das Rasierzeug seines Herrn vor – Rasiermesser, Streichriemen und trockene Handtücher. Dann klopfte er leicht an die Schlafzimmertür und öffnete. Was er sah, schockierte ihn zutiefst. Auf dem Boden schlängelte sich ein Paar Seidenstrümpfe. Unterröcke und Damenunterwäsche waren über einen Stuhl geworfen. Die Galauniform des Grafen, sein Degen und sogar der Tschako lagen in einem Haufen vor der Garderobe. Was aber am schlimmsten war: in dem Einzelbett lagen, von den Laken kaum verhüllt, zwei nackte Körper – der Oberleutnant und eine rothaarige Frau. Wie vom Donner gerührt starrte Karl einen Augenblick auf die erste nackte Frau, die er sah. Ihr Haar bedeckte das Kissen. Der Körper mit den vollen Brüsten lag eng an den Grafen geschmiegt; ein Arm war um seine behaarte Brust geschlungen. Beide schliefen fest.

Entsetzt erkannte Karl die Ungeheuerlichkeit des Vergehens seines Herrn. Der Graf mochte der Erbe der von Biederstedtschen Besitzungen und Patensohn des Kaisers sein, aber beides würde ihn nicht davor bewahren, vor ein Ehrengericht gestellt und unehrenhaft entlassen zu werden, wenn entdeckt wurde, daß er die Nacht in seinem Quartier mit einer Frau verbracht hatte. Als Karl jetzt das Gesicht der Dame betrachtete, erkannte er in ihr die Schwester eines der Offizierskollegen des Oberleutnants.

Er stellte das Rasierzeug auf die Marmorplatte der Frisierkommode. Wenn sie erwischt würde, wäre ihr Ruf ruiniert, und wahrscheinlich müßte auch ihr Bruder seinen Abschied nehmen. Karl drehte den Schlüssel der Schlafzimmertür und trat ans Bett. »Herr Oberleutnant, aufwachen, bitte!«

»Jochum, laß mich. Ich schlafe«, lallte Graf Ewald.

Die junge Frau fuhr auf und sah Karl entsetzt an. Hastig griff sie zum Laken, um ihre Blöße zu bedecken. »Was machen Sie hier?« Sie blickte sich in dem fremden Zimmer um und wurde sich langsam ihrer furchtbaren Lage bewußt. »Wieviel Uhr ist es?« flüsterte sie.

»Es ist gleich acht, gnädiges Fräulein.«

»Ewald!«

Die junge Frau packte den Grafen an den Schultern, schüttelte ihn. »Ewald, Ewald! Es ist acht Uhr. Ich muß nach Hause. Wenn meine Eltern merken, daß ich nicht da bin, rufen sie die Polizei.« Flehend blickte sie Karl an. »Was soll ich tun?«

»Falls ich mir den Rat erlauben darf, sollten gnädiges Fräulein sich zuerst anziehen«, sagte Karl und verließ das Zimmer.

Während Karl wartete, daß sich das Paar anzog, zermarterte er sich den Kopf, wie man den Besuch des Oberleutnants unbemerkt aus der Kaserne bringen könnte. Die Dame konnte unmöglich einfach hinausgehen; die Wache hätte sie sofort entdeckt. Wenn sie sich als Mann verkleidete, als Bursche vielleicht? Wenn nicht zu viele Menschen in der Nähe waren, konnte sie unbemerkt passieren.

Vorsichtig öffnete Karl die Tür. Es war nur ein Mensch zu sehen, aber der hätte nicht unpassender sein können, denn es war Unteroffizier Heinrich Kraus. Wenn jemand einen Fremden erkannte, dann Kraus.

Kraus kam ungewöhnlich leutselig näher. Die kleinen Augen blickten klar, zeigten keine Anzeichen einer durchzechten Nacht. Richtig, Kraus betrachtete sich ja als über den anderen Unteroffizieren stehend und hatte bestimmt nicht mit ihnen gefeiert. Er war wahrscheinlich der einzige Mann in Karlshorst, der um zehn ins Bett gegangen war und geschlafen hatte. »Morgen, Jochum. Irgendwas nicht in Ordnung?«

Karl zwang sich zur Ruhe, stand stramm und erwiderte: »Nein, Herr Unteroffizier, alles in Ordnung.«

»Ich bin zufällig vorbeigekommen und habe mich gefragt, wie es der Familie des Herrn Oberleutnants geht. Sie ist doch in Berlin?«

»Jawohl, Herr Unteroffizier. Es schien ihnen gutzugehen, als sie gestern hier waren.«

»War auch die Komtesse Julia dabei?« wollte Kraus wissen.

»Jawohl, Herr Unteroffizier, sie war hier«, entgegnete Karl knapp.

»Sie wohnen in der Wilhelmstraße?«

In dem Augenblick kam Karl der rettende Gedanke. Als er an dem stämmigen Unteroffizier vorbeischaute, fiel sein Blick wieder auf die Schrankkoffer, die dort standen und zum Bahnhof gebracht werden sollten. Koffer, groß genug, eine Dame zu transportieren, die hinausgeschmuggelt werden mußte. »Jawohl, Herr Unteroffizier, sie sind in der Wilhelmstraße. Ich packe gerade einige Sachen von Herrn Oberleutnant zusammen, die mit nach Fürstenmark sollen.«

»Ich werde dabei helfen«, sagte Unteroffizier Kraus unerwartet.

»Ich wäre dem Herrn Unteroffizier sehr dankbar, wenn Herr Unteroffizier mir helfen könnte, den Schrankkoffer zum Wagen zu tragen.«

Fünf Minuten später wankten die beiden Männer die Treppe hinunter und über den Hof zum Tor, wo bereits ein beladener Wagen wartete. Heinrich Kraus lief der Schweiß über das gerötete Gesicht, und auch der kräftige Karl hatte weiche Beine.

»Wo soll'n die hin?« fragte der Kutscher, während Kraus sich eiligst verdrückte.

»Nach Berlin.«

»Ich hab keene Order bekommen, Sachen in die Stadt zu bringen«, murrte der Kutscher. Karl griff in die Tasche und drückte ihm ein Geldstück in die Hand. Die Miene des Kutschers hellte sich auf. »Wo soll det Ding hin?« Karl flüsterte ihm etwas ins Ohr, und er grinste. »Mir is et ejal. Hoffe nur, det nich so ville Leute in'n Tierjarten sind und mitkriegen, det da 'ne Dame rauskommt.«

»Wir verlassen uns auf Ihre Verschwiegenheit. Das ist eine wichtige Sache. Es stehen Menschenleben auf dem Spiel.«

Der Kutscher zuckte die Achseln, kletterte auf den Bock, machte die Zügel los und knallte mit der Peitsche. »Hüa!«

Die Wache am Tor beachtete den Wagen nicht, der wie andere beladen die Kaserne verließ. Karl schaute ihm nach, bis er mit seiner menschlichen Fracht nicht mehr zu sehen war, und ging langsam ins Quartier zurück.

Ein bleicher Oberleutnant erwartete ihn. »Ist sie weg?«

Karl nickte. Jetzt, wo die Geschichte vorbei war, dröhnte ihm der Kopf wieder, und er fühlte sich gar nicht gut.

»Wie hast du den Koffer nach unten bekommen, Karl?«

»Unteroffizier Kraus war so freundlich, mir zu helfen, Herr Oberleutnant.«

»Kraus? Anständig von ihm. Und du hast gesehen, wie der Wagen abgefahren ist?«

»Jawohl, Herr Oberleutnant.«

»Karl, wenn ich dir jemals einen Dienst für das erweisen kann, was du heute für mich getan hast, brauchst du nur darum zu bitten.« Ermattet sank der Graf auf einen Stuhl. »Gott, war ich ein Esel! Wenn irgend jemand entdeckt hätte, daß diese unglückselige Person hier die Nacht verbracht hat, wäre meine Karriere beendet gewesen, mein Vater hätte mich enterbt, und ich müßte mir wie Tobisch meinen Lebensunterhalt am Spieltisch verdienen.«

»Ich freue mich, daß ich Herrn Oberleutnant dienlich sein konnte. Bitte mich jetzt entschuldigen zu dürfen, ich muß an die frische Luft. Ich fühle mich nicht gut.«

Ende September des gleichen Jahres polierte Karl die Stiefel seines Herrn zum letzten Mal. Er sagte der schwarzen Stute Elvira Lebewohl. Sein Koffer war schon gepackt. Die drei Jahre bei der Ersten Brandenburgischen Garde waren zu Ende. Bis zum fünfundvierzigsten Lebensjahr würde er jeden September zwei Wochen Reservedienst leisten müssen, aber falls nicht ein Krieg ausbrach, war sein Militärleben vorbei.

In Zivilkleidung stand er an der Tür von Graf Ewalds Quartier und salutierte. »Ich bin gekommen, um mich von Herrn Oberleutnant zu verabschieden.«

Er empfand echte Trauer. Er war ungehobelt und ohne Lebensart zum Militär gekommen. Jetzt konnte er sich wie ein Herr benehmen. Sein Gang hatte etwas Knappes, Präzises bekommen. Sein voller Schnauzbart war ordentlich gewichst und gebogen. Die blauen Augen blickten fest und sicher in die Welt. Bei Graf Ewald hatte er Ehrerbietung gelernt, aber keine Unterwürfigkeit. Dank seinem Mentor war Karl Jochum ein Mann geworden.

Der Graf blickte ernst. »Karl, ich bedaure, daß du gehst. Ohne dich wird es irgendwie nicht mehr das gleiche sein.«

»Ich denke, daß wir uns wiedersehen, Herr Oberleutnant.«

»Aber ja doch! Ich werde dich in deinem Café besuchen. So etwas braucht die Stadt, ein anständiges Restaurant, wo Offiziere behaglich speisen können. Und richte ein paar private Speisezimmer ein, verstehst du?«

Karl lächelte, denn er kannte den Wunsch von Herren wie Graf Ewald, mit einer Dame unbehelligt von den Blicken der Öffentlichkeit zu speisen. »Jawohl, Herr Oberleutnant.«

Der Graf ging hinüber zu seinem Schreibtisch und holte einen Briefumschlag aus seiner Schublade. »Ich bin dir sehr dankbar, Karl, für alles, was du für mich getan hast. Ich hoffe, du nimmst dieses kleine Geschenk als Zeichen meiner Wertschätzung an.«

Karl schüttelte eigensinnig den Kopf. »Es war mir ein Vergnügen, Herrn Oberleutnant zu dienen. Ich möchte kein Geschenk.«

»Es ist nur ein Scheck. Zum Teufel, wenn du nicht gewesen wärst, hätte ich vielleicht meinen Abschied nehmen müssen.«

»Ich freue mich, Herrn Oberleutnant zu Diensten gewesen zu sein.«

Die beiden Männer sahen sich einen Augenblick an, dann warf der Graf den Umschlag auf den Tisch. »Karl«, rief er und schlug ihm auf den Rücken, »du bist wirklich ein fabelhafter Kerl, auch wenn du ein Bauer bist! Aber wenn du schon nicht mein Geld nimmst, erlaubst du mir wenigstens, dir auf andere Art zu helfen, etwa das Haus Jochum neuen Offizieren hier in Karlshorst zu empfehlen?«

»Eine Empfehlung ist das größte Geschenk, das Herr Oberleutnant mir machen können.«

2

Als Karl in den kleinen Laden am Schloßplatz zurückkehrte, fiel ihm der Übergang vom Militär ins Zivilleben schwerer, als er gedacht hatte. Er vermißte die Disziplin, die Manöver, vor allem aber die Kameradschaft von Männern – und insbesondere seinen Oberleutnant.

Zu Hause hatte sich nichts geändert, nur sein Vater war älter und gesetzter geworden, während Grete eine überzeugtere Sozialistin war denn je. Seine Mutter, immer tadellos sauber, aber ein bißchen fülliger, versorgte ihre Wohnung am Rosenthaler Platz, bediente jeden Morgen im Laden, während Sigi das dunkle Roggenbrot und Apfelkuchen backte oder auslieferte.

Karl machte weiter seine feinverpackten Süßigkeiten und lieferte sie persönlich wöchentlich nach Karlshorst. Die Offiziere seines alten Regiments waren Männer aus einflußreichen Familien, Söhne von hohen Militärs oder Beamten und Großgrundbesitzern. Das waren die Männer, mit denen in Kontakt zu bleiben wesentlich war, denn sie gehörten zu den Kreisen, die er einmal im Café Jochum begrüßen wollte.

Allmählich sprach sich die Qualität seiner Süßigkeiten in Berlin herum, und bald hielten elegante Kutschen vor dem Laden am Schloßplatz. Das Haus Jochum kam in Mode.

Für Karl waren es zielstrebige und befriedigende Tage. Er stand morgens um vier auf und kam abends selten vor zehn ins Bett. Aber seine Jugend und Tatkraft trugen ihn vorwärts. Er spürte, daß er sich seinem Ziel näherte.

1882, drei Jahre nach seiner Dienstzeit, ließen ihn zwei Ereignisse zu der Überzeugung kommen, daß all seine Träume wahr werden konnten. Der Herzog von Altweg starb, und sein Haus am Potsdamer Platz stand zum Verkauf. Und dann ließ eine Zeitungsmeldung sein Herz schneller schlagen. »Das ist die Gelegenheit, auf die ich gewartet habe!«

Es war Abend, und die Jochums saßen um den Kachelofen im Wohnzimmer ihrer kleinen Wohnung. Grete las, Klara strickte, und Sigi, der wie Karl seit vier Uhr morgens auf den Beinen war, saß über den Büchern. Der Umsatz hatte seit Karls Rückkehr drastisch zugenommen, aber auch die Schreibtischarbeit. Mit siebenundfünfzig hätte sich Sigi Jochum allmählich auf seinen Ruhestand freuen können, doch er arbeitete mehr denn je in seinem Leben. Erschöpft sah er seinen Sohn an. »Was ist denn?«

»Kanzler Bismarck beabsichtigt, in Berlin ein Gegenstück zu den Champs-Élysées zu schaffen, einen Kurfürstendamm, fünfzig Meter breit und über drei Kilometer lang, an dem Herrschaftshäuser, Geschäfte und Cafés gebaut werden sollen. Käufer werden ersucht, Anteile an der Kurfürstendammgesellschaft zu zeichnen.«

Klara sah von ihrem Strickzeug auf. »Wo ist denn der Kurfürstendamm?«

»Er soll da hin, wo jetzt die Pappelallee ist. Du kennst den Weg vom Tiergarten nach Steglitz, Wilmersdorf und Charlottenburg? Das soll der Kurfürstendamm werden. Das Kabinett hat dem Ausbau offensichtlich zugestimmt, und jetzt wird das Land dort verkauft!«

Sigi seufzte gequält auf. »Steglitz, Wilmersdorf, Charlottenburg! Das ist doch alles Kilometer weit weg. Wer will da schon hin, Karl?«

»Über kurz oder lang wohnen Berliner da, Papa. Das sind Vororte von Berlin. Es wird die Zeit kommen, wo man nicht mehr weiter in die Höhe bauen kann, und die Stadt wird wachsen, nach Westen. Die Anteile sind bald ein Vermögen wert!«

»Hör mal zu, mein Junge. Du weißt nicht, wie sich der Bodenpreis dort entwickeln wird. Der Kaiser ist alt und wird bald sterben. Sein Sohn ist ein kränklicher Mann. Die Leute murren bereits darüber, daß Bismarck offenbar das Land regiert. Er kann sein Amt verlieren, und dann wird seine Kurfürstendammgesellschaft aufgelöst. Sei nicht zu ehrgeizig.«

»Ich bin nicht zu ehrgeizig, Papa. Ich weiß nur, daß Bismarck recht hat. Ich habe die Wiesen an der Pappelallee seit langem im Auge und weiß, daß der, dem sie gehören, ein Vermögen macht.«

»Ich dachte, du wolltest ein Haus kaufen und ein Café eröffnen, Karli«, warf Grete ein.

»Ich mache beides. Ich mache ein Angebot für das Anwesen am Potsdamer Platz und kaufe Anteile der Kurfürstendammgesellschaft!«

Gereizt schlug Sigi das Geschäftsbuch zu. »Und wo, meinst du, bekommst du das Geld her?«

»Ich werde Herrn Arendt aufsuchen. Ich bin sicher, er hilft mir.«

Karl war nicht der einzige, den die Nachricht von Bismarcks Kurfürstendammgesellschaft elektrisierte, und auch nicht der einzige, der den Tod des Herzogs von Altweg interessiert zur Kenntnis nahm. Als Heinrich Kraus, inzwischen Chef der Kraus-Chemie in Wedding, von den Neuigkeiten erfuhr, schrieb er seinem Vater, ob er nicht nach Berlin kommen wolle.

Wieder aßen sie im Hotel Konrad, wo Heinrich abgestiegen war. Die Zimmer waren noch immer klein und schäbig, das Essen noch immer einfallslos.

Aber diesmal hielt sich keiner der Männer mit solchen Nebensächlichkeiten auf. Früh am Tag hatten sie das Anwesen am Potsdamer Platz besichtigt und eingehend die Pläne des Kanzlers hinsichtlich des Kurfürstendamms studiert.

Gustav schob die kalt gewordene Suppe beiseite und murmelte: »Ich weiß nicht. Was wollen wir mit einem Haus und einem Tabakladen?«

Heinrich unterdrückte ein Seufzen. »Wir werden weder mit dem Haus noch dem Laden was zu tun haben. Wir vermieten den Laden weiter an Loewe und suchen einen neuen Mieter für das Haus. Wir sind lediglich Grundbesitzer und kassieren Miete.«

»Und diese Kurfürstendammgesellschaft?«

»Berlin wächst.«

Gustav Kraus nickte skeptisch. »Du hast einen Termin mit Herrn Arendt ausgemacht, um das zu besprechen?«

»Wir sind morgen früh um zehn bei ihm.«

Karl war frühzeitig zum verabredeten Zeitpunkt im Bankhaus Arendt. Der Sekretär des Bankiers bat ihn, noch Platz zu nehmen.

Die Tür zu Isaak Arendts Büro öffnete sich, und Karl hörte den Bankier sagen: »Meine Herren, ich freue mich, Sie wiederzusehen.« Zwei Männer kamen heraus, von denen Karl einen sofort als Heinrich Kraus wiedererkannte. Er erhob sich, rief »Herr Kraus!« und streckte ihm die Hand entgegen.

Die beiden sahen ihn verständnislos an, dann glitt flüchtiges Erstaunen über Heinrichs Gesicht. »Jochum«, sagte er, Karls ausgestreckte Hand übersehend. »Wußte gar nicht, daß Sie hier ein Konto haben.« Als der Sekretär sie hinausgeleitete, hörte er, wie Heinrich seinem Vater erklärte: »Jochum war Bursche bei Graf Ewald von Biederstedt.«

»Herr Jochum, bitte kommen Sie.« Isaak Arendt bat ihn lächelnd herein und fragte, als sie sich gesetzt hatten: »Sie und Heinrich Kraus haben im gleichen Regiment gedient?«

Karl nickte, noch immer etwas unter der Kränkung leidend.

»Ein interessanter junger Mann«, meinte der Bankier. »Ich bin gespannt, was er aus seinem Leben macht.« Dann kam er zur Sache. »Herr Jochum, was kann ich für Sie tun?«

Karl öffnete die Aktentasche und holte, um selbstsicheres Auftreten bemüht, seine Unterlagen heraus, konnte aber doch das Hämmern seines Herzens nicht unterdrücken. »Ich möchte zwei Projekte mit Ihnen besprechen.«

»Lassen Sie mich raten, Herr Jochum! Sie haben für Ihr Café ein geeignetes Mietobjekt gefunden?«

»Ich habe ein geeignetes Kaufobjekt gefunden.«

»Wenn der Preis stimmt, warum nicht?« Er schlug den Ordner auf seinem Schreibtisch auf. »Welches Objekt haben Sie im Auge?«

»Ein Haus am Potsdamer Platz, neben Loewe.«

»Und Ihr zweites Projekt?«

»Ich möchte Anteile der Kurfürstendammgesellschaft kaufen.«

Isaak Arendt griff zu einem Zeitungsausschnitt mit der Ankündigung des Verkaufs der Anteile. »Die Kurfürstendammgesellschaft stößt offenbar auf viel Interesse. Sagen Sie, Herr Jochum, haben Sie die Pläne mit Ihrem Vater besprochen?«

Karl zögerte und gestand dann: »Ja, aber er macht sich Sorgen. Er sagt, ich sollte mit den Ersparnissen das Haus am Potsdamer Platz mieten, mich nicht mit einem eigenen Haus belasten und mich auf keinen Fall mit der Kurfürstendammgesellschaft einlassen.«

»Und warum folgen Sie seinem Rat nicht? Es wäre sicher der behutsamste Weg zur Gründung eines neuen Geschäfts.«

Einen Augenblick war Karl versucht nachzugeben, doch dann riß er sich zusammen. Er hatte nicht Tag und Nacht geschuftet, um seine Träume kampflos aufzugeben. »Ich glaube, das wertvollste Gut wird in den nächsten Jahrzehnten Land sein. Das Café Jochum ist für mich nur der Anfang, und ich bin sicher, es wird ein Erfolg. Aber es kann nicht mit den Erlösen konkurrieren, die ich mit Anteilen der Kurfürstendammgesellschaft machen könnte. Ich will nicht lebenslang Konditor sein. Um das Geschäft aufzubauen, das mir vorschwebt, brauche ich Geld.«

»Und wieviel Geld müssen Sie Ihrer Meinung nach aufnehmen, um das Anwesen am Potsdamer Platz zu kaufen?«

Karl reichte ihm die mit Zahlenreihen bedeckten Blätter, die er in vielen Nachtstunden zusammengestellt hatte. Der Bankier überflog die Berechnungen. »Haben Sie das selbst gemacht?«

»Ich bin Geschäftsmann, Herr Arendt, und bei Geschäften geht es um Geld.«

Isaak Arendt zuckte mit keiner Wimper, lehnte sich unvermittelt in seinem Ledersessel zurück und lächelte. »Sie können Ihren Kredit bekommen, Herr Jochum. Sie haben völlig recht, was den zukünftigen Wert von Grund und Boden um Berlin angeht. Und jetzt zum Café Jochum, das Sie am Potsdamer Platz planen. Ich weiß mit Sicherheit, daß Sie mit Ihrem Interesse an diesem Anwesen nicht allein sind. Ich rate Ihnen, schnell zu handeln, bevor jemand anders es kauft. Haben Sie einen Anwalt?«

Benommen schüttelte Karl den Kopf, kaum fähig, sein Glück zu fassen.

Isaak Arendt nahm einen geprägten Briefbogen und schrieb ein paar Zeilen. »Dies ist ein Empfehlungsschreiben an Dr. Erwin Duschek. Er ist ein sehr fähiger Anwalt, der sich auf Gesellschaftsrecht spezialisiert hat. Duschek und Duschek ist ein Familienunternehmen, zu dem wir seit langem sehr gute Beziehungen haben.«

»Vielen Dank, Herr Direktor.«

»Sie werden außerdem einen Wirtschaftsberater brauchen. Warten Sie mal. Ja, wie wäre es mit Jakob Silberstein?

Ebenfalls ein guter Mann, der vor kurzem aus Frankfurt nach Berlin gekommen ist. Er wird Ihre Geschäfte sicher sachkundig erledigen. Die Silbersteins sind auch Kunden der Bank. Hier ist die Adresse. Wenn Sie mit Dr. Duschek gesprochen haben, machen Sie einen Termin mit Silberstein aus.«

Er erhob sich. »Herr Jochum, es war ein Vergnügen, Sie wiederzusehen. Ich wünsche Ihnen viel Erfolg für die Zukunft. Aber ich glaube, Sie brauchen meine Wünsche gar nicht. Ihr Erfolg ist so gut wie sicher.«

Sigis erste Reaktion auf Karls Neuigkeiten war eine Mischung aus Ungläubigkeit und Entsetzen. Schließlich mußte er sich damit abfinden, daß es Karl absolut ernst damit war, ein Café zu eröffnen. »Aber mir gefällt es immer noch nicht, Karli. Ein Café in Wien, das könnte ich verstehen, aber ein Café in Berlin, das ist was anderes. Das bringt nichts ein, mein Junge.«

»Die Berliner naschen gern, Papa. Denk an den Gewinn, den wir hier im Laden gemacht haben. Im Café Jochum verkaufen wir die gleichen Süßigkeiten und Kuchen zum zwei- oder dreifachen Preis. Und dann denk an den Gewinn, den wir mit Tee, Kaffee und Eis machen können.«

»Vielleicht hast du recht. Aber Karl, müssen wir unseren Laden hier am Schloßplatz aufgeben? Deine Mutter und ich waren fast dreißig Jahre hier. Er ist unser Leben, mein Junge.«

Karl wußte, daß er eigentlich Mitleid hätte empfinden müssen, aber er empfand nur drängende Ungeduld. Warum waren alte Menschen so halsstarrig und unbeweglich? »Papa, wir können auch im Café Brot und Kuchen und Süßigkeiten verkaufen. Du wirst weiter die ganze Patisserie unter dir haben.«

Sein Vater wiegte zweifelnd den Kopf. »Du mußt erst einmal das Haus kaufen. Ich unternehme wegen der Pacht hier nichts, bis dein Rechtsanwalt alles unterschrieben hat. Wann siehst du ihn?«

»Morgen, Papa. Aber keine Sorge, es wird nichts schiefgehen.«

Dr. Erwin Duschek war ein Mann ganz nach Karls Herzen: Er verstand sofort die Bedürfnisse seiner Klienten, war knapp, ohne unhöflich zu sein, und darauf bedacht voranzukommen. Karl schätzte ihn auf etwa dreißig.

Einige Tage nach ihrer ersten Besprechung bat Dr. Duschek Karl erneut zu sich. »Ich habe Neuigkeiten für Sie, Herr Jochum. Wir werden wahrscheinlich kaum Schwierigkeiten haben, das Objekt zu pachten, an dem Sie interessiert sind, aber ein Kauf scheint etwas problematischer zu sein. Wie Sie wahrscheinlich wissen, besaß der verstorbene Herzog sowohl den Tabakladen wie auch das Haus nebenan. Die Erbschaftsverwalter ziehen es offenbar vor, beide Objekte zusammen zu veräußern, und sie haben zu alledem auch einen Interessenten.«

»Aber es hindert sie nichts daran, das Haus an mich und den Laden an jemand anders zu verkaufen, oder?«

»Überhaupt nichts«, versicherte Dr. Duschek. »Nur ist es für sie einfacher abzuwickeln.«

Karl machte ein ernstes Gesicht. »Haben Sie eine Ahnung, wer der andere Interessent ist?«

»Alles, was ich herausgefunden habe, ist, daß es eine Immobilientreuhandgesellschaft ist. Es gibt mehrere davon; sie kaufen halb Berlin auf. Sie treten nicht unter ihrem eigenen Namen auf, sondern gründen speziell für diesen Zweck Firmen. Sie sind natürlich an der Grundpacht interessiert und daran, daß die Immobilie im Wert steigt.«

Karl nickte grimmig. »Genau der Grund, warum ich es erwerben will. Sie sehen, es ist offenbar nichts im Leben so sicher wie Grundbesitz. Deshalb wollte ich unbedingt bei der Kurfürstendammgesellschaft einsteigen.«

»Haben Sie nicht irgendwelche einflußreiche Freunde, die sich für Sie einsetzen könnten? Vielleicht ließen sich die Nachlaßverwalter des verstorbenen Herzogs durch ein persönliches Wort beeinflussen.«

»Meinen Sie, Graf Ewald von Biederstedt könnte helfen?« fragte Karl zögernd.

»Es würde sich sicher lohnen, mit ihm zu sprechen.«

So fuhr Karl hinaus nach Karlshorst und bat um eine Unterredung mit seinem ehemaligen Vorgesetzten.

»Aber ja, ich kenne Willi Altweg gut!« rief Ewald. »Die verkaufen also den Nachlaß des alten Herrn. Überlaß das mir, Karl, ich werde ihn bitten, die Anwälte anzuweisen, das Haus an dich zu verkaufen. Und jetzt muß ich dir von meiner neuen Liebe erzählen. Sie ist Ungarin . . .«

Zufrieden lächelnd lehnte sich Karl zurück, um sich die Vorzüge von Ewalds neuester Eroberung anzuhören.

Ein paar Tage später erfuhr er von Dr. Duschek, daß dem Kauf des Anwesens am Potsdamer Platz nichts mehr im Weg stand.

Karls nächste Unterredung war mit dem Wirtschaftsberater, den Isaak Arendt ihm empfohlen hatte. Aber während er Erwin Duschek instinktiv vertraut hatte, empfand er bei Jakob Silberstein Unbehagen. Sein Büro lag im dritten Stock eines ungepflegt wirkenden alten Hauses.

Als Silberstein seinen Blick bemerkte, winkte er beschwichtigend ab. »Ich bin sechsundzwanzig, Herr Jochum. Ich muß irgendwo anfangen und sehe keinen Sinn darin, mich unnötig in Unkosten zu stürzen. Unterhalten wir uns und sehen wir, ob wir nicht miteinander ins Geschäft kommen.«

Noch immer voller Zweifel, legte Karl ihm seine Pläne für das Café Jochum dar. Silberstein nickte die ganze Zeit verständnisvoll und machte sich Notizen. »Und Sie haben Ihre Berechnungen dabei, Herr Jochum?«

Karl zögerte und griff dann zu seiner Aktentasche. »Es ist Ihnen klar, daß sie streng vertraulich sind?«

Seufzend lehnte sich Silberstein zurück. »Ach, jetzt verstehe ich Sie, Herr Jochum. Sie trauen mir nicht, weil ich Jude bin.«

Karl empfand plötzlich Verlegenheit, denn genau das hatte er gedacht. »Nein, ich . . .«

»Sie brauchen es nicht zu leugnen, Herr Jochum. Es macht nichts. Das einzige, was zählt, ist, ob ich ein guter Berater bin. Und das bin ich. Und jetzt, wo wir diesen kleinen Stolperstein aus dem Weg haben, wollen wir uns da Ihren Unterlagen widmen?«

Schweigend reichte Karl ihm die Papiere. Silberstein studierte sie lange, nickte gelegentlich zustimmend, schüttelte aber öfter den Kopf. Schließlich sagte er: »Sie glauben offenbar, daß es viel Geld kostet, Ihr Café einzurichten, Herr Jochum. Ich meine, das könnte man weit billiger machen. Ich weiß, wo wir herabgesetzte Tischwäsche und sehr billiges Stahlbesteck bekommen können.«

Karl beugte sich vor, um die Papiere zurückzunehmen. »Herr Silberstein, das ist mein Café, und es wird so geführt, wie ich das möchte.«

Die beiden Männer blickten sich starr an. Dann sagte Silberstein: »Herr Jochum, erklären Sie mir, was soviel kosten soll.«

Karl holte tief Luft. »Besteck und Menagen werden aus massivem Silber sein, die Tischwäsche aus feinstem Breslauer Leinen. Das Geschirr wird von einem Meißner Künstler handbemalt, Burgunderrot und Gold auf weißem Grund. Die Stühle werden mit kastanienbraunem Wollsatin bezogen, so daß sie zu den schweren Samtvorhängen passen. Von der Decke werden goldene Kronleuchter hängen. Es werden keine Kosten gescheut, Café Jochum zum besten Café Berlins zu machen.«

»Sie gehen ein großes Risiko ein, Herr Jochum.«

»Das ist mein Geschäft, Herr Silberstein.« Karl gab sich Mühe, höflich zu bleiben. »Wenn Isaak Arendt es jedoch für ein lohnendes Risiko hält, werden Sie kaum Anlaß zur Sorge haben müssen.«

»Haben Sie Herrn Arendt diese Zahlen gezeigt?« Karl nickte. »Und er ist bereit, Ihnen das Geld vorzuschießen?«

»Ja.«

»Wenn das so ist ... Und wer, meinen Sie, wird Ihr Café besuchen?«

»Die beste Berliner Gesellschaft.«

»Haben Sie Zugang zur Berliner Gesellschaft?«

Karl wußte, daß Silberstein sich fragte, wo der Sohn eines Wiener Ladenbesitzers dieses Selbstvertrauen hernahm. Er wußte nichts von Graf Ewald und der Ersten Brandenburgischen Garde. Er wußte nichts von Karl Jochums Pralinen. »Ja, ich habe Zugang zur Berliner Gesellschaft.«

»Nun, dann bin ich sicher, daß diese Zahlen zutreffen. Ich wußte nichts von den Verbindungen Ihrer Familie. Wenn Sie recht behalten, können wir schon bald an eine Erweiterung des Geschäfts denken.«

»Unser Angebot für das Haus am Potsdamer Platz ist abgelehnt worden«, berichtete Heinrich Kraus seinem Vater, als sie sich das nächste Mal im Hotel Konrad trafen. »Jochum kauft es.«

»Jochum? Wer ist das?«

»Du hast ihn im Bankhaus Arendt kurz gesehen.«

»Und was macht er damit?«

»Ein Café, soviel ich weiß.«

»Aber den Tabakladen hast du gekauft?«

»Ja, Vater. Und zweihunderttausend Anteile an der Kurfürstendammgesellschaft.« Heinrich machte ein ernstes Gesicht. »Einer meiner Vertrauensleute berichtete mir, daß Jochum auch welche gekauft hat. Dreißigtausend. Wo bekommt so jemand das Geld dafür her? Sein Vater hat den Laden am Schloßplatz nur gemietet.«

»Muß es geliehen haben. Behalt ihn im Auge. Wenn er pleite ist, kaufen wir das Haus am Potsdamer Platz unter Wert und kriegen auch seine Anteile. Die jungen Leute – meinen immer, sie wüßten es am besten. Aber Erfahrung läßt sich nicht so einfach übertragen.«

Heinrich blickte ihn mit offenem Mund an. Offenbar hatte sein Vater bereits vergessen, daß er, Heinrich, die Idee gehabt hatte, in Grundbesitz und Land einzusteigen. Und plötzlich hoffte er, daß Jochum es schaffen würde, wenn auch nur, um seinem Vater zu beweisen, daß Geschäftssinn nicht das Vorrecht des Alters war. Er zuckte die Schultern. Gustav war inzwischen über fünfzig und würde bald daran denken müssen, sich zur Ruhe zu setzen, und dann würde alles auf ihn übergehen.

»Was für ein Café?« fragte Gustav plötzlich.

»Soviel ich weiß, sollen keine Kosten gescheut werden, es zum besten Café in Berlin zu machen.«

»Wir werden es uns ansehen, sobald es eröffnet ist. Ich habe das Essen hier im Konrad satt.«

Am 1. Januar 1883 übergab Dr. Duschek Karl die Schlüssel zum Haus am Potsdamer Platz. Jetzt konnte Karl mit der eigentlichen Arbeit beginnen. Der Laden am Schloßplatz wurde auf Juli gekündigt. Der Vermieter bedauerte den Weggang der Jochums, erklärte aber, daß es kein Problem sei, für diese gute Lage einen neuen Mieter zu bekommen. »Ja, mein Junge, das ist das Ende einer Ära«, sagte Sigi Jochum traurig.

Karl legte den Arm um ihn. »Nein, Papa, es ist der Anfang einer neuen. Komm und sieh dir unseren Besitz an und laß mich dir erklären, was wir machen werden.«

Sie gingen zum Potsdamer Platz und betraten das leere Haus. »Wir müssen die Mauer abreißen«, erklärte Karl,

»damit die Gäste vom Platz aus direkt auf die Terrasse können, und den Garten pflastern wir. Und die Front müssen wir öffnen, mit großen Fenstern, vielleicht sogar mit Glasschiebetüren; aber ansonsten brauchen wir nicht viel zu ändern. Der alte Bankettsaal gibt ein vorzügliches Restaurant ab, und die Küchen – sieh mal, Papa, die sind riesig.«

Sigi taute allmählich auf. »Wenn du aus diesen beiden Empfangsräumen einen machst, hast du einen weiteren Speisesaal.«

»Und aus den Schlafzimmern oben können wir private Speisezimmer machen.«

Die folgenden sechs Monate waren die glücklichsten in Karls Leben. Er war fünfundzwanzig Jahre alt und voller Tatkraft. Allmählich begann das Café Jochum Gestalt anzunehmen.

Ende Mai wurde ein Küchenchef eingestellt, Fritz Messner, der mit besten Empfehlungen von einem Hotel in Baden-Baden kam. Fritz stammte jedoch aus Neukölln, dem ältesten Teil Berlins, und kochte die lokalen Spezialitäten meisterlich. Karl hatte noch nie Aal grün mit Gurkensalat oder Dillsauce so gut gegessen, wie Fritz ihn machte. Und seine Buletten waren nicht einfach Fleischbällchen, sondern eine Schlemmerei.

Fritz sollte für die pikanten Sachen zuständig sein, Sigi für die Süßigkeiten und Nachtische. Auch einige Küchenhilfen und Bedienungen waren eingestellt worden, aber bis sie einen Oberkellner gefunden hatten, dem sie trauen konnten, hatte Klara die Kasse unter sich.

»Wenn du weniger für die Kronleuchter ausgegeben hättest, könntest du dir mehr Personal leisten«, murrte Sigi. »Nicht, daß wir dir nicht helfen wollten, aber wir werden alt.«

»Und was soll ich in diesem herrschaftlichen Etablissement tun?« fragte Grete. »Ich bin durchaus bereit zu helfen.« Grete war inzwischen neunzehn, mit hochaufgestecktem, braunem Haar, runden, rosigen Wangen und einer etwas rundlich werdenden Figur.

»Du kannst abwaschen.«

»Abwaschen!«

»Irgend jemand muß es machen, und da du als Sozialistin mit den Arbeitern sympathisierst, wer wäre da besser geeignet als du?«

Grete seufzte gequält auf. »Also gut.«

»Wir sollten ein Orchester haben«, meinte Sigi.

»Aber wir können uns keins leisten, Papa.«

»Dann wenigstens ein Quartett, Karli. Biete den Musikern freie Kost und Reklame, bis du etabliert bist.«

Karl folgte seinem Rat und inserierte in der Zeitung, aber es ging bereits auf Ende Juni zu, und so wählte er unter den Hunderten willkürlich vier aus, ohne zu wissen, ob sie tatsächlich spielen konnten oder nicht.

Die letzten Tage vor der Eröffnung waren äußerst hektisch, aber dann wurde der Laden am Schloßplatz doch geschlossen, und die Stammbesatzung zog zum Potsdamer Platz um. An den Litfaßsäulen wurden Plakate angebracht und an alle Offiziere der Ersten Brandenburgischen Garde, die Honoratioren der Stadt und Stammkunden des Hauses Jochum handgeschriebene Einladungen verschickt.

Die ganze Nacht vor dem großen Tag waren Karl und Sigi auf den Beinen, backten, glasierten, verzierten und stellten eine Unmenge von Süßigkeiten und Kuchen her, um die Berliner zu verwöhnen. Fritz Messner stand in der Küche, schnitt Gemüse, schmorte gewaltige Fleischstücke, filetierte Fisch und bereitete große Kessel mit Suppe vor. Vom frühen Morgen an gaben die drei Kellner dem Glanz des Café-Restaurants den letzten Schliff, richteten Bestecke aus und deckten feinstes Meißener Porzellan auf gestärktem Breslauer Leinen.

Karl rasierte sich im Herrenwaschraum, zog einen eleganten Cut an, fuhr sich mit dem Kamm durch das Haar und zwirbelte noch einmal seinen Schnurrbart. Dann trat er vor das Café. Auf der Terrasse waren die weißen Gußeisentische mit den blau-weiß karierten Decken mit kleinen Blumenvasen und Speisekarten aus Pergament in einem Glasrahmen geschmückt. Glasschiebetüren führten von der Terrasse in das Café. Über dem Eingang prangte der Schriftzug CAFÉ JOCHUM.

Karl stellte ein großes Schild nach draußen, auf dem CAFÉ GEÖFFNET stand.

»Was ist, wenn keiner kommt?« fragte Sigi.

»Sie werden kommen«, versprach Karl, aber einen bangen Augenblick lang fragte er sich, ob sie das wirklich würden. Ein paar Neugierige hatten sich bereits eingefunden. Diese einfachen Leute konnten sich die Preise im Café Jochum nicht leisten, aber was, wenn sie die einzigen Besucher wären?

Die Gäste kamen. Einer der ersten war Graf Ewald von Biederstedt. Karl begleitete ihn zu einem Ecktisch mit einem RESERVIERT-Schild. »Das ist Ihr Stammtisch, Herr Graf. Hier wird außer Ihnen niemand ohne Ihre Einladung sitzen, egal, wie voll das Café ist.«

»Wahnsinnig anständig von dir, Karl.«

»Ohne Sie hätte ich das Café Jochum vielleicht nie eröffnen können, Herr Graf.«

Im Verlauf des Vormittags wuchs die Menschenmenge draußen, denn immer mehr Kutschen fuhren vor, viele mit einem Wappen, alle von den bekannten Berliner Persönlichkeiten. Karl begrüßte die Gäste persönlich, geleitete sie unter Verbeugungen ins Café, verhalf ihnen zu einem Platz und nahm die Bestellung entgegen. Jeder Gast bekam eine kleine Schachtel Pralinen aus dem Hause Jochum als Geschenk.

Isaak Arendt kam mit seiner Frau und dem kleinen Sohn Theo. »Gratuliere, Herr Jochum«, sagte er und blickte sich in dem überfüllten Café um. »Ich glaube, Sie haben allen Grund, glücklich zu sein.«

Dr. Duschek brachte seine Frau mit. »Ich glaube, man kann sagen, daß Sie heute Berliner Geschichte geschrieben haben.«

Jakob Silberstein überschlug im Geist den Gewinn. »Bei dem Tempo haben Sie den Kredit in einem Jahr zurückgezahlt.«

Karl war schon bald so beschäftigt, daß er die Gäste nicht mehr beachten konnte. Auf dem Podium spielte das Quartett, und er und Sigi mußten den überlasteten Kellnern helfen. Hoch über der Schulter balancierten sie die Tabletts zwischen den Tischen hindurch.

In einer Ecke saß stolzgeschwellt Klara in weißer Seidenbluse und schwarzem Rock und konnte es kaum fassen, daß der Traum ihres Sohnes wahr wurde. Wenn die Kunden zahlten, brachten die Kellner ihr die Rechnung, und sie gab das Wechselgeld heraus und tat den Betrag in die Kasse.

In der Küche erledigte Grete in ihrer langen, weißen Schürze den Abwasch und hörte dabei dem angeregten Stimmengewirr zu, das aus dem Café zu ihr drang. Sie freute sich, Karl helfen zu können, aber sie konnte trotzdem die vielen Menschen in Berlin nicht vergessen, deren Wochenlohn dem Preis eines Essens im Café Jochum entsprach. Irgendwie hatte sie das Gefühl, die sozialistische Sache zu verraten.

Gegen Mitternacht gingen die letzten Gäste. Alles war verzehrt worden, jedes Stück Kuchen, jede Praline, jedes Schnittchen, das ganze Gebäck. Sahne und Butter waren ausgegangen. Sie hatten keine Eier, keinen Käse und kein Fleisch mehr. Es war gerade noch genug Kaffee für den nächsten Morgen da.

Klara und Grete zählten die Einnahmen, während Karl und Sigi zusammenstellten, was sie brauchten. Da betrat ein kleiner, dunkelhaariger Mann in Karls Alter das Café. »Herr Karl Jochum?«

Karl sah ihn aufmerksam an. »Ja. Womit kann ich Ihnen dienen?«

Der Fremde streckte die Hand aus. »Ich freue mich, Ihre Bekanntschaft zu machen. Ich bin Max Patschke aus Wien. Darf ich Sie zu Ihrem ersten erfolgreichen Tag beglückwünschen?«

Karl schüttelte ihm die Hand. »Danke, Herr Patschke.«

»Ich will nicht lange herumreden, Herr Jochum. Wie ich höre, brauchen Sie einen erstklassigen Oberkellner. Ich möchte Ihnen meine Dienste anbieten.«

Karl betrachtete ihn genauer. Obwohl er klein war, hatte er doch die aufrechte Haltung eines Mannes, der gedient hatte. Er war offensichtlich selbstsicher, und wenn er lächelte, wie jetzt plötzlich, hatte sein Gesicht einen fast jungenhaften Charme. Karl schüttelte bedauernd den Kopf. »Es tut mir leid, Herr Patschke, aber ich will ganz ehrlich sein. Selbst wenn wir Sie einstellen wollten, wir könnten es uns nicht leisten.«

Max Patschke tat Karls Einwand mit einer Handbewegung ab. »Ich möchte kein Gehalt, sondern nur einen Prozentsatz der Tageseinnahmen. Dann geht es mir gut, wenn das Geschäft gut läuft, und wenn es nicht läuft, muß ich mich eben nach einer neuen Stelle umsehen.«

Klara Jochum nickte eifrig. Sigi ging an die Theke und machte eine Flasche auf. »Nehmen Sie Platz, Herr Patschke, und trinken Sie ein Glas Wein mit uns.«

»Danke.« Er setzte sich, wandte sich aber erneut an Karl. »Herr Jochum, ich weiß, was Sie empfinden. Der erste Tag ist nicht maßgebend. Erst wenn mehrere Monate vorbei sind, können Sie sagen, wie gut das Geschäft geht. Aber lassen Sie mich eins sagen: Sie hätten keinen besseren Küchenchef als Fritz Messner nehmen können. Ich habe mit ihm zusammengearbeitet, und er ist hervorragend.«

»Sie kennen Fritz Messner?« fragte Sigi, goß Wein ein und reichte Max Patschke ein Glas.

»Wir haben in Baden-Baden zusammen gearbeitet. Überlassen Sie ihm die Küche, und Sie haben keine Probleme.« Er wandte sich an Karl. »Und mit Ihrem Herrn Papa bei den Süßigkeiten und Max Patschke im Restaurant läuft der Laden wie von selbst.«

»Und wie sehen Sie meine Rolle?« fragte Karl verärgert.

Der gewandte Mann lächelte. »Aber Herr Jochum, Sie sind der Kopf. Sie sorgen dafür, daß wir das machen, was das Publikum will, und wir bedienen es. Sie sind der Herr Direktor!«

Sigi Jochum lachte plötzlich auf. »Herr Patschke, ich bin froh, daß Sie da sind. Abgesehen von allem übrigen, Sie passen zu unserem Karl, können für Ordnung sorgen. Karli, ich schlage vor, wir nehmen Herrn Patschke beim Wort und schauen, was er kann.«

Karl zuckte die Schultern. »Mama?«

Klara war die Antwort am Gesicht abzulesen. »Herr Patschke, ich meine, wir brauchen jede Hilfe.«

Max verbeugte sich vor ihr. »Danke, Frau Jochum. Wenn ich noch eins sagen darf – Sie sollten einen anderen Geiger einstellen. Der jetzige ist furchtbar. Ich kenne zufällig jemanden, der gerne für Sie spielen würde. Wenn Sie erlauben, bitte ich ihn herzukommen. Er heißt Franz Jankowski.« Er leerte sein Glas und erhob sich. »Jetzt will ich Sie nicht länger aufhalten.« Er beugte sich über Klaras Hand und küßte sie. Dann wandte er sich an Grete, die während des Gesprächs schweigend dagesessen hatte, und führte ihre Hand an die Lippen. Schließlich verabschiedete er sich von Sigi und Karl. »Gute Nacht, meine Herren. Ich bin morgen früh um sieben Uhr hier.«

Wie versprochen, erschien Max Patschke am nächsten Morgen. Er war ein Fachmann und machte einen ausgezeichneten Eindruck auf die Gäste, besaß die richtige Mischung aus Autorität, Unterwürfigkeit und Würde. Schon bald begrüßten Gäste den Oberkellner wie einen alten Freund. Aber Max verbeugte sich nur würdevoll und versuchte nie, diese Vertrautheit auszunutzen.

Binnen einer Woche konnte Karl bereits weitere Leute einstellen, so daß Klara und Grete zu Hause bleiben konnten. Auch Sigi mußte nicht mehr beim Bedienen aushelfen. Alles in allem erreichte Max in kürzester Zeit viele Veränderungen zum Guten.

Doch die größte Veränderung kam mit Franz Jankowski. Franz kam an einem herrlichen Samstagabend, als die Terrasse voll besetzt war. Max Patschke eilte auf ihn zu und führte ihn in Karls Büro. »Herr Direktor, das ist Herr Jankowski, der Geiger, von dem ich Ihnen erzählt habe.«

Karls erste Reaktion war Enttäuschung, denn Jankowski war nicht der elegante Musiker, den er sich vorgestellt hatte. Er war ungefähr vierzig und schon etwas kahlköpfig, hatte eine ziemlich große Hakennase und tiefliegende Augen. Der nicht sehr große und eher schmächtige Mann sah aus, als ob er schon lange nichts Gutes mehr gegessen hätte. Seine Kleidung war zwar makellos, aber offensichtlich schon älter und der Geigenkasten arg ramponiert. Da Max jedoch erwartungsvoll herumstand, begrüßte er ihn freundlich und stellte ihm ein paar Fragen.

»Die Geige ist meine große Liebe, und ich würde sehr gern öfter spielen, Herr Direktor. Aber es ist nicht meine einzige Beschäftigung, denn ich arbeite noch für Ullstein.«

»Den Zeitungs- und Buchverlag?«

»Ja. Ich bin dort Drucker. Aber da ich morgens arbeite, hätte ich abends frei und könnte in Ihrem Café spielen. Wissen Sie, ich bin nicht verheiratet. Meine Zeit gehört mir.«

Karl überlegte einen Augenblick. »Kommen Sie doch ins Café und spielen Sie etwas.« Das Café war drinnen ziemlich leer, so daß nicht viel passieren konnte, wenn der Mann nicht gut war.

»Danke, Herr Direktor.« Jankowski folgte ihm und ging

zum Podium, wo er den schäbigen Kasten aufmachte und eine alte Geige hervorholte. Liebevoll klemmte er sich das Instrument unters Kinn, strich ein paar Töne an, stimmte eine Saite und spielte dann den ersten Satz aus Vivaldis »Die vier Jahreszeiten«.

Zu Karl Verwunderung schien sich Franz Jankowskis Äußeres völlig zu verändern. Das Gehetzte auf seinem Gesicht wich einer entrückten Freude. Und plötzlich merkte Karl, daß die Gespräche auf der Terrasse verstummten und viele Gäste sich vor den geöffneten Fenstern sammelten, um zuzuhören. Die Küchentür ging auf, und Sigi tauchte auf, hinter ihm Fritz Messner und das übrige Küchenpersonal. Die Kellner setzten behutsam ihre Tabletts ab und lauschten gebannt. Und dann stellte er zu seinem noch größeren Erstaunen fest, daß völlig Fremde von der Straße kamen und sich am Eingang des Cafés drängten.

Als Franz Jankowski die Geige schließlich sinken ließ, brandete begeisterter Beifall auf. Wie in Trance ging Karl zum Podium und streckte die Hand aus. »Herr Jankowski, Sie haben die Stelle.«

Binnen Tagen hatte sich in Berlin herumgesprochen, daß Franz Jankowski spielte, und das Café war jeden Abend voll.

Als Ewald von Biederstedt ihn hörte, war er hingerissen. »Karl, dieser Mann sollte im Hoforchester für den Kaiser spielen.«

Sigi, der die Liebe der Wiener zur Musik im Blut hatte, pflichtete bei. »Womit haben wir so ein Talent verdient? Dieser Mann könnte als Solist auftreten. Warum spielt er hier?«

Karl stellte Franz die gleiche Frage. »Warum spielen Sie hier im Café Jochum? Haben Sie sich schon einmal um eine Stelle bei Hof bemüht?«

Franz Jankowski sah ihn entgeistert an. »Herr Direktor, ich bin Jude. Ich dürfte niemals bei Hof spielen. Juden sind doch Menschen zweiter Klasse.«

Karl sah ihn an, verglich ihn mit Jakob Silberstein und

Isaak Arendt. Es schien ebenso viele verschiedene Klassen bei den Juden wie bei den Deutschen zu geben, aber er meinte, daß eine solche Begabung alle Schranken überwinden müßte, rassische, religiöse und politische. »Eines Tages«, sagte er langsam, »wird der Kaiser das Café Jochum besuchen. Dann werden Sie für ihn spielen.«

Ein halbes Jahr später war das Café Jochum ein fester Bestandteil Berlins, und es fiel schwer, sich eine Zeit vorzustellen, zu der seine Terrasse nicht den Potsdamer Platz geziert hatte.

Die letzten Jahre unter Wilhelm I. waren eine elegante und romantische Zeit. In einer Kutsche oder einem Zweispänner fuhr der Kaiser, in eine warme Decke gehüllt, den federgeschmückten Helm auf dem Kopf, durch die verschneiten Straßen am Tiergarten. Damen in Volantkleidern, mit Pelzhüten und Muffs machten einen tiefen Knicks, wenn er vorbeifuhr, und ihre Ehemänner zogen den Zylinder und verbeugten sich. Nach ihrem Spaziergang begaben sich die Untertanen des Kaisers ins Café Jochum zu Kaffee und Torte.

Aber wenn auch seine Untertanen im Café Jochum speisten, der Kaiser stattete ihm nie einen Besuch ab. Wilhelm I., Deutscher Kaiser und König von Preußen, nahm die Huldigungen seines Volkes entgegen, aber er mischte sich nicht unter das Volk.

Karl Jochum fand sich damit ab. Der Kaiser war ein alter Mann, aber er selbst war noch jung. Andere Kaiser würden folgen. Und einer von ihnen würde im Café Jochum speisen.

3

Seit der Eröffnung des Cafés war Karl so beschäftigt gewesen, daß er sich nicht viel um seine Schwester hatte kümmern können. Er war daher sehr verblüfft, als sie in jenem Winter ihre Verlobung mit Gottfried Fischer bekanntgab.

Gottfried, etwas linkisch, mit einem ungepflegten Haarschopf und ernstem Gesicht, kam aus München, wo er alte deutsche Literatur studierte. Der Sohn eines Tischlers hatte ein Universitätsstipendium erhalten und sich dann so hervorgetan, daß er im Rahmen seiner Doktorarbeit ein Jahr an die Friedrich-Wilhelm-Universität in Berlin geschickt worden war. Das Paar hatte sich über eine Freundin Gretes kennengelernt, und jetzt, drei Monate später, hatte Gottfried ihr einen Heiratsantrag gemacht.

Karl war entsetzt. Er hatte weniger etwas gegen die wissenschaftliche Laufbahn des jungen Mannes als gegen dessen politische Ansichten, denn selbst bei ihren kurzen Begegnungen war klargeworden, daß Gottfried ein überzeugter Sozialist war. Als er seine Mutter darauf ansprach, sagte sie: »Karli, Gottfried scheint ein netter junger Mann zu sein. Wichtig ist nur, daß Grete mit ihm glücklich ist.«

»Grete hatte schon immer diese blöden Ansichten, daß alle Menschen gleich sind. Gottfried wird sie darin nur bestärken.«

»Sie heiratet einen Mann, keinen Politiker. Und wenn du klug bist, würdest du auch heiraten. Ich möchte meine Enkel noch sehen, bevor ich sterbe. Es ist unnatürlich, wenn ein junger Mann wie du sich nicht für die Ehe interessiert.«

»Mama, nicht daß ich nicht interessiert wäre – ich habe einfach keine Zeit.«

»Dann verschaff dir welche. Dein Vater hat hart gearbeitet, aber er hat doch die Zeit gefunden, mich zu heiraten und zwei Kinder großzuziehen.«

»Grete hat bestimmt bald Kinder.«

»Karl, Grete wird in München leben und ich in Berlin. Wenn Gottfried doch nur von hier wäre. Sie wird mir sehr fehlen.«

Das Hochzeitsessen fand in einem der Privaträume des Cafés statt, im kleinen Kreis, denn die Jochums hatten keine Verwandten in Berlin, und Gottfrieds Familie lebte überwiegend in Bayern. Zum ersten Mal war Karl Gast im eigenen Haus.

Der Bräutigam hielt den Gästen einen Vortrag über sein Lieblingsthema. »Ich meine, jeder sollte die gleichen Bildungschancen und Zugang zu politischen Machtpositionen haben, etwas, das es augenblicklich einfach nicht gibt. Wir brauchen dringend politische Reformen, damit die Macht dem Adel entzogen und in die Hände des Volkes gelegt wird.«

Karl dachte an die von Biederstedts, typischer preußischer Adel. »Aber der Adel hat doch sicher ein Recht zu herrschen?«

»Nicht mehr Rechte als der Kaiser. Mit welchem Recht herrscht zum Beispiel ein preußischer Kaiser über uns Bayern? Meine Familie war immer gegen den Anschluß Bayerns an das Deutsche Reich, und ich habe jede Achtung vor Ludwig II. verloren, als er sich so ohne weiteres von Bismarck kaufen ließ. Bayern war immer ein Freistaat und hätte es bleiben sollen.«

Jede Kritik am Kaiser brachte Karls Blut in Wallung, aber er wollte das Gespräch nicht unnötig belasten. »Immerhin hast du ein preußisches Mädchen geheiratet«, bemerkte er.

»Ihr seid keine Preußen, ihr seid Österreicher. Das ist was ganz anderes. Österreich und Bayern sind Alpenländer. Ihre Menschen haben viel gemeinsam. Deshalb habe ich mich in Grete verliebt.« Er sah sie zärtlich an.

Auch Karl sah sie und fragte sich, ob ihr klar war, worauf sie sich einließ, wenn sie diesen sozialistischen Hitzkopf heiratete. »Karli«, sagte sie, »Gottfried und ich haben die gleichen Ideale. Wir wollen die Welt zu einem besseren Ort machen. Es ist unrecht, daß Adlige wie die von Biederstedts und Industrielle wie die Krauses im Luxus leben und ihre Arbeiter in Armut und daß sie an Unterernährung, unhygienischen Verhältnissen und Krankheiten sterben.«

»Aber es wird doch viel für sie getan«, entgegnete Karl. »Die staatliche Krankenversicherung, die Bismarck einführt, soll gerade ihnen helfen. Bismarck liegt das Wohl des Volkes am Herzen.«

»Angst hat ihn dazu getrieben«, behauptete Gottfried. »Er glaubt, durch die Einführung der Zwangsversicherung gegen Krankheit, Unfall, Invalidität und Alter die Sozialdemokratische Partei aufhalten zu können.«

»Ich werde der Sozialdemokratischen Partei beitreten, wenn wir nach München kommen«, erklärte Grete voller Stolz.

»Aber Grete, du bist eine Frau . . .«, sagte ihre Mutter sanft. »Du willst doch sicher nicht politisch aktiv werden?«

Gottfried überging beide. »Die deutschen Arbeiter wohnen in Löchern. Sie sind das Rückgrat unseres Landes und verdienen, besser behandelt zu werden.«

Karl wurde zusehends zorniger. »Und was ist mit den Mietskasernen, die im Wedding und am Prenzlauer Berg für die Arbeiter von Firmen wie Kraus gebaut werden? Das sind nicht gerade Löcher.«

»Bist du mal in einer solchen Wohnung gewesen? Sie bekommen ihr Licht nur vom Hinterhof. Dieses Café ist dagegen ein Palast.«

»Die Welt ändert sich zu schnell«, warf Sigi ein. »Täglich, so scheint mir, wird etwas Neues erfunden. Zuerst hatten wir die Dampfeisenbahn, jetzt gibt es schon elektrische Wagen. Und Herr Benz redet von einem Motormobil. Aus einer landwirtschaftlichen bäuerlichen Nation wird eine industrialisierte, städtische. Ich nehme an, das muß Probleme mit sich bringen.«

»Ja, und es muß soziale und politische Reformen geben. Hat jemand von euch einmal das Kommunistische Manifest gelesen?« Alle verneinten. »Es endet: ›Mögen die herrschenden Klassen vor einer kommunistischen Revolution zittern. Die Proletarier haben nichts in ihr zu verlieren als ihre Ketten. Sie haben eine Welt zu gewinnen. Proletarier aller Länder vereinigt euch!‹ Das Manifest wurde von zwei Deutschen verfaßt, Karl Marx und Friedrich Engels, die 1848 im Exil in London lebten. Eines Tages werden sie recht bekommen.«

Karl schauderte. »Ich weiß nichts vom Kommunismus und will auch nichts davon wissen. Von mir aus sollen die Engländer Herrn Marx behalten.«

»Er ist letztes Jahr gestorben«, sagte Gottfried betrübt.

»Wollen wir hoffen, daß seine Ideen mit ihm gestorben sind.«

Sein Schwager schüttelte den Kopf. »Seine Ideen werden nicht sterben, Karl, weil sie auf dem gesunden Menschenverstand beruhen. So wie sich die Welt um uns verändert, muß sich die Stellung des Menschen ändern. Du wirst sehen, wenn das Land weiter industrialisiert wird, wird sich die Arbeiterklasse gegen die Kapitalisten erheben. Durch ihren Kampf wird sie Macht bekommen. Bevor wir beide ins Grab steigen, Karl Jochum, werden wir die proletarische Revolution erleben!«

Schweigend sahen ihn alle an. In dem Moment drangen Klänge von Franz Jankowski und seinem Orchester durch die offene Tür. Sigi wandte sich an Klara. »Die jungen Leute sind heute ganz anders, als wir waren. Ich weiß, daß ich an meinem Hochzeitstag nur den Wunsch hatte, dich in die Arme zu nehmen. Und jetzt, dreißig Jahre später, ist es nicht anders. Wollen wir nach unten gehen und ein Tänzchen machen?«

Gottfried hatte doch soviel Gespür, daß er betroffen war. »Entschuldige, Schwiegervater, ich wollte nicht unhöflich sein. Leider bin ich ein schlechter Tänzer, Grete, aber willst du es mit mir versuchen?«

Karl sah ihnen nach, als sie den Raum verließen, seufzte tief auf und fand dann Gelegenheit, sich beim Aufräumen abzureagieren. Gott sei Dank war Gottfried kein Berliner. München sollte ihn behalten!

In den fünf Jahren, seit Heinrich Kraus vom Militär abgegangen war und seine ganze Energie den Kraus-Werken hatte widmen können, hatte sich die Firma rasant entwikkelt, und selbst sein Vater erkannte allmählich seine Ideen und Neuerungen an. In den schlesischen Stahlwerken traf weiterhin Gustav allein die Entscheidungen, während Heinrich sich ganz auf die chemischen Fabriken im Wedding, die Immobiliengeschäfte der Firma Kraus und die Walzwerke, Schmelzhütten und die Rüstungsproduktion im Ruhrgebiet konzentrierte. Weil er jetzt die meiste Zeit dort verbrachte, ließ er sich auf einem Hügel in Essen eine Prachtvilla bauen.

Heinrich war ein Realist und Opportunist, vor allem aber fest entschlossen, seine Ziele zu erreichen, von denen eins nach wie vor Julia von Biederstedt hieß. Fünf Jahre hatte er geduldig darauf gewartet, daß sie mündig würde, und in diesem Herbst wurde seine Geduld endlich belohnt, als er erfuhr, daß sie zu den Debütantinnen des Hofballs gehörte.

Heinrich plante sein Vorgehen mit der Präzision eines Generals. Nur wenige Bürgerliche wurden bei Hof empfangen, doch selbst der Kaiser erkannte, was er den Kraus-Werken, den Waffenschmieden der Nation, schuldig war. Einige

Worte in die richtigen Ohren bei Hof und die diskrete Erwähnung des Namens von Biederstedt verhalfen Heinrich zu einer Einladung.

Ohne jede Nervosität betrat der großgewachsene Mann in makelloser Abendkleidung den imposanten Ballsaal, denn er fühlte sich durch den Krausschen Reichtum dem Adel, der Berlins größtem gesellschaftlichen Ereignis beiwohnte, mehr als ebenbürtig. Das einzige, was ihn in seinen Augen von ihnen unterschied, war der fehlende Titel, aber er war entschlossen, auch diesen bald seinem Namen beizufügen.

Zielstrebig steuerte er auf die von Biederstedts zu. Graf Ewald begrüßte ihn freundlich. »O Kraus, hatte nicht erwartet, Sie hier zu treffen. Vater, darf ich dir Heinrich Kraus vorstellen? Hat bei der Garde gedient.«

»Kraus?« schnarrte der Graf verächtlich, sich knapp verbeugend, womit er andeuten wollte, daß er noch nie von dieser Familie gehört hatte. Gräfin Christina musterte ihn abschätzig durch ihre diamantbesetzte Lorgnette und wandte sich dann wieder ab, um ihre Unterhaltung über das beste Bad gegen Rheumatismus fortzusetzen. Graf Ewald legte liebevoll den Arm um die Schultern der jungen Dame neben sich. »Julia, darf ich dir Heinrich Kraus vorstellen?«

Sie war noch schöner, als Heinrich erwartet hatte, eine zierliche Gestalt in rosa Tüll mit braunen, hochgesteckten Locken, gekrönt von einem kleinen Diadem aus Diamanten und Perlen. Sie sah ihn aus runden, braunen Augen an, und eine leichte Röte huschte über ihre Wangen. »Ich freue mich, Ihre Bekanntschaft zu machen.«

»Wenn Sie mich einen Augenblick entschuldigen ...« Offensichtlich froh, einen Begleiter für Julia und eine Gelegenheit gefunden zu haben, seinen Eltern zu entwischen, verschwand Ewald in Richtung einer bildhübschen jungen Debütantin.

»Erlauben Sie?« Heinrich nahm Julias Arm und führte

sie zu einer nahen samtbezogenen Bank. »Ist das Ihr erster Hofball?«

»Ja, und ich freue mich seit langem darauf.«

»Ihre Familie kommt nicht oft nach Berlin?«

Julia schmollte allerliebst. »Leider nein. Mein Vater widmet seine Zeit viel lieber unserm Gut in Pommern. Er liebt die Stadt nicht.«

Heinrich spürte eine Woge der Erregung. »Aber Sie, verehrte Komtesse?«

»Ich liebe die Stadt, Herr Kraus, ich liebe ihre Modernität, die Theater, die Geschäfte und Cafés.«

Mit einer Gewandtheit, die er gar nicht an sich kannte, unterhielt sich Heinrich über Theaterstücke, die schönen Künste, die Oper und die neueste Hutmode.

»Wie herrlich, sich mit jemand unterhalten zu können, der etwas von diesen Dingen versteht«, seufzte Julia. »Sie können sich gar nicht vorstellen, wie sehr ich mich in Fürstenmark langweile und wie gerne ich ihm entfliehen würde. Ich verabscheue das Land und finde vor allem unser Haus so unbehaglich, verglichen mit der Wohnung in der Wilhelmstraße.«

Heinrich war eigentlich kein guter Tänzer, doch an diesem Abend schien er wie auf Wolken zu schweben, denn er wußte, daß er den Weg zu Julias Herz entdeckt hatte. Er war so sicher, daß sie ihn heiraten würde, daß er ihr am Schluß anvertraute, er werde ihr am nächsten Tag schreiben und sie mit der Familie morgen abend zum Essen einladen. Dann verabschiedete er sich mit einem Handkuß.

Am nächsten Morgen stand er früh auf, denn er hatte einen hektischen Tag vor sich. Als erstes ließ er einen riesigen Strauß rosa Rosen zu den Biederstedts in die Wilhelmstraße schicken. Auf der beiliegenden Karte stand: »Für Komtesse Julia, mit ehrerbietigen Grüßen von Heinrich Kraus.« Eine Stunde später schickte er zwei Dutzend rosa Nelken.

Dann mußte er entscheiden, wohin er die Biederstedts am Abend einladen wollte. Er hatte keine Wohnung, und ins Hotel Konrad konnte er sie unmöglich bitten. Nach Heinrichs Ansicht gab es nur ein geeignetes Haus, das er selbst allerdings noch nie besucht hatte – das Café Jochum.

Als er beim Café ankam, blieb er einen Augenblick in der Tür stehen und nahm das Bild in sich auf, die luxuriösen Samtvorhänge, die weißen Tischtücher und die flinken, jungen Kellner, die mit ihren Silbertabletts hin und her eilten.

»Kann ich Ihnen zu Diensten sein, mein Herr?« Der Oberkellner stand plötzlich neben ihm.

»Mein Name ist Kraus, Heinrich Kraus. Ich hätte gern Herrn Jochum gesprochen.« Er reichte dem Mann seine Visitenkarte.

»Wenn Sie einen Augenblick Platz nehmen möchten, mein Herr. Ich werde sehen, ob der Herr Direktor frei ist.«

Es war ein eigenartiges Gefühl für Heinrich, Karl Jochum in seinem eigenen Restaurant in dem Haus auf sich zukommen zu sehen, das er vergebens zu kaufen versucht hatte. Nichts mehr erinnerte an den etwas schwerfälligen Burschen bei der Ersten Brandenburgischen Garde; an seiner Stelle stand ein großer, selbstsicherer, eleganter Herr. Nicht nur sein Geschäft ging also offenbar gut. Auch Karl Jochum schien ein Erfolgskandidat zu sein, trotz seines bescheidenen Anfangs.

Augenblicklich verwarf Heinrich den herablassenden Ton, den er hatte anschlagen wollen, und streckte lächelnd die Hand aus. »Schön, Sie wiederzusehen, Jochum – und meine Glückwünsche zu Ihrem Restaurant. Ich bin beeindruckt.«

Karl strahlte. »Danke, Herr Kraus. Nett, daß Sie mich besuchen. Möchten Sie einen Kaffee?«

»Danke, gern.«

Max Patschke führte sie zu einem Ecktisch und nahm die Bestellung auf. Dann kam Heinrich zur Sache. »Herr Jochum, Sie haben, glaube ich, private Speiseräume. Ich habe heute abend Gäste und möchte sie angemessen bewirten.«

»Selbstverständlich, Herr Kraus. Ich glaube, wir können Ihnen beides bieten, ein exzellentes Essen und den privaten Rahmen, den Sie wünschen.« Karl bedeutete Max, ihnen die pergamentene Speisekarte zu bringen. Heinrich studierte sie bewundernd. Neben den Berliner Fisch- und Fleischspezialitäten gab es Wildschwein und Wildbret aus Böhmen, Flußkrebs »Jochum«, Ostseesteinbutt und Rippenstück vom Holsteiner Lamm. Warum zum Teufel konnte das Konrad keine solchen Genüsse bieten? »Gut«, sagte er. »Können wir uns jetzt die Speiseräume ansehen?«

Anschließend kehrte Heinrich ins Hotel Konrad zurück, wo er einen weiteren Brief an Julia schrieb. »Verehrte Komtesse«, begann er, »seit ich Sie das erste Mal von weitem in Karlshorst sah, verehre ich Sie zutiefst. Ihre Gesellschaft auf dem Hofball gestern abend genießen zu können, war eine Ehre, die meine kühnsten Erwartungen übertraf. Bitte, nehmen Sie die Blumen, die zu schicken ich mir erlaubt habe, als Zeichen meiner tiefen Verehrung. Wenn Sie und Ihre Familie die Güte hätten, mit mir heute abend im Café Jochum zu speisen, wäre ich ewig dankbar. Ihr ergebener Diener, Heinrich Kraus.«

Die Blumen riefen im Hause Biederstedt Bestürzung hervor. »Herr Kraus zeigt einen eklatanten Mangel an Feingefühl. Kein Offizier oder Mitglied des Adels würde sich so benehmen«, erklärte Gräfin Christina ihrer Tochter. »Er ist kein Herr!«

Heinrichs Brief sorgte für noch mehr Aufruhr. »Du wirst ihn vernichten!« befahl die Gräfin. »Wir werden uns nicht mit diesem ungehobelten Bürgerlichen abgeben.«

Julia wiegte nur verträumt den Kopf. »Was soll ich anziehen?«

Gräfin Christina wandte sich Ewald zu. »Was hast du dir

dabei gedacht, Julia mit einem solchen Mann bekannt zu machen?«

Ewald genoß die Situation sichtlich. Zum einen war er dankbar für alles, was die Aufmerksamkeit seiner Eltern von ihm ablenkte, zum andern wollte er Julias Glück. Heinrich Kraus' Benehmen gestern abend hatte ihn angenehm überrascht. Im Zivilleben war der Mann offenbar weniger servil und gewöhnlich. »Er ist zwar nicht adlig, Mama, aber sehr wohlhabend, auch wenn er sein Geld in der Industrie macht.«

Sie war skeptisch. »Papa hat noch nie von ihm gehört.«

»Das sollte er aber. Das Unternehmen ist eines der reichsten des Landes.«

»Ist er sehr reich?« hauchte Julia.

»Reich genug, um dir eine Villa bauen und die Pelzmäntel kaufen zu können, die du möchtest«, erklärte Ewald sarkastisch. »Und wenn Seine Majestät ihn für wert befindet, zum Hofball eingeladen zu werden, können wir Biederstedts es uns wohl kaum leisten, seine Vorzüge so ohne weiteres abzutun.«

»Ich werde Papa ersuchen, Nachforschungen anzustellen«, lenkte seine Mutter ein. »Aber ich hätte nie gedacht, daß Julia jemals ...«

Doch Julia ignorierte sie. »Ich habe mich entschlossen, Mama. Ich werde Heinrich Kraus heiraten.«

Um sechs Uhr abends warf Karl einen letzten Blick in den privaten Speiseraum, der für Heinrich Kraus reserviert war, rückte hier ein Messer zurecht, dort ein Glas und fragte sich, wer die Gäste wohl sein mochten. Wer war so bedeutend, um Kraus zum ersten Mal ins Café Jochum zu bringen?

Seine Frage wurde bald beantwortet, denn in dem Moment erschien Kraus, und gleichzeitig fuhr eine Kutsche mit dem Wappen der von Biederstedt vor. Er sah den alten Grafen aussteigen, die hoheitsvolle Gräfin, Ewald und eine elegante kleine Person, die nur Julia sein konnte. Karl eilte hinaus, sie zu begrüßen.

Gräfin Christina übersah sowohl Karl als auch Heinrich Kraus, nahm den Arm ihres Mannes und marschierte in das Café, wobei sich ihr Pelz fast buchstäblich vor Entrüstung sträubte, an einem solchen Ort zu sein. Ewald blinzelte Karl zu.

Aber Karl hatte nur Augen für Julia. Sie sah hinreißend aus in ihrem hochgeschlossenen, kirschroten Kleid, der karminroten Schärpe und dem dazu passenden Hut. Sie begrüßte ihn wie einen alten Freund. »Wie schön, Sie wiederzusehen, Herr Jochum. Was für ein herrliches Café.« Sie blieb stehen, um der Musik zu lauschen. »Ist das nicht wunderbar?«

Besitzheischend ergriff Heinrich Kraus Julias Ellbogen. »Ich habe einen privaten Speiseraum für uns reservieren lassen.«

Karl drehte sich zu Max um. »Max, bringen Sie unsere Gäste bitte hinauf«, sagte er mit versteinertem Gesicht.

Das also war der Zweck dieses Essens. Irgendwie hatte Heinrich Kraus die Gunst der Biederstedts erschlichen und machte Julia jetzt den Hof.

Noch nie im Leben hatte Heinrich Kraus sich derart bemüht. Die Einladung der Biederstedts mußte ein Erfolg werden. Während des ganzen Essens saß Gräfin Christina kerzengerade da. Der Graf blickte hochmütig in die Runde und sprach ständig von den guten Partien, die die beiden anderen Töchter gemacht hatten. Graf Ewald trug wenig zur Unterhaltung bei und beobachtete das Geschehen mit gelangweilter Belustigung.

Aber Heinrich war zuversichtlich. Komtesse Julia hing an seinen Lippen. »Ihr Unternehmen ist an der Versorgung Berlins mit Elektrizität beteiligt?« fragte sie bewundernd.

»Und anderer Teile des Landes. In der Villa, die ich mir

bei Essen baue, habe ich meinen eigenen Stromgenerator. Er sorgt für Licht und Heizung im ganzen Haus.«

»Sie haben elektrische Heizung in allen Zimmern, auch den Schlafzimmern?«

»Julia!« rief ihre Mutter sie zur Ordnung. Von Schlafzimmern sprach man nicht.

»Sind die Schlafzimmer auf Schloß Fürstenmark nicht geheizt?« erkundigte sich Heinrich.

»Sie sind bitterkalt«, erzählte Julia ihm. »Sie wissen gar nicht, wie sehr ich mich nach einem modernen, komfortablen Haus sehne, Herr Kraus!«

»Julia, Schloß Fürstenmark ist dein Zuhause!« rief ihr Vater.

Heinrich lächelte Julia nur zu. Er konnte ihr zwar keinen Titel oder Stammbaum bieten, aber Reichtum und das Haus ihrer Träume. Und sie würde ihm durch die Heirat das geben, was er so sehr erstrebte – ihre Verbindungen zum Adel, Zugang zu Fürstenmark als »seinem« Landsitz und vor allem das Ansehen, das er dadurch in Gesellschafts- und Geschäftskreisen gewann. Ihre Eltern würden ihn zwar nie als ebenbürtig betrachten, aber ihre Eltern zählten nicht. Er wollte nichts weiter als eine durch Heirat begründete Verbindung zu ihnen, den ersten Schritt zu einem eigenen Titel.

»Sieht so aus, als hätte Julia sich entschieden, Heinrich Kraus zu heiraten«, sagte Ewald am nächsten Tag zu Karl, als er an seinem Stammtisch Platz nahm. »Keineswegs überraschend. Bei all ihrem Charme war Julia schon immer ein kleines berechnendes Biest und machte nie ein Hehl aus ihrer Absicht, einmal reich zu heiraten. Die Eltern sind natürlich dagegen, aber die Zeiten ändern sich. Es gibt nicht viele Adlige mit Krausens Geld.«

Karl versuchte, sich mit dem Gedanken abzufinden, daß die hübsche kleine Komtesse einen so grobschlächtigen Menschen wie Kraus heiraten wollte. Nicht daß er sich selbst mit diesem Gedanken getragen hätte, aber sie war für ihn einfach die Verkörperung weiblicher Schönheit und Vollkommenheit.

»Kraus wußte bestimmt nicht so recht, wohin er uns einladen sollte. Ich meine schon lange, daß diese Stadt ein wirklich erstklassiges Hotel mit einem Restaurant dieser Güte braucht. Nimm meine Familie, Karl. Jedesmal, wenn sie nach Berlin kommt, muß sie fast den ganzen Haushalt mitbringen. Wieviel einfacher wäre es, wenn sie in einem wirklich guten Hotel absteigen könnte.«

Mit einem Schlag waren alle Gedanken an Julia aus Karls Kopf verschwunden, als er an die Möglichkeiten eines solchen Hauses dachte. Ein Luxushotel, das den Adel aufnehmen konnte, der zum Hofball kam. Ein renommiertes Hotel mit einem erstklassigen Restaurant, in dem reiche Industrielle wie Kraus ihre Gäste bewirten konnten, ohne das Haus verlassen zu müssen. Er ergriff Ewalds Hand und schüttelte sie heftig. »Danke, Graf Ewald, das ist eine glänzende Idee. Das mache ich! Ich weiß noch nicht wie, aber ich werde ein Hotel bauen, in dem Ihre Familie wohnen kann, wenn sie nach Berlin kommt.«

Als die Hochzeit ein Jahr später stattfand, konnte Karl das ganz leidenschaftslos mit ansehen. Er beneidete Kraus ein wenig, mußte aber dessen Tatkraft bewundern. Am meisten überraschte ihn, daß Julia einen Bürgerlichen heiraten konnte, um ihre Ziele zu erreichen, was früher fast undenkbar gewesen wäre. Vielleicht bedeutete das, wie Grete immer hoffte, daß die soziale Kluft zwischen Adel und Bürgertum kleiner wurde. Ob das etwas Gutes oder Schlechtes war, vermochte Karl nicht zu sagen.

Karls Kreditschulden beim Bankhaus Arendt sanken ständig. Bald würde er anfangen können zu sparen, um seinen neuen Plan, den nächsten, auszuführen, denn kein Tag verging, an dem er nicht an das Hotel dachte, das er eines Tages bauen würde.

Berlin erlangte mehr und mehr internationale Bedeutung. Neue Firmen kamen in die Stadt, Botschaften wurden eingerichtet, und auf den Straßen sah man immer häufiger Ausländer, von denen viele den Weg ins Café Jochum fanden. Vor allem Emil Graber, ein deutscher Diplomat aus der Handelsabteilung der deutschen Botschaft in London, der oft in Berlin mit deutschen Industriellen zusammentraf, schien nicht nur die Atmosphäre im Café Jochum zu schätzen, sondern auch die Gesellschaft Karls.

Der Mittvierziger mit den roten Haaren erzählte Karl von Restaurants und Hotels in Paris, Rom, Monte Carlo und London. »Ihr Restaurant ist das einzige in Berlin, das diesen Namen überhaupt verdient«, sagte er eines Abends bei einem Cognac nach dem Essen. »Aber Sie könnten mehr Platz gebrauchen – und Sie brauchen eine internationale Speisekarte, eine größere Auswahl. Haben Sie schon einmal von dem bekannten Küchenchef Maurice Mesurier gehört?«

»Aber natürlich, den kennt doch jeder.«

»Sie brauchen einen Küchenchef wie ihn. Er kostet Sie zwar ein Vermögen, aber er wäre sein Gewicht in Gold wert.«

»Würde Mesurier jemals von Paris weggehen?«

»Selbst Chefköche werden unruhig und suchen nach neuen Aufgaben. Fragen können Sie ihn ja.«

Karl erzählte seinem Vater später am Abend von dem Gespräch. Sigi fuhr sich müde mit der Hand über die Stirn. Er war inzwischen sechzig und wurde zusehends alt. »Wirst du nie zufrieden sein, mein Junge?«

Karl wollte schon etwas erwidern, ließ es dann aber. Sein Vater verstand das nicht. Es war Zeitverschwendung, mit ihm darüber zu reden. Aber als er Max am nächsten Tag darauf ansprach, sagte der Oberkellner bedächtig: »Was den Platz angeht, hat er sicher recht. Wenn wir Loewe übernehmen könnten, Gäste kämen genug.«

Karl verabredete sich mit seinem Nachbarn und kam nach ein paar Höflichkeitsfloskeln zur Sache. »Herr Loewe, ich trage mich mit dem Gedanken, Café Jochum zu vergrößern. Wären Sie bereit, Ihr Geschäft zu verkaufen?«

Aber Loewe, ein grauhaariger Sechziger, grinste nur. »Herr Jochum, ich trage mich mit dem Gedanken, meinen Garten zu erweitern. Wieviel wollen Sie für Ihr Café haben?«

Ein paar Monate später stürmte Max Patschke in Karls Büro. »Loewe hat einen Herzanfall gehabt und ist gestorben!«

»Glauben Sie, daß Frau Loewe das Geschäft weiterführt?«

»Ich glaube nicht, aber wer weiß.«

»Ich will es kaufen. Aus dem ersten Stock machen wir ein Restaurant, aus dem Laden eine Konfiserie, und in den Sommermonaten servieren wir das Essen im Garten. Ich gehe sofort zu Dr. Duschek!«

»Ist das nicht etwas verfrüht?« meinte Max besorgt. »Loewe ist erst letzte Nacht gestorben.«

»Wer zuerst kommt, mahlt zuerst. Ich hätte dem alten Jungen nie was Schlechtes gewünscht, aber wo er nun einmal tot ist, werde ich Frau Loewe ein Angebot machen, das sie nicht ausschlagen kann. Wollten Sie nicht immer schon das beste Restaurant in Berlin leiten?«

»Ich dachte, das tue ich schon.«

»Das ist erst der Anfang und nichts gegen das, was noch kommt.«

Dr. Duschek lächelte, als Karl den Grund seines Besuchs nannte. »Ich habe mir gedacht, daß es eines Tages so kommt. Sie wollen also das Grundstück kaufen.« Als Karl nickte, sagte er: »Vielleicht nicht ganz einfach. Sie werden sich erinnern, daß damals eine Immobiliengesellschaft das Grundstück gekauft hat. Aber ich werde sehen, was sich machen läßt.«

Einige Wochen danach saß Karl wieder in Duscheks Büro. »Pachten ist kein Problem«, erklärte der Notar. »Frau Loewe will nach Leipzig zu ihrer Tochter ziehen und würde sich freuen, wenn Sie die Pacht übernähmen. Aber kaufen ist etwas anderes.«

»Ich will kaufen, ich will das Grundstück besitzen.«

»Ich wußte, daß Sie das sagen würden, Herr Jochum, und habe daher über die Bank an die Gesellschaft geschrieben.«

»Wem gehört diese Immobiliengesellschaft?«

»Ich weiß noch nicht genau, aber es könnte Heinrich Kraus sein.«

Karl senkte den Kopf. Bilder kamen ihm in den Sinn. Unteroffizier Kraus, der den schweren Schrankkoffer die Treppe hinunterschleppte. Heinrich Kraus, der die Komtesse Julia umwarb. Zum Teufel damit! Er würde Kraus zwingen, an ihn zu verkaufen.

»Karl Jochum will das Haus von Loewe kaufen«, sagte Heinrich Kraus zu seinem Vater und hielt den Duschek-Brief hoch.

»Hast du nicht gesagt, er würde sich übernehmen und bald pleite sein?« murrte Gustav.

»Nein, Vater«, widersprach Heinrich. »Das hast du gesagt.«

»Wie hoch sind unsere jährlichen Einnahmen aus dem Haus?« Heinrich sagte es ihm, und er kritzelte ein paar Zahlen auf ein Löschblatt. »Was hältst du von Jochum als Geschäftsmann?«

»Ich bin beeindruckt«, sagte Heinrich. Er ging der Form halber auf die Diskussion ein, damit sein Vater sich wichtig vorkam. Denn inzwischen leitete Heinrich die Kraus-Werke.

»Wir verkaufen«, entschied Gustav, wozu auch Heinrich sich schon entschlossen hatte. »Dieser Jochum kann uns vielleicht noch mal nützen. Schlag fünfundzwanzig Prozent auf diese Zahl auf und sieh mal, wie ernst er es meint.« Auch das deckte sich mit Heinrichs eigener Entscheidung.

Als Dr. Duschek den Brief von Heinrich Kraus erhielt, schlug er Karl eine Unterredung mit Jakob Silberstein und Isaak Arendt vor. Sie trafen sich im Konferenzraum der Bank.

»Heinrich Kraus ist der Eigentümer«, unterrichtete Duschek die Anwesenden. »Und er will Herrn Jochum die Erweiterung des Cafés offenbar teuer machen.«

»Ich kaufe, aber es ist mein letztes Geschäft mit Kraus.«

»Herr Jochum, wenn Sie dieses Objekt kaufen, was wollen Sie damit machen?« fragte Isaak Arendt.

Karl erläuterte eingehend seine Pläne, das Café Jochum zu erweitern. Und dann erzählte er von Emil Graber.

»Oh, Herr Graber und ich sind alte Freunde«, rief Isaak Arendt. »Ein Mann mit gesundem Menschenverstand.«

Befriedigt fuhr Karl fort: »Herr Graber hat mich auf das Fehlen eines Restaurants mit internationaler Küche in Berlin aufmerksam gemacht. Er riet mir zu dem Versuch, Maître Mesurier zu engagieren.«

Isaak Arendt rieb sich nachdenklich das Kinn. »Mesurier? Warum eigentlich nicht? Ich bin nächste Woche in Paris. Soll ich in Ihrem Namen an Mesurier herantreten, Herr Jochum?«

»Können wir ihn uns leisten?« fragte Silberstein.

Isaak Arendt lachte. »Vergessen Sie nicht, Herr Silberstein, eines Tages wird der Kaiser im Café Jochum speisen. Und für ihn ist nur das Beste gut genug.«

Karls Freude kannte keine Grenzen, als Isaak Arendt mit der Nachricht aus Paris zurückkam, daß Mesurier bereit sei, nach Berlin zu kommen, auch wenn das Gehalt, das er verlangte, astronomisch erschien. »Glauben Sie, daß er das wert ist?«

»Es kommt selten vor, daß ich meinen Kunden zur Extravaganz rate, aber wenn Sie einmal eines seiner Menüs gegessen haben wie ich, werden Sie keinen Pfennig seines Gehalts bereuen.«

Mesurier verwandelte das Café Jochum. Der kleine, lebhafte Franzose, der kein Wort Deutsch sprach, übernahm in der Küche sofort die Regie. »Ihr Deutschen habt keinen Geschmack, keinen Stil. Ab jetzt machen wir alles ein bißchen anders. Anstatt zweier Gerichte servieren wir Menüs mit sechs oder sieben Gängen, kleinen Gängen, die alle exquisit zubereitet werden.«

»Warum sind Sie überhaupt nach Berlin gekommen, wenn Ihnen die Deutschen so mißfallen?«

»Ich habe nichts gegen die Deutschen, nur gegen ihr Essen. Ich bin wie ein Missionar, dessen Religion das Essen ist. Ich muß hinaus in die Welt und die Heiden bekehren. Deshalb nehme ich Ihr Angebot an, Monsieur Jochum.«

Während ein Heer von Handwerkern den ehemaligen Tabakladen in ein Restaurant verwandelte, stellte Mesurier seine Truppe zusammen. Aus Italien kam Luigi Cassati, der italienisches Eis aus reinen Früchten machte, aus Madrid ein neuer Gemüsekoch und aus Piemont ein Saucenspezialist.

»Du suchst dir am besten auch einen neuen Küchenkonditor«, sagte Sigi eines Tages zu Karl.

»Aber Papa ...«

»Nein, Karli, laß nur, ich bin ein alter Mann und habe keine neuen Ideen mehr. Ich glaube, es ist am besten, ich ziehe mich zurück.«

Karl hatte plötzlich Gewissensbisse, als er das zerfurchte Gesicht seines Vaters betrachtete. Er hatte jede Minute dem Café gewidmet und kaum einmal an seine Eltern und ihre Gefühle gedacht. Er wußte, wenn er ehrlich war, daß er Sigi nicht mehr brauchte, daß sein Vater zu langsam war. »Es tut mir leid, Papa, ich war gedankenlos. Wenn du dich zur Ruhe setzen willst, so verstehe ich das, aber du sollst nicht ganz aufhören. Wir könnten doch einen neuen Konditor einstellen, und du kommst her, wann immer du willst.«

»Gut, mein Junge, wenn du das so möchtest. Ich muß gestehen, mir würde die Arbeit fehlen, wenn ich ganz aufhöre.«

Aber als die Eröffnung des neuen *Restaurant Français* unter Maître Mesurier näher rückte, kamen auch Sigis Ängste wieder. »Du gehst ein großes Risiko ein«, sagte er zu seinem Sohn.

Karl legte den Arm um die Schultern Sigi Jochums. »Das hast du vor drei Jahren, als wir das Café eröffnet haben, auch gesagt. Keine Angst, ich mache jetzt keinen Fehler.«

Karl war Realist genug, um zu wissen, daß er die eingefahrenen Gewohnheiten konservativer Berliner nicht über Nacht ändern konnte, aber mit der Zeit würden sie den ausländischen Diplomaten und Geschäftsleuten folgen.

Sechs Monate nach Mesuriers Antritt geschah ein Wunder. Es war früh am Abend, und ganz Berlin war auf den Beinen, um die letzten Sonnenstrahlen zu genießen oder ein Eis oder einen Kaffee im Jochum.

Karl stand gerade in der Küche und sah Mesurier bei der Zubereitung eines Auerhahns zu, als aufgeregtes Stimmengewirr aus dem Café seine Aufmerksamkeit erweckte. Fast wäre er mit einem Kellner zusammengestoßen, der durch die Schwingtür hereinstürmte. »Herr Direktor, der Prinz!«

Als Karl aus der Küche trat, sah er, daß niemand im Café mehr auf seinem Stuhl saß. Alles drängte sich vor den Fenstern und blickte auf die Terrasse. »Er ist es! Es ist der Prinz!« rief jemand. »Es ist Prinz Wilhelm. Er setzt sich.«

Mit klopfendem Herzen eilte Karl hinaus, wo Max und eine Schar weißbejackter Kellner den neuen Gästen halfen, Platz zu nehmen. Zusätzliche Stühle wurden für die begleitenden Offiziere herangebracht. Karl verbeugte sich vor Prinz Wilhelm, dem Enkel des Kaisers, der etwa in seinem

Alter war. »Kaiserliche Hoheit erweisen mir eine große Ehre.«

Der Prinz lehnte sich zurück. »Ich habe ganz außergewöhnliche Geschichten gehört, Jochum. Man sagt mir, in Ihrem Restaurant gäbe es Essen mit zwanzig Gängen.«

»Nun, nicht gerade zwanzig, Kaiserliche Hoheit, aber doch sechs bis sieben.«

Der Prinz wandte sich an seine Begleiter, unter denen Karl jetzt auch Graf Ewald erkannte, der breit grinste. »Sehen Sie?« rief der Prinz triumphierend und wandte sich wieder zu Karl. »Und dann höre ich, daß Ihr Küchenchef Trüffel extra aus dem Périgord importiert. Was ist mit den deutschen Trüffeln, Jochum?«

Karl zögerte einen Augenblick, denn er wußte um die Gefahr, vor einem Mitglied des Kaiserhauses etwas Französisches zu loben. Er betrachtete das Gesicht des Prinzen, den dunklen, exakt gestutzten Schnurrbart, den unbeirrten Blick der braunen Augen. Karl nahm allen Mut zusammen. »Wie Kaiserliche Hoheit wissen, wachsen Trüffel in der Erde und werden von Schweinen aufgespürt. Da die Franzosen bekanntlich gewöhnlich sind, essen sie dieses Schweinefutter und nennen es Delikatesse, während wir in Deutschland es vorziehen, unsere Schweine zu mästen und sie als Delikatesse zu essen. Deshalb ist deutsches Fleisch so zart und würzig.«

Einen Augenblick herrschte Stille, dann warf der Prinz den Kopf zurück und lachte dröhnend auf. Sofort fielen seine Höflinge ein. »Ausgezeichnet, Jochum! Ausgezeichnet! Die Deutschen verfüttern ihre Trüffel an die Schweine.«

Mit großer Erleichterung wartete Karl, bis das Gelächter sich gelegt hatte, und fragte dann: »Darf ich Eurer Kaiserlichen Hoheit etwas zu essen oder zu trinken anbieten?«

»Haben Sie Bier, Jochum, gutes *deutsches* Bier?« Im Blick des Prinzen lag noch immer ein mutwilliges Funkeln.

»Selbstverständlich, Kaiserliche Hoheit.« Karl verbeugte sich.

»Dann trinken wir Bier.«

Der Besuch des Prinzen besiegelte den Erfolg des Cafés Jochum. Mit Lichtgeschwindigkeit sprach es sich in Berlin herum, daß Prinz Wilhelm im Café Jochum Bier getrunken hatte. Wochen im voraus waren alle Tische reserviert, und die Menschen standen Schlange, um einen Platz in dem Café zu bekommen, wo der Prinz gesessen hatte. Es passierte nur ganz selten, wenn überhaupt, daß ein Prinz aus dem Hause Hohenzollern unangemeldet irgendwohin ging und unter dem Volk saß.

»Siehst du, Papa, ich habe dir ja gesagt, wir bauen ein Restaurant, wo sogar der Kaiser speist.«

»Er ist nicht der Kaiser, und er hat nicht gespeist«, hielt Sigi lakonisch dagegen.

»Papa, was ist los? Warum freust du dich nicht?«

Sigi setzte sich schwer auf einen Stuhl. »Entschuldige, natürlich freu ich mich. Ich fühl mich nur heute nicht gut.«

Karl bemerkte, daß das Gesicht seines Vaters etwas gelblich wirkte. »Du arbeitest zuviel. Warum machst du mit Mama nicht mal Ferien? Fahrt nach München und besucht Grete.«

Klara nickte. »Das wäre schön, Sigi. Ein Tapetenwechsel, das würde dir guttun.«

»Vielleicht«, meinte er, doch die Tage verstrichen, und er sagte nichts mehr von Ferien. Er ging nicht mehr ins Café, sondern blieb zu Hause, las lustlos die Zeitung oder starrte verloren aus dem Fenster.

Als er über Appetitlosigkeit und Magenschmerzen klagte, bestand Klara darauf, den Arzt zu rufen. Dr. Blattner war ein junger Mann, der seinen Beruf sehr ernst nahm. »Frau Jochum«, sagte er nach der Untersuchung, »Ihr Mann muß ins Krankenhaus kommen, damit wir ein paar Untersuchungen machen können.«

»Was glauben Sie, woran es liegt?«

»Ich fürchte, es ist ein Tumor.«

»Kann man das heilen?«

»Ich möchte erst noch einen Spezialisten hinzuziehen.«

Sigis Zustand verschlechterte sich rapide, und es überraschte Karl nicht, als der Spezialist ihn und seine Mutter zu sich bat und ihnen eröffnete, daß Sigi bald sterben müsse.

»Können Sie nicht operieren?« fragte Karl hilflos.

Der Spezialist schüttelte mitfühlend den Kopf. »Es ist viel zu spät, fürchte ich. Der Tumor ist wahrscheinlich seit Monaten gewachsen, wenn nicht seit Jahren. Selbst wenn wir ihn früher entdeckt hätten, hätten wir kaum etwas unternehmen können.«

An diesem Nachmittag sprach Sigi zum letzten Mal mit ihnen. Bleich und ausgemergelt saß er gegen die Kissen des Krankenhausbettes gelehnt. Er wandte Karl den Kopf zu und sagte: »Ich bin sehr stolz auf dich, mein Junge. Ich bin stolz, daß ich erlebt habe, wie Prinz Wilhelm dein Café besuchte. Du und der Prinz, ihr seid etwa gleich alt. Ich wäre nicht überrascht, wenn ihr beide in Berlin eine Weile herrschen würdet. Aber du mußt aufpassen, Karli. Sei nicht zu stürmisch.« Dann schloß er die Augen.

Es war typisch für seinen Vater, daß er selbst auf dem Totenbett mehr an andere als an sich dachte. Karl spürte ein Würgen im Hals. Er beugte sich über ihn und küßte ihn auf die Stirn. »Danke, Papa, danke für alles.«

Zwei Tage später schlief Sigi Jochum ein, um nicht mehr aufzuwachen. Seine Frau und sein Sohn saßen bei ihm. Wie benommen verließen sie das Krankenhaus, nachdem sie die Formalitäten erledigt hatten. Schweigend kehrten sie in die leere Wohnung zurück. Sie setzten sich, und Klara sagte leise: »Er war ein guter Mann, Karli, ein so guter Mann. Ich weiß nicht, wie ich ohne ihn leben soll.«

Grete und Gottfried kamen aus München zur Beerdigung. Ihrer Tochter gestand Klara, wie sehr sie sich vor den einsamen Jahren fürchtete, die vor ihr lagen.

»Wir haben ein Zimmer frei, Mama«, sagte Grete liebevoll. »Warum kommst du nicht zu uns? Ich bin auch oft allein, denn Gottfried ist immer öfter in der Universität oder bei seiner politischen Arbeit. Wir würden uns so freuen, dich bei uns zu haben.«

Klara sah ihren Sohn an. »Hättest du was dagegen, wenn ich ginge, Karli?«

»Natürlich nicht, wenn du das möchtest.« Doch Karl wußte, daß er sie sehr vermissen würde.

»Dann mach ich es, glaube ich. Ich kann immer wieder zurückkommen, wenn ich es mir anders überlege oder du mich brauchst.«

Ein paar Tage später fuhr Klara mit Grete und Gottfried nach München. Karl brachte sie zum Anhalter Bahnhof. Noch lange nachdem die schwere Dampflok seinen Blicken entschwunden war, stand er auf dem Bahnsteig und schaute auf die ferne Rauchfahne. Zum ersten Mal wurde ihm bewußt, daß er ganz allein war.

4

Im Herbst 1887 erkannte Ewald von Biederstedt betrübt, daß seine Junggesellenjahre bald vorbei sein würden, denn sein Vater kam nach Karlshorst und stellte ihm ein Ultimatum. Ewald saß in seinem Ledersessel, Graf Friedrich stand vor dem Kamin, die Hände unter den Rockschößen. »Ich bin nach Berlin gekommen, weil ich es für an der Zeit halte, ein ernstes Wort mit dir zu reden.«

Ewald seufzte. »Jawohl, Vater.«

»Du bist jetzt einunddreißig, Ewald, und es ist Zeit, daß du dich verheiratest. Jetzt, wo auch Johann geheiratet hat, bist du als einziges meiner sechs Kinder noch ledig.«

Ewald nahm sich eine Zigarre aus dem Klimabehälter. Sein Bruder Johann hatte vor kurzem Anna von Welczek geheiratet, ein recht hübsches Mädchen, aber auch sie würde, wie alle anderen Frauen, nur zwei Gesprächsthemen kennen – Kinder und Dienstboten.

»Alle deine Schwestern haben Kinder. Sogar dieser Kraus hat einen Sohn gezeugt.«

Selbst Julia hatte sich seit ihrer Heirat verändert, ging es Ewald durch den Kopf. Ihre lebhafte Art schien verflogen, und ihre Briefe aus der neuen Villa in Essen handelten nur von ihrem Mann und ihrem Baby Ernst.

»Ich habe daher eine Entscheidung getroffen. Du wirst Annette von Kettel heiraten. Wie du weißt, ist ihr Vater tot. Ihre Mutter ist krank. Das Gut ist heruntergekommen, da es einem unfähigen und gewissenlosen Verwalter untersteht.

Zusammen mit Fürstenmark könnte es wieder äußerst gewinnbringend werden.«

»Aber Papa, Annette ist alt. Sie muß schon dreißig sein!«

»Sie ist siebenundzwanzig, nicht mehr die jüngste, aber das bist du auch nicht. Ihr werdet ein gutes Paar abgeben.«

»Und wenn ich mich weigere?«

»Dann sperre ich dir den Wechsel, was bedeutet, daß du deinen Abschied nehmen mußt. Ich werde dich öffentlich verstoßen und enterben, und das Gut geht an Johann.«

Ewald merkte, daß es seinem Vater diesmal bitterernst war. »Ich werde Annette von Kettel heiraten.«

Das Gesicht des Vaters entspannte sich keineswegs, es gab auch keinen Schlag auf den Rücken, kein »Gott sei Dank, daß du endlich vernünftig geworden bist«. Der alte Graf war aus härterem Holz. »Und nun zum Termin. Deine Mutter und ich halten den nächsten März für passend, Annettes Mutter ist einverstanden.«

Ewald erkannte, daß ihm noch sechs Monate Freiheit blieben.

»Die Hochzeit findet in Fürstenmark statt«, fuhr der Graf fort, »und wir laden natürlich den Kaiser ein.«

Aber Ewald hörte schon nicht mehr hin. Er überlegte, wie er die verbleibenden sechs Monate am besten nutzen könnte.

Es gab keine Hochzeit in Fürstenmark im März 1888, denn Wilhelm I., Deutscher Kaiser und König von Preußen, starb im hohen Alter von neunzig Jahren. Anstatt also seine Hochzeit zu feiern, war Oberleutnant Ewald Graf von Biederstedt unter den Offizieren der Ersten Brandenburgischen Garde, die den Sarg des Kaisers auf dem langen Trauerzug von Schloß Charlottenburg durch die Straßen Berlins begleiteten.

Es war ein kalter, diesiger Morgen, und Karl Jochum stand zwischen Tausenden von Berlinern Unter den Linden und sah schweigend dem Trauerzug zu, der sich durch das Brandenburger Tor bewegte. Wehmütig erinnerte er sich an jenen Morgen vor siebzehn Jahren, als er mit seiner Familie am selben Platz gestanden und die triumphale Rückkehr der Truppen aus dem Deutsch-Französischen Krieg erlebt hatte. Er blickte hinauf zur Quadriga, dem Triumphwagen der Siegesgöttin. Jetzt war dieses Tor zum Symbol einer vereinten, starken Nation geworden.

Der Sohn des alten Kaisers, Friedrich, der mit Viktoria verheiratet war, der ältesten Tochter der englischen Königin Viktoria, wurde der nächste Deutsche Kaiser, aber die Berliner merkten kaum etwas von seiner Existenz, denn er kam in seiner kurzen Regierungszeit nur einmal aus Charlottenburg nach Berlin. Er hatte schon Krebs, als er den Thron bestieg, und starb neunundneunzig Tage nach seinem Vater.

Deutschlands dritter Kaiser in einem Jahr war Wilhelm II., der neunundzwanzigjährige Sohn Friedrichs III. Und wieder stand Karl Jochum auf den Straßen Berlins, winkte begeistert mit dem Taschentuch und jubelte dem neuen Kaiser zu, als dieser in prachtvollem Zug vorbeifuhr, um vor dem Reichstag zu reden. »Vor nicht mal zwei Jahren war er im Café Jochum«, rief er Max Patschke zu, »und jetzt ist er Kaiser! Max, dieser Mann wird mir zu meinen Zielen verhelfen. Er ist *unser* Kaiser!«

Wilhelm II. kündigte seine Herrschaft mit klingenden Worten an: »Ich werde euch glorreichen Zeiten entgegenführen!« Karls Gesicht leuchtete. Er dachte an die Worte seines Vaters, er und Prinz Wilhelm würden einmal in Berlin herrschen. Ja, diese Zeit würde kommen.

Der Tod zweier Kaiser in so schneller Folge hatte eine Zeit langer Hoftrauer mit sich gebracht, der sich die von Biederstedts als Angehörige des Adels nicht hatten entziehen können. Doch als Wilhelm II. den Thron bestieg, konnte der Hof die Trauerkleidung ablegen, und die Pläne für die Hochzeit Graf Ewalds mit Annette von Kettel kamen voran.

»Zum Teufel, Karl, kein Aufschub mehr«, knurrte Ewald an seinem Stammtisch im Jochum. »Der Termin ist auf April festgelegt worden.« Er griff in die Tasche und holte einen Umschlag hervor. »Hier, Karl, deine Einladung.«

»Wollen Sie sagen, Sie laden mich zu Ihrer Hochzeit ein, Graf Ewald?«

»Karl, wenn ein Mann zum Galgen geführt wird, muß er einen Freund bei sich haben. Selbstverständlich erwarte ich dich dort.«

Karl stellte die Einladung gut sichtbar auf seinen Schreibtisch und zählte ungeduldig die Tage bis April.

Dann war der große Tag da. Karl blickte aus dem Zugfenster auf das brandenburgische Flachland; es war seine erste Fahrt nach Fürstenmark. Aber jetzt, wo er tatsächlich unterwegs war, wurde er von der eigenartigen Angst heimgesucht, er könnte sich versehentlich so benehmen, daß seine vornehmen Gastgeber vor den Kopf gestoßen würden. Wenn nur jemand da wäre, der ihn mit sicherer Hand um die Fallgruben führen könnte.

Eine Kutsche wartete am Bahnhof und brachte ihn zum Schloßgasthof in Fürstenmark, wo er übernachtete.

Karl mochte nicht allein unter Fremden essen und bat den Wirt, ihm Brot und Wurst aufs Zimmer zu bringen. Dann machte er sich auf, um das Dorf zu erkunden, über das er von Graf Ewald schon soviel gehört hatte. Es bestand aus einer langen, kopfsteingepflasterten Straße und wurde vom nahen Schloß und der Kirche beherrscht. Das Schloß war ein wuchtiger Quader mit winzigen Fenstern in dicken Mauern, die nicht nur den eisigen Winden aus Rußland trotzen sollten, sondern in alten Zeiten auch plündernden Eindringlingen aus dem Norden und Osten. Der Bau war nicht schön, aber beeindruckend solide. Er stand dort schon seit Jahrhunderten.

Langsam schlenderte er die Straße hinab, bis er durch einen niedrigen Torbogen in einen Hof mit Stallungen blikken konnte. Morgen würde er durch dieses Tor zum Haupteingang des Schlosses gehen.

Mit diesem Gedanken ging er zu Bett und wachte früh am nächsten Morgen auf, voller Erwartung. Beim Frühstück wurde klar, daß alle Gäste des Gasthofs Hochzeitsgäste waren, die sich offenbar kannten, denn sie unterhielten sich angeregt über das bevorstehende Ereignis und nahmen keine Notiz von Karl. Erst als die Kutschen draußen vorfuhren, um sie zur Kirche zu bringen, merkte Karl, daß noch jemand zu ihnen gestoßen war, eine junge Frau, die allein zu sein schien.

Karl verbeugte sich leicht und streckte die Hand aus, um ihr in den Wagen zu helfen. Es war nur ein kurzes Stück vom Gasthof zur Kirche, doch Karl hatte reichlich Gelegenheit, die Fremde ihm gegenüber zu betrachten. Sie trug ein smaragdgrünes Maßkostüm, das irgendwie ausländisch aussah, ihre gute Figur aber bestens zur Geltung brachte und zu den grünen Augen paßte. Der breitkrempige Hut war hochmodisch, aber ebenfalls nicht nach Berliner Mode. Aus dem hochgesteckten kupferroten Haar darunter fielen kleine Locken in die Stirn. Karl sah sie mit dem verdutzten Gefühl an, sie schon irgendwo gesehen zu haben.

Die Kutsche war bei der Kirche angekommen, und sie stiegen aus. Die Dame in Grün blieb neben ihm, und sie nahmen nebeneinander hinten in der Kirche Platz, von wo sie die Ankunft der Gäste beobachteten. Karl erkannte ein oder zwei von Graf Ewalds Freunden von der Garde, und dann machte sein Herz einen Sprung, denn er erblickte Heinrich Kraus mit Julia am Arm und einem kleinen Jungen an der Hand. In dem Augenblick stimmte die Orgel einen Triumphmarsch an.

»Der Kaiser«, flüsterte Karls hübsche Nachbarin, und wie ein Mann erhoben sich alle. Majestätisch schritt Kaiser Wilhelm II. mit seinem Gefolge zu den reservierten Bänken neben den Brauteltern. Stocksteif stand Karl mit stolzgeschwellter Brust da. Noch nie hatte er einen so glorreichen Tag erlebt, an dem er Gast derselben Hochzeit wie der Kaiser war.

Wie eine Märchenbraut in schimmerndem Weiß kam jetzt Annette von Kettel am Arm ihres Onkels den Gang entlang. Ein halbes Dutzend Brautjungfern und Pagen trugen die lange Schleppe. Als sie an die Altareinfassung kam, trat Ewald in weißer Uniform vor und stellte sich neben sie.

Annette war nicht die häßliche ältliche Jungfer, als die Ewald sie hingestellt hatte. Sie war groß und sehr elegant. Anstatt zu klagen, hätte Ewald dankbar sein sollen, sein Leben mit einer so attraktiven Frau zu teilen. Karl empfand plötzlich den Wunsch, daß dies sein Hochzeitstag wäre, damit er jemanden hätte, dem er seine Träume und Wünsche anvertrauen könnte. Ohne daß ihm klar wurde, was er tat, sah er die Dame in Grün an. Im gleichen Augenblick schaute sie ihn an und lächelte. Karl spürte, wie ihm die Röte ins Gesicht schoß, und blickte wieder weg.

Nach dem Gottesdienst traten sie hinaus in die milde Aprilsonne. Eine Ehrengarde der Ersten Brandenburgischen Garde bildete mit ihren Säbeln einen Bogen, durch den das Brautpaar und die Gäste schritten, ehe sie sich über den kiesbedeckten Kirchhof ins Schloß begaben.

Ein Haushofmeister kündigte sie an, und erst da erfuhr Karl den Namen seiner neuen Bekannten. »Fräulein Graber«, dröhnte der Haushofmeister. »Herr Jochum.«

Dann reihten sie sich in die Schlange der Gäste ein, die an der stattlichen Reihe der Familien Biederstedt und Kettel vorbeizog. Sie schüttelten Hände und murmelten Glückwünsche, Karl ziemlich verlegen, Fräulein Graber offenbar ganz selbstverständlich. Nach diesen Formalitäten reichte ein Diener ihnen ein Glas Champagner, und sie sahen sich in dem hohen Raum um, in dem sich etwa hundert Personen befanden, von denen Karl, wie er zum

Schrecken merkte, nur Graf Ewald und Heinrich Kraus kannte. Wenn Fräulein Graber ihn verließ, würde er vollkommen allein sein.

In dem Augenblick sagte sie: »Vielleicht sollten wir uns bekannt machen? Ich heiße Ricarda Graber.« Ihre Stimme war angenehm tief und hatte einen leicht ausländischen Akzent.

Er verbeugte sich. »Karl Jochum. Ich freue mich, Ihre Bekanntschaft zu machen.«

»Sind Sie mit den Biederstedts verwandt?«

»Nein. Graf Ewald und ich sind alte Freunde. Ich habe in der Garde gedient.«

Ricarda Graber nickte. »Annette und ich sind ganz entfernt verwandt. Die Arme hat kaum Verwandte, und da war das mindeste, was ich tun konnte, herüberzukommen zur Hochzeit.«

»Sie leben nicht in Deutschland?«

»Nein, ich lebe in London, Herr Jochum.«

»Sind Sie Engländerin, gnädiges Fräulein? Sie sprechen ausgezeichnet Deutsch.«

Sie lachte. »Aber ich bin Deutsche, Herr Jochum. Ich bin sogar in der Nähe von Berlin geboren, wenngleich ich schon so lange in England lebe, daß ich mein Deutsch fast vergessen habe. Mein Vater ist im diplomatischen Dienst, und ich lebe dort, seit ich zehn war. Aber meine Großmutter wohnt noch in Heiligensee.«

In dem Augenblick wurden sie von einer Frauenstimme unterbrochen. »Ricarda! Wie schön, dich zu sehen!«

»Anna! Wie schön, dich wiederzusehen, und wie blendend du aussiehst. Die Ehe bekommt dir offenbar. Und wo ist Johann?«

Völlig verdattert sah Karl die beiden sich umarmenden Frauen an. Deshalb war sie ihm so bekannt vorgekommen! Die gleichen grünen Augen, die gleichen roten Haare – und die gleiche Liebenswürdigkeit. Sie war die Tochter Emil Grabers.

Er sah, wie Johann von Biederstedt sich zu der kleinen Gruppe gesellte und Ricarda die Hand küßte. Karl biß sich auf die Unterlippe und versuchte, seine Enttäuschung zu bekämpfen. Einen kurzen Augenblick hatte er geglaubt, so etwas wie Freundschaft gefunden zu haben, aber er hatte sich geirrt. Es war nur Ricardas gesellschaftlicher Umgangston gewesen; er war ein Außenseiter, der einzige Bauer unter lauter Adligen. Er hatte plötzlich den Wunsch, sich unter die Dienstboten zu mischen. Dorthin gehörte er, nicht unter die Gäste.

»Ich hab dich so lange nicht mehr gesehen«, sagte Ricarda zu Anna von Biederstedt. »Warte mal, das muß bei Irinas Debüt gewesen sein.«

»Irinas Ältester ist schon zehn! Sie hat insgesamt fünf. Und weißt du, daß Julia einen zweiten Sohn hat? Er ist erst drei Wochen alt. Sieh mal, sie ist da drüben. Oh, und sie hat das Baby dabei!«

Karls Unbehagen steigerte sich noch. Er sah Julia, die mit dem Baby auf dem Arm auf sie zukam. Heinrich Kraus stolzierte neben ihr und hielt seinen älteren Sohn an der Hand. Würden sie ihn begrüßen oder schneiden?

Ricarda küßte Julia, gab Heinrich die Hand, beugte sich über das Baby, ging dann in die Hocke, um den Jungen zu begrüßen. »Du bist also Ernst!« Das Kind sah sie ohne zu lächeln an, und Karl bemerkte erschrocken, daß es die gleichen hellen Haare und wäßrigen Augen wie sein Vater hatte.

Karl dachte schon, Ricarda hätte ihn vergessen, doch da wandte sie sich ihm zu. »Herr Jochum, kennen Sie meine alte Freundin Julia?«

»O Herr Jochum!« rief Julia. »Wie schön, Sie wiederzusehen.«

»Sie kennen sich?«

»Herr Jochum ist ein alter Freund von Ewald«, erklärte Julia. Karl wäre aus lauter Dankbarkeit bereitwillig gestorben. »Herr Jochum, meinen Mann kennen Sie doch, nicht wahr?«

Er spürte Heinrichs kalten, unsteten Blick. »Ja, wir sind bereits bekannt.«

»Wie wollen Sie Ihren zweiten Sohn nennen, Herr Kraus?« fragte Ricarda.

»Wir haben uns für Benno entschieden.«

»Was, Benno?« ließ sich Ewalds Stimme hinter Karl vernehmen. »Kein Biederstedtscher Name!«

»Mein Großvater hieß Benno«, sagte Heinrich frostig.

»Benno ist doch ein sehr schöner Name«, meinte Ricarda.

Karls Stimmung besserte sich, als Ricarda Graber seinen Arm nahm, um sich von ihm zum Hochzeitsessen in den Speisesaal führen zu lassen. »Sie waren also bei der Garde, Herr Jochum«, fragte sie, als sie mit der Suppe anfingen. »Was machen Sie jetzt?«

»Ich habe das Café Jochum am Potsdamer Platz«, sagte er.

Abrupt legte sie den Löffel beiseite und sah ihn an. »*Der* Herr Jochum sind Sie? Aber dann müssen Sie ja meinen Vater kennen, Emil Graber! Er hat mir oft von Ihnen erzählt. Ich glaube fast, daß ich alles von Ihnen weiß, was man wissen kann, von Max Patschke und natürlich von Maurice Mesurier ...«

Ihre Anteilnahme war so offensichtlich echt, daß alle früheren Zweifel Karls schwanden. »Gnädiges Fräulein«, sagte er, »wenn Sie mir gestatten, würde ich Sie gerne einladen, mein Gast im Café Jochum zu sein.«

»Oh, das wäre herrlich. Aber sagen Sie, Herr Jochum, wie sind Sie zum Café Jochum gekommen?«

Zu seiner eigenen Überraschung erzählte Karl ihr von seiner Familie, wie er das Geschäft aufgebaut hatte, von Sigis Tod, Klaras Umzug nach München und sogar etwas von seinen Plänen. Er ging so in dem Gespräch auf, daß er sogar den Kaiser vergaß, bis der letzte Gang abserviert war und um Ruhe gebeten wurde, weil Seine Majestät sprechen wollte.

Nach den Reden und Toasts erhob sich die Hochzeitsgesellschaft und begab sich wieder in die Halle, wo ein Orchester spielte. Ewald und Annette führten den Tanz an, dann tanzte der Kaiser mit Annette, und bald waren alle jungen Leute auf dem Parkett. Karl verbeugte sich vor Ricarda. »Möchten Sie tanzen?«

Sie war eine sehr anmutige Tänzerin, und Karl dankte erneut insgeheim für die Anleitungen Graf Ewalds in all den zurückliegenden Jahren. Was immer Ricarda Graber von ihm dachte, an seinem Benehmen konnte sie nichts aussetzen. Die Stimme des Kaisers unterbrach seine Gedanken. »Herr Jochum!«

Karl drehte sich um, verbeugte sich tief und nahm dann Haltung an, plötzlich der Mittelpunkt des Interesses.

»Herr Jochum«, der Kaiser lehnte sich ironisch lächelnd auf seinem Stuhl zurück, »seit wir uns das letzte Mal gesehen haben, habe ich mich mit Trüffeln befaßt und gelernt, daß es in Deutschland nur sehr wenige gibt. Wissen Sie, warum?«

Karl, der plötzlichen Stille ringsum bewußt, zwang sich zu einem Lächeln. »Nein, Eure Majestät.«

»Die Franzosen huschen über die Grenze und holen sie, um die eigenen Schweine damit zu füttern, damit sie ihre Trüffel mit Gewinn an uns verkaufen können!« Der Kaiser lachte laut über seinen eigenen Witz.

Diejenigen, die damals im Café Jochum dabeigewesen waren, lachten ebenfalls. Die anderen blickten verwundert, kicherten aber pflichtschuldig.

»Mit Eurer Majestät gütigster Erlaubnis werde ich Maître Mesurier informieren.«

»Jawohl, die Franzosen sollen nie vergessen, wer wer ist!« Und damit wandte sich der Kaiser wieder seinen Höflingen zu.

»Sie sind ein höchst bemerkenswerter Mann«, sagte Ricarda Graber, als sie zu ihrem Tisch zurückgingen. »Sie wirken so zurückhaltend, dabei stehen Sie offenbar mit Seiner Majestät auf sehr vertrautem Fuß.«

Karl lächelte sie an. Das letzte bißchen Nervosität war verflogen. Den Rest der Hochzeit erlebte er wie in einem Rausch; völlig fremde Menschen kamen zu ihm, um seine Bekanntschaft zu machen, und er und Ricarda kamen sich wie zwei der bedeutendsten Gäste vor.

Als er später die Ereignisse des Tages noch einmal an sich vorüberziehen ließ, stellte er fest, daß nur einer ihm kühl begegnet war, Heinrich Kraus, ein Bürgerlicher wie er selbst.

Es schien völlig natürlich, daß er und Ricarda zusammen nach Berlin zurückfuhren. Während die Hinfahrt Karl unendlich lang vorgekommen war, verging die Rückfahrt wie im Flug. »Schade, daß Ihre Eltern Sie nicht begleiten konnten«, bemerkte Karl höflich.

»Meine Mutter ist im letzten Jahr gestorben«, erklärte Ricarda. »Sie war sehr lange krank. Papa hatte gehofft, mitkommen zu können, doch im letzten Moment kam etwas dazwischen. Aber vielleicht kann er doch noch nach Berlin kommen.«

»Hoffentlich.« Aber der Gedanke an Emil Graber erinnerte ihn erneut an die gesellschaftliche Kluft zwischen ihnen. Graber gehörte zur Oberschicht, deren Angehörige Stammkunden im Café Jochum waren, wo Karl Jochum sie bediente.

Sie schwiegen einen Augenblick, dann fragte Ricarda: »War das Ihr erster Besuch in Fürstenmark, Herr Jochum?«

Er nickte.

»Ich war vorher auch noch nie da. Es ist alles sehr beeindruckend, aber ich empfand es doch als ziemlich bedrükkend. Diese langen, zugigen Gänge, die riesigen Räume mit den kleinen Fenstern und der kalte Steinboden. Kein Wunder, daß Julia es kaum erwarten konnte wegzukommen.«

»Graf Ewald mag es auch nicht«, vertraute Karl ihr an.

Sie lachte, und ihre grünen Augen funkelten. »Ewald und Julia sind die einzigen in der Familie, die Geschmack haben.«

»Wie ist Ihr Geschmack, gnädiges Fräulein?«

»In bezug auf Häuser? Oh, ich brauche Platz und Licht. Ich liebe klare, leuchtende Farben und einfache Formen. Ein Haus sollte einladen, nicht bedrücken.«

»Sie wohnen in London sicher in einem sehr schönen Haus.«

»Ja, das schon, aber es gehört nicht uns.« Sie beugte sich vor. »Wissen Sie, wovon ich träume? Von einem eigenen Haus, das ich so einrichten kann, wie ich möchte. Deshalb bin ich so gern bei meiner Großmutter. Kennen Sie Heiligensee?«

Er hatte von dem Dorf an einem See, den die Havel am Rand Berlins bildete, gehört.

»Meine Großmutter hat ein schönes kleines Haus direkt am Heiligensee. Es ist viel gemütlicher als Schloß Fürstenmark.«

Der Zug fuhr in Berlin ein. »Holt Sie jemand ab?«

»Bestimmt nicht. Ich nehme mir eine Droschke.« Für eine junge Dame war das sehr ungewöhnlich.

Er empfand ihre Selbständigkeit einschüchternd und auch verlockend. Sie war fraglos die faszinierendste Frau, die ihm je begegnet war. »Ich darf Sie im Café Jochum erwarten?« fragte er, als er ihr den Koffer zum Droschkenstand trug.

»Aber ja, ich freue mich darauf.«

»Darf ich Sie morgen abend um sieben abholen?«

»Danke, Herr Jochum, das wäre sehr angenehm.« Sie gab ihm eine Karte. »Das ist die Adresse meiner Großmutter.«

Karl lief am nächsten Tag pfeifend durchs Café. »Ich habe heute zum Abendessen einen ganz besonderen Gast«, erklärte er Mesurier. »Machen Sie etwas Einmaliges.«

Er kleidete sich an diesem Abend mit besonderer Sorgfalt. Dann fuhr er mit einer Erster-Klasse-Droschke hinaus nach Heiligensee. Noch nie, so erzählte er dem Droschkenkutscher, habe er Berlin so schön erlebt. Lange sei schon kein Frühlingsabend mehr so lau gewesen.

Sie fuhren durch das Fischerdorf Heiligensee und bogen in einen mit dichten Büschen gesäumten Weg ein. Hinter einer Kurve tauchte das Haus auf. Es stand unter ein paar mächtigen Eichen, hatte zwei Stockwerke und blickte auf einen Rasen, der sich bis ans Wasser erstreckte und von Tulpen- und Narzissenbeeten eingefaßt war. Über die ganze Südfront des Hauses zog sich eine mit bunten Blumenkästen geschmückte Veranda, die an den Seiten verglast war.

Karl begriff sofort, was Ricarda mit ihren Bemerkungen über Schloß Fürstenmark gemeint hatte. Während das Schloß ihn eingeschüchtert hatte, lud dieses Haus ihn ein. In diesem Augenblick öffnete sich die Haustür, und Ricarda erschien, ein Traum in Türkis. Sie lief über den Weg auf ihn zu. »Sie sind pünktlich, Herr Jochum.«

»Hoffentlich komme ich nicht zu früh.«

»Überhaupt nicht. Ich bin schon seit Stunden angezogen!« Sie war entwaffnend offen. Sie blickte zur Droschke. »Kann er warten, bis Sie meine Großmutter begrüßt haben?«

»Aber jewiß doch, junge Frau. Lassen Se sich Zeit«, sagte der Droschkenkutscher.

Und so erlebte Karl zum ersten Mal das Graber-Haus am Heiligensee und trat durch eine niedrige Balkentür in das gemütliche Wohnzimmer. Ricardas Großmutter mußte einmal die gleichen leuchtendroten Haare wie ihr Sohn und ihre Enkelin gehabt haben, auch wenn das Alter sie inzwischen hatte weiß werden lassen, aber sie hatte noch immer die gleichen grünen Augen, die ihn aufmerksam musterten. Ihr Gesicht wirkte klar und machte einen energischen Eindruck. »Sie sind also Herr Jochum.«

Karl verbeugte sich. »Ich hoffe, Sie haben nichts dagegen, daß ich das gnädige Fräulein zum Abendessen einlade.«

Sie schien zu überlegen, seinen Charakter abzuschätzen, als könnte sie auf der Stelle erkennen, ob ihre einzige Enkelin bei ihm in sicheren Händen war. So wird Ricarda also einmal aussehen, wenn sie alt ist, ging es Karl durch den Kopf, und mit einemmal wußte er, daß er sich in sie verliebt hatte.

»Ich bin entzückt«, sagte die alte Dame unmißverständlich. »Und jetzt lauft, Kinder, und vergnügt euch.«

»Ist sie nicht eine wundervolle Frau?« fragte Ricarda, als sie über die Landstraßen zurück nach Berlin fuhren.

»Ganz bestimmt. Und ihr Haus ist herrlich.« Als sie sich dem Potsdamer Platz näherten, kam Karl eine neue Besorgnis: Was, wenn Ricarda das Café Jochum nicht gefiel?

Er half ihr beim Aussteigen, bezahlte den Kutscher und führte sie über die Terrasse durch den Haupteingang ins Café. Max Patschke eilte ihnen entgegen. »Guten Abend, gnädige Frau. Guten Abend, Herr Direktor. Wenn Sie mir bitte folgen wollen.«

Doch Ricarda blieb stehen. Ihr Blick schweifte durch das vollbesetzte Restaurant, nahm die Samtvorhänge auf, die goldenen Kronleuchter, das schimmernde Silber, das Orchester und die tadellos gekleideten Kellner. »Haben Sie das alles selbst entworfen?«

»Ja, Fräulein Graber.«

»Ich glaube, ich habe noch nie ein so elegantes Restaurant gesehen, weder in London noch in Paris. Kein Wunder, daß Sie stolz darauf sind.«

Max führte sie die Treppe hinauf in ein Privatzimmer. Sie unterhielten sich angeregt und probierten von den köstlich zubereiteten Speisen. Als Max den Fleischgang brachte, erzählte sie Karl gerade, daß ihr Vater noch in diesem Monat nach Berlin käme. Dann unterbrach sie die Unterhaltung, um ein in Weinblätter gewickeltes Rebhuhn auf ihrem Teller zu betrachten. »Wie herrlich!«

Mesurier erschien persönlich mit einer Sauciere. *»Un peu de sauce, Madame?«*

»Gerne.«

Ein Kellner legte auf einem zweiten Teller die Gemüse vor. Mesurier stand diskret abseits. Ricarda nahm ein Stück Geflügel, etwas Sauce und probierte. Sie bekam große Augen und probierte noch einmal. Dann wandte sie sich zum Küchenchef um. »Maître Mesurier«, rief sie in fließendem Französisch, »das ist himmlisch. Mein Kompliment.«

Der Küchenchef strahlte. *»Merci, Mademoiselle.«*

Karl sah Ricarda erstaunt an. »Sie sprechen Französisch?«

»Ja, sicher. Ich bin die Tochter eines Diplomaten, vergessen Sie das nicht.«

»Sprechen Sie noch andere Sprachen?« fragte Karl.

»Italienisch, Spanisch, ein bißchen Russisch und natürlich Englisch.«

Seine sprachlichen Fähigkeiten wirkten dagegen bescheiden. »Jemanden wie Sie könnte ich in meinem Hotel gebrauchen«, platzte er heraus.

»Hotel, Herr Jochum?«

Und dann vertraute er ihr seine Pläne für ein Hotel an, das selbst für den Kaiser vornehm genug war.

»Haben Sie schon überlegt, wie Sie es nennen wollen?«

»Dazu ist noch Zeit genug, falls es überhaupt gebaut wird.«

»Wie nennen die Berliner die Figurengruppe auf dem Brandenburger Tor?«

»Sie meinen die Quadriga mit der Siegesgöttin?«

»Ja, genau. So sollten Sie Ihr Hotel nennen, Herr Jochum. Hotel Quadriga!«

Es war ein glänzender Einfall. Karl lächelte ihr anerkennend zu, griff dann über den Tisch und nahm ihre Hand. »Das ist es. So werden wir es nennen. Hotel Quadriga!«

Gleichzeitig erkannten sie, was er gesagt hatte. Einige Augenblicke saßen sie still da; das Wort »wir« hing zwischen ihnen, doch dann fragte Karl, noch immer ihre Hand haltend: »Sie helfen mir doch, nicht wahr?«

In den nächsten vier Wochen waren sie fast ständig zusammen, außer nachts, wenn Ricarda nach Heiligensee zurückfuhr. Zum ersten Mal im Leben nahm Karl sich frei, damit sie gemeinsam Berlin erkunden konnten. Sie gingen in Galerien und Museen, ins Theater und in die Oper und fuhren oft einfach irgendwo hinaus zum Picknick. Jeden Abend aßen sie im Café Jochum. Es waren glückliche Tage, über denen jedoch drohend die baldige Ankunft Emil Grabers schwebte. Karl war überzeugt, daß der Diplomat die Ehe Ricardas mit einem Geschäftsmann ebenso ungern sehen würde wie die Biederstedts die Verbindung Julias mit Heinrich Kraus. Aber Kraus hatte wenigstens noch Vermögen bieten können, er dagegen nur Zuneigung.

Ricarda war nicht nur hübsch, sie war auch hochintelligent, gebildet und wortgewandt. Bestimmt warteten viele junge Männer ihrer gesellschaftlichen Schicht darauf, um ihre Hand anzuhalten. Je mehr er darüber nachdachte, desto überzeugter war er, daß er keinerlei Chancen hätte. Er war für sie nicht mehr als eine Ferienromanze.

In der Nacht vor der Ankunft ihres Vaters lag Ricarda lange wach und dachte über das nach, was sie über Karl Jochum zu sagen hatte. Sie zweifelte keinen Augenblick daran, daß er ihrem Vater als Schwiegersohn willkommen sein würde, denn er hatte stets mit Bewunderung von ihm erzählt. Und sie zweifelte auch nicht, daß Karl der Mann war, den sie heiraten wollte, denn noch nie hatte sie sich instinktiv jemandem so nahe gefühlt wie ihm, noch nie so ehrlich geglaubt, ihr Leben mit jemandem verbringen zu können. Das einzige Problem war, daß Karl ihr noch nie zu verstehen gegeben hatte, daß er sie heiraten wolle. Er hatte ihr nicht einmal Gelegenheit gegeben, ihm ihre Gefühle zu offenbaren.

Sie schloß die Augen und lächelte. Ihr Vater würde eine Lösung finden. Es würde schon alles gut werden.

Es war schön, ihn wiederzusehen. Ungeduldig saß sie auf seiner Sessellehne, während er mit seiner Mutter sprach, und zog ihn dann hinaus in den Garten, damit sie ungestört reden konnten. Am Wasser lag ein Eichenstamm, auf den sie sich setzten. Dort erzählte sie ihm von Ewalds Hochzeit, von Karl und seine Plänen. Emil Graber lachte. »Ich habe Karl Jochum immer gemocht, aber ich muß gestehen, daß ich nicht weiß, ob ihr beide nun zusammen ein Hotel bauen oder heiraten wollt.«

Ricarda seufzte. »Ich glaube, er liebt mich, Papa, aber es ist so, als mache er sich wegen irgend etwas Sorgen.«

»Vielleicht hat er ganz einfach Angst, nicht gut genug für dich zu sein.«

»Aber das ist doch Unsinn, Papa! Er ist ein wunderbarer Mensch. Denk nur daran, was er aus seinem Leben gemacht hat.«

Ihr Vater lachte vor sich hin. »Du bist eine Diplomatentochter, Ricarda, und er ist der Sohn eines Konditors.«

»Aber was soll ich machen?«

Emil blickte über das ruhige Wasser, auf dem ein paar Fischer Aale fingen. »Willst du ihn wirklich heiraten?«

»Mehr als alles in der Welt.«

»Dann rate ich dir, daß du ihm einen Antrag machst.«

Noch nie hatte Karl sich so elend gefühlt wie an jenem Sonntag, als er nach Heiligensee fuhr, denn dies würde das Ende seiner Beziehung zu Ricarda sein, das wußte er. Emil Graber, der als Gast im Café Jochum immer so freundlich mit ihm gesprochen hatte, würde ihn jetzt verächtlich anblikken und aus dem Haus weisen.

Heiligensee sah so friedlich wie immer aus; grauer Rauch stieg aus dem Küchenschornstein, und im Garten blühten die Blumen. Dann wurde die Haustür aufgerissen, und Ricarda stürmte ihm lachend entgegen. »Karl! Wir dachten schon, Sie kommen nicht mehr.« Sie hängte sich bei ihm ein und führte ihn ins Haus.

»Herr Jochum, wie schön, Sie wiederzusehen.« Emil Graber erhob sich aus seinem Sessel, in dem er Zeitung gelesen hatte.

Erstaunt schüttelte Karl ihm die Hand. Die Großmutter kam geschäftig herein und wischte sich die Hände an der Schürze ab. »Entschuldigen Sie, Herr Jochum, das Mädchen hat heute Ausgang. Sie müssen mit dem vorliebnehmen, was ich koche.«

»Darf ich Ihnen etwas zu trinken anbieten, Herr Jochum?« fragte Emil Graber. »Vielleicht einen Cognac?«

»Danke, gern«, sagte Karl.

Bei Tisch sprach Karl wenig. Doch dank den Grabers, die es gewohnt waren, Konversation zu machen, fiel sein Schweigen nicht auf. Nach dem Essen erklärte die Großmutter, sie werde ihren Mittagsschlaf halten, und Emil sagte, er wolle sich mit der Zeitung auf die Veranda setzen. »Macht ihr beiden doch eine Bootsfahrt auf dem See.«

Das war es also. Es war alles abgesprochen. Da sie ihn zum Essen eingeladen hatte, hatten sie ihn nicht vorher abweisen wollen. Aber jetzt war der offizielle Teil vorbei, Emil Graber und seine Mutter hatten sich diskret zurückgezogen und überließen es Ricarda, ihm die Entscheidung mitzuteilen.

Mit schwerem Herzen folgte er Ricarda hinunter zum Boot. Ricardas Gesicht wirkte ernst, als er ihr hineinhalf und dann ablegte. Langsam ruderte Karl hinaus auf den See. Schließlich ließ er die Riemen los. »Also gut, ich weiß, was Sie sagen wollen. Ich verstehe es.«

Sie sah ihn aus großen Augen an und legte die Hand auf seinen Arm.

»Sie wollen mir sagen, daß Sie zurück nach London gehen und wir uns nie wiedersehen.«

»Möchten Sie das, Karl?«

»Natürlich nicht, Ricarda. Aber ich weiß, daß Ihr Vater es möchte. Er will nicht, daß seine Tochter einen gewöhnlichen Kaffeehausbesitzer heiratet. Ich verstehe das.« Er machte eine Pause. »Mein Gott, Ricarda, wie werden Sie mir fehlen!«

Zu seiner Überraschung ergriff sie seine Hand. »Karl, würde denn der gewöhnliche Kaffeehausbesitzer Emil Grabers Tochter heiraten wollen?«

»Natürlich würde er das.«

»Warum fragt er sie dann nicht?«

Plötzlich merkte er, daß sie ihn anlächelte. »Sie meinen ...?« fragte er ungläubig.

»Ich meine, wenn Sie mich nicht fragen, ob ich Sie heiraten will, muß ich Sie fragen.«

Ohne Rücksicht darauf, daß sie in einem schwankenden Boot saßen, glitt Karl von der Bank und kniete sich vor Ricarda. »Ricarda, wollen Sie meine Frau werden?«

»Ja, das will ich«, sagte sie mit Tränen in den Augen.

Er nahm sie in die Arme und küßte sie zum erstenmal.

Die Hochzeit von Karl Jochum und Ricarda Graber fand Ende Juli 1889 in der kleinen Pfarrkirche von Heiligensee statt. Es folgte ein grandioser Empfang im Café Jochum.

Selbstverständlich war die Familie Graber anwesend; Klara, Grete und Gottfried waren aus München gekommen. Graf Ewald war Karls Trauzeuge, Isaak Arendt kam, Jakob Silberstein sowie Dr. Duschek, auch einige Stammgäste des Cafés und Freunde aus Berlin, die Karl Jochum seit Jahren kannten und schätzten.

Maître Mesurier bereitete ein Festessen zu, ein Menü mit sieben Gängen. Sie tranken rheinischen Weißwein, roten Bordeaux und Champagner. Nach dem Essen spielte Franz Jankowski einen Wiener Walzer auf. Karl wandte sich Ricarda zu. »Möchtest du tanzen?«

Als er sie in den Armen hielt, war er sicher, heute der glücklichste Mensch der Welt zu sein. Er hatte sein Café, er hatte Pläne für die Zukunft, und er hatte die schönste Frau geheiratet, die ihm je begegnet war.

Um sechs zogen sie sich zurück und kleideten sich in einem der oberen Zimmer um, bevor sie in die Flitterwochen aufbrachen. Emil Graber kehrte noch am selben Abend nach England zurück und nahm seine Mutter mit, so daß das neuvermählte Paar die Flitterwochen in Heiligensee verbringen konnte. »Es ist eine Familientradition«, hatte die alte Dame ihnen erzählt. »Ich habe meine Flitterwochen hier verbracht und Emil auch. Und ihr solltet es auch tun.«

Alle versammelten sich auf der Straße, als sie abfuhren. Klara küßte ihren Sohn liebevoll. »Ricarda ist ein reizendes Mädchen, Karli. Dein Vater hätte sie sehr gemocht.«

»Ihr müßt uns mal in München besuchen«, sagte Grete.

»Ich freue mich, dich zum Schwiegersohn zu haben«, bekannte Emil Graber. »Ich werde weiter jedem vom Café Jochum erzählen.«

Maître Mesurier mit seiner hohen Mütze, Fritz Messner, Max Patschke, Franz Jankowski, alle Kellner und Küchenangestellten jubelten Karl und Ricarda zu, als sie in die Droschke stiegen, die sie nach Heiligensee brachte.

»Ich fühle mich fast wie der Kaiser«, lachte Karl Ricarda zu. Als die Droschke den Potsdamer Platz in Richtung Tiergarten verließ, legte er den Arm um ihre Schultern, zog sie an sich und küßte sie.

Erschreckend schnell gingen die Flitterwochen vorbei, und sie waren wieder in der Stadt. Ricarda gewöhnte sich an das Leben in Berlin, Karl führte wieder Regie im Café. Auch wenn Max ausgezeichnete Arbeit geleistet hatte, war er doch froh, als Karl zurückkam.

Mit den privaten Speiseräumen und zwei großen Restaurants im Parterre konnte das Jochum über zweihundert Personen aufnehmen, und im Café hatten noch einmal hundert Personen Platz. Es mußte Max fast unmöglich gewesen sein, gleichzeitig das Organisatorische und seine Stellung als Oberkellner wahrzunehmen. Grimmig erkannte Karl, daß es wohl einige Zeit dauern würde, bis er und Ricarda wieder Ferien machen konnten.

Das erste Jahr seiner Ehe flog vorbei, und Karl wurde sich der Bürde immer bewußter, die das Café ihm auferlegte. Sosehr er sich auch bemühte, er kam selten vor Mitternacht nach Hause. Auch wenn Ricarda sich nie beklagte, wußte er doch, daß sie an den langen Tagen einsam sein mußte. Sie wünschten sich sehnlichst ein Kind, aber Ricarda wurde nicht schwanger, was sie beide sehr enttäuschte.

Ricarda schien jedoch glücklich, in der alten Jochumschen Wohnung zu wirtschaften. Sie kaufte hier und dort etwas zum Einrichten, Bilder und Kleinigkeiten, die ihr gefielen. »Das ist die Probe fürs Quadriga«, sagte sie immer. Doch manchmal zweifelte Karl, daß das Hotel Quadriga jemals gebaut würde, obwohl er absolut sicher war, daß der Zeitpunkt richtig wäre. Unter dem neuen jungen Kaiser hatte die Bautätigkeit in der Stadt Auftrieb bekommen. Das Reichstagsgebäude am Königsplatz wurde vollendet, und zwischen Kurfürstendamm und Tauentzienstraße sollte eine Kaiser-Wilhelm-Gedächtniskirche gebaut werden. Der Wert von Karls Anteilen an der Kurfürstendammgesellschaft stieg ständig, da immer neue Gebäude aus den Wiesen an der früheren Pappelallee in die Höhe schossen.

Ja, der Zeitpunkt war richtig, und er würde wahrscheinlich sogar das Geld aufbringen können, aber ihm fehlte die Zeit dafür. Das Café Jochum ließ ihm keine freie Minute.

Im Juli 1890, ein Jahr nach Karls Hochzeit, betrat ein unerwarteter Besucher das Café. Im ersten Moment erkannte Karl den großen Mann mit dem schütteren Haar und dem Monokel, der auf ihn zuhumpelte, nicht. Doch dann gingen seine Gedanken zurück zum Pferderennen in Karlshorst

1878. »Leutnant Tobisch!« begrüßte er ihn mit einem gewissen Unbehagen. »Wie geht es Ihnen? Setzen Sie sich doch. Was darf ich Ihnen bringen lassen?«

Eitel Tobisch nippte genüßlich an seinem Bier. »Ein schönes Café, das Sie da haben, Herr Jochum.«

»Danke«, erwiderte Karl, spürte aber, daß hinter Tobischs Besuch mehr als Neugier steckte. Obwohl der ehemalige Leutnant recht gut gekleidet war und selbstsicher sein Monokel trug, wirkte er irgendwie unruhig, was Karls Argwohn erregte.

Karl hatte Wichtigeres zu tun, als Tobisch beim Biertrinken zuzusehen. »Hat Ihr Besuch einen bestimmten Grund?« fragte er geradeheraus.

Tobisch war sichtlich verlegen. »Eigentlich wollte ich fragen, ob Sie mir nicht irgendeine Arbeit anbieten könnten.«

Karl war sprachlos. Zum erstenmal hörte er ein solches Ansinnen von jemandem aus der höheren Gesellschaftsschicht, dazu noch von einem Offizier seines ehemaligen Regiments. Aber er erinnerte sich an Tobischs Vorliebe für Karten und konnte nur annehmen, daß er wieder alles beim Spiel verloren hatte.

»Es tut mir leid, Herr Tobisch, aber ich brauche im Moment niemanden.«

»Ich komme direkt vom Hotel du Palais in Monte Carlo«, warf Tobisch rasch ein. »Ich habe dort als Direktor gearbeitet. Ich bin im Hotelfach, seit ich meinen Abschied genommen habe.«

»Was führt Sie dann nach Berlin?«

»Mein Vater ist krank. Die Ärzte geben ihm nicht mehr lange. Meine Mutter, die selbst behindert ist, hat mir geschrieben, ob ich nicht heimkommen und mich um sie beide kümmern könnte. Was blieb mir da anderes übrig?«

»Das tut mir leid«, sagte Karl mechanisch. Dann fragte er: »Wo haben Sie sonst noch gearbeitet?«

»In Baden-Baden, Rom, Paris und Kairo. Ich habe in den

letzten dreizehn Jahren fast alle Seiten des Hotelfachs kennengelernt.«

Karl streifte nachdenklich die Asche seiner Zigarre ab. Wenn seine Geschichte stimmte, und das ließ sich leicht nachprüfen, war er genau der Mann, der ihm einen großen Teil seiner Arbeit abnehmen konnte. Und falls das Hotel Quadriga jemals gebaut würde, wären seine Fachkenntnisse von unschätzbarem Wert.

Aber noch blieb ein großes Fragezeichen. Konnte man bei Tobisch sicher sein, daß er nicht wieder anfing zu spielen? Karl fühlte sich nicht berechtigt, das zu fragen, aber er wußte, daß dies vor einer eventuellen Einstellung geklärt werden mußte. Plötzlich hatte er einen Einfall. Ricarda war eine ausgezeichnete Menschenkennerin. »Meine Frau und ich führen das Unternehmen gemeinsam, und ich schlage vor, daß Ricarda Sie kennenlernt, bevor wir eine Entscheidung treffen. Könnten Sie morgen mit uns zu Abend essen?«

Auf Tobischs Gesicht zeichnete sich ungeheure Erleichterung ab.

Am Abend erzählte Karl Ricarda, was er von Tobisch wußte.

»Soll ich ihn wegen der Spielerei ansprechen?« fragte sie.

»Du könntest das sicher besser als ich.«

Am nächsten Abend aßen sie in einem der privaten Speisezimmer. Tobisch erwies sich als interessanter Unterhalter, erzählte humorvoll kleine Geschichten aus einigen der renommiertesten Hotels Europas und gab gleichzeitig einen aufschlußreichen Einblick in die Leitung eines Hotels. Ohne mehr preiszugeben als notwendig, berichtete Karl von seiner Absicht, in Berlin ein Luxushotel zu eröffnen. Tobischs Augen leuchteten auf. »Was für eine wunderbare Aufgabe!«

»Wären Sie interessiert, uns bei der Leitung eines solchen Hotels zu helfen?« fragte Ricarda und legte ihre Serviette zur Seite.

»Interessiert? Es gäbe nichts, was ich lieber täte.«

»Mein Mann hat mir erzählt, daß Sie Schwierigkeiten wegen Spielschulden hatten. Sie müssen verstehen, Herr Tobisch, wenn wir Ihnen eine solche Vertrauensposition geben, müssen wir irgendeine Garantie von Ihnen haben, daß das Spielen in keiner Weise Ihre geschäftlichen Aufgaben berührt. Können Sie uns eine solche Garantie geben?«

Tobisch wurde bleich, und zwei rosa Flecken erschienen rechts und links von seinem Mund. Er nahm langsam das Monokel aus dem Auge und lehnte sich zurück. »Frau Jochum, ich könnte Ihnen Referenzen zeigen, um Sie zu beruhigen, aber ich gebe zu, sie wären nicht mehr wert als das Papier, auf dem sie stehen. Das einzige, was ich tun kann, ist, Ihnen mein Ehrenwort als Offizier der Ersten Brandenburgischen Garde zu geben, daß ich nie etwas tun werde, was für das Geschäft meines Arbeitgebers unehrenhaft oder schädlich wäre. Ich kann nicht versprechen, daß ich, sollte ich jemals wieder dazu in der Lage sein, nicht mehr pokere oder zum Rennen gehe. Aber das, da werden Sie mir hoffentlich zustimmen, wäre dann meine Angelegenheit.«

Ricarda gab ihm die Hand. »Danke, Herr Tobisch. Ich erkenne die Aufrichtigkeit Ihrer Antwort an. Und jetzt lasse ich Sie allein.« Sie erhob sich, und beide Männer sprangen auf.

Später am Abend gestand sie Karl jedoch: »Ich bin sicher, daß er jedes Wort meint, das er sagt, aber ich werde das Gefühl nicht los, daß er im Grunde ein schwacher Mensch ist. Wenn er in Versuchung kommt, wird er nicht widerstehen können.«

Plötzlich fielen Karl Graf Ewalds Worte ein: »Einmal ein Spieler, immer ein Spieler. Tobisch wird sich nie ändern.« Aber er brauchte jemand, der ihm bei der Arbeit half. »Abgesehen von deinem Vorbehalt wegen des Spielens, meinst du, er wäre ein guter Geschäftsführer für das Café Jochum?«

»Ich habe keinerlei Zweifel an seinen Fähigkeiten.«

»Dann meine ich, wir sollten ihn nehmen. Unser Leben würde sich sehr ändern. Wir könnten zum erstenmal seit den Flitterwochen wieder mehr zusammensein.«

»Es wäre schön, etwas mehr von dir zu sehen«, räumte Ricarda ein.

Tobisch übernahm nach und nach viele der Aufgaben, die bisher Karls fast ständige Anwesenheit erforderlich gemacht hatten. Er kam gut mit Max Patschke aus und war so klug, Maurice Mesurier in seiner Küche herrschen zu lassen. Mit der Zeit vergaß Karl fast, daß er jemals an Tobisch gezweifelt hatte.

Was Tobisch betraf, so betrachtete er sich als überaus glücklichen Mann. Ins Jochum zu gehen und nach einer Stelle zu fragen, hatte sich als einer der besten Schritte erwiesen, die er je gemacht hatte, wenn es auch demütigend gewesen war, von einem ehemaligen Burschen Hilfe zu erbitten.

Seine Bewunderung für Karl Jochum wuchs jedoch, je besser er ihn kennenlernte; er besaß offenbar einen besonderen Sinn für sein Geschäft. Es war offensichtlich, daß die Mitarbeiter den Herrn Direktor bewunderten, vom Küchengehilfen bis zum Oberkellner.

Ricarda Jochums Frage nach seiner Spielleidenschaft hatte Eitel Tobisch getroffen, doch nachdem das erste Jahr vorüber war, wußte er, daß er sein Wort halten würde. Dank den Jochums hatte er eine angesehene und verantwortungsvolle Stelle und ein gutes Gehalt. Er bedauerte nur, daß seine Eltern seinen Erfolg nicht mehr hatten erleben können, denn sie waren wenige Wochen nach seiner Rückkehr gestorben. Aber er hatte ihnen wenigstens nahe sein und sie pflegen können, und sie waren stolz auf ihren einzigen Sohn gewesen, als sie starben.

Eitel hatte sich die Miete des elterlichen Hauses nicht leisten können und bei einer Frau Kaufmann in der Altstadt ein möbliertes Zimmer genommen, wo er bald deren Tochter Liese kennenlernte. Liese, Ende Zwanzig, war zwar keine Schönheit, aber eine gute Hausfrau mit anscheinend gesundem Menschenverstand. Eitel war seines Nomadenlebens müde und Frau Kaufmann erpicht darauf, ihre Tochter zu verheiraten. Einer Verbindung stand nichts im Wege.

Eitels Ersparnisse erreichten allmählich einen Stand, der ihm erlaubte, eine eigene Wohnung zu mieten und einzurichten. Nicht ein einziges Mal seit seiner Rückkehr nach Berlin war er der Rennbahn oder einem Spieltisch nahe gekommen, und er hatte am Ende genug Selbstvertrauen, Liese seine Schwäche zu beichten.

Sie war weder schockiert noch überrascht. »Das macht nichts. Ich kümmere mich schon um unser Geld, wenn wir verheiratet sind.«

Eitel zögerte, fügte sich dann aber. Vielleicht war es so am besten, auch wenn er das Gefühl hatte, Liese die Herrschaft über sein Leben zu geben, wenn er ihr die über sein Geld gab. Gemeinsam, so meinte er, würden sie ein schönes Zuhause gründen und Kinder haben. Eitel wünschte sich einen Sohn, der in seine Fußstapfen treten und zum Militär gehen würde.

Im Dezember 1891 heirateten Eitel Tobisch und Liese Kaufmann in aller Stille in der Altstadt. Als sie ihre neue Wohnung betraten, nahm Eitel Liese in die Arme und küßte sie.

Ungerührt ließ Liese es über sich ergehen. Sie würde sich mit seinen Aufmerksamkeiten wohl abfinden müssen, bis sie ihm ein Kind geschenkt hatte, aber das bedeutete nicht, daß sie sie auch goutieren mußte. Sie hatte erreicht, was sie wollte – von der Mutter wegkommen, eine eigene Wohnung und genug Geld.

Ricardas ersten zwei Ehejahre waren erfüllt und befriedigend und bargen nur die eine Enttäuschung, daß sie noch immer keine Kinder hatten. Anfang 1891 schrieb Grete ihnen aus München, daß sie eine Tochter bekommen hatte, Olga. Ein Schatten flog über Ricardas Gesicht, als sie den Brief las, doch dann tröstete sie sich mit dem Gedanken, daß noch Zeit sei. Karl war dreiunddreißig, sie vierundzwanzig.

Sie dachte sehr oft an das geplante Hotel und entdeckte schließlich in jenem Frühjahr auch seinen Standort. Ein Stückchen die Linden hinunter lag ein ehemaliges Palais, aus dem man Wohnungen gemacht hatte, die weitgehend leer standen, da steigende Mieten ihre Bewohner aus der Innenstadt in die Vororte wie Wilmersdorf, Steglitz oder sogar Charlottenburg trieben.

Ganz aufgeregt, aber ohne Karl etwas zu sagen, suchte Ricarda Dr. Duschek auf, der lächelte, als er von ihren Plänen hörte. »Selbstverständlich kann ich mich für Sie erkundigen.« Ein paar Tage später konnte er ihr mitteilen, daß der Eigentümer – Gott sei Dank nicht Heinrich Kraus – durchaus an einem vernünftigen Angebot interessiert wäre. »Aber es wird sehr teuer, Frau Jochum, und der notwendige Ausbau wird noch teurer. Sie müssen bei dem ganzen Vorhaben wohl mit Kosten in der Größenordnung von fünf Millionen Mark rechnen.«

Das war eine Zahl, mit der Ricarda nichts anfangen konnte, aber sie ließ sich nicht entmutigen. Tag für Tag stand sie Unter den Linden, betrachtete die Gebäudefassade und überredete den Portier sogar einige Male, sie in die Eingangshalle zu lassen. Ganz langsam nahm das Hotel in ihrem Kopf Gestalt an. Sie würde, so entschied sie, die elegante Frontseite des Palais weitgehend unverändert lassen, aber auf ganzer Länge einen Säulengang anfügen, auf den die Balkons der Suiten und Zimmer im ersten Stock hinausführten. Und dann fing sie auch an, sich nach Möbeln, Teppichen, Leinen, Küchenausstattung und Betten umzusehen.

Zwei Jahre war es jetzt her, daß ihr Vater mit dem Versprechen nach London gefahren war, das Loblied des Cafés

Jochum zu singen, doch bis auf gelegentlich einen Engländer, der ausdrücklich erwähnte, das Restaurant empfohlen bekommen zu haben, gab es wenig internationales Publikum. Karl machte sich keine unnötigen Sorgen. Das Café Jochum war voll – das allein zählte. Aber wenn er morgens an seinem Schreibtisch saß, fragte er sich immer wieder, wie sein größter Traum Wirklichkeit werden konnte – den Kaiser zu Gast zu haben.

Eines Morgens passierte dann das Noch-nie-Dagewesene. Karl wurde von einem Kellner bei der Arbeit unterbrochen, der ohne zu klopfen ins Büro stürzte. »Herr Direktor! Der Kaiser!«

Karl sprang auf und eilte in die Halle, wo Max Patschke den kaiserlichen Besucher und seine Begleiter bereits begrüßt hatte. Er verbeugte sich. »Eure Majestät, welch unerwartete Ehre.«

Der Kaiser blieb ernst. »Jochum, es gibt da eine wichtige Sache, die wir privat besprechen müssen.«

Karl führte die Herren in sein Büro. »Darf ich Eurer Majestät eine kleine Erfrischung anbieten?«

Der Kaiser nickte ungeduldig. »Vielleicht etwas Rheinwein.« Er wartete, bis Max Patschke den Wein eingegossen hatte, und begann dann. »Eine britische Handelsdelegation kommt nach Berlin und hat den Wunsch geäußert, daß das Essen von Mesurier zubereitet wird. Jochum, Sie müssen mir Mesurier leihen.«

Karl sah ihn an, unfähig zu glauben, daß das Schicksal ihm einen solchen Streich spielte. Er schwieg, wußte, daß seine ganze Zukunft von seiner Antwort abhing. Wenn er Mesurier einmal gehen ließ, konnte er ihn für immer verlieren. Eine Weigerung konnte andererseits die schlimmsten Folgen haben. Er nahm all seinen Mut zusammen. »Ich überlasse Eurer Majestät Mesurier äußerst ungern. Ich bedaure es zutiefst, aber entweder speist die Delegation hier oder ohne Mesurier.«

Es entstand eine entsetzte Stille, dann erhob sich der Kaiser und rief mit zornrotem Gesicht: »Jochum, Sie wagen es, mir den Gehorsam zu verweigern?«

Karl zitterte innerlich, blieb aber standhaft: »Wenn Eure Majestät mir einen Befehl geben, kann ich ihn nicht ablehnen. Aber da ich Café Jochum für das beste Restaurant in Berlin halte und Mesurier hier angestellt ist, erscheint es mir doch richtiger, wenn das Essen in meinem Hause stattfindet.«

Der Kaiser starrte ihn an, die Zornesröte legte sich wieder, und ein Lächeln erschien auf seinem Gesicht. »Jochum, Sie waren schon immer ein unternehmender Mann. Offensichtlich sind Sie auch mutig.« Er setzte sich wieder. »Sie glauben also, Café Jochum kann die Örtlichkeiten und das Essen bieten, die sehr bedeutenden Besuchern angemessen sind?«

»Selbstverständlich, Eure Majestät.«

»Und was würden Sie als passendes Essen vorschlagen?«

»Das wäre etwas, was ich mit Maître Mesurier besprechen müßte, Majestät.«

Der Kaiser seufzte auf. »Mein Hofmarschall wird dem Leiter der britischen Delegation schreiben, daß sein Wunsch erfüllt wird. Mesurier wird für die Herren kochen.«

»Darf ich fragen, ob Eure Majestät selbst auch anwesend sein werden bei diesem Essen?«

Der Kaiser erhob sich und bedeutete seinen Adjutanten, daß er aufbruchbereit war. »Selbstverständlich werde ich anwesend sein. Diese Leute kommen, um mich zu sehen, zum Teufel. Sie glauben doch nicht etwa, daß sie den ganzen Weg machen, nur um im Café Jochum zu essen?«

Erst als Karl den Kaiser und seine Adjutanten zur Kutsche geleitet hatte und sie abgefahren waren, kamen ihm die möglichen Folgen des Risikos zum Bewußtsein, das er eingegangen war. Er hätte verhaftet oder wegen Majestätsbeleidigung und Gehorsamsverweigerung angeklagt werden können. Die Knie zitterten ihm. Er riß sich zusammen und ging in die Küche, wo er sich einen Cognac eingoß. Dann wandte er sich an seinen Chefkoch. »Maître Mesurier, Sie bereiten ein Essen für den Kaiser vor. Seine Majestät will seinen britischen Gästen Ihr Genie zeigen. Er will ihnen ein gastronomisches Erlebnis bereiten, an das sie ewig denken werden.«

»Sie erwarten, daß Mesurier ein Wunder vollbringt.«

»Ja«, erwiderte Karl knapp, »das erwarte ich.«

Vierundzwanzig Stunden schlich Mesurier in der Küche umher, roch an Kräutern, untersuchte Obst und spielte mit Gemüsen. Von Zeit zu Zeit murmelte er: »Kaiser! *Anglais! Merde alors!*« Dann bat er Karl in die Küche. »Filet vom Wildbret Kaiser Wilhelm«, verkündete er theatralisch.

»Aber Wildbret ist doch nichts Besonderes«, wandte Karl ein. »Der Kaiser bekommt wahrscheinlich überall Wildbret, wo er hinkommt.«

»Ach, aber das ist eines seiner Lieblingsgerichte. Und die Engländer essen es auch, wir setzen ihnen also kein ausländisches Essen vor, das ihren empfindlichen Magen reizen könnte. Aber, Herr Direktor, sie haben noch nie Filet vom Wildbret *à l'Empereur* gegessen, weil es das bis heute noch gar nicht gab!«

Zu Ricardas großer Freude war ihr Vater der offizielle deutsche Begleiter der britischen Delegation. Er ließ seine Koffer im Hotel Konrad, wo alle abgestiegen waren, und kam direkt zum Rosenthaler Platz. Voller Freude umarmte er Ricarda, trat dann einen Schritt zurück, um sie zu betrachten. »Du siehst gut aus und bist glücklich.«

»Glücklicher als je in meinem Leben.«

Karl kam früh nach Hause; er hatte Tobisch das Abendgeschäft überlassen. Liebevoll begrüßte er seinen Schwiegervater. »Ich glaube, ich stehe in Ihrer Schuld. Die britische Delegation hat offensichtlich den Wunsch geäußert, daß Mesurier kocht. Ging das zufällig auf Ihre Empfehlung zurück?«

»Ich habe nur mein Versprechen gehalten, das Café Jochum zu empfehlen, Karl. Was wird Mesurier uns denn bieten?«

»Das ist ein Geheimnis, das nicht einmal Karl kennt«, sagte Ricarda.

Emil Graber konnte nicht lange bleiben. »Ich muß zurück zu meinen Kollegen im Konrad. Nur noch eins, Karl. Je früher du dein Hotel eröffnest, desto besser. Das Konrad ist scheußlich.«

Karl hörte dieses Urteil noch häufiger, als die britischen und deutschen Gäste am nächsten Abend beim Aperitif saßen und auf die Ankunft des Kaisers warteten.

Die Tafel im großen Bankettsaal im ersten Stock des Cafés war für zwölf Personen gedeckt. Silberbesteck und -becher funkelten auf dem schweren Damasttischtuch, und die Tischkarten steckten in silbernen Haltern. Der Kaiser, der am Kopfende sitzen würde, hatte die Tischordnung persönlich gutgeheißen.

»Ihr Vetter leitet das Bankhaus Arendt in London, nicht wahr?« fragte ein Engländer Isaak Arendt, der ebenfalls eingeladen war. »Dann muß er unbedingt das Savoy kennenlernen, das im letzten Jahr aufgemacht hat. Wenn Berlin international mitreden will, muß es ein Hotel dieser Klasse haben. Vielleicht sagen Sie das Ihrem Kaiser einmal.«

»Ehem«, räusperte sich der britische Botschafter und erhob sich. »Seine Majestät ist soeben angekommen.«

Karl überwachte das Auftragen des ersten Gangs und kam erst wieder, als das Fleisch serviert wurde. Max Patschke übernahm vom Kellner das silberne Tablett mit dem Filet. Das Fleisch war achteckig geschnitten; zwischen zwei Scheiben lag jeweils eine Scheibe Gänseleberpastete, das Ganze hauchdünn glasiert. Auf Croutons gesetzt, mit Petersilie und feinen Zitronenscheiben dekoriert, sahen diese kleinen Tournedos exquisit aus.

Max zeigte dem Kaiser die Platte und legte ihm eine Portion vor. Bisher hatte er sich noch nicht über die Qualität des Essens geäußert. Jetzt blickte er auf das köstlich gebräunte Fleisch, nickte zufrieden, schaute dann über den Tisch zum englischen Botschafter hinüber und sagte: »Wildbret! Mein Lieblingsgericht!«

Während ein Schwarm Kellner die anderen Gäste bediente, trat Mesurier, der an der Tür gewartet hatte, vor. Er war in einen schwarzen Gehrock gekleidet, hatte aber seine hohe Kochmütze aufbehalten. Er trug ein kleines goldenes Tablett mit einer eleganten Sauciere vor sich her. Er verbeugte sich leicht und goß dem Kaiser etwas Sauce auf den Teller. Der dampfenden, dunkelbraunen Sauce entstieg ein ungewöhnlicher, aber köstlicher Duft. Der Kaiser tauchte seine Gabel hinein und probierte.

Es war, als wüßten alle im Raum, daß dies ein entscheidender Augenblick war. Karl hielt den Atem an. Alle warteten. Dann sagte der Kaiser: »Mesurier, das ist ausgezeichnet!« Er probierte noch einmal und blickte dabei zum englischen Botschafter hinüber. »Es ist ganz außergewöhnlich. Ich bin sicher, Sie haben so etwas in London noch nie gegessen.«

Jetzt probierte auch der Botschafter die Sauce. Staunend blickte er zum Maître auf. »Ich habe schon in vielen Häusern der Welt gegessen, aber noch nie etwas so Köstliches.«

Die übrigen Anwesenden griffen zu Messer und Gabel, und rund um den Tisch erschollen begeisterte Ausrufe. Mesurier verbeugte sich schweigend und verließ den Raum. Karl folgte ihm in die Küche. »Meinen Glückwunsch, Maître. Aber jetzt sagen Sie mir, was ist in dieser Sauce?«

Der Chefkoch erlaubte sich ein listiges Lächeln, schüttelte jedoch den Kopf. »Ich freue mich, bei Seiner Majestät Zustimmung gefunden zu haben.«

Als das Essen beendet war, wurde Mesurier in den Bankettsaal gerufen. Wieder begleitete Karl ihn. »Monsieur Mesurier«, sagte der englische Botschafter, genüßlich an einer

Zigarre ziehend, »wenn Sie jemals Lust haben, nach England zu kommen, kann ich Ihnen einen großen Empfang garantieren. Ihre Kunst würde am Hof von St. James sicher hochgepriesen. Darf ich Sie bis dahin jedoch nach dem Namen der Sauce fragen, die dem Wildbret eine so pikante Note gegeben hat?«

»Exzellenz, ich habe mir erlaubt, sie nach Seiner Majestät zu nennen. Das Gericht heißt ›Filet vom Wildbret Kaiser Wilhelm‹.«

»Und wieso, glauben Sie, konnten Sie sich diese Freiheit herausnehmen?« fragte der Kaiser, keineswegs ungehalten.

»Die Zutaten haben mich an Eure Majestät erinnert.«

Der Botschafter beugte sich interessiert vor. »Bitte, Maître, erzählen Sie uns, was der Sauce diesen speziellen Geschmack verliehen hat.«

Karl lächelte innerlich, als Mesuriers großer Augenblick kam. Die Hände auf dem Rücken, verbeugte er sich vor dem Botschafter. »Das eigentliche Geheimnis der Sauce, die Zutat, ohne die sie nicht gelingt, hängt von der Qualität der Trüffel ab, und diese Trüffel gibt es nur an einigen entlegenen Stellen in den Eichenwäldern des Périgord!«

»Zum Teufel! Trüffeln!« lachte der Kaiser auf.

Mesurier verbeugte sich und ging triumphierend ab.

5

Wie ein Lauffeuer sprach sich in Berlin herum, daß der Kaiser im Café Jochum gespeist hatte, und als die britische Delegation eine Woche später abreiste, war im Jochum weder tagsüber noch abends kaum je ein Platz zu bekommen.

Karl saß in seinem Büro, als der kaiserliche Wagen erneut am Potsdamer Platz vorfuhr. Diesmal trat der Kaiser ganz anders auf. Er marschierte in die Eingangshalle, schlug Max Patschke vertraulich auf die Schulter und rauschte an ihm vorbei unangemeldet in Karls Büro. Seine Begleiter blieben in der Halle.

Karl sprang auf. »Majestät!«

»Die haben Augen gemacht!« rief der Kaiser. »Haben nichts wie das Café Jochum in London!« Er setzte sich. »Es gibt da eine wichtige Sache zu besprechen.«

»Darf ich Eurer Majestät eine kleine Erfrischung anbieten? Vielleicht einen Rheinwein?« fragte Karl, der die Vorliebe seines Kaisers kannte.

»Ausgezeichnet, Jochum.«

Max brachte den Wein, schloß diskret die Tür hinter sich, und sie waren wieder allein. Kaiser Wilhelm nahm einen Schluck, räusperte sich und sagte: »Die britische Handelsmission war ein voller Erfolg, Jochum. Die Kraus-Werke haben einen sehr guten Exportauftrag erhalten und auch die Zusage, daß eine britische Firma ihre Rüstungsgüter in Lizenz herstellt. Finanziert wird das Ganze vom Bankhaus Arendt.«

Karl neigte den Kopf. Er freute sich für Isaak Arendt, war sich aber über seine Gefühle bezüglich Kraus nicht so sicher.

»Der Handelsattaché unserer Londoner Botschaft ist ein sehr aktiver Mann, Herr Jochum. Ich glaube, Sie kennen Herrn Graber.«

»Ich habe die Ehre, ihn zum Schwiegervater zu haben, Majestät.«

»Nun, Herr Graber brachte mir eine äußerst mißliche Seite des Aufenthalts der britischen Delegation in Berlin zur Kenntnis. Das Hotel, wo sie untergebracht war, ist offenbar weit schlechter als viele Hotels in London. Wir müssen das ändern, und zwar schnell.«

Karl holte tief Luft. »Ich plane schon lange ein Hotel, Majestät, das das eleganteste in Deutschland sein wird, vielleicht sogar in Europa.«

»Dann müssen Sie es bauen, Jochum. Berlin braucht so ein Hotel. Haben Sie schon über einen Namen nachgedacht?«

»Meine Frau und ich haben an ›Hotel Quadriga‹ gedacht, Majestät.«

»Hm, nicht schlecht.« Er stand abrupt auf. »Bauen Sie Ihr Hotel, Jochum. Und keine Knauserei, verstanden?« Und noch bevor Karl die Tür erreichen konnte, war der Kaiser bereits in der Halle und, umgeben von seinen Adjutanten, auf dem Weg zu seinem Wagen.

Karl war unfähig, seine Erregung zurückzuhalten, und stürmte auf der Stelle nach Hause zu Ricarda. »Wir können unser Hotel bauen!« jubelte er. Er erzählte ihr vom Besuch des Kaisers und schloß: »Jetzt brauchen wir nur noch einen Platz.«

Da nahm Ricarda schon Hut und Mantel und erklärte ihm: »Den hab ich bereits seit Monaten. Komm, ich zeig ihn dir!«

Sie fuhren mit der Elektrischen Richtung Unter den Linden und waren im Nu vor dem ehemaligen Fürstenpalais. »Was hältst du davon?«

Er betrachtete es lange, trat zurück auf die Straße in den brodelnden Verkehr. »Das ist ideal«, sagte er langsam. »Aber ich bin sicher, es steht nicht zum Verkauf.«

»Zum richtigen Preis schon, und wo du jetzt den Segen des Kaisers hast, gibt es bestimmt keine Probleme. Ich habe Dr. Duschek gebeten, sich zu erkundigen.«

In einer seltenen Anwandlung von Zuneigung in der Öffentlichkeit ergriff er ihre Hand. »Du hast immer an unser Hotel geglaubt, nicht wahr?« Er blickte zum Brandenburger Tor mit seinem Mittelbogen, durch den nur der Kaiser fahren durfte. »Das Hotel Quadriga«, murmelte er. »Wir werden es bauen, Ricarda.«

Ihre erste Station war Dr. Duschek. Der Anwalt blätterte in einem Ordner. »Hier sind alle Details. Geben Sie mir Bescheid, wenn Sie ein Angebot machen wollen.«

Karl las alles genau durch und zog die Augenbrauen hoch, als er den ungefähren Preis sah. »Da müssen wir zuerst Herrn Arendt einen Besuch abstatten«, meinte er bekümmert.

Der Bankier strahlte, als er sie sah. »Sie haben also Ihr Ziel erreicht, Herr Jochum. Sie haben immer gesagt, eines Tages werde der Kaiser bei Ihnen speisen, und jetzt hat er es getan.«

Karl wiederholte seinen Bericht vom Besuch des Kaisers und beschrieb das Anwesen Unter den Linden.

»Ich hatte so eine Ahnung, daß Sie so etwas vorhaben«, sagte Isaak Arendt und schlug eine Mappe auf, »und da habe ich mir erlaubt, für Sie ein paar Hausaufgaben zu erledigen. Ihr Einlagenkonto steht auf eineinviertel Millionen plus den Beträgen auf dem Kontokorrentkonto. Sagen Sie, haben Sie noch die Anteile an der Kurfürstendammgesellschaft?«

Karl nickte. »Ich habe damals dreißigtausend gekauft.«

»Ihre Anteile haben inzwischen einen Wert von eineinviertel Millionen Mark«, sagte Isaak Arendt. »Sie dürften kaum Probleme haben, sie zu verkaufen. Ihr Guthaben beläuft sich demnach auf etwa zweieinhalb Millionen Mark. Wie hoch werden Ihrer Meinung nach die Kosten für den Bau des Hotels sein?«

»Schätzungsweise fünf Millionen«, sagte Karl zögernd.

»Bitten Sie Dr. Duschek, mit den Verhandlungen zu beginnen. Die Bank wird zweifellos in Höhe Ihrer Investitionen mitziehen. Wenn Sie also zweieinhalb Millionen in das Projekt stecken, gibt die Bank Ihnen einen Hypothekarkredit in gleicher Höhe.«

Drei Monate später hatte Karl seine Anteile an der Kurfürstendammgesellschaft verkauft und war Eigentümer des ehemaligen Fürstenpalais Unter den Linden. Ricarda sah ihm zu, als er mit einem Schlüssel von einem großen Bund die Haupttür aufschloß. Dann drehte er sich um, nahm sie auf die Arme und trug sie über die Schwelle. »Willkommen im neuen Heim, Frau Jochum, willkommen im Hotel Quadriga.«

Lachend schmiegte sie den Kopf an seine Schulter. »O Karl, ist das nicht wunderbar? Bist du glücklich?«

Behutsam setzte er sie ab. »Ja, aber ich verdiene es gar nicht, so glücklich zu sein. All das und dich dazu!«

»Dies wird die Halle, und da drüben, neben dem Empfang, ist die große Treppe. Die Halle wird mit weißem Marmor ausgelegt.«

Belustigt sagte er: »Es hört sich so an, als wäre es schon fertig.«

»In meinem Kopf ist es das auch. Soll ich dich herumführen?«

»Warum nicht?« entschied er, um ihr eine Freude zu machen.

»Dann müssen wir noch einmal nach draußen. Eigentlich müßten wir eine Auffahrt haben, aber es ist einfach kein

Platz. Deshalb sollten wir den Bürgersteig mit einem Säulengang und Balkons darüber überbauen. Die Portiers können hier auf der Treppe stehen und den Gästen aus den Wagen helfen. Wir sollten große, gläserne Drehtüren haben, die Licht in die Halle lassen, und die Hausdienerloge sollte hier sein ...«

»Du hast offenbar schon viel darüber nachgedacht.«

»Aber natürlich habe ich das. Was hatte ich denn sonst den ganzen Tag zu tun, wenn du bei der Arbeit warst? Karl, du läßt mich doch bei der Einrichtung des Hotels helfen?«

»Es ist eine Menge Arbeit. Also, wenn du die Inneneinrichtung übernimmst, welche Farbe soll da der Teppich haben?«

Ihre grünen Augen wurden ganz groß. »Meinst du es ernst, Karl? Kann ich es wirklich machen?«

»Welche Farbe soll der Teppich haben?«

»Blau«, sagte sie, »Kobaltblau. Und die Uniform der Portiers und Pagen hat die gleiche Farbe. Blau mit goldenem Besatz.«

»Das klingt sehr gut. Ja, Frau Jochum, Sie bekommen den Auftrag.«

»O Karl, was meinst du, wann können wir das Hotel eröffnen?«

»In etwa zwei Jahren, denke ich«, antwortete er bekümmert, »aber wenn es fertig ist, Ricarda, haben wir das beste Hotel der Welt.«

In der Wahl des Architekten waren sie sich einig. Dr. Hubert Hedler war ein untersetzter Mann Anfang Vierzig mit grauem Backenbart und humorvollen, grauen Augen. Er nahm sich jeden Zentimeter des Hauses vor, machte unzählige Notizen und führte Karl und Ricarda dann auf die Straße. »Eine Auffahrt wäre schön, aber das geht nicht. Statt dessen sollten wir den ganzen Bürgersteig mit einem Granitsäulengang überbauen, und darauf einen Balkon.«

Beide lachten, und Dr. Hedler sah sie verwirrt an. »Ist etwas nicht in Ordnung?«

Karl schüttelte den Kopf. »Sagen Sie, Herr Dr. Hedler, hätten Sie etwas dagegen, mit einer Frau zusammenzuarbeiten?«

»Es wäre eine sehr ungewöhnliche Erfahrung, Herr Jochum, aber wenn Sie an Ihre reizende Gattin denken, wäre es sicher eine äußerst angenehme.«

»Wenn das so ist, ernenne ich Sie hiermit zum Architekten des Hotels Quadriga.«

Dr. Hedler verpflichtete ein Abbruchunternehmen. Es errichtete ein Gerüst, verhängte die Gebäudefront mit Planen und begann, die Innenmauern einzureißen. Wochenlang lag eine Staubglocke über den Linden, als Wagenladung um Wagenladung Schutt abtransportiert wurde.

Jeden Tag waren Karl und Ricarda auf der Baustelle und besprachen mit dem Architekten die nächsten Schritte. Ricardas größter Wunsch war ein Garten, doch der Platz ließ es nicht zu. »Aber wie wäre es mit einem Palmenhaus?« fragte Dr. Hedler.

»Sie meinen wie das in Kew Gardens? Oh, das wäre herrlich! Wir werden exotische Tropenpflanzen nehmen und einen kleinen Springbrunnen anbringen.«

»Ich habe mehr an die Keller gedacht«, sagte Karl. »Glauben Sie, Herr Dr. Hedler, daß man sie unter den Bürgersteig erweitern kann?«

»Wir müßten die Erlaubnis des Kaisers einholen«, erklärte Dr. Hedler. »Er muß solche Sondergenehmigungen gutheißen. Aber wir könnten das mit der Anfrage wegen des Säulengangs über dem Bürgersteig verbinden.«

»Das machen wir. Mit dem zusätzlichen Raum können wir bestimmt bis zu einer Million Flaschen Wein lagern.«

»Eine Million Flaschen«, staunte der Architekt. »Ich denke, Seine Majestät wird dem zustimmen.«

Zwei Monate bevor die letzte Wand eingerissen war und

das eigentliche Bauen beginnen konnte, traf ein Brief vom Hofmarschallamt ein, daß Seine Majestät mit den Änderungen einverstanden sei, die Karl Unter den Linden vornehmen wollte. Endlich konnte die eigentliche Arbeit beginnen.

Ricarda hatte noch nie soviel Freude gehabt und war jeden Tag auf der Baustelle. Ohne Rücksicht auf Staub und Schmutz lief sie mit geschürzten Röcken über unebene Flure, kletterte wacklige Leitern hinauf und wagte sich unerschrocken in die Keller. In Dr. Hedler fand sie einen ebenso begeisterten Architekten. Er hatte im Parterre ein provisorisches Büro eingerichtet, wo er und Ricarda viele glückliche Stunden über Entwürfen und Plänen, Katalogen und Mustern verbrachten.

Zu diesem Zeitpunkt bat Karl Ricarda, Dr. Hedler und Jakob Silberstein zu einem Gespräch in sein Büro. »Wenn wir nicht aufpassen, kommen wir unter Umständen in größte Schwierigkeiten. Dr. Hedler bestellt bereits große Mengen Baumaterial, und meine Frau wird demnächst Ausstattung und Möbel bestellen. Irgend jemand muß das alles koordinieren. Ich meine, das macht am besten Herr Silberstein.«

»Ich würde sehr gerne helfen, Herr Jochum. Ich habe mir über diese Sache auch schon Gedanken gemacht. Wenn alle Bestellungen bei mir zusammenlaufen, kann ich sie mit den eingehenden Rechnungen abstimmen und so unsere Ausgaben kontrollieren.«

Dr. Hedler wühlte in seiner überquellenden Aktentasche. »Ich gebe Ihnen gleich mal die hier, Herr Silberstein. Es sind Bestellungen über Steine, Bauholz und Zement, alles von hiesigen Firmen. Und die hier sind für den Granit aus Finnland für den Säulengang und für den Marmor aus Italien.«

»Was ist mit den Bädern, Karl?« fragte Ricarda. »Jedes Zimmer soll ja ein eigenes Bad und Toilette bekommen. Wo wir jetzt schon mal dabei sind, warum nehmen wir nicht für alle Bäder vergoldete Armaturen?«

Karl runzelte die Stirn. »Eine ziemlich überflüssige Extravaganz, findest du nicht?«

»Unsere Gäste erwarten das Beste.«

Silberstein räusperte sich. »Entschuldigen Sie, Herr Jochum, aber ich glaube, das Vergolden kostet uns wenig, wenn wir die Mengenrabatte einrechnen, die wir bekommen. Bei Armaturen für einhundertfünfzig Zimmer müßten wir eigentlich sehr günstig einkaufen können.«

»Wären Sie bereit, für uns zu verhandeln, Herr Silberstein?« fragte Karl.

»Mit Vergnügen.«

Die Bauarbeiten kamen allmählich voran. Riesige Granitblöcke wurden per Schiff und Bahn aus Helsinki gebracht. Aus der Toskana kamen weiße Marmorplatten. Der Säulengang wurde fertiggestellt, dann die niedrigen Bögen, die die mächtigen Kellerräume verbanden. Neue Wände entstanden im Erdgeschoß für die Restaurants, die Bar, einen Ballsaal, ein Rauch- und Lesezimmer für die Herren, einen Damensalon, die Küche und das Palmenhaus. Es war Februar, als die Haupttreppe und die Suiten im ersten Stockwerk fertig wurden. Die Jochums standen in einem der Appartements, das auf die Linden ging.

»Kein Zimmer darf gleich wie das andere sein«, sagte Ricarda bedächtig. »Jedes sollte andersfarbig eingerichtet sein und auch unterschiedlich im Stil, jedes sollte seine eigene Note haben.«

Karl war damit einverstanden und spann ihren Gedanken noch weiter. »Wir brauchen ein Emblem für das Hotel, das auf das Briefpapier, die Speisekarten, die Uniformen kommt. Vielleicht kann es sogar in die Teppiche gewebt werden. Und eventuell bringen wir es auch in den Kopfteilen der Betten unter.«

»Denkst du an ein bestimmtes Emblem?«

Er lächelte ihr zu. »Wie wäre es mit einer exakten Kopie eines der Pferde der Quadriga?«

»Dann sollten wir die Teppiche und Bettgestelle sofort bestellen. Wenn es Handarbeit ist, dauert es eine Ewigkeit.«

»Sag Silberstein, was du haben willst.«

Ricarda stellte eine lange Liste zusammen und fertigte genaue Skizzen für die Betten an. Sie sollten mit schwarzem Japanlack überzogen sein, polierte Messingknäufe und in das Kopfteil eingearbeitet ein tänzelndes Pferd haben. Dicke Federkernmatratzen und mit reinen Eiderdaunen gefüllte Oberbetten wurden bestellt. Leintücher und Kissenbezüge sollten mit Spitze besetzt sein.

Jetzt, wo die Keller fertig waren, widmete sich Karl dem Wein, denn die Weinkarte, die ihm vorschwebte, war nicht über Nacht zusammenzustellen. Er arbeitete seit langem mit Hugo Keppel von Keppel und Sohn zusammen, einem renommierten Weinhändler, aber selbst er konnte nicht alle Weine liefern, die Karl haben wollte, so daß Karl die Weinlisten auswärtiger Händler anfordern mußte. Er traf seine Wahl und gab die Listen Silberstein.

Jakob Silberstein kam auch mit Maurice Mesurier, Max Patschke und Eitel Tobisch zusammen, jeder ein Herrscher in seinem Bereich und jeder gewillt, es an nichts fehlen zu lassen. Mesurier wollte das Neueste an Kücheneinrichtung, Max Gedecke für tausend Personen, während Eitel die undankbare Entscheidung treffen mußte, was für die Verwaltung eines Hotels notwendig war, das noch nicht einmal halb fertig war.

Die ersten Arbeiter waren im Mai 1892 in das Palais Unter den Linden gezogen. Im Sommer 1893 war die Fassade noch immer mit Planen verhängt, lagen Steinhaufen in den Schlafzimmern, gähnten Löcher in den Wänden, waren Fenster ohne Scheiben und Durchgänge ohne Türen. Doch das Hotel Quadriga nahm allmählich Gestalt an.

Jakob Silberstein war noch nie glücklicher gewesen. Das Hotel Quadriga war sein bisher größtes Projekt. Es wurden keine Kosten gescheut, das Quadriga zum besten und luxuriösesten Hotel in Europa zu machen. Fünf Millionen Mark standen zur Verfügung, und Silberstein war entschlossen, den bestmöglichen Gegenwert dafür zu erstehen.

Es dauerte nicht lange, bis er erkannte, daß auch er von diesen Geschäften profitieren konnte. »Wir sind hocherfreut über die Ehre, Herrn Jochum beliefern zu dürfen, und werden Ihnen selbstverständlich eine Einführungsprovision geben, Herr Silberstein«, erklärte der Teppichhändler. »Sind Ihnen zehn Prozent recht?«

»Bei einem solchen Auftrag hatte ich wenigstens mit zwölfeinhalb Prozent gerechnet.«

»Aber selbstverständlich. Die zehn Prozent gehen extra.«

Silberstein rieb sich die Hände. »In bar?«

»Selbstverständlich.«

Einen Augenblick fragte er sich, ob er den Rabatt nicht an Karl Jochum weitergeben sollte, doch er zauderte nicht lange und überwies alles auf sein Privatkonto.

Schon bald hatte er mit den meisten anderen Lieferanten ähnliche Abmachungen getroffen. Sein Konto wuchs rapide, und er zog aus seiner alten Wohnung in eine neue im Zentrum um. Dann suchte er seinen Schwager Beni Schwarz auf. »Wenn diese Vermittler mir zweiundzwanzigeinhalb Prozent geben können, müssen ihre Spannen weit höher sein.«

»Etwa fünfzig Prozent«, bestätigte Schwarz.

»Warum«, so meinte Jakob, »treten wir da nicht selbst als Händler auf? Dann geht der Gewinn nicht an die anderen, sondern an uns. Du richtest das Geschäft unter deinem Namen ein, und ich führe es. Ich gebe dir zwei Prozent vom Gewinn.«

Es war offenbar eine höchst befriedigende Regelung. Kurz darauf belieferte ein neuer Zwischenhändler das Hotel Quadriga. Karl unterschrieb die Schecks, ohne zu fragen. Die Beträge darauf stimmten mit den Auftrags- und Rechnungswerten überein. Die Handelsgesellschaft Schwarz war eine der vielen, vielen Firmen, von denen das Hotel inzwischen kaufte.

Im Sommer 1893, als das Hotel noch im Rohbau stand, glich Jakob Silbersteins Wohnung zunehmend einer Suite des zukünftigen Quadriga. Der Boden war komplett mit Savonnerie-Teppichen belegt. Das Bad hatte vergoldete Hähne. Der Tisch war mit feinstem Leinen und massivem Silber gedeckt. Außerdem war er mit seinem Büro in vornehme, neue Räume im Finanzviertel nahe der Behrendstraße gezogen und hatte einen Assistenten und eine Sekretärin eingestellt.

Aber Silberstein sah einen Weg, noch reicher zu werden. Er hatte bereits bewiesen, daß die Leute fast jeden Preis für das Vorrecht zahlten, das Hotel Quadriga zu beliefern – das Hotel des Kaisers. Außerdem kannten die meisten Karl Jochum, denn das Café Jochum bestand inzwischen seit zehn Jahren, und Karls Kreditwürdigkeit war nie in Zweifel gezogen worden. Darauf setzte Silberstein.

Als er Karl das nächstemal aufsuchte, hatte er mehrere auf die Handelsgesellschaft Schwarz ausgestellte Schecks bei sich. Wie immer unterschrieb Karl, ohne zu fragen. Jakob ließ sie seinem Konto gutschreiben; die Lieferanten zahlte er nicht.

Im September 1893 erreichte sein Konto die magische Zahl von einer Million. Er wies seine Bank an, das Geld auf eine Schweizer Bank zu überweisen. Das Konto der Handelsgesellschaft Schwarz war leer.

Es gab viele Gelegenheiten in jenen hektischen Monaten, wo Karl nicht wußte, ob er kam oder ging, denn es schien immer so, als versuchte er, gleichzeitig an zwei Orten zu sein. Das Café erforderte ständig seine Anwesenheit, während gleichzeitig Ricarda, Dr. Hedler und die verschiedensten Handwerker ihn im stetig wachsenden Hotel brauchten. Dann gab es die wöchentlichen Treffen mit Silberstein, bei denen der

Wirtschaftsberater ihm beängstigende Stapel Rechnungen, Aufträge und Schecks vorlegte. Er wußte, daß es falsch war, unterschrieb sie jedoch einfach und schnitt alle Erklärungsversuche Silbersteins ab.

Von der wirklichen Finanzsituation des Hotels erfuhr er daher erst durch einen persönlichen Brief Isaak Arendts, in dem dieser ihm mitteilte, daß der Kreditrahmen ausgeschöpft und das Kontokorrentkonto mit fast einer Million überzogen sei. Karl verließ die Wohnung, ging ins Café Jochum, bat einen Kellner, ihm einen Kaffee zu bringen, und erklärte Eitel Tobisch, daß er nicht gestört werden wolle. Dann dachte er nach. Seine erste Reaktion war Verwunderung darüber, warum Silberstein ihn nicht gewarnt hatte. Dann machte er sich klar, daß er mit Arendt sprechen und eine Krediterhöhung erreichen mußte, unabhängig davon, was er mit dem Wirtschaftsprüfer machte.

Gegen zehn klopfte es zaghaft an der Tür. »Ja?« rief er verärgert.

»Herr Keppel fragt, ob er Sie sprechen kann, Herr Direktor«, meldete ein Kellner. »Er sagt, es sei sehr wichtig.«

»Ja, ist gut«, seufzte Karl.

Sich entschuldigend, trat der Weinhändler ein. »Es tut mir leid, Sie zu stören, Herr Jochum, aber ich muß etwas Wichtiges mit Ihnen besprechen.«

Beunruhigt bedeutete Karl ihm, sich zu setzen. »Was gibt's?«

Keppel legte fünf Rechnungen an die Handelsgesellschaft Schwarz auf den Tisch. »Wir haben an Sie geliefert, Herr Jochum, aber Schwarz hat nicht gezahlt. Die Rechnungen sind seit drei Monaten überfällig, und da wir noch nie etwas mit Schwarz zu tun hatten, habe ich nachforschen lassen. Die Firma hat offensichtlich kein Geld, ihre Schulden zu zahlen.«

Karl sah ihn verwirrt an. »Was ist Schwarz für eine Firma?«

Keppel wiegte den Kopf. »Ich war sicher, Sie würden nichts von ihr wissen. Ich sage es Ihnen nur ungern, aber die Handelsgesellschaft Schwarz wurde gegründet, kurz nachdem Sie mit dem Bau des Hotels begannen. Sie gehört Ihrem Wirtschaftsberater Silberstein und seinem Schwager Schwarz.«

Karl fuhr sich mit der Hand über die Stirn. »O mein Gott.«

»Ihr Berater hat ein falsches Spiel mit Ihnen getrieben. Natürlich muß die Polizei informiert werden, aber ich meine, daß ich es Ihnen als altem Freund zuerst sagen mußte. Herr Silberstein ist ein Betrüger.«

Nachdem Silberstein verhaftet war und man seine Machenschaften untersuchte, kam das ganze Ausmaß des Betrugs ans Licht. Entsetzt erfuhr Karl, daß Silberstein ihn um etwa eine Million betrogen hatte. Es wurden Schritte eingeleitet, das Geld aus der Schweiz zurückzubekommen, doch Karls finanzielle Situation verschlechterte sich unterdessen dramatisch.

Als Isaak Arendt um ein Gespräch nachsuchte, bat Karl Ricarda zum erstenmal mitzukommen. »Es ist schließlich nur recht und billig, daß du weißt, was los ist. Deine Zukunft steht genauso auf dem Spiel wie meine.«

Der Bankier war an jenem Tag kühler als bisher. Er hörte sich Karls Bericht an und sagte dann: »Da die Bank eine gewisse Mitverantwortung hat, denn sie hat Sie an Silberstein verwiesen, und da Sie ein guter Kunde sind, scheint es keinen anderen Weg zu geben, als die Hypothek um weitere zweieinhalb Millionen aufzustocken. Aber ich verhehle nicht, daß ich keineswegs glücklich über die Situation bin.«

Anschließend begaben sie sich zu dem halbfertigen Hotel und besahen sich die trostlose Szene. Der Boden der Halle war halb mit Marmor ausgelegt, und an der Stelle der Aufzugsschächte klafften dunkle Löcher. Teppich- und Tapetenrollen warteten darauf, verarbeitet zu werden. »Die zweieinhalb Millionen, die Arendt uns zusätzlich einräumt, reichen nicht«, sagte Karl mutlos.

»Meinst du nicht, daß es am besten ist, jetzt die Verluste zu verringern, anstatt zuzulassen, daß wir noch tiefer in Schulden geraten?« fragte Ricarda.

Karl schwieg lange. Dann drehte er sich energisch um. »Nein, ich werde nicht verlieren. Was wir machen, ist richtig. Das Hotel wird gebaut, so oder so, egal, was es kostet!«

In jener Nacht gab sich Ricarda ihm ganz hin, denn ihr schien es, als gäbe es nur sie beide, ganz allein, und die übrige Welt sei gegen sie.

So ungern Karl eine Freundschaft ausnutzte, kannte er doch nur einen Menschen, der ihm vielleicht helfen konnte. Seit sie beide verheiratet waren, hatten er und Ewald von Biederstedt sich weit seltener als früher gesehen, denn der Graf war fast ein anderer Mensch geworden, der die Abende mit seiner Frau verbrachte, nicht mehr in Cafés und Spielclubs.

Karl war ziemlich sicher, ihn in seiner Wohnung zu finden, und nahm ein Taxi nach Karlshorst. Äußerlich hatte Ewald sich kaum verändert. Inzwischen Hauptmann, war er auch außer Dienst immer noch flott und elegant. Offenbar freute er sich, Karl zu sehen, hörte aber mit Entsetzen seine Geschichte.

»Die zusätzliche Hypothek reicht also nicht«, sagte Karl. »Der Bau wird alles in allem etwa zehn Millionen kosten, was heißt, daß ich noch zweieinhalb Millionen brauche.«

Ewald pfiff leise durch die Zähne. Dann sagte er bedächtig: »Ich kenne einen Menschen, der dir helfen könnte, wenn du ihn läßt, und das ist Heinrich Kraus.«

Karl versteifte sich. »Mit ihm möchte ich eigentlich keine Geschäfte mehr machen! Ich habe das Anwesen am Potsdamer Platz noch nicht vergessen.«

»Er ist mein Schwager, vergiß das nicht. Und ich weiß

zufällig, daß es da etwas gibt, was er sehr viel lieber hätte als Geld. Willst du mir die Sache überlassen, Karl? Ich glaube, ich weiß, wie dein Problem zu lösen ist.«

Am nächsten Tag ersuchte Graf Ewald um eine Audienz bei Wilhelm II., die er auch bekam. Er erklärte dem Kaiser, es bestehe die Gefahr, daß das Hotel Quadriga vielleicht nie vollendet werde.

»Was?« rief der Kaiser. »Aber zum Teufel, es soll doch das beste Hotel Europas werden! Biederstedt, am besten, Sie erzählen mir, wo das Problem liegt.«

»Es fehlt Herrn Jochum dummerweise an genügend Kapital«, erklärte Ewald.

Der Kaiser faßte an seine Taschen. »Biederstedt, die kaiserliche Schatulle ist leer. Wir können Herrn Jochum nicht helfen. Aber es müßte doch andere geben. Haben Sie keine Idee?«

Ewald lächelte und erläuterte dem Kaiser dann seine Idee. Als er geendet hatte, rieb sich sein Herrscher übermütig die Hände. »Ausgezeichnet, Biederstedt! Ausgezeichnet!«

In Essen, dem Herzen des Ruhrgebiets, jenem schwarzen Becken aus qualmenden Fabrikschornsteinen, Bergwerken und Rangierbahnhöfen, war Heinrich Kraus als »Stahlkönig« bekannt. Die Einheimischen zeigten Fremden seine stuckverzierte rote Backsteinvilla auf einem Hügel über Essen mit den Worten: »Das ist die Festung des Stahlkönigs.«

Von der fürstlichen Pracht der »Festung« hatte Heinrich Kraus das gesamte Ruhrpanorama mit den Tag und Nacht aufleuchtenden Flammen der Hochöfen vor Augen, und auch den Dunst, der wie eine Wolke über dem Tal hing. Wenn er ein Fenster öffnete, konnte er das Lärmen der Dampfpfeifen, das Quietschen der Lokomotiven auf Kraus-Schienen und das nicht endende Schnauben und Stöhnen der schweren Maschinen hören und den Gestank von Ruß und Schwefel riechen.

Nicht daß ihm das etwas ausgemacht hätte, denn das brachte ja das Geld: die Gewehre, Haubitzen, Feldgeschütze und Kanonen, die Stahlschienen, über die die Stahlräder von Kraus donnerten, und die Stahlplatten für die Schlachtschiffe der immer größer werdenden Marine Seiner Majestät.

Aber Essen war nicht sein einziges Reich. Das gleiche Bild gab es in Schlesien, wo noch sein Vater lebte, und im Berliner Wedding. Waffen von Kraus gingen nach Japan, Bulgarien und in die Türkei, nach Südafrika und Südamerika. Sogar die Engländer stellten in Lizenz Waffen von Kraus her. Eines Tages, und das war Heinrichs Ziel, würde Kraus die Welt beherrschen.

In jenem Herbst 1893 war Heinrich Kraus fünfunddreißig. Da er wußte, wie wichtig es war, die Verbindung zum Militär aufrechtzuerhalten, brachte er es durch seine Beziehungen zustande, es zum Reserveoffizier zu bringen, was ihn berechtigte, bei gewissen Gelegenheiten Offiziersuniform zu tragen. Großzügige Spenden an sein Regiment waren von den richtigen Kreisen anerkannt worden, und eines Tages, so hoffte er, würden seine Verdienste auch dem Kaiser zu Ohren kommen, der das angemessen auszeichnen würde.

Denn trotz seines Reichtums, seiner Ehe mit einer Grafentochter und der beiden Söhne war das, was er sich am sehnlichsten wünschte, ein eigener Titel.

Als ihn ein Brief aus Berlin zum Kaiser rief, wagte er kaum zu hoffen, daß der langersehnte Augenblick gekommen wäre; aber worüber sonst konnte Seine Majestät so dringlich mit ihm sprechen wollen? Er fand sich im Schloß ein und war sehr überrascht, als der Kaiser sagte: »Wir glauben, Sie kennen Herrn Jochum, nicht wahr, Herr Kraus?«

Jochum? Was zum Henker sollte das?

»Herr Jochum baut Unter den Linden ein sehr gutes Hotel, aber er hat gegenwärtig offenbar – em – finanzielle Schwierigkeiten. Nun müssen Sie wissen, Herr Kraus, daß dies ein Projekt ist, an dem Wir ein sehr großes Interesse haben.«

Heinrich neigte den Kopf.

»Ich möchte es so ausdrücken. Jeder, der Herrn Jochum aus seinen augenblicklichen Schwierigkeiten helfen würde, erwiese dem Land einen ganz außerordentlichen Dienst. Ich bin vom Erfolg des Hotels Quadriga so überzeugt, daß ich selbst Anteile kaufen würde, aber leider haben die Bauten, die wir in der Stadt gerade durchführen, unsere Mittel erschöpft.«

»Wenn ich gewußt hätte, daß Herr Jochum solche Schwierigkeiten hat, hätte ich ihm sofort meine Hilfe angeboten.«

Der Blick des Kaisers durchbohrte Heinrich Kraus. »Wir möchten, daß dieses Hotel so schnell wie möglich fertig wird. Ach, und, Kraus, nehme ich richtig an, daß Sie einen Antrag auf Errichtung einer Gesellschaft zur Stromversorgung Berlins gestellt haben?«

»Das ist richtig, Majestät.« Es war ein Auftrag, den Heinrich unbedingt haben wollte und um den sich mehrere Gesellschaften bemühten.

»Ist es nicht möglich, daß das Hotel Quadriga in den Genuß einer eigenen Elektrizitätsversorgung käme? Das Savoy in London hat einen eigenen Generator und artesischen Brunnen. Wir hinken nur ungern hinter unseren englischen Vettern her.«

»Ich bin sicher, das läßt sich machen, Majestät.«

»Danke, em, Herr, em, Kraus.« Der Kaiser lachte. »Zum Teufel, wenn ich nur nicht so arm wäre!«

Langsam ging Heinrich Kraus vom Schloß über die Spree zu den Linden und zum Hotel Quadriga. Lange stand er dort und blickte auf die Plane, die das halbfertige Gebäude verhüllte. Er hatte noch immer keine Garantie für den so sehnlich erwünschten Titel, aber es lag auf der Hand, daß er ihn nie bekommen würde, wenn er den Wunsch seines Kaisers nicht erfüllte. Diesmal konnte er bei Jochum keine fünfundzwanzig Prozent Gewinn machen. Er rechnete vielmehr damit, daß es ihn eine Menge Geld kosten würde. Ohne das Hotel zu betreten, wandte er sich um und ging zur Behrendstraße.

Am nächsten Tag trafen sich vier Herren im Konferenzraum des Bankhauses Arendt. Karl Jochum und Heinrich Kraus begrüßten sich ziemlich kühl, während Isaak Arendt und Dr. Duschek etwas betreten in ihren Papieren blätterten. Arendt kam sofort zur Sache. »Herr Kraus hat von Ihren Schwierigkeiten erfahren, Herr Jochum, und möchte Ihnen helfen. Haben Sie etwas dagegen, wenn ich ihm Ihre jetzige Lage schildere?«

Karl errötete ärgerlich, schüttelte aber den Kopf.

Als Arendt seinen Bericht beendete, nickte Kraus. »Sie selbst haben also siebeneinhalb Millionen investiert, Herr Jochum, wovon fünf eine fünfjährige Hypothek der Bank sind? Und Sie brauchen weitere zweieinhalb Millionen? Ich bin bereit, Ihnen das Geld zu einem sehr günstigen Zins zu leihen, unter zwei Bedingungen.« Er nahm die Brille ab, putzte sie mit einem Taschentuch und fuhr fort: »Die erste ist, daß Herr Arendt die Laufzeit der Hypothek auf fünfundzwanzig oder dreißig Jahre ausdehnt, so daß mein Darlehen schnell getilgt werden kann, die zweite, daß mir und meiner Familie im Hotel auf Lebenszeit eine Suite zur ausschließlichen Nutzung zur Verfügung steht.«

»Das scheint mir ein sehr guter Vorschlag«, sagte Duschek.

»Ich glaube, das Savoy in London hat einen eigenen Stromgenerator und eine unabhängige Wasserversorgung«, fuhr Kraus fort. »Es wäre den Kraus-Werken ein Vergnügen, im Hotel Quadriga eine ähnliche Anlage zu installieren – kostenlos.«

Arendt lehnte sich zurück. »Angesichts dieser Großzügigkeit wäre es schäbig von mir, Ihre Bedingung abzulehnen, Herr Kraus. Wann werden Sie fünfundsechzig, Herr Jochum?«

Karl, noch benommen, mußte nachdenken. »1923.«

»Gut. Ihre Hypotheken werden 1923 fällig. Und wann, meinen Sie, können Sie das Darlehen an Herrn Kraus zurückzahlen?«

So schnell wie möglich, schwor Karl sich innerlich und hätte zu gerne gewußt, warum Kraus plötzlich so hilfsbereit war. »Ganz bestimmt bis zur Jahrhundertwende.«

Mit ausdruckslosem Gesicht wandte sich Heinrich Kraus an Dr. Duschek. »Mein Anwalt wird Ihnen die Einzelheiten bestätigen.« Er erhob sich und bot Karl die Hand. »Meine Ingenieure kommen demnächst zu Ihnen. Guten Tag, Herr Jochum.«

Einige Wochen danach schickte Graf Ewald Karl einen Zeitungsausschnitt. Seine Majestät hatte Heinrich Kraus in Anerkennung seiner Verdienste um das Land in den Adelsstand erhoben; sein Titel lautete Heinrich Baron von Kraus. »Ich habe dir doch gesagt, daß es etwas gibt, das ihm noch wichtiger als Geld ist!« hatte der Graf an den Rand geschrieben.

Als Eitel Tobisch die gute Nachricht hörte, daß die Zukunft des Hotels gesichert sei, atmete er erleichtert auf. Im Gegensatz zu Karl Jochum, der sofort zum Hotel eilte, um Ricarda zu benachrichtigen, goß Eitel sich einen großen Cognac ein. Er hatte nicht gewagt, Liese von den Problemen seines Arbeitgebers zu erzählen, denn sie hätte ihn doch nur angekeift und von ihm verlangt, sich eine sicherere Stelle zu suchen.

Im Innersten wußte er, daß es ein schrecklicher Fehler gewesen war, Liese Kaufmann zu heiraten. Was er bei ihr für gesunden Menschenverstand gehalten hatte, hatte sich als pure Kleinlichkeit erwiesen. Nach zwei Jahren Ehe hatte sie an allem, was er tat, etwas auszusetzen. Aber sie war nicht nur übellaunig, sondern auch schäbig. Wenn Eitel den Wochenlohn ablieferte, nahm sie alles an sich und ließ ihm kaum genug für die Fahrt zur Arbeit.

Inzwischen log er sie an, unterschlug die letzte Gehaltserhöhung und bewahrte sein Geld in einer Schreibtischschublade im Büro auf. Ihm war klar, es bedurfte nur des geringsten Anstoßes, und er würde wieder anfangen zu spielen. In den letzten Monaten hatte sich das Klima zu Hause noch weiter verschlechtert, denn Liese erwartete ihr erstes Kind.

Eitel stellte das leere Glas ab, ordnete die Papiere und verließ das Café mit schleppendem Schritt. Wenigstens mußte Karl das Café nicht verkaufen, wie Eitel befürchtet hatte, und das Hotel würde fertig werden.

Ein Nachbar empfing ihn an der Wohnungstür. »Ihre Frau ist im Krankenhaus, Herr Tobisch. Das Baby hat sich gemeldet!«

Als Eitel ins Krankenhaus kam, war sein Sohn schon geboren. »Ihre Frau ist sehr schwach«, sagte der Arzt. »Wir mußten das Kind mit Kaiserschnitt holen; es war ein sehr schwieriger Eingriff. Sie wird keine Kinder mehr haben können und lange leidend sein.«

»Kann ich das Kind sehen?« Er hatte nicht den Wunsch, Liese zu sehen, aber seinen Sohn wollte er sehen. Eine Schwester führte ihn zu einem Bettchen, in dem ein Säugling kräftig schrie. Ängstlich streckte Eitel Tobisch die Hand aus. »Wir werden dich Otto nennen.«

Nachdem der finanzielle Ärger vorüber war, verwandten die Jochums ihre ganze Kraft auf die Fertigstellung des Hotels. Das Fiasko mit Silberstein hatte wertvolle Zeit gekostet; Lieferungen hatten sich wegen Nichtbezahlung verzögert, und andere Firmen wollten nicht liefern aus Angst, kein Geld zu bekommen. Inzwischen war ein neuer Wirtschaftsberater mit sehr begrenzter Vollmacht ernannt worden, alle Schulden waren beglichen, und das Material rollte wieder an.

Unter der Oberaufsicht Dr. Hedlers und eines Ingenieurs der Kraus-Werke wurde der artesische Brunnen gebohrt und ein Stromgenerator im Keller in der Nähe der Heizung installiert.

Ricarda schien den ganzen Tag auf den Beinen zu sein, überwachte Tapezieren, Aufhängen der Bilder, Verlegen der Teppiche und die Anordnung der Möbel. Und nebenher richtete sie noch ihre Privatwohnung ein, denn sie hatten sich entschlossen, so bald wie möglich ins Hotel umzuziehen.

Diese Wohnung sollte ihr wirkliches Zuhause werden. Die vier Zimmer mit Bad und Küche lagen im ersten Stock an der Rückseite des Hotels und gingen auf einen kleinen Hof. Der größte Raum würde das Wohnzimmer werden, nebenan das Schlafzimmer, und die beiden anderen Zimmer sollten zunächst als Gäste- und Eßzimmer dienen.

Aber wer weiß, vielleicht würde das Gästezimmer noch vor dem Umzug in ein Kinderzimmer umgewandelt werden müssen, ging es Ricarda durch den Kopf, als sie nach der Untersuchung vor Dr. Blattners Schreibtisch saß. Diesmal war es bestimmt kein falscher Alarm. Wenn Frauen wie Liese Tobisch Kinder bekommen konnten, konnte sie es auch! Gretes kleine Olga war jetzt zwei, die beiden Söhne von Baron Heinrich von Kraus sieben und vier, der Sohn Anna von Biederstedts ein Jahr alt. Nur Ewalds Frau und sie waren noch kinderlos. Lieber Gott, betete sie, bitte mach, daß ich schwanger bin. Bitte, laß mich Karl den Sohn schenken, den er sich wünscht.

»Ja, Frau Jochum«, sagte der Arzt. »Alles ist in bester Ordnung. Ihr Baby kommt im Juni nächstes Jahr. Meinen Glückwunsch Ihnen und Ihrem Mann.«

Sie wartete mit ihrer Neuigkeit, bis alle Arbeiter gegangen

waren und Karl kam, um sie vom Hotel abzuholen. Dann, in dem stillen, leeren Gebäude fragte sie: »Karl, wird das Hotel bis Juni fertig sein?«

»So ungefähr, denke ich.« Er sah sie an. »Warum?«

»Weil wir ein Kind bekommen, Karl. Im Juni ist es soweit.«

Er nahm ihre Hände und blickte sie lange an. Dann zog er sie an sich, küßte ihr Haar. »Das Hotel *muß* im Juni fertig sein. Unser Sohn wird der erste der Quadriga-Jochums sein, der erste einer ganzen Dynastie. Er muß das Quadriga vom ersten Tag kennen, denn es wird einmal sein Hotel sein.«

Anfang Juni wurde die riesige Plane von der Fassade genommen, das Gerüst abgebaut, und die Passanten konnten einen ersten Blick auf das neue Wahrzeichen der Stadt werfen. Den ganzen Tag drückten sich Gesichter gegen die Fenster, spähten durch die gläsernen Drehtüren. »Das ist das Hotel Seiner Mäjestät.« – »Hätte nie jedacht, det die jemals fertig wer'n, du?« – »Meinste, der Kaiser kommt mal her?«

Diese Frage ließ auch Karl nicht los. »Den reisenden Kaiser« nannten die Leute Wilhelm II., denn Seine Majestät hielt es nirgendwo lange, er war immer unterwegs. Karl konnte nur beten, daß er in Berlin war, wenn das Hotel eröffnete. Er gab persönlich einen Brief im Schloß ab, in dem er Seine Majestät einlud, das Hotel am 15. des Monats zu eröffnen. Die Tage vergingen, aber es kam keine Antwort.

Karl und Ricarda zogen eine Woche vor der Eröffnung in das Hotel um. Ricarda konnte aufgrund der Schwangerschaft kaum noch etwas tun, doch ihr Zustand hinderte sie nicht, alles interessiert zu verfolgen. Sie überwachte die Ankunft der Möbel in der neuen Wohnung, Schätze, die sie aus England mitgebracht hatte, Familienstücke der Jochums und Stücke, die sie in den Ehejahren gekauft hatten. Und dann natürlich das neue Kinderzimmer in Blau.

Schwester Hedwig Bauer zog mit ihnen ein. Die stattliche

Frau in ihrer gestärkten Tracht, von Dr. Blattner wärmstens empfohlen, betrachtete ihre neue Umgebung mit Mißfallen. In ihren Augen schickte es sich für eine Dame nicht, ihr erstes Kind in einem Hotel zur Welt zu bringen, auch wenn es so vornehm wie dieses war.

Am 14. Juni, dem Tag vor der Eröffnung, ließ Seine Majestät mitteilen, sie werde morgen um vier Uhr im Hotel sein. Alles atmete erleichtert auf, und Karl ließ das Personal zu einer Generalprobe antreten.

Zuerst stellte er die zwölf Pagen der Größe nach auf. »Vergeßt nicht, Seine Majestät ist Oberst der Totenkopfhusaren. Ihr nehmt Haltung an und bewegt euch nur, wenn ihr den Befehl dazu bekommt.« Wie fesch sie aussahen mit ihren blau-goldenen Uniformen, den blauen Kappen und weißen Handschuhen, dachte Ricarda, die aus einem Sessel in der Halle zusah. Jedem erklärte Karl, was seine Aufgabe war. »Du, Fritz, begleitest uns zum Palmenhaus.« Sie verschwanden dorthin, und Ricarda folgte ihnen. Es war ein herrlicher Raum, hell und freundlich, mit einem Glasdach und tropischen Pflanzen. Auf einem Podium gegenüber dem Eingang probte Franz Jankowski mit seinem Orchester.

Eine Doppeltür führte vom Palmenhaus ins Restaurant, wo Max Patschke seine Kellner anwies. Hinter dem Restaurant lag Maître Mesuriers Reich. In der neuen Küche war noch nichts gekocht worden, doch der Stab war bereit für das Festessen am nächsten Tag.

Karl, Ricarda und Fritz gingen zurück in die Halle und dann in die Bar, wo der neue Barmann, ein Westfale namens Arno Halbe, die Kristallgläser und Becher polierte. Ricarda empfand den Raum als eigenartig unpersönlich, doch wirkte er bequem mit seinen tiefen Ledersesseln.

»Heinz!« hörte sie die Stimme ihres Mannes in der Halle einen anderen Pagen rufen. »Du bringst uns mit dem Aufzug in den ersten Stock!« Diesmal ging Ricarda nicht mit, denn sie fühlte sich erschöpft. Sie kehrte in das Palmenhaus zurück, sank in einen Sessel und hörte Franz zu.

Es war ziemlich spät, als Karl sie weckte. »Da bist du, Liebchen. Ich glaube, es ist alles für morgen gerichtet.« Er sieht abgespannt aus, dachte sie. Wenn doch nur das Baby schon geboren wäre, dann könnte ich ihm helfen.

Er nahm ihre Hand und half ihr aus dem Sessel. »Möchtest du die Suiten jetzt oder lieber morgen ansehen?«

»Lieber jetzt. Hat Herr Tobisch Blumen in alle Zimmer stellen lassen?« Karl öffnete ihr die Aufzugtür. Sie waren mitten auf dem Korridor im ersten Stock, als der Schmerz sie durchfuhr und sie gegen die Wand taumeln ließ.

»Ricarda! Was ist?«

»Es muß das Baby sein«, preßte sie hervor.

Es gab keine Klingeln im Hotel Quadriga, keine lauten Geräusche, damit die Gäste nicht gestört wurden. Der Knopf, den Karl drückte, ließ ein Licht aufleuchten, und binnen Sekunden war ein Page zur Stelle. »Schnell! Dr. Blattner soll sofort ins Hotel kommen!« Bleich rannte der Junge fort.

Zehn Minuten später war Dr. Blattner bei Ricarda im Schlafzimmer, fühlte ihren Puls und gab der Schwester Anweisungen. »So ein Mist«, murmelte Ricarda, »ich werde den Kaiser verpassen. All die Arbeit, und ich bin nicht dabei!«

Aufgeregt lief Karl in der Halle auf und ab. Nach einer Viertelstunde erschien der Arzt und führte ihn in den Salon. »Es dauert noch ein bißchen.«

Um ein Uhr morgens, am 15. Juni 1894, wurde Ricarda und Karl Jochum ein Mädchen geboren.

An Schlaf war für Karl Jochum für den Rest dieser Nacht vor der Eröffnung des Hotels Quadriga nicht zu denken. Und auch der Morgen ging nur langsam vorüber. Alle außer ihm schienen etwas zu tun zu haben. Mesurier war eingehüllt in Dampfschwaden und Fleischdüfte. Max überwachte das

Decken der Tische. Franz hatte sich den Tag bei Ullstein freigenommen, und der Klang seiner Geige schwebte durch die Halle. Tobisch war überall, prüfte Papiere, unterschrieb Briefe, schickte Pagen zu Besorgungen in letzter Minute. »Wir haben schon dreißig Vorbestellungen für morgen abend, Herr Direktor.«

Karl nickte. Solange der Besuch des Kaisers nicht vorbei war, konnte er sich auf nichts konzentrieren.

Um zwei war er umgezogen, mit neuem Cut und gestreifter Hose, und schritt auf dem blauen Teppich auf und ab. Um halb drei bezogen die Portiers auf den Stufen Stellung; die Menschenmenge draußen nahm ständig zu. Um drei stellten sich die Pagen in einer Reihe auf. Was, wenn der Kaiser nicht käme? Was, wenn er kam, aber es lief etwas schief? Wie ging es Ricarda? Was machte das Baby? Vier Uhr kam und ging vorbei, und in der Menge, die ständig wuchs, wurden die ersten Spottrufe laut. Karl stand zwischen den beiden Portiers mit ihren Zylindern und blauen Uniformen und blickte hinüber zum Schloß.

Plötzlich brandete Jubel auf. »Seine Majestät! Der Kaiser!« Karl stieß einen erleichterten Seufzer aus. Freudig eilte er auf seinen kaiserlichen Gönner zu und ergriff die ausgestreckte Hand. Tief beugte er sich über die Hand der Kaiserin und begrüßte den Hofmarschall und die übrigen Begleiter, unter denen er auch Graf Ewald erkannte. Dann sagte er, sich tief verbeugend: »Eure Majestät, es ist mir eine große Ehre, Majestät als den ersten Gast des Hotels Quadriga zu begrüßen.«

Der Kaiser blickte interessiert die Bogenkolonnade hinunter. »Das ist also der berühmte Säulengang. Aus Granit, wie mir gesagt wurde.«

Vorbei an den sich tief verbeugenden Portiers schritt das Kaiserpaar mit seinem Gefolge durch die Glastüren in die Halle. Bewundernd schaute sich der Kaiser um, ging dann zu den Pagen und blieb, wie Karl vermutet hatte, beim Flügelmann stehen, als würde er die Truppen der Totenkopfhusaren inspizieren. »Fabelhaft!«

Auf Karls Zeichen trat Fritz vor und öffnete die Tür zum Palmenhaus. Allmählich wich Karls Anspannung. Alles lief nach Plan. »Was für ein herrlicher Raum«, sagte die Kaiserin und ließ den Blick über Ricardas Louis-seize-Möbel gleiten.

Der Kaiser wollte alles sehen. Im Restaurant mußte Max Patschke sämtliche Lichteffekte vorführen, die er in dem Raum erzielen konnte.

»In London haben sie so etwas bestimmt nicht, was, Jochum?« rief der Kaiser voller Bewunderung.

Karl senkte bescheiden den Kopf.

In der Bar sah sich der Kaiser mit einem Anflug von Staunen um. »Ein so normaler Raum, Jochum . . .« Er setzte sich in einen der tiefen Ledersessel, die um die niedrigen Tische standen. »Aber bequem und freundlich.«

Im riesigen Ballsaal sagte der Kaiser: »Hier kann man wunderbar den Silvesterabend feiern, Jochum!« Die Kaiserin interessierte sich jedoch weit mehr für den Damensalon. Anschließend brachte Karl die Gesellschaft mit einem der sechs hydraulischen Aufzüge des Hotels in den ersten Stock. »Äußerst bemerkenswert«, rief der Kaiser und studierte die Knöpfe, die die verschiedenen Etagen anzeigten. »Wie ich höre, haben Sie sogar einen eigenen Stromgenerator, Herr Jochum?«

Nicht zum erstenmal bemerkte Karl etwas in der Stimme des Kaisers, das ihn sich fragen ließ, wie weit er die Großzügigkeit von Kraus seinem Souverän verdankte. War es denkbar, daß der Kaiser für einen Titel einen Kredit, Strom und Wasser für das Hotel eingehandelt hatte? »Baron Heinrich von Kraus war in der Tat so entgegenkommend, eine eigene Stromversorgung zu installieren, Majestät. Das Hotel ist dem Herrn Baron für seine Großzügigkeit sehr verpflichtet.«

Der Kaiser grinste ganz eindeutig. »Erfreut, das zu hören. Und wo wohnt der Herr Baron, wenn er hierherkommt?«

Der Kaiser kannte offensichtlich alle Einzelheiten der Abmachung. »Für den Herrn Baron ist im ersten Stock ständig eine Suite reserviert.« Er öffnete die Tür mit dem neuen Krausschen Wappen und trat zur Seite, um die kaiserlichen Besucher einzulassen. Graf Ewald zwinkerte ihm zu, und plötzlich wurde ihm der ganze Zusammenhang klar.

Der Kaiser schlenderte durch die Dreizimmersuite, zog Schubladen auf, spähte hinaus auf den Balkon, von dem man auf die Linden blickte, und ging dann ins Bad, wo er beim Anblick der mächtigen Wanne mit den vergoldeten Armaturen staunend stehenblieb.

Mit einem entwaffnenden Lächeln wandte er sich Karl zu. »Jetzt bin ich doch froh, daß ich diesen Kraus zum Baron gemacht habe!«

Wie benommen setzte Karl die Führung fort. Aber der Kaiser war offensichtlich überhaupt nicht angestrengt. »Jetzt gehen wir in den Keller, Jochum? Den berühmten Keller, der bis unter die Straße geht?«

»Selbstverständlich, Majestät. Heinz, der Keller!«

»Nein, Heinz«, rief der Kaiser. »*Ich* bediene den Aufzug!« Er drückte den Knopf und schickte den Aufzug nach unten. »Jochum, wie halte ich ihn an?«

»Dieser Knopf, Majestät«, sagte Karl gerade noch rechtzeitig, um den Aufzug zu stoppen.

Karl führte die hohen Gäste durch die Gewölbefluchten voller Flaschenregale. Kaiser Wilhelm blickte sich ehrfürchtig um. »Guter Gott, Jochum, wieviel Wein haben Sie denn hier? Erwarten Sie eine Belagerung?« Er schlug Karl auf die Schulter. »Wir müssen einen Empfang geben und Ihnen helfen, die leer zu machen!«

»Das wäre eine große Ehre für unser Haus. Wenn ich

Majestät inzwischen eine kleine Erfrischung anbieten darf? Maître Mesurier hat etwas Leichtes vorbereitet. Aber vorher sollten wir noch das Kaiserzimmer besichtigen.«

»Mesurier! Haben Sie diesen französischen Teufel immer noch, Jochum?«

Karl hörte Graf Ewald leise lachen, denn die Geschichte mit Mesuriers Trüffeln hatte sich in ganz Berlin herumgesprochen. Doch als die Tür zum Kaiserzimmer geöffnet wurde, verstummte alles. Der Kaiser trat ein und blieb stehen. Das Zimmer wurde von einem mächtigen Kamin beherrscht, in dem trotz der warmen Jahreszeit ein Feuer loderte. Auf dem Sims stand eine Bronzebüste des Kaisers. Die dunklen Möbel gaben dem Raum den Charakter eines englischen Herrenclubs. An den Wänden hingen prächtige, goldgerahmte Ölgemälde von deutschen Schlachtschiffen – eine Reverenz an die Liebe des Kaisers zur Marine.

»Ein Herrenzimmer«, schnaubte der Kaiser zufrieden. »Das ist ein Raum, in dem ich mich wohl fühlen kann, Jochum. Wenn die Engländer das sehen, können sie nicht mehr sagen, daß Berlin Provinz ist.«

Karl glaubte, vor Stolz zu zerspringen. Er hatte es geschafft! Er hatte seinen Traum und den des Kaisers verwirklicht!

Nun führte er die Gäste in einen privaten Bankettsaal mit hohen Fenstern hinter Spitzenvorhängen, durch die man auf die Linden und auf das Brandenburger Tor blickte. Als sie eintraten, fragte der Kaiser plötzlich: »Und Frau Jochum? Warum ist sie nicht hier?«

Karl verbeugte sich. »Meine Frau und ich bedauern zutiefst, daß sie nicht hier sein kann, aber ich habe die Ehre, Eurer Majestät mitteilen zu können, daß sie heute morgen unser erstes Kind zur Welt gebracht hat, eine Tochter.«

Der Kaiser schüttelte – betrübt darüber, daß es ein Mädchen war – den Kopf, sagte dann aber: »Ausgezeichnet! Und wie wollen Sie sie nennen?«

Karl hatte bei all dem Trubel noch gar nicht über einen Namen für das Kind nachgedacht. Er blickte die Straße hinunter zur Quadriga, der Siegesgöttin Viktoria, als suchte er Beistand. Dann wandte er sich dem Kaiser zu, dem Enkel der Königin Viktoria von England, Sohn ihrer ältesten Tochter, Prinzessin Viktoria, und selbst Vater eines kleinen Mädchens, der Prinzessin Viktoria Luise. »Wir wollen sie Viktoria nennen, Majestät.«

1894–1919

6

An einem bitterkalten Dezembermorgen des Jahres 1899, kurz vor Weihnachten, stand Baron Kraus mit seinen Söhnen am verlassenen Kai einer aufgegebenen Werft an der Wesermündung zwischen Bremerhaven und Cuxhaven. Der »Stahlkönig« war inzwischen einundvierzig und Chef der Kraus-Werke, denn sein Vater war vor ein paar Monaten an einem Herzanfall gestorben.

Der dreizehnjährige Ernst, seinem Vater wie aus dem Gesicht geschnitten, sogar was die Metallbrille auf der Stupsnase betraf, betrachtete die Werft eingehend. Benno, gerade zehn, schlank und mit den Locken und braunen Augen seiner Mutter, blickte verträumt hinaus auf die Nordsee.

»Du kannst bestimmt erkennen, warum der frühere Eigentümer dieser Werft Bankrott gemacht hat«, sagte Baron Heinrich zu seinem Ältesten. »Es fehlen die Vorteile des tiefen Wassers, wie etwa in Kiel, weshalb es sicher sehr schwer war, hier große Schiffe zu bauen.«

»Eine längere Helling würde das Problem lösen, nicht wahr, Vater?« sagte Ernst.

»Allerdings.«

»Es liegt viel näher an der Ruhr als Kiel und natürlich sehr nah bei Wilhelmshaven«, fuhr Ernst im Tonfall von jemand fort, der seine Hausaufgaben gemacht hat. Jenseits der Bucht konnten sie die Kräne, Ladebäume und Masten des ersten Marinestützpunkts des Landes sehen.

»Hier müßte man eigentlich ziemlich leicht an Marineaufträge kommen«, sagte Baron Heinrich. »Das war schon immer ein traditionelles Schiffsbaugebiet. Was meinst du, Benno?«

Sein jüngster Sohn rührte sich nicht, blickte noch immer auf das unruhige Meer hinaus. Der Baron stöhnte verzweifelt auf. Ernst war ein echter Kraus, zielstrebig, intelligent und mit gutem Geschäftssinn, aber Benno war ganz anders. Er war zwar intelligent, schien aber etwas von dem Eigensinn geerbt zu haben, der schon seine Mutter dazu gebracht hatte, sich den Wünschen ihrer Familie zu widersetzen und ihn zu heiraten. »Was meinst du, Benno?« fragte er noch einmal.

»Was für Schiffe willst du hier bauen, Vater?«

»Zuerst Flachboote und Schlepper. Und dann zur rechten Zeit ein Schlachtschiff.«

Benno machte ein enttäuschtes Gesicht. »Ich dachte, du baust vielleicht einen Ozeandampfer, noch größer und schneller als die ›Wilhelm der Große‹, damit Kraus das Blaue Band für Deutschland gewinnen könnte.«

Baron Heinrich schüttelte den Kopf. Benno war doch nicht auf den Kopf gefallen. Mit dem Gewinn des Blauen Bandes vor ein paar Jahren hatte die »Wilhelm der Große« der deutschen Passagierschiffahrt und Deutschland selbst beträchtliches Ansehen erworben.

Ernst sah seinen jüngeren Bruder verächtlich an. »Mit Passagierschiffen gewinnt man keine Kriege. Eines Tages werden die Engländer uns zum Krieg zwingen, und das müssen wir verhindern. Wenn wir so große Schlachtschiffe wie sie haben, oder noch größere, werden sie nicht wagen, uns anzugreifen. Das stimmt doch, Vater?«

Baron Heinrich nickte. Unten in Südafrika kämpften die Buren einen Überlebenskampf gegen die Briten, einen Kampf, in dem jeder rechte Deutsche auf der Seite der tapferen, zähen burischen Bauern stand, die sich gegen die Macht des britischen Reiches zur Wehr setzten. Es war ein

Krieg, in den niemand eingreifen konnte – aus einem einfachen Grund: kein anderes Land hatte die Seemacht Englands. Solange England die Meere beherrschte, beherrschte es die Welt. Der Kaiser hatte das erkannt und deshalb Anfang des Jahres das Flottengesetz unterzeichnet. Deutschland hatte vielleicht die Waffen und Soldaten, aber bevor es hoffen konnte, die Engländer in irgendeinem Krieg zu schlagen, mußte es eine noch stärkere Marine haben. Und Baron Heinrich wollte ihm dabei helfen.

»Wir kaufen diese Werft, und sie wird unseren Namen tragen. Und jetzt fahren wir nach Berlin und regeln die Bedingungen.«

Sie gingen die verlassenen Kais entlang, der Baron militärisch stramm. Ernst bemüht, es ihm gleichzutun, und Benno die Füße durch den Dreck schleifend.

Nur wenig passierte im Hotel Quadriga, was Viktoria Jochum entging. Das erste, was sie an diesem Morgen vor Weihnachten bemerkte, als sie aus der Wohnung schlüpfte, nachdem das Kindermädchen Elli sie angezogen und ihr das Frühstück gemacht hatte, war hektische Betriebsamkeit am anderen Ende des Korridors. Unter der persönlichen Aufsicht der Wirtschafterin schleppten drei Zimmermädchen stapelweise Bettwäsche und Handtücher in die Kraus-Suite. Das konnte doch nicht alles nur für den Baron sein?

Bedächtig stieg Viktoria nach unten zum Büro ihres Vaters direkt hinter dem Empfang an der großen Treppe, an dem in großen Buchstaben PRIVAT stand. Wenn die Tür offen war, wußte sie, daß sie anklopfen und eintreten durfte. War sie geschlossen, wie jetzt, mußte sie sich an anderer Stelle informieren: bei Tobisch, dem Geschäftsführer, oder Quitzow, dem Empfangschef.

Beide Männer standen hinter dem Empfang und besprachen die Zimmerbelegung. Viktoria kletterte auf einen hohen Hocker und hörte ihnen zu. Viele Gäste lächelten ihr zu und sagten guten Morgen, als sie vorbeigingen, denn sie war trotz ihrer fünf Jahre aufgrund ihrer blonden Haare, blauen Augen und des energischen Kinns sofort als Karl Jochums Tochter zu erkennen.

»Frau Baronin von Kraus kommt heute morgen an«, sagte Quitzow zu Tobisch. »Wir schicken einen Wagen zum Bahnhof. Der Herr Baron und seine beiden Söhne kommen irgendwann heute nachmittag von Bremen.«

Viktoria lächelte glücklich, ihre Neugier war befriedigt. Die gesamte Familie Kraus kam also zum erstenmal ins Hotel Quadriga. Der Baron war häufig allein hier, wenn er sein Chemiewerk im Wedding besuchte, aber dies war die erste Gelegenheit für Viktoria, seine Söhne Ernst und Benno kennenzulernen.

Sie wollte schon vom Hocker herunterrutschen, als Tobisch etwas noch viel Aufregenderes sagte. »Sie haben nicht vergessen, daß Graf und Gräfin Johann von Biederstedt mit Kindern an Silvester auch hier sind, Quitzow? Haben Sie die Brandenburger Suite für sie reserviert?« Diese Suite lag im ersten Stock neben der von Kraus und war eine der schönsten des Hotels.

Graf Ewald kannte sie natürlich, denn er war einer der ältesten Freunde ihres Vaters, und sie mochte ihn sehr. Aber sie kannte weder den jüngeren Bruder des Grafen noch dessen Frau Anna und die Kinder Peter und Trude, denn sie kamen selten nach Berlin und zogen das Leben in Fürstenmark offenbar vor. Viktoria wußte alles über Fürstenmark, denn man hatte ihr die Geschichte erzählt, wie sich ihre Eltern auf Onkel Ewalds Hochzeit kennengelernt hatten. Der Graf hatte ihr erlaubt, ihn Onkel Ewald zu nennen.

Unruhig rutschte sie hin und her, um Eitel Tobisch auf sich aufmerksam zu machen. »Gleich, Fräulein Viktoria, wir haben alle Hände voll zu tun.«

Viktoria lächelte ihn an und sprang von ihrem Hocker. Tobisch war irgendwie eine traurige Gestalt, fand Viktoria, und sie war sicher, daß er sie deshalb so mochte, weil er selbst gern eine Tochter wie sie gehabt hätte, nicht einen Sohn wie Otto, was in ihren Augen nur zu verständlich war.

Noch ganz erfüllt von den aufregenden Neuigkeiten, die sie eben erfahren hatte, überlegte Viktoria, wohin sie sich nun wenden sollte. Wenn sie zurück in die Wohnung ging, würden Mama und Elli sie sofort mit etwas Nützlichem beschäftigen, und so beschloß sie, dorthin zu gehen, wo es ihr am besten gefiel – in das Palmenhaus. Sie liebte die Musik Franz Jankowskis und die hohen tropischen Pflanzen, zwischen denen sie sich wie im Dschungel vorkommen konnte.

Ganz in Gedanken versunken stieß sie die Doppeltür auf und ging hinein, bemerkte jedoch eine Bewegung und stellte fest, daß sie nicht allein war. Zu ihrem Entsetzen erkannte sie den stämmigen, blonden Otto Tobisch, der hinter einem Pflanzenkübel vorspähte.

»Was machst du hier?« Die Vorschriften Karl Jochums für die Angestellten und ihre Verwandten waren streng. Angestellte durften sich nur zur Arbeit in den Räumen aufhalten, und Besuche der Familienangehörigen waren weder im Hotel noch im Café Jochum erwünscht. Eitel Tobisch genoß durch seine Position jedoch manchmal Vorrechte, und wenn seine Frau sich nicht wohl fühlte, durfte der sechsjährige Sohn den Vater zur Arbeit begleiten.

»Ich darf genausogut hier sein wie du«, sagte Otto trotzig.

Da bemerkte Viktoria, was er gerade tat. Seine Hose war offen, und er pinkelte in einen der großen Pflanzenkübel. Wider Willen wurde Viktorias Blick von seinem kleinen Glied angezogen, aus dem ein stetiger Strahl kam. So machten es die Buben also! Sie wurde rot, als sie seinen anmaßenden Blick spürte. »Hör auf, hör sofort auf!« schrie sie.

»Du hast nicht so was, nech?« höhnte Otto. »Hier, willst du mal gucken?«

Viktoria bekam plötzlich Angst, drehte sich um und rannte fort. »Das sag ich meinem Papa! Er schmeißt dich aus dem Hotel.«

Noch bevor sie die Tür erreichen konnte, hatte Otto sie eingeholt, packte ihre Arme und hielt sie ihr auf den Rücken. »Sag ja nichts deinem Vater!«

»Ich sag's, ich sag's«, zischte sie mit zusammengepreßten Zähnen, denn Otto tat ihr weh. Obwohl er nur ein Jahr älter war als sie, war er erheblich größer und stärker.

Plötzlich löste er einen Arm, umschlang ihren Hals und bog ihren Kopf zurück und sah tückisch auf sie hinab. »Wenn du's deinem Vater sagst, breche ich dir den Hals.« Sein Druck um ihren Hals verstärkte sich. »Und jetzt versprich, daß du ihm nichts sagst, und auch keinem andern.«

Noch nie hatte sie solche Angst gehabt. Sie war überzeugt, daß Otto ihr den Hals brechen konnte und würde, wenn sie es nicht versprach. Unfähig zu nicken, gab sie einen Laut von sich, und Otto ließ sie los. Einen Augenblick standen sich die beiden gegenüber, dann stürmte Otto hinaus. Viktoria brach in Tränen aus. Nach ihrem Versprechen wagte sie nicht, der Mutter oder dem Vater zu erzählen, was passiert war, denn Otto würde es bestimmt herausbekommen, und dann war ihr Leben in Gefahr.

Langsam ließ der Schmerz nach, und sie wischte sich die Augen und putzte die Nase. Sie mußte in Zukunft eben aufpassen und darauf achten, daß sie nie mit Otto allein war.

Glücklicherweise speisten ihre Eltern im großen Restaurant, und sie aß allein mit Elli, die zu sehr mit ihren Weihnachtsplänen beschäftigt war, als daß sie Viktorias ungewöhnliche Ruhe bemerkt hätte. Am Nachmittag ging Viktoria jedoch nicht nach unten, um die Ankunft der Krauses zu erleben, sondern blieb in ihrem Zimmer.

Für die Jochums war Weihnachten eine der wenigen Gelegenheiten, wo die Familie zusammen war und nicht ständig auf den leisesten Wink der Gäste geachtet werden mußte.

In diesem Jahr war es das erste Weihnachtsfest, das sie mit Emil Graber feierten, der sich in einer kleinen Wohnung in Charlottenburg zur Ruhe gesetzt hatte. Seine Anwesenheit in Berlin glich ein wenig den Verlust von Karls Mutter aus, die kurz nach der Hoteleröffnung in München gestorben war, und auch den von Ricardas Großmutter, die um die gleiche Zeit entschlafen war.

In den letzten fünf Jahren hatte Ricarda Viktoria zuerst in der Obhut von Schwester Hedwig und dann von Elli gelassen; sie selbst hatte sich ganz dem Hotel gewidmet. Jetzt erwartete sie ihr zweites Kind. Es sollte im Mai kommen.

Neujahr war dann ein sehr turbulenter Tag, als Gäste aus dem ganzen Land zum traditionellen Quadriga-Ball kamen, auf dem diesmal nicht nur ein neues Jahr begrüßt wurde, sondern ein neues Jahrhundert!

»Bitte, darf ich aufbleiben und das neue Jahrhundert erleben?« bettelte Viktoria. »Bitte, Mama, ich bin doch kein Baby mehr.«

»Du kannst doch gar nicht so lange wach bleiben.«

»Doch, doch, ich bin so aufgeregt, ich könnte gar nicht schlafen.«

Karl zauste ihre Locken. Er hatte sich ja einen Sohn gewünscht, aber seine kleine Tochter war eine echte Jochum mit ihrer Liebe zum Hotel. »Warum nicht? Die anderen Kinder sind auch da.«

»Also gut, aber du mußt ruhig sitzen und brav sein.«

»O danke, Mama. Papa, darf ich dich auf dem Rundgang begleiten?«

Ricarda schaute ihnen lächelnd nach, als sie Hand in Hand losgingen. Es würde gut für Viktoria sein, mit anderen Kindern zusammenzukommen, vor allem aus Familien wie den von Biederstedts und von Kraus, an deren Tisch sie heute abend eingeladen waren. Die beiden Kraus-Jungen waren sehr viel älter als Viktoria, aber die zwei Biederstedt-Kinder waren etwa gleich alt, Peter sieben und Trude fast vier.

Karl und Viktoria gingen zuerst in die Küche, wo Maître Mesurier und seine Köche letzte Vorbereitungen für das Galadiner trafen. Aus Dutzenden von Töpfen stieg Dampf. Lächelnd unterbrach der kleine Franzose die Arbeit, wechselte ein paar Worte mit Karl und reichte Viktoria dann ein Stück Schokoladenkuchen. Sie streckte die Arme aus und gab ihm einen Kuß auf die Wange. »Ein glückliches neues Jahrhundert.«

»Ihnen auch, *chère Mademoiselle.*«

Sie setzten ihren Rundgang fort durch die Restaurants, wo Max Patschke aufmerksam die Liste mit den Tischreservierungen studierte. Sie gingen in die Bar, wo sich bereits viele elegant gekleidete Damen und Herren eingefunden hatten und ihren Aperitif tranken. Arno Halbe nickte Karl zu und lächelte Viktoria an, als sie an ihm vorbei in den großen Ballsaal gingen.

»O Papa, sieht das schön aus!«

Der Saal sah tatsächlich prächtig aus. Auf jedem der kleinen runden Tische um die Tanzfläche flackerten Kerzen, und Papierschlangen schmückten Wände und Decke. Vater und Tochter liefen über den glänzend gewachsten Boden hinüber zu den Musikern. »Guten Abend, Franz. Es wird ein turbulenter Abend.«

»Guten Abend, Herr Direktor. Guten Abend, Fräulein Viktoria«, begrüßte Franz sie. »Es wird eine Nacht, die wir nur einmal im Leben erleben.«

Viktoria sah ihren Vater besorgt an. »Wie wissen wir, wann das neue Jahrhundert kommt?«

Karl lachte. »Es gibt überall Feuerwerk, und Kanonen werden abgeschossen, und alle Kirchenglocken in der Stadt läuten. So, jetzt komm, wir essen vor dem Ball noch etwas zu Abend.«

Ein paar Stunden später begrüßte Karl, gemeinsam mit Ricarda und Viktoria, seine Gäste zum letzten Neujahrsball des alten Jahrhunderts und dem ersten des neuen. Makellos gekleidet, machte er wie immer einen großartigen Eindruck. Er hatte seinen Traum verwirklicht, denn in den vergangenen fünf Jahren war das Hotel Quadriga zu einem wirklich internationalen Zentrum geworden und für viele ein Zuhause fern von zu Hause, ein Ort, wo jeder Wunsch erfüllt wurde und wo die Gäste wußten, daß ihnen ein unvergleichlicher Service geboten wurde.

»Ein glückliches neues Jahr, Herr Jochum«, sagte Isaak Arendt.

Herzlich schüttelte Karl ihm die Hand. »Ihnen auch, Herr Arendt.«

»Guten Abend, Herr Jochum. Ich bin Theo Arendt.« Karl drehte sich erstaunt um. Er hatte Theo zuletzt auf seiner Hochzeit vor elf Jahren gesehen. Jetzt war er ein junger Mann um die Zwanzig. Wie die Zeit verging!

»Darf ich Ihnen einen alten Freund der Familie vorstellen, Professor Bethel Ascher?« sagte Arendt und wies auf einen Mann Mitte Dreißig, der zwei kleine Mädchen an der Hand hielt.

Ascher verbeugte sich. »Ich freue mich, Ihre Bekanntschaft zu machen, Herr Jochum. Meine Töchter Sophie und Sara.«

Die beiden Mädchen machten einen Knicks. Sie waren etwa zehn und fünf Jahre alt, hatten dunkle Augen und tiefschwarze Haare, die ihnen bis zur Taille reichten. Das werden Schönheiten sein, wenn sie einmal groß sind, dachte Karl bei sich.

Er streifte mit einem Blick Ricarda und Viktoria, seine Frau hochelegant mit hochgestecktem Haar und freien Schultern, die matt aus dem Smaragdgrün ihres Kleides schimmerten, und seine hübsche Tochter mit den blonden Locken in ihrem rosa Taftkleid und den neuen weißen Stiefelchen.

»Herr Jochum, guten Abend«, erscholl eine bekannte Stimme, und Baron Kraus tauchte neben ihm auf. Da Karl wußte, wie der Baron zu seinem Titel gekommen war und er außerdem das Darlehen inzwischen zurückgezahlt hatte, war auch der letzte Rest seiner Abneigung gegen den Stahlkönig gewichen. Er empfand sogar eine heimliche Achtung vor dem Mann. »Guten Abend, Herr Baron, guten Abend Frau Baronin.«

»Darf ich Sie mit meinen Söhnen bekannt machen?« sagte der Baron. »Das ist Ernst.« Ganz der Vater, dachte Karl bei sich. »Und das ist Benno.« Der Junge kam auf seine Mutter; die gleichen dunklen Locken und Augen, mehr Biederstedt als Kraus.

»Karl, alter Junge! Ein glückliches neues Jahr!« Eine Hand schlug ihm auf die Schulter, und Karl drehte sich erfreut um, um Ewald zu begrüßen. Annette war bei der Entbindung vor knapp vier Jahren gestorben, ein Schock, von dem sich der Graf erstaunlich gut erholt hatte. Automatisch nahm er sein altes Junggesellenleben wieder an, wenn Karl auch glaubte, daß er nicht mehr der Frauenheld von einst war. »Meinen Bruder Johann und seine Frau Anna kennst du doch noch?«

Während Karl und Graf Johann sich die Hand reichten und Ricarda und Anna sich umarmten, merkte Viktoria, daß ein kleines Mädchen kritisch ihr Kleid musterte. »Hallo, ich bin Viktoria Jochum«, sagte sie.

»Ich bin die Komtesse von Biederstedt.« Viktoria wurde steif. Sie hatte gehofft, sich mit den Biederstedt-Kindern anfreunden zu können, doch die Haltung der kleinen Trude ließ sie daran zweifeln.

»Und ich bin Peter«, sagte eine Stimme. »Ich freue mich sehr, dich kennenzulernen, Viktoria.«

Er war größer als sie, hatte dunkelbraunes Haar und braune Augen. Er hielt ihr die Hand hin, und sie ergriff sie. Er lächelte, aber sie wurde plötzlich verlegen. Sie ließ seine Hand los und tastete nach der ihrer Mutter.

Jetzt, wo sie einander alle vorgestellt waren, folgten sie dem Saaldiener zu dem großen Tisch, der für sie reserviert war; nur Karl blieb an der Tür des Ballsaals stehen, um weiter die Gäste zu begrüßen. Die Kellner brachten Champagner für die Erwachsenen und frischgepreßten Saft für die Kinder.

Der Ballsaal war jetzt voll besetzt, und auf der Tanzfläche drängten sich die Paare zu den Klängen des von Franz Jankowski dirigierten Orchesters. Viktoria saß neben ihrer Mutter und hörte gelangweilt der Unterhaltung der Erwachsenen zu. Sie rutschte unruhig auf ihrem Stuhl hin und her. Es war immer das gleiche, wenn Erwachsene zusammenkamen. Sie konnten sich nur über Politik und Krieg unterhalten. Sie sah sich am Tisch um. Peter und Trude sprachen leise miteinander, während Ernst Kraus das Gespräch aufmerksam verfolgte, aber Benno blickte sie lächelnd an. Plötzlich stand er auf und kam um den Tisch zu ihr. »Möchtest du tanzen?«

Sie blickte zu ihrer Mutter, die aufmunternd nickte, und erlaubte Benno dann, ihre Hand zu nehmen, wobei sie sich sehr erwachsen vorkam.

»Ich weiß, glaub ich, gar nicht, wie man tanzt«, gestand er, als sie zur Tanzfläche gingen. »Das ist nämlich mein erster Ball.«

In dem Moment entschied Viktoria, daß sie Benno mochte, denn er war wenigstens ehrlich. »Ich weiß auch nicht, wie man tanzt, aber es war so langweilig, da zuzuhören.«

Benno legte den Arm um ihre Taille und führte sie mutig unter die anderen Tänzer.

Danach wurde der Abend wesentlich lustiger, zumindest

für Viktoria. Während die Erwachsenen sich unterhielten, tanzten und Champagner tranken, saß sie mit Benno zusammen und erzählte ihm vom Hotel Quadriga, was ihn zu ihrer großen Freude offenbar sehr faszinierte. Plötzlich merkte sie, daß jemand neben ihr stand, und sah beim Aufblicken in ein Paar lächelnde braune Augen. »Viktoria, darf ich um die Ehre dieses Tanzes bitten?« fragte Peter von Biederstedt formvollendet.

Augenblicklich vergaß sie Benno. »O Peter, das wäre schön.«

Plötzlich hörte das Orchester auf zu spielen, und ihr Vater trat auf das Podium. »Meine hochverehrten Damen und Herren, es ist Mitternacht. Im Namen des Hotels Quadriga wünsche ich Ihnen allen ein glückliches und erfolgreiches neues Jahr und bitte Sie, sich zu erheben und auf Seine Majestät, den Kaiser, anzustoßen.«

Die Tänzer eilten zu ihren Tischen, während die Kellner hin und her hasteten, Korken knallen ließen und leere Gläser füllten. Dann standen alle auf und erwiderten den Trinkspruch: »Seine Majestät, der Kaiser!« – »Ein glückliches neues Jahr!« – »Prosit Neujahr!« Ehemänner umarmten ihre Frauen und schüttelten alten Freunden die Hand. Ein allgemeines Küssen und Umarmen setzte ein.

Papierschlangen flogen durch die Luft, und der Himmel draußen wurde hell, als die ersten Feuerwerkskörper über Berlin explodierten, Raketen in die Höhe schossen, Goldregen und Feuerräder sprühten. Unter den Linden grüßte ein donnernder Kanonensalut Seine Majestät, Kaiser Wilhelm II., und von allen Kirchtürmen der Stadt erklangen die Glocken.

Doch Viktoria bemerkte von all dem nichts, denn im Ballsaal des Hotels Quadriga nahm der siebenjährige Peter von Biederstedt sie in die Arme und küßte sie.

Vier Monate später, am 5. Mai, wurde erneut gefeiert, denn

der Kronprinz wurde volljährig. Nicht nur das Hotel Quadriga, die ganzen Linden waren mit Fahnen und Blumen geschmückt, und sogar das Brandenburger Tor bekam ein neues Gesicht durch ein überdimensionales Holzgerüst, das mit Blumengirlanden, Kiefern- und Lorbeerkränzen, bunten Flaggen und Fähnchen behängt war.

Viktoria und Elli jubelten und winkten zusammen mit vielen Gästen vom langen Balkon über dem Säulengang der großen Parade zu. Als Kronprinz Wilhelm vorbeiritt, hätte Viktoria schwören können, daß er ihr zulächelte. »O Elli, warum ist Papa nicht hier?« rief sie voller Stolz.

»Dein Vater hat zu tun.«

Aber als sie in die Wohnung kamen, schlugen sich Papa und Dr. Blattner auf die Schulter und tranken Champagner. »Papa, der Kronprinz hat mir zugelächelt.«

Aber diesmal interessierte sich ihr Vater nicht für die Kaiserfamilie. »Komm«, lächelte er, setzte sein Glas ab und führte sie ins Schlafzimmer. »Komm und schau dir dein Schwesterchen an.«

Viktoria starrte in die Wiege und sah ein rotgesichtiges, schrumpliges kleines Etwas mit zusammengekniffenen Augen. Deshalb waren ihre Eltern also nicht mit ihr und Elli auf dem Balkon gewesen, war Schwester Hedwig plötzlich wieder ins Hotel gekommen. Die Schwester hatte ein neues Baby gebracht. »Es ist aber nicht besonders schön, Papa. Kann die Schwester nicht ein anderes bringen, das schöner aussieht?«

Karl lachte laut auf. »Genau das habe ich auch gesagt, als ich dich zum erstenmal gesehen habe, aber ich habe dich nicht zurückgeschickt.«

Viktoria dachte einen Augenblick nach und fragte dann: »Papa, wie wollen wir sie nennen?«

»Wie wäre es mit Luise?«

Sie nickte zustimmend. »Das ist schön. Dann sind wir Viktoria Luise, wie die Prinzessin.«

Die Jahre nach der Geburt Luises waren schön für Ricarda. Karl konnte nicht nur das Hotel ohne ihre Mithilfe führen, er konnte auch gelegentlich freinehmen, und als Luise alt genug war für den Kinderwagen, unternahm die Familie viele gemeinsame Ausflüge.

In den Sommermonaten fuhren sie nach Heiligensee, oft zusammen mit Großvater Graber, der leider immer mehr durch seine Arthritis behindert wurde. Während er mit Ricarda auf dem Eichenstamm am See saß, Luise auf einer Decke liegend daneben, brachte Karl Viktoria das Schwimmen bei. Wenn es Abend wurde, kochten sie etwas Einfaches und aßen auf der Veranda, mit Blick auf den See. »Seit den Flitterwochen haben wir das nicht mehr gemacht, nicht wahr, Ricarda?« sagte Karl.

»Das hättet ihr aber sollen«, tadelte sein Schwiegervater.

Ricarda lächelte nur. Die vergangenen Jahre waren erfüllt und interessant gewesen. Sie hatten zwei hübsche Töchter, und sie waren glücklich. Das allein zählte.

Aber am schönsten war es für Ricarda, ihre Töchter heranwachsen zu sehen. Ehe sie sich versah, so schien ihr, feierte Luise ihren fünften Geburtstag, und Viktoria ging auf ihren elften zu. Im Aussehen und Charakter waren die beiden Mädchen völlig verschieden. Luise, schlank und drahtig, hatte das rötlichbraune Haar und die grünen Augen ihrer Mutter und zeigte schon früh eine künstlerische Begabung. Sie liebte Musik, war aber unfähig, sich länger auf etwas zu konzentrieren. Manchmal erinnerte sie Ricarda an einen Schmetterling, der von Blüte zu Blüte gaukelte.

Bei Viktoria mit dem wallenden blonden Haar und den blauen Augen über den hohen Backenknochen kam der Jochumsche Charakter immer stärker durch. Sie war zielstrebig und unerbittlich treu, manchmal bis zur Halsstarrigkeit. Es waren lobenswerte Eigenschaften, doch im Sommer 1905 bekam Ricarda eine Vorahnung, wie diese Charakterzüge das Glück ihrer älteren Tochter bedrohen konnten.

Im Juni jenes Jahres fand die Hochzeit des Kronprinzen mit der Prinzessin Cäcilie von Mecklenburg-Schwerin statt. Wieder war das Hotel Quadriga voll belegt, denn aus dem ganzen Land kamen Gäste, um dem Hochzeitszug oder gar der Feier selbst beizuwohnen. Zu den eingeladenen Personen gehörten auch Graf Johann und Anna Gräfin von Biederstedt.

Es war das erste Mal seit dem Silvesterball der Jahrhundertwende, daß die Biederstedts aus Fürstenmark wieder nach Berlin kamen, und Viktoria erwartete ungeduldig ihre Ankunft. Seit dem Neujahrskuß hatte sie von Peter geträumt. Aber vielleicht hatte er sie inzwischen vergessen. Da sie keine Brüder hatte, wußte sie kaum etwas über Jungen. Der einzige, den sie kannte, war Otto Tobisch, und seit jenem schrecklichen Vorfall im Palmenhaus hatte sie alles getan, ihm aus dem Weg zu gehen.

Zu ihrer großen Erleichterung erinnerte sich Peter aber nicht nur an sie, sondern war äußerst galant zu ihr und lud sie und Luise ein, vom Balkon ihrer Suite den Festzug anzusehen. Er war inzwischen zwölf und ein ansehnlicher Junge. »Der Bursche ist Ewald wie aus dem Gesicht geschnitten«, rief Karl, als er ihn sah. »Der wird noch so manches Herz brechen, wenn er erwachsen ist.«

Seit Tagesanbruch waren die Menschen mit Fähnchen, Blumen und Taschentüchern in den Händen auf den Straßen, und als die Prinzessin schließlich vorbeikommen sollte, sah man vom Balkon aus nur noch ein Meer von Köpfen. Die Polizei hatte einen Kordon gebildet, um die Massen zurückzuhalten.

Auch die flaggen- und blumengeschmückten Balkons des Hotels waren voller Menschen. Viktoria und Luise standen mit den Biederstedt-Kindern nicht weit von Baron Kraus und seiner Familie.

Obwohl Viktoria einen Knicks gemacht und sie begrüßt hatte, machten die Kraus-Jungen sie jetzt verlegen, denn sie waren beträchtlich älter als sie. Ernst war mit neunzehn schon ein junger Herr, und Benno war bereits sechzehn. Die Vertrautheit, die sie Benno gegenüber vor fünf Jahren empfunden hatte, war verflogen. Ohnehin hatte sie nur Augen für einen – Peter.

Plötzlich ging ein Aufschrei durch die Menge. »Die Kronprinzessin kommt!« Die traditionelle Hochzeitskutsche, von prächtig geschmückten Pferden gezogen und von livrierten Kutschern gelenkt, war jetzt fast unter ihnen. Für Viktoria war die siebzehnjährige Prinzessin Cäcilie in ihrem weißen Spitzenkleid die schönste Frau von der Welt. Ohne auf Schicklichkeit zu achten, schrie sie so laut sie konnte und griff in ihrer Begeisterung nach Peters Hand. Impulsiv wandte sie sich ihm zu. »Glaubst du, daß ich jemals groß genug werde zu heiraten, Peter?«

»Natürlich, Vicki. Kronprinzessin Cäcilie ist gerade siebzehn. In sechs Jahren bist du so alt wie sie, und dann verliebst du dich und heiratest.«

Aber Viktoria wußte, daß sie bereits verliebt war. Als ihre Mutter ihr am Abend den Gutenachtkuß gab, sagte sie verträumt: »Wenn ich siebzehn bin, heirate ich auch.«

»Vielleicht. Und wen, glaubst du, wirst du heiraten?«

»Peter natürlich.«

Ricarda wollte schon anfangen, die Schwierigkeiten einer solchen Heirat zu erklären, besann sich jedoch. Das Kind war noch zu jung, um Klassenunterschiede und die ungeheure Kluft zu begreifen, die sie trotz aller Freundschaft von den Biederstedts trennte.

Baronin Julia und Benno kehrten nach der kaiserlichen Hochzeit nach Essen zurück, Baron Heinrich und Ernst blieben in Berlin. Ernst würde in den nächsten Tagen einberufen werden, und der Baron wollte, daß er soviel wie möglich von den Kraus-Werken kennenlernte, bevor er zwei Jahre für die Firma ausfiel.

Baron Heinrich hatte den russisch-japanischen Krieg von 1904 sehr interessiert verfolgt. Alles, was mit Krieg zu tun hatte, betraf die Kraus-Werke, aber die alarmierendste Tatsache, die sich aus den Feindseligkeiten im Osten ergab, war die enorme Überlegenheit der in England gebauten japanischen Kriegsschiffe gegenüber den in Frankreich gebauten russischen. Von Anfang an war klar gewesen, daß Rußland diesen verheerenden Krieg verlieren mußte, und wenn es so kam, dann wieder dank der britischen Vorherrschaft zur See.

Damit die Kraus-Werft beim Bau eines der größten Schlachtschiffe, das Admiral von Tirpitz gerade in Auftrag gab, berücksichtigt würde, brauchte Baron Heinrich einen Schiffsbauingenieur vom Kaliber des Engländers Cuniberti, und so sah er sich nach einem weniger bekannten, aber ebenso fähigen Ingenieur um und stieß auf Wilfried von Wetzlar. Wetzlar, der aufgrund fehlender Berufsmöglichkeiten in Deutschland der Heimat den Rücken gekehrt und in England als Schiffsbauingenieur gearbeitet hatte, sah in den Flottengesetzen des Kaisers eine Chance heimzukehren und kam sofort nach Berlin, als die Kraus-Werke an ihn herantraten.

Baron Heinrich und Ernst trafen sich mit Wetzlar im Salon ihrer Suite im Quadriga. Dem Baron gefiel der Schiffsbauingenieur, der ihm klare Auskünfte über seine Arbeit für die Engländer gab, auf Anhieb. »Und was können Sie mir anbieten?«

Wetzlar zögerte. »Ich hatte mit einigen der Pläne für die HMS ›Dreadnought‹ zu tun. Sie hat fast 18000 Tonnen, zehn 30-cm-Geschütze und ist einundzwanzig Knoten schnell.«

Ein solches Kriegsschiff hatte in Deutschland sicher nichts Vergleichbares. »Könnten Sie so ein Schiff bauen?«

Wetzlar zeigte auf die aufgerollten Blaupausen, die er mitgebracht hatte. »Ich könnte nicht nur, ich habe es schon. Und es ist der ›Dreadnought‹ außerdem weit überlegen.«

Heinrich Kraus verstand genug von Maschinenbau, um das Wesentliche von Wetzlars Entwürfen zu begreifen, die ihm fast den Atem verschlugen. Fiebernd vor Aufregung schickte er eine Botschaft ins Schloß und bat um eine Audienz beim Kaiser.

Der Kaiser, dessen Liebe zu Schiffen bekannt war, empfing sie bereitwillig. Er griff in eine Schreibtischschublade und zog einen Stapel Papiere heraus. »Sehen Sie sich die mal an«, forderte er Wetzlar auf. »Was halten Sie davon?«

Sehr gewissenhaft prüfte Wetzlar die Pläne, während Baron Kraus und Ernst ungeduldig dasaßen, völlig vom Gespräch ausgeschlossen. Schließlich hielt es den Baron nicht länger. »Gestatten, Majestät, die Pläne für das Schlachtschiff zu zeigen, das Herr von Wetzlar entworfen hat?«

»Ja, natürlich«, sagte der Kaiser mürrisch, der offenbar nicht viel erwartete. Doch als der Baron die Entwürfe aufrollte, wurden seine Augen größer.

»Das Schiff hat eine Verdrängung von 25000 Tonnen«, erklärte Wetzlar. »Die Panzerung ist dreißig Zentimeter stark, und es hat zwölf 40-cm-Geschütze.«

»Donnerwetter! Das wäre ja das größte und schnellste Schlachtschiff der Welt!« rief der Kaiser beinahe mit Hochachtung. Er erhob sich und blickte aus dem Fenster. »Zum Teufel, wir werden es den Engländern zeigen. Wir werden ihnen zeigen, wer die Meere beherrscht.«

7

Es war ein eisiger Dezembernachmittag im Jahr 1906, als Franz Jankowski am Treppenabsatz vor seiner Wohnung in der Altstadt einen Fremden antraf, einen schmächtigen, ärmlich gekleideten jungen Mann, der einen alten Koffer bei sich hatte.

»Sind Sie Herr Jankowski?« fragte der junge Mann.

»Ja«, erwiderte er.

Der Junge wirkte sehr nervös. »Ich bin Georg, dein Neffe.«

Ja, er hatte die dunklen, tiefliegenden Augen und schwarzen Haare der Jankowskis. »Dann bist du willkommen. Komm herein.« Wenn er nicht so dürr wäre, sähe er gut aus, dachte Franz, als er ihn in die Küche geleitete und den Wasserkessel aufsetzte. »Du bist also der Sohn von Hans. Wie geht es ihm?« Vor vielen Jahren war sein Bruder Hans von Berlin nach Ostpreußen gezogen, hatte eine Einheimische geheiratet und sich in Königsberg niedergelassen.

»Meine Eltern sind tot«, sagte Georg tonlos. »Bei der Grippeepidemie sind beide gestorben. Ich war auch krank, habe aber überlebt. Ich weiß nicht wohin, Onkel Franz. Der Vermieter hat mich rausgesetzt, weil die Miete nicht mehr gezahlt war, und so bin ich hier. Du bist jetzt mein einziger Verwandter.«

Franz legte seinen Arm um Georg. »Natürlich bleibst du hier, mein Junge.« Er schüttelte fassungslos den Kopf. Hans tot. Und sein Sohn hier in Berlin. »Komm, trinken wir etwas

Tee.« Er goß den Tee auf und trug ihn in das Zimmer, wo er wohnte, aß und schlief. Es war glücklicherweise ein großes Zimmer, in dem sogar ein Klavier Platz hatte, nach der Geige sein kostbarster Besitz.

Noch immer ganz durcheinander, sagte er: »Ich weiß gar nicht, wo du schlafen sollst, Georg.« Er sah sich um: Bücher- und Zeitungsstapel, ein Tisch, zwei Sessel, das Bett hinter einem Vorhang in der Ecke und dann das geliebte Klavier. »Ich glaube, das Klavier muß raus.«

Zu seiner Überraschung leuchteten Georgs Augen auf. »O nein, du mußt das Klavier behalten.«

»Kannst du spielen?«

Georg klappte den Deckel hoch und fuhr liebevoll über die Tasten. »In Königsberg hatten wir ein Klavier. Ich wollte es nicht verkaufen, aber ich mußte – für die Bahnfahrt.«

»Willst du mir etwas vorspielen?«

Wortlos setzte sich Georg auf den Klavierhocker und begann nach kurzem Zögern mit einer Beethoven-Sonate. Gebannt sah Franz die Finger des Jungen über die Tasten gleiten und ließ sich von der Musik verzaubern. Dann war es still. Franz öffnete die Augen und bestaunte das Wunder, das in sein Leben getreten war. Verglichen mit diesem Genie war er ein Nichts. Der Junge mußte die bestmögliche Ausbildung erhalten, mußte ans Konservatorium. »Das Klavier bleibt«, entschied er.

Franz Jankowski ersuchte um ein Vorstellungsgespräch für seinen Neffen am Konservatorium, und zu seiner Freude wurde der Junge auch ohne Referenzen angenommen.

Franz war schon sechzig, als er die Verantwortung für seinen Neffen übernahm. Seit der Ankunft von Georg arbeitete er mehr denn je und nahm jedes Engagement im Hotel Quadriga an.

Zu der Zeit fing er auch an, Luise Musikunterricht zu geben. Sie war sechseinhalb, ein lebhaftes kleines Ding von rascher Auffassungsgabe. Fast alles, was sie anpackte, gelang ihr. Sie hatte eine hübsche Stimme und zeigte Begabung für Klavier und Geige. Sie hatte Franz schon immer bewundert, und so waren die Musikstunden für sie mehr Vergnügen als Pflicht.

Natürlich dauerte es nicht lange, und sie wußte alles über Georg. Der kleinen Luise erschien Georg Jankowski wie ein Wesen von einem anderen Stern. Obwohl sie ihn noch nie gesehen hatte, machte sie sich in ihrer lebhaften Phantasie ein Bild von ihm wie von einem Märchenprinzen.

Auch Georg hörte eine Menge über die kleine Schülerin seines Onkels, über seine Arbeit und das Quadriga, und manches Mal stand er vor der eindrucksvollen Fassade des Hotels. Eines Tages, schwor er sich, würde sein Onkel stolz auf ihn sein. Er würde kein kleiner Hotelmusiker werden, sondern ein großer Komponist, und das Hotel würde ihm als Ehrengast seine Tore öffnen.

Als Sophie Ascher 1907 Theo Arendt heiratete, gab es nur einen Ort für diese jüdische Hochzeit des Jahres, auch wenn Maître Mesurier diesmal nicht kochen konnte, weil das Essen von einer koscheren Küche geliefert wurde. Aus ganz Europa waren die Mitglieder der Bankiersfamilie angereist und wurden in der Halle von Isaak Arendt begrüßt, immer noch eine stattliche Erscheinung, obwohl sein Haar inzwischen weiß geworden war.

Viktoria und Luise standen am Empfang und betrachteten die Gäste. »Sieh mal diese Diamantohrringe«, flüsterte Luise. »Und das Kleid! Glaubst du, daß wir jemals solche Kleider tragen, Vicki?« Dann hielt sie den Atem an. »Vicki, sieh mal, da sind Sophie und Theo! Und Sara! Sieh mal ihre Haare! Die müssen bis zur Taille gehen. Oh, warum können meine nicht so sein?«

Sie waren bildschön, seine beiden Töchter, ging es Professor Ascher durch den Kopf, als er, Sara am Arm, Sophie und Theo in das Restaurant folgte. Er war ein untersetzter Mann mit drahtigem, dunklem Haar, einer hohen Stirn, einer fleischigen Nase und ausgeprägtem Kinn. Ascher galt als einer der führenden Physiker des Landes.

Wie stolz wäre seine Frau heute gewesen! Sie war vor zwölf Jahren bei der Geburt ihrer zweiten Tochter Sara gestorben.

Im Verlauf des Abends wurde klar, daß nicht nur Professor Ascher seine jüngere Tochter bezaubernd fand, obwohl sie erst zwölf war. Ihre Füße schienen beim Tanzen kaum den Boden zu berühren.

Sara war ganz in ihrem Element. Sie liebte es, bewundert zu werden und der Mittelpunkt zu sein. Sie war entschlossen, Schauspielerin zu werden und eines Tages berühmt zu werden.

An jenem Abend schilderte Franz Jankowski Georg die Hochzeit Ascher-Arendt: »Theo Arendt sieht blendend aus und übernimmt einmal die Bank seines Vaters, eine der reichsten Privatbanken Berlins, wie es heißt. Und die beiden Mädchen hättest du sehen sollen, Georg, bildhübsch! Aber so ist es nun mal, sie sind zwar Juden wie wir, aber wir beide sind arme Juden. Leute wie die Aschers und die Arendts gehören zu einer anderen Welt.«

Es war Mitternacht, als Eitel Tobisch das Hotel nach der Arendt-Hochzeit verließ. Wieder war der letzte Omnibus schon weg, und ihm stand ein langer Fußmarsch nach Hause bevor. Er sah in seinem Portemonnaie nach, wieviel Geld er bei sich hatte. Es waren etwas über dreißig Mark, viel zuviel, um sie heim zu Liese zu bringen. Kurz entschlossen bog er von den Linden in die Friedrichstraße in Richtung eines gewissen Clubs, von dem er wußte, daß er um diese Zeit noch geöffnet war.

Es war einer von Eitels glücklicheren Abenden. Anstatt nach zwei Stunden mit leerem Portemonnaie abzuziehen, hatte er fünfzig Mark in der Tasche und die herzliche Einladung des Besitzers, jederzeit wiederkommen zu können. Der Gewinn schuf jedoch neue Probleme, denn er war entschlossener denn je, ihn nicht bei Liese abzuliefern. Sie hätte nicht nur das Geld eingezogen, es wäre auch herausgekommen, daß er spielte. Auch wenn sie nie vor zehn Uhr aufstand, war doch nicht sicher, ob sie nicht seine Taschen durchsuchte, wenn er schlief. Er mußte also einen Platz finden, wo er das Geld über Nacht verstecken konnte.

Wie gewohnt schlüpfte er geräuschlos in die Wohnung, machte Licht und stand einen Augenblick in der Küche; er freute sich diebisch über den Gewinn. Die kleine Wohnung bot nicht viele Versteckmöglichkeiten, aber im Mehlbehälter mußte das Geld eigentlich ziemlich sicher sein. Er hob den Deckel hoch und steckte es hinein. Da hörte er ein Geräusch hinter sich. Schuldbewußt fuhr er herum und sah sich seinem barfüßigen Sohn gegenüber. »Aber, aber Otto«, stammelte er, »ich dachte, du bist im Bett.«

Otto näherte sich ihm drohend, mit seinen vierzehn Jahren schon fast so groß wie er und sehr viel breiter. Er grinste verschlagen. »Gib's her.«

»Was?« stellte Eitel sich dumm. »Ich wollte mir gerade einen Keks holen.«

»Den Pokergewinn«, sagte Otto kalt.

»Pokergewinn?« Lieber würde er tot umfallen, als diesem Ungeheuer, das er da herangezogen hatte, etwas zu geben.

»Ich sag Mutter, daß du wieder angefangen hast zu spielen.«

»Untersteh dich.«

»Außerdem«, fuhr Otto fort, »wenn ich nächsten Monat mit der Schule fertig bin, will ich 'ne Stelle im Hotel. Denk bloß nicht, daß ich inner Fabrik arbeite, bis ich zum Militär muß.«

»Aber warum gerade das Hotel?« stieß Eitel hervor, fassungslos, daß sein Sohn ihn erpreßte.

»Auf die Weise kriege ich alles mit, was du machst. Wohin du gehst, was du sagst, ich weiß alles. Ein falscher Schritt, und ich sag's Mutter. Und jetzt gib mir das Geld.«

Eitel griff in den Behälter und gab ihm die Scheine.

Um fünfzig Mark reicher ging Otto wieder ins Bett, mit der Gewißheit, jetzt beide Eltern ganz in der Hand zu haben. Er hatte den endgültigen Beweis, daß sein Vater wieder spielte, und wußte, daß seine Mutter angeblich einen Teil des Haushaltsgeldes für ihr Alter zurücklegte, es in Wirklichkeit jedoch für Schnaps ausgab und die Flaschen hinter dem Kleiderschrank versteckte. Ihr »Leiden« war nichts anderes als akuter Alkoholismus. Mit der Drohung, es dem Vater zu erzählen, hielt er sie in ständiger Furcht.

Mit erheblichen Zweifeln fragte Eitel Tobisch Karl am nächsten Tag nach einer Stelle für Otto. »Er kommt im Juni aus der Schule und will später unbedingt in die Armee, aber bis er einberufen wird, dauert es noch mindestens drei Jahre. Bis dahin möchte er hier arbeiten.«

»Ich sehe ihn mir auf jeden Fall an«, willigte Karl ein, »aber wenn er eingestellt wird, hat er ganz unten als Page anzufangen, und natürlich untersteht er dem Hallenportier.«

»Selbstverständlich«, sagte Eitel sofort, in der Hoffnung, daß Otto vielleicht hier die Disziplin lernte, die ihm zu Hause fehlte. Der Hallenportier war ein ehemaliger Hauptfeldwebel, der seine Pagen mit eiserner Hand führte.

Ein paar Tage später sprach Karl mit Otto, der ein kräftiger Bursche war, ohne weiteres schwere Koffer tragen konnte und alle Voraussetzungen für einen guten Pagen mitzubringen schien. Karl rief Lehmann, den Hallenportier, hinzu und empfahl, Otto einzustellen.

Doch einiges an Otto ließ Karl stutzig werden. Zum einen der etwas mürrische Zug um den Mund, zum andern die eiskalten blauen Augen, etwas für einen Jungen seines Alters ganz Außergewöhnliches. Wäre er nicht Eitels Sohn gewesen, Karl hätte ihn wahrscheinlich nicht eingestellt.

Otto schlenderte an seinem ersten Arbeitstag ins Hotel, als würde es ihm gehören, entschlossen, nicht nur seinen Vater herumzukommandieren, sondern auch dieser eingebildeten Viktoria Jochum das Leben zur Hölle zu machen, denn er erinnerte sich noch sehr gut an jenen Tag, als sie ihn beim Pinkeln im Palmenhaus erwischt hatte.

Er erlebte jedoch eine böse Überraschung. Der Hallenportier sah ihn verächtlich von oben bis unten an und sagte: »Also, Tobisch, damit das von Anfang an klar ist. Die Tatsache, daß du der Sohn des Verwaltungsdirektors bist, sichert dir keinerlei Vorrechte. Weder bei mir noch bei den Gästen oder deinen Kollegen. Ist das klar?« Otto nickte gelangweilt, und der Hallenportier fuhr ihn an: »Wenn ich mit dir rede, dann nimmst du Haltung an und nennst mich beim Namen!«

Otto nahm Haltung an. »Jawohl, Herr Lehmann!« erwiderte er.

»Pagen gehören zum Frontstab, Tobisch, das heißt, sie sind wie Soldaten in der vordersten Linie, nur daß sie es anstatt mit dem Feind mit Gästen zu tun haben. Und der Gast ist immer im Recht. Ich verlange erstklassige Arbeit und absoluten Gehorsam. Ab jetzt bist du beim Kommiß, mein Junge!«

In der nächsten halben Stunde erklärte er Otto, was er zu tun hatte, und gab ihm die gedruckten Vorschriften. Schließlich wies er einen anderen Pagen an, ihn zur Kleiderkammer zu bringen, wo er eine Uniform bekam. »Weißt du, daß mein Vater der Verwaltungsdirektor ist?« fragte Otto ihn. Sein Kollege sah ihn nur mitleidig an. Otto wunderte sich.

Bald nicht mehr. Schon am ersten Tag, als er in der Halle stand, erfuhr er, wie demütigend es war, Diener zu sein und unter den Adleraugen des Hallenportiers nach jedermanns Pfeife tanzen zu müssen. Und im Verlauf des Tages erkannte er auch, daß die Stellung seines Vaters kaum besser als seine eigene war. Er rannte offenbar im Hotel herum und machte

Bücklinge vor den Gästen – und den Jochums. Eitel war Leutnant gewesen, Karl Jochum nur Offiziersbursche. Aber sein Vater schien den Rollentausch klaglos hinzunehmen. Und auch Ricarda Jochum, die hochnäsige Viktoria und ihre dumme kleine Schwester Luise betrachteten seinen Vater offenbar als eine Art Lakai und kommandierten ihn herum.

Wenige Wochen im Hotel Quadriga genügten, Otto Haß auf die Jochums und ihre Gäste und noch mehr Verachtung für seinen Vater empfinden zu lassen.

Das erste Jahrzehnt des 20. Jahrhunderts erwies sich für die Kraus-Werke als äußerst lukrativ. Das Maschinengewehr, das Kraus seit den neunziger Jahren entwickelte, war offiziell von der Armee übernommen worden, so daß die riesigen Fabriken an der Ruhr und in Schlesien voll ausgelastet waren. Und dazu kam die Nachfrage nach der im Werk im Wedding hergestellten Munition.

Aber als Baron Kraus an einem Apriltag des Jahres 1908 in seinem neuen Sechszylinder-Mercedes nach Berlin gefahren wurde, waren seine Gedanken in der Kraus-Werft bei dem riesigen Schlachtschiff, das er baute.

Der schwarze Mercedes fuhr am Hotel Quadriga vor, und der Baron begab sich sofort in seine Suite, wo Ernst schon auf ihn wartete. Sein ältester Sohn war jetzt einundzwanzig und hatte seine Militärzeit hinter sich, während Benno gerade mit seiner Dienstzeit begonnen hatte. Ernst durchlief jetzt seine Ausbildung bei den Kraus-Werken. Benno dagegen hatte von jeher wenig Neigung für die Wirtschaft gezeigt. Nun, es war noch Zeit, denn der Baron war erst fünfzig und wollte noch viele Jahre die Zügel in der Hand halten.

»Warst du bei Kraus-Chemie?« fragte er Ernst.

»Ja, Vater. Laut Herrn Merten ist unser Umsatz im letzten Jahr um dreißig Prozent gestiegen.« Sie setzten sich und machten eine höchst angenehme Bestandsaufnahme.

Als der Baron am gleichen Abend Karl Jochum traf, war er sehr aufgeräumt. Jochum hatte sich als guter Geschäftsmann und lohnende Investition erwiesen, so daß er jetzt eher stolz auf seine Verbindung zu ihm war. »Nächsten Monat läuft mein neues Schlachtschiff vom Stapel, die ›Preußen‹. Ich hoffe, Sie und Ihre Familie kommen auch.«

»Meinen Glückwunsch. Wir fühlen uns sehr geehrt, Herr Baron. Darf ich fragen, wie lange Sie daran gebaut haben?«

Man mußte den Baron nicht auffordern, über sein Lieblingsprojekt zu sprechen. »Der Entwurf, der Bau einer neuen Helling und eines Liegeplatzes hat ein paar Jahre gedauert. Der eigentliche Bau des Schiffs hat nur gut ein Jahr gebraucht. Wenn es Sie interessiert, Herr Jochum, trinken wir einen Schluck, und ich erzähle Ihnen alles.«

Als die Jochums schließlich zur Kraus-Werft aufbrachen, war Karl Jochum ein Fachmann in Marinefragen. »Die ›Preußen‹ ist größer und schneller als jede ›Dreadnought‹«, dozierte er. »Ihr Stapellauf ist erst der Anfang. Danach kommt sie an ihren Liegeplatz und kann fertiggestellt werden. Nach einem weiteren Jahr kann sie die Probefahrten aufnehmen, und 1910 wird sie in Dienst gestellt. Wenn es Krieg gäbe, könnte unser Land auf dieses und andere Kriegsschiffe bauen.«

»Meinst du wirklich, es könnte Krieg geben?« fragte Viktoria.

»Ich hoffe nicht, aber möglich ist es. Seine Majestät und sein Onkel, Eduard VII. von England, haben nichts füreinander übrig. Der Kaiser möchte zu Recht eine Weltmacht aus Deutschland machen und glaubt, König Eduard wolle ihn bremsen. Und dann haben wir Rußland, das sich im Balkan einmischt.«

»Ich finde Politik und Krieg langweilig«, beklagte sich Luise. »Warum hat der Baron nicht anstelle des Schlachtschiffs einen Ozeandampfer gebaut?«

»Vielleicht macht er das eines Tages«, sagte Ricarda.

Für die Gäste waren große Zelte aufgestellt worden. Ein Privatsekretär begrüßte die Jochums und führte sie in eines der Zelte, wo ihnen ein Ober mit weißen Handschuhen Champagner anbot. Es waren bereits sehr viele Gäste anwesend.

»Da ist der Baron«, rief Karl und führte seine Familie dorthin, wo Heinrich Kraus hofhielt, umringt von Journalisten, die sich eifrig Notizen machten.

»Viktoria, wie schön, dich zu sehen!« rief jemand. Viktoria drehte sich um und stand Benno Kraus gegenüber, der in seiner blauen Uniform sehr schick aussah.

»O Benno!« Sie errötete leicht, denn aus ihm war nicht nur ein recht ansehnlicher junger Mann geworden, sondern er ähnelte auf den ersten Blick auch verblüffend seinem Vetter Peter von Biederstedt.

»Hast du die ›Preußen‹ schon gesehen?«

»Nein, noch nicht.«

»Komm, ich zeig sie dir.« Er nahm sie am Arm, führte sie aus dem Zelt und zeigte nach oben.

Viktoria hielt den Atem an. »Das ist die ›Preußen‹? Die ist ja riesig!«

Benno lächelte bekümmert. »Mein Vater macht immer alles größer und besser als andere. Die ›Preußen‹ ist zwar imposant, aber ich kann mich nicht für sie begeistern. Ich hätte viel lieber einen Ozeandampfer gehabt.«

»Oh, das hat Luise auch gesagt.«

»Deine Schwester und ich haben offenbar etwas gemeinsam.«

Viktoria kam zu dem Schluß, daß Benno ihr von den Krauses am besten gefiel. Der Baron schüchterte sie eher ein, Baronin Julia kannte sie kaum, und Ernst schien ein kalter Fisch zu sein.

In dem Augenblick ertönte eine Pfeife. Ein Vorarbeiter rief Befehle, und Arbeiter stellten sich neben dem Schiff auf, während andere ihr Mützen aufsetzten und sich hinter Absperrungen sammelten. Aus den Zelten strömten jetzt die Menschen, und ganz aufgeregt bemerkte Viktoria eine Kutsche, die durch das Tor der Kraus-Werft fuhr. In ihr saßen Prinzessin Viktoria Luise und Admiral Tirpitz. Baron Kraus trat zu der Kutsche, verbeugte sich tief und half der Prinzessin beim Aussteigen. Würdenträger der Marine umringten sie, und dann schritten sie würdevoll über den roten Teppich zur Plattform.

Langsam stieg die Tochter des Kaisers die steile Rampe hinauf, bis sie zu der Plattform in Höhe der Höchstlademarke kam. »Es ist mir eine große Ehre, an diesem so verheißungsvollen Tag . . .«, begann sie ihre Rede.

Als sie geendet hatte, reichte der Baron ihr eine Flasche Champagner, die an einem langen Seil befestigt war. »Hiermit taufe ich dieses Schiff auf den Namen ›Preußen‹. Gott schütze es und alle, die mit ihm fahren.« Die Flasche zerschellte am Bug des Schiffs, und ein gewaltiger Jubel erhob sich.

Am Schiffskiel schlugen Arbeiter mit Vorschlaghämmern die Keile weg, die die »Preußen« auf der langen, schrägen Helling gehalten hatten. Ganz langsam glitt sie zurück und dann mit einer mächtigen Fontäne ins Wasser.

Mehrere kleine Schlepper, die durch Taue mit ihr verbunden waren, begrüßten sie mit lautem Tuten. Und dann ertönten ringsum bis hin nach Wilhelmshaven Hupen und Sirenen in einer lärmenden, triumphalen Kakophonie. Das größte und schnellste Schlachtschiff der Welt war vom Stapel gelaufen.

Im Jahr darauf kam Edward VII. von England auf Staatsbesuch nach Berlin. Wieder waren die Straßen gesäumt mit dichtgedrängten Menschenmassen, die darauf warteten, das Schauspiel zu sehen. Wieder war das Hotel Quadriga mit Fähnchen und Flaggen geschmückt, waren alle Zimmer Wochen im voraus belegt. Aus ganz Deutschland strömten die Menschen in die Hauptstadt, um das historische Treffen zwischen Onkel und Neffe zu erleben. Schließlich floß in Edwards Adern deutsches Blut, denn sein Vater war Prinz Albert von Sachsen-Coburg. Er gehörte zu ihnen, und jetzt endlich bewies er es, indem er heimkam!

Die Familie Kraus traf früh ein, alle bis auf Benno, der sich in Döberitz mit seinem Regiment auf die Teilnahme an der Parade vorbereitete, die dem englischen König die Stärke der deutschen Armee vor Augen führen sollte.

»Hervorragende Sache, dieser Besuch, Herr Baron. Das wird allen Gedanken an Krieg bald ein Ende machen«, hörte Viktoria einen Gast sagen, als sie am Tag der Ankunft des englischen Königs durch die Halle ging.

»Bei weitem das Beste, was seit Königin Viktorias Tod geschehen ist«, pflichtete der Baron großspurig bei.

Aber Viktoria interessierte sich im Moment nicht im geringsten für das Streben der Monarchen nach Weltmacht. Sie erwartete voller Ungeduld die Ankunft der von Biederstedts, insbesondere die von Peter, den sie seit der Hochzeit des Kronprinzen vor vier Jahren nicht mehr gesehen hatte.

Sie war inzwischen fünfzehn. Ihr Haar hatte die Farbe reifen Korns, war im Nacken locker zusammengefaßt und gekrönt von einem großen, mit frischen Rosenknospen geschmückten Strohhut. Sie trug ein rosa Kleid aus bedrucktem Musselin, das nur ihre zierlichen, weißen Schuhe sehen ließ, dazu einen breiten rosa Gürtel mit einer großen Silberschnalle, der ihre schlanke Taille umschloß, und sah reizend aus.

»Vicki«, rief ihr Vater, der mit Tobisch dabei war, die Vorbereitungen für den Ball am Abend zu überwachen, »was machst du denn hier? Ich dachte, du wärst längst mit Luise auf dem Balkon und würdest zusehen.«

Viktoria lächelte nur und wünschte sich, sie wäre alt genug, den Ball besuchen zu können, tröstete sich aber mit dem Gedanken, daß auch Peter nicht teilnehmen durfte, denn mit siebzehn war auch er noch zu jung. Doch dann schwanden alle Gedanken an den Ball, denn durch die große Drehtür erkannte sie den Grafen und die Gräfin von Biederstedt, hinter ihnen Trude und Peter.

Er sah blendend aus, viel größer als beim letztenmal, und hatte einen Ansatz zu einem kleinen, dunklen Schnurrbart. Sie lief durch die Halle auf ihn zu. »Peter!« rief sie stürmisch. »Ich dachte schon, du kommst nicht mehr! Du verpaßt die Parade.«

Da merkte sie, daß Graf Johann sie erstaunt ansah und Gräfin Anna die Stirn runzelte, und das Blut schoß ihr ins Gesicht. Im Geist hörte sie ihre Mutter sagen: *Viktoria, so benimmt sich eine junge Dame nicht.* »Graf, Gräfin, ich bitte um Verzeihung«, murmelte sie, sich verlegen auf die Lippe beißend.

Die Gräfin lächelte. »Schon gut, Kind, du bist zu aufgeregt.« Dann blickte sie über Viktorias Schulter auf zwei näher kommende Gestalten. »O Johann, da ist Heinrich, und er hat den lieben Ernst dabei. Trude, komm und begrüß deinen Vetter.«

Viktoria hörte Peter sagen: »Vicki, schön, dich wiederzusehen. Du siehst hübsch aus. Sollen wir auf den Balkon gehen?« Peter hatte ihr taktloses Benehmen also nichts ausgemacht.

Erst als er ihren Arm nahm, um sie die Haupttreppe hinaufzuführen, merkte sie, daß Otto Tobisch die ganze Szene mit angesehen hatte. Wie eine Statue stand er in seiner Pagenuniform da. Trotz ihrer Freude über das Wiedersehen mit Peter spürte sie, wie ihr ein kalter Schauer den Rücken hinunterlief.

Das Balkon war bereits mit Zuschauern bevölkert, obwohl es mindestens noch eine halbe Stunde dauern würde, bis die Kutsche mit den beiden Majestäten vorbeikäme. »Bleiben wir hier hinten«, sagte Peter. »Es tut gut, wieder in Berlin zu sein. Das Leben in Fürstenmark kann ganz schön langweilig sein, das kann ich dir sagen. Aber das ändert sich bald. Du weißt, daß ich nächstes Jahr zur Garde komme?«

»Nach Karlshorst?«

»Ich habe keine Ahnung. Mein Ziel ist, in die Kriegsakademie aufgenommen und Mitglied des Generalstabs zu werden. Ich will nicht auf ewig zum Leben im Regiment verurteilt sein.«

»Aber die Kriegsakademie ist in Berlin. O Peter, wäre das nicht herrlich ...«

»Die Konkurrenz ist groß. Es kann Jahre dauern, bis ich angenommen werde. Aber ich freue mich darauf. Denk dir doch, endlich Soldat sein!«

Plötzlich merkte sie, daß sie über zwei verschiedene Dinge sprachen. Sie freute sich darauf, ihn in ihrer Nähe in Berlin zu haben, und er freute sich auf eine Karriere in der Armee.

In dem Augenblick hörte man Trommelwirbel. Von der Straße unten erscholl stürmischer Jubel. »Seine Majestät!« – »Der Kaiser!« Fähnchen wurden geschwenkt, und laute Hochrufe ertönten, als die ersten Truppen in Sicht kamen. In mustergültiger Formation marschierten sie vorbei, Gardeinfanteristen, Kanoniere, Kavallerie, die Leibgarde und schließlich als Höhepunkt, steif in ihrer Kutsche sitzend, der König von England und der deutsche Kaiser.

Als der letzte Soldat vorbeimarschiert war und die Menge sich langsam zerstreute, stand Peter von Biederstedt noch immer unbeweglich auf dem Balkon. »Wir sind die größte Nation auf Erden und haben die größte Armee der Welt«, sagte er mit funkelnden Augen. »Selbst der König von England muß das anerkennen. Und ich werde bald dazugehören.«

Von seinem Posten in der Halle sah Otto Tobisch wenig von dem Festzug. In einem, allerhöchstens zwei Jahren würde auch er einberufen werden, würde auch er mit den Soldaten marschieren, eine richtige Uniform tragen können und nicht dieses alberne Pagenkostüm. Otto Tobisch würde zur Elite gehören, zur Armee des Kaisers. An dem Tag würde er Benno Kraus und Peter Graf von Biederstedt gleichgestellt sein, und dann würde Viktoria Jochum ihn anhimmeln, wie sie den jungen Grafen heute angehimmelt hatte.

»Otto!« Drohend drang die Stimme des Hallenportiers an sein Ohr. »Willst du den ganzen Tag da rumstehen und träumen oder nicht doch mal nach dem Gepäck des Herzogs sehen?«

Otto holte das Gepäck des Herzogs, und einer der anderen Pagen kicherte. Beide Jungen hatten an dem Tag gleichzeitig Feierabend und ein kurzes Stück den gleichen Heimweg. In einer dunklen Allee schlug Otto Horst plötzlich zu Boden und trat ihm in die Rippen und den Bauch. »Kicher ja nich noch mal, haste verstanden?«

Als der unterlegene Horst am nächsten Tag mit zerrissener Uniform zur Arbeit humpelte und erklärte, er sei gestürzt, strich der Hallenportier ihm den halben Tageslohn, und Otto gab sich keine Mühe, seine Freude zu verhehlen.

Kaum etwas entging Karl Jochum, auch Horsts Zustand nicht, und er wurde den Verdacht nicht los, daß Otto etwas damit zu tun hatte. Er machte sich bereits große Sorgen wegen Eitel Tobisch, denn es hieß, Eitel verbringe jede freie Minute in einem Spielclub.

Auch Franz Jankowski sah sich den Festzug an, jedoch nicht vom Hotelbalkon aus, sondern zusammen mit Georg auf der Straße mitten in der Menge. Trotz des Jubels und der offensichtlichen Begeisterung der Menschen ringsum war Franz unglücklich. Er fühlte sich von der Menge bedroht und eingeschüchtert von dieser Schau deutscher Militärstärke.

Die Parade war als Begrüßung des englischen Königs gedacht, doch Franz kam es so vor, als wollte der Kaiser seinem Onkel sagen: »Sieh dir diese Soldaten an, wie sie marschieren, wie sie ausgerüstet sind. Und dann fahr wieder nach Hause und versuch nicht, dich mit mir anzulegen.« Für Franz bedeutete diese vermeintlich so prachtvolle Parade nur eins – daß Deutschland sich trotz allen Geredes vom Frieden auf einen Krieg vorbereitete.

Franz hatte nicht um sich Angst, sondern um Georg, denn der Junge beendete gerade sein drittes Jahr am Konservatorium und würde höchstwahrscheinlich glänzend abschließen. Mit zwanzig und als deutscher Staatsbürger unterlag Georg der Wehrpflicht, auch wenn er als Jude keine Aussicht auf Beförderung zum Offizier hatte. Die nächste Musterung erfolgte Anfang Oktober, und wahrscheinlich würde Georg ihr diesmal nicht entgehen.

Als der Zug vorüber war, nahm Franz seinen Neffen am Arm. »Gehen wir heim. Mir dröhnt der Kopf vor Militärmusik. Spiel mir Chopin vor oder diesen neuen Komponisten, Debussy. Ich muß eine Melodie hören.«

Im Oktober wurden Franz' schlimmste Befürchtungen bestätigt. Die Behörden hatten Georg zuvorkommenderweise erlaubt, sein Studium abzuschließen, doch jetzt verlangten sie, daß er seinem Land als Soldat diente. Er kam nach Schwerin, wo zwei Jahre lang die einzige Musik in seinem Leben Militärmärsche und die Melodien waren, die er im Kopf machte. Für Franz war es eine Zeit großer Leere.

Das folgende Jahr war voller Unsicherheit. Viktoria, jetzt sechzehn, fing an, sich für Dinge außerhalb des Hotels zu interessieren. Sie wurde auf Geschehnisse aufmerksam, die ihr bisher unbeschwertes Dasein zu bedrohen schienen. Es kam beispielsweise zu Demonstrationen der Sozialdemokraten gegen das preußische Wahlrecht.

Karl war empört. »Sozialdemokraten!« rief er einmal beim Abendessen, nachdem ein besonders lautstarker Demonstrationszug Unter den Linden entlanggezogen war.

»Wenn wir nicht aufpassen, bekommen wir hier den gleichen Ärger wie die Russen vor Jahren.«

Viktoria, die heimlich den sozialistischen »Vorwärts« gelesen hatte, fragte: »Aber warum sollen nicht alle gleich behandelt werden? Warum sollen zum Beispiel Mama und ich nicht wählen dürfen?«

»Pah! Du redest wie deine Tante Grete, als sie so alt war wie du. Daß du so dumme Fragen stellst, ist Grund genug, den Frauen das Wahlrecht zu verweigern!«

Viktoria runzelte die Stirn. Sie kannte die Münchner Verwandten nicht, bekam aber von Tante Grete zu den Geburts- und Namenstagen immer schöne Briefe und Geschenke. Bevor sie etwas erwidern konnte, sagte ihre Mutter: »Karl, du bist ungerecht. Es gibt keinen Grund, den Frauen das Wahlrecht zu verweigern. Wir haben genausogut das Recht zu sagen, wie unser Land regiert werden soll, wie die Männer. Und wenn deine Schwester Grete das will, bin ich ganz ihrer Meinung.«

Karl blickte ziemlich verdutzt, daß ausgerechnet Ricarda nicht mit ihm übereinstimmte, und sagte: »Nun, das Frauenwahlrecht ist eine Sache, aber Sozialdemokraten im Kabinett eine andere, und genau das verlangt dieser Pöbel. Seine Majestät regiert Deutschland von Gottes Gnaden. Seht mich an, Karl Jochum – ich erwarte nicht, Kabinettsminister zu werden, warum sollte es also einer von diesem roten Gesindel?«

Viktoria wollte etwas erwidern, doch Ricarda bedeutete ihr zu schweigen. Später sagte sie: »Liebchen, dein Papa ist schon immer so gewesen und wird sich jetzt nicht mehr ändern. Für ihn sind der Kaiser und die Aristokraten Götter. Aber ich muß gestehen, daß ich anfange, mich zu fragen, ob an dem, was Grete und Gottfried die ganze Zeit gesagt haben, nicht doch etwas dran ist.«

Es gab neben den sozialistischen Demonstrationen andere Ereignisse, die zur Unruhe in Berlin beitrugen. Ein Jahr nach seinem Besuch in der Stadt starb König Edward VII., und sein Sohn Georg V. kam auf den englischen Thron, während auf der anderen Seite Europas Österreich – Deutschlands Verbündeter – Bosnien und die Herzegowina besetzte und Rußland mit einer Kriegserklärung drohte. »Und wenn es den Krieg erklärt«, sagte Karl finster, »muß Seine Majestät eingreifen, um den Frieden in Europa zu bewahren.«

Mit ihrem neuen Bewußtsein las Viktoria besorgt die Zeitungen und lauschte den Gesprächen der Erwachsenen.

»Ich versteh nicht, warum du dich verrückt machst«, klagte Luise. »Was hat denn Bosnien mit uns zu tun?«

Ihr Altersunterschied war noch nie so deutlich geworden. Luise war erst zehn, noch ein Kind, während Viktoria sich fast schon als erwachsen betrachtete. »Es könnte eine ganze Menge mit uns zu tun haben«, meinte sie dunkel. Und als die Spannungen zunahmen, hörte man das Wort »Krieg« bei den Gästen des Hotels Quadriga immer häufiger.

An einem frischen Septembermorgen schlenderte Graf Ewald, elegant wie immer, ins Hotel. »Tolle Neuigkeit«, verkündete er Viktoria und ihrem Vater, die am Empfang standen. »Mein Neffe Peter ist bei den Totenkopfhusaren.«

»Beim Regiment des Kaisers?« sagte Karl voller Ehrfurcht.

Viktoria sah ihn mit großen Augen an.

»Dann ist er in Danzig«, stellte Karl befriedigt fest. »Graf Ewald, ich beglückwünsche Sie. Sie sind sicher stolz.«

Peter war nicht nur in der Armee und sein Leben in Gefahr, er war auch fern von Berlin. Viktoria wandte sich ab, um sich die Enttäuschung nicht anmerken zu lassen. Es konnten Monate vergehen, bis sie ihn wiedersah. Sie mußte jetzt allein sein. Ziellos lief sie zur Treppe.

»Vicki«, rief ihr Vater ihr nach. »Sieh mal in Zimmer 401 nach. Graf Ems hat ausdrücklich darum gebeten, Rosen für die Frau Gräfin zu besorgen. Schau, ob Herr Tobisch das veranlaßt hat.«

Sie nickte und betrat einen der wartenden Aufzüge und war so in Gedanken versunken, daß sie nicht merkte, daß der Page, der sie in den vierten Stock fuhr, Otto Tobisch war.

Ein Page, der Aufzugsdienst hatte, durfte seinen Posten auf keinen Fall verlassen, doch Otto entschloß sich, diese Vorschrift zu mißachten, als Viktoria im vierten Stock ausstieg. Es war die erste Gelegenheit, die er bisher hatte, mit ihr allein zu sein. Wortlos folgte er ihr ins Zimmer 401 und schloß die Tür hinter sich.

Als sie sich umdrehte und ihn da stehen sah, brachten der Schreck und die Abscheu auf ihrem Gesicht sein Blut in Wallung. »Verschwinde hier«, sagte sie mit kalter, harter Stimme.

Otto fiel der Tag vor elf Jahren im Palmenhaus ein, als sie etwas Ähnliches zu ihm gesagt hatte. »Wer bist du, daß du mir Befehle gibst?« stieß er hervor. Sie hielt sich für so überlegen. Nun, er würde es ihr schon zeigen. Er ging durch das Zimmer auf sie zu, packte sie an den Schultern und preßte den Mund auf ihre Lippen. Sie versuchte sich loszureißen, trommelte mit den Fäusten gegen seine Brust, wandte ihr Gesicht ab, und seine Abneigung steigerte sich zu Wut. Brutal warf er sie aufs Bett und stürzte sich über sie. Wie von Sinnen versuchte sie, sich zu befreien. Er spürte ihren Körper, der ihn zur Raserei brachte.

»Laß mich los! Laß mich los!« schrie sie.

Er legte ihr die Hand auf den Mund und starrte sie triumphierend an. »Jetzt bist du dran«, drohte er. Scharfe Zähne gruben sich in seine Hand, und er zog sie blitzschnell zurück. »Du Kanaille! Die ganzen Jahre hab ich dich und deine hochnäsige Art ertragen ...«

Sie war stärker, als er vermutet hatte. Sie nutzte die Chance, daß er redete, und schaffte es, sich zur Seite zu rollen, sprang auf und hetzte zur Tür. Er bekam ihr Kleid zu fassen und hörte, wie der Stoff zerriß.

»Noch eine Bewegung, und ich drücke diesen Knopf.«

Ihre Stimme zitterte, aber der Finger, den sie auf den Klingelknopf hielt, nicht. Plötzlich wußte er, daß er geschlagen war. Er ließ ihr Kleid los, und sie verließ das Zimmer.

»Mit dir rechne ich noch ab«, murmelte er, als sie gegangen war.

Viktoria rannte den Gang entlang, der wie durch ein Wunder leer war. Sie hastete die Treppe hinunter, bestrebt, soviel Entfernung zwischen sich und Otto zu bringen wie möglich. Am Treppenabsatz hatte jemand einen Koffer stehen lassen, über den sie der Länge nach hinschlug, wobei ihr Kleid noch mehr zerriß. Sie rappelte sich auf und stolperte weiter.

»Vicki, was hast du denn gemacht?« fragte ihre Mutter ganz entgeistert, als sie in die Wohnung wankte.

Im gleichen Augenblick wurde Viktoria klar, daß sie kein Wort sagen konnte. »Ich bin gestürzt«, murmelte sie, und Tränen liefen ihr über das Gesicht.

»Komm und leg dich hin. Ich hol dir eine Tasse Tee.« Ricarda führte sie in das Schlafzimmer, das sie mit Luise teilte, half ihr aus dem zerrissenen Kleid und schlug die Bettdecke zurück. Dankbar schlüpfte Viktoria unter die Decke und schloß die Augen, während ihre Mutter in die Küche ging. Noch immer spürte sie Ottos rauhe Lippen, seinen heißen Atem, seinen tierisch wilden Blick. Irgendwie fühlte sie sich durch den Vorfall besudelt, aber noch stärker war die Angst, die sie empfand. Wenn sie irgend jemand davon erzählte und Otto dahinterkäme, würde er sie bestimmt umbringen.

Einen Monat lebte sie in Angst und Schrecken, dann geschah das Wunder. Otto Tobisch wurde einberufen. Als Viktoria es erfuhr, hatte sie das Gefühl, von einer Zentnerlast befreit zu sein.

Für Otto Tobisch war es der größte Augenblick seines Lebens. Er tauschte die blau-goldene Pagenuniform gegen die blau-silberne der Berliner Füsiliere. Sein altes Leben war vorüber, und die bitteren Demütigungen, die es ihm gebracht hatte, traten in den Hintergrund.

Er unternahm keine Anstalten, Karl Jochum zu danken, daß er ihn vier Jahre beschäftigt hatte, und vergeudete auch nicht mehr Zeit als nötig, sich von seinen Eltern zu verabschieden.

Als der Kaiser die neuen Rekruten mit den Worten begrüßte: »Und wenn ich euch, angesichts der gegenwärtigen sozialen Unruhen, befehle, auf die eigenen Verwandten, Geschwister, ja Eltern zu schießen, dann werdet ihr es tun«, wußte Otto Tobisch, daß er keine Gewissensbisse haben würde.

Alle Zimmer im Hotel Quadriga waren belegt an jenem Abend Anfang Dezember, einige Monate nach Ottos Eintritt in die Armee. Karl, dessen Bürotür nur angelehnt war, hörte einen Wortwechsel am Empfang. »Aber ich habe das mit Herrn Tobisch persönlich abgemacht«, erregte sich ein Herr. »Er hat mir zugesagt, ich könnte ein Zimmer haben.«

Normalerweise hätte Karl sich nicht eingeschaltet, doch die Aussage des Gastes brachte ihm zu Bewußtsein, daß er Tobisch seit dem Nachmittag nicht mehr gesehen hatte. Eitel benahm sich zunehmend seltsamer, wenn er morgens mit bleichem Gesicht und deutlich zitternden Händen ankam. Er war sehr schweigsam geworden und schloß sich oft stundenlang in seinem Büro ein. Karl begab sich zum Empfang. »Ich bin Karl Jochum, der Besitzer des Hotels. Kann ich Ihnen helfen?«

»Ich bin Baron von Trischler. Herr Tobisch hat mir persönlich versichert, daß ich heute ein Zimmer haben könnte, aber dieser Herr sagt mir, es läge keine Reservierung vor.«

»Darf ich Sie in mein Büro bitten?« Der Baron ging voraus, und Karl drehte sich zu Quitzow um. »Wo ist Herr Tobisch?«

»Es tut mir leid, Herr Direktor, ich weiß es nicht.«

»Lassen Sie ihn suchen, und falls wir tatsächlich ein

Zimmer für den Baron brauchen, ist noch was frei.« Der Empfangschef nickte.

Nachdem sie beide in seinem Büro Platz genommen hatten, fragte Karl den Baron höflich: »Sie sagen, Herr Tobisch hätte Ihnen gestern abend ein Zimmer zugesagt?«

»Am Spieltisch«, räumte der Baron ein. »Tobisch schuldet mir viel Geld. Ich habe ihm gesagt, daß ich mit einem Zimmer im Quadriga als Teilbezahlung seiner Schulden einverstanden wäre.«

Karl hatte etwas Derartiges befürchtet. »Die Suiten sind alle belegt, aber wir haben noch ein Zimmer frei. Wenn Sie sich am Empfang ins Gästebuch eintragen möchten.« Er brachte ihn zurück.

In dem Augenblick trat ein Page zu Quitzow und flüsterte ihm etwas zu. Der Empfangschef überließ den Baron einem Angestellten und ging zu Karl hinüber. »Das Büro von Herrn Tobisch ist verschlossen, Herr Direktor. Fritz hat geklopft, aber es meldet sich niemand.«

»Gibt es einen Ersatzschlüssel?« fragte Karl mit wachsender Unruhe. Eitel hatte geschworen, das Hotel niemals durch seine Spielerei zu kompromittieren. Aber genau das hatte er jetzt getan. Was mochte er in seiner Verzweiflung sonst noch getan haben?

»Alle Ersatzschlüssel sind in Herrn Tobischs Safe.«

»Wir müssen die Tür aufbrechen«, entschied Karl.

Es bedurfte der vereinten Kräfte der beiden Männer und des Pagen, die Tür aufzustemmen. Ihnen bot sich ein schrecklicher Anblick. Hastig schob Karl den Pagen aus dem Zimmer und blickte dann kreidebleich auf Eitel Tobischs Leiche. Die Pistole, mit der er sich erschossen hatte, lag noch in seiner Hand auf dem Schreibtisch. Karl spürte, wie es ihm den Magen umzudrehen drohte, und wandte sich zu Quitzow um, der mit grünem Gesicht dastand. »Der arme, verrückte Idiot.«

Es wurde eine lange Nacht. Zuerst kam Dr. Blattner, dann

zwei Polizisten, und um drei Uhr früh wurde Eitel Tobischs Leiche auf eine Bahre gelegt und durch den Boteneingang zu einem wartenden Polizeifahrzeug gerollt. Karl setzte sich hin und schrieb einen Brief an Otto.

Am nächsten Tag stieß Otto Tobisch die Tür zu Karls Büro auf und blickte ihn mit zynisch hochgezogener Oberlippe an. »Der Tod meines Vaters muß ja in einem sehr günstigen Zeitpunkt für Sie gekommen sein, Herr Jochum.«

Karl sprang von seinem Stuhl auf. »Otto, ich kann dir gar nicht sagen, wie leid mir das tut.« Er streckte ihm die Hand hin, doch Otto übersah sie.

»Heucheln Sie nicht so, Herr Jochum. Sie haben von meinem Vater bekommen, was Sie wollten. Sie haben ihn aus Mitleid genommen und den Gönner gespielt. Und mich auch! Sie haben uns ausgenutzt und hinter unserm Rücken über uns gelacht! Kein Wunder, daß mein Vater zerbrochen ist!«

Fassungslos starrte Karl ihn an. »Aber . . .«

»Mein Vater hat mir immer erzählt, wie gut Sie zu ihm gewesen sind und wieviel ich Ihnen verdanke. Aber ich denke da anders. Ich glaube nicht, daß ich Ihnen was verdanke. Und im übrigen verspreche ich Ihnen, daß eines Tages ich es bin, der in diesem Hotel die Befehle gibt!« Er drehte sich um und sah sich Viktoria gegenüber, die totenbleich in der Tür stand. »Auch dir, Fräulein Naseweis. Mit euch rechne ich noch ab!«

8

Georg Jankowski beendete 1911 seinen zweijährigen Militärdienst erleichtert und dankbar, daß kein Krieg ausgebrochen war, während er gedient hatte. Es reichte vollkommen, zwei Jahre seines Lebens vergeudet zu haben.

Die Tür war nicht verschlossen, als er die Wohnung seines Onkels erreichte und leise eintrat. Ein Lichtbündel fiel durch das Fenster, gegen das sich die gebeugte Gestalt eines Mannes abhob, der mit den Händen im Schoß auf dem Klavierhocker saß. Der Deckel des Klaviers war hochgeklappt. »Onkel Franz«, sagte er leise.

Franz wandte ihm sein zerfurchtes Gesicht zu, und Georg sah entsetzt, wie alt sein Onkel geworden war. »Georg, mein Junge!« Franz erhob sich mit ausgestreckten Armen, und Georg bemerkte, daß seine Hände steif und die Finger verkrümmt waren. »O Georg, ich habe so lange gewartet. Jeden Tag habe ich hier am Klavier gesessen und auf dich gewartet.«

Vorsichtig, als wäre er ein Kind, umarmte Georg ihn. »Ich bin wieder da, Onkel«, sagte er, »und gehe nicht mehr weg.«

Der alte Mann wandte sich ab, und Georg sah, daß er Tränen in den Augen hatte. Dann sagte er: »Spiel mir etwas vor, Georg.«

Es war ganz eigenartig, die vertrauten Tasten wieder unter den Fingern zu spüren. Die ersten Töne kamen zaghaft, doch dann nahm ihn der erste Satz der Beethoven-Sonate gefangen. Er lebte wieder, das Leben lag vor ihm, ein Leben voller Kraft und Hoffnungen.

Zu seiner Freude nahm das Konservatorium ihn wieder auf, als Lehrstipendiaten, wobei es zu seiner Bestürzung auch zu seiner Arbeit gehörte, angehenden jungen Schauspielerinnen Gesangsunterricht zu geben. »Aber ich kann gar nicht singen.«

Sein Professor lachte. »Die meisten von denen auch nicht. Keine Angst; bringen Sie ihnen die Tonleiter bei, dann sind sie glücklich!«

Er begegnete ihr in der ersten Unterrichtsstunde. Sie war eine Schönheit, hatte dunkelbraune Augen in einem perfekten, ovalen Gesicht und tiefschwarzes Haar, das unter einem großen, karminroten Hut hochgesteckt war. Ihr weißes Kleid wurde in der Taille von einer karminroten Schärpe gehalten und ließ ihre Stundenglasfigur voll zur Geltung kommen. Georg verlor augenblicklich sein Herz.

Er schlug auf dem Klavier das eingestrichene C an, und sie begann zu singen. Leider hatte sie eine schwache Stimme und sang des öfteren falsch, aber Georg störte nicht einmal das. Am Ende der Stunde blieb sie noch, nachdem die anderen Schüler schon gegangen waren. »Sie sind viel besser als mein letzter Musiklehrer«, erklärte sie.

Er war verlegen, wußte nicht, worüber er mit ihr sprechen sollte, hatte Angst, sie könnte gehen, und war unfähig, den Blick von ihrem vollkommenen Gesicht abzuwenden.

»Sind Sie neu hier?«

»Ja, gewissermaßen schon.« Der Gedanke, sie könnte plötzlich verschwinden, ängstigte ihn, und er dachte verzweifelt über eine Möglichkeit nach, sie zu halten. Schließlich sagte er zögernd: »Ich wollte gerade einen Kaffee trinken. Darf ich Sie einladen, dann können wir uns besser unterhalten.«

Zu seiner Freude sagte sie: »O ja, gern. Ich heiße Sara Ascher.«

»Ich bin Georg Jankowski.« Sie gaben sich die Hand, und plötzlich dämmerte es ihm. Ascher. Und er hörte seinen Onkel die Hochzeit im Hotel Quadriga schildern. »Bildhübsch, die beiden Mädchen. Aber die Aschers und die Arendts gehören zu einer anderen Welt.«

Georg ging mit ihr in den Erfrischungsraum, überzeugt, sie würde ihn sitzenlassen, sobald sie erfuhr, daß er nur ein armer Student war. Doch es schien ihr Spaß zu machen, von sich zu erzählen. Völlig unbefangen sprach sie von dem Haus in Dahlem, in dem sie mit ihrem Vater wohnte, und von ihrer Schwester Sophie, die jetzt mit ihrem Mann, dem Bankier Theo Arendt, in einer Villa in Grunewald lebte. »Sie sehen, ich bin gar nicht auf eine Karriere angewiesen. Ich glaube nicht einmal, daß mein Vater damit einverstanden ist. Aber er möchte, daß ich glücklich bin.«

Georg hatte in seinem Leben nur wenige junge Frauen kennengelernt. Sara Ascher mit ihren dunkel leuchtenden Mandelaugen, dem aufreizenden Mund und dem langen, schwarzen Haar war für ihn einfach das begehrenswerteste Geschöpf, das ihm je begegnet war.

Aber dann kam der gefürchtete Augenblick. »Und Sie, Herr Jankowski, wo wohnen Sie?«

Stockend erzählte er ihr die Geschichte seines Lebens, aber zu seiner großen Verwunderung war sie von seiner einfachen Schilderung der Not nicht abgestoßen, sondern sah ihn fasziniert an. »Wie romantisch! Ich bin sicher, Sie komponieren eines Tages ein Meisterwerk. Sie werden ein zweiter Beethoven.«

»Es macht Ihnen nichts aus, daß ich kein Geld habe, nicht in einer Villa in Grunewald wohne?«

»Geld bedeutet nichts. Die Kunst ist das Wichtige.«

Georg wagte kaum an sein Glück zu glauben und fragte: »Darf ich Sie heute abend einladen? Ich würde gern ins Theater oder in ein Konzert mit Ihnen gehen.«

Wenn sie lächelte, warf sie die Oberlippe ein bißchen auf

und zeigte eine Reihe ebenmäßiger Zähne. Es war eine aufreizende Geste, die bei Georg den Wunsch weckte, sie zu küssen. »Ich würde gern mit Ihnen ausgehen.«

Mit klopfendem Herzen fragte er: »Und wohin möchten Sie?«

»Ins Kino«, erwiderte Sara Ascher, ohne zu zögern.

Als sie nach Hause kam, erzählte sie ihrem Vater von Georg. »Papa, er ist unglaublich romantisch. Er wohnt zusammen mit seinem Onkel in einem Zimmer in der Altstadt. Denk dir, diese Armut, und diese Begabung.«

»Jankowski?« Professor Ascher stutzte. »Das muß sein Onkel sein, der im Hotel Quadriga spielt.«

Sara runzelte leicht die Stirn. Der Gedanke, daß der Onkel dieses für sie so interessanten jungen Mannes nicht viel mehr als ein Hotelangestellter war, sagte ihr nicht zu. Aber wie immer, wenn ein unangenehmer Gedanke auftauchte, verscheuchte sie ihn. Sie war sich schon ziemlich sicher, in Georg verliebt zu sein, und hatte nicht die Absicht, ihren Traum durch seinen Onkel stören zu lassen.

Sie ging nach oben, um sich umzuziehen, und dachte an Georg, sein schmales, feingeschnittenes Gesicht, seine romantische, ärmliche Kleidung. Er war so anders als all die jungen Männer, die sie bisher kennengelernt hatte – eitle, ziemlich eingebildete Söhne von Bankiers, Rechtsanwälten und Intellektuellen. Für sie mit ihren siebzehn Jahren verkörperte Georg eine Märchenwelt, eine Welt, in der arme Künstler über Nacht zu Erfolg kamen. Sie sah sich bereits in einer Mansarde leben und ein einfaches Essen zubereiten, während Georg auf dem Klavier spielte. Ein Passant hörte ihn, ging zum Kaiser, und Georg wurde an den Hof berufen. Und dann wurde auch ihre Begabung entdeckt. Sie trat am Hoftheater in einer Oper auf, für die Georg die Musik geschrieben hatte.

»Mir gefällt nicht, daß du allein mit einem Fremden ausgehst«, wandte ihr Vater ein, als sie die Treppe herunterkam.

»Aber da er Franz Jankowskis Neffe ist, geht es wohl in Ordnung.«

Sie trafen sich vor dem Kinematographischen Theater Unter den Linden, das die Berliner Kintopp nannten. Ganz aufgeregt folgte Sara Georg in das schummrige Innere. Kino war etwas ganz Neues, noch aufregender als die Bühne. Vielleicht würde sie einmal Filmschauspielerin und weltweit berühmt werden, nicht nur bei ein paar Berlinern.

In der Stunde, die der Film dauerte, vergaß Sara sogar, daß Georg neben ihr saß, registrierte kaum seine Hand, die die ihre suchte und sie hielt. Sie starrte nur gierig auf die Leinwand und war noch ganz benommen, als sie wieder ins Freie traten. »Ich werde einmal Filmschauspielerin.«

Georg hielt immer noch ihre Hand. »Sie wären viel besser als Henny Porten oder Asta Nielsen.«

»Glauben Sie wirklich?« Sie floß über vor Glück.

Er führte sie zu Aschinger, und wenn es auch nicht das war, was sie gewohnt war, an dem Abend war es das Richtige für ihre Stimmung. Ihr kam nicht in den Sinn, daß Georg nur deshalb mit ihr dorthin ging, weil es billig war. Für nur dreißig Pfennig bekam man einen Teller Suppe und konnte so viele Schrippen essen, wie man wollte – und Georg hatte den ganzen Tag noch nichts gegessen. Sie sah nur Menschen an kleinen, runden Tischen stehen, viele in Abendkleidung, die gerade aus dem Theater kamen, andere, die wie Georg gekleidet waren, angehende Schauspieler, Künstler und Dichter. Sie lauschte dem Stimmengewirr ringsum und hatte das Gefühl, endlich zu leben.

Mit dem Omnibus fuhren sie zurück nach Dahlem. Vor dem Gartentor neigte sie Georg das Gesicht zu, so daß das Mondlicht darauf fiel, wie Asta Nielsen es in dem Film gemacht hatte, und schloß die Augen. Bestimmt würde Georg sie jetzt küssen.

Er nahm sie in die Arme, zog sie langsam an sich, bis sich ihre Lippen berührten, und küßte sie, sanft zuerst, dann mit wachsender Leidenschaft. Nach langer, langer Zeit lösten sie sich atemlos voneinander. Sie öffnete die Augen und sah ihn an. Auf seinem Gesicht lag ein staunender Ausdruck, und sie wußte plötzlich, daß sie das erste Mädchen war, das er geküßt hatte. »Sara, ich liebe dich«, sagte er leise.

»Ich liebe dich auch, Georg.« Hätte Asta Nielsen in dem Film sprechen können, hätte sie genau das gesagt.

»Wann sehe ich dich wieder?«

»Morgen? Ich habe nachmittags Schauspielunterricht in der Bergstraße. Wir könnten uns anschließend treffen.«

»Ich warte auf dich.«

Benno Kraus kehrte nach seinem Militärdienst nach Essen zurück und wurde von seinem Vater sofort in die Kraus-Werke gesteckt. Noch bevor der erste Tag vorüber war, wußte Benno, daß er sich auf etwas eingelassen hatte, wofür er völlig ungeeignet war. Er hatte den Rauch an der Ruhr schon immer als beklemmend empfunden, schon immer die riesigen, ewig lärmenden Waffenschmieden verabscheut, die Hochöfen und Stahlwerke mit ihren hämmernden Maschinen und den bleichen Männern. Aber am wenigsten behagte Benno das Gefühl, nun selbst ein Rädchen im Getriebe jener Maschinerie zu sein, die Waffen herstellte, mit denen irgendwann Menschen umgebracht würden.

Es gab niemand, dem er diese Empfindungen hätte anvertrauen können. Seine Mutter, von der er manchmal den Eindruck hatte, sie sei sehr unglücklich, die jedoch den Reichtum und das Ansehen ihres Mannes in vollen Zügen genoß, interessierte sich nicht für die Kraus-Werke, während sein Bruder Ernst sich ihnen völlig verschrieben hatte. Ernst ähnelte seinem Vater von Tag zu Tag mehr, hatte die gleiche berechnende Art, wenn auch nicht dessen beherrschendes Wesen. Ernst würde wenig Verständnis für Bennos Abneigung gegen seine Arbeit haben. Und mit seinem Vater konnte Benno ganz bestimmt nicht sprechen. Er hatte offenbar keine andere Wahl, als das zu tun, was von ihm erwartet wurde, und zu beten, daß er irgendwann würde ausbrechen können.

Nach einem Jahr in Essen und einem weiteren in Schlesien erklärte Baron Kraus, daß Benno jetzt genug wisse, um nach Berlin gehen zu können. »Du arbeitest unter der Aufsicht von Klaus Merten, dem Geschäftsführer von Kraus-Chemie. Wohnen wirst du im Quadriga.«

Anfang 1912 zog also ein Dauergast in die für die Familie Kraus reservierte Luxussuite im ersten Stock. Karl begrüßte Benno herzlich. »Ich wünsche Ihnen alles Gute in Ihrer neuen Stellung. Wenn Sie irgend etwas brauchen, lassen Sie es mich umgehend wissen.«

»Danke, Herr Jochum.« Benno mochte Karl instinktiv.

»Und wenn Sie sich einsam fühlen, Sie sind in unserer Familie stets willkommen.«

»Der Junge wird keine Zeit haben, sich einsam zu fühlen«, wandte Baron Kraus ein. »Er hat genug Arbeit.«

Am nächsten Morgen fuhren sie nach Wedding, und Benno empfand ein unangenehmes Gefühl in der Magengrube, als er die Kraus-Chemie mit ihren hohen, rußgeschwärzten Mauern und den riesigen Schornsteinen sah, aus denen dichte, dunkle Schwefelwolken quollen.

Klaus Merten erwartete sie unter dem großen Firmenschild. Nach der Begrüßung begaben sich die drei Männer auf eine Besichtigungstour. Sie begannen bei der Bahnstation, wo Güterzüge mitten in der Raffinerie die Rohstoffe entluden. »Das ist Schwefel«, erklärte Merten, als sie mehreren Männern zusahen, die große Blöcke auf Lastwagen luden. »Er muß zerkleinert, getrennt und dann raffiniert werden. Er ist ein wesentlicher Bestandteil des Sprengstoffs.«

Benno holte einen Notizblock aus der Tasche, doch Merten schüttelte den Kopf. »Nicht nötig, Herr Kraus. Sie werden sich um die Finanzen kümmern. Überlassen Sie die Sorgen mit der Produktion mir.«

Benno folgte seinem Vater und Merten durch die Fabrikanlagen. Als sie ihre Tour beendet hatten, kam Benno zu dem Schluß, daß ihm an der Kraus-Chemie nur Klaus Merten gefiel.

»Ich zeige Ihnen jetzt Ihr Büro.« Auf dem Weg dorthin kamen sie an einer Tür vorbei, auf der in großen Buchstaben PRIVAT. ZUTRITT FÜR UNBEFUGTE STRENG VERBOTEN stand. »Das sind unsere Forschungslabors.« Merten wandte sich an den Baron. »Möchten Sie, daß Ihr Sohn diese Abteilung kennenlernt, Herr Baron?«

»Ich glaube, das ist nicht nötig. Die Forschung betrifft Benno nicht.«

»Was wird da erforscht?« fragte Benno.

»Neue chemische Verfahren«, sagte sein Vater ruhig. »Darum brauchst du dich nicht zu kümmern.«

Seltsamerweise blieb Benno von dem, was er an diesem Tag gesehen hatte, die verschlossene Tür des Forschungslabors am nachhaltigsten im Gedächtnis. Welche neuen, teuflischen Methoden zum Töten von Menschen mochten dort entwickelt werden? Irgendwann, nahm er sich vor, würde er es herausfinden.

In den ersten Wochen sahen die Jochums wenig von Benno, denn er vertiefte sich ganz in seine neue Arbeit. Als er dann mehr Routine hatte, verbrachte er mehr Zeit im Hotel. Manchmal aß er mit ihnen zusammen, hin und wieder lud er Viktoria danach schüchtern zu einem Kaffee im Palmenhaus oder an der Bar ein.

Er sah immer sehr müde aus, als wäre die Arbeit bei Kraus-Chemie eine zu schwere Bürde. »Es verlangt sicher sehr viel Können, eine so große Firma zu leiten«, meinte Viktoria eines Abends bewundernd.

Benno schüttelte matt den Kopf. »Ich glaube, ich schaffe es nie.«

Sie sah ihn erstaunt an, denn eine solche Aussage hätte sie

von einem Kraus nie erwartet. »Weiß dein Vater, wie du denkst?«

»Ich glaube, er ahnt es. Deshalb hat er mich hergeschickt. Es ist eine Art Prüfung, um zu sehen, wie ich mich schlage.«

»Kannst du ihm nicht sagen, was du denkst?« Als Benno den Kopf schüttelte, fuhr sie fort: »Mußt du denn bei den Kraus-Werken arbeiten? Kannst du nicht was anderes machen?«

Benno lächelte schwach. »Mein Vater würde mich verstoßen. Großvater hat die Firma aus dem Nichts aufgebaut, und Ernst und ich sollen sie zu gegebener Zeit übernehmen.«

Viktoria sah ihn forschend an und fühlte sich geschmeichelt, daß er ihr vertraute. »Was würdest du denn wirklich gern machen, Benno?«

Er spielte mit der Tasse. »Es klingt vielleicht komisch für dich, aber ich würde gern ein Hotel wie dieses führen.«

»Warum denn das?« fragte sie überrascht.

»Weil man mit Menschen zu tun hat, mit etwas Lebendigem, nicht mit Elementen des Todes. Die Kraus-Werke sind nichts als eine einzige große Kriegsmaschine. Ich verabscheue sie.«

Beide schwiegen einen Augenblick. Wie schrecklich, sein Leben mit etwas zubringen zu müssen, das man haßt, dachte Viktoria. »Ich wünschte, ich könnte dir helfen.«

»Wirklich?« Bennos braune Augen sahen sie fast unangenehm durchdringend an. »Dürfte ich dich irgendwohin einladen? Ich meine, ich würde mich sehr geehrt fühlen, wenn ich mit dir in den Zoo oder vielleicht in ein Konzert gehen dürfte.«

Es schien eine so einfache Bitte, und Bennos Gesicht war rührend eifrig. Viktoria wollte spontan zusagen, doch dann fielen ihr die Eltern ein. »Ich muß zuerst Mama und Papa fragen, aber ich würde sehr gern mitkommen.«

Seine Augen leuchteten. »Oh, vielen Dank, Viktoria.«

»Er ist so allein«, erzählte sie ihren Eltern am Abend. »Er tut mir so leid.«

»Wohin wollt ihr denn gehen?« fragte Ricarda.

»Benno hat den Zoo vorgeschlagen. Ich habe gedacht, wir könnten erst einmal dorthin gehen, falls das Wetter gut ist.«

»Ich halte das für eine schöne Idee. Ich hoffe, ihr habt euren Spaß.«

Als sie allein waren, sagte Karl: »Sie wären ein fabelhaftes Paar. Einen besseren Mann könnte man sich kaum für sie wünschen.«

»Aber sie kennen sich doch kaum.«

»Unsinn, Benno war schon als Baby im Hotel. Für das Hotel wäre es fabelhaft, wenn eine Jochum einen Kraus heiratete.«

»Viktoria wird Benno nicht heiraten, nur weil es in deine geschäftlichen Pläne paßt.«

»Warum nicht? Er ist ein gutaussehender junger Mann, er hat Geld und hält offenbar eine ganze Menge von ihr.«

»Und was ist mit Viktorias Gefühlen?«

»Wahrscheinlich mag sie ihn, sonst würde sie kaum mit ihm im Zoo herumlaufen.«

Auch wenn Ricarda ihm im stillen zustimmte, war sie doch entschlossen, Viktoria etwas mehr Zeit zu lassen, sich zu entscheiden. »Sie ist erst achtzehn, Karl, ich möchte sie nicht gegen ihren Willen in eine Ehe treiben.«

Als sie mit ihren Samstagnachmittags- und Sonntagsausflügen in und um Berlin begannen, merkte Viktoria, daß Benno die Stadt nur von kurzen Besuchen her kannte.

Sie begannen, wie abgesprochen, mit dem Zoo. Wie alle Berliner war Viktoria ungeheuer stolz darauf, auf die Elefantenhäuser, die Affenkäfige und Löwengehege. »Als er gebaut wurde, lag er am Stadtrand, und jetzt ist er fast im Stadtzentrum«, erklärte sie. Ihre Begeisterung wirkte anstekkend. Schon bald amüsierte Benno sich über einen mächtigen Gorilla und betrachtete bewundernd einen seltenen Storch, der auf einem Bein stand.

Als sie zum Abschluß auf der Terrasse des Zoo-Cafés ein Eis aßen, sagte er: »Danke, Vicki, ich weiß gar nicht, wann ich zum letztenmal einen Tag so genossen habe.«

»Berlin hat noch mehr zu bieten als den Zoo.«

»Wo wollen wir nächstes Wochenende hingehen?«

Sie stützte den Kopf in die Hände. »Zum Luna-Park.«

Benno war so umgänglich, so leicht zufriedenzustellen. Sie fuhren mit einer Pferdedroschke zu dem Vergnügungspark und machten sich über die Autos lustig, die an ihnen vorbeiratterten. »Eine Droschke macht viel mehr Spaß, findest du nicht?« sagte Benno. »Papa ist so stolz auf seine Autos, aber ich werde, glaub ich, immer Pferde vorziehen.«

Das hinderte ihn aber nicht, begeistert die mechanischen Karussells auszuprobieren, die Bergbahn oder das Teufelsrad, auch wenn Viktoria vor Angst wie versteinert war. Als einziges lehnte er es ab, sein Glück beim Schießen zu versuchen. »Ich habe die übrige Woche genug mit Waffen zu tun. Komm, Vicky, gehen wir zur Geisterbahn!«

Sie traten in den dunklen Tunnel, und ein feuchtes Spinnennetz fuhr Viktoria über das Gesicht. Sie schrie auf. Benno ergriff ihre Hand. Ein riesiges Skelett erhob sich vor ihnen. Benno legte schützend den Arm um sie. »Aaaahhh!« Zwei aufgerissene Augen starrten sie an, und er zog ihren Kopf an seine Schulter. Sie sah nicht, was als nächstes kam, denn Bennos Lippen legten sich auf ihre, ein sanfter, warmer Kuß, und sie schmiegte sich fest in seine Arme.

Dann hörte sie plötzlich Beifall. »Ja, so is richtig«, rief ein Junge. Gelächter erscholl, sie öffnete die Augen und rückte schnell von Benno ab. Sie waren wieder im Freien, und ein paar Jugendliche warteten am Tunnelausgang darauf, daß das nächste Liebespaar auftauchte.

Sie sah Benno nicht an, als er ihr aus dem Wagen half. Ihr

Gesicht war hochrot und heiß, und ihr Herz schlug wild. Als sie gingen, war sie sicher, sein Kuß hätte sich unauslöschlich auf ihren Mund geprägt und die Leute würden sie anstarren und über sie lachen.

Aber dennoch war es ein schönes Erlebnis gewesen. Seine Lippen waren so zart, und seine Arme hatten sie so liebevoll umfangen. Es hatte ihr, wie sie erkannte, tatsächlich Spaß gemacht, bis auf eins. Sie hätte sich so sehr gewünscht, daß nicht Benno sie geküßt hätte, sondern Peter.

Benno lief betreten neben ihr her und wußte nicht, was er sagen sollte. Es war das erste Mal, daß er ein Mädchen geküßt hatte, und er hätte es gern noch einmal getan. Als sie in die Geisterbahn gestiegen waren, hatte er überhaupt nicht daran gedacht, sie zu küssen, aber als sie geschrien und sich an ihn gedrängt hatte, hatte er automatisch den Arm um sie gelegt – und dann hatten seine Lippen die ihren gefunden, bevor er gewußt hatte, was er tat. Es war der erregendste Augenblick seines Lebens gewesen.

Aber was war mit Viktoria? Benno überkam plötzlich ein Schuldgefühl. Wären sie nicht in dem dunklen Tunnel gewesen, hätte er nie gewagt, sie zu küssen. Vorsichtig spähte er zu ihr hinüber. Sie blickte starr geradeaus, die Wangen noch immer gerötet. Er hatte sie offensichtlich sehr beleidigt – und das war das letzte, was er wollte, denn er wußte jetzt, daß er sich in sie verliebt hatte.

Rückblickend dachte er, daß er sie vielleicht schon immer geliebt hatte. Er erinnerte sich, wie er mit ihr auf dem Jahrhundertwendeball getanzt hatte, als sie gerade fünf war. Wie reizend sie damals gewesen war! Sie hatten miteinander gesprochen, bis plötzlich Vetter Peter aufgetaucht war und sie zum Tanzen geholt hatte. Eigenartig, daß all seine Erinnerungen an Viktoria verwoben schienen mit seinem Vetter. Die Biederstedts kamen ebenso selten nach Berlin wie die Krauses, aber wenn er an Viktoria zurückdachte, war immer auch Peter dabeigewesen.

Er faßte sich ein Herz. »Es tut mir leid, Viktoria, ich hätte das nicht tun sollen. Nimmst du meine Entschuldigung an?«

Er war sehr erleichtert, als sie schwach lächelnd nickte. »Ja, natürlich, Benno. Aber jetzt gehen wir wohl am besten nach Hause.«

Die Fahrt zurück schien ewig zu dauern. Viktoria blickte schweigend hinaus auf die Gärten und Häuser, und Benno saß wie ein Häuflein Elend da, überzeugt, daß sie sich nie wieder von ihm begleiten lassen würde. Doch als sie zum Hotel kamen, war ihm klar, daß er sie nicht so gehen lassen konnte. »Viktoria, kannst du mir so weit verzeihen, daß wir uns wiedersehen? Ich verspreche dir, mich nie wieder so abscheulich zu benehmen. Bitte, gib mir eine Chance. Ich möchte dein Freund bleiben.«

Er war überglücklich, als sie leise sagte: »Ich verstehe, Benno. Natürlich sind wir immer noch Freunde.«

Ihre Beziehung entwickelte sich zu einer unbeschwerten Freundschaft. Auch wenn Benno oft das Verlangen hatte, sie zu küssen, er beherrschte sich. Einmal hatte er sie fast verloren, ein zweites Mal würde er dieses Risiko nicht eingehen.

Was Viktoria betraf, so hatten die Fahrt in der Geisterbahn und deren Folgen ihr Klarheit gebracht. Sie schätzte Benno als Freund, liebte aber seinen Vetter Peter. Und jetzt, wo sie wußte, daß sie Benno vertrauen konnte, leistete sie ihm freudig Gesellschaft, bis Peter zurück nach Berlin kam.

Inzwischen war sie sicher, daß Peter zurückkam. Die Balkankrise war durch mehrere Friedensverhandlungen abgewendet worden und Peters Leben offenbar nicht mehr in Gefahr. Sie konnte sogar über die Couplets von Otto Reutter lachen, zu dessen Auftreten Benno sie in den »Wintergarten« mitnahm. Das Publikum bog sich vor Lachen bei Reutters gewagten Nummern über die nicht enden wollenden Friedensverhandlungen.

»Mir gefällt nicht sehr, daß du zu Otto Reutter gehst«, sagte Karl mißbilligend.

»Was ist denn dabei?«

»Die Balkankrise ist nichts zum Witzereißen. Wenn wir nicht aufpassen, haben wir plötzlich doch Krieg. Otto Reutter sollte sich über die Friedensbemühungen nicht lustig machen.«

»Benno findet ihn amüsant.«

»Nun ja, wenn er Benno gefällt, ist es vielleicht doch in Ordnung.«

Benno konnte in Karls Augen nichts falsch machen. Er freute sich über das Interesse des jungen Mannes am Hotel, erklärte und zeigte ihm alles voller Stolz, sogar den Keller, in den nur wenige Fremde durften. »Fast zwanzig Jahre habe ich für diese Sammlung gebraucht.« Karl nahm eine in Stroh verpackte Flasche. »Die ist von 1883, dem Jahr, als wir das Café Jochum eröffnet haben. Und die hier ist von 1894, dem Jahr, in dem wir das Hotel eröffnet haben und Viktoria geboren wurde. Ich könnte dir die Geschichte jeder Flasche hier im Keller erzählen, Benno. Es wäre die Geschichte meines Lebens.«

Staunend sah Benno sich um. »Danke, daß Sie mich hierhergebracht haben. Ich betrachte das als große Ehre.«

»Je besser ich Benno kennenlerne, desto mehr gefällt er mir«, sagte Karl am Abend zu Ricarda. »Der Junge ist äußerst vernünftig.«

Auch Ricarda freute sich zunehmend über Bennos Anwesenheit im Hotel. Für Karl wurde er allmählich der Sohn, den er nie gehabt hatte, mit dem er seine Begeisterung teilen und über das Geschäft reden konnte. Ricarda hatte mit der direkten Leitung des Hotels wenig zu tun; sie widmete sich den Kindern und wohltätigen Aufgaben und Vereinigungen. Aber sie konnte nicht darüber hinwegsehen, daß Karl vierundfünfzig war, und oft beschäftigte sie die Frage, was aus dem Quadriga würde, wenn er einmal zu alt war, es zu leiten.

Viktoria hatte sich immer mit dem Hotel identifiziert und

es geliebt, aber Ricarda wußte, daß Liebe allein nicht genügte. Keine Frau konnte allein ein Hotel führen – sie brauchte einen Mann, der ihr half. Ricarda hoffte, die kindische Schwärmerei ihrer ältesten Tochter für Peter von Biederstedt würde sich irgendwann legen, und Benno könnte dieser Mann sein.

Über ein Jahr hatte Professor Ascher die junge Liebe zwischen Sara und Georg mit gemischten Gefühlen beobachtet. Dabei gefiel ihm der junge Musiker immer mehr. Diskrete Erkundigungen am Konservatorium hatten ergeben, daß man sehr viel von ihm hielt und er eine steile Karriere vor sich hatte. Im Moment mochte er noch als mittelloser Student leben, aber eines Tages würde er ein großer Pianist sein. Nein, der Professor zweifelte nicht daran, daß Georg gut genug für Sara war. Er fragte sich, ob Sara gut genug für Georg war.

Dann kam der schicksalsschwere Tag, an dem Georg ihn um Saras Hand bat. Der Professor seufzte: »Setzen Sie sich, Georg, und hören Sie gut zu. Sara ist ein hübsches Mädchen, aber sie lebt in einer Scheinwelt. Es ist wohl mein Fehler, aber ich wollte meinen Töchtern all das bieten, was ich als Kind nie gehabt habe, als wollte ich an ihnen gutmachen, was ich gelitten habe. Ich weiß, ich habe sie total verdorben.«

»Ich werde versuchen, dafür zu sorgen, daß es Sara nie an etwas fehlt.«

»Ich weiß, aber das ist nicht so einfach. Nehmen Sie ihre Marotte, Schauspielerin zu werden. Ich habe ihr den Willen gelassen, und ich habe den Unterricht bezahlt, aber Begabung kann ich ihr nicht kaufen. Vielleicht gibt sie die Idee auf, wenn sie heiratet, Hausfrau wird ...«

»Ich möchte nicht, daß sie wegen mir ihren Beruf aufgibt. Ich liebe sie um ihrer selbst willen, nicht weil sie vielleicht eine gute Hausfrau sein könnte.«

Der Professor mußte lachen. »Sie hat noch nie in ihrem Leben einen Besen in der Hand gehabt! Wir hatten immer eine Haushälterin.«

»Dann werde ich einen Weg finden, eine Hilfe einzustellen.«

Der Professor wiegte bekümmert den Kopf. »Sie lieben sie sehr, nicht wahr? Aber seien wir realistisch. Sie haben kein Geld, und Ihr Onkel auch nicht. Ich gebe daher meine Einwilligung unter einer Bedingung – Sie erlauben mir, Sie beide zu unterstützen, bis Sie eine Arbeit finden.«

»Nein, Herr Professor, das kann ich nicht annehmen.«

»Dann lassen Sie mich wenigstens eine Wohnung für meine Tochter mieten, denn ich möchte nicht, daß Sie beide in einer alten Mansarde hausen. Das mag zwar romantisch sein, verliert aber schnell seinen Reiz, und da fängt der Ärger an, Georg.«

»Wenn Sara mich wirklich liebt, wird sie sich damit abfinden.«

Dieser verdammte Dickschädel! Hatte er wirklich nicht bemerkt, daß Sara ein eitles, verwöhntes, ziemlich dummes kleines Mädchen war? »Wenn Sie sie wirklich lieben, tun Sie, was am besten für sie ist«, beharrte der Professor.

Zu seiner Erleichterung gab Georg nach, wenn auch offensichtlich widerwillig. »Danke, Herr Professor, aber glauben Sie mir, ich zahle es zurück, sobald ich kann.«

»Machen Sie meine Tochter glücklich, Georg. Seien Sie ihr ein guter Mann. Mehr verlange ich nicht.«

Georg gab ihm die Hand. »Ich liebe Sara, und ich weiß, daß ich sie lieben werde, bis ich sterbe.«

Auch Franz Jankowski hatte die Romanze mit bösen Ahnungen beobachtet. Zuerst hatte er den Neffen ans Militär verloren, jetzt an Sara Ascher. Und außerdem wußte er, daß er mit seinen gichtigen Fingern bald nicht mehr Geige spielen konnte. Seine Welt erschien auf einmal sehr düster.

Sara liebte das Ausgefallene. Wenn es nach ihr gegangen wäre, wäre sie mit Georg durchgebrannt, hätte ihn gegen den Willen ihres Vaters in irgendeinem kleinen Rathaus geheiratet, um die Familie dann vor vollendete Tatsachen zu stellen. Da das nicht möglich war, gab sie sich mit einem Kompromiß zufrieden. Sie heirateten in einer kleinen Synagoge und gaben den Empfang im Haus des Vaters in Dahlem. Schon daß ihre Hochzeit anders war als die von Sophie, freute sie. Als sie am Hochzeitsabend allein in der Wohnung waren, die Professor Ascher für sie in Charlottenburg gemietet hatte, erzählte sie Georg: »Alle glauben, wir haben so geheiratet, weil ich schwanger bin!«

Ihr Mann sah sie entsetzt an. »Aber das ist ja furchtbar!«

»Ich finde es herrlich, denn ich schockiere die Leute nun mal gern. Und wie enttäuscht sie sein werden, wenn sie entdecken, daß ich es nicht bin!«

»Möchtest du gern Kinder haben?« fragte Georg sie zaghaft.

»Nein«, erklärte sie kategorisch. »Kinder sind nur lästig, vor allem, wenn man Karriere machen will.« Sie rückte näher zu ihm und rieb ihren Kopf an seinem Hals. »Aber wie man Kinder macht, das gefällt mir, glaube ich, sehr.« Als Georgs Hände über ihren nackten Körper glitten, wand sie sich lüstern.

Ein paar Monate danach bekam Sara ihre erste richtige Bühnenrolle in einer Operette. Auch wenn sie nur einen Satz zu sprechen hatte, war sie doch überglücklich mit ihrer Rolle, denn sie trug ein wunderbares Kostüm, tief ausgeschnitten und eng geschnürt, um ihre Brüste zu betonen, und an einer Stelle hatte sie den Rock zu heben und die Strumpfbänder zu zeigen, damit das Publikum ihre wohlgeformten Beine bewundern konnte.

Natürlich saß Georg am ersten Abend im ausverkauften Theater. Und er war todunglücklich, als seine Frau den Rock hob und halb Berlin ihre Beine zeigte.

Als er nach der Aufführung hinter die Bühne ging, wurde Sara von etwa einem Dutzend junger Männer in Offiziersuniform umringt, die lachten und mit ihr flirteten. Sie warf ihm eine Kußhand zu und rief: »Geh schon mal heim. Liebling, bei mir dauert's noch länger.«

Georg zögerte, war unschlüssig. Aber dann ging er, denn er wollte ihr keine Szene machen. Es wurde ihm bereits langsam klar, daß Sara Ascher nicht das Mädchen war, in das er sich verliebt hatte. Vielleicht, so dachte er bedrückt, hatte es dieses Mädchen nie gegeben.

Im Frühjahr 1913 war ganz Berlin aus dem Häuschen, denn im Mai sollte Prinzessin Viktoria Luise, die Tochter des Kaisers, den Herzog Ernst August von Braunschweig heiraten. Schon Monate im voraus waren alle Zimmer des Hotels Quadriga reserviert. Diese Hochzeit stellte einen neuen Höhepunkt in der glanzvollen Geschichte des Hotels dar. Tag und Nacht wurde vorbereitet, denn das Hotel erwartete Mitglieder der vornehmsten und bedeutendsten Familien Europas.

Im Restaurant und in den Bankettsälen organisierte Max Patschke seinen Stab, überprüfte die Anordnungen für eine Unzahl von Festessen, Banketten, Buffets und Bällen, während in der Küche Maître Mesurier mit einem Heer von Mitarbeitern eine Menüfolge vorbereitete, die ihresgleichen suchte. Denn auch für Mesurier war die kaiserliche Hochzeit der Gipfel seiner Laufbahn, weil er sich danach in einem kleinen Landhaus im Périgord zur Ruhe setzen wollte, um den Lebensabend im Kreis seiner Enkel zu verbringen. Assistiert wurde er bei diesem Festessen von einem jungen Chefkoch, den er selbst lange im Quadriga ausgebildet hatte.

Wie bei jedem großen Anlaß veranstaltete das Hotel einen Festball zur Feier der Hochzeit, zu dem Benno Viktoria als Begleiterin eingeladen hatte. Mit leuchtenden Augen bekannte sie: »Ich hätte nie gedacht, daß du mich fragst.

Weißt du, bisher war ich immer zu jung, aber jetzt bin ich endlich erwachsen!«

Benno freute sich so auf den Ball, daß nicht einmal der Besuch seines Vaters diese Freude dämpfen konnte. Baron Kraus wollte die Hochzeit mit einer eingehenden Visite der Kraus-Chemie verbinden, um sich über Bennos Fortschritte zu informieren. Für Benno waren es harte Tage, in denen er einem regelrechten geschäftlichen Kreuzverhör unterzogen wurde. Aber da er die meisten Fragen gut beantwortete, merkte er überrascht, daß er doch sehr viel mehr über die Chemiebranche und die Leitung eines Unternehmens gelernt hatte als vermutet. Auch sein Vater schien zufrieden; er lobte ihn zwar nicht, sagte aber: »Du kannst ruhig noch eine Weile hier bleiben. Und außerdem habe ich mich entschlossen, dein Gehalt aufzubessern.«

Für die angestellten Familienmitglieder gab es keine Zugeständnisse bei den Kraus-Werken. Benno bekam wie jeder Angestellte sein wöchentliches Gehalt. Er und Ernst besaßen jedoch Anteile an dem komplizierten Firmenkartell, das der Baron eingerichtet hatte, um Erbschaftssteuern zu vermeiden. Die Gehaltserhöhung war für Benno also durchaus von Belang.

Sie bedeutete auch, daß er es sich endlich leisten konnte zu heiraten. Seit anderthalb Jahren warb er jetzt um Viktoria, und auch wenn sie nie gesagt hatte, daß sie ihn liebe, meinte er sich ihrer Gefühle doch sicher genug zu sein, um Karl Jochum anzusprechen.

Karl blickte stirnrunzelnd auf, als jemand in sein Büro trat, lächelte jedoch, als er sah, wer es war. »Komm herein, Benno.«

»Ich wollte Sie etwas fragen«, sagte Benno zögernd.

»Was du willst, Benno.«

»Sie wissen sicher, daß ich Viktoria sehr verehre. Darf ich um Ihre Erlaubnis bitten, ihr einen Antrag zu machen?«

Karl strahlte ihn an. »Benno, ich kann mir keinen besseren Schwiegersohn vorstellen. Selbstverständlich kannst du sie fragen, und ich hoffe, sie ist so vernünftig, ja zu sagen.«

»Ich glaube, ich warte, bis die Kaiserhochzeit vorbei ist.«

»Warum warten? Wer zuerst kommt, mahlt zuerst.«

»Nein, ich warte lieber. Solche Hochzeiten bewegen Frauen immer sehr stark. Ich möchte, daß sie sich ihre Entscheidung in Ruhe überlegt und nicht einer Eingebung des Augenblicks folgt.«

Während Benno dieses Gespräch mit ihrem Vater führte, stand Viktoria am Empfang und ging die Gästeliste für die kaiserliche Hochzeit durch. »Biederstedt, Graf Johann und Gräfin Anna von, Biederstedt, Gräfin Gertrud von«, las sie, und in der nächsten Zeile, »Biederstedt, Graf Peter von.« Ihr Herz schlug schneller. Peter kam nach Berlin! Drei Jahre war es her, daß Graf Ewald ihnen die schreckliche Nachricht mitgeteilt hatte, er sei nach Danzig versetzt worden. Was würde er sagen, wenn er sie wiedersah? Würde er sie schön finden? Oder hatte er in Danzig eine junge Adlige kennengelernt, die er mitbringen würde? Eilig verdrängte sie diesen Gedanken.

Als der Morgen des 21. Mai 1913 dämmerte, war kaum eine Wolke am Himmel. »Kaiserwetter!« jubelte Karl. Riesige Blumenvasen schmückten den Eingang und die Halle des Hotels, an den Balkons, die auf die Linden gingen, hingen Girlanden aus frischen Blumen, und im sanften Frühlingswind bewegten sich leicht die Fahnen.

Wieder waren die Straßen gesäumt von Menschen, als der Kaiser, begleitet vom Garde du Corps, seine englischen Verwandten, König Georg V. und Königin Mary, am Lehrter Bahnhof empfing und sich der Festzug durch den Mittelbogen des Brandenburger Tors, die Linden hinunter zum Schloß bewegte.

Am folgenden Tag traf Zar Nikolaus II. von Rußland ein, wurde mit dem gleichen Pomp begrüßt und fuhr den gleichen Weg durch die jubelnde Menge.

Viktoria stand mit Luise auf dem Balkon über dem Säulengang des Hotels, jubelte und winkte begeistert mit dem Taschentuch, doch in Wirklichkeit wartete sie auf Peter. Ungeduldig suchten ihre Augen die wimmelnde Menschenmenge ab, die ankommenden Droschken und Kutschen.

»Hast du gewußt, daß der verrückte Mönch Rasputin nicht zulassen wollte, daß die Zarin den Zaren nach Berlin begleitet?« fragte Luise.

Viktoria gab keine Antwort.

»Und die Leute sagen, Seine Majestät wollte gar nicht, daß der Zar kommt. Vicki, was ist denn los? Du hörst ja gar nicht zu. Und warum hast du dein neuestes Kleid an und bist so aufgeregt?«

Aber Viktoria hörte sie nicht, denn ein Wagen mit dem Wappen der Biederstedts war vorgefahren. Sie rannte die Treppe hinunter und kam in die Halle, als die Biederstedts gerade eintraten. Der Graf blickte herrisch um sich, während seine Frau Bekannten zunickte. Die siebzehnjährige Trude ging, einen hochmütigen Ausdruck auf dem plumpen Gesicht, eingehängt neben ihrer Mutter. Und hinter ihnen Peter von Biederstedt, hochelegant in seiner Uniform der Totenkopfhusaren. Das dunkle Haar und der Schnurrbart waren modisch geschnitten, und seine braunen Augen musterten mit gelangweilter Belustigung das Treiben ringsum.

Langsam ging Viktoria über den spiegelnden Marmorboden auf ihn zu. Endlich erblickte er sie. Mit einem bewundernden Lächeln ergriff er ihre Hand. »Viktoria, meine Liebe, wie schön, dich wiederzusehen.«

In ihren hochhackigen Schuhen war sie fast so groß wie er, aber so aufgeregt, daß sie es kaum fertigbrachte, ihm ins Gesicht zu sehen. Wie aus weiter Ferne hörte sie die Gespräche ringsum – und hörte dann ihre eigene, seltsam hohe Stimme: »Peter, ich freue mich so, daß du wieder in Berlin bist.«

»Es ist herrlich, wieder hier zu sein. Aber ich muß sagen,

daß du inzwischen ganz schön gewachsen bist. Wirklich reizend siehst du aus. Bist du heute abend auf dem Ball?«

Mit strahlenden Augen nickte sie.

»Dann hoffe ich, du gibst mir die Ehre, mit dir zu tanzen.«

Sie meinte, vor Glück zu vergehen.

Am Abend konnte sie vor Aufregung kaum etwas essen, und Ricarda brachte sie nur mit Mühe dazu, ein bißchen Bouillon und ein Stück Brot zu sich zu nehmen. Luise beobachtete sie mit zusammengekniffenen Augen. »Du führst dich heute wirklich komisch auf, Vicki.«

»Ich bin aufgeregt wegen des Balls«, erwiderte sie, den eindringlichen Blick ihrer Mutter spürend.

»Pah! Du bist nicht wegen des Balls aufgeregt, sondern weil du mit Peter von Biederstedt tanzen willst!«

»Luise, das ist keine Art, mit deiner Schwester zu reden«, schalt Ricarda.

»Aber es stimmt doch. Du hättest sehen sollen, wie blöd sie ihn angeguckt hat, als sie sich heute morgen getroffen haben.«

»Du weißt überhaupt nicht, was du da redest«, erwiderte Viktoria, »du warst ja gar nicht dabei. Du warst auf dem Balkon.«

»War ich nicht! Ich wollte nicht allein da bleiben. Ich war in Herrn Quitzows Büro. Aber du hast mich nicht gesehen – du hattest ja nur Augen für Peter!«

Ricarda stand auf und sah ihre Töchter zweifelnd an; Viktoria war rot geworden, und Luises grüne Augen lachten spöttisch. »Luise, du ißt zu Ende, und Viktoria, du kommst mit mir, ich helfe dir beim Ankleiden.«

Als Benno an die Wohnungstür klopfte, sah Viktoria hinreißend aus in ihrem jadegrünen Kleid mit der kurzen Schleppe und den grünen Bändern in der Taille. Das kunstvoll gelockte Haar war zu einem eleganten Chignon aufgesteckt. »Viktoria, du siehst schön aus.«

»Du kannst dich auch sehen lassen«, meinte Luise und musterte Bennos perfekten Frack. »Wenn ich doch nur schon älter wäre und auch mitkönnte. Dreizehn ist so ein blödes Alter! Benno, bist du sicher, daß Ernst nicht eine Partnerin für den Ball braucht?«

Benno grinste. »Selbst wenn du alt genug wärst, Ernst hat schon jemand.«

Luise schniefte. »Ja, die hochwohlgeborene Gertrud Gräfin von Biederstedt nehme ich an.« Sie erhob sich und machte gekonnt Trude beim Durchschreiten der Halle nach. »Was an den Biederstedts so toll sein soll, verstehe ich nicht ganz.« Sie blickte Viktoria vielsagend an. »Aber es ist ja schon lange klar, daß Ernst Trude irgendwann heiratet. Ich finde es etwas seltsam, daß Cousin und Cousine heiraten.«

»Luise!« rief ihre Mutter scharf. »Wenn du dich nicht benimmst, gehst du sofort ins Bett. Was Bennos Bruder macht, geht dich nichts an!« Sie wandte sich zu Viktoria und Benno: »Jetzt geht runter und amüsiert euch gut. Wir kommen später.«

Viktoria ließ ihren Arm leicht auf dem von Benno ruhen, als der Zeremonienmeister ihre Namen aufrief. Doch als sie durch den vollbesetzten Saal zu ihrem reservierten Tisch gingen, huschte ihr Blick über die Gesichter der Gäste und suchte vergebens nach Peter. Sie nahm gerade enttäuscht Platz, als der Zeremonienmeister verkündete: »Graf und Gräfin Johann von Biederstedt, Oberst Ritter und Edle Maria von Schennig, Baron und Baronin Heinrich von Kraus, Oberleutnant Peter Graf von Biederstedt und Ilse von Schennig, Gertrud Komtesse von Biederstedt und Herr Ernst Kraus.«

Sie beobachtete sie, als sie feierlich über den kobaltblauen Teppich schritten. Sie sah den Oberst in der Galauniform der Totenkopfhusaren – und sie sah seine Tochter, Ilse von Schennig, die besitzergreifend an Peters Arm hing, etwa in ihrem Alter und nach der neuesten Pariser Mode gekleidet.

Sie war deutlich kleiner als Viktoria, hatte ein keckes, rundes kleines Gesicht mit einem Kranz blonder Locken, aber das Auffälligste an ihr waren die durchdringend blauen Augen. Jetzt hob sie sie zu Peter, sagte etwas, und er lachte.

Von da an sah und hörte Viktoria alles nur noch wie aus weiter Ferne. Zwei Orchester wechselten sich ab und spielten pausenlos zum Tanz auf. Kellner im Frack und mit weißen Handschuhen schlängelten sich routiniert zwischen Gästen hindurch, öffneten Flaschen, gossen Champagner ein.

Unbewegt und bemüht, ihre Enttäuschung zu verbergen, ließ Viktoria sich von Benno zur Tanzfläche führen. Sie hatte sich so auf diesen Abend gefreut, und nun war aller Glanz dahin, noch bevor er richtig begonnen hatte. Sie sah, wie Peter Ilse von Schennig zum Tanz aufforderte. Wie töricht war sie gewesen zu glauben, er liebe sie.

»Setzen wir uns etwas hin?« sagte sie zu Benno.

»Vicki, was ist denn los? Ist dir nicht gut?« Er brachte sie zum Tisch.

»Doch, doch«, erwiderte sie lustlos und stützte den Kopf auf die Hände. Und plötzlich schien ihr Herz stillzustehen, denn eine Stimme fragte: »Viktoria, darf ich um die Ehre dieses Tanzes bitten?«

Langsam wandte sie sich um, das Blut schoß ihr in die Wangen, und ein Glücksgefühl durchströmte sie. Sie blickte auf in ein Paar lachende, braune Augen. »Peter«, hörte sie sich kaum hörbar flüstern. »O Peter, das wäre reizend.«

Er nahm ihre Hand und führte sie zur Tanzfläche. »Ich dachte schon, ich würde nie mehr zum Zug kommen. Jedesmal wenn ich geschaut habe, hast du mit Benno getanzt.«

»Aber ich . . .«

»Vicki«, lachte er, »es ist ja nur normal, wenn jemand so Hübsches wie du Verehrer hat.«

Es war, als hätte man alle Kronleuchter auf einmal angezündet. Er hatte sie gar nicht übersehen. Er hatte darauf gewartet, daß sie frei würde. Mit einem strahlenden Lächeln blickte sie zu ihm auf. »Bewunderer? O nein, Peter . . .«

»Und mein Vetter?«

»Ach, Benno ist nur ein Freund. Er wohnt im Quadriga, solange er in der Kraus-Chemie arbeitet.«

»Es sieht so aus, als wäre er mehr als ein Freund. So wie er dich angesehen hat, hatte ich den Eindruck, ihr wärt eng befreundet, vielleicht sogar einander versprochen.«

»Nein, nein, das ist ganz falsch.«

Peter lächelte, denn er amüsierte sich köstlich. Seit er sie am Morgen in der Halle gesehen hatte, war ihm ihr Bild nicht mehr aus dem Kopf gegangen. Daß aus der kleinen Viktoria so ein hübsches junges Vögelchen geworden war.

Er verglich sie unwillkürlich mit Ilse von Schennig. Beide waren blond und hatten blaue Augen, aber da endete die Ähnlichkeit auch schon. Ilse war die einzige Tochter seines Kommandanten in Danzig, der letzte Sproß einer der ältesten deutschen Familien, denn Ritter von Schennig konnte seine Vorfahren bis zu den Deutschordensrittern zurückverfolgen. Der Familiensitz bei Lübeck, inzwischen etwas verarmt, wie er meinte, aber der Titel war noch immer von gutem Klang. Als sein Kommandeur ihn seiner Tochter vorgestellt hatte, war Peter klar gewesen, daß sie einmal heiraten würden. Sie war nicht nur gesellschaftlich absolut akzeptabel, sondern als Tochter eines Offiziers auch die ideale Offiziersgattin. Darüber hinaus würde ihr Vater alles in seiner Macht Stehende tun, die Karriere seines Schwiegersohns zu fördern.

Aber mit Ilse konnte er nicht flirten. Bis sie verheiratet waren, konnte er sie nicht einmal küssen, und bis dahin – er war ein gesunder junger Mann mit einem gesunden Appetit. Und diesen Appetit regte Viktoria an. Sie war ungemein anziehend, offensichtlich in ihn verliebt, und, was noch wichtiger war, sie war nur eine Hotelierstochter. Das konnte sehr unterhaltsam werden.

Als läse Viktoria seine Gedanken, fragte sie: »Bleibst du noch länger in Danzig? Ich dachte, du kommst nach Berlin.«

»Pech, nicht wahr? Aber ich muß mich an meine Befehle halten.«

»Hast du Ilse von Schennig in Danzig kennengelernt?« Wenn er mit ihr verlobt war, wollte sie es lieber von ihm als von anderen erfahren.

»Sie ist nur die Tochter meines Kommandeurs. Vater wollte, daß sie mit uns kommen. Eigentlich etwas langweilig.«

Er war also nicht in Ilse von Schennig verliebt! Sie konnte noch hoffen! Plötzlich fiel ihr ein, wie sie mit ihm bei der Hochzeit des Kronprinzen auf dem Balkon gestanden hatte. »Findest du die Hochzeit von Prinzessin Viktoria Luise nicht auch herrlich? Sie muß den Prinzen sehr lieben.«

Peter sah sie verwundert an. »Ich bezweifle sehr, daß unsere kleine Prinzessin aus Liebe heiratet. Wohl eher aus Staatsräson.«

»Du meinst, Prinz Ernst August liebt sie nicht?«

»Woher soll ich das wissen? Ich hoffe es für sie, aber ich bezweifle es.«

»Wenn ich einmal heirate, dann aus Liebe.«

»Dann hast du Glück.«

Was meinte er? Sagte er das, weil er befürchtete, seine Eltern würden nicht zulassen, daß er sie heiratete, oder wollte er ihr sagen, daß er sie liebte? In dem Moment war der Tanz zu Ende. Er brachte sie zu Benno zurück. »Deine Begleiterin ist nicht nur hübsch, Vetter, sondern auch eine begabte Tänzerin. Meinen Glückwunsch.«

Benno konnte die erstaunliche Wandlung nicht verborgen geblieben sein, die in dem Augenblick mit Viktoria vor sich gegangen war, als Peter sie zum Tanzen aufgefordert hatte. Seine Gedanken gingen zurück zu jener ersten Gelegenheit, an den Ball der Jahrhundertwende, als fast genau das gleiche geschehen war. Liebten Viktoria und Peter sich? Es gab nur einen Weg, das zu erfahren. Er mußte Viktoria bei der nächsten Gelegenheit bitten, ihn zu heiraten.

Viktoria und Peter hatten keine Gelegenheit mehr, sich allein zu treffen, denn seine Mutter hielt ihn bis zu ihrer Rückkehr nach Fürstenmark auf Trab. »Ich komme zurück, sobald ich kann«, versicherte er Viktoria unbekümmert, als die Jochums ihre Gäste verabschiedeten. »Vergiß mich bis dahin nicht.«

Als Benno erfuhr, daß sein Vetter abgereist war, atmete er erleichtert auf.

Noch lange, nachdem Peter abgereist war, schwebte Viktoria wie auf Wolken, obwohl keine Nachricht von ihm aus Danzig kam. Sie summte vor sich hin, wenn sie im Hotel herumlief, lächelte, wenn sie den Eltern half, und sang laut im Bad.

Luise sah sie besorgt an. »Du bist verrückt. Du glaubst doch nicht wirklich, daß er dich heiratet?«

»Ich weiß gar nicht, wovon du redest. Wer hat denn was von Heiraten gesagt?«

»Peter offensichtlich nicht.«

»Ach, hau ab und geh spielen.« Wenn es Luise aufgefallen war, merkten vielleicht auch andere, daß sie verliebt war, und sie zog es vor zu warten, bis Peter seine Gefühle für sie offenbarte, bevor sie die ihren preisgab.

Einen Monat nach der Hochzeit des Kronprinzen feierte Berlin erneut, diesmal das silberne Regierungsjubiläum des Kaisers. »Wir arbeiten heute nicht«, sagte Benno zu Viktoria. »Kommst du mit mir den Festumzug anschauen?«

Viktoria zögerte kurz, merkte plötzlich, daß Benno ihre Fröhlichkeit vielleicht auf sich bezog. Seit sie mit Peter getanzt hatte, kam Benno ihr gewöhnlich und ziemlich langweilig vor. Aber Peter war in Danzig, und Benno hier, und es wirkte unhöflich, seine Einladung nicht anzunehmen. »Ja, natürlich.«

Der Himmel war strahlend blau, und eine heiße Junisonne schien auf die Menschenmassen, die die Straßen säumten, um ihrem Kaiser zuzujubeln, als er in der Uniform der Totenkopfhusaren mit der Kaiserin die Linden hinunterfuhr. Viktoria winkte heftig, doch Benno wirkte abwesend.

Seine Stimmung blieb bis zum Abend so, als sie in die Oper gingen, wo sogar der Kaiser anwesend war. Während der ganzen Aufführung rutschte Benno unruhig hin und her und sah Viktoria von Zeit zu Zeit prüfend an.

»Möchtest du noch ein Glas Wein trinken, bevor wir nach Hause gehen?« fragte er, als sie aus der Oper kamen.

Es war ein lauer Abend. »Setzen wir uns auf die Terrasse vom Café Jochum«, schlug sie vor.

Sie fanden einen kleinen Tisch hinten auf der Terrasse, und ein Kellner nahm ihre Bestellung auf. Aus dem Café drangen Klänge des »Kaiserwalzers« zu ihnen. Benno beugte sich vor, ergriff Viktorias Hand und sah sie eindringlich an. »Du bedeutest mir von Tag zu Tag mehr, Vicki. Ich habe mich noch nie jemandem so nah gefühlt. Wenn du nicht gewesen wärst, wäre meine Zeit in Berlin die reinste Hölle geworden. Aber so ist es wie im Himmel.«

»Aber Benno, ich bin . . .«

Seine Wangen röteten sich. »Ich weiß, ich drücke mich nicht sehr gut aus, aber du sollst wissen, daß ich alles an dir mag.«

Sie mußte etwas antworten. Zaghaft sagte sie: »Danke, Benno. Du mußt wissen, daß auch ich deine Freundschaft sehr schätze.«

»Aber ich empfinde viel mehr als Freundschaft für dich«, sagte er ernst. »Ich liebe dich, Viktoria, und ich möchte dich heiraten. Bitte sag, daß du mich auch liebst und mich heiraten möchtest.«

Ihr erster Heiratsantrag sollte der schönste und aufregendste Augenblick ihres Lebens werden, doch sie empfand nur entsetzliche Verwirrung. Sie mochte Benno, aber sie liebte Peter. Sie wollte Benno nicht verletzen, konnte aber den Gedanken nicht ertragen, Peter zu verlieren. Hilflos schüttelte sie den Kopf. »Benno, ich habe nie erkannt, ich meine, ich habe nie gedacht . . .«

»Es ist gut, Vicki, du mußt mir jetzt nicht antworten. Aber sag mir nur eins: Es gibt doch keinen anderen, oder?«

Sie biß sich auf die Lippe. Benno konnte nur Peter meinen, und Peter hatte ihr ja keinen Antrag gemacht. »Nein, das ist es nicht. Du erweist mir eine große Ehre, aber . . .«

»Sag jetzt nichts weiter, Viktoria, es sei denn, du willst mir sagen, daß du mich niemals lieben und dir mich niemals als deinen Mann vorstellen könntest. Wenn du also meinst, daß die Möglichkeit besteht, daß du mich einmal so lieben kannst, wie ich dich liebe, dann denke bitte zumindest darüber nach.«

Sie zwang sich, ruhig zu sprechen. »Bitte, versuch zu verstehen, Benno. Natürlich habe ich schon an Heirat gedacht, welches Mädchen tut das nicht? Aber ich habe nie gedacht, so früh zu heiraten. Ich brauche Zeit, um herauszufinden, was ich möchte. Ich bin einfach noch nicht bereit für die Ehe.«

Er lächelte dankbar. »Natürlich verstehe ich das, und deine Worte lassen mich hoffen. Danke. Ich verspreche dir, daß ich warte, so lange du es möchtest.«

Hatte sie das Richtige getan? Wäre es nicht aufrichtiger gewesen, ihm offen zu sagen, daß sie ihn nicht liebte? Viktoria wußte es nicht. Nachdem er sie mit einem zarten Kuß auf die Stirn an der Wohnungstür verlassen hatte, setzte sie sich in ihrem Zimmer schwerfällig aufs Bett, stützte den Kopf in die Hände und versuchte, Ordnung in ihre verwirrten Gefühle zu bringen.

Was war das – Liebe? Sie hatte Peter in ihrem Leben bei

nicht mehr als fünf Gelegenheiten gesehen und war doch sicher, ihn zu lieben. Und sie hatte fast eineinhalb Jahre in Bennos Gesellschaft verbracht und liebte ihn nicht, auch wenn sie eine starke Zuneigung zu ihm empfand.

Als sie am nächsten Morgen aufwachte, war ihr klar, daß sie sich in eine Situation manövriert hatte, die sie nicht mehr beherrschte. Sie mußte mit jemand reden und entschied sich für ihre Mutter. »Mama, Benno hat mich gebeten, ihn zu heiraten.«

Ricarda blickte von dem Brief auf, den sie gerade schrieb. »Das ist wunderbar, Liebling.«

Viktoria setzte sich zu ihr an den Tisch. »Ich weiß nicht, was ich machen soll, Mama.«

Ihre Mutter sah sie forschend an. »Du würdest deinen Vater und mich sehr glücklich machen, wenn du Benno heiratest, aber das Wichtigste ist, daß du glücklich wirst.«

»Ich glaube nicht, daß ich Benno liebe.«

Ricarda seufzte auf. »Du glaubst doch nicht etwa, daß du Peter von Biederstedt liebst?« Als Viktoria ihrem Blick auswich und nickte, sagte Ricarda ernst: »Hör mir zu, Vicki. Peter kommt aus einer alten Adelsfamilie. Als ältester Sohn erbt er eines Tages Fürstenmark, und schon allein aus dem Grund werden seine Eltern nie erlauben, daß er dich heiratet. Er muß eine Frau aus seinen Kreisen heiraten.«

»Aber die Krauses . . .«

»Die Krauses sind sehr, sehr reich.«

»Aber wenn Peter mich liebt?«

»Hat er das jemals gesagt?« Die Stimme ihrer Mutter klang noch immer etwas scharf.

»Nein, aber ich liebe ihn, Mama. Seit langem. Ich kann nicht anders. Es ist unmöglich. Was soll ich nur tun?« Sie vergrub ihr Gesicht in den Händen.

Ricarda streichelte ihr Haar. »Liebling, ich fühle mit dir. Es ist eine fast unmögliche Situation für dich, wo Benno hier im Hotel wohnt. Du brauchst Frieden und Ruhe, um nachdenken zu können.« Sie schwieg einen Moment und fuhr dann fort: »Ich meine, du solltest einen Tapetenwechsel haben. Ich schreibe an Tante Grete in München und frage, ob du sie nicht besuchen kannst. Deine Kusine Olga ist nur wenig älter als du. Vielleicht könnt ihr euch anfreunden.«

Alles war besser als in Berlin bleiben. Dankbar nahm Viktoria den Vorschlag an.

Nach dem Ball anläßlich der kaiserlichen Hochzeit hatte Franz Jankowski zu Karl gesagt: »Ich bin fast siebzig, Herr Direktor, ich glaube, es ist Zeit, daß ich mich zurückziehe.«

»Das tut mir leid, aber ich verstehe es. Wir werden alle nicht jünger, Franz. Ich werde dieses Jahr fünfundfünfzig, und Max ist fast genauso alt. Wo ist die Zeit geblieben?«

Luise war außer sich, als sie es hörte, und schlang die Arme um Franz. »Aber Herr Jankowski, Sie sind doch mein Freund! Sie dürfen mich nicht verlassen!«

»Sie sollten gleichaltrige Freunde haben, Fräulein Luise. Sie brauchen keinen alten Mann wie mich, wo Sie jetzt eine junge Dame sind«, sagte er, obwohl er sehr gerührt war.

Luise stürzte ins Zimmer ihrer Mutter. »Mama, Mama, Herr Jankowski verläßt uns!«

Ricarda blickte von dem Brief auf, den sie gerade von Grete Fischer bekommen hatte, und streckte Luise die Arme entgegen. »Luischen, mein Schatz, sei nicht traurig. Du siehst ihn ja wieder. Du und Vicki, ihr seid beide nach München eingeladen zu eurer Kusine Olga. Möchtest du hinfahren?«

»Nach München? Nur Vicki und ich?« Als ihre Mutter nickte, sagte sie: »Ja, bitte. O Mama, wann können wir fahren?«

Wenn Viktoria nur so schnell über den Verlust Peter von Biederstedts hinwegkäme wie Luise über den von Franz, wäre das Leben ganz einfach, dachte Ricarda bekümmert.

9

Die Fischers wohnten in einem alten, schmalen Haus im Schatten der Peterskirche mitten in München. Professor Fischer war Mitte Fünfzig, hatte buschige Augenbrauen, einen grauen Bart und beinahe eine Glatze. Grete, fast fünfzig, eine dickliche, gemütliche Frau, sah beinahe so aus wie Klara in dem Alter. Viktoria und Luise fühlten sich sofort zu Hause.

Bei Olga war es anders. Da die Eltern ihr offensichtlich aufgetragen hatten, nett zu ihren Kusinen zu sein, führte sie sie in ihr Zimmer. Sie war drei Jahre älter als Viktoria, schmächtig, mit einem blassen, ovalen Gesicht, großen, grauen Augen und dünnem Haar, das sie zu einem uneleganten Knoten frisiert hatte. Luise, die leicht Freundschaften schloß, machte den Koffer auf. »Willst du mal mein neues Kleid sehen?«

Olga zuckte die Achseln. »Kleider sind langweilig, nur ein weiteres Beispiel für bourgeoise Wertvorstellungen.«

Luise biß sich auf die Lippe, weil sie nicht wußte, was bourgeois bedeutete, und durch den verächtlichen Ton ihrer Kusine etwas gekränkt war.

»München ist offenbar eine schöne Stadt«, sagte Viktoria. »Ihr habt sicher viel Spaß hier.«

»Spaß?« Olga zog die Augenbrauen hoch. »Das Studium macht mir Spaß, aber sonst hab ich keine Zeit für Vergnügungen.«

»Was studierst du denn?« fragte Viktoria höflich.

»Geschichte, aber mein Hauptinteresse gilt der Politik. Ich bin Kommunistin.«

»Oh, wie interessant.« Die heimliche Lektüre des »Vorwärts« hatte Viktoria vage mit den sozialistischen Idealen vertraut gemacht, und sie hatte ihren Vater gegen die Bolschewiken und Menschewiken wettern gehört, wußte aber nicht, wer sie waren.

»Ich habe Lenin kennengelernt. Nach der Revolution gehen ich und mein Freund Reinhardt mit ihm nach Moskau.«

Viktoria merkte sich die Namen Reinhardt und Lenin, um mehr über sie zu erfahren, aber Luise fragte entsetzt: »Revolution? Was für eine Revolution?«

»Die Weltrevolution, wenn die Arbeiter der ganzen Welt sich gegen die Kapitalisten vereinen. Die Zeit ist bald da. In Rußland hatten wir 1905 fast Erfolg, und in Warschau ein Jahr später. Und bald ist Deutschland dran.«

»Zum Teufel!« rief Luise, als Olga gegangen war. »Sie macht sich nichts aus Kleidern und hat keine Zeit für Spaß. Warum sind wir eigentlich hergekommen? Olga ist langweilig.«

Viktoria war noch zu benommen, um den Kraftausdruck ihrer Schwester zu tadeln. »Ich glaube, Olga ist sehr intelligent«, sagte sie langsam. »Auf jeden Fall wird uns Bayern gefallen.«

Sie hatte recht. Es war ganz anders als in Berlin. Die anheimelnden, vorwiegend aus Holz gebauten Häuser faszinierten sie. Unvergeßlich blieb ihnen die Landschaft mit den Seen und den hohen weißen Alpengipfeln, alles so völlig anders als die flache Mark Brandenburg, die sie gewohnt waren.

Bald wurde klar, daß auch die Menschen ganz anders waren. Sie hatten Mühe, ihren Dialekt zu verstehen, und mußten ganz neue Worte lernen. Luise, mit ihrer natürlichen Gabe zur Nachahmung, sprach zur Freude von Onkel Gottfried und Tante Grete schon bald etwas Bayrisch.

Die Fischers machten mit den beiden Mädchen viele Ausflüge in die Berge, auch an den Starnberger See, wo König Ludwig II. ertrunken war, nachdem er nur 102 Tage in seinem Märchenschloß Neuschwanstein gelebt hatte. Luise war begeistert von den hohen Türmen, die aus den Tannen über dem Forggensee emporragten.

Viktoria genoß die Ausflüge zwar auch, interessierte sich aber viel mehr für die Ansichten ihrer Verwandten. Jeden Abend tauchten neue Leute in der Wohnung auf, Studienkollegen von Olga und Schüler ihres Vaters, junge Männer und Frauen, die bis zum Morgengrauen über unorthodoxe politische Ideen diskutierten.

Viktoria konnte sich nie daran gewöhnen, daß Olga von einer Revolution sprach, als glaubte sie wirklich daran. Das und alles andere an München war fast so, als wären sie in einem anderen Land. In einem hatte ihre Mutter zumindest recht. Es war tatsächlich ein Tapetenwechsel. Aber trotzdem konnte sie Peter nicht vergessen.

Während einer leidenschaftlichen Debatte zwischen Vater und Tochter über eine klassenlose Gesellschaft fragte sie möglichst beiläufig: »Wenn die Sozialisten oder Kommunisten an die Macht kämen, würde das das Ende der Klassenunterschiede bedeuten? Würde mich das gesellschaftlich etwa einem Grafen von Biederstedt gleichstellen?«

»Selbstverständlich! Nach der proletarischen Revolution gibt es keine Adligen mehr«, erwiderte Olga hitzig.

Onkel Gottfried schüttelte bedächtig den Kopf. »So einfach ginge das nicht. Es könnte viele Jahre dauern.«

Vielleicht spürte Olga einen möglichen Umschwung zugunsten ihrer Sache, auf jeden Fall nahm sie jetzt mehr Anteil an Viktoria, und zwischen den beiden Mädchen entwickelte sich trotz aller Unterschiede allmählich eine Freundschaft. Nach etwa einer Woche traute sie ihr so weit, daß sie Reinhardt Meyer mit nach Hause brachte.

»Das ist mein Freund Reinhardt«, stellte sie ihn stolz den Kusinen vor und hielt besitzergreifend seinen Arm fest. »Er ist Journalist.«

Aufmerksam geworden durch den veränderten Tonfall ihrer Kusine, merkte Viktoria, daß dies mehr als Freundschaft war. Sie spürte, daß Olga in Reinhardt verliebt war, was sie freute, denn das schien einen weiteren Berührungspunkt zu bieten, wenn auch kaum zwei Männer hätten unterschiedlicher sein können als Peter und Reinhardt.

Reinhardt war groß und schlaksig, hatte lichtes, braunes Haar und trug eine Brille. Seine Hose schien oben wie unten zu kurz geraten, die Haare standen ihm zu Berg, und die Brillengläser hatten das Putzen nötig. Er begrüßte die beiden Mädchen jedoch freundlich und fragte: »Wenn ihr aus Berlin kommt, kennt ihr bestimmt Rosa Luxemburg und Karl Liebknecht?«

»Ich habe, glaub ich, schon mal von ihnen gehört«, meinte Viktoria zögernd.

»Liebknechts Vater war der Gründer der Sozialdemokratischen Partei und Herausgeber des ›Vorwärts‹«, erklärte Olga, »und Rosa Luxemburg führte die Revolution in Petersburg und Warschau. Sie haben ihr ganzes Leben der Sache geweiht.«

»Liebknecht ist Pazifist«, ergänzte Reinhardt. »Er ist gegen jeden Krieg.«

Reinhardt machte Luise neugierig, denn er besaß einen gewissen Charme, wenn er sie auch nur angelächelt hatte. Aber die anderen Freunde von Olga hatten sie überhaupt nicht beachtet. Hier war jemand, so fand sie, den man etwas fragen konnte. »Warum sehen alle Sozialisten so ungepflegt aus? Kann man nicht gepflegt und trotzdem Sozialist sein?«

Reinhardt blickte sie erstaunt an. »Das Aussehen bedeutet nichts. Wichtig ist, was in den Herzen und Köpfen der Leute vor sich geht.«

Luise verzog das Gesicht. »Ich meine, man kann gut aussehen und gescheit sein, wie ich zum Beispiel.«

»Luise!« rief ihre Schwester entgeistert.

»Ich versteh nicht, wie du dir diesen ganzen Blödsinn über Sozialismus anhören kannst«, gähnte Luise, als sie zu Bett gingen. »Ich schlafe dabei ein.«

»Du solltest zuhören. Was sie tun, könnte eines Tages dein Leben berühren.«

»Wenn sie nur was täten, anstatt nur zu reden. Weißt du was? Ich glaube, du wirst genauso langweilig wie Olga, wenn du noch länger hier bleibst. Ich ziehe Peter von Biederstedt vor.«

»Was weißt du von Peter?«

»Ach, ich halte eben Augen und Ohren offen«, und bevor Viktoria antworten konnte, hatte sie die Kerze ausgeblasen.

Mehrmals war Viktoria versucht, Olga den wahren Grund ihrer Reise nach München zu offenbaren, aber irgendwie ergab sich nie der richtige Augenblick, und wenn Olga von Reinhardt sprach, dann als von ihrem Gefährten, nie ihrem Geliebten. Viktoria nahm an, daß Olga ihre Gefühle für Peter nicht verstehen würde, daß sie ihn ohnehin ablehnen und auch von Benno als dem Sohn eines Kapitalisten sehr wenig halten würde. Letztlich war es am einfachsten, gar nichts zu sagen.

Als sie schließlich wieder nach Hause mußten und ihr Zug am Bahnhof in München einfuhr, sagte Olga: »Ich hoffe, bald mit Reinhardt nach Berlin zu kommen. Wenn ich das Examen habe, will ich mit Rosa Luxemburg und Karl Liebknecht zusammenarbeiten. Ich muß im Zentrum des Geschehens sein.«

»Sagt uns Bescheid, wenn ihr kommt.«

»Du mußt aufpassen, wenn du mit Papa redest«, warnte Luise.

Onkel Gottfried lachte. »Er war immer kaisertreu. Die Welt braucht eben alle möglichen Menschen.«

»Wenn die Revolution kommt«, erklärte Olga pathetisch, »wird der Kaiser gezwungen abzudanken.«

»Das wäre schade«, sagte Luise. »Ich mag ihn ganz gern.«

»Ich hoffe, meine Familie hat euch nicht zu sehr gelangweilt mit der Politik«, meinte Tante Grete, während Gottfried die beiden allein reisenden Mädchen der Obhut des Schaffners anempfahl.

»Im Gegenteil«, versicherte Viktoria, »ich habe viel gelernt. Vielen Dank, daß wir kommen durften.«

Luise war froh, endlich wegzukommen. Als der Zug aus dem Bahnhof fuhr, seufzte sie tief auf. »Du kannst sagen, was du willst, Vicki, aber mich bringt nichts davon ab, daß Olga Fischer der langweiligste Mensch der Welt ist.«

Während der Zug durch das Land fuhr, saß Viktoria gedankenverloren in ihrer Ecke, und Luise schaute auf die vorbeifliegende Landschaft. Gegen Mittag, als sie Nürnberg erreichten, bekam sie trotz des ausgiebigen Frühstücks bei Fischers Hunger. In dem Augenblick wurden sie von zwei jungen Männern gestört, die höflich fragten, ob sie sich zu ihnen setzen dürften.

Sofort war der Schaffner zur Stelle. »Entschuldigen Sie, meine Herren, aber das Abteil ist reserviert. Wenn Sie mir bitte folgen wollen.«

Es waren offensichtlich Brüder. Der ältere trug Uniform und war etwa ein, zwei Jahre älter als Viktoria, der jüngere vielleicht sechzehn, wie Luise entschied, die ihn mit unverhohlenem Interesse betrachtete. Beide hatten olivfarbene Haut, dunkelbraunes, lockiges Haar und leicht schrägstehende braune Augen. Die des Jüngeren musterten Luise herausfordernd. »Oh, es macht uns nichts, das Abteil zu teilen«, beruhigte sie den Schaffner.

»Wir schützen die jungen Damen mit unserem Leben«, sagte der jüngere Bruder grinsend und drückte dem Schaffner beiläufig etwas Geld in die Hand.

Das Trinkgeld wirkte weit besser als Onkel Gottfrieds Empfehlungen. »Es ist zwar gegen die Regel, aber der Zug ist wirklich sehr voll«, sagte der Schaffner, »wenn die Damen also nichts dagegen haben ...«

Zufrieden beobachtete Luise, wie die Brüder Platz nahmen. Als der Zug weiterfuhr, holte der jüngere eine Tüte hervor und fragte den älteren Bruder: »Willst du was haben, Josef?«

Josef schüttelte den Kopf und zog ein Buch aus der Tasche.

»Stört es die Damen, wenn ich esse?« fragte der Junge.

»Nein, natürlich nicht«, sagte Viktoria und gab sich wieder ihren Gedanken hin.

Fasziniert sah Luise zu, wie er ein Brettchen und eine Serviette auf den Knien ausbreitete und verschiedene Leckereien auspackte, kalten Braten, Käse, Brot und sogar Gewürzgurken. Dann zog er einen Korkenzieher hervor, entkorkte eine Flasche Rotwein, goß ein kleines Glas voll und trank Luise zu. »Auf Ihr Wohl.«

»Das essen Sie doch sicher nicht alles allein?«

»Glauben Sie nicht, daß ich das schaffe?«

Widerwillig nickte sie.

»Oder wollen Sie mir helfen? Wenn ja, könnte ich vielleicht ein bißchen entbehren, denn Josef hat ja keinen Hunger. Allerdings wüßte ich gerne, mit wem ich mein Essen teile.« Er grinste Luise herausfordernd an.

»Ich heiße Luise Jochum, und das ist meine Schwester Viktoria.«

Vorsichtig legte er Brettchen und Serviette auf den Sitz neben sich, stand auf, beugte sich tief über ihre Hand und küßte sie. »Rudi Nowak, stets zu Ihren Diensten, gnädiges Fräulein.«

Sie lachte, als er das gleiche bei Viktoria machte, die weniger erfreut schien. »Herr Nowak, lassen Sie sich bitte durch meine Schwester nicht stören.«

»Und Sie sich nicht durch meinen Bruder«, ließ sich Josef vernehmen. »Meine Damen, ich bin Josef Nowak.« Er verbeugte sich, lächelte kurz und kehrte zu seiner Lektüre zurück.

»Jetzt, wo die Formalitäten erledigt sind, lassen Sie mich Ihnen etwas anbieten, gnädiges Fräulein.«

Ohne große Umstände nahm Luise das Brettchen, das Rudi ihr hinhielt, und fing an zu essen. »Wohin fahren Sie?«

»Nach Hause, nach Berlin. Josef war in Nürnberg stationiert, ist aber nach Lichterfelde bei Berlin verlegt worden. Und Sie?«

»Nach Berlin. Wir waren in München bei Verwandten, aber jetzt fahren wir wieder heim. Mein Vater besitzt das Hotel Quadriga.«

Rudi Nowak schien angemessen beeindruckt: »Mein Vater hat ein Schneidergeschäft. Ich werde es wahrscheinlich mal übernehmen müssen, aber gefallen tut's mir nicht.« Er verzog das Gesicht. »Es ist langweilig.«

Josef sah von seinem Buch auf. »Keine Angst, sie holen dich bald zur Armee. Noch dieses Jahr, wenn du siebzehn wirst.«

Gebannt blickte Luise von einem zum anderen. »Sind Sie in der Kavallerie?« fragte sie Josef.

»Nein, ich war bei der Artillerie, aber jetzt lerne ich fliegen.«

»Fliegen? Was? Ein Luftschiff wie den Zeppelin?«

»Nein«, warf Rudi verächtlich ein, »Josef fliegt Jagdflugzeuge.«

»Oh«, seufzte Luise sehnsüchtig, obwohl sie nichts von Flugzeugen verstand, »ich würde gern einmal fliegen.« Sie wandte sich an Josef. »Würden Sie mich mal mitnehmen?«

Josef lächelte ihr zu, gar nicht wie einem Kind. »Vielleicht, eines Tages.«

»Das würde mir gefallen.«

Luise war im siebten Himmel. Zum erstenmal in ihrem

Leben widmeten sich zwei junge Männer ihr und nicht Viktoria. »Sie müssen mal ins Hotel Quadriga kommen, damit ich mich mit Kaffee und Kuchen revanchieren kann.«

»Sind Sie sicher, daß das erlaubt wird?«

Sie überlegte, was ihr Vater wohl sagen würde, wenn die Brüder Nowak plötzlich auftauchten, und blickte Gewißheit suchend zu Viktoria, doch die Augen ihrer Schwester waren geschlossen. »Aber ja, natürlich ginge das in Ordnung.«

Rudi räumte die Eßwaren weg und holte ein Kartenspiel hervor. »Kennen Sie Skat?« Luise verneinte. »Dann bring ich's Ihnen bei. Da es nicht fair wäre, um Geld zu spielen, spielen wir um Knöpfe.«

Luise gewann auf Anhieb drei Spiele. »Ich dachte, Sie hätten noch nie gespielt«, beklagte sich Rudi.

»Ich lerne eben schnell.«

Sie konnte es kaum glauben, als Viktoria plötzlich aufstand und ihren Mantel von der Ablage nahm. »Wir sind gleich da, Luise.« Als der Zug in den Anhalter Bahnhof fuhr, lehnte sie sich aus dem Fenster. »Da ist Papa!«

Josef sah belustigt zu, als Rudi Luise an der Tür die Hand reichte. »Wenn Sie jemals etwas zu essen brauchen, Sie wissen, wo Sie mich finden können.«

Josef stieß ihn an. »Ich dachte, du wärst ein Kavalier«, sagte er und trug den Mädchen die Koffer auf den Bahnsteig. Er verbeugte sich kurz vor Karl und ging mit Rudi zum Ausgang.

Karl blickte ihnen stirnrunzelnd nach. »Wer war das denn?«

»Sie heißen Nowak«, sagte Luise. »Josef wird Flieger und Rudi Schneider im Geschäft seines Vaters, obwohl er es langweilig findet ... Und er besucht mich im Hotel«, schloß sie herausfordernd.

»Luise, weißt du nicht, daß es sich für eine junge Dame nicht gehört, fremde Männer einzuladen? Viktoria, was hast du dir dabei gedacht?« Doch dann legte er die Arme um seine Töchter. »Schön, daß ihr wieder da seid, Kinder. Hat es euch in München gefallen?«

Luise fiel auf, daß Viktoria sehr diplomatisch nichts über die endlosen politischen Debatten sagte und sich auf das konzentrierte, was sie in Bayern gesehen hatten. Sie erwähnte auch Reinhardt Meyer nicht.

Ein paar Wochen später tauchte Rudi Nowak im Hotel Quadriga auf, in seinem besten Anzug und mit einem dreisten Lächeln. Ruhig fing der Hallenportier ihn ab. »Was steht zu Diensten, junger Herr?«

»Ich möchte Fräulein Luise Jochum sprechen.«

»Sind Sie angemeldet?«

Rudi war nicht im geringsten aus der Fassung zu bringen. »Ich bin ein Freund der Familie.«

»Ich melde Sie dem Herrn Direktor. Wie ist Ihr Name?«

Rudi ließ sich nicht beeindrucken. »Nowak, Rudolf Nowak.« Aber als er einen finster blickenden Karl Jochum auf sich zukommen sah, war er sich nicht mehr ganz so sicher. »Ich habe Fräulein Luise im Zug kennengelernt und wollte fragen, wie es ihr geht.«

»Es geht meiner Tochter ausgezeichnet, danke, und im übrigen ist sie noch viel zu jung für Herrenbekanntschaften. Guten Tag, Herr Nowak.«

Beim Essen wurde Luise ernsthaft getadelt. »Du bist erst dreizehn«, ermahnte ihr Vater sie, »und im übrigen, ich glaube, du hast gesagt, sein Vater sei Schneider. Das ist kein Umgang für dich, Luise.«

Benno vermißte Viktoria sehr, als sie in München war. Ihre Absage hatte ihn betrübt, aber nicht abgeschreckt. Sie hatte wenigstens nicht gesagt, daß sie ihn nicht liebe.

Sein Vater war in jenem Herbst und Winter häufig in Berlin, so daß die beiden Männer eng zusammenarbeiteten. »Die Lage auf dem Balkan wird immer bedrohlicher«, sagte der Baron eines Tages nüchtern. »Ein falscher Schritt, und es gibt Krieg.«

»Glaubst du, die Russen unterstützen die Forderung Bosniens und der Herzegowina nach Anschluß an Serbien?«

»Ja, und diesmal bezweifle ich, daß der Kaiser sich einschaltet, um Frieden zu stiften. Er wird zu Österreich halten. Er und Kaiser Franz Josef suchen nur nach einem Vorwand, Rußland den Krieg zu erklären.«

»Warum? Wirtschaftlich und industriell sind wir stärker als jede andere Nation in Europa. Warum müssen wir unsere militärische Überlegenheit denn zeigen?«

Sein Vater seufzte. »Benno, wir sind auch militärisch stärker. Warum sonst, glaubst du, haben wir ständig die Armee und die Marine ausgebaut? Denk an die ›Preußen‹. Wir haben sie nicht zum Vorzeigen gebaut, sondern zum Kämpfen.«

Benno dachte an das riesige Schlachtschiff, das gegenwärtig in der Nordsee kreuzte, bei den Deutschen Bewunderung und bei den Engländern Bestürzung hervorrief. »Aber warum müssen wir kämpfen?«

»Der Kaiser will ein Reich«, sagte Baron Kraus nachdenklich. »Er will ein Reich, in dem die Sonne nie untergeht, wie die Engländer. Selbst die Holländer und Portugiesen haben größere Reiche als wir. Aber er bekommt es nur über einen Krieg.«

»Und glaubst du, wir würden siegen?«

»Gegen Rußland, warum nicht, aber wegen der Allianz würde Krieg gegen Rußland auch Krieg gegen Frankreich bedeuten, und das hieße Krieg an zwei Fronten. Dieser Gedanke beunruhigt mich sehr, denn dafür sind wir einfach nicht stark genug.«

»Wenn Frankreich sich beteiligte, würde das bedeuten, daß dann auch England hineingezogen wird?«

»Zunächst einmal müßten sie über den Ärmelkanal, aber letztlich, ja, es könnte Krieg in ganz Europa bedeuten.«

»Wir haben die Waffen«, sagte Benno und dachte an die Rüstungsbetriebe von Kraus.

»Und in den nächsten Monaten arbeiten wir noch härter, um noch mehr Waffen zu produzieren, aber das heißt nicht, daß sie auch eingesetzt werden, Junge. Wir verkaufen sie zwar, aber ich werde gleichzeitig alles in meiner Macht Stehende tun, um einen Kriegsausbruch zu verhindern.«

Benno wandte den Blick ab aus Angst, sein Gesicht würde verraten, was er dachte. In dem Augenblick verabscheute er seinen Vater fast ebensosehr wie die Kraus-Werke, denn das einzige Ziel des Barons schien zu sein, die gefährdete Situation seines Landes zum höchstmöglichen eigenen Profit zu nutzen, den Kaiser scheinbar zu unterstützen, aber gleichzeitig gegen ihn zu planen. Wenn es nicht zum Krieg käme, würde Kraus nicht verlieren. Wenn doch, würde er enorm profitieren.

In den nächsten Monaten war Benno Tag und Nacht in den Kraus-Werken. Kaum war er erschöpft ins Bett gesunken, weckte ihn schon wieder ein Page. Während er sich rasierte, hastig frühstückte und in den Wagen stieg, der schon auf ihn wartete, kreisten seine Gedanken um die Stapel von Munitionsbestellungen. In den Werken an der Ruhr und in Schlesien stand sein Bruder, wie er wußte, einer ähnlichen Nachfrage gegenüber. Benno hatte bald keinen Zweifel mehr, daß der Krieg unmittelbar bevorstand, was immer sein Vater dagegen unternehmen mochte.

In dieser Zeit sah er Viktoria selten, und wenn er einige Augenblicke mit ihr zusammen war, sprach er das Thema Heiraten nicht an. Er liebte sie noch immer mehr als alles in der Welt, aber der drohende Krieg ließ alles in einem ganz anderen Licht erscheinen, auch das Heiraten.

Am 28. Juni 1914 wurden der österreichische Thronfolger Erzherzog Franz Ferdinand und seine Gemahlin, die tschechische Gräfin Sophie Chotek, von dem serbischen Studenten Gavrilo Princip in der bosnischen Hauptstadt Sarajewo ermordet. Der Kaiser, außer sich über den Mord an seinem Freund, beschuldigte Serbien ohne Vorbehalt und verlangte von Wien dessen Bestrafung. Dann verreiste er zu aller Entsetzen nach Norwegen.

Die Atmosphäre in Berlin wurde angespannt. Auf den Straßen sah man immer mehr Soldaten, und die Hotelbars und Cafés waren voller junger Leutnants, die tanzten, flirteten und Passanten verspotteten. Die patriotische Operette »Hurra! Husar!« war ständig ausverkauft. Viele Reservisten wurden einberufen, Benno und Ernst allerdings nicht; sie waren aufgrund ihrer Position in der Waffenindustrie befreit. Im ganzen Land kam es zu Truppenverlegungen, unter anderem auch der einer Einheit der Totenkopfhusaren von Danzig nach Karlshorst.

Zu dieser Zeit war im Hotel Quadriga jedes Zimmer belegt; nicht mit Festgästen, die eine Hochzeit feiern wollten, sondern mit ernstblickenden Männern, die zu Gesprächen gekommen waren. Einige versuchten, einen Krieg zu verhindern, andere freuten sich darauf.

Baron Kraus war natürlich da, und auch Bennos Onkel, Graf Ewald von Biederstedt, inzwischen zum Oberst avanciert. Benno nahm an einem Essen teil, bei dem beide Männer anwesend waren. »Wenn Rußland vernünftig ist«, sagte sein Vater, »steigt es aus. Es wäre verrückt, zu diesem Zeitpunkt einen Krieg vom Zaun zu brechen.«

»Es wäre ein Krieg, den es nur verlieren kann«, bemerkte sein Onkel zuversichtlich.

»Ich weiß, daß der Kaiser gern reist«, ereiferte sich der Baron, »aber muß das gerade jetzt sein? Sogar der Kanzler scheint ihn nicht erreichen zu können.«

»Wir sollten mobilmachen und die Sache hinter uns bringen. Die Truppen sind bereit. Sogar mein Neffe Peter ist nach Karlshorst verlegt worden. Er brennt darauf zu kämpfen.«

Benno blickte sie schweigend an; die Nachricht, daß Peter von Biederstedt in Berlin war, verstärkte seine bösen Ahnungen nur noch. Ihm kam es vor, als stünden sie alle am Abgrund. Aber es blieb ihm kaum Zeit zum Grübeln, denn er hatte einfach zuviel zu tun. In den folgenden Tagen und Wochen schlief er häufig sogar im Büro, weil ihm die Zeit fehlte, ins Hotel zu fahren.

Der Mord an Erzherzog Ferdinand berührte die Jochums weniger als unter normalen Umständen, denn sie hatten ihre eigenen Sorgen. Im Frühjahr hatte Ricardas Vater sich eine Bronchitis zugezogen, von der er sich nie ganz erholte. Seine Arthritis machte ihn außerdem bettlägerig, und Ricarda, die eine Krankenschwester für ihn eingestellt hatte, verbrachte die meiste Zeit bei ihm in Charlottenburg.

An einem strahlenden Julitag, als Viktoria allein in der Wohnung war, klopfte ein Page an die Tür und meldete, Oberleutnant Peter Graf von Biederstedt warte unten. Viktoria warf einen Blick in den Spiegel und eilte die Treppe hinunter.

Er lehnte am Empfang, den Tschako unter dem Arm, schlug mit der Reitgerte gegen den eleganten Stiefel und unterhielt sich über das letzte Pferderennen im Hoppegarten. Er sagte noch etwas zum Hallenportier und ging dann schnell auf Viktoria zu. »Viktoria, wie entzückend du aussiehst.« Er beugte sich tief über ihre Hand. »Kannst du die Zeit erübrigen, mit einem einsamen Soldaten Kaffee zu trinken?«

In den folgenden Tagen verbrachte Peter jede freie Minute mit Viktoria. Sie bemerkte die bewundernden Blicke anderer Frauen, denen er jedoch keine Beachtung schenkte, und er erwähnte auch keine Freundinnen, obwohl sie ständig fürchtete, den Namen Ilse von Schennig zu hören. Er tat so, als bestehe eine Beziehung zwischen ihnen, die keiner Erklärung bedurfte, und Viktoria hütete sich zu fragen. Es genügte ihr, bei ihm zu sein, seine Stimme zu hören, seine

Hand in der ihren zu spüren und ihm in die Augen zu schauen.

Mit Tausenden anderer junger Leutnants und ihren Freundinnen, Verlobten und Frauen tanzten Viktoria und Peter, lachten und sangen, eine fröhliche, bunte Gesellschaft, getragen von der Spannung und Erregung, die in diesen Sommertagen des August 1914 durch die Stadt brandete.

Als die Kriegsdrohung näher kam, schien sich ihre Beziehung zueinander allmählich etwas zu verändern, als merkten beide, daß die herrlichen Tage nicht ewig dauern würden. Das Gefühl der Ungewißheit ringsum nahm zu, und etwas Drängendes kam in ihr Verhältnis. Vor allem Peter wurde immer fröhlicher, als wüßte er, daß die Zeit ablief und er soviel Leben wie möglich in jeden Tag packen müßte.

An einem Abend zog er sie im Dunkel des Tiergartens an sich und küßte sie zum erstenmal mit wilder Leidenschaft. Verzweifelt klammerte sich Viktoria an ihn, als ob sie wüßte, daß ihre Liebe verloren wäre, wenn jemand sie entdeckte.

Aber niemand hatte Zeit, sie zu beachten. Karls ganze Aufmerksamkeit galt dem Hotel und der politischen Lage. Ricarda kümmerte sich um ihren Vater. Benno wurde völlig von der Kraus-Chemie in Anspruch genommen. Peters Eltern waren in Fürstenmark, und Graf Ewald bereitete sich auf den Krieg vor. Und Luise – ja, Luise war nur ein Kind.

»Ich möchte mit dir allein sein«, murmelte Peter.

»Ich auch«, erwiderte Viktoria flüsternd.

Am nächsten Tag fuhren sie nach Heiligensee. Als sie ankamen, bezahlte Peter den Droschkenkutscher, nahm den Schlüssel aus Viktorias Händen und schloß die Haustür auf. Hinter ihnen schloß er sie wieder ab.

Eine matte Tischlampe erleuchtete den Raum, dessen geöffnete Fenster die milde Sommerluft einließen. Peter warf seinen Rock über eine Stuhllehne und zog Viktoria an sich. Es war das erste Mal, daß sie ganz allein waren, aber als er sie in die Arme schloß, hatte sie das Gefühl, als wäre dies die natürlichste Sache ihres Lebens, die einfach hatte kommen müssen. Durch sein dünnes Seidenhemd konnte sie seinen warmen Körper spüren, seinen Herzschlag an ihrer Brust. Seine Hände glitten sanft über das Oberteil ihres Batistkleides, umspannten ihre kleinen Brüste, fuhren über ihren flachen Bauch, faßten ihre Hüften, und er zog sie immer fester an sich. »Viktoria«, sagte Peter mit rauher, tiefer Stimme, »Viktoria, ich brauche dich.« Er nahm sie bei der Hand und führte sie zur Couch.

Mit großen Augen sah Viktoria ihn an, erfüllt von einem fast unerträglichen Verlangen. »Ich liebe dich, Peter. Ich werde dich immer lieben«, flüsterte sie. Verwundert tasteten ihre Finger nach seinem Gesicht, seinen Lippen, fuhren über seine Wangen, erkundeten die Linien seines Kinns, seiner Schläfen.

Behutsam machte er die kleinen Knöpfe ihres Kleides auf, streifte es ihr über die Schultern, küßte die weiße Haut an ihrem Hals und den Oberarmen. Das Kleid glitt zu Boden. Dann zog er ihr das dünne Hemd aus, fuhr mit den Händen leicht über ihren Körper. Stück für Stück entkleidete er sie, jeden Augenblick genießend, hob sie dann hoch und trug sie die Treppe hinauf in ein Schlafzimmer, wo er sie auf das Bett legte.

Im dämmrigen Licht sah sie, wie er die Kleider ablegte, ein heller Schatten, schlank und stark, schön in seiner Männlichkeit. Dann kam er zu ihr.

Viel später, als der Himmel draußen schon dunkel war und ihre Körper sich schwach leuchtend von den Laken abhoben, als der Atem ruhig und gleichmäßig ging und die Stille nicht mehr so zerbrechlich war, daß ein Laut sie hätte zerstören können, sagte Viktoria zögernd: »Peter, ich liebe dich so sehr.«

Es kam keine Antwort. Sie stützte sich auf einen Arm und schaute ihn an. Seine Augen waren geschlossen, er atmete langsam. Er schlief. Fast wollte sie in Tränen ausbrechen. Sie hatte eben einen der kostbarsten Augenblicke ihres Lebens erlebt, aber jetzt, wo er vorüber war, empfand sie plötzlich das Bedürfnis nach Beruhigung. Schon meldeten sich Zweifel, ob sie nicht etwas Falsches getan hatte, ob er sie jetzt nicht verachtete, da sie sich ihm hingegeben hatte. Sie sehnte sich nach Worten der Liebe, tröstenden Armen, Bestätigung, daß er das größte Geschenk schätzte, das eine Frau einem Mann machen konnte. Doch Peter schlief.

Sanft rüttelte sie seine Schulter. Er schlug die Augen auf und griff instinktiv nach der goldenen Taschenuhr neben dem Bett. Dann drehte er sich um und blickte sie an, als hätte er ihre Anwesenheit vergessen. »Vicki, höchste Zeit! Wir müssen uns anziehen. Ich muß zurück nach Karlshorst.«

Sie kämpfte die Tränen nieder, als er aus dem Bett sprang und sich in einer Eile anzog, die er beim Militär gelernt hatte, wie sie vermutete. »Peter«, fragte sie ängstlich, »habe ich dich glücklich gemacht?«

Sie stand auf, drehte ihm den Rücken zu, damit er sie nicht sah, und zog sich an. Es wirkte plötzlich alles so traurig und billig, ein so furchtbares Ende eines herrlichen Abends.

Bevor Peter die Haustür aufschloß und sie hinausgingen, küßte er sie leicht auf die Stirn. »Vicki, du warst wunderbar.«

Der Droschkenfahrer, den sie in Heiligensee auftrieben, hatte interessante Neuigkeiten für sie. »Seine Majestät is wieder da. Is mit'm Sonderzug zurückjekommen. Der Kanzler hat ihn am Bahnhof abjeholt.«

»Ausgezeichnet!« rief Peter. »Endlich ist Schluß mit der Unentschlossenheit. Jetzt machen wir mobil!«

Schweigend lehnte Viktoria sich in die Ledersitze zurück. Noch nie war ihr die Strecke nach Berlin so weit vorgekommen. Ihre Beine zitterten, und sie fühlte sich gar nicht wohl. »Vicki, was ist denn los?« fragte Peter.

»Angst um den Herrn Oberleutnant, Frollein?« sagte der Fahrer. »Machen Se sich ma keene Sorjen. Bevor Se richtig kieken, is der Krieg schon wieder vorbei, und er is wieder da mitte Brust voller Orden. Stimmt's, Herr Oberleutnant?«

»So ist es. In sechs Wochen haben wir Paris und Petersburg eingenommen. Weihnachten bin ich wieder da, schade eigentlich!«

Es war mehr, als sie ertragen konnte. Tränen traten ihr in die Augen, und sie vergrub ihr Gesicht in den Händen. Peter legte den Arm um ihre Schultern.

»Peter, ich ertrage den Gedanken nicht, daß du in den Krieg ziehst.«

»Ich komme wieder.«

»Und was dann, Peter? Was machen wir dann?«

»Nun, wir sehen uns bestimmt wieder. Vicki, sag nicht, daß du diesen Tag bereust.«

»Nein.« Doch an die Stelle des Rausches war schon die Angst getreten. »Peter, was ist, wenn ich ein Kind bekomme?«

Er blickte etwas verlegen. »Muß sagen, daran hab ich gar nicht gedacht. Aber wenn es doch passiert wäre, würde ich dafür sorgen, daß es dir an nichts fehlt.«

Sie wartete auf seine Zusicherung, daß er sie heiraten würde, doch diese Worte fielen nicht.

Als sie zum Hotel kamen, bat er den Fahrer zu warten und ihn nach Karlshorst zu bringen. Er half Viktoria beim Aussteigen und sagte: »Wünsch mir viel Glück, Viktoria.«

»Viel Glück, Peter. Und auf Wiedersehen.«

»Tod unseren Feinden!« rief er übermütig, dann war er fort, ohne noch ein Wort der Liebe gesagt zu haben.

Der Reichstag, einschließlich der Sozialdemokraten, stimmte geschlossen für Krieg. Glücklich erklärte der Kaiser: »Ich kenne keine Parteien mehr, ich kenne nur Deutsche.« Am 1. August erklärte Deutschland Rußland den

Krieg, zwei Tage später Frankreich. Die langen Monate des Wartens waren vorbei.

Viktoria sah die Truppen durch das Brandenburger Tor ziehen, zuversichtlich winkend. Frauen, Kinder, Geschwister und Freundinnen liefen nebenher, zur Stadt hinaus. Sie hörte sie singen:

Gloria, Viktoria,
Mit Herz und Hand
Fürs Vaterland, fürs Vaterland.

Für sie schien Krieg etwas Glorreiches zu sein. So wie die Preußen 1871 im Triumphzug durch das Tor zurückgekehrt waren, marschierten sie jetzt siegessicher unter der Quadriga mit der Siegesgöttin hindurch nach Westen.

Aber für Viktoria schien das Leben an einem toten Punkt angekommen zu sein. Peter hatte ihr seine Arme, seine Lippen und seinen Körper gegeben, aber nicht sein Herz. Er hatte ihr alles gegeben, nur keine Liebe. Und jetzt war er fort.

Die Familie fuhr geschlossen zum Anhalter Bahnhof, um Graf Ewald zu verabschieden. Karl hielt sich kerzengerade, Ricarda am Arm, und blickte stolz auf das Gewimmel der Truppen. Als sie den Grafen entdeckt hatten, schüttelte er seinem alten Freund herzlich die Hand. »Graf Ewald, Sie geben den Franzosen, was sie verdienen, was?«

Der Graf schlug sich auf den Schenkel. »Darauf hab ich Jahre gewartet. Ein richtiges Scharmützel mit den Franzosen, das hab ich mir schon immer gewünscht!«

Viktoria betrachtete traurig den langen Zug mit den gepolsterten, für die Offiziere reservierten Erste-Klasse-Abteilen, den Soldaten, die auf harten Holzbänken saßen oder gedrängt in den Gängen standen, und die Waggons mit den Pferden.

»Tolle Sache, die Eisenbahn, wie?« sagte Graf Ewald. »Früher hätten wir an die Front reiten müssen, heute bringt die Bahn uns, unsere Männer und die Pferde direkt nach Belgien. Luise, komm mal her, dann stelle ich dir Elvira vor, meine Lieblingsstute. Dein Vater erinnert sich sicher noch an ihre Urgroßmutter, die ebenfalls Elvira hieß.«

Luises Gesicht glühte, und ihre Augen leuchteten, als der Graf ihr das Pferd zeigte, das geduldig in einem der Güterwaggons stand.

»Wenn das nicht die beiden entzückenden Damen Jochum sind?« rief plötzlich eine Stimme.

Luise wirbelte herum und sah den jungen Mann in der Uniform eines einfachen Soldaten an, dessen etwas schrägstehende Augen sie anlächelten. »Herr Nowak!« rief sie.

Rudi Nowak salutierte vor Graf Ewald, verbeugte sich vor Karl und gab den beiden Damen einen Handkuß.

Karl, der scheinbar vergessen hatte, daß er Rudi Nowak einmal aus seinem Hotel gewiesen hatte, betrachtete wohlgefällig seine Uniform. »Ah, Herr Nowak, Sie kämpfen also auch für das Vaterland?«

»Ja, mein Herr, wenn auch nur als gemeiner Soldat.«

»Sind Sie auch bei der Kavallerie?«

»Bei der Infanterie. Aber ich habe nicht vor, lange Infanterist zu bleiben. Wenn man meinen Bruder in einem Flugzeug für sicher hält, könnte man mir ein Auto anvertrauen.«

»Ihr Bruder ist Pilot, Herr Nowak?«

»Ja, Herr Jochum. Er ist als Beobachter bereits bei seiner Einheit, wird aber sicher bald befördert und kann dann richtig fliegen. Fliegen ist sein ein und alles.«

Luise wiegte sehnsüchtig den Kopf. »Es ist alles so romantisch. Ich wollte, ich wäre auch ein Mann und könnte in den Krieg ziehen.«

Rudi nahm Luise am Arm und führte sie ein Stück den Bahnsteig entlang. »Ich werde versuchen, Ihnen aus Belgien einige Delikatessen mitzubringen. Es wäre furchtbar, wenn Sie in meiner Abwesenheit verhungerten!«

Plötzlich brüllte eine Stimme: »Nowak!«

Sein Lächeln war wie weggewischt. Er drehte sich um und stand vor seinem Feldwebel. Er schlug die Hacken zusammen und nahm Haltung an. »Herr Feldwebel?«

»Was machen Sie denn hier? Machen Sie, daß Sie zu Ihrer Einheit kommen. Sie melden sich!«

Rudi Nowak seufzte und zwinkerte Luise zu. Dann rannte er zwischen den belustigten Umstehenden hindurch zurück zu seiner Einheit.

»Ein frecher junger Dachs«, lachte Graf Ewald. »Erinnert mich ein bißchen an mich selbst in dem Alter. Ja, es ist Zeit für den Abschied.« Er schüttelte allen die Hände, hob dann spontan Luise hoch und gab ihr einen Kuß auf die Wangen. »Bleib ein braves Mädchen, solange Onkel Ewald weg ist.«

Er stieg in den Zug, der sich gleich darauf in Bewegung setzte. Einer plötzlichen Eingebung folgend, hob Luise die Röcke und lief mit. »Auf Wiedersehen! Viel Glück!« Die Soldaten auf dem Bahnsteig blieben stehen und lächelten dem hübschen jungen Mädchen in Blau mit den lebhaften grünen Augen zu. Überall aus dem Zug winkten und riefen ihr lachende Soldaten zu, bis sie am Ende des Bahnsteigs stand, ein kleiner Punkt in einem blauen Kleid, der einen kornblumenblauen Hut schwenkte.

Georg Jankowskis Abschied von seiner Frau verlief ganz anders. Sara tobte, daß er einberufen worden war, und war noch wütender darüber, daß er trotz seiner zwei Jahre Militärdienst und seiner Reservistenzeit immer noch Gefreiter war. Sie machte ihrem Unmut auch auf dem Bahnsteig Luft, bis er sagte: »Schau, mein Liebes, es hat wenig Zweck, daß du hier herumstehst.«

»Ja, es kann noch Stunden dauern, bis der Zug fährt.«

Sie küßten sich mit fast förmlicher Kälte; dann sah Georg die schlanke Gestalt den Bahnsteig hinuntergehen, bevor er sich in das Abteil drängte. Vielleicht würde sich an der Front alles klären. Aber seine Musik, was würde mit seiner Musik? Würde er jemals ans Konservatorium zurückkehren können, zu seiner Dozentenstelle und seinen Kompositionen?

Und sein Onkel, was würde aus ihm werden? Würde er ihn je wiedersehen? Franz war in den letzten Jahren schrecklich gealtert.

Georg blickte aus dem Fenster. Der Zug bekam langsam Fahrt. Ein Mädchen in Blau lief neben ihm her. Sie winkte mit ihrem Hut. Mit den anderen Soldaten winkte er zurück, und als er ihr leuchtendes Haar und ihre grünen Augen sah, begann sich eine Melodie in seinem Kopf zu bilden, ein Tanz, ja, ein Walzer. Der Zug brachte sie durch die Vororte Berlins, und er übertrug die Melodie im Geist in Viertel- und Achtelnoten. Anders als seine meisten Kompositionen war Georg Jankowskis »Kornblumenwalzer« in Dur geschrieben.

Noch ein anderer Soldat verließ Berlin an jenem Tag Richtung Westfront. In dem Meer feldgrauer Uniformen gab es niemand, der sich von ihm verabschiedete und ihm Glück wünschte. Als er in den Zug stieg, empfand er kein Bedauern, Berlin zu verlassen, nur Freude über einen Krieg, der den Höhepunkt der harten Arbeit der letzten vier Jahre darstellte. Er war fest überzeugt, dieser Krieg würde Deutschland die ihm zustehende Siegesbeute bringen, Rohstoffe, Kolonien und Gebiete, die es beherrschen würde.

Und ihm würde er Beförderung bringen, das begehrte Eiserne Kreuz, vom Kaiser persönlich überreicht, und vielleicht eine Verwaltungsstelle bei einem der neuen militärischen Außenposten.

Da bemerkte er plötzlich auf dem Bahnsteig gegenüber die Familie Jochum. Er sah seinen gehaßten früheren Arbeitgeber, der dem Grafen Ewald von Biederstedt die Hand schüttelte. Den alten Tropf gab es also auch noch! Und Ricarda, die die Stirn über Luise runzelte, die offenbar einen unbekannten Soldaten anhimmelte. Und auch das saubere Fräulein Viktoria, das noch immer so aussah, als könnte es nicht bis drei zählen.

Er sah den Zug des Grafen abfahren, sah Luise mitlaufen und mit dem Hut winken. Ihm hätte sie nicht zugewinkt, wenn sie ihn gesehen hätte. Nein, sie hätte sich hochnäsig abgewandt und in die andere Richtung geschaut. Nun, wenn der Krieg erst zu Ende war, würde er sie nach seiner Pfeife tanzen lassen.

Diese Gedanken gingen Leutnant Otto Tobisch durch den Kopf, als er Berlin im August 1914 verließ.

Der Krieg wirkte sich sofort auf das Hotel Quadriga aus, denn alle männlichen Angestellten, die Reservisten waren, wurden einberufen, und die Ausländer, wie der französische Chefkoch, kehrten in ihre Heimatländer zurück. Die übrigen Mitarbeiter wurden zwar nicht gleich einberufen, doch konnte das jederzeit erfolgen. Karl stellte einige neue ältere Kellner ein, holte Fritz Messner vom Café Jochum ins Hotel und setzte einen neuen Mann ins Café, Oskar Braun, der als Kind Tuberkulose gehabt hatte und daher nicht dienen mußte. Nach ein paar kurzen Visiten im Café erklärte Karl sich mit Braun zufrieden und ließ ihm dort freie Hand.

Auch bei den Gästen gab es einen drastischen Wandel. Es besuchten kaum noch Touristen die Stadt, doch eine Verwaltungsbehörde nach der anderen errichtete ihren Hauptsitz in Berlin, und die Chefs und hohen Beamten wohnten im Hotel, das dadurch für die Dauer des Krieges vollbesetzt war, wie lange er auch immer dauern mochte. Da so bedeutende Personen im Quadriga abstiegen, kam Karl sich bald wie im Zentrum der Kriegsoperationen vor.

Etwa eine Woche nach Kriegsausbruch, als die Jochums in ihrer Wohnung still beim Essen saßen, klopfte ein Page und meldete, Olga Fischer und Reinhardt Meyer seien am Empfang.

Zum erstenmal seit Peter fort war, spürte Viktoria eine leichte Erregung. Wenn Olga in Berlin war, hatte sie vielleicht jemand, dem sie sich anvertrauen konnte. Aber als Olga das Zimmer betrat, zweifelte sie daran, denn Olga war immer noch einfach und düster gekleidet, trug die Haare zu einem unkleidsamen Knoten frisiert, und ihre intensiv blickenden ovalen Augen verkündeten nicht Liebe, sondern Politik.

»Wie geht es den Eltern?« fragte Karl, nachdem er Olga geküßt und Reinhardt widerwillig die Hand gegeben hatte, dessen ungepflegte Zivilkleidung er mißtrauisch musterte.

»Es geht ihnen gut, und sie lassen herzlich grüßen.«

Karls Blick wanderte zu Reinhardt zurück. Schließlich fragte er: »Noch nicht in der Armee?«

»Reinhardt hat eine Stelle beim ›Vorwärts‹ bekommen.«

»Bei diesem roten Schundblatt?« rief Karl entsetzt. »Guter Gott, Mann, warum dienen Sie nicht freiwillig in der Armee?«

»Ich bin Pazifist«, erwiderte Reinhardt ruhig. »Ich glaube nicht an die Rechtmäßigkeit dieses Krieges. Er ist das Schlimmste, was Deutschland passieren konnte.«

Viktoria sah, wie ihr Vater um Fassung rang. Ricarda legte besänftigend die Hand auf seinen Arm. »Was wirst du in Berlin machen, Olga?« fragte sie.

»Ich habe eine Stelle als Lehrerin im Wedding bekommen.«

»Im Wedding? Das ist aber keine schöne Gegend, Olga. Es ist ein sehr armer Bezirk, nur Arbeiter.«

Olga schob eigensinnig das Kinn vor. »Die Zukunft gehört der Arbeiterklasse. Wenn die proletarische Revolution kommt, wird es keine andere Klasse mehr geben.«

Entgeistert starrte Karl Olga und Reinhardt an. »Ich nehme an, dann teilst du auch die Meinung dieses jungen Mannes über den Krieg?«

»O ja, Onkel Karl. Er wird sehr viel besser mit Worten als mit Fäusten oder einem Schwert kämpfen.«

»Kämpfen gegen was?«

»Das System. Ein politisches System, das die gewählten Vertreter des Volkes zwingt, gegen ihre innere Überzeugung zu stimmen.«

»Ich nehme an, du meinst diesen Halunken Liebknecht. Aber sogar er hat im Reichstag für Krieg gestimmt.«

»Weil er gezwungen wurde«, sagte Reinhardt. »Ich denke, das wird er bis an sein Lebensende bereuen.«

»Pah!« rief Karl zornrot. »Ihr jungen Schnösel wißt es wieder mal besser. Nehmt bitte zur Kenntnis, daß selbst der ›Vorwärts‹ zugeben mußte, daß Deutschland keine andere Wahl als den Krieg hatte. Wir müssen den Frieden verteidigen!«

»Mit Verlaub, Onkel Karl, aber das ist eine Lüge«, sagte Olga. »Ich glaube, Deutschland hat lange nur einen Vorwand gesucht, Krieg zu führen. Er wird nicht geführt, um den Frieden gegen das barbarische Zarenregime zu verteidigen oder für sonst einen Vorteil für das deutsche Volk – er wird für die imperialistischen Ziele des Kaisers geführt.«

»Olga! Weißt du, was du da sagst?« brauste ihr Onkel auf. »Das sind landesverräterische Worte! Ich möchte sie in meinem Haus nicht hören! Wenn du die Nacht hier verbringen willst, was ja wohl der Grund eures Hierseins ist, nimmst du sie vorher zurück und entschuldigst dich.«

»Ich würde nicht einmal gegen Bezahlung in einem solchen kapitalistischen Gefängnis bleiben. Nein, vielen Dank, wir haben ein Nachtquartier – im Wedding. Morgen sehen wir uns nach einer Wohnung um.«

Das war zuviel für Karl. »Du meinst, du willst mit diesem Friedensapostel in Sünde leben? Weiß Grete davon?«

Sie zuckte die Schultern. »Keine Ahnung. Ich habe mit meiner Mutter nie über meine sexuellen Beziehungen gesprochen, aber sie weiß, daß ich die Ehe als Institution ablehne.«

»Ich glaube, du redest einen ausgemachten Blödsinn. Die

Ehe ist, wie die Monarchie, eine heilige Institution. Ich dulde nicht, daß in diesem Haus und vor den Kindern über eine von ihnen gelästert wird.«

»Herr Jochum, Sie haben kein Recht, so mit Olga zu sprechen.« Reinhardts Gesicht war weiß geworden.

»Und Sie haben kein Recht, Ihre abscheulichen Gedanken hinauszuposaunen. Sie sind nicht nur zu feige und eigensüchtig, in der Stunde der Not für Ihr Land zu kämpfen, sondern versuchen auch noch, den Geist Unschuldiger mit Ihrem schändlichen, hinterhältigen Gewäsch zu vergiften.«

Noch nie hatte Viktoria ihren Vater so außer sich erlebt. »Aber Papa . . .«

»Viktoria, du bist am Bahnhof gewesen, um Oberst Ewald Graf von Biederstedt an die Front zu verabschieden. Weißt du, wie alt der Graf ist? Achtundfünfzig, ein Alter, in dem die meisten Männer daran denken, sich zur Ruhe zu setzen. Graf Ewald kommt aus einer der ältesten und einflußreichsten deutschen Familien, aber drückt er sich vor seiner Pflicht, stellt er die Befehle seines Kaisers in Frage? Nein!« brüllte Karl. »Er tut, was jeder anständige Deutsche tut: Er geht hinaus und kämpft!«

»Dann ist der Graf ein Dummkopf«, erwiderte Reinhardt.

»Und Sie, Sie sind ein Verräter! Machen Sie, daß Sie hier rauskommen! Ich lasse die guten Namen meiner besten Freunde nicht von feigen Memmen besudeln, die nicht wissen, was Patriotismus, Loyalität und Treue bedeuten!«

Olga erhob sich und nahm Reinhardts Arm. »Komm, wir gehen.« Sie war kreidebleich, und in ihren Augen schimmerten vor Scham und Zorn Tränen.

Rot vor Verlegenheit begleitete Vicki sie zur Tür. »Olga, bitte gib mir Bescheid, wo du bist, damit ich dich besuchen kann«, flüsterte sie.

Olga lächelte gezwungen. Dann schloß sich die Tür hinter ihnen.

Karls Stimme bebte noch immer vor Zorn. »Viktoria! Luise! Ich verbiete euch, mit eurer Kusine zu sprechen. Ihr Name wird in diesem Haus nicht mehr genannt. Ab heute kenne ich niemand mit dem Namen Olga Fischer mehr. Sie ist nicht mehr meine Nichte, kein Mitglied dieser Familie. Und das gleiche gilt für euch, sollte ich je erfahren, daß ihr meinen Befehl nicht befolgt habt. Verstanden?«

Die beiden Mädchen sahen ihn an und nickten. »Ja, Papa, ich verstehe«, sagte Viktoria nur.

Mitte August 1914 erschienen die ersten Listen mit den Namen der im Kampf Verwundeten oder Gefallenen, darunter der von Ewald Graf von Biederstedt, Oberst der Ersten Brandenburgischen Garde. Karl konnte es nicht glauben. »Die Erste Brandenburgische ist das beste Regiment des Landes. Das ist sozialistische Propaganda.«

Aber als in der Garnisonskapelle von Karlshorst ein Gedenkgottesdienst für den Grafen gehalten wurde, mußte er die Wahrheit anerkennen. Regungslos hörte er den Worten des Geistlichen zu. Er blickte hinüber zu Heinrich Kraus, dachte daran, wie sie in Karlshorst nach der Parade den schweren Schrankkoffer mit der Rothaarigen die Treppe hinuntergeschleppt hatten. Kraus war damals Unteroffizier gewesen, jetzt war er Baron. Karl war Bursche gewesen, jetzt war er der Besitzer des besten Hotels in Berlin. Und Graf Ewald, der ihnen beiden auf dem Weg zu ihren Zielen geholfen hatte, war tot.

Als der Gottesdienst zu Ende war, ging Karl mit schweren Schritten aus der Kirche. Zum erstenmal fühlte er sich als alter Mann. Ewald, sein bester Freund, sein Mentor, der Mann, den er wie keinen geachtet hatte, Ewald war nun tot.

Auch Viktoria traf der Tod Graf Ewalds schwer, doch sie hatte eine noch größere Sorge. Ihre Regel, bisher immer pünktlich wie ein Glockenschlag, war eine Woche überfällig. Jeden Morgen fühlte sie sich elend und war erst gegen Mittag fähig, eine Kleinigkeit zu essen. Vielleicht gab es eine ganz normale Erklärung für ihren Zustand. Vielleicht lag es am Schock über Peters abrupte Abreise, über den Ausbruch des Krieges oder den Tod des Grafen. Doch sie hatte allen Grund zu der Befürchtung, schwanger zu sein.

Benno fiel die Veränderung Viktorias auf, als die Familie nach dem Gedenkgottesdienst für den Grafen zum Essen zusammenkam. Zum erstenmal seit der Ermordung Erzherzog Franz Ferdinands saß er wieder an einem Tisch mit ihr, der erste Abend seit Monaten, den er außerhalb des Werks verbrachte.

Was war während seiner Abwesenheit geschehen? Er wußte, daß ihr Großvater sehr krank war, und vielleicht hatten sie der Kriegsausbruch und der Tod Graf Ewalds sehr mitgenommen, doch all das konnte nicht ihre ungewöhnliche Blässe, ihr ausgemergeltes Gesicht und den unzweifelhaften Gewichtsverlust erklären. Benno erinnerte sich an den Abend, als sein Onkel Ewald stolz von Peters Ankunft in Karlshorst berichtet hatte. Obwohl er seinen Vetter nicht gesehen hatte, wußte er, daß er im Hotel gewesen war.

Mit plötzlichem Abscheu blickte Benno seinen Vater über den Tisch hinweg an. Mit welchem Recht trieb er seine Familie genauso rücksichtslos an wie sich selbst? Es gab außer Arbeit und Krieg noch andere Dinge im Leben. Warum war Benno so dumm gewesen, sich den Befehlen seines Vaters blindlings zu fügen und den einzigen Menschen zu vernachlässigen, den er liebte?

Was war Viktoria in dieser Zeit widerfahren? Er sah sie in ihrem Essen herumstochern, betrachtete die Ringe unter ihren Augen und empfand unendliches Mitleid. War Peter von Biederstedt die Ursache all dessen?

Nach dem Essen nahm er sie beim Arm und führte sie ins Palmenhaus. »Vicki, du siehst so blaß aus, ist alles in Ordnung?«

»O ja, es geht mir gut.«

Es war eigenartig und wunderbar, wieder allein mit ihr zu sein, auch wenn eine lange Zeitspanne sie trennte, denn es war über ein Jahr her, daß er ihr den Heiratsantrag gemacht hatte. Er war nicht mehr der naive Junge, der Viktoria in der Geisterbahn geküßt hatte, sondern ein Mann, der verantwortlich für Leben und Tod von vielen Menschen war.

Während ihrer Trennung hatte er nie aufgehört, sie zu lieben, aber seine Liebe war nicht mehr so selbstsüchtig. Als er sie jetzt betrachtete, sah, wie ihre Finger nervös an den Haaren nestelten, wußte er, daß er sie um ihrer selbst willen liebte, als einen Menschen, der Hilfe brauchte. »Vicki, du weißt, daß ich immer noch dein Freund bin?« Hoffnungslos unzureichende Worte, um die Stärke seiner Gefühle auszudrücken.

Sie sah ihn aus großen Augen an, in denen Tränen schimmerten. »Ja, danke, Benno.«

»Irgend etwas ist mit dir. Ich möchte nicht wissen, was, wenn du es mir nicht sagen willst. Aber etwas möchte ich dir sagen, Vicki. Ich liebe dich immer noch und werde dich immer lieben. Du wirst immer die einzige Frau in meinem Leben sein. Und ich möchte dich immer noch heiraten.«

Sie wandte den Blick ab, und seine schlimmsten Befürchtungen wurden bestätigt. Sie war verliebt, aber nicht in ihn.

Aber er konnte es nicht dabei belassen. Er mußte alles wissen. »Hat dir jemand einen Heiratsantrag gemacht, Vicki?«

Sie blickte weg. Dann schüttelte sie langsam den Kopf. »Nein, Benno, niemand hat mir einen Antrag gemacht.«

»Wenn du deine Meinung jemals ändern solltest, Vicki, dann denk daran, daß die meine unverändert ist. Ich liebe dich und möchte dich heiraten. Und ich bin dein Freund. Wenn du jemals etwas brauchst, denk daran.« Dann ging er.

Viktoria blieb noch lange im Wintergarten sitzen. Graf Ewalds Tod hatte sie mit Angst um Peters Leben erfüllt, doch Bennos Worte hatten selbst diese Angst in den Hintergrund treten lassen, als sie das schreckliche Ausmaß des Fehlers erkannte, den sie gemacht hatte. Peter hatte sie nie geliebt, sondern nur benutzt, aber Benno liebte sie wirklich.

In dem Augenblick empfand sie nichts als verzehrenden Haß auf Peter und eine tiefe Zärtlichkeit für Benno. Wäre sie doch vor einem Jahr nur so vernünftig gewesen, ihn zu heiraten, dann wäre nichts von dem passiert. Aber sie hatte an einen Peter von Biederstedt glauben wollen, den es außer in ihrer Phantasie nie gegeben hatte, und jetzt war es zu spät.

In den nächsten Tagen wurde Viktoria klar, wie sehr sie einen Freund brauchte. Ihr Vater war seit Ewalds Tod älter und fast gebrechlich geworden, so als wäre sein Selbstvertrauen untergraben worden. Auch ihre Mutter war blaß und erschöpft und machte sich große Sorgen um ihren Vater.

Da Benno nun erneut freundschaftlich die Hand ausstreckte, ergriff sie sie zögernd, wollte sie nicht mißbrauchen, hatte aber auch große Angst, sie zu verlieren. Sie fingen an, abends wieder gemeinsam Kaffee zu trinken, saßen im Palmenhaus und achteten darauf, daß das Gespräch nie zu persönlich wurde, entdeckten aber allmählich wieder Dinge, die sie gemeinsam hatten.

Jeden Morgen beim Frühstück berichtete Karl seiner Familie das Neueste von der Front. »Ludendorff hat Lüttich eingenommen. Seine Haubitzen haben die Stadt in Trümmer gelegt.« Ein andermal: »Wir haben Mons erreicht.« Dann: »Auch die Engländer haben Mons erreicht. Wir werden es ihnen zeigen!«

Am 5. September 1914 überquerten die deutschen Truppen die Marne in Frankreich. Als die Zeitungen diese Nachricht brachten, wußte Viktoria mit Sicherheit, daß sie schwanger war.

10

Die Straßen im Wedding waren schmal und dunkel, von hohen, verwahrlosten Wohnblocks gesäumt, auf deren feuchten Balkons graue Wäsche hing. Mit gesenktem Kopf eilte Viktoria vorwärts, bemüht, nicht gesehen zu werden. Die Luft war drückend und roch scharf. Ihre weißen Handschuhe sahen schon angeschmuddelt aus, und ihre Augen waren trocken und brannten. Barfüßige Kinder mit Rotznasen, schmutzigen Gesichtern und zerlumpten Kleidern starrten sie aus Türen und Einfahrten an.

Trotz ihrer Versuche, unauffällig zu erscheinen, wiesen so viele verräterische Zeichen auf ihre Herkunft hin. Der alte, ausrangierte Mantel einer Hotelangestellten, den sie unter einem Vorwand geliehen hatte, war vom Warenhaus Wertheim. Ihre Schuhe, die Handtasche und natürlich ihre Art zu sprechen – nichts von all dem gehörte in den Wedding.

Die Sekretärin in der ersten Schule, die sie fand, sah sie neugierig an. »Nee, 'n Frollein Fischer ham wa hier nich.« Wieso war sie nur auf diese blödsinnige Idee gekommen? Selbst wenn sie Olga fand, hatte sie keine Garantie, daß ihre Kusine ihr helfen würde, vor allem nach der Behandlung durch Karl; aber sie hatte sonst niemand, dem sie sich anvertrauen konnte.

Die Frau bemerkte den verzweifelten Ausdruck auf Viktorias Gesicht und sagte freundlicher: »Vielleicht finden Sie sie in der Schule in der Wiesenstraße.«

Die Schulsekretärin in der Wiesenstraße zog zweifelnd

die Stirn kraus. »Wir haben hier kein Fräulein Olga Fischer. Meinen Sie nicht vielleicht Frau Meyer? Ich glaube, sie heißt mit Vornamen Olga.«

Das hätte Viktoria als letztes erwartet, daß Olga heiraten würde. »Ja, das muß sie sein.«

»Sie unterrichtet gerade, aber in einer halben Stunde ist Schulschluß. Sie können hier warten, wenn Sie wollen.«

Viktoria sah, wie die Schule sich leerte, und war seltsam berührt. Obwohl diese Kinder die gleichen geflickten Sachen wie ihre Geschwister draußen trugen, waren sie sauber gewaschen und erzogen. Zum erstenmal erkannte sie, was Olga vorhatte – erkannte ihre hoffnungslose Aufgabe. Wenn die Straßen im Wedding die Lebensbedingungen der Arbeiterklasse widerspiegelten, verdienten sie ganz sicher jede Hilfe. Einen Augenblick vergaß sie ihre eigenen Probleme und fühlte mit der Not anderer.

»O Viktoria!« sagte Olga. »Ich habe gehört, daß ich Besuch hätte, an dich hätte ich aber zuallerletzt gedacht.«

Jetzt, wo sie Olga gefunden hatte, war Viktoria noch nervöser. Mit ihrer tristen Kleidung und dem blassen Gesicht schien Olga mit ihrer Umgebung zu verschmelzen. »Können wir irgendwo miteinander reden? Ich fürchte, ich brauche Hilfe.«

Olga sah sie an, nickte. »Du kommst am besten mit zu uns.«

»Ist Reinhardt da?« Viktoria scheute vor dem Gedanken, ihr Problem vor männlichen Ohren auszubreiten.

Olga schüttelte den Kopf, und sie gingen über den Schulhof auf die Straße. »Nein, er arbeitet.« Dann erzählte sie: »Wir mußten heiraten, damit ich die Stelle bekommen konnte. Der Rektor wollte nicht, daß eine Lehrerin so mit einem Mann zusammenlebte. Meinte, es wäre ein schlechtes Vorbild für die Kinder. Als ob fünf Minuten auf dem Standesamt einen Unterschied machten.«

Aber sie konnten einen großen Unterschied machen,

wenn man schwanger war, dachte Viktoria. »Ich hoffe, du bist glücklich«, sagte sie, weil sie nicht wußte, was sie sonst sagen sollte.

»Reinhardt ist mein Gefährte. Wenn ich nur dadurch mit ihm zusammensein kann, daß ich mich der herkömmlichen Moral unterwerfe, dann tu ich's eben.« Sie kamen zu einem düsteren Wohnblock. »Ich hoffe, du bist gut zu Fuß. Wir wohnen ganz oben.«

Die Wohnung hatte drei kleine Räume, ein Wohn-, ein Schlafzimmer und die Küche, alle scheinbar bis zur Decke mit Büchern und Zeitschriften vollgestopft. Viktoria stand am Fenster und blickte hinunter in den kleinen Hof, auf dem über riesigen schwarzen Mülleimern Wäscheleinen hingen. An den anderen drei Seiten des Vierecks standen ähnliche Wohnblocks, die alles Licht abhielten, das die im Hof spielenden Kinder eventuell erreicht hätte. Rauch aus riesigen Fabrikschornsteinen lag über der ganzen Gegend. »Also, was ist passiert?« fragte Olga. »Hat dein Vater dich rausgeschmissen?«

»Nein, aber er würde es, wenn er es erführe. Olga, ich glaube, ich bin schwanger.«

»Schwanger! Bist du sicher?«

»Nein, ja – meine Regel ist ausgeblieben.«

Olga machte eine Schranktür auf, holte eine Flasche Schnaps heraus und goß zwei Gläser ein. Dann fragte sie aufrichtig besorgt: »Warst du schon beim Arzt?«

»Das ist es ja. Unser Arzt behandelt nicht nur alle im Hotel, sondern auch die ganze Familie. Ich kann nicht zu Dr. Blattner gehen. Kennst du nicht einen Arzt hier, der nicht zu viele Fragen stellt?«

»Dr. Katz vielleicht. Er hat einen guten Ruf. Möchtest du, daß ich mitkomme?«

Jetzt, da Viktoria wußte, daß sie nicht allein war, ging es ihr etwas besser. Sie nahm einen kräftigen Schluck und schüttelte sich. »Ja, bitte, Olga.«

»Und der Vater? Wo ist er? An der Front, nehme ich an. Einer unserer ruhmreichen Soldaten.«

Viktoria nickte. »Aber wenn ich schwanger bin, er würde mich nicht heiraten, auch wenn er es wüßte. Ich bin nicht gut genug für ihn, und ich glaube, er hat mich sowieso nicht wirklich geliebt.«

Olga sah sie an. »Aber warum ...?« Sie zuckte die Schultern. »Komm, wir stellen erst mal fest, ob du wirklich schwanger bist. Dann sehen wir weiter.«

Selbst mit Olga an ihrer Seite kam sich Viktoria im Wartezimmer des Arztes sehr klein und verängstigt vor. Sie meinte, die Schande müßte ihr auf dem Gesicht geschrieben stehen. War dieser finstere Raum mit dieser fetten, ordinären Frau, den verrotzten Kindern und den rußverschmierten Männern wirklich das Ende jenes verzehrenden Abends mit Peter?

Das Gesicht des Arztes wirkte erschöpft. Er nickte, als sie sich als Frau Schmidt vorstellte, deren Mann in Frankreich kämpfte. »Ziehen Sie die Unterkleidung aus«, sagte er und wies auf einen Wandschirm in der Ecke des Zimmers. »Ich muß Sie untersuchen.«

Sie zog sich aus und legte sich dann auf die Untersuchungscouch. Das Zimmer war sauber, hätte aber einen neuen Anstrich gebrauchen können. Sie blickte an die abblätternde Decke, als der Arzt sie untersuchte.

»Ich kann Ihnen die freudige Nachricht machen, daß Sie schwanger sind. Meinen Glückwunsch«, sagte er, als sie wieder angekleidet war.

Das Zimmer schien sich zu drehen. Viktoria schloß die Augen und atmete tief durch. Benommen bezahlte sie die Rechnung und verließ das Zimmer.

Olga nahm sie draußen am Arm. »Komm, ich mache uns einen Tee.«

»Was soll ich nur tun?«

Olga schloß die Wohnungstür auf und ließ sie eintreten. »Wenn du vernünftig bist, heiratest du.«

»Und das Kind? Wie soll ich das Kind erklären?«

»Es gibt schließlich auch Frühgeburten.«

Die beiden Frauen tranken ihren Tee, jede in die eigenen Gedanken vertieft. Viktoria hörte allmählich auf zu zittern und schöpfte etwas Mut. »Du warst sehr nett zu mir, Olga, ich weiß nicht, wie ich mich je revanchieren kann.«

Olga winkte ab. »Ich hab überhaupt nichts gemacht.«

»Doch, du warst mir eine Freundin, als ich sie am nötigsten brauchte. Und außerdem hast du mir nicht vorgehalten, wie dumm ich war.«

»Vielleicht, weil ich dich besser verstehe, als du denkst. Weißt du, ich glaube, du hast den Vater dieses Kindes geliebt, und auch wenn ich das gegenüber anderen nie zugeben würde, ich weiß, was es heißt zu lieben. Ich sage immer, daß Reinhardt mein Gefährte ist, aber er ist viel mehr als das – er ist der wunderbarste Mensch, den ich kenne. Ich kann mir ein Leben ohne ihn überhaupt nicht vorstellen.«

Sie machte eine Pause. »Ich war schon Sozialistin, bevor ich Reinhardt kennenlernte, aber er hat meinem Glauben irgendwie Halt und Richtung gegeben. Es klingt komisch, aber alles, was ich mache, mache ich zum Wohl der Menschen, aber auch für Reinhardt.« Sie wirkte verlegen, fuhr aber fort. »Deshalb habe ich ihn eigentlich geheiratet, weil ich ihn liebe.«

Spontan ergriff Viktoria ihre Hand, denn das Eingeständnis ihrer Kusine bewegte sie sehr. »Danke, daß du mir das erzählt hast. Und jetzt mußt du mir mehr denn je versprechen, daß du zu mir kommst, wenn du jemals etwas brauchst, trotz der Sachen, die Papa dir gesagt hat.«

»Ist gut. Ich hoffe, ich muß es nie, aber ich denke daran.«

Viktoria stand auf, ging zum Fenster und blickte in den Hof. Wenn ihr Vater erfuhr, daß sie schwanger war, würde er sie höchstwahrscheinlich verstoßen, und sie würde hier irgendwo landen. War es das, was sie für ihr ungeborenes Kind wollte? Nein und nochmals nein. Wenn der Krieg zu

Ende wäre und Peter heimkäme, würde er sie vielleicht finanziell unterstützen, aber er würde sie nie heiraten. Und wenn der Krieg nicht endete oder Peter fiel?

Es zeichnete sich bereits ab, daß die deutschen Truppen mehr als sechs Wochen bis nach Paris brauchen würden, und nach dem Rückzug an der Marne reichten die öffentlichen Anschlagtafeln für die Namen der Toten und Verwundeten schon nicht mehr aus. Inzwischen spielten die Orchester in den Cafés nicht mehr die »Wacht am Rhein«, und die Frauen lachten und winkten nicht mehr, wenn ihre Söhne und Männer in den Krieg zogen; immer häufiger sah man sie in Trauerkleidung.

Sechs Wochen, um Paris und Petersburg einzunehmen, hatte Peter übermütig erklärt, als sie damals in Heiligensee aufgebrochen waren. Statt dessen hatte es sechs Wochen gedauert, ihre Schwangerschaft festzustellen. Sie konnte nicht länger nach einem Vater für ihr ungeborenes Kind suchen. Entschlossen verdrängte sie Peter aus ihren Gedanken. Sie hatte einen Fehler begangen, einen zweiten würde sie nicht machen.

Sie dachte an Benno. Ihm fehlte vielleicht Peters oberflächlicher Charme, aber er war ein sehr guter, liebenswerter Mensch. Viel zu gut, um hintergangen zu werden. Wenn sie überhaupt noch einen Funken Anstand besaß, würde sie ihm einfach gestehen, daß sie schwanger war, und seine Reaktion abwarten. Aber es war ein Risiko, das einzugehen sie sich nicht leisten konnte, denn dann würde er sie höchstwahrscheinlich nicht mehr heiraten wollen. Nein, entschied sie erneut, keine weiteren Fehler mehr. Es war schlimm, daß sie Benno anlügen mußte, aber es war der einzig mögliche Weg.

»Was willst du machen?« fragte Olga.

»Ich werde deinen Rat befolgen. Ich werde heiraten.«

Als Benno sie an der Hotelbar auf sich zukommen sah,

wußte er, daß etwas geschehen war, das ihre Meinung geändert hatte. Sie war noch immer mager und sah schlecht aus, doch ihr Haar war frisch gewaschen und gelegt, und sie trug sein Lieblingskleid. Vor allem aber beeindruckte ihn ihr ruhiger, würdevoller Blick, eine selbstsichere Art, die sie vorher nicht gehabt hatte. Benno spürte, daß das kleine Mädchen Vicki verschwunden war und jetzt die Frau Viktoria vor ihm stand.

Er nahm ihren Arm und führte sie zu dem Ecktisch, der für die Familie Jochum und ihre Freunde reserviert war. Ein Kellner folgte mit Bennos Glas und nahm Viktorias Bestellung entgegen. Als sie allein waren, sagte sie: »Benno, ich war, glaube ich, im letzten Jahr nicht sehr nett zu dir und möchte mich entschuldigen.«

Er wollte sie unterbrechen, doch sie beugte sich ernst vor. »Bitte, sag jetzt nichts, Benno. Ich habe mich ziemlich dumm benommen und schäme mich. Ich weiß nicht, ob du es geahnt hast, aber ich meinte schon als kleines Mädchen, ich wäre in deinen Vetter Peter verliebt.«

Eigenartig, aber jetzt, da sein Rivale beim Namen genannt war, fühlte Benno sich sicher. Daß es Peter war, überraschte ihn nicht.

»Ich weiß jetzt, daß ich ihn sehr viel ernster genommen habe als er mich, aber als du mich gebeten hast, dich zu heiraten, war mir das nicht klar. Ich dachte, eines Tages würde er mich bitten, ihn zu heiraten.«

Benno sah sie mit einem eigenartigen Gefühl des Mitleids an. Arme kleine Vicki, zu glauben, daß ein von Biederstedt sich herabließe, eine Jochum zu heiraten. »Und jetzt?«

»Es geschah etwas, und dann brach der Krieg aus, und ich wußte, daß er mich nie heiraten würde. Benno, ich möchte lieber nicht über das sprechen, was gewesen ist, aber das Ergebnis davon war, daß ich mit meiner Kusine Olga gesprochen und gemerkt habe, was für ein Dummkopf ich gewesen bin. Sie sprach darüber, warum sie Reinhardt geheiratet hatte, und sagte, sie könne sich ein Leben ohne ihn nicht vorstellen. Und plötzlich wußte ich, was du gemeint hast, als du sagtest, du wärst mein Freund.«

Er nahm ihre Hand. »Ich habe es wirklich gemeint, Viktoria, ich werde immer dein Freund sein.« Dennoch fragte er sich, was zwischen ihr und seinem Vetter vorgefallen war. Hatte Peter sie mit ein paar nichtssagenden Worten stehengelassen, als er an die Front fuhr, oder war da mehr gewesen?

»Benno, kannst du mir verzeihen?«

Die Vergangenheit zählte nicht. Was zählte, war, daß sie ihn gern hatte und als Freund brauchte, auch wenn sie ihn nicht so liebte, wie sie Peter geliebt hatte. »Ich bin stolz, daß du dich imstande fühlst, mir zu vertrauen. Ich liebe dich, Viktoria, und wenn ich das sage, meine ich, daß ich alles an dir liebe. Es klingt banal, aber es ist wahr.«

»Danke, Benno.« Ihre Stimme klang sehr leise.

Er zog ihre Hand an seine Lippen und küßte sie. »Viktoria, willst du mich heiraten?«

»Ja, Benno, das will ich.«

»Bald?«

»Ja. Wenn du willst, heiraten wir morgen.«

Ein Gefühl der Wärme durchströmte ihn. Er hatte sie so lange so sehr, mit so wenig Hoffnung geliebt, daß es kaum möglich schien, daß sein Traum doch noch wahr wurde.

Sie gingen zusammen hinauf in die Wohnung, um es ihren Eltern mitzuteilen. Karl strahlte. »Ich habe dir immer gesagt, daß ich mir keinen besseren Schwiegersohn wünschen könnte. Meinen Glückwunsch.« Plötzlich war er wieder der alte. »Wir werden ein rauschendes Fest feiern.«

Viktoria schüttelte den Kopf. »Papa, lieber nicht, wenn du nichts dagegen hast. Jetzt im Krieg erscheint es mir nicht sehr taktvoll. Wenn du einverstanden bist, Benno, machen wir nur mit unseren beiden Familien ein kleines Hochzeitsessen.«

»Das Wichtigste ist, daß du mich heiratest, und das so schnell wie möglich.«

Viktoria bemerkte den besorgten Blick ihrer Mutter. »Jetzt, wo wir uns entschieden haben, möchten wir bald heiraten«, erklärte sie. »Es ist Krieg, wer weiß, was da alles passieren kann.«

Als Benno gegangen war, kam Ricarda in Viktorias Zimmer. Sie setzte sich auf ihr Bett und zog sie an sich. »Ich weiß, ich habe nicht viel von dir gesehen, seit Großvater krank ist, aber das erscheint mir doch sehr plötzlich, Vicki. Du hast mir gar nicht gesagt, daß du beschlossen hast, Benno zu heiraten.«

»Er hat mich schon vor langer Zeit gefragt, Mama.«

Ricarda blickte besorgt. »Nach meinen Erfahrungen haben Leute, die sehr schnell heiraten, meistens einen Grund dafür. Ich frage dich das nicht gern, Vicki, aber hat Benno dich in Schwierigkeiten gebracht? Mußt du ihn heiraten?«

Erleichtert, daß sie nicht wirklich lügen mußte, sagte Viktoria: »Nein, Mama, Benno hat mich nicht in Schwierigkeiten gebracht.«

Aufatmend legte Ricarda den Arm um sie und küßte sie. »Ich freue mich. Ich mag Benno, und ich hoffe, ihr werdet glücklich miteinander.«

Als sie Luise die Nachricht überbrachte, blickte ihre Schwester sie skeptisch an. »Heißt das, ich kann nicht Brautjungfer sein?«

»Es tut mir leid, Luischen, aber ich möchte keine kirchliche Trauung.«

Luise schniefte. »Es wäre anders, wenn du Peter von Biederstedt heiraten würdest, nicht wahr? Dann gäbe es eine Riesenfeier im Dom.«

Viktoria sah sie scharf an. »Ich heirate nicht Peter und wäre dir dankbar, wenn du aufhören könntest, von ihm zu reden. Ich heirate Benno, und damit basta.«

Es blieb nur noch eine andere Person, der Viktoria es zu

sagen hatte. Sie fuhr hinaus zum Wedding und gestand Olga, daß sie Benno Kraus heiraten werde.

Olga starrte sie ungläubig an. »Du willst einen Kraus heiraten? Eins von diesen Kapitalistenschweinen? Erwarte von mir bitte nicht, daß ich zu deiner Hochzeit komme.«

»Benno ist ein guter, liebenswerter Mensch.«

»So was wie einen guten, liebenswerten Kraus gibt es nicht.«

»Irgendwann wirst du ihn kennenlernen, und dann siehst du's.« Aber als sie ging, war ihr klar, daß ihre kurze Freundschaft zerstört worden war. Olga würde Benno und das, wofür er stand, niemals hinnehmen.

Am Morgen ihres Hochzeitstages fühlte Viktoria sich elend. Als sie sich im Bad übergab, spürte sie, wie ihre Mutter den Arm um sie legte. »Vicki, Liebling, du brauchst nicht so aufgeregt zu sein. Ich weiß, Benno wird ein wunderbarer Ehemann.«

Viktoria ließ sich von Ricarda zurück in ihr Zimmer führen und legte sich matt aufs Bett, während ihre Mutter ihr etwas Kamillentee machte. Beruhigt durch Viktorias Worte von vor zwei Wochen, sah Ricarda die Ursache nur in der Aufregung. Aber was, wenn das morgen wieder passierte, am ersten Tag ihres Ehelebens? dachte Viktoria. Sie hatte keine Ahnung von Schwangerschaftssymptomen und war sicher, daß Benno noch weniger davon wußte, aber selbst er mußte schon von morgendlichem Erbrechen gehört haben.

Viktoria erlebte den Tag in einer Art Trance. Mittags, als sie zu der kurzen standesamtlichen Trauung ins Rathaus fuhren, fühlte sie sich körperlich blendend, aber innerlich war sie völlig aufgewühlt. Undeutlich hörte sie Benno geloben, sie in Krankheit und Gesundheit zu lieben und zu ehren. Von fern nahm sie ihre eigene Stimme wahr, die antwortete. Benno steckte ihr den Ring an den rechten

Ringfinger, doch statt dies als den glücklichsten Tag ihres Lebens zu empfinden, empfand sie ihn als den unglücklichsten.

Das Hochzeitsessen fand in dem privaten Speisesaal statt, in dem Karl den Kaiser vor zwanzig Jahren an dem Tag bewirtet hatte, als Viktoria geboren worden war. Es war eine kleine, intime Feier. Ihr gegenüber saß ihr Vater, der sich offen freute, daß sie Benno geheiratet hatte. Ernst Kraus saß zwischen seiner Mutter und Ricarda.

»Die Franzosen und Engländer drängen unsere Armeen zurück«, sagte er. »Dieser Krieg ist noch lange nicht zu Ende.« Er rückte seine Brille zurecht und blickte alle ernst an. »Ich frage mich, ob Moltke der richtige Generalstabschef ist.«

»Er ist ein guter General«, meinte Karl.

»Ach, Moltke ist ein Idiot«, widersprach Baron Kraus. »Der Kaiser sollte ihn ersetzen. Ich war von Anfang an gegen diesen Krieg und habe kein Geheimnis daraus gemacht. Aber wo wir jetzt mittendrin sind, sollten wir kämpfen, um zu siegen. Jemand wie Hindenburg muß her, jemand, der sich auskennt.«

»Hindenburg ist ein alter Mann«, sagte Karl skeptisch. »Er muß mindestens zehn Jahre älter als ich sein, und ich bin sechsundfünfzig.«

»Aber er hat Erfahrung! Sie und ich, wir werden vielleicht ein bißchen älter, aber wir haben unterwegs was gelernt.«

Es schien alles so unwirklich – ihre Hochzeit, der Krieg, der Kaiser. Das einzige, woran Viktoria denken konnte, war ihre Übelkeit heute morgen.

Julia von Kraus seufzte. »Reden wir über etwas Angenehmeres. Viktoria, wo wollt ihr eure Flitterwochen verbringen?«

Sie meinte es gut, aber ihre Worte machten alles nur noch schlimmer. »Wir gehen nach Heiligensee«, erwiderte Viktoria.

»Es ist eine Familientradition«, erklärte Ricarda. »Meine Großeltern, meine Eltern und Karl und ich haben die Flitterwochen dort verbracht.«

Viktoria brachte es nicht fertig, Benno anzusehen. Was für eine Ungeheuerlichkeit von ihr, ihn ausgerechnet zu den Flitterwochen an den Schauplatz ihrer Liebesaffäre mit Peter zu führen. In wachsender Panik überlegte sie, ob sie nicht jetzt die ganze Wahrheit gestehen sollte. Aber als sie die selbstgefälligen Stimmen hörte, wußte sie, es war schon zu spät.

Da erhob sich Baron Kraus, räusperte sich und blickte Karl an. »Es ist viel Wasser den Rhein hinuntergeflossen, seit Sie und ich uns zum erstenmal begegnet sind, Jochum. Keiner von uns ahnte damals bei der Ersten Brandenburgischen Garde, daß unsere Lebenswege sich einmal derart kreuzen würden. Aber ich möchte heute feststellen, daß es ein Vorzug besonderer Art war, Sie kennenzulernen.« Karl neigte den Kopf. »Sie haben eine reizende Tochter, und ich freue mich, sie in der Familie Kraus willkommen heißen zu können.« Und zu Benno und Viktoria gewandt: »Ich wünsche euch beiden viele glückliche Jahre.«

Als die Trinksprüche auf die Braut, den Bräutigam und die Eltern ausgebracht waren, griff der Baron in die Tasche und zog einen Umschlag heraus. »Benno, jetzt, wo du verheiratet bist, hast du Anspruch auf die Anteile, die dein Großvater dir hinterlassen hat. Hier sind die Zertifikate.«

Karl ließ sich ebenfalls nicht lumpen. »Kinder, kommt mal mit. Ich möchte euch mein Hochzeitsgeschenk zeigen.«

Vor der Tür stand ein Opel in den Hausfarben des Hotels Quadriga, Blau und Gold. Mit Tränen in den Augen blickte Viktoria vom Auto zu ihrem Vater und Benno. »Papa, aber . . .«

»Diese Heirat hat mich sehr glücklich gemacht«, sagte Karl bewegt und zog sie an sich und küßte sie auf die Stirn.

Benno schüttelte ihm herzlich die Hand. »Vielen Dank, Schwiegervater.«

Eine Stunde später fuhren sie mit dem neuen Wagen los, und die beiden Familien und viele Hotelangestellte standen unter dem Säulengang und winkten ihnen nach. Als der Wind ihr durch die Haare fuhr, empfand Viktoria die ganze Last ihres frevelhaften Geheimnisses. Plötzlich war sie nicht mehr Viktoria Jochum, sondern Frau Kraus, eine verheiratete Frau, Bennos Frau. Aber selbst an diesem allerersten Tag ihres Ehelebens hinterging sie ihn. Nie war sie sich so verachtenswert vorgekommen.

Es war einer der schlimmsten Augenblicke ihres Lebens, als Benno sie in Heiligensee nach oben ins Schlafzimmer führte.

»Ich lasse dich kurz allein«, sagte Benno, und sie war ihm dankbar für soviel Takt. Diesmal zog sie sich allein aus. Sie schlüpfte in ein neues Nachthemd und legte sich unter die Decke. Ihre Angst steigerte sich. Würde Benno merken, daß sie keine Jungfrau mehr war?

Doch als er im Morgenmantel das Zimmer betrat, erkannte sie, daß er genauso aufgeregt war wie sie, wenn auch aus einem anderen Grund. Er machte das Licht aus und kroch zu ihr ins Bett. Sanft, mit zitternden Fingern zog er sie an sich. Zärtlich streichelten seine Hände ihre nackten Schultern.

Er war ganz anders als Peter. Benno war so besorgt und behutsam, so bedacht darauf, sie nicht zu verletzen, ihr genausoviel Lust zu geben, wie er für sich selbst nahm. Und sie reagierte, wollte ihn ebenso lieben wie er sie.

Später, als sie auf den zerwühlten Laken lagen, flüsterte er: »Vicki, ich liebe dich so sehr.«

Sie brach in Tränen aus. Das waren die Worte, die sie von Peter hatte hören wollen, doch er hatte sich umgedreht und war eingeschlafen. Und jetzt sprach Benno sie.

»Vicki, Liebste, bitte weine nicht«, flehte Bennos Stimme. »Es ist alles gut.« Er zog ihren Kopf an seine Brust, hielt sie wie ein kleines Kind. »Ganz ruhig, Liebchen, ganz ruhig.«

»O Benno, verlaß mich nicht. Bitte, verlaß mich nie.«

»Natürlich nicht, mein Engel. Ich werde dich immer lieben, immer.« Er hielt sie noch immer in den Armen, als sie schließlich einschlief.

Als die Übelkeit am nächsten Morgen wiederkam, lag sie ganz still da und wagte sich nicht zu rühren. Benno stand schließlich auf und brachte ein kleines Frühstück ans Bett. Seltsamerweise beruhigte das ihren Magen. Vielleicht hatten ihr wirklich nur die Nerven in den letzten Tagen so übel mitgespielt. Und als der Tag verstrich, ohne daß sich die Übelkeit wieder einstellte, sah Viktoria die Zukunft etwas zuversichtlicher.

Das Wetter meinte es gut mit ihnen in ihrem Refugium am See. Ein früher Nachtfrost bedeckte das Gras mit Reif, dann kam die Sonne hervor, blinkte mattgolden auf dem Wasser und tanzte auf den unzähligen fallenden Blättern. Tagsüber wanderten sie oft durch die Felder oder saßen auf dem Baumstamm am See. Abends kochten sie sich etwas Einfaches und saßen am Kaminfeuer, unterhielten sich oder blickten einfach in die Flammen.

Für Benno waren die Flitterwochen eine herrliche Zeit. Er wurde nie müde, mit Viktoria zusammenzusein, ihrer Stimme zu lauschen, ihren Körper in den Armen zu halten, sie zu betrachten, wenn sie schlief, fast so jung und verletzlich wie ein Kind. In der ersten gemeinsamen Nacht war er sehr nervös gewesen, hatte Angst, sie zu verletzen, Angst, sie würde sich von ihm zurückziehen in jenem intimsten Augenblick menschlichen Zusammenseins. Aber das hatte sie nicht getan. Sie hatte ihm gezeigt, daß sie ihm vertraute.

Obwohl sie seinen Namen nie erwähnten, fragte er sich manchmal, wie wohl ihr Verhältnis zu Peter gewesen war, denn sein Vetter hatte sie offensichtlich sehr gekränkt. Oft lag ihm die Frage auf der Zunge, denn er wußte, es würde ihr helfen, wenn sie sich aussprechen könnte, aber jedesmal zügelte er sich. Irgendwann würde sie ihm so weit vertrauen, daß sie ihm ihr Geheimnis verriet, und dann würde er absolut sicher sein, daß sie ihn liebte. Bis dahin genügte es ihm, in ihrer Nähe zu sein.

Er empfand auch enorme Erleichterung, dem Alltag von Kraus-Chemie entflohen zu sein. Als die glücklichen Tage sich dem Ende zuneigten und die Zeit nahte, nach Berlin zurückzukehren, gestand er Viktoria die Abneigung gegen seine Arbeit.

Sie lächelte ihn mitfühlend an. »Selbst Flitterwochen müssen einmal ein Ende haben, aber wir können hierherkommen, wann immer wir wollen.«

Er nickte dankbar, war aber mit den Gedanken schon wieder im Werk, wo Tausende von Menschen Kriegsgeräte herstellten. Er dachte vor allem an eine Tür, auf der PRIVAT, ZUTRITT FÜR UNBEFUGTE STRENG VERBOTEN stand. Obwohl er inzwischen sehr viel mehr über Chemie wußte als bei seinem Antritt in Berlin, war er doch kein Chemiker. Die Tür war ihm zwar nicht mehr verschlossen, aber er wußte dennoch nur, daß die Chemiker irgendein Gas herstellten. Der Gedanke daran erfüllte ihn mit Schrecken.

An ihrem letzten Abend gingen sie am See spazieren. »Wenn ich im Familienbetrieb bleibe, werde ich einmal ein sehr reicher Mann sein, das weißt du, nicht wahr?«

»Aber deswegen habe ich dich nicht geheiratet.«

»Das habe ich auch nie angenommen, Vicki. Nein, was ich sagen will, ist, daß ich eines Tages gezwungen sein könnte, in einer politischen Frage anderer Meinung als mein Vater zu sein, und dann könnte es passieren, daß ich aus der Firma rausfliege. Wärst du in dem Fall bereit, die Folgen zu tragen?«

»Du meinst, du würdest enterbt?«

»Ich und vielleicht auch unsere Kinder, wenn wir welche haben.«

»Du hast nie gerne bei Kraus-Chemie gearbeitet, nicht wahr? Du hast immer gesagt, du würdest lieber mit Menschen arbeiten. Nun, da ist immer noch das Hotel. Seit Graf

Ewalds Tod ist Papa merklich gealtert. Ich habe ihm etwas geholfen und werde mehr helfen, wenn wir wieder zu Hause sind. Verglichen mit den Kraus-Werken ist das Hotel sehr klein, aber du hast dort immer ein Zuhause. Die Ehe ist eine Partnerschaft. Du hast mir geholfen, und ich helfe dir natürlich auch.«

»Dir geholfen? Was meinst du damit?«

Sie wurde rot. »Nichts. Ich meine nur, du warst so lieb zu mir, und ich möchte dir eine gute Frau sein.«

Er hatte ihr »geholfen«. Merkwürdig, so etwas zu sagen. Aber er hatte beschlossen, den richtigen Augenblick abzuwarten.

An dem Tag, als sie von Heiligensee zurückkamen, entschlief friedlich Emil Graber. Der Tod des alten Diplomaten traf Karl sehr, denn er hatte Ricardas Vater nicht nur gern gehabt, sondern war sich auch bewußt, daß der Erfolg des Cafés Jochum und des Hotels Quadriga in vieler Hinsicht ihm zu verdanken war.

»Er hat mich auf das neue Restaurant und Mesurier gebracht«, sagte er nach der Beerdigung traurig zu Ricarda. »Ohne ihn wäre die britische Handelsdelegation nie ins Café Jochum gekommen und der Kaiser hätte nie in meinem Restaurant gespeist. Und danach haben wir das Quadriga gebaut. Erst Graf Ewald und jetzt dein Vater. Alle unsere alten Freunde sterben.«

Viktoria, die ihren Eltern mit Luise und Benno über den kleinen Kirchhof in Charlottenburg folgte, fiel auf, wie alt sie geworden waren. Ricardas kastanienbraunes Haar hatte inzwischen kräftige graue Strähnen, und Karls Haar und Schnurrbart waren fast weiß.

An jenem Abend fragte sie Benno: »Hast du was dagegen, wenn ich meinen Eltern im Hotel etwas mehr helfe?«

»Wenn es dir Spaß macht, Liebchen.«

So begleitete sie ihren Vater jetzt jeden Morgen in sein

Büro und lernte die Feinheiten des Hotelgeschäfts. Sie war überrascht, daß er nicht nur keine Einwände machte, sondern offenbar sehr froh darüber war und ihr mehr und mehr die administrativen Arbeiten überließ, während er sich an der Bar oder im Kaiserzimmer mit den Gästen unterhielt. Und bald hatte sie den Eindruck, daß sie das Hotel führte, denn die Angestellten kamen mit ihren Problemen fast nur noch zu ihr.

Es ging ihr in dieser Zeit so gut, daß sie es kaum glauben konnte, schwanger zu sein. Ihr Bauch war noch flach und die morgendliche Übelkeit verschwunden. Ihr war jedoch klar, daß sie Benno und ihre Familie irgendwann unterrichten mußte und daß dabei der richtige Zeitpunkt äußerst wichtig war.

Mitte November suchte sie Dr. Blattner auf, dessen vornehme Praxis am Kurfürstendamm sich sehr von den ärmlichen Verhältnissen im Wedding unterschied. »Sie haben im September geheiratet, Frau Kraus?« fragte er sachlich, nachdem er sie untersucht hatte. »Aber ich nehme an, Sie möchten nicht, daß jemand erfährt, daß Sie schon vorher Hochzeit gefeiert haben.«

Sie nickte verlegen. »Unsere Eltern ...«

»Ich verstehe. Die Situation ist gar nicht so ungewöhnlich. Wir sagen einfach, daß es eine Frühgeburt ist. Sie haben Glück, daß man noch nichts sieht. Aber das wird man bald.«

Am Abend faßte sie sich ein Herz und sagte es Benno. »Wir bekommen ein Baby?« rief er. »Vicki, wie herrlich!«

»Dr. Blattner sagt, es kommt Ende Juni.« Sie hielt den Atem an, als Benno neun Monate zurückrechnete.

»Dann war es in Heiligensee. Ist das nicht wunderbar?« Dann sah er sie besorgt an. »Du mußt ab jetzt gut auf dich aufpassen und nicht zuviel im Hotel arbeiten. Es wäre furchtbar, wenn etwas passieren würde.«

»Sei nicht albern, Benno. Mir geht es besser denn je.«

Es stimmte. Sie fühlte sich, als wäre ihr eine Zentnerlast abgenommen worden.

Als sie es ihren Eltern erzählte, bestand Karl darauf, sofort eine Flasche Champagner aufzumachen. Ricarda küßte sie zärtlich und dachte an ihre lange kinderlose Zeit zurück. »Ich freue mich so für dich, mein Liebling.«

Nur Luise sah sie seltsam an und fragte, als sie allein waren: »Vicki, warum willst du denn so schnell ein Kind?«

Luise wirkte schon ziemlich erwachsen mit ihren fünfzehn Jahren. Sie war zarter gebaut als Viktoria, hatte feingliedrige Hände und eine hochgewachsene, schlanke Figur. Ihre kupferfarbene Haarpracht und die grünen Augen hoben die von der Mutter geerbten slawischen Backenknochen noch stärker hervor. Sie besuchte Fräulein Lützows Lehranstalt für junge Damen, hatte aber keine Vorstellung, was sie einmal machen wollte. Sie liebte zwar das Hotel, doch war es für sie mehr der Hintergrund, vor dem sie sich von Mitarbeitern und Gästen bewundern ließ – ein Arbeitsplatz war es nicht.

Ihr kam es sehr seltsam vor, daß Viktoria sich jetzt, wo sie sich so für das Hotel engagierte, zu einem Kind entschloß. Aber andererseits hatte Viktoria sich seit Kriegsausbruch sehr verändert. Warum, so fragte sie sich, hatte sich ihre Schwester so plötzlich entschieden, Benno zu heiraten? Warum hatte sie nicht gewartet, bis Peter auf Urlaub heimkam? Irgend etwas Seltsames war passiert, und Luise war jetzt sicher, daß es mit dem Baby zu tun hatte.

Die Gedanken an seine Frau und sein noch nicht geborenes Kind begleiteten Benno, wo immer er ging, denn sie gaben seinem Leben einen Sinn, den es bis dahin nicht gehabt hatte. In Heiligensee war es einfach erschienen, über ein Ausscheiden aus dem Familienbetrieb zu reden, aber jetzt, wo er diese zusätzliche Verantwortung trug, war ihm klar, daß er seine Arbeit bis zum bitteren Ende durchziehen mußte, das hieß, bis Kriegsende.

Die beste Informationsquelle über den Krieg waren die verwundeten Soldaten, die jetzt in immer größerer Zahl heimkehrten. Soweit Benno das beurteilen konnte, hatte der Krieg an der Ost- wie der Westfront einen toten Punkt erreicht. Auch Baron Kraus schien kaum mehr zu wissen als Benno, als er im Dezember mit Ernst nach Berlin kam. »Wir treten an Land und auf See auf der Stelle. Fast alle unsere Schlachtschiffe liegen einfach im Hafen. Ein Schiff wie die ›Preußen‹ müßte den Engländern doch die Hölle heiß machen.«

»Ich glaube, der Kaiser hält sie für eine besondere Aufgabe zurück«, meinte Ernst.

»Seine Majestät wird schon wissen, was sie tut. Ich meine, wir sollten mehr U-Boote bauen.« Heinrich von Kraus schwieg einen Moment und blätterte dann energisch in seinen Unterlagen. »Na ja, ich glaube, Benno, du nennst uns erst einmal die Vierteljahreszahlen von Kraus-Chemie.«

In der nächsten halben Stunde gingen sie die Bilanzen des Chemieunternehmens durch, die wie die der Kraus-Werke insgesamt ausgezeichnet waren. Wenn der Krieg andauerte, würden die Kraus' eine der reichsten Familien Deutschlands werden. »Ich glaube, das ist alles«, sagte der Baron.

»Da ist noch eins«, bemerkte Benno. »Ich möchte wissen, was mit dem Gas ist, das wir herstellen. Ich habe allen Grund zu der Annahme, daß es Giftgas ist, und wenn das so ist, fällt es unter die Haager Abkommen. Ich bin verantwortlich für diese Firma, Vater, und ich habe, glaube ich, ein Recht zu wissen, was los ist.«

Sein Vater schüttelte ungeduldig den Kopf. »Das sind nur Experimente, aber wenn du es wissen willst, es ist Tränengas. Es ist ungiftig und verursacht nur kurzfristig Blindheit. Es verringert die Schlagkraft der Infanterie.«

Benno schüttelte den Kopf. »Das gefällt mir nicht.«

»Krieg ist ein scheußliches Geschäft, Benno, aber damit verdienen wir nun einmal unser Geld.« Er stand auf. »Ernst und ich fahren jetzt nach Breslau und sind übers Wochenende in Fürstenmark. Hast du's deinem Bruder schon erzählt?« fragte er Ernst.

»Ich habe mich mit Trude von Biederstedt verlobt«, sagte Ernst stolz. »Wir heiraten im Februar in Fürstenmark. Ihr seid natürlich eingeladen.«

»Gratuliere.« Benno gab seinem Bruder die Hand. Als der älteste Sohn war Ernst in den Augen seines Vaters immer der wichtigere gewesen, denn er war der offizielle Erbe. Seine Verlobung kam nicht unerwartet, aber sie schien das, was er zu berichten hatte, bedeutungslos zu machen. »Es wird euch sicher freuen zu hören, daß Viktoria im Juni unser erster Kind bekommt«, sagte er.

Der Baron war schon halb zur Tür hinaus. »Gut, gut, noch ein Kraus«, bemerkte er nüchtern. Benno wußte, daß er sich sehr viel mehr dafür interessierte, daß Ernst die Familie enger an die Biederstedts band, als für das, was sein zweiter Sohn tat.

Die Wehen setzten frühmorgens am 28. April ein. Ricarda saß in den langen qualvollen Stunden bei Viktoria, wischte ihr die Stirn mit einem feuchten Handtuch ab, hielt ihre Hand und redete beruhigend auf sie ein.

»War es bei dir auch so, Mama?« fragte Viktoria, das feuchte Haar an die Schläfen geklebt, in einer Wehenpause.

»Es ist es wert«, beruhigte Ricarda sie.

Als Dr. Blattner Viktoria schließlich ihren Sohn in die Arme legte, blickte sie ihn voller Ehrfurcht an. Das war das Kind, und sie hielt es ganz fest. »Du gehörst mir, und niemand wird dich mir nehmen.«

Es war, als hätte sie zum erstenmal im Leben etwas, das ganz ihr gehörte. Ein Gefühl der Liebe überkam sie, das stärker war als alles, was sie je erlebt hatte.

Als sie schlief, stand Benno im Kinderzimmer und blickte auf das Kind. Es war so gut ausgebildet, es schien kaum möglich, daß es zu früh gekommen war. Vorsichtig hob er die winzigen Hände mit den kleinen Fingernägeln und lächelte, als sie sich um seinen Finger klammerten. Er betrachtete den zarten, braunen Flaum auf dem Kopf, die Stupsnase, die fest geschlossenen Augen. War das wirklich sein Sohn, fragte er sich, oder war dies das Geheimnis, das Viktoria vor ihm hütete? »Es geschah etwas, und dann brach der Krieg aus«, hatte sie gesagt, »und ich wußte, daß er mich nie heiraten würde.«

Wer war der Vater – er selbst oder Peter von Biederstedt? Da öffnete das Kind die Augen und blickte ihn an, gar nicht wie ein hilfloser Säugling, sondern eher wie ein weiser Greis. Lange sahen sie sich an. Der Blick des Kindes war fest auf ihn gerichtet, als wollte es Benno kennenlernen, so wie Benno dieses kleine Wesen. Schließlich gähnte es, als wollte es sagen: »Das schaffst du schon.«

»Hallo, Sohn«, sagte Benno.

In dem Augenblick kam Schwester Hedwig ins Zimmer, inzwischen in den Sechzigern und hier, um sich einer neuen Generation von Jochums anzunehmen. Das Kind sah Benno erneut an und fing dann an zu schreien. »Oh, der Kleine hat Hunger.«

Doch Benno wußte es besser. Das Kind hatte ihm soeben versichert, daß es ihn als seinen Vater betrachtete.

Für Viktoria vergingen die ersten Monate im Leben ihres Sohnes, den sie Stefan nannten, fast beängstigend schnell. Sobald sie konnte, half sie ihrem Vater wieder im Büro und ließ Stefan in der Obhut von Schwester Hedwig. Die Schwester stand vor der fast unlösbaren Aufgabe, Benno aus dem Kinderzimmer zu halten. »Herr Kraus«, schimpfte sie, »es ist nicht gut für das Kleine, wenn Sie ihn immer hoch nehmen. Er muß schlafen!«

Oft fand Viktoria das Bett nachts neben sich leer, und Benno saß bei Stefan an der Wiege. »Ich dachte, er hätte geschrien. Ich wollte nur sehen, ob alles in Ordnung ist.«

»Einen solchen Haushalt habe ich noch nie erlebt«, klagte die Kinderschwester. »Man könnte meinen, er hält mich für unfähig. Es ist nicht normal, daß ein Vater sich dauernd so einmischt. Ich weiß noch, daß Ihr Vater auch sehr besorgt um Sie und Fräulein Luise war. Das muß an der Luft hier im Hotel liegen.«

»Es ist erstaunlich«, sagte Benno, »sogar die Haare und Augen sind wie meine. Und sieh mal, wie er die Finger krümmt. Genau wie ich.«

»So wie du sprichst, Benno«, meinte Luise, »würde jeder denken, daß Viktora gar nichts mit dem Kind zu tun hat.«

»Ja, vielleicht hat er den Mund seiner Mutter. Aber er ist ein Junge, und da ist es natürlich, daß er wie sein Vater aussieht. Komm, Stefan, sag dem Papa guten Tag.« Der Säugling gurgelte, und Benno rief: »Habt ihr's gehört? Er hat Papa gesagt.«

»Unsinn«, entgegnete Luise, »er hat Hunger, weiter nichts.«

Damals beschloß Viktoria, Benno nie die Wahrheit über Stefans Vater zu offenbaren. Solange Benno und Stefan glaubten, Vater und Sohn zu sein, mußte sie ihr Geheimnis bewahren.

Im August 1915 bekam Georg Jankowski unerwartet seinen ersten Urlaub. Als der Zug in den Anhalter Bahnhof einfuhr, jubelten keine Menschenmassen mehr wie vor einem Jahr, als sie an die Front gefahren waren. Georg schulterte müde seinen Ranzen, verabschiedete sich von seinen Mitreisenden und nahm eine Straßenbahn nach Charlottenburg.

Die Wohnung war leer, als er ankam. Es überraschte ihn nicht, daß Sara nicht zu Hause war, und er bedauerte es auch nicht. Hatte er so doch etwas Zeit, sich wieder ans Zivilleben zu gewöhnen. Er packte seine Sachen aus, machte sich einen Kaffee und nahm ein Bad; dann lief er unschlüssig durch die Zimmer. Die einst so vertrauten Möbel und

Bilder erschienen ihm fremd, und er kam sich wie ein Gast in seiner eigenen Wohnung vor. Schließlich legte er sich aufs Bett und schlief ein.

Ein kräftiges Schütteln weckte ihn, und er hörte Saras verärgerte Stimme: »Wirklich, Georg, du hättest mir sagen können, daß du kommst. Du hast mich wahnsinnig erschreckt, als ich heimkam und dich auf dem Bett liegen sah. Du hättest wenigstens die Schuhe ausziehen können. Sieh dir mal den weißen Bettüberwurf an . . .«

Aber er sah sie an. Sie war noch hübscher, als er sie in Erinnerung hatte, trug ein enges, cremefarbenes Kostüm, einen gelben Hut und lange, gelbe Handschuhe, die ihren dunklen Teint betonten. Doch auf ihrem Gesicht lag ein mürrischer Ausdruck, und in ihren Augen stand kein Lächeln der Begrüßung. Sie gab ihm keinen Kuß, sondern wandte sich brüsk ab und warf Hut und Handschuhe auf einen Stuhl. »Du wirst dich um dich selber kümmern müssen, weil ich diese Woche viel zu tun habe. Ich habe in einem Stück im Deutschen Theater eine Rolle.«

Er erhob sich und nahm sie in die Arme. »Es tut mir leid, Sara, daß ich dich erschreckt habe, aber ich konnte dich nicht benachrichtigen.«

Sie ließ sich von ihm küssen, wandte sich dann ab und ging in die Küche. »Wo du schon mal da bist, können wir auch was essen. Ich hab nicht viel. Ich esse abends meistens auswärts.«

Während des Essens erzählte sie ihm, was sie in seiner Abwesenheit gemacht hatte. »Die Theater haben kurz nachdem du weg warst zugemacht, aber inzwischen spielen sie wieder. Die Stücke sind allerdings furchtbar«, klagte sie. Etwa eine halbe Stunde erzählte sie ihm vom Theater. Dann blickte sie auf die Uhr. »Es tut mir leid, Liebling, aber ich muß jetzt gehen. Bleib meinetwegen nicht auf. Bei mir wird es sicher spät.«

Georg ertrug das Alleinsein mit sich selbst und die Trostlosigkeit seiner Gedanken nicht, zog den Rock an und fuhr mit der Straßenbahn zu Onkel Franz. Als er die Tür öffnete, sah der alte Mann ihn an, als wäre er ein Geist, und schloß ihn dann in seine Arme. »Mein Junge, mein Junge, du bist wieder da! Jede Nacht habe ich für dich gebetet. Komm herein und erzähle.«

Aber selbst jetzt, da er einen Zuhörer hatte, fiel es Georg schwer, vom Elend des Krieges zu berichten. »Wochenlang kommt die Front kaum von der Stelle. Jeden Tag blicken wir auf dasselbe verlassene Stück Niemandsland und wissen, wenn der Tag vorüber ist, sind Hunderte von Menschen dahingeschlachtet. Warum führen wir diesen Krieg, Onkel Franz?«

Sein Onkel schüttelte den Kopf.

»Ich habe nichts gegen die Tommys«, fuhr Georg fort, »und ich glaube auch nicht, daß sie etwas gegen uns haben. Dieser Krieg ist eine so sinnlose Sache.«

Franz legte die gichtgekrümmte Hand auf seinen Arm. »Es ist schlimm, Georg, so schlimm. Aber paß auf, daß du zu niemandem sonst so sprichst. Hier zu Hause glauben alle an den Krieg und daß Deutschland ihn gewinnt.«

Georg fuhr sich mit der Hand über die Augen. »Gewinnen, verlieren, was soll das? Ich weiß nur, daß die Schlachtfelder in Belgien die Hölle auf Erden sind.«

»Davon erzählt man uns hier nichts. Aber ich glaube dir, Georg. Alle Zeitungsberichte sind zensiert, und aus jeder Niederlage wird ein Sieg.«

»Warum drucken die Zeitungen nicht die Wahrheit?«

»Die Redakteure dürfen es nicht. Sie haben ihre Vorschriften.«

Obwohl Georg sich freute, seinen Onkel gesehen zu haben, war er sehr bedrückt, als er ihn spät verließ. In der Wohnung war noch kein Licht, und es war schon eins, als er Sara heimkommen hörte. Um einen Streit zu vermeiden, stellte er sich schlafend.

Der einzige Abend seines Urlaubs, den er wirklich genoß, war der letzte, den sie bei den Arendts, Theo, Sophie und ihren beiden Jungen, im Grunewald verbrachten. Der fünfunddreißigjährige Theo leitete jetzt das Bankhaus Arendt. Isaak hatte vor einigen Jahren einen Schlaganfall erlitten und wohnte mit einer Pflegerin in einem Flügel der Arendtschen Villa.

Theo und Sophie empfingen Georg sehr herzlich. Nach dem festlichen Essen führte Theo Georg ins Arbeitszimmer und befragte ihn eingehend nach der Kriegslage. Zögernd berichtete Georg von seinen Erlebnissen.

Theo zog besorgt die Stirn in Falten. »Von den Gefallenen ganz abgesehen, können wir es uns nicht leisten, daß dieser Krieg noch lange dauert. Er ist bereits jetzt sehr kostspielig. Die Lebensmittelpreise steigen kräftig, und wenn es diesen Herbst eine schlechte Ernte gibt, werden die Lebensmittel sehr knapp. Englische Schiffe blockieren unsere Häfen, wenn sie auch nicht verhindern können, daß uns Nachschub aus unseren Ostgebieten erreicht. Aber da immer mehr Männer einberufen werden, wird die Landwirtschaft vernachlässigt.«

Wahrscheinlich weil sie beide ziemlich viel getrunken hatten, erlaubte Sara ihm an diesem Abend das einzige Mal, mit ihr zu schlafen. Aber schon nach wenigen Sekunden war alles vorbei, und Sara wandte sich mürrisch ab. »Wenn das alles ist nach so langer Trennung ... Und vorgesehen hast du dich auch nicht. Hoffentlich werde ich nicht schwanger.«

In jenem Winter nahm für Viktoria die Last der Verwaltungsarbeit im Hotel zu. Alle wehrfähigen Männer zwischen achtzehn und fünfundvierzig wurden eingezogen, und zum erstenmal wurden Frauen in der Küche eingesetzt. Sie betrachtete ihre Aufgabe als Herausforderung, an der sie mit Tatkraft und Entschlossenheit wuchs. Den

Staatsbeamten, die im Hotel wohnten, mußte die Küche die erstklassigen, herkömmlichen deutschen Gerichte bieten, für die Fritz Messner berühmt war. Aber es wurden auch immer noch große Festessen von reichen Industriellen gegeben, häufig um die Kriegsanstrengungen zu unterstützen. Für all diese Gelegenheiten mußte eingekauft werden, und allmählich verhandelte Viktoria mit den Lieferanten, feilschte um Preise, suchte neue Quellen; ihr Vater ließ ihr freie Hand.

Benno hatte seine eigenen Sorgen, die er Viktoria aber nicht anvertraute. Er wußte jetzt, daß die deutschen Armeen das bei der Kraus-Chemie hergestellte Chlorgas im April bei Ypern eingesetzt hatten und daß weitere tödliche Gase entwickelt wurden. Immer wenn er an der Labortür im Werk vorbeikam, stellte er sich das schreckliche Gefühl vor, das die englischen Soldaten erleben mußten, wenn diese grüngelbe Wolke vor ihnen auftauchte. Er war nicht mehr stolz, ein Kraus zu sein.

Eine ständige Quelle der Freude und des Trostes war sein Sohn, den er mit jedem Tag mehr liebte und mit dem er wenigstens ein paar Minuten täglich verbrachte, auch wenn es schon spät war und Stefan schlief. An seinem ersten Geburtstag nahm er sich den Nachmittag sogar frei, damit er beim Geburtstagsfest dabeisein konnte.

Zur Feier des Tages buk Karl persönlich einen Kuchen mit einer großen Kerze, und Viktoria, Ricarda, Luise und Schwester Hedwig schmückten das Kinderzimmer. Auf dem Geburtstagstisch waren Stefans Geschenke ausgebreitet. »Wo ist das Geburtstagskind?« rief Benno, als er das Zimmer betrat.

Viktoria nahm Stefan vom Schoß seiner Großmutter und stellte ihn behutsam auf den Boden. Aber Stefan plumpste nicht auf sein Hinterteil, sondern torkelte mit grimmig entschlossenem Gesicht und ohne Hilfe durch das Zimmer. »Papa, Papa!« stieß er hervor.

Benno nahm ihn und wirbelte ihn durch die Luft. »Erst ein Jahr alt und kann schon laufen und sprechen! Du bist doch der klügste kleine Mann der Welt, Stefan!«

Für ein paar Stunden vergaß er an jenem Aprilnachmittag des Jahres 1916 den Krieg.

11

Baron Kraus besuchte im Mai 1916 gerade die Kraus-Werft, als ihn die Nachricht erreichte, Admiral Tirpitz, der Chef des Flottenverbands, sei zurückgetreten. Für den Baron konnte das nur eins bedeuten: Der Admiral hatte seinen langen Kampf mit dem Kaiser um den uneingeschränkten U-Boot-Krieg verloren und war von seinem Posten verdrängt worden.

Lange und erbittert hatten Armee- und Marinechefs und politische Führer um den U-Boot-Krieg gerungen; Tirpitz hatte sich dabei für den uneingeschränkten U-Boot-Krieg gegen alle feindlichen Schiffe einschließlich der unbewaffneten Handelsschiffe ausgesprochen. Kanzler und Kaiser meinten, die Flotte werde sich im Krieg als die allesentscheidende Waffe erweisen. Privat war der Baron davon überzeugt, daß Tirpitz recht und der Kaiser unrecht hatte. Seit der Versenkung des amerikanischen Luxusdampfers »Lusitania« war erwiesen, daß Deutschland die Meere durch U-Boote und nicht durch Schlachtschiffe beherrschte. Wie Tirpitz glaubte er, den Krieg am schnellsten dadurch zu gewinnen, daß man mit U-Booten die englischen Häfen blokkierte und verminte und die Insel so in die Knie zwang, bevor Amerika sich einschalten konnte.

Zusammen mit den anderen Schlachtschiffen des Kaisers lag die »Preußen« seit fast zwei Jahren im Hafen und wartete auf ihre ruhmreiche Bewährung im Kampf. Regelmäßig hatte Baron Kraus brieflich und persönlich Kontakt zu Admiral Tirpitz und anderen Marinechefs aufgenommen, um den Bau einer weiteren »Preußen« zu betreiben, war jedoch immer gescheitert, wenn seine Werft auch mit Aufträgen für kleine Schlachtkreuzer ausgelastet war.

Durch den Rücktritt des Admirals bekam die Sache jedoch ein ganz anderes Aussehen. Lange saß Baron Kraus am Schreibtisch und dachte darüber nach, wie er die Situation am besten nutzen konnte. Dann ließ er den Geschäftsführer der Kraus-Werft kommen und wies ihn an, sich verstärkt auf den Bau von U-Booten einzustellen. Tirpitz war zwar gegangen, aber seine Anhänger blieben, und auch die harte Realität des Krieges blieb. Bald würde man mehr U-Boote brauchen, und der Baron würde bereit sein, sie zu liefern. Dann diktierte er seiner Sekretärin einen Brief an den Flottenverein und wiederholte den Wunsch, seinem Land mit dem Bau eines weiteren Kriegsschiffes zu dienen.

Ende des Monats erfuhr er vertraulich von einem Freund in der Admiralität, daß die Hochseeflotte unter Admiral Scheer die britische *Grand Fleet* aufs offene Meer vor Jütland locken wolle, um sie durch bloße Übermacht zu vernichten. Endlich, so schien es, rüstete die »Preußen« zum Kampf.

Am Morgen des 30. Mai wurde er durch den Anblick zweier Begleitzerstörer belohnt, die ausliefen, ihnen folgte die unverkennbare Silhouette der »Preußen«. Der Baron wußte, daß sie im Gegensatz zu englischen Kriegsschiffen unversenkbar war, da die starke Panzerung sie vor britischen Granaten schützte.

Als wollte sie seine Gedanken bestätigen, tutete die »Preußen«, und Rauchwolken stiegen aus den vier Schornsteinen. Die »Preußen« fuhr in die Schlacht. Der Baron wünschte ihr Glück.

Korvettenkapitän Roger Hicks fuhr langsam das Periskop seines U-Bootes aus. Wie bisher war die See noch immer gefährlich ruhig. Er schwenkte das Rohr Richtung Wilhelmshaven und sah jetzt eine dichte Rauchwolke in der Dämmerung auftauchen. War das die »Preußen«? Als das E 26 sich in der vorigen Nacht in die Deutsche Bucht geschlichen hatte, hatte Hicks verschlüsselte Funkbefehle erhalten, das mächtige Schlachtschiff auszumachen und zu vernichten. Die Seeschlacht vor Jütland verlief für beide Seiten nicht gut, und wenn die »Preußen« mit ihrer Feuerkraft in den Kampf eingriff, konnte Jellicoes *Grand Fleet* durchaus die bisher größte Seeschlacht des Krieges verlieren.

Als die Silhouette der »Preußen« eine halbe Stunde später hinter der Landspitze auftauchte, zählte Hicks die vorausfahrenden Begleitzerstörer. Nur zwei? »Sehrohr einfahren!« befahl er. »Zwanzig Grad steuerbord. Beide Maschinen vorwärts. Rohre eins bis sechs laden.«

»Rohre eins bis sechs geladen, Sir.«

Der erste Offizier tippte Hicks auf die Schulter. »Die Karten zeigen voraus ein wahrscheinliches Minenfeld, Sir. Steuermann schlägt Umgehung in Nord-West vor.«

»Bei ihrer Geschwindigkeit haben wir nur eine Trefferchance, Nummer eins. Kurs halten.« Er fuhr das Sehrohr weiter aus. Die »Preußen« hielt jetzt mit voller Kraft auf Helgoland zu. »Rohre eins bis sechs los!« befahl er. Das U-Boot erzitterte, als die Torpedos die Rohre verließen und durch das Wasser auf das deutsche Flaggschiff pflügten.

Die Wache auf der »Preußen« bemerkte die weißen Blasenbahnen der Torpedos und schrie die Warnung hinunter zur Brücke.

Admiral von Mecklenburg reagierte sofort. »Hart steuerbord«, befahl er und wartete dann mit Bangen darauf, daß das Schiff den Kurs änderte. Ein Torpedo nach dem anderen furchte wirkungslos vor dem Schiff vorbei, das schwerfällig manövrierte. Vier Torpedobahnen führten hinaus aufs Meer.

Der fünfte Torpedo detonierte am Torpedonetz des

Schiffs. Der sechste traf das Ruder und die Schrauben. Bei zwanzig Knoten geriet das Schiff außer Kontrolle und drehte sich unablässig mit 240 Grad. »Maschinen halt!« rief der Admiral voller Panik, aber als er den Befehl gab, wußte er schon, daß es zu spät war. Die Geschwindigkeit der »Preußen« war einfach zu hoch, um sie auf ihrer rasenden Fahrt in den Untergang noch zu stoppen.

An Bord des britischen U-Boots sah Hicks gebannt mit an, wie das riesige Schiff sich drehte und auf das Minenfeld zutrieb. Jetzt sah er es noch im Periskop, im nächsten Augenblick nur noch ein Flammenmeer, als die Magazine in die Luft flogen. Die mächtigen Geschütze ragten hilflos aus dem Wasser und verschwanden dann hinter einer Wand aus brennendem Öl. Schwarzer Rauch quoll auf, und die »Preußen« sank.

»Sie ist weg, Nummer eins!« rief Hicks, und Jubel brach unter der Mannschaft aus.

Als Hicks jedoch Sekunden später wieder durch das Periskop blickte, erstarb sein Lächeln. Die Begleitzerstörer hielten mit voller Fahrt auf das U-Boot zu. »Alarmtauchen!«

In der Hektik vergaß er die Minen, die das Schicksal der »Preußen« besiegelt hatten. Als das U-Boot Tiefe gewann, gab es an der Seite ein kratzendes Geräusch und dann eine Explosion. Die Lichter gingen aus, Wasser drang ein, das Boot taumelte und sank auf den Meeresgrund.

Lange stand der Baron am Kai und starrte auf die ferne, dunkle Rauchwolke, unfähig zu glauben, daß seine »Preußen« versenkt worden sei. Erst vierundzwanzig Stunden später wurden seine Befürchtungen zur Gewißheit. Die »Preußen« war vernichtet; von den knapp dreizehnhundert Mann Besatzung hatten nur zehn Mann überlebt.

Die Zeitungen schilderten das Unglück als feigen Angriff einer Horde englischer U-Boote und beklagten den Verlust des mächtigsten deutschen Flaggschiffs. Und sie bejubelten die Schlacht von Jütland als den größten Seesieg Deutschlands. Doch Baron Kraus wußte, daß es keinen wirklichen Sieg gegeben hatte und sie sich noch so eine Schlacht nicht leisten konnten. Wieder wurde im Reichstag für den uneingeschränkten U-Boot-Krieg geworben.

Schon bald gingen bei der Kraus-Werft Aufträge für U-Boote ein, die dank der Weitsichtigkeit des Barons prompt ausgeführt werden konnten. Doch in dem heftigen politischen Streit, der weiter um das Für und Wider des uneingeschränkten U-Boot-Kriegs geführt wurde, gab es keine Entscheidung. Der verschlagene Baron erkannte, daß es hier um mehr ging, denn einige Gruppen hofften, den Kanzler zum Rücktritt zwingen zu können, während andere amerikanische Vergeltungsschläge fürchteten, falls die U-Boot-Lobby sich durchsetzte.

Baron Kraus bezog keine eindeutige Stellung. Während in der Kraus-Werft jetzt ausschließlich U-Boote gebaut wurden, war er in Gedanken schon bei der Zeit, wo der Krieg vorüber sein würde. Seine Zukunftspläne beruhten auf etwas, das Benno bei ihrem ersten Besuch der Werft gesagt hatte: »Ich dachte, du baust vielleicht einen Ozeandampfer, noch größer und schneller und luxuriöser als die ›Wilhelm der Große‹.«

Die »Wilhelm der Große« war im aktiven Kriegseinsatz 1914 vor Westafrika versenkt worden und die Aktien des Barons der Hamburg-Amerika-Linie seit Kriegsbeginn enorm gestiegen. Die Nachfrage nach Passagierschiffen würde zunehmen, sobald der Krieg vorbei war – egal, wer siegte.

Ohne jemand davon zu erzählen, besuchte der Baron einen alten Freund, Jan van der Jong, in Rotterdam im neutralen Holland, mit dem er schon vor dem Krieg Geschäfte gemacht hatte. Seine Firma baute vor allem flache Flußboote und Schlepper.

»Ich bin nicht so sicher, daß Deutschland den Krieg gewinnt«, meinte der Baron. »Auf jeden Fall will ich nicht, daß Kraus verliert. Vielleicht brauchen wir Freunde in neutralen Ländern. Wäre Ihre Firma an einem Gemeinschaftsunternehmen mit der Kraus-Werft interessiert?«

»Ich wäre sehr interessiert.«

»Ich habe vor, einen Überseedampfer zu bauen. Wollen Sie mitmachen?«

Van der Jong nickte eifrig.

»Bis dahin«, bemerkte Baron Kraus glatt, »bleibt unser Gespräch hier natürlich streng vertraulich.«

Was bisher bei den Arbeitern in Bennos Werk nur leichte Unzufriedenheit gewesen war, steigerte sich jetzt zu fast offenem Aufruhr. »Die Menschen sind ernüchtert und wollen Frieden«, erzählte er Viktoria eines Abends. »Die Preise steigen, aber die Löhne halten nicht Schritt.«

»Aber was kann man tun?«

»Meine persönliche Meinung ist, wir sollten das Vermittlungsangebot des amerikanischen Präsidenten Wilson annehmen. Wir sollten seine Vorschläge wenigstens ernsthaft prüfen, selbst wenn sie Frieden ohne Sieg bedeuten. Alles ist besser als eine Verstrickung in einen Krieg gegen Amerika, den wir nur verlieren können. Und dann sollten wir unsere inneren Angelegenheiten regeln, denn wenn wir nicht aufpassen, haben wir bald nicht nur einen Weltkrieg, sondern auch einen Bürgerkrieg.«

»Meinst du wirklich?«

Benno nickte. »Olga steht jeden Abend vor unserem Werktor und spricht zu den Arbeitern, wenn sie die Firma verlassen. Unterstützt werden ihre Reden von den Artikeln ihres Mannes, die hin und wieder durch die Zensur kommen. Und irgendwann wird sie die Arbeiter zum Streik aufrufen. Natürlich sind Streiks verboten, aber sie sind die stärkste Waffe der Arbeiter.«

»Meinst du, Olga ist so wichtig geworden?«

»Nicht hier in der Innenstadt. Aber im Wedding ist sie eine Galionsfigur geworden. Sie macht kein Hehl aus ihrem Haß auf Kapitalisten wie mich und auf die Kriegsgewinne von Kraus. Und sie verlangt Frieden. Ich lehne zwar die Art ab, wie sie vorgeht, und bin auch politisch nicht ihrer Meinung, aber ich habe doch eine gewisse Sympathie für sie. Ich möchte schließlich auch, daß der Krieg aufhört.«

Am 1. Mai führten Karl Liebknecht, Rosa Luxemburg und Olga Meyer auf dem Potsdamer Platz eine Großdemonstration durch, nach der Liebknecht verhaftet wurde und ins Gefängnis kam.

Als der Prozeß gegen Liebknecht begann, marschierten Arbeiter aus der ganzen Stadt, auch aus den Kraus-Werken, durch die Straßen und demonstrierten für ihn; und als Liebknecht zu zweieinhalb Jahren Zuchthaus verurteilt wurde, streikten sie. Widerstrebend, denn er wußte, sie und ihre Familien würden große Not leiden, entließ Benno die streikenden Arbeiter; später erfuhr er, daß viele von ihnen zu Zwangsarbeit verurteilt oder eingezogen worden waren.

Als im Juli auch Rosa Luxemburg verhaftet wurde, wartete Benno gespannt auf die Nachricht, daß Olga Meyer das gleiche Schicksal ereilte. Aber offenbar war sie zunächst durch die Maschen geschlüpft; sie tauchte auch nicht mehr vor dem Werktor der Kraus-Chemie auf. Weil es an Führern fehlte, kehrte allmählich wieder Ruhe ein, und in der Kraus-Chemie wurde wieder normal gearbeitet.

Olga war bis ins Mark getroffen, als zuerst Karl und dann Rosa verhaftet wurden. Sie waren nicht nur ihre Freunde, sondern auch die Führer und Gründer der Vereinigung, die sich später Spartakus-Bund nennen sollte, eine linksgerichtete Vereinigung, die nach dem Mann benannt wurde, der 73 v. Chr. den Sklavenaufstand gegen Rom angeführt hatte. Diese Vereinigung war Olgas natürliche politische

Heimat, denn sie hatte nie etwas für die halbherzige Politik der Sozialdemokraten übriggehabt. Aber was sollte nun werden, da ihre Führer im Gefängnis saßen?

Im ersten Moment wollte sie die Arbeiter zu noch heftigerem Widerstand treiben, doch dann siegte Reinhardts Besonnenheit. »Olga, was kannst du für uns tun, wenn du im Gefängnis sitzt? Du wirst hier im Wedding gebraucht. Die Frauen der Verhafteten brauchen Geld, ihre Kinder brauchen was zu essen. Jetzt ist praktische Hilfe nötig, nicht politische Aktionen.«

Olga folgte seinem Rat. Der Krieg holte den Menschen im Wedding das Letzte aus den Taschen. Für sie gab es keine Butter, keinen Speck und kein Mehl. Kartoffeln wurden seit dem Frühjahr zugeteilt: zehn Pfund pro Kopf für zwei Wochen, und Brot und Fleisch waren streng rationiert. In den nächsten Monaten half sie Armenküchen einrichten, wo die Armen für ein paar Pfennige eine Rübensuppe bekommen konnten.

Als Olga erfuhr, daß Baron Kraus im Dezember ein »Kriegs-Diner« im Quadriga geben wollte, hielt es sie nicht länger. Diese protzige Zurschaustellung von angeblichem Patriotismus, bei der reiche Industrielle und Bankiers sich vollfraßen und Geld für den Krieg zusammentrieben, brachte sie zur Weißglut.

Ungeachtet der Bitten Reinhardts zog sie mit einer Handvoll Sympathisanten nach Unter den Linden. Dort stand sie auf einer Kiste nicht weit vom Hotel entfernt.

»Baron Kraus gibt seine patriotischen Festessen, während deutsche Soldaten und die Menschen hier hungern!« Ihre dünne Stimme hallte über die breite Prachtstraße. »Baron Kraus trinkt Champagner und nennt das Patriotismus, während auf dem Schlachtfeld Männer durch die Waffen sterben, die er gebaut hat!« Angelockt von ihren Worten, scharten sich Fremde um die kleine Ansammlung.

»Ihr zahlt für diesen Krieg. Ihr habt diesen Krieg nicht

gewollt! Ihr habt nicht dafür gestimmt! Zeigt eure Unzufriedenheit! Streikt, Genossen, streikt!«

»Kraus gibt uns Arbeit!« schrie eine Stimme.

Olga achtete nicht darauf. »Entreißt das Schicksal der Arbeiterklasse den Händen der Kriegsgewinnler und Kapitalisten! Kämpft um eure industrielle Freiheit! Kämpft gegen den Krieg, die Wurzel all unserer Not!« Einige Menschen klatschten Beifall, und die Menge wuchs. »Dieser Krieg ist ein kapitalistischer Angriffskrieg zur Verteidigung der kapitalistischen Werte.« Inzwischen hörten ihr einige hundert Menschen zu, und ihr Selbstvertrauen stieg. »Könnt ihr nur das tun, was der Kaiser verlangt? Habt ihr keinen eigenen Kopf? Laßt euch nicht länger ausbeuten! Streikt für Freiheit! Streikt für die proletarische Revolution!«

»Frau Meyer«, sagte eine tiefe Stimme neben ihr, »kommen Sie freiwillig von Ihrer Seifenkiste runter, oder muß ich nachhelfen?«

Angewidert blickte sie den Polizisten an. »Wollen Sie mich festnehmen?«

»Ja, wegen Anstiftung der Menge zu Handlungen gegen den Kaiser.«

Sie wurde in eine Zelle unter dem Polizeipräsidium am Alexanderplatz gebracht. Es war ein winziges, dreckiges, stinkendes, fensterloses Loch. Ratten huschten über ihre Matratze, und ihr Essen bestand aus einer Wassersuppe, in der gelegentlich eine faule Rübe schwamm.

Im Hotel Quadriga empfand man wenig Mitleid mit Olga; Karl freute sich ganz offen über ihr Schicksal. »Das hätten sie schon vor Jahren machen sollen, als sie nach Berlin kam. Diese verdammten Roten sollten alle eingesperrt werden!«

Ricarda war fassungslos. »Ich verstehe nicht, warum sie sich überhaupt so in die Politik gestürzt hat. Hätte sie doch auf mich gehört und eine Stelle in Dahlem oder Charlottenburg angenommen. Dann wäre es nie soweit gekommen. Armes Mädchen.«

Nur Viktoria war bestürzt. »Ich wünschte, ich könnte etwas für sie tun«, sagte sie zu Benno.

»Sie ist eine törichte Närrin«, erwiderte er. »Sie hat mit ihren Armenküchen viel Gutes getan. Aber nein, sie mußte zur Märtyrerin ihrer Sache werden! Hoffen wir, daß sie bald wieder zur Vernunft kommt.«

Die Geschäftsleute, die am Kriegs-Diner seines Vaters teilnahmen, erwähnten Olgas Verhaftung nur kurz. »Im Gefängnis kann sie nichts mehr ausrichten«, war die einhellige Meinung der Herren, die im Kaiserzimmer ihren Aperitif tranken. »Vielleicht hören die Arbeiter jetzt auf zu demonstrieren und arbeiten wieder.« Das Hotel lieferte ein exquisites Essen und dazu erlesene Weine aus Karl Jochums berühmtem Keller.

Nach dem sechsgängigen Diner bat Baron Kraus Theo Arendt, den Gastredner des Abends, um seinen Vortrag. Während die Herren ihren Cognac tranken und sich eine Zigarre anzündeten, begann Theo mit seinen Ausführungen.

Nach einem kurzen Überblick über die militärische und politische Lage ging der Bankier genauer auf die finanzielle Situation des Landes ein. Er schloß: »Es ist ganz einfach so, daß unserem Land das Geld ausgeht. Es wird inzwischen Papiergeld gedruckt mit der Folge, daß unsere Währung an Wert verliert. Die Regierung hat nicht versucht, den Krieg über die Steuern zu finanzieren. Im Gegenteil, die Besteuerung ist sogar gesenkt worden. Niemand von Ihnen muß mir erklären, was daraus folgt. Die deutsche Währung, und mit ihr die anderer am Krieg beteiligter Länder, wird inflationär.«

»Wenn wir den Krieg gewinnen, können wir unsere Kriegsanleihen einfach zurückweisen«, meinte jemand. »Die Engländer und Franzosen können zahlen.«

»Falls wir gewinnen«, verbesserte Theo. »Aber wer auch gewinnt, irgend jemand muß für das Blut zahlen, das vergossen wurde, und für den angerichteten Schaden.«

»Wir sind 1914 von Frankreich und Rußland angegriffen worden«, rief eine erregte Stimme. »Wir müssen dafür sorgen, daß wir nie wieder angegriffen werden.«

Kreuz und quer wurde über den Tisch hinweg heftig debattiert. Schließlich sprach Baron Kraus zum erstenmal. »Ich glaube, wir sollten die Politik der Generäle Hindenburg und Ludendorff beachten. Irgendwie müssen wir versuchen, die Russen auf unsere Seite zu bringen oder ganz aus dem Krieg heraus. Dann kämpfen wir nur noch an einer Front. Und dann können wir den westlichen Alliierten unsere eigenen Bedingungen stellen. Wir wollen die französischen Eisenerzgruben, die Kontrolle über Belgien, Belgisch-Kongo und Polen. Mit weniger sollten wir uns nicht zufriedengeben.«

»Was macht Sie so siegessicher?« fragte ein Anwesender.

»Die Russen stehen meiner Meinung nach am Rand einer Revolution. Wir sollten den Revolutionären helfen und uns so die Armeen des Zaren vom Leib halten. Und was die Engländer betrifft, da heißt die Antwort: uneingeschränkter U-Boot-Krieg. Wir hungern die Engländer aus, so wie sie es jetzt mit uns versuchen.«

Theo Arendt sagte ruhig: »Meine Herren, auch auf die Gefahr, mich unbeliebt zu machen, ich muß noch einmal darauf hinweisen. Unser Land steht bereits heute, und ich kann das nicht genug betonen, vor einer ernsten Finanzkrise. Als Land, meine Herren, sind wir bankrott.«

Nach dem Diner nahm der Baron Benno noch zu einem Glas mit in die Suite. »Ich habe schon immer großen Respekt vor den Arendts gehabt«, sagte er und goß aus einer Karaffe zwei große Cognacs ein. »Und wenn das Land finanziell tatsächlich in einer so prekären Lage ist, wie Theo sagt, wird es Zeit, unser Geld woanders anzulegen. Ich bin sicher, daß der unbegrenzte U-Boot-Krieg, den ich befürworte, Amerika auf den Plan ruft, nicht weil seine Sicherheit bedroht ist, sondern sein Wohlstand. Amerika erlebt gerade einen gewaltigen Aufschwung, und ein großer Teil seiner Produktion geht nach England und Frankreich. Wenn wir das unterbrechen, kommt Amerika in große Schwierigkeiten, und es wird in den Krieg eingreifen.«

Nicht zum erstenmal war Benno entsetzt, mit welchem Zynismus sein Vater die Dinge sah.

»Du weißt, Benno, so wie wir Lizenzen nach England, Südafrika und in den Osten vergeben haben, haben wir auch ähnlich lukrative Abmachungen mit Amerika und auch Anteile an einigen amerikanischen Firmen. Was also den amerikanischen Wohlstand berührt, berührt auch Kraus.«

Für Benno war es eine der großen Ungereimtheiten des Krieges, daß beide Seiten mit Waffen aufeinander schossen, auf die Kraus Patente hatte. Und jetzt würden sich anscheinend auch noch die Amerikaner an den Kämpfen beteiligen.

»Wir müssen also vorausdenken, Benno, und uns alle Möglichkeiten offenhalten. Wir haben bei diesem Krieg viel Geld an Deutschland verdient. Jetzt wird es Zeit, auch etwas an Amerika zu verdienen.«

»Du meinst, du willst Amerika im Krieg gegen Deutschland unterstützen?«

»Warum nicht? Das Wichtigste im Leben ist, auf der Seite der Sieger zu sein.«

»Aber das ist doch unmoralisch!«

Sein Vater schnaubte verächtlich. »Die einzige Unmoral, die ich kenne, ist, Geld zu verlieren.«

Als Benno kurz darauf die Kraus-Suite verließ, war seine Verachtung für seinen Vater so groß wie noch nie. Sobald der Krieg vorbei wäre, das wußte er, würde er aus der Firma aussteigen.

Auch Baron Kraus verwandte noch einen Gedanken auf Benno. Der Junge machte seine Sache in Berlin gut, war nur etwas zu weich. Unmoralisch! War Kraus etwa ein Wohltätigkeitsverein?

Er nahm einen Briefbogen und wies seinen Agenten in der Schweiz an, Geld nach Amerika zu überweisen. Er benutzte einen vereinbarten Code, damit das Schreiben die Überwachung passierte.

Im Januar 1917 erklärte die Regierung, daß im Kriegsgebiet des Ostatlantiks alle Schiffe, auch die neutraler Länder, ohne Warnung beschossen würden. Der uneingeschränkte U-Boot-Krieg war erklärt.

In Berlin begrüßte Karl Jochum die Nachricht mit Freude. »Nur die Amerikaner haben die Engländer über Wasser gehalten«, erklärte er Ricarda. »Die Engländer haben unsere Versorgungsschiffe blockiert – jetzt versenken wir ihre. Sie kriegen keine Waffen, Lebensmittel und Rohstoffe mehr. Wir bekämpfen sie in der Luft, an Land und auf See und werden ihre Bürger aushungern. In sechs Wochen haben wir England in die Knie gezwungen.«

»Ich meine, mich zu erinnern, wir wollten Paris in sechs Wochen erobern.«

»Das war Moltkes Fehler. Jetzt haben wir General Ludendoff. Wir erobern Paris noch.« Er tippte mit dem Finger auf die Zeitung. »Die neue Bodenoffensive bei Arras wird erfolgreich. Und in der Luft werden Piloten wie der Rote Kampfflieger und die Gelbe Gefahr das britische Fliegerkorps auslöschen. Das sind Männer, auf die wir stolz sein können. Es sind Helden!«

»Warum können wir uns nicht einfach einigen? Wir haben den Krieg alle so satt. Alle wollen Frieden.«

»Ein Kompromißfrieden?« Karl warf ihr einen entrüsteten Blick zu. »Warum sollten wir einen Kompromißfrieden schließen, wenn der Sieg in Sicht ist? Man hat uns zu diesem Krieg provoziert, und wir werden siegen. Gott strafe England!«

Ricarda verabscheute dieses Schlagwort, das man immer häufiger hörte. Auch wenn sie alle Verbindungen zu England verloren hatte, empfand sie doch immer noch Zuneigung zu diesem Land.

Aber das war nicht das einzige, was sie an Karl in diesen Tagen betrübte. Seit Ewald und ihr Vater tot waren, schien er alles Interesse am Hotel verloren zu haben und war offenbar zufrieden, daß Viktoria es führte. Er selbst bezog Posten an der Bar oder im Kaiserzimmer und dozierte über den Krieg. Es hätte ihr sicher weniger ausgemacht, wäre er nicht so kriegslüstern gewesen.

»Und was passiert, wenn Amerika in den Krieg eintritt?«

»Ha, das wird es nicht. Wilson will Frieden. Wie alle Amerikaner will er am Unglück anderer reich werden.«

Von da an wurde sein Haß auf die Amerikaner eindeutig rachsüchtig. Er verwehrte amerikanischen Zeitungskorrespondenten und sogar dem amerikanischen Botschafter, das Hotel zu betreten.

Am 6. April bekam Karl unrecht und Baron Kraus recht, denn Amerika erklärte Deutschland den Krieg. Karl las aufmerksam die Leitartikel in den Zeitungen und erklärte dann zuversichtlich: »Das ändert kaum etwas. Sie haben noch keine Armee, müssen also ihre Männer zuerst einberufen und ausbilden. Und weil sie ihre ganze militärische Ausrüstung selbst brauchen, können sie die Engländer und Franzosen nicht mehr unterstützen. Wenn überhaupt, dann helfen die Amerikaner uns.«

In Douai in Frankreich wußte Oberleutnant Josef Nowak nichts von den in Berlin umlaufenden Gerüchten um einen Kompromißfrieden und auch nichts davon, daß der Generalstab, die Politiker und sogar der Kaiser alle Hoffnungen auf einen uneingeschränkten U-Boot-Krieg setzten. Er wußte, daß die Schlachtschiffe sich vor Jütland als unwirksam erwiesen und die Armeen bei Verdun und an der Somme verheerende Verluste erlitten hatten. Aus der Luft sah er notgedrungen, daß sich die Truppen von Tag zu Tag langsam zurückzogen, und wenn er zum Stützpunkt zurückkehrte, blieb ihm die schlechte Moral der Soldaten nicht verborgen. Doch Josefs Krieg fand am Himmel statt, und der konnte, wie er fest glaubte, gewonnen werden.

Er war in diesem Jahr fünfundzwanzig und vor kurzem zur Kampfstaffel unter Manfred Freiherr von Richthofen versetzt worden. Als er mit den Patrouillenflügen angefangen hatte, war ihm klar gewesen, daß es für ihn nie etwas anderes als Fliegen geben würde. Er genoß es in vollen Zügen, liebte das Gefühl, wenn der Wind durch das offene Cockpit seines Doppeldeckers brauste. Er liebte das schwindelerregende Gefühl, wenn die Maschine bei einem langen Sturzflug nach unten fiel, und dann den prickelnden Augenblick der Macht, wenn er die Nase hochzog und wieder in den Wolken verschwand.

Und dann die Genugtuung, ein anderes Flugzeug abzuschießen. Er empfand keine persönliche Feindschaft gegen den gegnerischen Piloten, den er jagte, denn das feindliche Flugzeug war für ihn nur ein Ziel. Da er nie die Leichen der abgeschossenen Piloten sah, bedeuteten sie für ihn nur steigendes Prestige als Flieger. Und Prestige erwarben sich Teufelskerle wie Josef Nowak schnell. Nach zwei Monaten hatte er bereits vierzig Flugzeuge abgeschossen und die höchsten Auszeichnungen bekommen; er war auf dem besten Weg, von Richthofens Rekord zu brechen.

An diesem Aprilmorgen war Josef in bester Laune, als er den Helm aufsetzte und in die Albatros D III kletterte, an der er fast leidenschaftlich hing. Wie alle Flugzeuge der Staffel hatte auch seine einen Namen. Das gelbe Jagdflugzeug mit dem grünen Fahrgestell hieß »Sara«, nach einer Schauspielerin, die er vor dem Krieg in der Operette »Hurra! Husar!« einmal gesehen hatte. Josef selbst hatte den Spitznamen »Gelbe Gefahr«.

Der Propeller drehte sich, das Flugzeug rollte auf die Startbahn, und er zog die Schutzbrille herunter. Der Wind zerrte an seiner Jacke und rüttelte an den Streben und Tragflächen, daß es selbst den Motorenlärm übertönte. Drei Minuten später war er in der Luft, und die Staffel flog in Formation nach Westen dem Feind entgegen.

Kurz vor Arras versuchten zwei alte australische RE8-Aufklärer weit genug nach unten zu kommen, um Aufnahmen zu machen. Josef und drei andere Flugzeuge stießen übermütig hinab, um sie abzufangen; sie waren auf ihre Beute vorbereitet. Die übrigen Maschinen kamen ihnen im Sturzflug zu Hilfe, ohne auf das britische Abwehrfeuer vom Boden zu achten.

Hinter Josef fielen sieben englische *Sopwith Strutter* vom Himmel und fingen ihren Sturzflug kurz über der Albatros ab. Josef lachte. Die Aufklärer tauchten weg und drehten ab, und der eigentliche Kampf begann. Josef nahm sich eine *Strutter* mit roter Nase vor und flog in einer Kurve auf sie zu. Er nahm sie ins Visier, bis sie genau zwischen seinen beiden Maschinengewehren lag, und drückte dann ab. Schwarzer Rauch quoll aus dem Motor der englischen Maschine, und sie trudelte zur Erde. Josef zog seine »Sara« wieder hoch.

Er bemerkte die BE2 hinter sich erst, als die Kugeln um seine Tragflächen pfiffen. Instinktiv flog er einen halben Looping, um zu verhindern, daß der Engländer ihm in den Nacken kam. Der andere Pilot wußte genau, was er tat, denn er rollte sich nach rechts. Josef zog den Steuerknüppel abrupt an und stieg. Die BE2 folgte ihm.

Etwa zehn Minuten maßen die beiden Flugzeuge ihre Kräfte, schraubten und drehten sich, machten Rollen und Sturzflüge wie zwei große Vögel, die an Geschick und Stärke einander gleich sind. Es waren die herausragenden Minuten in Josefs Leben, in denen seine Achtung vor dem Gegner derart wuchs, daß er vergaß, daß sie ein tödliches Duell ausfochten. Mit ernüchterndem Entsetzen spürte er, wie seine »Sara« sich schüttelte und bockte, als sein Gegner ihm eine Salve in die Seite feuerte.

Seine Ausgelassenheit wich mit einemmal dem herben Geschmack von Angst in seiner Kehle. Irgend etwas stimmte mit »Saras« Gleichgewicht nicht. Sie wurde unwiderstehlich nach unten gezogen. Er schlug gegen den Auslöser seiner Maschinengewehre und stellte erschreckt fest, daß er klemmte. Jetzt würde die BE2 ihren Vorteil ausspielen, und er würde wie ein Stein in den Tod stürzen.

Doch da geschah etwas Eigenartiges. Die BE2 loopte und lag fast direkt über ihm. Josef konnte das Gesicht des englischen Piloten erkennen, der erste englische Pilot, den er aus der Nähe sah. Der grinste und hob grüßend und wie zum Dank für einen ritterlichen Kampf die Hand.

Sprachlos und dankbar für diesen unerwarteten Aufschub wackelte Josef mit den Tragflächen. Da sah er entsetzt eine andere Albatros von hinten auf die ahnungslose BE2 hinabstürzen. Binnen kurzem war alles vorbei. Brennend, eine schwarze Rauchwolke hinter sich herziehend, stürzte das Flugzeug des unbekannten Engländers sich in der Luft auflösend zur Erde.

Mit zerfetztem Flugwerk und stotterndem Motor flog die »Sara« heimwärtes nach Douai, aber Josef wußte, daß sich an diesem Tag etwas in seinem Leben geändert hatte. Er bedauerte aufrichtig den Tod des Engländers, der sein Leben so ritterlich geschont hatte. Als die Staffel am Abend ihren Sieg feierte, trank er mehr als üblich und gestand sich nur widerwillig ein, daß er einen Augenblick lang mehr mit einem feindlichen Piloten gemein gehabt hatte als mit seinen Kameraden. Als er später ins Bett fiel, merkte er, daß er müde war, todmüde. Es war, als hätten ihn drei Jahre Kampf und täglich drohender Tod in vierundzwanzig Stunden eingeholt.

Die gedrückte Stimmung legte sich, aber die Müdigkeit

blieb. Als er Ende Mai Urlaub bekam, war er wirklich froh, denn er hatte Angst, seine Intuition zu verlieren und einen entscheidenden Fehler zu machen, wenn er weiter flog.

Er ließ seine »Sara« in Douai und wurde mit einer Transportmaschine zunächst zur nachträglichen Einsatzbesprechung ins Hauptquartier des Generalstabs und dann weiter nach Berlin geflogen. Zum erstenmal fragte er sich, was er zu Hause mit sich anfangen sollte. Rudi war irgendwo an der Ostfront, und sein Vater war schon im ersten Kriegsjahr gefallen. Sein Urlaub, auf den er sich so gefreut hatte, verlor an Reiz, je näher er rückte.

Schon aus der Luft war die Menschenmenge auf dem Berliner Flugfeld zu erkennen, aber erst als er aus dem Flugzeug kletterte, merkte er, daß sie auf ihn wartete. »Nowak! Nowak!« jubelten die Menschen ihm zu. »Die Gelbe Gefahr! Willkommen daheim!« Ein Vertreter der Stadt schüttelte ihm die Hand, und ein kleines Mädchen überreichte ihm einen Riesenblumenstauß. Josef Nowak merkte plötzlich, daß er ein Held war.

Wo immer er in den nächsten Wochen auftauchte, umringte ihn eine Schar kleiner Jungen, die ihn mit Fragen bombardierten und ein Autogramm von ihm wollten. Wenn er in einem Café einkehrte, unterbrachen Frauen ihr Gespräch und blickten ihn bewundernd an. Es wurden sogar Postkarten mit seinem Bild verkauft, wie er feststellte. Ruhm war eine neue, aber angenehme Erfahrung – und er beschloß, ohne zu zögern, sie auszukosten.

Aber nicht nur die Jugend und die Damen in Berlin interessierten sich für Josef Nowak. Baron Kraus hatte den Krieg am Himmel mit zunehmender Faszination verfolgt. Als der Krieg begann, war das Flugzeug von den Militärs belächelt worden, aber inzwischen hatte es seinen festen Platz. Natürlich bestand keine Chance, daß die Flieger den Krieg hätten allein entscheiden können, aber sie hatten bewiesen, daß mit ihnen zu rechnen war. Allein die Entfernung, die ein Flugzeug in so kurzer Zeit zurücklegen konnte – viel schneller als ein Zug oder Auto.

Das Flugzeug, davon war der Baron überzeugt, war das Transportmittel der Zukunft. Er ließ eine neue Gesellschaft eintragen, »Kraus-Luftfahrt«, und schickte dann Josef Nowak eine Einladung zu einem Essen im Quadriga. Wenn der Krieg vorbei war, brauchte er Piloten für seine neue zivile Fluggesellschaft, und die frühe Bekanntschaft mit dem Fliegerhelden konnte von Nutzen sein.

Für Josef war es der Höhepunkt seines Urlaubs, als er die Einladung des Barons in das beste Hotel Berlins erhielt. Der Baron schickte sogar einen Wagen, der ihn zum Hotel brachte, und als er am eindrucksvollen Säulengang des Quadriga vorfuhr, kam Josef die Erinnerung an eine Bahnfahrt vor vier Jahren von Nürnberg nach Berlin. Es waren zwei Schwestern gewesen, eine blonde und die jüngere, mit herrlichen roten Haaren, die es Rudi angetan hatte. Er erinnerte sich an ihre Worte: »Mein Vater besitzt das Hotel Quadriga.« Wie hieß sie doch noch? Josef überlegte, dann fiel es ihm wieder ein – Luise Jochum.

Luise stand in der Hotelhalle und wartete aufgeregt auf das Eintreffen des Ehrengastes des Essens, das Baron Kraus gab. »Meinst du, er erinnert sich an mich?« flüsterte sie Viktoria zu.

»Warum sollte er wohl?« entgegnete Viktoria knapp. Sie war beschäftigt und müde. Den ganzen Tag hatte sie sich mit den wachsenden Problemen herumgeschlagen, die die Leitung eines Hotels in Kriegszeiten mit sich brachte. Die Wirtschafterin hatte moniert, sie brauchten neue Bettwäsche; Max Patschke wollte neue Tischdecken, und Fritz Messner wollte heute Sauerkraut servieren, weil er angeblich nirgendwo frisches Gemüse bekam.

In dem Augenblick ging Benno durch die Halle. Wie Viktoria wirkte auch er abgespannt, hatte tiefe Furchen auf der

Stirn und Ringe unter den Augen. So sahen die Menschen in diesen Tagen aus. Berlin war voller Menschen mit besorgten Gesichtern. Und voller Verwundeter, die auf Krücken durch die Straßen humpelten. Benno fuhr Luise durch das Haar. »Hallo, kleine Schwester. Auch die Gelbe Gefahr begrüßen?«

»Meinst du, er erinnert sich an mich, Benno? Ich habe ihn einmal im Zug getroffen.«

»Das wirst du gleich merken«, lachte Benno. »Das scheint da draußen der Mercedes meines Vaters zu sein.«

Es gab ein hektisches Hin und Her, als die Portiers Josef Nowak ins Hotel geleiteten, Pagen bewundernde Blicke auf ihn warfen und die vielen Menschen sich vordrängelten, die wie Luise gewartet hatten, um den Fliegerhelden zu sehen. Karl eilte ihm entgegen, um ihm die Hand zu schütteln und ihn im Hotel zu begrüßen, und führte ihn dann persönlich zum Kaiserzimmer, wo Baron Kraus und seine Gäste warteten.

Doch zu Karls Überraschung ließ Josef ihn stehen und ging zu Luise hinüber, die ganz erregt mit glühendem Gesicht dastand. Er beugte sich tief über ihre Hand. »Fräulein Jochum? Ich nehme nicht an, daß Sie sich erinnern, aber wir haben uns vor einigen Jahren im Zug getroffen ...«

»O doch!« versicherte Luise ihm atemlos.

Josefs Gesicht ließ die Anspannung des Krieges erkennen. Es war durch einen Absturz gezeichnet, die Nase etwas krumm, und die Augen wirkten älter, als er wirklich war. Aber sein Lächeln war echt. »Ich glaube, ich habe Ihnen angeboten, Sie im Flugzeug mitzunehmen. Ich wollte Ihnen nur sagen, ich habe es nicht vergessen. Eines Tages tue ich es.«

»O danke, Oberleutnant Nowak.«

Zwei Tage später flog Josef Nowak nach Douai zurück, und Luise schwebte noch lange danach wie auf Wolken. Sie heftete Fotos von ihm an ihre Zimmerwand und himmelte ihn an. »Ist er nicht hinreißend?« fragte sie jeden, den sie traf.

»Er ist sehr tapfer«, sagte Viktoria. »Ich möchte wissen, wie er dieses Leben führen und dabei noch lachen kann.«

»Er lebt für das Fliegen«, erklärte Benno, der bei dem Essen dabeigewesen war. »Er hat den ganzen Abend nur davon gesprochen, nur von Flugzeugen. Ein ganz außergewöhnlicher Bursche. Aber mir gefällt er, und meinem Vater offenbar auch.«

Luise interessierte sich nicht dafür, was der Baron dachte. Und auch nicht für Flugzeuge. Für sie gab es nur Josef.

Im April wurde Olga Meyer aus dem Polizeigewahrsam unter dem Alexanderplatz in das Militärgefängnis für Frauen in der Barnimstraße verlegt. Sie war immer noch nicht vor Gericht gestellt worden und in Schutzhaft, was bedeutete, daß sie alle drei Monate neu verhaftet wurde, ein Prozeß, der anscheinend endlos wiederholt werden konnte. Aber die Bedingungen in der Barnimstraße waren weit besser. Dank Tageslicht, besserem Essen und mehr Hygiene erholte sie sich allmählich wieder von ihrer grauenvollen Zeit im Polizeigefängnis. Sie durfte lesen, Briefe schreiben und erhalten, auch wenn sie offensichtlich zensiert wurden, und sogar einmal im Monat »genehmigten« Besuch empfangen.

Als sie Reinhardt nach sechs Monaten zum erstenmal wiedersah, war sie außer sich vor Glück. Um zu ihr durchzukommen, hatte er sich viel Mühe mit seinem Äußeren gegeben. Er sah fast respektabel aus und hatte sich als ihr Vetter ausgegeben, denn als ihr Mann hätte er sie nie besuchen dürfen. Ihre Unterhaltung war eigenartig und gestelzt, denn sie mußten wegen des Wärters sehr vorsichtig sein.

Die Nachrichten, die Reinhardt Olga von draußen brachte, waren überwältigend. Sie standen in einem Brief, den er, versteckt im Rücken eines Buchs, mitgebracht hatte. Später in ihrer Zelle las sie ihn mit ungläubigem Staunen.

In Rußland hatte es unter der Führung des liberalen Alexander Kerenski eine Revolution gegeben, und der Zar hatte abgedankt. Sofort hatten die Bolschewiken wieder die Sowjets der Arbeiter, Bauern und Soldaten gebildet, die sie schon 1905 eingesetzt hatten, und versuchten jetzt, der provisorischen Regierung Kerenski die Macht zu entreißen.

Der nächste Absatz in Reinhardts Brief war noch aufregender. Lenin war wieder in Rußland! »Er fuhr aus der Schweiz in einem versiegelten Zug durch Deutschland zurück«, schrieb Reinhardt. »Er reiste mit Genehmigung von Ludendorff, der seine eigenen Gründe hat, die bolschewistische Revolution in Rußland zu unterstützen. Der General glaubt, daß die Russen, die bereits hungern, Lenin freudig aufnehmen und er sie dazu bringt, den Krieg gegen Deutschland zu beenden.

Hier in Deutschland ist das Volk auch bereit für die Revolution, aber uns fehlen die Führer, die klare Politik. Liebknecht, Luxemburg, Du und viele andere sind im Gefängnis. Ich bin Journalist, kein Politiker. Nutze die Zeit im Gefängnis, klar zu denken, Olga, denn wenn Du entlassen wirst, werden wir wohl kaum Zeit zum Denken haben. Dein Dich liebender Mann und Genosse, Reinhardt.«

Von dem Augenblick an schwankten Olgas Hoffnungen nicht mehr. Was in Rußland erreicht worden war, konnte auch in Deutschland erreicht werden. In den darauffolgenden Monaten vergrößerte sich ihr Korrespondenzkreis. Sie hörte von Rosa Luxemburg im Gefängnis in Posen und von Karl Liebknecht im Gefängnis von Luckau. Nicht nur Reinhardt, auch sie schrieb Beiträge für die Zeitung »Spartakus« und »Rote Fahne«, in denen den Arbeitern in Deutschland der sofortige Frieden, Herrschaft über ihre Fabriken, Lebensmittel und Gleichheit versprochen wurden.

Diese Zeitungen wurden in der Folgezeit in immer größerer Zahl gedruckt und gelangten in die Hände Tausender unzufriedener Fabrikarbeiter im ganzen Land. Aber nicht nur in die von Arbeitern. Dank des unermüdlichen Einsatzes von Reinhardt und seinen Freunden erreichten sie auch die Seeleute in den großen Häfen von Kiel, Hamburg, Bremen und Wilhelmshaven. Und sie fanden den Weg zu den abgekämpften und ernüchterten Soldaten an der Front. Olga Meyer mochte im Gefängnis sitzen, doch ihre Stimme war im ganzen Deutschen Reich zu hören.

Auch andere jubelten über die Abdankung des Zaren. Theo Arendt empfand eine große Genugtuung darüber. Wenn sein Vater das noch hätte erleben können! Doch Isaak Arendt war Anfang des Jahres nach einem zweiten Schlaganfall gestorben. Theo ging mit der Nachricht in den großen Konferenzraum, in dem die Galerie der Arendtschen Ahnen um das Bild Isaaks erweitert worden war, und betrachtete das Bild Abels.

1846 hatte ein russischer Zar seinem Großvater die Erlaubnis verweigert, in Petersburg eine Bank zu eröffnen. Jetzt gab es keinen Zaren mehr, und die Londoner Filiale hatte den russischen Revolutionären ein Darlehen zur Unterstützung ihrer Sache gegeben. Die Juden hatten viele Feinde, und sie vergaßen sie nie. Der heutige kleine Sieg über den Zaren war eine Geschichte, die Theo später einmal seinen beiden Söhnen Felix und Kaspar erzählen würde. Sie würden sie bewahren und ihren Kindern und Kindeskindern weitergeben.

Theo wußte jedoch auch, daß die Revolution in Rußland weitreichende Auswirkungen auf Deutschland haben konnte. Schon kam es unter den deutschen Arbeitern zu zahlreichen Streiks und Friedensdemonstrationen, über die die Zeitungen allerdings kaum berichteten. Die Politiker verloren jedes Vertrauen in den Kanzler, der schließlich im Juli zurücktrat.

Der neue Reichskanzler Michaelis stand ganz unter dem Einfluß Hindenburgs und Ludendorffs, so daß Deutschland praktisch zu einer Militärdiktatur wurde. Als erstes nahm er eine Resolution für einen Frieden ohne Annexionen oder Entschädigungen an, was nur bedeuten konnte, daß die Generäle inzwischen stillschweigend die Möglichkeit einkalkulierten, daß Deutschland den Krieg nicht gewann.

In den letzten zwei Kriegsjahren gab es Augenblicke, in denen Benno glaubte, unter der Last seiner Sorgen zusammenzubrechen. Die schlechte Ernte im letzten Herbst hatte die Ernährungslage drastisch verschärft.

Selbst das Quadriga bekam ernste Schwierigkeiten, und Viktoria begrüßte Benno nicht mit einem Lächeln, wenn er heimkam, sondern mit besorgten Berichten über die Verknappung von Lebensmitteln und anderen wichtigen Vorräten. Er bewunderte sie mehr denn je. Sie zog nicht nur Stefan groß und kümmerte sich um ihre Eltern und die Schwester, sondern trug praktisch auch die gesamte Verantwortung für das Hotel. Er konnte nicht umhin, ihr Leben mit dem der Frau seines Bruders zu vergleichen; Trude hatte gerade ihren ersten Sohn, Werner, bekommen und seit ihrer Hochzeit mit Ernst noch nie einen Finger gerührt.

Die Frage der Lebensmittel beunruhigte Benno sehr, denn ohne Vorräte konnte das Hotel nicht arbeiten. Im Moment kauften sie noch im neutralen Holland, in Skandinavien und in der Schweiz, aber die Preise stiegen ständig, sowohl wegen der Nachfrage als auch wegen der stetig an Wert verlierenden deutschen Mark. Solange das Hotel aber noch Gäste hatte, die die Preise bezahlen konnten, war es kein Problem. Als Benno an Karls berühmten Weinkeller dachte, kam ihm eine Idee. »Wir sollten so viele Konserven wie möglich kaufen«, sagte er zu Viktoria, »und sie als Notvorrat einkellern.«

»Aber das Quadriga hat nie etwas aus Konserven serviert.«

»Vielleicht muß es das einmal«, murmelte Benno grimmig. »Vicki, du mußt die Tatsachen sehen. Wir können jetzt nicht genug Nahrungsmittel produzieren. Unsere Landwirtschaft wird vernachlässigt, weil die Arbeiter weg sind. Selbst wenn sie wiederkommen, können sie nicht über Nacht etwas ernten. Es dauert mindestens ein, zwei Jahre, bis wir wieder eine vernünftige Ernte haben. Und was passiert, wenn der Krieg zu Ende ist und die Truppen zurückkommen? Die Armee versorgt sie nicht mehr, die Nahrungsvorräte werden also knapper. Wir gehen einer sehr ernsten Situation entgegen.«

Sie sah ihn merkwürdig an. »Weißt du, Benno, manchmal bist du, glaub ich, wie dein Vater. Konserven gegen eine zukünftige Katastrophe horten, das würde er auch machen.«

»Der Unterschied zwischen meinem Vater und mir ist, daß er sie dem Meistbietenden verkaufen würde, während ich mir echte Sorgen um unsere Zukunft mache.«

»Entschuldige, Benno. Wir werden Konserven kaufen.«

Im Verlauf der nächsten Monate füllten sich die Lagerräume im Keller allmählich mit einer Vielzahl von Konserven. Sie waren zwar teuer, doch das Hotel konnte sie sich leisten.

Im November putschte Lenin gegen die Regierung Kerenski und sprach sich, nachdem er in den meisten russischen Großstädten eine Verwaltung eingesetzt hatte, für einen Waffenstillstand mit Deutschland aus. Das war der Augenblick, auf den die deutschen Arbeiter gewartet hatten. Angespornt von den spartakistischen Führern, die immer noch im Gefängnis saßen, verlangten auch sie »Frieden, Land und Brot!«.

Wieder erhoben sich die Arbeiter im Wedding, marschierten durch die Straßen Berlins und forderten ihr Recht. Und diesmal wußten sie, daß sie nicht allein standen, denn zum erstenmal wurde in der Zeitung über ihre Aktionen berichtet. Vierhunderttausend, so der »Vorwärts«, beteiligten sich am ersten Tag am Streik, hunderttausend kamen am zweiten dazu.

Die Steiks wurden beendet, und wieder kehrte ein unsicherer Friede im Wedding ein. Doch Bennos Sorgen nahmen kein Ende. Anfang Januar machte er eine Entdeckung, die ihm das Blut in den Adern erstarren ließ. Er war früher als gewöhnlich ins Werk gekommen, hatte seinen Wagen geparkt und war aus irgendeinem Grund nicht direkt in sein Büro gegangen, sondern hinten um das Gebäude herum.

Da bemerkte er zwei Männer mit einem großen, unhandlichen Sack, die die Feuerleiter vom Forschungslabor herunterkletterten. Am Fuß der Eisenleiter stand ein offener Lastwagen, auf dem schon einige andere Säcke lagen. Sein erster Gedanke war Einbruch, und er rief: »He, was machen Sie da?«

Die beiden Männer zögerten einen Augenblick und sahen ihn an. Da erkannte Benno sie: Es waren zwei Pförtner. Er ging über den Hof auf sie zu. »Was ist da drin?«

Die Forschungslabors unterstanden nach wie vor seinem Vater und wurden auch über ein eigenes Konto abgerechnet und finanziert. Obwohl die Arbeit dort Benno beunruhigte, seit er an jenem schrecklichen Tag 1915 entdeckt hatte, daß das von ihnen hergestellte Gas in Belgien verwendet worden war, hatte er mit seinem Vater nie wieder darüber gesprochen. Gerüchte über Experimente mit Kaninchen und Ratten waren ihm zu Ohren gekommen, aber er hatte sich bewußt nicht um Einzelheiten gekümmert. Er war einfach mit der übrigen Arbeit zu beschäftigt gewesen.

Jetzt, das wußte er, konnte er die Augen nicht länger verschließen. »Machen Sie den Sack auf!«

Zögernd folgte der Mann, und Benno blickte hinein. Brechreiz überfiel ihn, und er fuhr zurück. In dem Sack steckte ein totes Schwein, das offenbar einen grauenvollen Tod gestorben war, denn es war entsetzlich aufgebläht und verfärbt und stank ekelerregend. Zitternd deutete Benno auf die übrigen Säcke. »Sind das alles tote Schweine?« Der Mann nickte.

Mit einem elenden Gefühl ging Benno in sein Büro, rauchte zwei Zigaretten hintereinander und versuchte, das furchtbare Bild zu verscheuchen. Dann bat er den wissenschaftlichen Leiter des Forschungslabors in sein Büro.

Zunächst machte der Mann Ausflüchte und erklärte, daß Benno nicht zuständig für das sei, was in den Labors vor sich gehe. »Ich nehme nur vom Herrn Baron Anweisungen entgegen.«

»Ich gebe Ihnen keine Anweisungen«, sagte Benno kühl, »ich stelle Ihnen Fragen, Herr Doktor. Seit wann laufen die Experimente mit Schweinen, und welche Chemikalie verwenden Sie?«

Der Chemiker deutete die Frage als berufliches Interesse und wurde zugänglicher. Es sei ein ganz neuartiges Gas. »Das Chlor, das wir 1915 in Ypern verwendet haben, ist gar nichts im Vergleich mit dem Senfgas und den Phosgenen, die wir jetzt haben. Sie rufen durch Hautkontakt Vergiftungen, Erblinden und Verbrennungen hervor.«

Benno bemühte sich, seinen Abscheu zu verbergen. »Führen sie auch zum Tod?« fragte er.

»O ja, Herr Kraus«, bestätigte der Wissenschaftler eifrig. »Die Experimente zeigen, daß diese Gase einen sehr unangenehmen Tod hervorrufen können. Wenn die Engländer diese neuesten Geheimwaffen kennenlernen, werden sie wünschen, sie hätten uns nie den Krieg erklärt.«

Als er gegangen war, steckte sich Benno noch eine Zigarette an. Er mußte die Produktion dieses tödlichen Gases irgendwie stoppen, aber wie? Es schien nur einen Weg zu geben; er mußte seinem Vater schreiben.

Die Antwort seines Vaters war kurz und bündig. »Wir befinden uns im Krieg«, hatte er auf Bennos Schreiben gekritzelt. »Die Engländer und Franzosen setzen ebenfalls Gas ein.«

Dichter Nebel verhüllte die Gegend um Arras an jenem

Aprilmorgen des Jahres 1918. Leutnant Georg Jankowski lag schon seit zwei Stunden über den Grabenrand gebeugt und spähte durch seinen Feldstecher in die triste Dämmerung; er horchte auf das leiseste Geräusch. Irgendwo da draußen lagen die Engländer, aber der Nebel verschluckte jeden Laut.

Er setzte das Glas ab. Was war schon, wenn die Engländer wirklich unbemerkt durch den Nebel kamen? Seit fast vier Jahren kämpften sie um das gleiche Stück Sumpfland, bekamen ständig erzählt, sie stießen nach Paris vor und wurden doch jedesmal erbarmungslos zurückgeworfen. Keiner glaubte mehr, daß Deutschland den Krieg gewinnen würde. Jeden Tag verschwanden Männer, und es war nicht mehr sicher, ob sie tot waren. Einige liefen zermürbt zum Feind über. Andere desertierten. Alle empfanden tiefe Trost- und Hoffnungslosigkeit.

Georg war erschöpft. Er beneidete fast die Männer, die fielen, denn der Tod war dem Leben hier vorzuziehen. Ihn fröstelte innerlich und äußerlich, und der Hunger, der seinen Magen knurren ließ, war schon so alltäglich, daß er ihn kaum noch beachtete. Von den Männern, die 1914 mit ihm Berlin verlassen hatten, lebte keiner mehr. Jetzt schickten sie schon halbe Kinder an die Front und alte Männer, die kaum ein Gewehr halten konnten. Und ihn hatte man zum Offizier gemacht, wenn auch nur zum Leutnant, unglaublich, wo er doch Jude war.

Berlin schien weit weg. Sie sprachen von zu Hause in den Gräben, die blutjungen Rekruten von ihren Eltern und Freundinnen, die Ältesten von ihren Frauen und Kindern.

Manchmal dachte Georg an Sara, aber er konnte sie sich nicht mehr vorstellen. Nach der Schlacht von Verdun 1916, im April nach seinem Urlaub, hatte sie ihm in einem kurzen Brief geschrieben, daß er Vater eines Mädchens geworden sei. Es hieß Minna. Wie es wohl aussah, das kleine Mädchen, das Ergebnis einer kurzen, lieblosen Vereinigung?

Von Onkel Franz hatte er häufiger Briefe bekommen, doch in ihnen stand nur noch wenig, denn der dicke Stift des Zensors hat alles Wesentliche gestrichen. Franz kam nie mit Sara zusammen. Er hatte sie nach der Geburt Minnas einmal besucht. Den größten Teil seiner Briefe nahm die Bitte ein, bald heimzukommen und sich wieder der Musik zu widmen.

Musik, dachte Georg und blickte auf seine Hände, die den Feldstecher hielten. Würden sie, die so viele Gräben ausgehoben hatten, jemals wieder Klavier spielen? In seinem Kopf entstand noch Musik, manchmal, Melodien, die plötzlich da waren, die er nie aufschrieb.

Und das war der »Kornblumenwalzer«, zu dem ihn das rothaarige Mädchen 1914 auf dem Anhalter Bahnhof inspiriert hatte. Wie oft war ihm in den vergangenen vier Jahren ihr Gesicht erschienen, viel wirklicher in vieler Hinsicht als das von Sara. Was mochte aus seinem Kornblumenmädchen geworden sein?

Dann fing es wieder an, das vertraute Sperrfeuer der feindlichen Sturmgeschütze, das Heulen der Granaten, das Bersten und Krachen, wenn sie aufschlugen, und dann jener vertraute Augenblick unheimlicher Stille, wenn das schwere Geschütz schwieg. Vorsichtig hob Georg den Kopf über die Sandsäcke. Etwas weiter weg sah er Männer vorwärts stürmen; ihre Gewehre krachten. Er bemerkte Gestalten im sich langsam lichtenden Nebel, sah Pferde scheuen, als eine Granate zwischen ihnen explodierte. Er sah regungslose, blutüberströmte Körper liegen, mit unnatürlich abgewinkelten Gliedmaßen, tot im tiefen, zerfurchten Morast Flanderns.

Das Telefon im Unterstand klingelte. Ein junger Soldat nahm ab und eilte dann durch den Graben. Plötzlich hörte Georg eine Stimme brüllen: »Achtung!« Die Männer um ihn strafften sich. »Feuer!« brüllte die Stimme und ging sofort im Geschützdonner unter.

Vor ihnen krochen Gestalten durch die Bäume – Tommys, das Gewehr in der Hand und Gasmasken vor dem Gesicht. »Gasgranaten, Feuer!«

In dem Augenblick hörte er es, das tiefe Heulen einer Granate, aus dem ein hohes Kreischen wurde, das durch die Luft auf ihn zu kam, bis es mit betäubendem Krachen im Graben explodierte.

Georg lag wie gelähmt auf dem Rücken, wie lange, wußte er nicht. Dann wurde er sich allmählich eines bohrenden Schmerzes im Bauch und in seinem linken Bein bewußt. Er öffnete die Augen und wollten den Kopf heben, um nachzuschauen, aber er schien wie auf der Erde festgenagelt zu sein. Er starrte in den Himmel, und dann sah er sie, die gelbliche Gaswolke, aus ihren eigenen Gasmörsern entwichen, unmittelbar bevor die Granate eingeschlagen war. Er spürte, wie sie seine Nasenlöcher erreichte, auf seiner Haut brannte. Brechreiz überkam ihn, er drehte den Kopf, versuchte, das Gesicht in der Erde zu verbergen. Die stinkenden Schwaden umwaberten ihn und schwebten dann mit dem Wind weiter zu einem anderen Opfer. Georg lag regungslos da.

Einmal öffnete er die Augen, als ein Sanitäter ihm die Stiefel und seine Hose aufschnitt. Er merkte, daß Verbandszeug um sein Bein gewickelt wurde. Die Schmerzen waren unerträglich. Er öffnete den Mund, um zu schreien, aber es kam kein Laut. Undeutlich hörte er den Sanitäter sagen: »Wenn wir nur etwas Morphium hätten.« Dann wurde er wieder ohnmächtig.

Der Sanitäter blickte auf den zerfetzten Oberschenkel des Leutnants und sein verbranntes Gesicht. »Armer Teufel. Hat nicht die geringste Chance.« Dann rief er »Bahre!« Während weiter ringsum Granaten explodierten, trugen Sanitäter Georg hinter die Linien zum Verbandsplatz.

Von dort kam er in ein Feldlazarett bei Mons, wo er mehrere Tage zwischen Leben und Tod schwebte. Er merkte vage, daß sein Gesicht, die Hände und Beine bandagiert waren. Dann trat ein Arzt durch den Wandschirm an sein Bett, ein hagerer, müde aussehender Mann mit grauem Gesicht und grauen Händen. Benommen hörte Georg seine Diagnose – schwere Verbrennungen durch das Gas an Händen und Gesicht; linker Oberschenkel und Fuß zerschmettert. »Außer den Verbrennungen, die mit der Zeit hoffentlich heilen, hatten Sie eine schwere, gasbedingte Brustinfektion.« Er blickte weg. »Sind Sie verheiratet, Leutnant?«

»Ja«, flüsterte Georg mühsam. »Ich habe eine Tochter.«

Der Arzt seufzte. »In der Leistengegend sind Splitter eingedrungen. Ich kann noch nicht sagen, welchen Schaden sie angerichtet haben. Aber ich muß Sie darauf hinweisen, daß Sie vielleicht nie mehr Kinder zeugen können, Leutnant.«

»Sie meinen, ich bin impotent?«

»Es ist möglich.«

Georg schloß die Augen. Er wünschte, er wäre in Arras gefallen.

12

Karl Jochum kannte sich im Frühjahr 1918 nicht mehr aus mit der Welt. Auch wenn er glaubte, daß Deutschland den Krieg noch irgendwie gewinnen werde, sah selbst er, daß die Lage immer verzweifelter wurde. Selbstverständlich lag das nicht an der Armee, sondern an den Sozialisten, die das Vertrauen der Menschen zu untergraben suchten und verantwortlich für die Streiks waren, die immer wieder ausbrachen. Und man redete sogar von einer Revolution in Deutschland, wie sie in Rußland stattgefunden hatte. Angst überkam ihn bei diesem Gedanken, vor allem seit das Gerücht umging, der Zar und seine Familie seien ermordet worden.

Berlin war ohne Frage in einem desolaten Zustand. Die Nahrungsmittel- und andere Verknappungen trafen auch das Quadriga drastisch. Die Gäste kamen spärlich und waren von ganz anderer Art als vor dem Krieg. Nicht mehr die jungen, fröhlichen Leutnants, die 1914 die Bar bevölkert hatten, sondern ältere, oft verwundete Militärs, ein paar sorgenvolle Geschäftsleute und die ängstlichen Bürokraten, die seit Kriegsbeginn da waren. Viele Gutsbesitzer kamen nicht mehr in die Stadt, da sie auf den eigenen Gütern besser leben konnten. Frisches Fleisch, Fisch und Gemüse waren kaum noch zu bekommen, Bohnenkaffee zu einem unerhörten Luxus geworden. Karl war entsetzt, daß das Hotel jetzt Ersatzkaffee aus Zichorie und Gerste servieren mußte.

Dank Bennos Weitsicht hatten sie genug Konserven im Keller, aber Seife, Wäsche, Handtücher und andere notwendigen Dinge wurden immer knapper. Und auch die Kleidung wurde zum Problem. Vor allem Luise lag ihm wegen neuer Kleider in den Ohren, weil sie es leid war, die von Viktoria aufzutragen.

Natürlich konnte man all diese Dinge bekommen, aber fast nur von Schwarzhändlern, und mit denen handelte er nicht. Sie verlangten nicht nur Wucherpreise, sondern waren in seinen Augen Verräter, weil sie an der Not des Landes verdienten.

Und dann der Mangel an Arbeitskräften. Diejenigen, die von der Front zurückkehrten, waren schwer verwundet oder zu krank zum Arbeiten. Und was sie zu Hause erzählten, war furchtbar. Sie berichteten von überfüllten Lazaretten, denen die Medikamente ausgingen, und von Mannschaftsmessen, die keine Lebensmittel mehr hatten. Nicht nur die Zivilisten hungerten, auch die Armee.

Ende April erzählte Max Patschke, daß er seine Einberufung bekommen habe. »Sie, Max? Aber das ist doch lächerlich. Demnächst holen sie mich noch.«

Max lächelte bitter. »Nein, Herr Direktor, man wird Sie in Berlin lassen, damit Sie den Krieg leiten.«

»Aber Ihr Rheuma, Max«, warf Ricarda besorgt ein, als sie die Nachricht hörte. »Werden Sie nicht als untauglich freigestellt?«

»Wir brechen an der Front in Flandern durch, Frau Jochum. Seine Majestät und General Ludendorff brauchen meine Hilfe, also gehe ich.«

Karl sah den alten Freund schweren Herzens scheiden. Er selbst war sechzig, Max nur etwa ein Jahr jünger.

Rudi Nowak sah blendend aus, als er an diesem Maimorgen behende die Stufen des Hotels Quadriga hinaufsprang, sich von dem alten Portier die Glastür öffnen ließ, die Verbeugung des Hallenportiers entgegennahm und zum Empfang schritt. Sein dunkelbraunes Haar glänzte vor Brillantine, der kleine Schnauzbart war akkurat gestutzt, und über dem hochmodischen Maßanzug trug er einen braunen Ledermantel.

»Ich möchte Herrn Jochum sprechen«, sagte er zum Empfangschef und holte eine Karte aus seiner Krokodilleder-Brieftasche.

Der Empfangschef warf respektvoll einen Blick darauf. »Selbstverständlich, Herr Nowak. Nehmen Sie bitte kurz Platz.«

Rudi setzte sich in einen tiefen Sessel und sah sich um. Wenigstens hier herrschte, trotz der kriegsbedingten Einschränkungen, noch ein gewisser Luxus, aber es gab doch unverkennbare Anzeichen von Mangel. Diesmal würde der alte Jochum ihn nicht rausschmeißen wie vor vier Jahren. Und wenn er mit Karl Jochum fertig war, würde er sich Luise ansehen, aus der laut Josef ein hübscher kleiner Feger geworden war.

Der arme Josef steckte immer noch irgendwo in Frankreich und kämpfte am Himmel, aber einen Kampf, der nicht mehr lange dauern konnte. Freiherr von Richthofen, der Rote Baron, war, wie die meisten Staffelmitglieder, abgeschossen. Ein Mann namens Hermann Göring war jetzt Josefs Kommandeur. Rudi hätte um nichts in der Welt mit seinem Bruder getauscht. Rudis Krieg war vielleicht weniger spektakulär gewesen, dafür aber sehr viel lohnender. Das bewies allein schon die Tatsache, daß er jetzt im Quadriga saß mit seinen neunundzwanzig Jahren, gut gekleidet, satt und im Begriff, viel Geld zu verdienen.

Natürlich hatte er auch Glück gehabt. Er hatte sehr schnell erkannt, daß das Leben eines Infanteristen die reine Hölle war, und sich eine Stelle beim Quartiermeister beschafft; von da an war alles wie von selbst gelaufen. In der Armee gab es, wie überall auf der Welt, Männer, die bestechlich waren, und als Lebensmittel, Kleidung und Bedarfsartikel immer knapper wurden, stieg ihr Wert bei den

Soldaten genauso wie bei den Zivilisten. Mitte 1917 besaß Rudi einen ordentlichen Vorrat an Wertsachen, die er gegen Kaffee, Kartoffeln, Konserven und anderes Armee-Eigentum getauscht hatte.

Er war damals an der Ostfront. Rußland steckte mitten in einer Revolution, und ein Waffenstillstand schien unmittelbar bevorzustehen. Der Krieg würde bald vorbei sein, so daß es Zeit für ihn wurde, sich abzusetzen. Ein angemessenes Schmiergeld an einen Sanitätsoffizier brachte ihm die Entlassungspapiere wegen Schützengrabenfieber, und er kam nach Hause.

Als er in Berlin eintraf, erkannte er, daß er den richtigen Zeitpunkt gewählt hatte. Einer seiner früheren Kontaktmänner besorgte ihm eine LKW-Ladung Konserven. Er mietete einen alten Stall, reparierte einen Handkarren und war im Geschäft. Jetzt, nach knapp einem Jahr, hatte er eine gute Großhandlung in der Neuen Friedrichstraße, eine schöne Wohnung in Charlottenburg und einen Gebrauchtwagen. Er fuhr jede Woche in die Schweiz und nach Holland, um frische Lebensmittel zu kaufen, und belieferte die meisten Restaurants und Hotels der Stadt; er hatte auch einige private Abmachungen getroffen, zum Beispiel mit Oskar Braun vom Café Jochum. Bewußt hatte er sich das Quadriga bis zuletzt aufgehoben, denn es würde wahrscheinlich sein größter Kunde werden.

Eine schlanke Gestalt mit üppigem, kastanienrotem Haar kam auf ihn zu. Josef hatte recht. Sie war hübsch, aber sein prüfender Blick erkannte, daß ihr Kleid alt und unmodern war, wahrscheinlich von der Schwester abgelegt. Nun, dem konnte er abhelfen. Bereitwillig erhob er sich. »Fräulein Jochum?«

Ihre grünen Augen erfaßten seine elegante Erscheinung mit einem Blick, und ungläubiges Erstaunen breitete sich auf ihrem Gesicht aus. »Herr Nowak?«

Er nahm ihre Hand, beugte sich über sie und ließ seine

Lippen ihre Haut berühren. »Rudi Nowak, zu Ihren Diensten, gnädiges Fräulein.«

»Herr Nowak, wie schön. Aber was machen Sie hier?«

»Ich bin gekommen, um mit Ihrem Vater zu reden. Aber wenn wir fertig sind, darf ich Sie dann zu einem Kaffee einladen?«

In dem Augenblick näherte sich der Empfangschef. »Es tut mir leid, daß Sie warten mußten, Herr Nowak. Herr Jochum erwartet Sie in seinem Büro.«

»Ich warte hier auf Sie«, sagte Luise.

Karl Jochums Anblick entsetzte Rudi. Sein Gesicht war alt und zerfurcht, und der Körper wirkte geschrumpft, aber Rudi merkte, daß seine Augen ihn genau musterten, seine Kleidung, sein Aussehen, sein Auftreten. »Was kann ich für Sie tun, junger Mann?«

»Ich bin vor einem Jahr als Invalide aus der Armee entlassen worden und habe eine Großhandlung gegründet. Ich denke, meine Firma kann das Hotel Quadriga beliefern.«

»So! Was liefern Sie denn?«

Rudi zählte auf. »Seife, Salz, Pfeffer, Wurst, Konserven, Cognac, Whisky, Mehl, Schokolade und so fort. Außerdem Stoffe, Seidenstrümpfe, französisches Parfüm und sonstige Luxusartikel. Ferner kann ich Ihnen regelmäßig frisches Fleisch, Fisch, Obst und Gemüse liefern . . .«

»Ja, ich verstehe, Herr Nowak. Sie sind mit andern Worten Schwarzhändler.« Er blickte ihn verächtlich an. »Warum wurden Sie aus der Armee entlassen?«

»Wegen Schützengrabenfieber.«

Karl schüttelte zornig den Kopf. »Herr Nowak, hier arbeiten Männer, die Schützengrabenfieber gehabt haben. Sie können kaum krauchen. Sie sind noch immer kranke Menschen. Ich habe gesehen, wie Sie hier hereingekommen sind. Sie haben nie Schützengrabenfieber gehabt. Ich bezweifle, daß Sie jemals in die Nähe eines Schützengrabens gekommen sind.«

So hatte das Gespräch eigentlich nicht verlaufen sollen, aber Rudi ließ sich nicht so leicht entmutigen. »Wie Sie meinen«, sagte er höflich.

»Ich mag keine Lügner, Herr Nowak, und keine Schwarzhändler.« Karls Gesicht verfinsterte sich. »Ich mag niemanden, der versucht, am Krieg und am Unglück anderer zu verdienen. Das Hotel Quadriga hat immer ehrlich gewirtschaftet und wird es auch weiter tun. Und jetzt gehen Sie, bevor ich ungeduldig werde!«

»Aber ich . . .«

»Sie sollten sich schämen! Ihr Bruder riskiert sein Leben für sein Land, und Sie gehen mit ihrem Flitterkram hausieren. Erst gestern wurde mein Oberkellner eingezogen, ein Mann in meinem Alter. Und Sie, Sie haben den traurigen Mut . . .«

Zum zweitenmal wußte Rudi, daß er Karl unterlegen war. »Es tut mir leid, daß ich Ihre Zeit beansprucht habe«, sagte er ungerührt und verließ das Büro.

Luise wartete in der Halle. Er nahm ihren Arm und zog sie so schnell wie möglich aus dem Hotel.

»Gehen wir ins Café Jochum.«

Verdutzt blickte sie ihn an. »Sie sind nicht allzugut mit Papa ausgekommen?«

Er lächelte schmerzlich. »Er ärgerte sich offenbar darüber, daß ich keine Uniform mehr trage, wo sein Oberkellner gerade eingezogen worden ist.«

»Machen Sie sich nichts daraus. In letzter Zeit ist Papa auf niemand gut zu sprechen«, erzählte Luise ihm unbekümmert. »Aber reden wir nicht über ihn. Sie wissen gar nicht, wie ich mich freue, Sie wiederzusehen. Ich habe oft an Sie und Ihren Bruder gedacht.«

Als Rudi sich völlig formlos bei ihr einhängte, glühte sie vor Freude. Sie hatte vor kurzem Fräulein Lützows Anstalt für junge Damen verlassen und wollte nun das wirkliche Leben kennenlernen.

Sie setzten sich auf die Terrasse, und als der Kellner nach ihren Wünschen fragte, sagte Rudi: »Sagen Sie Herrn Braun, Rudi Nowak ist da, und wir hätten gern ein Kännchen von seinem speziellen Kaffee. Oh, und dann noch ein Stück Obsttorte mit Sahne für die Dame.« Er wandte sich Luise zu. »Ich nehme an, Sie haben immer noch einen guten Appetit.«

Luise zögerte. Wußte er nicht, daß es keine Obsttorte mehr gab und keine Sahne?

»Aber Herr Nowak . . .«

Er lächelte sie an. »Bitte, sagen Sie doch Rudi zu mir, und gestatten Sie mir, Sie Luise zu nennen.« Er ließ seine Hand über ihre gleiten. »Als Josef mir schrieb, er habe Sie gesehen, war ich grün vor Neid.«

Merkwürdig, jetzt, wo Rudi neben ihr saß, schien Josef weit weg. Sie hatte ihn ja auch überhaupt nicht gekannt, während sie mit Rudi seit ihrem gemeinsamen Vesper im Zug immer ungezwungen umgegangen war. Und er sah auch sehr viel besser aus als Josef. Seine Gesichtszüge waren regelmäßig, seine Nase gerade, und seine Augen wirkten nicht so angespannt.

In dem Augenblick erschien der Kellner mit dem Tablett, von dem es betörend nach Bohnenkaffee roch, was andere Gäste neidisch zu ihnen hinüberblicken ließ. Mit einer schwungvollen Geste stellte er ein üppiges Stück Torte mit Sahne vor Luise. »Aber wie um alles . . .?«

»Oskar Braun und ich haben eine besondere Abmachung«, lächelte Rudi, »von der der Herr Papa nichts weiß.«

Er war das bei weitem Aufregendste, das ihr je begegnet war. »Rudi, sagen Sie, was machen Sie in Berlin?«

»Ich bin Großhändler, auch wenn Ihr Herr Papa mich lieber als Schwarzhändler bezeichnet.«

Sie machte große Augen. »Und was verkaufen Sie en gros?«

»Fast alles. Woran hätten Madame heute Gefallen? Etwas schottischer Tweed. Champagner oder ein Paar Seidenstrümpfe?«

»Haben Sie diese Sachen wirklich alle, Rudi?«

»Ein ganzes Lagerhaus voll. Sagen Sie mir, was Sie jetzt am liebsten hätten?«

»Ein neues Kleid«, erwiderte sie prompt.

»Ich denke, das läßt sich einrichten. Warten Sie, ich habe etwas smaragdgrünen Crêpe de Chine, der fabelhaft zu Ihren Augen passen würde. Und vielleicht habe ich sogar Lederschuhe in der gleichen Farbe.« Als sie ihn mit unverhohlenem Entzücken ansah, ergriff er ihre Hand und fragte: »Luise, hat Ihnen schon einmal jemand gesagt, wie hübsch Sie sind?«

Ein Schauer lief ihr über den Rücken.

Den ganzen Abend wetterte Karl gegen die Schwarzhändler und Rudi im besonderen, aber am nächsten Morgen hatte er den Zwischenfall schon wieder vergessen. Luise aber nicht. Ein paar Tage später kam sie mit einigen Metern Crêpe de Chine, neuen Schuhen und einer anschaulichen Beschreibung von Rudis Lager nach Hause. »So was kannst du dir nicht vorstellen«, sagte sie zu Viktoria, als sie ihre Schätze auf dem Bett ausbreitete. »Es ist wie in einem orientalischen Basar. Bis an die Decke voll mit allem, was du denken kannst. Stoffe, Vicki, Satin, Taft, Seide, Wolle, Organdy, Tüll, Spitze, Damast, Brokat, Samt, Chintz, Musselin in allen Farben. Und die Schuhe und Handschuhe ...«

»Aber wo kommt das alles her?«

»Weiß ich's? Ich hab nicht gefragt. Ich habe nur schön danke gesagt und bereitwillig mein Geschenk entgegengenommen.«

Viktoria sah sie fassungslos an. »Rudi hat dir den Stoff geschenkt? Hast du nichts dafür bezahlt?«

»Jedenfalls kein Geld.« Luise lächelte verschmitzt. »Ich

hab ihm einen kleinen Kuß gegeben. Er schien ganz zufrieden damit.« Sie legte sich die Seide wie einen Sari um und tanzte mit strahlenden Augen durchs Zimmer.

Viktoria biß sich auf die Lippen. Luise konnte mit jemand wie Rudi leicht Ärger bekommen. »Luise, du solltest aufpassen. Männer wie Rudi Nowak können gefährlich werden, und ich möchte nicht, daß dir etwas zustößt.«

Luise lächelte ihr selbstsicher zu. »Ach, Unsinn, Vicki. Sei nicht so spießig. Ich habe schon so lange keinen Spaß mehr gehabt – und Rudi bedeutet Spaß.«

»Vielleicht, aber du bist erst achtzehn, du bist noch so furchtbar jung.«

Es waren die falschen Worte. Luises Augen wurden schmal. »Ich bin älter als du, als du dich in Peter verliebt hast. Und ich werde mich wegen Rudi ganz bestimmt nicht so lächerlich machen wie du damals.«

Viktoria sah sie an, unfähig, etwas zu sagen.

Und um den Vorteil voll zu nutzen, fügte Luise triumphierend hinzu: »Und wenn du meinst, du könntest mir den Spaß verderben, indem du Mama und Papa sagst, daß ich Rudi treffe, solltest du nicht vergessen, daß es einige interessante Dinge gibt, die ich Benno erzählen könnte, wenn ich wollte!«

Was hieß das genau? Spielte sie auf Viktorias Kindheitsliebe zu Peter an, oder argwöhnte sie, daß Stefan Peters Sohn war? Viktoria stand auf. »Ich wollte dir nur einen Rat geben«, sagte sie steif.

Luise bereute sofort, lief durchs Zimmer und schlang die Arme um den Hals ihrer Schwester. »Entschuldige, Vicki. Ich wollte nicht gehässig sein. Es ist einfach so herrlich, jemand zu haben, der mir schöne Geschenke macht und mich verwöhnt – und mir das Gefühl gibt, wichtig zu sein. Wir wollen uns nicht streiten, nicht über Rudi.«

»Schon gut«, lenkte Viktoria ein, »aber paß auf, ja?«

Diese Szene in Luises Zimmer verfolgte sie den ganzen

Tag. Sie wünschte, sie hätte Luise erklären können, daß sie selbst in solche Schwierigkeiten geraten war, weil Peter ihr geschmeichelt und das Gefühl gegeben hatte, wichtig zu sein, und daß ihr der Gedanke angst machte, Luise in der gleichen Situation zu sehen.

Peter schien nur mehr eine schemenhafte Gestalt. Die fast vier Jahre mit Benno hatten ihn ganz in den Hintergrund gedrängt, auch wenn sie sich oft gefragt hatte, ob er nicht unter den Tausenden von Kriegstoten war. Aber da der Krieg jetzt offenbar dem Ende zuging, war ihr klar, daß sie die Möglichkeit seiner Rückkehr ins Auge fassen mußte. Sie liebte ihn nicht mehr, aber das änderte nichts an der Tatsache, daß sie ein Kind bekommen hatte, das Benno zwar nicht unähnlich war, aber Peter doch ähnlicher sah.

Als Viktoria sich am Abend mit dem neuen Empfangschef, dem vorübergehenden Oberkellner, dem schlechtgelaunten Küchenchef und der überlasteten Wirtschafterin besprach, wünschte sie erneut, sie hätte Peter von Biederstedt nie kennengelernt. Aber als sie nach oben ging, um Stefan gute Nacht zu sagen, und seinen dunklen Kopf auf dem Kissen sah, wußte sie, daß sie die Affäre nie ganz würde bereuen können. Sie zog ihn an sich. »Stefan, Liebling, du gehörst ganz mir, nicht wahr?«

»Und du mir«, erwiderte er und küßte sie auf den Mund. Dann sah er sie angstvoll an. »Mama, warum weinst du?«

Sie wischte sich die Tränen weg. »Es ist nichts, Liebling. Ich habe dich halt so lieb. Erwachsene sind komische Leute, sie weinen, wenn sie glücklich sind. Und jetzt schlaf schön.«

Leise öffnete sich die Zimmertür, und Benno trat neben sie. »Er ist ein toller kleiner Mann, nicht wahr?« Er beugte sich hinunter und gab Stefan einen Gutenachtkuß. »Schlaf gut, mein Junge, und träume etwas Schönes.«

»Gute Nacht, Papa.«

Das schwache Bild Peters verblaßte.

Luise wurde von Rudi in eine andere Welt verführt. Weil das Café Jochum so zentral lag, machte er es zu seiner Einsatzzentrale. Mit dem Segen Oskar Brauns, aber ohne Karls Wissen, denn Karl verließ das Hotel in jenen Tagen selten, hatte Rudi dort seinen Stammtisch, wo er zu bestimmten Tageszeiten anzutreffen war, wie die Leute wußten. Viele von ihnen waren Künstler, Dichter und Schriftsteller, die ihm ein Bild oder ein Theaterstück für ein paar Konserven oder das Geld für die Zimmermiete für eine Nacht anboten.

Oskar Braun machte ähnliche Geschäfte, tauschte alte Bücher gegen eine Flasche Wein, eine Meißen-Figurine gegen ein Kalbsschnitzel, Lederhandschuhe gegen ein Stück Schokoladentorte, Bilder aus der wachsenden Berliner Künstlerkolonie von noch unbekannten Malern wie Otto Dix, George Grosz, Wassily Kandinsky. Diese Wertsachen tauschte er mit Rudi gegen Kaffee, Schokolade und frisches Obst.

Luise verfolgte die Geschäfte mit großen Augen. »Das sollte dein Vater auch tun«, sagte Rudi. »Bald wird das der einzige Weg sein, Geschäfte zu machen.«

»Aber warum?«

»Es gibt kaum Lebensmittel und immer weniger Geld, sie zu bezahlen. Krieg ist eine teure Angelegenheit, mein Schatz.« Inzwischen waren sie von den Vornamen auf das vertrautere Du übergegangen.

In jenem Sommer merkte Luise, daß Berlin sich vor ihren Augen änderte. Der ständige Zustrom von Künstlern, Musikern und Schriftstellern, von denen viele ins Cafés Jochum kamen, hielt an. Die Gäste des Cafés und die Themen, über die sie sprachen, waren vollkommen anders als vor dreißig Jahren, als Karl das Café eröffnet hatte. Luise gefiel das alles weitaus besser.

»Woher kommen sie?« fragte sie Rudi.

»Einige wurden als Invalide aus der Armee entlassen. Andere haben sich bei Kriegsausbruch dem Militärdienst durch die Flucht in die Schweiz entzogen und kommen jetzt zurück. Wieder andere waren immer hier, hielten sich aber versteckt.«

»Warum?«

»Weil sie Sozialisten oder Kommunisten sind«, sagte er beiläufig. »Viele von ihnen sind Pazifisten, mein Schatz.«

Er nannte sie seinen Schatz, er küßte ihr die Hand, er machte ihr Komplimente und Geschenke, aber er versuchte in den ersten Monaten ihrer Beziehung nicht, sie zu verführen. Da sie sich immer im Café Jochum trafen, waren sie allerdings auch nie allein. Aber Rudi tat nie etwas ohne Grund. Warum, so fragte sich Luise, machte er ihr also Geschenke, wenn er nicht etwas von ihr wollte?

Dann, an einem Nachmittag, als er aus der Schweiz zurückkam, lud er sie in sein Lager ein. »Ich habe gerade Seide gekauft. Komm und such dir etwas für ein Kleid aus.«

Als sie in dem schummrigen, mit Säcken, Stoffballen und Kisten vollgestapelten Lager beieinanderstanden, fragte sie ihn: »Warum machst du mir Geschenke, Rudi?«

»Gewinn, mein Schatz, Gewinn.« Er zeigte auf ein Ölgemälde, das an der Wand lehnte. »Wie das da bist du eine Investition. Dein Wert steigt mit der Zeit.« Er legte den Arm um sie, zog sie an sich und küßte sie zum erstenmal auf die Lippen.

Ein eigenartiges Gefühl von Wärme durchströmte sie. Ihre Arme umschlangen seinen Hals, und sie drängte sich an ihn; ihre Erregung stieg, als sie seinen festen Körper spürte.

Nach einer langen Zeit gab er sie frei. »Nicht hier, mein Schatz. Ich muß arbeiten. Komm heute abend in meine Wohnung.«

Luise murmelte etwas von einer alten Schulfreundin, die sie besuchen wolle, achtete nicht auf Viktorias skeptische Blicke und fuhr am Abend mit einem Taxi nach Charlottenburg. Sie glaubte, genau zu wissen, was geschehen würde, obwohl sie keine Ahnung hatte, wie es sein würde.

Rudi öffnete ihr in einem scharlachroten Seidenkimono mit goldenen und orangefarbenen Drachen. An den Füßen trug er goldene türkische Schnabelpantoffeln. In der einen Hand hielt er ein hohes Champagnerglas, in der anderen eine Zigarette in einer langen Ebenholzspitze. »Willkommen in meiner bescheidenen Hütte«, grinste er und verbeugte sich förmlich.

Er sah ganz anders wie der Rudi aus, den sie gewohnt war, und in ihrem normalen Kostüm kam sie sich neben ihm nichtssagend vor. »Rudi, du siehst phantastisch aus!«

Er nahm ihr die Jacke ab und führte sie ins Wohnzimmer, das nur von einer Tischlampe erleuchtet war. Als sie sich gesetzt hatte, reichte er ihr ein Glas Champagner und bot ihr eine Zigarette an. Unmutig stellte sie fest, daß ihre Hand zitterte, als sie sie nahm. Rudi schien nichts zu merken. »Weißt du eigentlich, daß wir nie richtig Bruderschaft getrunken haben? Meinst du nicht, daß es Zeit ist?« Er verschränkte ihren und seinen rechten Arm, sie tranken sich zu, und dann streiften seine Lippen langsam ihren Mund. Sein Mund schmeckte nach Wein, Zigaretten und etwas verlockend und undefinierbar Männlichem. Seine Zunge erkundete das Innere ihres Mundes, liebkoste ihre Zähne, die Zunge, den Gaumen. Sie bebte am ganzen Körper.

Seine Hand glitt über ihre Schulter zu den Brüsten, streichelte sie und weckte in ihr einen Taumel unbekannter Gefühle. Sie streckte selbst die Hand aus und spürte sein nacktes Knie, wo sein Morgenmantel sich geöffnet hatte.

Er hob sie hoch und trug sie in das Schlafzimmer zu einem riesigen Himmelbett mit pfirsichfarbenen Vorhängen.

Luise meinte, sich in einem Traum zu bewegen. Rudis Finger öffneten ihre Bluse, streiften sie ab, ließen den Rock zu Boden gleiten, bis sie nur noch mit Hemd und Strümpfen bekleidet vor ihm stand. Dann legte er sie auf das Bett.

Über sie gebeugt öffnete sich sein Kimono und enthüllte seinen nackten Körper. »Hat es sich gelohnt, darauf zu warten?« fragte er mit belegter Stimme.

Sie sah zu ihm auf und spürte die steigende Sehnsucht ihres Körpers. Unwillkürlich öffneten sich ihre Beine, und er lächelte. Er warf den Kimono ab, legte sich neben sie und begann, ihr die Strümpfe auszuziehen, ihren Körper mit leichten Küssen bedeckend, bis sie sich wand.

»Küß mich auch«, murmelte er, schob ihren Kopf nach unten, immer weiter, und stieß mit etwas Hartem in ihren Mund. Dann stöhnte er wollüstig auf. Sie spürte ihn erschauern, und plötzlich hatte sie eine klebrige Flüssigkeit im Mund, die sie würgte. Sie wandte das Gesicht ab und ließ sie auf das Satinlaken laufen.

So hatte sie es sich nicht vorgestellt. Sie wußte nicht genau, was passiert war, aber Rudi schien befriedigt zu sein. Doch sie war enttäuscht. Tränen stiegen ihr in die Augen, und sie kämpfte sie zurück. Lange lagen sie so da, bis Rudi ihre Hand nahm und sie zu seinem Bauch führte. »Ich bin wieder bereit.«

Aber Luise war es nicht. Ihr Körper verkrampfte sich, und als er in sie eindrang, war es nicht der berauschende Augenblick, auf den sie so lange gewartet hatte, sondern nur schmerzhaft. Sie grub ihr Gesicht in seine Brust, um ihre Schmerzensschreie zu ersticken.

Rudi hielt diese Schreie offenbar für eine natürliche Reaktion. Als er sich schließlich von ihr löste, sah er sie zufrieden an. »Trinken wir noch etwas Champagner«, rief er und sprang aus dem Bett.

Benommen zog sie die Decke über sich, um ihre Blöße zu bedecken, und wünschte, sie wäre nie hierhergekommen. Ihr Blick fiel auf die kleine vergoldete Uhr neben dem Bett, und entsetzt stellte sie fest, daß es schon zehn Uhr war. Sie wankte zu ihren Sachen und fing an, sich anzuziehen.

»Was machst du denn?« fragte er von der Tür her.

»Ich muß gehen. Meine Eltern werden sich sorgen.«

Er zuckte die Achseln. »Ja, ich hab ganz vergessen, daß du noch so jung bist. Macht es dir was aus, wenn ich hierbleibe?« Er legte sich wieder in das zerwühlte Bettlaken und sah ihr zu.

Dann stand er auf und brachte sie bis zur Wohnungstür. »Ich bin morgen nachmittag im Café. Ich denke, wir sehen uns dort?«

Sie nickte, die Hand auf der Klinke.

»Was ist denn, mein Schatz?« Er griff ihr unters Kinn, so daß sie ihn ansehen mußte. »Es hat dir doch Spaß gemacht, oder nicht? Hat sich jedenfalls so angehört.«

»Ja«, murmelte sie.

»Dann mach doch ein etwas fröhlicheres Gesicht. Es ist doch nichts so Tragisches, seine Unschuld zu verlieren. Das passiert jeden Tag Tausenden von Frauen. Geh heim und schlaf gut. Und träume von Rudi.«

Sie träumte von Rudi, aber es war kein angenehmer Traum. Zu deutlich sah sie, daß sie für seine Geschenke bezahlt hatte, indem sie sich ihm hingab. Entsetzt erkannte sie, daß sie kaum besser war als eine gewöhnliche Prostituierte.

Am nächsten Morgen trieb sie sich unruhig im Hotel herum. Sie wußte nicht, ob sie am Nachmittag ins Café gehen sollte, und hatte Angst, Rudi würde sich bei seinen Freunden mit seinem Erfolg brüsten. Dann kam sie zu dem Schluß, daß sie doch gehen müsse, wenn auch nur, um ihr Gemüt zu beruhigen.

Als sie ins Café kam, saß er an seinem gewohnten Tisch und unterhielt sich mit Oskar Braun. Galant erhob er sich und küßte ihr die Hand. »Luise, mein Schatz, wie schön, dich zu sehen.« Sie atmete erleichtert auf. Wenigstens nach außen hatte sich nichts geändert.

Während der nächsten Tage gewann sie ihr Selbstvertrauen allmählich wieder. Als Rudi sie erneut zu sich einlud, lehnte sie ab, und anstatt wütend zu sein, wie sie befürchtet hatte, lächelte er großzügig. »Wir haben keinen Ehevertrag geschlossen. Du kannst tun und lassen, was du willst. Wenn du deine Meinung geändert hast, laß es mich wissen.«

Lothar Lorenz kam im Juli von Zürich nach Berlin. Er war ein kleiner, ziemlich untersetzter Mann mit einem runden, freundlichen Gesicht und trug die absonderlichste Kleidung, die Luise je gesehen hatte. An dem Tag, als er ins Café stürmte, hatte er gelb-schwarz karierte Knickerbocker an, eine gelbe Fliege, einen weiten, schwarzen Umhang und trug eine flache Arbeitermütze. Im Auge klemmte ein Monokel. »Rudi, mein Junge, man sagte mir, ich würde dich hier finden.«

»Lothar!« Rudi reichte ihm die Hand und stellte ihn Luise vor. »Lothars Vater besitzt in St. Gallen eine Wurstfabrik«, erklärte er ihr. »Ich kaufe eine Menge Fleischkonserven dort. Aber Lothar fühlt sich über so banale Dinge wie Wurst erhaben. Er nennt sich Kunsthändler und Sammler und hat viele von meinen Bildern gekauft. Er meint, sie würden einmal wertvoll.«

»Lach nur, Rudi, aber vergiß nicht, daß ich als einer der ersten die Impressionisten entdeckt habe. Renoir, Cézanne, Monet! Euer Kaiser nennt sie französischen Dreck, aber eines Tages werden sie ein Vermögen wert sein. Aber lassen wir das. Ich möchte von meinem neuesten Schwarm erzählen. Rudi, Fräulein Jochum, Lothar Lorenz hat Dada entdeckt. Ja, ich bin Dadaist!«

»Was ist Dada?« fragte Luise. Der kleine übersprudelnde Mann zog sie unwiderstehlich an.

»Dada ist die kulturelle Revolution. Dada will alle anerkannten Kunstformen zerstören, er verhöhnt die herkömmlichen Ideen. Wir Dadaisten verabscheuen den Krieg, den Kaiser, die Kapitalisten – wir lachen über sie. Wir sind gegen alles, und um die Sinnlosigkeit des Daseins herauszustreichen, machen wir es lächerlich. Das ist Dada.«

Rudi sah ihn spöttisch an. »Und was machst du, Lothar?«

»Ich unterstütze die armen Dichter, ich kaufe den darbenden Künstlern Bilder ab, ich finanziere dadaistische Ereignisse. Hier werde ich helfen, Theaterstücke auf die Bühne zu bringen. Ich bin Teil der revolutionären Sache.«

Nachdem Rudi das Café verlassen hatte, blieb Luise bei Lothar, der ihr schon bald die Geschichte seines Lebens erzähle. »Vom Tag meiner Geburt an habe ich die Wurstfabrik und St. Gallen verabscheut«, gestand er freimütig. »Als ich noch Student war, habe ich etwas Geld von meinem Großvater geerbt und mich sofort nach Paris abgesetzt. Paris war damals wunderbar.« Er schüttelte sinnend den Kopf. »Da habe ich auch meine Frau kennengelernt. Yvette war ein hübsches Mädchen, Tänzerin in den ›Folies Bergères‹, mit herrlichen Beinen. Wir heirateten, und nach nur einem Jahr hat sie mich verlassen. Die ›Ziegfeld Follies‹ in Amerika holten sie.«

»Wie schade.«

»O nein, meine Liebe, das hat mich etwas gelehrt. Ich hatte geglaubt, meine Frau zu besitzen, aber das stimmte nicht. Seitdem weiß ich, daß schöne Gegenstände nie alltäglicher Besitz werden können. Liebe sollte, wie die Kunst, Vergnügen bereiten, anregen, amüsieren und auch manchmal traurig machen, aber sie sollte nie Ursache von Kummer sein.« Er wechselte abrupt das Thema. »Entnehme ich Ihrem Namen richtig, daß Ihrer Familie dieses Café gehört?«

»Ja, und das Hotel Quadriga Unter den Linden.«

Er ergriff ihre Hände. »Was für ein Zusammentreffen! Dort wohne ich! Gehen wir zusammen zurück.«

Viktoria, die sie ins Hotel kommen sah, fragte Luise später: »Wer ist denn dieser ausgefallene kleine Mann?«

»Er ist faszinierend. Er ist ein Dadaist, ein Kulturrevolutionär.«

»O Luise, wann wirst du erwachsen?«

Luise dachte an Lothar Lorenz, der mindestens dreißig sein mußte, aber noch jung im Herzen war. »Ich weiß nicht, ob ich überhaupt erwachsen werden möchte.«

Lothar war ein glücklicher Mensch, und seine Fröhlichkeit wirkte ansteckend. Innerhalb ganz kurzer Zeit fühlte sich Luise ihm näher als je einem Menschen zuvor, Franz Jankowski ausgenommen. Vielleicht half der beträchtliche Altersunterschied, aber sie spürte, daß Lothar sie zwar gern hatte, aber nicht liebte, daß er ihre Gesellschaft wollte, aber nicht ihren Körper. Und dank diesem stillschweigenden Einverständnis entwickelte sich zwischen ihnen eine jener ganz seltenen menschlichen Beziehungen – wahre Freundschaft zwischen einem Mann und einer Frau.

Jetzt, wo sie Lothar hatte, konnte sie sich von Rudi lösen. Sie trafen sich zwar noch im Café, aber er bot ihr keine Geschenke mehr an, auch wenn er sie noch gelegentlich in seine Wohnung einlud. Sie war erleichtert, daß sie seine Einladungen lachend ablehnen konnte.

In der Berliner Künstlerkolonie sprach sich wie ein Lauffeuer herum, daß Lothar Lorenz ein Kunstförderer war. Die Tatsache, daß er im Quadriga wohnte, verlieh ihm einen Nimbus von Reichtum, und seine frühere Bekanntschaft mit Zürcher Dadaisten wie Richard Huelsenbeck und Tristan Tzara machte ihn kulturell akzeptabel. Schon bald hielt er in seinem exotischen Aufzug im Café Jochum hof.

»Ihr beide habt eine Menge gemeinsam«, spöttelte Rudi einmal. »Hat Luise dir schon gestanden, daß Olga Meyer ihre Kusine ist?«

Luise verzog das Gesicht, doch Lothar sah sie voller Achtung an. »Eine sehr mutige Frau. Es ist absoluter Irrsinn, daß sie wegen ihrer Ansichten eingesperrt ist.«

Gewaltige Menschenmassen, die auf den Straßen für die Freilassung von Karl Liebknecht, Rosa Luxemburg und Olga Meyer demonstrierten, bestätigten seine Meinung.

»Siehst du«, sagte er, »sie wissen, daß der Krieg vorbei ist, auch wenn eure Generäle es noch nicht wissen.«

Die meisten Bewunderer Lothars waren seiner Meinung, bezeichneten sich als glühende Revolutionäre und Anhänger der spartakistischen Sache. Trotz ihres mangelnden Interesses an Politik war Luise von den Leuten fasziniert, die er anzog. Wie Rudis Bittsteller wollten auch sie etwas, einen Verleger für ihr neuestes Buch, eine Galerie, um ihre Bilder auszustellen, oder eine Bühne und einen Regisseur für ihr letztes Stück. Journalisten, Sänger, Tänzer, Varietékünstler und Schauspieler, sie alle hofften auf Arbeit.

Eine dieser Schauspielerinnen war Sara Ascher. Obwohl sie inzwischen dreiundzwanzig war, wirkte sie kaum älter als vor zehn Jahren, als Luise sie auf Theo Arendts Hochzeit mit ihrer Schwester zum letztenmal gesehen hatte. Das schwarze, mit einem Band aus dem Gesicht gehaltene Haar ging ihr noch immer bis zur Taille, und nur die Figur war etwas voller geworden. Mit ihren dunklen Mandelaugen in dem schmalen Gesicht war sie unglaublich hübsch, und ihre erotische Ausstrahlung wirkte fast überwältigend. Luise konnte sich ihrem Bann nicht entziehen. Als sie einmal mit ihr allein war, fragte sie sie nach Georg.

Sara zuckte die Schultern. »Er ist irgendwo in Belgien im Lazarett. Offenbar hat er Gas abbekommen, und sein halbes Bein ist zerschmettert.«

»Das ist ja furchtbar, Sara. Kannst du ihn besuchen?«

»Nein, natürlich nicht. Aber was könnte ich auch tun? Ich kann kein Blut sehen. Ich weiß nicht, wie man mit Invaliden umgeht.« Sara beachtete Luises Schweigen nicht und fuhr fort: »Heirate nie, Luise. Die Leute stellen es immer als eine tolle Einrichtung hin, aber über die Nachteile sagen sie einem nichts. Selbst vor dem Krieg hab ich Georg kaum gesehen. Er hat pausenlos gearbeitet, weil er Papa unbedingt das Geld für unsere Wohnung zurückzahlen wollte. Und als ich dann die Rolle in ›Hurra! Husar!‹ bekam, wurde er vor Eifersucht unerträglich. Bald darauf wurde er natürlich einberufen, und ich habe ihn seit Kriegsausbruch nur einmal gesehen. Als er Heimaturlaub hatte, wurde ich schwanger.« Sie seufzte. »Ich war einundzwanzig, als ich Minna bekam. Glücklicherweise stellte Papa ein Kindermädchen ein, so daß ich weiter auftreten konnte.«

Luise runzelte die Stirn. Sie dachte daran, wieviel Zeit Viktoria und Benno Stefan widmeten. »Hast du keine Bedenken, sie allein bei dem Kindermädchen zu lassen?«

»Ich bin sicher, sie kümmert sich viel besser um Minna, als ich das je könnte«, sagte Sara gleichmütig.

Luise merkte bald, daß Lothar Lorenz Saras Charme verfallen war. Er schenkte ihr Blumen, überhäufte sie mit Einladungen zum Essen und blickte sie schmachtend an, sobald sie im Café Jochum erschien. Sara reagierte nicht, bis er eines Tages sagte: »Fräulein Ascher, sobald ich ein passendes Stück finde, sorge ich dafür, daß Sie die Hauptrolle bekommen.«

»Herr Lorenz, ich liebe Sie«, rief sie und küßte ihn auf die Wange.

»Was für ein wunderbares Mädchen«, schwärmte Lothar später. »Ich bin sicher, sie ist eine sehr begabte Schauspielerin.«

»Du weißt, daß sie verheiratet ist«, sagte Luise.

»Ich habe ausschließlich ehrenwerte Absichten.«

Schon bald jedoch wurde klar, daß er einen Rivalen in Rudi hatte, dessen Absichten alles andere als ehrenwert waren. Als Luise sah, daß er bei Sara die gleiche Taktik anwandte wie bei ihr, war sie doch besorgt. Sie war als alleinstehendes Mädchen jagdbares Wild gewesen, aber Sara war verheiratet. Und Rudis Geschenke an sie beschränkten sich auch nicht auf Kleiderstoff. Sie tauchte mit einem Diamantring und einer Hermelinstola im Café auf und machte kein Hehl daraus, daß es Geschenke von Rudi waren und worin ihre Gegenleistung bestand. Ihr Verhältnis wurde allgemein bekannt.

Anfang Oktober berichteten die Zeitungen, die Heeresleitung habe verfügt, daß Deutschland eine Demokratie werden solle. Karl las der Familie die Nachricht vor, als sie beim Frühstück saßen; sein bleiches Gesicht ließ seine Bestürzung erkennen. »Prinz Max von Baden ist zum Reichskanzler ernannt worden, und die Sozialdemokraten beteiligen sich an der Regierung. Es gibt keine Zensur mehr, der ›Vorwärts‹ und andere linksgerichtete Zeitungen sollen wieder erscheinen und einige politische Gefangene freigelassen werden. Alles offenbar mit dem Segen Ludendorffs und Hindenburgs. Warum machen sie das nur?«

»Ich glaube, Ludendorff weiß, daß wir den Krieg verloren haben«, sagte Benno ruhig. »Ich nehme an, er will, daß eine Zivilregierung über die Grundlage für den Frieden verhandelt.«

»Wer sagt, daß wir den Krieg verloren haben? Noch kämpfen wir. Noch haben wir unsere Flotte, oder nicht?«

»Glaubst du wirklich, daß der Krieg zu Ende ist?« fragte Ricarda Benno.

»Ja. Unsere Betriebe stehen fast still, weil das Land einfach keine Waffen mehr bezahlen kann. Theo Arendt hat es vor langer Zeit hier im Hotel prophezeit – die Truhen sind leer. Ihr wißt, mein Vater hat engen Kontakt zur Generalität, und wie er sagt, würden die Alliierten einem militaristischen Deutschland sehr harte Bedingungen stellen, aber vielleicht nachsichtiger mit uns umgehen, wenn sie denken, daß wir die Militärs abberufen haben. Der Kaiser und die Generäle werden im Ausland gehaßt – nicht das deutsche Volk.«

»Was meinst du, was jetzt passiert, Benno?« fragte Ricarda.

»Ich weiß es nicht, aber ich fürchte, daß die Sozialdemokraten jetzt, wo sie endlich eine legitime politische Stimme haben, sie auch hören lassen werden.«

Die Oktobertage vergingen, und Bennos Voraussagen traten ein. Jetzt konnten die Zeitungen über viele Regierungsaktivitäten einem Volk berichten, das das Recht forderte, informiert zu werden und teilzunehmen. Prinz Max bot der Regierung Wilson und nicht dem alliierten Oberbefehlshaber den Waffenstillstand an und nahm das 14-Punke-Friedensprogramm des Präsidenten an.

»Ziemlich harmlos«, brummte Karl, als er die Punkte durchlas, »aber alles idealistischer Unsinn. Ein Völkerbund! Aussöhnung zwischen allen Völkern. Was glaubt denn dieser Amerikaner, wer er ist? Der Allmächtige? Amerika hat uns den Krieg erklärt, nicht wir ihm! Und jetzt meinen die Amerikaner, sie könnten die Friedensbedingungen diktieren!«

Ganz außer sich aber war Karl, als Karl Liebknecht und Olga Meyer am 23. Oktober aus dem Gefängnis entlassen wurden. Eine erregte, lärmende Menge geleitete ihre Helden im Triumphzug die Linden hinunter. Die Hotelgäste standen auf dem Balkon und blickten grimmig zu.

»Warum greift die Armee nicht ein?« Karl drohte der begeisterten Menge mit der Faust. »Wenn Ludendorff hier wäre, würde er diesen Pöbel im Nu von der Straße fegen.« Finster blickte er den jubelnden Arbeitern nach, dann ging er voller Zorn zurück ins Hotel und schlug die Tür hinter sich zu.

Als Olga im Triumph die Linden hinuntergetragen wurde, waren ihre Augen nach den fast zwei Jahren in einer dunklen Gefängniszelle geblendet vom hellen Tageslicht. Ihre Ohren waren nach den langen Monaten der Stille taub vom stürmischen Jubel der Menge. Aber ihr Herz frohlockte. Hinter Gefängnismauern sitzend, hatte sie geholfen, die Monarchie zu stürzen!

Wieder im Wedding, wieder vereint mit Reinhardt, und in der Gewißheit, daß Karl Liebknecht frei war und Rosa Luxemburg bald wieder zu ihnen stoßen würde, stürzte sie sich in die Arbeit. Wie in Rußland war die Organisation vorbereitet, und die Menschen hier warteten darauf, daß in allen deutschen Großstädten Soldaten- und Arbeiterräte gebildet würden. Jetzt mußte nur noch die Koalitionsregierung gestürzt und eine Sowjetrepublik unter der Führung Karl Liebknechts ausgerufen werden.

Aber Reinhardt schien eigenartigerweise zu zögern. »Du bist zu schnell. Du warst zu lange weg, du weißt nicht, wie das Leben hier in Deutschland jetzt wirklich ist. Ich meine, wir sollten eine Art Bündnis mit den Sozialdemokraten suchen.«

Sie blickte ihn entgeistert an. »Die Spartakisten sollten sich mit Männern wie Friedrich Ebert und Philipp Scheidemann verbünden? Bist du verrückt, Reinhardt?«

»Nein, ich bin Realist. Wir sind einfach nicht stark genug, das Land allein zu regieren. Wir haben kein Programm und keine richtige Organisation. Wir brauchen ...«

Aber Olga hatte genug gehört. »Ihr ganzes Leben konnten die Menschen nicht mitreden, wie ihr Land regiert werden soll. Jetzt haben sie eine Möglichkeit, ihre wahren Gefühle zu zeigen. Wir, Reinhardt, werden sie in ihrem Recht führen, gegen die Regierung und den Kaiser zu streiken.«

Am Abend, als sie zum erstenmal seit fast zwei Jahren wieder nebeneinander lagen, hielt Reinhardt seine Frau fest in den Armen und streichelte ihren ausgemergelten Körper. »Du hast mir gefehlt«, sagte er leise.

Doch Olga hörte ihn nur vage. Jetzt, wo sie wieder zusammen waren, vergaß sie, wie sehr sie ihn vermißt hatte, und nahm seine Liebe fast mechanisch hin. Sie dachte fieberhaft nach, schrieb im Geist schon Artikel für ihre neue Zeitung, baute die Verwaltung auf, die für ihre neue Regierung gebraucht wurde. Für die Liebe würde später noch Zeit sein.

In den Tagen nach der Freilassung der spartakistischen Führer beobachtete Benno die Ereignisse mit wachsender Besorgnis. Die Spartakisten gingen sofort daran, die bereits ernüchterte Bevölkerung aufzuputschen, und öffentliche Demonstrationen und Versammlungen wurden von Mal zu Mal radikaler. Schon bald hatten sie ihre eigene Zeitung, denn sie besetzten die Büros des »Berliner Lokalanzeigers«, wo sie die »Rote Fahne« herausbrachten. Mit radikalen Worten verkündete sie das Parteiprogramm: die Abschaffung der kapitalistischen Herrschaft und den Übergang der Macht in die Hände der Arbeiter, Beschlagnahme der Privatvermögen, die Gründung von Arbeitermilizen . . .

Benno sah, daß es den Tod für die Kraus-Werke bedeutete, wenn die Spartakisten an die Macht kämen. Auf Anweisung von Baron Kraus stellte das Werk im Wedding die Sprengstoffproduktion ein und kehrte zu seinem ursprünglichen Zweck zurück, der Herstellung von Farben, Lacken, Klebstoffen und Poliermitteln, Produkte mit friedlichen Anwendungsmöglichkeiten. Stundenlang verhandelte Benno mit sozialdemokratischen Gewerkschaftsführern und versuchte, gemeinsam mit ihnen zu verhindern, daß die militanteren Arbeiter die Fabrik besetzten.

Dabei ging ihm plötzlich auf, daß es ihm ziemlich egal war, was aus der Kraus-Chemie würde. Die Heuchelei seines Vaters widerte ihn an. Benno hatte, wie er glaubte, mehr als seine Pflicht getan, gegenüber seinem Land und seiner Familie.

Unterdessen erlagen Deutschlands Nachbarländer eins nach dem anderen Revolutionen, die alle zwar sehr viel kleiner als die russische waren, aber durch ihre Nähe bedrohlich wirkten. Mit Billigung Präsident Wilsons zogen sie sich aus dem Kriegsgeschehen zurück und wurden zu selbständigen Republiken erklärt. Deutschland stand bald ganz allein da, der Invasion der Alliierten ausgeliefert.

Da nahm der Kaiser die Dinge selbst in die Hand. Er entließ General Ludendorff und begab sich ins Hauptquartier der Armee im belgischen Spa. »Seht ihr, der Kaiser glaubt, daß wir den Krieg noch gewinnen können!« erklärte Karl triumphierend.

Benno gab sich nicht die Mühe, ihm zu widersprechen. Das Hotel stand jetzt praktisch leer, denn die Beamten, die es jahrelang belegt hatten, verschwanden alle still und heimlich.

Am 3. November erreichte Berlin die Nachricht vom letzten Versuch des Kaisers, den Krieg noch zu gewinnen. Einige Tage zuvor hatte sein ganzer Stolz, die Hochseeflotte, den Befehl zum Auslaufen erhalten. Aber sie kam nie aus dem Kieler Hafen heraus, denn die Seeleute, die fast zwei Jahre an Land gesessen hatten, waren ebenso kriegsmüde wie die Arbeiter. Sie meuterten, und die Meuterei sprang wie ein Flächenbrand auf andere Marinestützpunkte über. Desertierende Soldaten schlossen sich ihnen an. »Lang lebe die Revolution!« war jetzt ihr Schlachtruf.

Benno war klar, daß die Alliierten gar nicht nach Deutschland einzumarschieren brauchten. Die deutschen Arbeiter hatten das Land in die Knie gezwungen. Die Regierung hatte keine andere Wahl, als einen Waffenstillstand anzubieten, wenn sie daheim keinen Bürgerkrieg wollte.

Als Benno am nächsten Tag ins Werk kam, fand er eine aufgebrachte Menge vor dem Tor. Zwei große Spruchbänder hingen an der Mauer. »Frieden und Freiheit« stand auf dem einen, »Tod dem Kapitalismus« auf dem anderen. Als sie seinen Wagen sah, wogte die Menge auf ihn zu, und einen Moment lang empfand er echte Angst. Dann hörte er erleichtert eine Stimme einen Befehl rufen, und die Menge teilte sich, um zwei Männer durchzulassen: der eine, ein bewaffneter Mann in Uniform, aber mit abgerissenem Ehrenzeichen, der andere einer der Gewerkschaftsführer.

Der Gewerkschaftler sprach gebieterisch, so daß die Streikenden ihn hören konnten. »Wir wollen keinen Ärger, Herr

Kraus. Wir führen jetzt diese Fabrik. Gehen Sie nach Hause!«

Das Gewehr des Soldaten war auf ihn gerichtet, aber Benno brauchte keine Aufforderung. Er nickte und wendete den Wagen. Er wußte, daß er nie in die Kraus-Chemie zurückkehren würde.

Vom Hotel aus rief er seinen Vater an und berichtete, was vorgefallen war. Der Baron brüllte ihn an, aber Benno entgegnete gelassen: »Meine Familie braucht mich hier, Vater. Ich kann nichts mehr für Kraus-Chemie tun.«

»Was wird dein Vater tun?« fragte Viktoria besorgt.

Benno zuckte die Achseln. »Er kann im Moment gar nichts machen. Er hat in Essen mehr als genug mit ähnlichen Problemen zu tun. Aber eines Tages werden wir zusammentreffen und entscheiden müssen, wie es mit meiner Zukunft aussieht.« Auch wenn er den väterlichen Betrieb verlassen wollte, wünschte er sich doch eine gütliche Trennung. Streit mit seinem Vater bedeutete wahrscheinlich, daß er seine doch beträchtlichen Anteile an den Kraus-Werken verlieren würde, und er hatte nicht soviel Kraft in die Firma investiert, um alles durch momentane Verärgerung des Barons einzubüßen.

Am Morgen des 9. November sah man Unter den Linden große Menschenmassen aufmarschieren, viele mit dem Gewehr über der Schulter, einige mit roten Fahnen und roter Armbinde, und alle mit einem roten Abzeichen am Revers.

Im Hotel befand sich nur noch eine kläglich kleine Gruppe, weit mehr Angestellte als Gäste, denn nur Sozialisten oder Exzentriker wie Lothar Lorenz hielten sich jetzt noch gern in Berlin auf. Doch im Lauf des Vormittags stieg ihre Zahl, denn es kamen Berliner, die entweder Angst hatten, allein zu Hause zu bleiben, oder am Ort des Geschehens sein wollten. Sie erzählten unglaubliche Geschichten von menschenleeren Straßen, wo die Fenster verbarrikadiert waren, und von Behörden, Zeitungsgebäuden und Bahnhöfen in der Gewalt der Revolutionäre.

Es war ein Morgen voller Spannung und wilder Gerüchte. Schweigend saßen die Leute in Gruppen in der Halle und sprangen jedesmal auf, wenn jemand durch die Glastür trat. »Sie haben das Schloß gestürmt«, berichtete ein Neuankömmling.

Ungeachtet der Demonstranten schlängelten sich Ullstein-Dreiräder durch die Massen und lieferten eine Zeitungsausgabe nach der anderen ins Hotel. Schweigend wanderten die Zeitungen von Hand zu Hand. Es gab nichts Neues. Selbst der »Vorwärts« meldete nur den Generalstreik.

Während die Parolen und das Jubeln der Massen die düstere Stille des Hotels durchdrangen, saßen sie da und warteten, jeder mit den eigenen bangen Gedanken beschäftigt. Benno, Viktoria und Stefan saßen zusammen, Luise und Lothar gegenüber; selbst der redselige Schweizer war schweigsam geworden.

Karl und Ricarda standen wie Statuen am Fenster.

Plötzlich wurde die Grabesstille unterbrochen, als ein Mann von der Straße mit gerötetem Gesicht hereinstürmte. »Scheidemann hat vor dem Reichstag die Republik ausgerufen! Prinz Max hat die Macht an Ebert übergeben! Ebert wird Kanzler! Lang lebe die deutsche Republik!«

Sekunden später stürzte ein anderer Fremder herein und schrie erregt: »Liebknecht hat vor dem Schloß eine Sowjetrepublik ausgerufen! Es lebe die Republik! Es lebe die Revolution!«

Sie starrten sich an. Zwei Republiken? Die Erregung auf den Straßen stieg unaufhörlich, und immer mehr Menschen stürmten ins Quadriga und riefen ihre Neuigkeiten in verängstigte Ohren.

»Prinz Max von Baden ist als Kanzler zurückgetreten! Der Kaiser...«

»Liebknecht ist Kanzler!«

»Prinz Max hat sich nach Belgien zum Kaiser begeben . . .«

»Ebert ist Kanzler!«

Den allgemeinen Tumult übertönend, rief eine Stimme: »Der Kaiser hat abgedankt!«

»Nein«, schrie Karl gequält auf, »nein, das kann nicht sein!«

Und während sie sich noch voller Angst ansahen, hörten sie die Zeitungsjungen von Ullstein. »›BZ am Mittag‹! Die Abdankung des Kaisers! Alles über die Abdankung in der ›BZ‹!« Benno drängte sich durch die Menge, um eine Zeitung zu bekommen. Karl riß sie ihm aus der Hand.

Sie umstanden ihn, als er den Leitartikel überflog. Sein Gesicht wurde allmählich aschgrau. »Ich glaube es nicht. Das hat Ullstein erfunden. Es ist eine Lüge!« Er ließ die Zeitung zu Boden fallen. »Wie kann so etwas sein?« fragte er in die Gesichter um sich herum. »Ein Kaiser und König von Gottes Gnaden, und jetzt kein Kaiser mehr . . .« Er wandte sich zu Ricarda. »Seine Majestät wird wiederkommen, nicht wahr?«

Stillschweigend kamen sie überein zusammenzubleiben, Gäste, Familie und Angestellte, vereint in der Angst vor dem, was als nächstes geschehen würde. Auf den Straßen draußen wimmelte es immer noch von Menschen. Vereinzelt hörten sie durch das Rufen und Jubeln Gewehrfeuer. Karl saß zusammengesunken mit gramverzehrtem Gesicht in einer Ecke und starrte ins Leere. Ricarda saß kerzengerade neben ihm und hielt seine Hand. Viktoria hatte Stefan auf dem Schoß, seinen Kopf an ihrer Brust, und redete leise auf ihn ein. Der Junge sprach nichts, aber seine Augen waren groß vor Angst. Luise und Lothar saßen an der Bar, tranken Cognac und rauchten. Auch wenn Lothar die Revolution insgeheim immer noch für aufregend hielt, gestanden sie sich beide, daß sie richtig Angst hatten.

Benno wanderte aufgeregt zwischen Küche, Halle und

Bar hin und her. Aus eigener Erfahrung in der Kraus-Chemie wußte er, was als nächstes kam. Er hatte den Dienstboteneingang und die Türen zum Keller verbarrikadieren lassen, und nachdem das Küchenpersonal einen einfachen Imbiß bereitet hatte, schickte er es zu den anderen in die Bar. Dann wartete er auf die Durchsuchung dieser letzten Hochburg der Monarchie durch revolutionäre Truppen.

Sie kamen gegen acht Uhr, stürmten durch die Glastür und trieben die versammelten Gäste und Mitarbeiter mit vorgehaltenen Gewehren barsch in der Halle zusammen. Ein junger Matrose sprang auf einen Sessel und rief mit leuchtenden Augen: »Wenn ich das Zeichen gebe, ruft ihr alle dreimal ›Es lebe die Revolution!‹«

Es entstand eine ratlose Unruhe, aber niemand sagte etwas. Benno sah Viktoria an; ihre Augen blickten verächtlich. Er blickte sich kurz um und bemerkte den gleichen Ausdruck auf fast allen Gesichtern. Die Soldaten hoben die Gewehre und legten nach einem Nicken ihres Anführers auf die mürrische Gruppe an. Mein Gott, dachte er, das ist nicht der Augenblick für Grundsätze. Diese Männer sind tollwütig genug, um wirklich zu schießen.

Da schallte laut und überzeugt eine schweizerische Stimme durch die Halle: »Es lebe die Revolution!« Es folgte Luises leises, aber doch deutliches »Es lebe die Revolution!« Ungeordnet und holprig stimmten die anderen ein, auch Benno. »Es lebe die Revolution!«

Die Soldaten senkten die Gewehre. Benno atmete auf. Doch dann erstarrte er erneut, als der Matrose vom Sessel stieg und rief: »Gut. Und jetzt durchsuchen meine Männer das Gebäude nach Offizieren und Kapitalisten, die Sie hier verstecken.«

Was wußten sie? Wußten sie, daß Benno Kraus von der Kraus-Chemie Karl Jochums Schwiegersohn war? Er blickte auf die Gewehre. Am besten, er gab sich gleich zu erkennen, um nicht das Leben aller anderen zu gefährden.

Doch bevor er sich rühren konne, wurde er von hinten zur Seite gestoßen, als ein zornbebender Karl an ihm vorüberstürmte. Ohne auf die angelegten Gewehre zu achten, marschierte er zu dem Matrosen. »Wer, glauben Sie, sind Sie eigentlich?« Er packte den Mann am Revers und schüttelte ihn. »Dies ist ein privates Hotel, und ich bin der Eigentümer. Es ist meine Sache, wer hier ist und wer nicht!«

»Hört euch den an«, höhnte einer der Soldaten. »Privathotel! Halt die Schnauze, du alter Trottel, oder soll ich sie dir stopfen?«

Ricarda wollte zu Karl gehen, doch ein Revolutionär stieß sie unsanft zur Seite. Wutentbrannt ging Karl mit den Fäusten auf ihn los, doch der Soldat schlug ihm den Gewehrkolben gegen den Kopf. Karl taumelte und stürzte zu Boden. Ricarda und Viktoria eilten zu ihm. Benno rückte zornig auf die Revolutionäre vor, und die Mitarbeiter und Gäste folgten ihm.

»Schluß jetzt!« rief der Matrose. »Wir wollen uns nur vergewissern, daß Sie keine Verräter verstecken.« Benno blickte auf den zusammengesunkenen Körper seines Schwiegervaters. »Sie« – der Matrose stieß ihn mit dem Gewehrlauf an –, »Sie nehmen den da rein und kümmern sich um ihn. Und Sie« – er zeigte auf Lothar – »gehen mit.« Er gab einem Soldaten ein Zeichen. »Und du auch. Und die übrigen warne ich; wenn wir irgendwas finden, eine einzige Waffe oder jemand, der gegen unsere revolutionäre Sache ist, werden alle drei erschossen!«

Es wurde eine lange Stunde, in der sie neben dem bewußtlosen Karl in der Bar warteten, während das Hotel durchsucht wurde. Benno wagte nicht, sich zu rühren. Als der einzige Kapitalist im ganzen Haus war er sich darüber im klaren, daß er sie alle gefährdete. Aber noch deutlicher war ihm bewußt, was er Lothar und Karl schuldete. Aus welch irregeleiteten Motiven auch immer Lothar die Revolution unterstützte, sein Mut, als erster zu sprechen, hatte ihnen allen das Leben gerettet, und Karls Ausbruch hatte ihn daran gehindert, sich zu erkennen zu geben.

Der Matrose erschien schließlich wieder an der Tür zur Bar und bedeutete dem Soldaten, die Geiseln freizulassen. Karl bewegte sich und öffnete die Augen. »Keine Offiziere? Keine Kapitalisten?« fragte er verbittert.

Der Matrose sah ihn aus zusammengekniffenen Augen an. »Wir kriegen die Verräter noch.« Dann machte er kehrt und verließ das Hotel.

Dr. Blattner kam und untersuchte die beachtliche Beule an Karls Kopf, der offenbar keinen weiteren Schaden bei dem Angriff erlitten hatte. »Sie sollten im Bett bleiben und in Zukunft derart sinnlose Gesten unterlassen.«

»Er hat mich des Verrats bezichtigt. Wie kann es Verrat sein, dem Kaiser treu zu sein? Wenn der Kaiser nicht gewesen wäre, gäbe es das Hotel Quadriga nicht.«

»Du warst sehr mutig, Karl, sogar tollkühn«, sagte Ricarda.

Zwei Tage nach der Ankündigung in der Zeitung dankte der Kaiser offiziell als König von Preußen und Kaiser von Deutschland ab und ließ sich in Holland nieder.

Am gleichen Tag unterzeichnete in einem Eisenbahnwagen im französischen Compiègne der Zentrumspolitiker Matthias Erzberger für Deutschland den Waffenstillstand. Die Bedingungen sahen vor, daß die deutschen Soldaten sich aus allen besetzten Gebieten im Westen zurückzuziehen hatten, Elsaß-Lothringen eingeschlossen. Alliierte Armee-Einheiten sollten das linksrheinische Ufer und Brückenköpfe bis fünfzig Kilometer östlich des Rheins besetzen. Deutschland sollte große Bestände an Kriegsmaterialien und seiner Flotte abtreten. Der Krieg war zu Ende.

Der massive Abzug aus den besetzten Gebieten begann sofort. Züge, die vor über vier Jahren jubelnde, siegessichere Regimenter nach Belgien gebracht hatten, brachten sie jetzt zurück, niedergeschlagene, erschöpfte Soldaten, denen die feldgraue Uniform um den Körper schlotterte und die nicht verstehen konnten, was geschehen war. In blindem Gehorsam hatten sie für Kaiser und Vaterland gekämpft. Nicht durch eigene Schuld hatten sie verloren. Allmählich erkannten sie, daß die Sozialdemokraten sie an den Feind verkauft hatten.

Die Armee konnte die Tausende von Freiwilligen und Einberufenen nicht mehr gebrauchen. Bei ihrer Ankunft auf den Heimatbahnhöfen wurden sie entwaffnet und mischten sich unter die aufgeputschte Menge, die durch die Straßen zog. Sie hatten keine Arbeit mehr, und ihr Land, dem sie Jahre ihres Lebens geopfert hatten, brauchte sie nicht mehr. Aber die Revolutionäre konnten sie brauchen, denn diese entlassenen Soldaten konnten Waffen bedienen. Sie gaben ihnen ihre Waffen wieder und drängten sie, sich ihnen im Kampf um die Freiheit anzuschließen.

Major Peter Graf von Biederstedt und seine Männer kamen am Ende des Monats nach Deutschland zurück. Niemand jubelte ihren Zügen auf dem langen Weg durch die Städte und Dörfer nach Danzig zu. Sie wurden im Gegenteil verhöhnt und beschimpft und mit erhobenen Fäusten und obszönen Gesten bedacht. Bewaffnete Deserteure, die die Kokarden von ihren Mützen gerissen hatten und rote Armbinden als Zeichen ihrer Mitgliedschaft in den Soldatenräten trugen, bedrohten sie.

Der Major blickte sie verächtlich an. Sozialistischer Abschaum waren sie, der Bodensatz des Volkes. Es war ihm unverständlich, daß der Kaiser abgedankt und Erzberger, ein Politiker der erbärmlichen Koalitionsregierung, zur Unterzeichnung des Waffenstillstandsabkommens hatte gebracht werden können. Aber als sie in Danzig ankamen, begriff er. Nicht die Armee hatte aufgegeben, sondern die Politiker, die die Macht der Militärs hatten an sich bringen wollen.

Die Berufssoldaten und Offiziere der Totenkopfhusaren wurden nicht entlassen. Sie bekamen Befehl, in der Garnison zu bleiben, um sich neu zu formieren, Waffen und Munition zu überprüfen und festzustellen, wer im Krieg gefallen war. Aus dem noch immer recht beachtlichen Regimentsfonds wurden neue Uniformen bestellt. Sobald die gegenwärtigen Unruhen vorbei waren, würden die Männer Urlaub bekommen.

Das erste, was Peter vorhatte, war, nach Lübeck zu fahren und Ilse von Schennig einen Heiratsantrag zu machen, wobei Generalmajor Ritter von Schennig ihn voll unterstützte. Die Hochzeit, so sein Entschluß, sollte binnen eines Jahres stattfinden. Bis dahin blieben er und seine Männer in Danzig, noch immer die Elite der deutschen Armee, die Kraft, auf die Deutschland gegründet gewesen war.

Nicht alle deutschen Armee-Einheiten kehrten heim. Nachdem Rußland sich aus dem Krieg zurückgezogen hatte und der Friedensvertrag von Brest-Litowsk ausgehandelt war, blieben einige Truppen an der Ostfront, weil die Generäle den Bolschewisten nicht trauten und ein Wiederauferstehen der Roten Armee fürchteten. Selbst nach Unterzeichnung des Waffenstillstands standen noch deutsche Soldaten an der russischen Grenze, unter ihnen auch Hauptmann Otto Tobisch. Er und seine Männer gehörten zu den härtesten Truppen Deutschlands, die überlebt hatten, weil sie keine Furcht kannten und einen angeborenen, brutalen Instinkt besaßen. Das galt besonders an der deutschen Nordostgrenze, wo sie es mit Weißrussen zu tun hatten, die vor dem kommunistischen Regime flohen, mit aus russischen Lagern entkommenen deutschen Kriegsgefangenen und mit als deutsche Soldaten verkleideten kommunistischen Agitatoren, die versuchten, nach Berlin und zu den spartakistischen Revolutionären zu gelangen.

Als Tobisch von den Waffenstillstandsbedingungen erfuhr, war er voller Wut, vor allem, da dies für ihn und seine Männer eine unsichere Zukunft bedeutete. Entlassung aus der Armee, dieser Gedanke war Otto ein Greuel, denn im Zivilleben gab es für einen Mann wie ihn keinen Platz. Er empfand hämische Freude, als er hörte, daß auch andere so dachten. Nicht nur die Soldaten, auch viele Generäle waren erbittert über das demütigende Friedensabkommen und weigerten sich, die Auflösung der deutschen Armeen zuzulassen. Auf den Straßen der deutschen Städte drohte die Revolution, und ein Bürgerkrieg schien bevorzustehen. Erfahrene Soldaten von Ottos Kaliber wurden gebraucht, um das rote Gesindel zu zerschlagen. Geld wurde gesammelt, und Ottos Männer wurden zu Söldnern in neu gegründeten Kampfverbänden – den Freikorps.

Sie erhielten einen neuen Namen – die Tobisch-Brigade. Auf ihren Helmen trugen sie ein Hakenkreuz, ein Zeichen, das sie bei ihren Kämpfen im Baltikum entdeckt hatten. Über seinen Ursprung wußte Otto nichts, und es war ihm auch egal, aber es schien einen starken Symbolgehalt zu haben.

Unter dem Kommando von General Lüttwitz setzte die Tobisch-Brigade ihre Massaker unter den Polen, Russen und Slawen in ihrem Grenzgebiet fort. Aber die ganze Zeit warteten die Männer auf den Befehl, nach Deutschland zurückzukehren, um dem Frieden zu Hause den Krieg zu erklären.

Im Hotel Quadriga war Karl noch immer ans Bett gefesselt, ein Schatten seiner selbst, als Max Patschke von der Front zurückkam. Max, der schwer an Fußbrand litt, humpelte ins Zimmer und setzte sich zu Karl ans Bett. »Hätten Sie nicht auch gedacht, daß sie mich zur Truppenversorgung getan hätten, Herr Direktor?« murrte er. »Aber Pustekuchen, sie haben mich zur Infanterie gesteckt. Ich habe gedacht, ich überlebe den Regen und Morast nicht.«

Karl sah seinen alten Freund mitleidig an. »Wo ist die Garde, Max? Ich habe gehört, sie ist zurück in Karlshorst. Warum marschiert sie nicht in die Stadt? Warum feiern die jungen Offiziere ihre Rückkehr nicht in meinem Hotel?«

Max sah ihn ungläubig an. Merkte sein alter Freund nicht, daß das Militär keine Macht mehr hatte? Die Sozialisten waren jetzt am Ruder. Bis die Rolle der Armee im neuen Deutschland nicht bestimmt war, konnte die Garde nichts anderes tun als warten.

»Ich habe nicht gedacht, daß es so kommen würde«, sagte Karl, und Max sah mit Schrecken, daß er Tränen in den Augen hatte. »Ich dachte, wir würden siegen wie 1871. Ich sah die Truppen schon durch das mit Girlanden geschmückte Brandenburger Tor marschieren, an ihrer Spitze der Kaiser.«

13

Josef Nowak focht seinen letzten Luftkampf am 5. November 1918. Ein paar Tage danach rief der Geschwaderführer, Hermann Göring, seine Männer zu sich und erklärte ihnen, es sei ein Waffenstillstand vereinbart worden und der Befehl ergangen, das Geschwader aufzulösen. Um nicht den Franzosen in die Hände zu fallen, sollten sie zuerst nach Darmstadt fliegen und sich dann nach Hause durchschlagen. Es gab Unmutsäußerungen, aber niemand widersetzte sich seinen Anweisungen.

Görings Maschine landete als erste in Darmstadt. Josef kreiste noch über dem Flughafen, als er bewaffnete Männer aus den Hangars stürzen sah, die ihre Gewehre auf den Piloten richteten. Es waren deutsche Soldaten, aber sie trugen rote Armbinden. Das war also das revolutionäre Gesindel, von dem sie gerüchteweise schon gehört hatten. Josef richtete unmißverständlich die Maschinengewehre seiner Fokker D VII auf sie. Er sah das Gestikulieren Görings und entsetzt nach oben blickende Gesichter. Die Soldaten liefen auseinander, und Josef landete.

»Ich habe ihnen gesagt, Sie würden schießen«, erzählte Göring ihm, als sie am Abend durch Darmstadt schlenderten und angewidert die Menschenmassen auf den Straßen sahen. »Jetzt wünschte ich, ich hätte den Befehl gegeben.«

Automatisch griff Josef nach seinem *Pour le mérite.* Was würde jetzt aus ihm werden? Bis vor ein paar Tagen war er noch ein Held gewesen, mit sechzig Abschüssen. Jetzt war er plötzlich ein Zivilist ohne Geld und Arbeit. Die Zukunft sah an diesem naßkalten Abend in Darmstadt nicht rosig aus.

In dem Augenblick stellte sich ihnen ein Soldat in einem grauen Militärmantel mit roter Armbinde und einem Gewehr in der Hand in den Weg. Er stieß Josefs Hand weg und packte den Orden. »Ist nur etwas Altmetall«, höhnte er. »Warum tust du's nicht weg?«

Josef wollte instinktiv mit den Fäusten auf ihn los, doch Göring hielt ihn zurück. Widerstrebend ließ Josef sich fortziehen. Ein paar Meter weiter trat ihnen ein anderer Soldat entgegen. »Gerade zurückgekommen, Genossen?« Er drückte ihnen ein Flugblatt in die Hand. »Ihr solltet zum Offizierstreffen gehen. Hat gerade angefangen.«

Die beiden Piloten sahen sich an. »Warum nicht?« sagte Göring achselzuckend.

Die riesige Halle war schon voll, als sie hinkamen. Die uniformierten Männer hörten einem Redner zu, irgendeinem Funktionär. »Der Krieg ist vorbei«, rief er. »Von jetzt an wird es keine Eliten mehr geben. Das ganze Offizierskorps wird verschwinden. Alle Menschen werden gleich sein und gemeinsam zum Ruhme der Republik arbeiten. Legt eure Rangabzeichen, diese Symbole der besiegten Tyrannei ab, und werdet Genossen unter Genossen!«

Der tiefe Unmut, der in Josef aufstieg, fand Widerhall im drohenden Gemurmel ringsum. Göring drängte sich an ihm vorbei durch die dicht an dicht stehenden Menschen auf die Bühne.

»Wir sind keine Genossen«, erklärte er herrisch. »Ich bin der letzte Kommandeur des Jagdgeschwaders Richthofen, und dieser Rock, den ich trage, ist ein Ehrenrock. Soll ich ihn in den Dreck werfen und darauf herumtrampeln? Kameraden, wir haben für das Vaterland gekämpft, gelitten, unser Blut vergossen, und viele von uns sind für das Vaterland gestorben. Sollen die Toten ihre Rangabzeichen auch ablegen?« Aus einigen Ecken der Halle kam Beifall, aus anderen Pfiffe und Buhrufe.

»Wir verlangen keine Belohnung«, übertönte Görings Stimme den Lärm, »aber wir haben auch nicht euren Hohn verdient. Und denen, die sich heute über uns lustig machen, sage ich, wir werden euch zum Teufel jagen. Der Tag wird kommen!«

Mit einem letzten haßerfüllten Blick in die Menge verließ er die Bühne und bahnte sich seinen Weg zurück zu Josef. »Gehen wir.« Begleitet vom Beifall anderer Offiziere und den Schmährufen der Revolutionäre, verließen sie die Halle. Draußen im strömenden Regen fragte Josef: »Was werden Sie jetzt machen?«

»Weiter fliegen und diesen Haufen zum Teufel jagen. Und Sie?

»Ich werde erst mal nach Hause fahren, aber ich muß irgend etwas finden, wo ich fliegen kann.«

Göring reichte ihm die Hand. »Wenn ich was höre, gebe ich Ihnen Bescheid.‹«

Die Kragen ihrer Ledermäntel hochgeschlagen und die Mützen gegen den Regen tief ins Gesicht gezogen, gingen sie auseinander, Göring nach München, Josef nordwärts nach Berlin.

Selbst in dem Anzug, den Rudi ihm gegeben hatte, wirkte Josef im Café Jochum fehl am Platz. Sein zernarbtes, abgespanntes Gesicht ließ ihn weit älter als seine sechsundzwanzig Jahre erscheinen, und auch wenn er bedeutend jünger als viele Kunden des Cafés war, schien er doch eine Generation älter. Den *Pour le mérite* trug er nicht mehr, weil er ihm ständig Anpöbeleien eingebracht hatte.

Luise, die sich noch an seinen letzten triumphalen Besuch in Berlin erinnerte, tat er leid. Rudi stellte ihn seinen Freunden nicht als einen von Deutschlands größten Fliegerhelden vor, sondern als seinen älteren Bruder, »gerade aus dem Krieg zurück«. Einen Augenblick lang sah Luise sie alle so, wie Josef sie sehen mußte, ein plappernder Haufen Intellektueller, Pazifisten, Künstler, dümmlicher Frauen und fanatischer Radikaler, die nichts anderes im Kopf hatten, als die Abschaffung der Zensur zu feiern, und die gerade die Welt stürzten, die Josef vier Jahre lang zu retten versucht hatte.

»Was werden Sie machen?« fragte Luise ihn.

»Versuchen, eine Stelle bei einer zivilen Fluggesellschaft zu finden.«

»Ach, laß doch das Fliegen«, sagte Rudi verächtlich. »Da ist doch kein Geld drin. Steig bei mir ein.«

Josef lächelte schwach. »Danke für das Angebot, Rudi, aber aus mir wird nie ein Geschäftsmann.«

Luise sah ihn nachdenklich an; sie erinnerte sich dunkel, davon gehört zu haben, daß Baron Kraus eine eigene Fluggesellschaft gründen wollte. »Sie haben doch Baron Kraus kennengelernt. Warum reden Sie nicht mit ihm?«

»Abgesehen davon, daß er wahrscheinlich eine Warteliste von einem Kilometer Länge hat, nehme ich an, daß er mit seinen Fabriken jetzt genug andere Sorgen hat«, sagte Josef trocken.

»Vielleicht kann meine Schwester oder Benno für Sie mit ihm reden.«

»Ja, wenn Sie meinen, daß sie das können, wäre ich sehr dankbar.«

In dem Augenblick kam Sara an ihren Tisch. Sie legte ihre Hand besitzergreifend auf Rudis Schulter und lächelte Josef an. »Sie müssen Rudis Bruder sein. Ich bin Sara Ascher.«

Zu Luises Überraschung stieg Josef eine leichte Röte ins Gesicht. Er sprang auf und küßte Sara die Hand. »Fräulein Ascher, ich gehöre seit langem zu Ihren Verehrern.‹«

»Ich weiß«, sagte sie kokett. »Man hat mir gesagt, Sie haben sogar Ihr Flugzeug nach mir benannt. Ich hoffe, ich habe Ihnen Glück gebracht.«

Rudi lachte heiser. »Ein Flug mit Sara ist etwas, das niemand vergessen kann.«

Sie kniff die Augen ein wenig zusammen. »Rudi, mein Lieber, du magst ja reich sein, aber manchmal bist du so gewöhnlich.«

Luise blickte unwillig. Wollte sie etwa, daß außer Rudi und Lothar jetzt auch noch Josef nach ihrer Pfeife tanzte? »Sara«, fragte sie anzüglich, »gibt es etwas Neues von Georg?«

»Oh, ich denke, er wird irgendwann zurückkommen, aber ich weiß nicht wann. So lange ist er sicher in guten Händen.«

Später, als Rudi und Sara gegangen waren, fragte Josef Luise: »Wer ist Georg?«

»Ihr Mann, Georg Jankowski. Er liegt verwundet irgendwo in einem Lazarett.«

»Sie meinen, sie ist verheiratet? Weiß Rudi das?« Als Luise nickte, sagte er: »Und trotzdem hat sie ein Verhältnis mit meinem Bruder? Diese dumme Gans! Und ich nenne mein Flugzeug nach ihr!«

Luise war sehr befriedigt zu wissen, daß wenigstens ein Mann den Klauen Saras entkommen war.

Je besser sie Josef kennenlernte, desto mehr mochte sie ihn. Verglichen mit ihren anderen Bekannten war er sehr altmodisch. Josef schien sich zu ihr hingezogen zu fühlen. Er wohnte nicht bei seinem Bruder, sondern hatte sich ein Zimmer in einer kleinen Pension in Wilmersdorf genommen. Er verhehlte nicht, daß er den Mob auf der Straße und die Revolutionäre, die kulturellen wie die politischen, nicht mochte.

An einem Abend nahm sie ihn mit ins Quadriga und stellte ihn Benno und Viktoria vor. Wie sie vermutet hatte, kamen alle gut miteinander aus. Als sie jedoch erklärte, sie hoffe, Baron Kraus könne Josef helfen, machte Benno ein nachdenkliches Gesicht. »Ich bin bei meinem Vater im Moment nicht gerade gut angeschrieben, aber ich versuche mein möglichstes.«

Als sie später allein waren, sagte Viktoria zu ihrer Schwester: »Josef gefällt mir viel besser als Rudi. Ich hoffe, du bringst ihn öfter her. Es war auch für Benno schön, jemanden zu haben, mit dem er sich unterhalten konnte.«

Luise lächelte, sagte aber nichts. Sicher hörte Viktoria schon wieder Hochzeitsglocken, aber sie hatte noch lange nicht vor zu heiraten. Und Josef bestimmt auch nicht.

Deutschlands industrielles Herz, das Ruhrgebiet, hatte aufgehört zu schlagen. Wie überall zog auch hier bewaffneter Mob durch die Straßen, während Arbeiterräte versuchten, die Herrschaft über die Fabriken zu erlangen. Wochenlang hatten Baron Kraus und sein Sohn Ernst in Essen mit den Gewerkschaften verhandelt, so daß die Kraus-Werke weiterarbeiten konnten. Die Zugeständnisse waren unvorstellbar, aber das war immer noch besser als die Besetzung der Werke durch revolutionäre Arbeiterräte. Außerdem war der Baron entschlossen, zu gegebener Zeit, wenn wieder Ruhe hergestellt war, diese Abmachungen zu widerrufen, da sie unter Zwang zustande gekommen waren.

Er hatte auch mehrmals heimlich mit Offizieren der französischen Truppen gesprochen, die den Rhein besetzen sollten. Viele französische Industriegebiete waren durch den Krieg total zerstört worden, und er sah eine Möglichkeit, die eigenen Fabriken in Betrieb zu halten, indem er an den früheren Feind seines Landes lieferte.

Aber in Berlin hatte Benno zum Ärger des Barons nichts unternommen, die Produktion zu retten. Er mußte also, obwohl er sein Sohn war, entlassen werden. In der ersten Dezemberwoche fuhr der Baron nach Berlin. Er wurde unterwegs viele Male angehalten, fand aber jedesmal einen plausiblen Grund für seine Reise. Er unterließ es, seinen Titel zu nennen, und bezeichnete sich als Vertreter.

Je näher er Berlin kam, desto gefährlicher wurde es für ihn, denn das Polizeipräsidium der Hauptstadt befand sich in den Händen der Spartakisten, die dort ihren eigenen Polizeipräsidenten eingesetzt hatten, einen üblen Typ namens Emil Eichhorn, der, wie es hieß, Gegner der Spartakisten foltern und sogar hinrichten ließ. Als der Wagen des Barons auf der Charlottenburger Chaussee angehalten wurde, wurden die bewaffneten Garden bei dem Namen Kraus mißtrauisch, ließen ihn jedoch durch, als er sein Ziel nannte.

Er war müde und gereizt, als er das Quadriga erreichte. Unübersehbare Menschenmassen drängten sich Unter den Linden. Das waren diejenigen, die eigentlich bei Kraus-Chemie arbeiten sollten, dachte er grimmig.

Es waren keine Portiers da, die ihn am Portal begrüßten, und als er in die Halle trat, fand er sie bis auf ein paar Pagen und den Hallenportier leer, der an Krücken hinter dem Empfang hervorschlurfte und rief: »Aber Herr Baron!«

»Wo ist mein Sohn? Holen Sie ihn augenblicklich!«

Benno, der mit Viktoria im Büro ihres Vater saß und ausrechnete, wie lange die Hotelvorräte noch reichen konnten, hörte die Stimme seines Vaters und erhob sich langsam. »Der Augenblick der Wahrheit scheint endlich gekommen.« Er ging in die Halle und bemühte sich um ein Selbstvertrauen, das er absolut nicht hatte. Nervös folgte Viktoria ihm.

Der Baron war außer sich vor Wut. »Was treibst du dich hier herum? Warum bist du nicht im Werk?«

Da stürzten Revolutionäre herein, ein Dutzend Männer, deren Gewehre unmißverständlich auf den Baron und seinen Sohn gerichtet waren. »Los, vorwärts!« rief einer. »Komm, Kraus, in den Wagen!«

»Benno!« schrie Viktoria und lief zu ihm, doch ein Soldat stieß sie brutal zur Seite, so daß sie stolperte und fiel. Als sie sich wieder aufrappelte, sah sie, wie der Baron und Benno unsanft in ein wartendes Polizeiauto gestoßen wurden. Aufgelöst humpelte sie durch die Halle und sah gerade noch, wie der Wagen Richtung Alexanderplatz davonfuhr. Fassungslos vergrub sie das Gesicht in den Händen. »Benno, Benno . . .«, flüsterte sie. Tränen liefen ihr über das Gesicht. Der Hallenportier wies einen Pagen an, Frau Jochum zu holen.

Im Polizeipräsidium wurden Benno und sein Vater sofort zu Eichhorn gebracht, der sie kalt unterrichtete: »Sie sind des Verrats und antirevolutionärer Tätigkeit angeklagt. Sie sind Feinde des Volkes und haben um das Eingreifen französischer Truppen ersucht, um die sozialistische Revolution zu verhindern.«

Benno starrte ihn verständnislos an. »Aber ich bin überhaupt nicht in der Nähe der Franzosen gewesen. Ich habe Berlin seit Wochen nicht verlassen. Ich habe Zeugen dafür, meine Frau, meinen Schwiegervater, den Besitzer des . . .«

Eichhorn schnitt ihm das Wort ab. »Das sind alles bourgeoise Zeugen. Ihre Aussagen sind wertlos.« Er wandte sich dem Baron zu und stieß ihm den Gewehrlauf gegen die Brust. »Sie haben mit den Franzosen verhandelt. Sie waren in Dortmund, Sie haben mit französischen Offizieren kollaboriert.«

Benno blickte seinen Vater an. Er hielt ihn dessen durchaus für fähig. Er würde alles tun, um seine Werke zu retten, würde lügen, betrügen und verraten, egal, wen. »Blödsinn!« knurrte der Baron. »Habe Essen eine Ewigkeit nicht verlassen.«

»Warum sind Sie in Berlin?« fragte Eichhorn drohend.

»Um nach meiner Fabrik im Wedding zu sehen«, bemerkte der Baron bissig.

Eichhorn sah ihn voller Abscheu an. »Bringt sie nach Moabit«, sagte er dann zu ihren Bewachern.

Wieder wurden sie unsanft in einen Polizeiwagen gestoßen und ins Moabiter Gefängnis gefahren. Benno empfand allmählich echte Angst. Er hatte keinerlei Verbrechen begangen, außer daß er ein Kapitalist im revolutionären Berlin war, und jetzt drohten ihm wegen der Raffgier seines Vaters

Inhaftierung und vielleicht sogar die Hinrichtung. Er dachte an Viktoria und Stefan, an Karl, Ricarda und Luise, Menschen, die ihm mehr bedeuteten als sonst jemand in der Welt. Er ertrug den Gedanken nicht, sie vielleicht nie wiederzusehen.

Der Wagen hielt auf dem Gefängnishof, und ihre Begleiter übergaben sie mit vorgehaltener Waffe Gefängnisbeamten, die keine Armbinden trugen. »Mein Name ist Kraus, Baron von Kraus«, sagte der Baron bedeutsam. »Ich bin sicher, hier muß ein Irrtum vorliegen. Ich verlange, den Gefängnisdirektor zu sprechen.«

Zu Bennos Überraschung schien der Aufseher beeindruckt. »Bleiben Sie hier, ich hole mir Anweisungen.«

Wenige Augenblicke danach kam er mit dem Gefängnisdirektor zurück, der sich vor ihnen verbeugte und vielmals entschuldigte. »Ich verstehe nicht, was da los ist. Sie schikken mir Leute wie Sie, Herr Baron, Gutsbesitzer und Industrielle, die unmöglich eines Verbrechens schuldig sein können. Männer, die die Stützen der Gesellschaft sind. Ich kann Sie zwar nicht freilassen, Sie aber in die Untersuchungszellen legen und alles tun, daß es Ihnen an nichts fehlt.«

»Er ist dem preußischen Staat verantwortlich, nicht dem Polizeipräsidenten«, flüsterte der Baron Benno zu, als sie zu ihren Zellen geführt wurden. »Er wird erkennen, wo seine Pflicht liegt. Wir werden nicht lange hier sein.«

Jetzt, da die unmittelbare Gefahr einer Exekution gebannt war, machte die Angst in Bennos Herz dem Zorn Platz. Die Kraftprobe zwischen Vater und Sohn fand endlich statt, aber nicht so, wie sie gedacht hatten, und Benno war entschlossen, die Umstände zu seinem Vorteil zu nutzen. Er würde die Kraus-Werke verlassen, aber zu seinen Bedingungen.

»Also, Benno«, sagte der Baron eisig, als sie sich in ihrer ungemütlichen Zelle eingerichtet hatten, »warum bist du nicht bei deiner Arbeit in der Kraus-Chemie gewesen?«

»Ich möchte meine Stellung aufgeben«, erklärte Benno knapp.

»Du wirst sie nicht aufgeben, du wirst entlassen. Und nicht nur das, du wirst auch keine Anteile am Unternehmen behalten.«

Es war die Reaktion, die er erwartet hatte. »Es läßt sich nicht nur nicht beweisen, daß ich mit den Franzosen verhandelt habe, ich habe Krause-Chemie auch den Arbeitern überlassen«, erklärte Benno bedächtig. »Wenn also das, was du über den Gefängnisdirektor aussagst, richtig ist, glaube ich daher nicht, daß ich lange festgehalten werde. Du bist jedoch in einer etwas anderen Lage. Selbst wenn du freigelassen wirst, wäre es nicht schwer, dich wieder zu verhaften. Du solltest nicht vergessen, daß die Kusine meiner Frau Olga Meyer heißt – die jetzt in Berlin beachtliche Macht hat, und sie hat dich schon immer gehaßt.«

Sein Vater sah ihn mit offenem Mund an. »Das ist ja Erpressung.«

»Vielleicht, aber ich werde meine Drohung wahr machen, wenn du nicht auf meine Bedingungen eingehst. Ich möchte keine weitere Geschäftsführertätigkeit in den Kraus-Werken, aber ich behalte meinen Direktorposten und die Anteile.«

Auf dem Gesicht des Barons erschien ein Ausdruck widerwilliger Bewunderung, und Benno sah beinahe, wie er dachte: »Endlich zeigt der Junge mal Krausschen Geist!« Er nutzte die Gunst der Stunde. »Ich habe Kanonen, Sprengstoff, Giftgas und Schlachtschiffe satt. Von jetzt an will ich den Menschen Freude bringen, anstatt sie umzubringen. Ich werde den Jochums helfen, das Hotel zu führen.«

Er wartete auf die höhnische Reaktion seines Vaters, doch nichts kam. Statt dessen trat ein Ausdruck von Schlauheit in seine Augen. »Ich möchte dich nicht verlieren, Benno. Wir können trotzdem noch zusammenarbeiten. Weißt du, ich bringe die Kraus-Werke schon seit langem weg vom Rüstungsgeschäft in andere Bereiche. Ich habe eine zivile Luftfahrtgesellschaft gegründet und eine neue Abteilung in der Kraus-Werft.«

»Was hat das mit dem Quadriga zu tun?«

»So wie das Quadriga das luxuriöseste Hotel Deutschlands ist, wird mein Schiff der luxuriöseste Passagierdampfer. Wenn ich dir deinen Direktorposten und die Anteile lasse, hilfst du mir dann dabei?«

Jetzt blickte Benno überrascht. Deutschland hatte gerade einen Weltkrieg verloren, und sein Vater redete von Luxusdampfern! Gab es denn gar nichts, was der alte Herr nicht zu seinen Gunsten umbog? »In Ordnung«, sagte er und hatte dabei das Gefühl, daß sein Vater bei dieser Auseinandersetzung doch den Sieg davongetragen hatte. Aber die Erwähnung der Luftfahrtgesellschaft brachte ihn auf einen anderen Gedanken. »Kannst du Josef Nowak in deiner Fluggesellschaft eine Stelle geben?« fragte er.

»Nowak? Ach ja, ich erinnere mich. Er hat's im Moment sicher nicht einfach. Ich denke, ich kann ihm was besorgen. Natürlich nicht als Pilot, denn die Gesellschaft fliegt noch nicht, aber vielleicht als Verkäufer. Sag ihm, er soll zu mir nach Essen kommen.«

Es war nicht viel, aber für Josef wäre es besser als gar nichts.

Viktoria stand noch immer hilflos am Hoteleingang, als sie einen Arm um ihre Schultern spürte und die Stimme ihrer Mutter hörte. »Er hat nichts Unrechtes getan, Vicki, ihm passiert bestimmt nichts.«

»Er ist ein Kraus«, sagte Viktoria düster. »Sie werden ihn umbringen. Mama, was kann ich tun?«

»Lohnt der Versuch, mit Olga zu sprechen?«

»Olga haßt die Kraus-Familie. Nein, ich glaube, ich kann nur zum Alexanderplatz gehen und um seine Freilassung bitten.«

»Ich komme mit.«

»Nein, es ist besser, ich gehe allein. Ich ziehe einen alten Mantel an, damit ich nicht auffalle.«

Nicht einmal während ihrer Schwangerschaft war sie so verzweifelt gewesen wie an diesem Tag. Als sie sich einen Weg durch die Menschen bahnte, wurde ihr bewußt, wieviel Benno ihr inzwischen bedeutete. Rückblickend glaubte sie, ihn schon immer geliebt zu haben, aber weil sie Peter von Biederstedt so romantisch verklärt hatte, hatte sie nie Bennos Wert erkennen können. Jetzt, wo er ihr genommen worden war, sah sie seine inneren Werte erschreckend klar, seine Zuverlässigkeit, seinen gesunden Menschenverstand, seine Fürsorge, nicht nur für sie, sondern für Stefan und die übrige Familie. Lernte sie diese Lektion wirklich erst jetzt, wo sie im Begriff war, ihn zu verlieren?

Bewaffnete Wachen standen vor dem Polizeipräsidium und ließen es wie eine Festung erscheinen. Mit mutig erhobenem Kopf und zu Fäusten geballten Händen, damit sie nicht zitterten, ging sie hinein. »Ich möchte den Polizeipräsidenten sprechen.«

Im Innern des Gebäudes wimmelte es von Menschen, von denen die meisten das gleiche hoffnungslose Anliegen hatten wie sie. Vier Stunden später fand sie endlich einen Polizisten, der ihr sagen konnte, daß Benno und sein Vater der Verschwörung mit den Franzosen in Dortmund angeklagt und nach Moabit gebracht worden seien.

»Aber das ist lächerlich. Mein Mann hat Berlin nicht verlassen.«

»Er wäre nicht festgenommen worden, wenn er nicht schuldig wäre.«

»Aber was wird mit ihm?«

»Wahrscheinlich wird er erschossen«, meinte der Polizist lakonisch. »Die meisten Verräter werden erschossen.«

»Wo kann ich Olga Meyer finden?«

»Warum wollen Sie sie denn sprechen?«

»Sie ist meine Kusine.«

»Ich glaube, sie ist im Gebäude des ›Vorwärts‹.«

Vor dem Zeitungsgebäude standen überraschenderweise keine bewaffneten Wachen. Ein Hausmeister brachte sie zu Olgas Büro. Zwischen Stapeln von Papier sah das schmächtige Gesicht ihrer Kusine sie ausdruckslos an. »Ja, Viktoria?«

Es war, als ob sie nie Freundinnen gewesen wären. Aus tiefstem Herzen wünschte Viktoria, nicht diesen zweiten Gefallen von ihr erbitten zu müssen, aber da Bennos Leben auf dem Spiel stand, hatte sie keine andere Wahl. »Eure Leute haben Benno festgenommen. Bitte, Olga, sag ihnen, daß sie ihn freilassen.«

»In einer solchen Zeit sorgst du dich, weil ein habgieriger Kapitalist festgenommen worden ist?«

»Olga, er ist mein Mann!«

»Dann kann ich dir nur sagen, daß du es dir besser hättest überlegen sollen, als du geheiratet hast. Die Krauses und ihresgleichen verdienen, was sie bekommen.«

In dem Augenblick sah Viktoria Reinhardt durch das Zimmer auf sie zukommen. Sie lief ihm entgegen. Tränen rannen ihr über das Gesicht. »Reinhardt, bitte hilf meinem Mann. Er hat nichts Unrechtes getan, aber sie haben ihn nach Moabit gebracht. Reinhardt, bitte!«

»Weißt du was davon?« fragte er Olga.

»Ich hab noch anderes zu tun, als mich um Benno Kraus zu sorgen! Merkt niemand von euch, daß die meisten Menschen in Berlin hungern, daß es keine Medikamente gibt, daß Menschen sterben . . .?«

Überraschend freundlich nahm Reinhardt Viktorias Hand. »Ich telefoniere mit dem Präsidium. Keine Angst, er wird freikommen.«

»Vergeude deine Zeit nicht, Reinhardt«, sagte Olga verbittert. »Was hat Benno Kraus jemals für dich getan?«

Reinhardt achtete nicht auf sie. Es dauerte lange, aber schließlich kam er zu Eichhorn durch und verbürgte sich persönlich für die Unschuld von Baron Kraus und dessen Sohn. Nach dem Gespräch sagte er zu Viktoria: »Du solltest jetzt nach Hause gehen und warten. Ihm wird nichts passieren.«

Sie ergriff seine Hand. »Wie kann ich dir jemals danken? Vor allem nach dem, was mein Vater zu dir gesagt hat?«

»Unsere Partei ist nicht verdorben. Wir wollen den Menschen helfen, sie nicht wegjagen.« Er sah Olga an und seufzte. »Sie wird nie begreifen, daß zuviel Blut geflossen ist, zu viele gestorben sind. Unsere Revolution sollte friedlich sein.«

Viktoria wartete in der Hotelhalle, als Benno zurückkam. Sie stürzte ihm entgegen, warf die Arme um seinen Hals, lachte und weinte gleichzeitig. »O Benno, ich dachte, ich würde dich nie wiedersehen.«

Er zog sie an sich, hielt sie so fest, daß sie kaum noch atmen konnte. Schließlich lösten sie sich voneinander, und er schilderte in ein paar knappen Sätzen das Gespräch mit seinem Vater. »Er ist direkt nach Essen zurückgefahren«, sagte er. Dann machte er eine ausladende Geste mit der Hand. »Dies ist jetzt mein Zuhause.«

Es herrschte stillschweigend Übereinkunft, daß Benno die Gesamtleitung des Hotels Quadriga übernahm. Viktoria kümmerte sich um die Verwaltung, während Ricarda kaum von der Seite ihres Mannes wich. Luise und Lothar, die scheinbar unberührt von den Kämpfen ringsum waren, gingen weiter fast jeden Tag ins Café Jochum.

Nachdem Benno ihm berichtet hatte, sein Vater könne ihm eine Stelle bieten, fuhr Josef Nowak nach Essen. Luise vermißte ihn kurze Zeit, aber dann trat er in den Hintergrund, weil sich soviel ereignete.

Lothars rundes Gesicht strahlte in diesen Tagen vor Freude, denn die Revolution war das Aufregendste, was er je erlebt hatte. Er glaubte fest an die Sache der Arbeiter, aber da der bewaffnete Kampf nicht gerade seine Stärke war, lenkte er seine ganze Kraft auf die Kulturrevolution.

Als er von dem Riesenerfolg hörte, den Sara vor dem Krieg auf der Bühne errungen hatte, fiel ihm in einem lichten Augenblick der Titel »Hurra! Dada!« ein. Hatte »Hurra! Husar!« die Armee und den Krieg verherrlicht, war »Hurra! Dada!« eine herrliche Parodie auf das Militär, die Junker, die Konservativen, Kapitalisten und Kriegsgewinnler. Er betrachtete es gleichzeitig als eine hervorragende Gelegenheit, Sara Rudi Nowak abspenstig zu machen. Die Rolle, die er ihr anbot, war eine Parodie auf die, die sie in »Hurra! Husar!« gespielt hatte. Aufreizend aufgemacht, sollte sie sich über die arroganten jungen Leutnants und rotgesichtigen Generäle lustig machen, die ihre Gunst suchten, und sich für einen armen Poeten entscheiden.

Sara war im siebten Himmel. Sie nannte Lothar »meinen liebsten Freund, den Theaterproduzenten« und bedachte ihn mit Küßchen, wann immer sie ihn sah. Nachdem Lothar ein Theater gemietet hatte, machte sie einen Riesenwirbel, daß sie ihren Text lernen müsse, und entschwand mit bedeutender Miene zu den Proben. Endlich war sie wieder Schauspielerin.

Auch für Luise war das neue Nachkriegs-Berlin offenbar ein wunderbares Pflaster. Sie begriff weder den Verfall ihres Vaters in den Kriegsjahren noch seinen Zusammenbruch bei der Abdankung des Kaisers. Als unpolitischer Mensch waren ihr die Sozialdemokraten so gleichgültig wie die Spartakisten. Bis auf eine kindheitsbedingte Zuneigung zum Kaiser empfand sie auch keine besondere Sympathie für die Konservativen. Sie war sich nur vage der Probleme bewußt, vor denen ihre Familie angesichts eines praktisch leeren Hotels stand, und dachte auch kaum darüber nach, wenn sie im vollen Café Jochum saß.

Karl verließ sein Schlafzimmer inzwischen wieder und saß, nur mehr ein Schatten seiner selbst, tagsüber am Fenster der Bar, durch das er auf die Linden blickte. Als der Sozialistenführer Friedrich Ebert sich weigerte, auf irgendwelche politischen Forderungen der spartakistischen Splittergruppe einzugehen, gingen die Revolutionäre daran, Berlin gewaltsam einzunehmen. Ebert war machtlos, denn ihm standen nur einige Truppen, überwiegend im Reichstag, zur Verfügung.

Entsetzt sah Karl mit an, wie die Revolutionäre vom Brandenburger Tor Besitz ergriffen, ihre Heckenschützen neben der Quadriga und ihre Maschinengewehre an den dorischen Säulen postierten, die den Mittelbogen flankierten, den nur der Kaiser passieren durfte. »Warum kommt die Garde nicht aus Karlshorst?« fragte er Benno bekümmert.

»Sie glauben doch nicht, daß die Erste Brandenburgische Garde Befehle von einem Sozialdemokraten annimmt? Feldmarschall Hindenburg wird die Ehre seiner Truppen nicht für nichts aufs Spiel setzen. Ebert muß schon selbst einen Weg finden, die Spartakisten zu schlagen.«

Doch an den folgenden Tagen wünschte Benno des öfteren, daß die Garden aus Karlshorst, Potsdam oder Döberitz einmarschieren würden, denn als die Revolutionäre auf das Schloß vorrückten, wurden die Linden zu einem Schlachtfeld, in dessen Zentrum das Quadriga lag.

Nicht einmal Luise und Lothar verließen jetzt das Hotel, denn auf der Straße waren nur Soldaten – die zu allem bereiten halbverhungerten Revolutionäre und Eberts reguläre Truppe aus dem Reichstag. Die Prachtstraße hallte wider vom Lärm der Schießerei. Von den wenigen Leuten, die Benno geblieben waren, ließ er nur die tüchtigsten im Erdgeschoß. Alle anderen schickte er in obere Räume hinten im Gebäude und wies sie an, sich einzuschließen und die Zimmer nicht zu verlassen. Nur Karl weigerte sich zu gehen. »Das ist mein Hotel«, sagte er halsstarrig.

An diesem Tag wurde das Hotel zum Schlachtfeld, als zuerst Revolutionäre und dann Regierungstruppen durch die Gänge stürmten und durch die offenen oder eingeschlagenen Fenster auf die Straße schossen. Benno stand hilflos in der Tür zu Karls Büro und sah sie mit Gewehren und Granaten durch die weiße Marmorhalle rennen.

Gegen Abend trat eine Pause ein. »Haben sie sie geschlagen?« fragte Karl.

»Nein, sie sind weiter zum Schloß vorgedrungen.« Benno durchfuhr plötzlich ein furchtbarer Gedanke. »Wir sind jetzt in ihrem Gebiet. Sie werden wiederkommen und nach Lebensmitteln suchen.«

»Sie werden alles auseinandernehmen.« Voller Schreck dachte Benno an den kostbaren Vorrat an Konserven im Keller. Und dann fiel ihm der Wein ein, fast eine Million Flaschen, die alle Jahrgänge von Karls Leben umfaßten – die ganze Geschichte des Hotels. Die Kellertür war zwar verriegelt, doch diese Desperados konnten sie ohne weiteres aufbrechen. »Der Wein!«

Wie ein Mann stürzten die beiden Männer in die Küche und begannen, Stühle, Tische, Kisten, alles, was sie greifen konnten, vor die Tür zu stapeln. Dann warf Benno Geräte, Töpfe und Geschirr durch die Küche. »Es muß so aussehen, als ob uns schon jemand ausgeplündert hätte.«

In dem Augenblick wurden die Glastüren des Hotels aufgestoßen, und sie hörten Geschrei in der Halle. Benno atmete tief durch und ging hinaus. Es waren etwa zwanzig Mann, die drohend die Gewehre auf ihn richteten. »Rückt eure Vorräte raus!«

»Wir haben kaum noch etwas«, schwindelte Benno mit klopfendem Herzen.

»Das ist doch ein Hotel, oder?« Der Mann stürmte an ihm vorbei in die Küche.

Es sieht sehr realistisch aus, dachte Benno, als er direkt hinter ihm eintrat. Karl stand mitten in dem verwüsteten Raum, Verwirrung und Verachtung im Gesicht. Die Soldaten beachteten ihn jedoch nicht, denn auf den Regalen hatten sie Konservern entdeckt, die Benno mit Absicht dort hatte stehenlassen. Gierig stopften sie sich diese in die Taschen. »Und Getränke?« fragte der Anführer.

Mit einer Ruhe, die er gar nicht empfand, trat Benno ihm entgegen. »Es war Krieg. Aus Frankreich ist schon lange kein Wein mehr gekommen. Er ist ausgegangen.«

Argwöhnisch blickte der Mann sich in der Küche um und ging dann zielstrebig zu dem Haufen vor der Kellertür. Er trat gegen eine der Kisten, so daß es hohl widerhallte. Zu Bennos Erleichterung nickte er. Haßerfüllt starrte er Benno und Karl noch einmal an und sagte: »Gehn wir.« Vollgepackt verließen sie das Hotel.

Die beiden Männer standen in der Halle und sahen ihnen nach. Dann sagte Karl leise: »Danke, Benno. Ich wäre eher gestorben, als diese Roten an meinen Wein zu lassen.«

Benno blickte ihn fragend an. Er würde für seine Familie sterben – sogar für sein Land. Aber für einen Keller mit Wein?

Weihnachten waren die Regierungstruppen aus dem Reichstag vertrieben und mußten ihr Hauptquartier im Hotel Kaiserhof einrichten. Revolutionäre Soldaten waren in das Reichskanzleramt eingedrungen, und nicht einmal ein von Hindenburg entsandtes Truppenkontingent konnte die Volksmarinedivision aus den Ställen des Schlosses vertreiben.

Schließlich mußte Ebert handeln, und er ernannte Gustav Noske zum Reichswehrminister. Selbst Benno nahm die Ernennung mit Bestürzung auf, denn Noske eilte ein schlechter Ruf voraus. Die Sozialdemokraten hielten den gelernten Metzgermeister für einen Militärfachmann. Als er vor der Presse erklärte, daß irgendeiner schließlich der Bluthund werden müsse, wußte Benno, daß die Nöte der Stadt alles andere als vorbei waren und Noskes Schlächterei erst noch bevorstand.

»Wird Noske die Garden holen?« fragte Karl hoffnungsvoll.

»Nein. Er möchte sicher, aber sie werden ihm nicht folgen. Hindenburg will sich aus diesem Krieg heraushalten. Die Armee des Kaisers wird nicht auf der Seite der Sozialisten kämpfen, nicht einmal gegen Kommunisten.«

»Was wird denn dann?«

Darauf wußte auch Benno keine Antwort.

Der Neujahrsabend im Hotel war ganz und gar nicht festlich. Es wurde zwar ein Waffenstillstand ausgerufen, aber sie horchten dennoch mit einem Ohr nach Schüssen. Ein paar Leute kamen, um das erste Neujahr nach dem Krieg zu feiern, und für sie spielte im Palmenhaus ein improvisiert zusammengewürfeltes Orchester. Kracher wurden losgelassen, Konfetti und Luftschlangen flogen durch die Luft, doch die Stimmung blieb gedämpft, und bald nach Mitternacht brachen die Gäste wieder auf, um nach Hause zu gehen.

Zwei Tage später wurde auf den Straßen wieder genauso erbittert gekämpft wie vorher. Wieder wurde ein Generalstreik ausgerufen, an dem zu Karls Entsetzen diesmal sogar Kellner seines Hotels teilnahmen. Bewaffnete Streikposten vor dem Hotel ließen keine Angestellten hinein. Karl ging hinaus und protestierte. Mit wutverzerrtem Gesicht kam er zurück. »Sie lassen das Personal nicht nur nicht rein«, tobte er, »sie lassen uns auch nicht raus. Sie sagen, wir seien hier im Niemandsland, und es wäre für uns zu unsicher auf der Straße. Stellt euch vor, jetzt sind wir Gefangene im eigenen Haus!«

Der Streik traf alle Bereiche. Der Verkehr kam zum Erliegen. Strom und Gas fielen aus. Geschäfte, Restaurants, Fabriken und Büros wurden geschlossen. Inmitten der aus den Fugen geratenen Stadt blieb das Quadriga ein geschützter Zufluchtsort. Dank der eigenen Strom- und Wasserversorgung konnte es noch arbeiten. Die Rumpfmannschaft konnte noch Essen zubereiten. Seine Lichter strahlten hell in den Dunst, der die Stadt einhüllte.

In Döberitz, außerhalb von Berlin, sammelte Noske seine Truppen, um nach Berlin einzumarschieren. Von der russischen Grenze kamen Otto Tobisch und seine kampferprobten Söldner mit ihren Hakenkreuzhelmen. Ihre Panzerkampfwagen waren mit Maschinengewehren und genügend Munition ausgerüstet. Beim geringsten ungewöhnlichen Geräusch griffen die Männer zu ihren Waffen. Schieß zuerst, war das Motto der Tobisch-Brigade.

Zu ihnen stießen die Truppen von Hauptmann Ehrhardt aus dem Baltikum. Aus dem Osten kam Hauptmann Pabst. Sie sammelten sich in Döberitz und warteten auf den Befehl, nach Berlin zu marschieren und der roten Revolution ein Ende zu machen.

Otto betrachtete diese Männer mit grimmiger Befriedigung, denn er wußte, daß sie die tüchtigsten und härtesten im Land waren. General Lüttwitz und Reichswehrminister Noske hatten sie geholt und nicht die Elitetruppen Hindeburgs, die in Danzig, Karlshorst und Potsdam saßen. Otto war sicher, daß die Rettung Deutschlands von den Männern der Freikorps abhing.

Olga blickte aus dem Fenster des spartakistischen Hauptquartiers auf die sich im Nebel sammelnden Massen. Das war der Augenblick, den sie all die Jahre ersehnt hatte. Das war der Tag der deutschen Revolution!

Mit Gewehren bewaffnete Arbeiter besetzten Zeitungsgebäude und Bahnhöfe. Sie standen vor Behörden und Ministerien. Ihre Heckenschützen hockten neben dem Symbol Deutschlands, der Quadriga auf dem Brandenburger Tor. Die Stadt gehörte ihnen. Und auch ihre Menschen.

Den ganzen Morgen strömten die streikenden Arbeiter ins Stadtzentrum. Aus den entlegensten Außenbezirken brachen sie im Morgengrauen auf, um ihre Loyalität mit den Spartakisten zu zeigen. Sie kamen aus Lichtenberg, Friedrichsfelde und Wartenberg, zu Fuß aus Reinickendorf, Pankow und Wedding, aus Weißensee, Kreuzberg und Schöneberg, zu Tausenden. Und dann standen sie da und warteten, daß man ihnen sagte, was sie tun sollten. Olga wußte, daß sie zu allem bereit waren, aber man mußte ihnen das Stichwort zum Handeln geben.

Erschöpft sah sie ihre Genossen in dem verräucherten Büro an, wo sie seit Tagen stritten um den Kurs, den sie einschlagen sollten. Sie waren schon unter sich nicht einig, wie Olga merkte. Die eine Gruppe, zu der sie und Karl Liebknecht gehörten, wollte die Macht unter allen Umständen erringen, egal, wie viele Menschenleben es kosten würde. Die andere, unter der Führung von Reinhardt und Rosa Luxemburg, riet zu Vorsicht, wollte die Macht nach und nach an sich bringen, nicht mit Hilfe von Gewalt.

»Die Menschen wollen die Sozialdemokraten nicht, sie wollen Ebert und Scheidemann nicht, genausowenig wie sie wollen, daß der Kaiser zurückkommt«, rief sie heftig. »Sie wollen eine Sowjetrepublik. Sie wollen die Volksrevolution. Sie wollen Macht für das Volk!«

»Nein, Olga«, erwiderte Reinhardt ruhig, »wenn wir Führer sein sollen, brauchen wir ein Regierungsprogramm. Ganz Deutschland zu regieren erfordert einen durchdachten Plan und jemand mit der persönlichen Autorität, ein Land zu führen, nicht einen Ausschuß sich zankender Idealisten, die nicht wissen, was sie als nächstes tun sollen.«

»Aber Liebknecht hat schon eine Republik ausgerufen.«

»Ebert auch. Und nicht nur das. Vergeßt nicht, daß er jetzt Noske hat, der seine Truppen bestimmt schon sammelt.«

»Wir haben das Volk hinter uns, Reinhardt. Und Noskes Truppen sind noch nicht hier. Wir beherrschen die Stadt. Jetzt sollten wir die Sozialdemokraten aus Berlin jagen.«

»Nein«, unterbrach Rosa Luxemburgs Stimme sie, »nein, Olga, das sollte der allerletzte Akt unseres Dramas sein. Es ist noch zu früh. Wir müssen Schritt für Schritt voran.«

»Es ist der falsche Zeitpunkt«, stimmte Reinhardt zu. »Ich gebe zu, daß es eine Schande ist.«

»Eine Schande?« schrie Karl Liebknecht. »Es ist ein Skandal! Da draußen sind bestimmt mehr als zweihunderttausend Menschen. Sie wollen handeln!«

»Nein«, widersprach Reinhardt hart, »das gibt nur Blutvergießen. Unsere Revolution muß friedlich sein.«

Die Diskussion schleppte sich endlos hin. Olga biß die Zähne zusammen und versuchte, Reinhardts Standpunkt zu verstehen, sich an die letzten Male zu erinnern, wo er recht gehabt hatte. Als sie ihn ansah, den ruhigsten im Raum, wußte sie, daß sie ihn noch immer liebte, auch wenn sie nicht mit ihm übereinstimmte. Und sie wußte inzwischen auch, daß sie ein Kind erwartete, auch wenn sie es ihm noch nicht gesagt hatte.

Am Ende dieses Tages gingen die Menschen nach Hause, aber am nächsten Morgen waren sie wieder auf der Straße. Die wenigen in der Stadt stationierten Regierungstruppen ritten aus, um sie zu zerstreuen. Sie schossen in die Menge, sie traten und schlugen die Demonstranten, aber sie konnten gegen die vielen Menschen nichts ausrichten. Sie brauchten dringend Verstärkung.

Sechsunddreißig Stunden nachdem der Streik begonnen hatte, stritten die spartakistischen Führer immer noch. Ihre Gesichter waren angespannt und müde, die Luft vom Zigarettenrauch verbraucht.

Im Sog der sich zerstreuenden Menge gingen Olga und Reinhardt an jenem Abend zum »Vorwärts«-Gebäude. Während sie noch über den Leitartikel des nächsten Tages diskutierten, hatte Olga plötzlich das schreckliche Gefühl, daß die Revolution vorbei sei. Sie hatten ihre Chance gehabt, und sie hatten sie verstreichen lassen.

Als der neue Tag dämmerte, war offenkundig, daß sich der Streik infolge mangelnder Führung verlaufen hatte. Durch das Fenster sah Olga Menschen zur Arbeit gehen, mit angsterfüllten Gesichtern in Büros eilen. Dann legte sich eine eigenartige Stille über die Stadt, in die sich neue Laute mischten, die von marschierenden Männern, von MG-Feuer, von Panzerspähwagen, die über Kopfsteinpflaster fuhren. Voller Furcht ergriff sie Reinhardts Hand. »Noskes Männer.«

Er sah von seinem Artikel auf. »Dann müssen wir uns ergeben, Olga.«

»Nein, Reinhardt, wir geben nicht auf.«

Er küßte sie auf die Stirn. »Olga, ich verspreche dir, eines Tages wird unsere Revolution siegen. Eines Tages wird die Kommunistische Partei in Berlin herrschen.«

Die Befehle, die General Lüttwitz den Männern der Tobisch-Brigade gab, waren eindeutig. Jede Einheit sollte bestimmte Stellungen der Spartakisten angreifen und dann im Hauptquartier der Freikorps im Hotel Eden neue Anweisungen holen. Der Frieden in der Stadt sollte binnen vierundzwanzig Stunden wiederhergestellt sein. Nach Möglichkeit sollte kein Spartakist oder Kommunist lebend davonkommen.

Nur wenige Zivilisten waren zu sehen, als Ottos Wagen ihn zum erstenmal seit vier Jahren wieder durch Berlin fuhr. Von überall her ertönten Schüsse, und auf den Straßen und in den Rinnsteinen häuften sich die Leichen, wo die Truppen der Freikorps bereits revolutionäre Bollwerke ausgehoben hatten.

Sein Wagen hielt mit quietschenden Bremsen vor dem »Vorwärts«-Gebäude; schnell folgten Armeelastwagen mit den übrigen Soldaten seiner Division. Nach den lauten Befehlen ihres Hauptmanns umstellten die Männer sofort das Gebäude.

»Kommt heraus und übergebt eure Waffen«, rief Otto durch seinen Lautsprecher, aber er hatte nicht vor, den Feind so leicht entwischen zu lassen. Er wartete nur eine Minute, dann rief er: »Feuer!« Granatwerfer- und MG-Feuer zerschmetterte die Fenster, dem ein Hagel von Handgranaten folgte, die durch die zerschossenen Scheiben geschleudert wurden. Auf der Rückseite des Gebäudes setzten seine Männer Flammenwerfer ein. Das würde den feigen, pazifistischen Schmierfinken den Rest geben, deren beißende Kritik am Krieg so viele seiner Männer in den letzten Wochen vor dem Waffenstillstand zur Desertion bewogen hatte.

In der Tür erschienen ein paar Gestalten, deren weiße Kapitulationsfahne Otto kaum wahrnahm. Wie er erwartet hatte, waren sie zu ängstlich, das miese Blatt zu verteidigen, das sie übernommen hatten. Einer von ihnen, ein großer, schmächtiger Mann mit starker Brille, kam ihm bekannt vor, und Otto erkannte in ihm Reinhardt Meyer, einen der überzeugendsten der Journalisten.

Seine Männer zögerten, als sie die weiße Fahne sahen, und warteten auf Ottos Befehl. Für ihn gab es kein Zögern. Sein Befehl lautete, die Revolution zu zerschlagen. »Feuer!« brüllte er, und eine MG-Salve mähte die Friedensdelegation nieder. Er beobachtete den Journalisten, als die Kugeln ihn trafen, ihn hierhin und dorthin warfen, bis er nur noch eine blutige Silhouette vor der Mauer war. Langsam sank er zu Boden, das eine Bein seltsam verrenkt, das andere gestreckt, die dicken Brillengläser in tausend Stücke zersprungen.

Wie ein weidwundes Tier, das nach einem Versteck sucht, rannte Olga durch die nachtdunkle Stadt. An jeder Ecke lauerte Gefahr, denn immer mehr Freikorpskommandos marschierten nach Berlin. Ihr Atem ging schnell und scharf, und Tränen liefen ihr über das Gesicht.

Sie konnte nicht ewig laufen. Manchmal mußte sie anhalten. Wohin jetzt? Sie mußte sicherstellen, daß Reinhardts

Tod nicht umsonst war, daß sie weiter der Sache diente, für die er sein Leben gegeben hatte, und es gab nur einen Weg, den sie kannte. Sie selbst würde nie eine große Führernatur werden – ihr fehlten die Fähigkeiten, die Reinhardt als einen der großen politischen Denker der Zukunft ausgezeichnet hatten –, aber in sich trug sie das, wodurch Reinhardt weiterleben würde.

»Eines Tages wird die Kommunistische Partei in Berlin herrschen«, hatte er ihr noch am Morgen gesagt. Reinhardts Sohn, beschloß sie, würde da sein, wenn es soweit wäre.

Erschöpft wandte sie sich Richtung Unter den Linden, ihrer letzten Hoffnung zu, einem Menschen, der vor vielen Jahren versprochen hatte, ihr zu helfen, wenn sie jemals in Not wäre. Aber vor der Drehtür des Hotels Quadriga blieb sie stehen. Erinnerungen kamen hoch, an Karl Jochum, der sie und Reinhardt hinauswarf, und an ihre eigenen gefühllosen Worte gegenüber Viktoria, als Benno nach Moabit gebracht worden war. Warum sollten sie ihr jetzt helfen?

Aber als sie noch so dastand, wußte sie, daß sie keine andere Wahl hatte, denn sie war zu müde, um sich weiterzuschleppen. Fast zwei Nächte hatte sie nicht geschlafen, seit drei Tagen kaum etwas gegessen und am Morgen den Tod ihres Mannes mit angesehen. Die Hotelfassade schwankte vor ihren Augen. Sie hielt sich an einer Säule fest und wartete, bis der Schwindelanfall vorüber war. Dann ging sie langsam die Treppe hinauf.

Vielleicht lag es an Olgas völlig verzweifeltem Blick, daß der Hallenportier Viktoria weckte, obwohl es drei Uhr nachts war. Er ließ Olga zusammengesunken in einem Sessel sitzend in der Halle und kam kurz darauf mit Viktoria und Benno zurück, die sie fassungslos ansahen.

»Du hast einmal versprochen, mir zu helfen, Vicki«, murmelte sie. »Jetzt brauche ich deine Hilfe. Die Freikorps suchen mich. Sie haben Reinhardt umgebracht und werden auch mich umbringen, wenn sie mich finden. Bitte, versteckt mich.«

Sie konnte die Bedenken im Gesicht ihrer Kusine sehen. Ihr war bewußt, daß auch sie sich daran erinnerte, als sie um Bennos Leben gebettelt hatte. Und so blickte sie flehend zu Benno, wie Viktoria sich damals an Reinhardt gewandt hatte.

»Mein Gott«, sagte Benno, »worauf wartest du noch? Hans, helfen Sie uns, sie nach oben zu bringen. Und erzählen Sie um Gottes willen niemand, daß sie hier ist!«

Sie legten Olga auf das Liegebett in Bennos Ankleidezimmer, und noch bevor Viktoria sie zugedeckt hatte, schlief sie schon. Wieder in ihrem Zimmer, besprachen sie, was mit ihr geschehen sollte. »Wir können sie nicht an die Freikorps ausliefern, das ist klar«, sagte Benno. »Aber hier können wir sie auch nicht lassen. Jetzt versuchen wir erst mal, selbst etwas zu schlafen, vielleicht fällt uns morgen etwas ein.«

Karl tobte, als er hörte, daß Olga im Haus war. »Ich habe gesagt, daß ich sie nicht mehr sehen möchte. Ich will keine Bolschewisten in diesem Haus!«

»Karl, das arme Kind ist verzweifelt«, besänftigte Ricarda. »Sie könnten sie umbringen, wenn sie sie finden.«

»Dann hätte sie soviel Grips haben sollen und sich nicht mit diesem kommunistischen Gesindel einlassen.«

»Sie ist deine Nichte«, bemerkte Ricarda leise. »Du würdest doch nicht das Kind deiner Schwester in der Stunde der Not auf die Straße setzen – nur weil du ihre politischen Ansichten nicht teilst?«

»Ich will sie nicht hier haben«, wiederholte Karl. »Hier suchen sie am ehesten nach ihr, und mir sind genug Soldaten durchs Hotel marschiert.«

»Warum bringen wir sie nicht nach Heiligensee?« sagte Benno. »Da werden sie nicht nach ihr suchen.«

»Das ist eine ausgezeichnete Idee«, rief Ricarda.

Benno und Viktoria fuhren Olga nach Heiligensee. Die

Stadt schien wieder zum normalen Leben zurückzufinden; in den Vororten sah man Menschen auf den Straßen, Geschäfte und Cafés öffneten wieder, nur ein Panzerspähwagen verriet hin und wieder die Anwesenheit der Freikorps. Olga sagte unterwegs kaum etwas und fügte sich stumm in die Anweisung, das Haus nicht zu verlassen. Aber als sie gegangen waren, wünschte Viktoria, Olga wäre direkt nach München gefahren.

Jetzt, wo Noskes Truppen die Stadt besetzt hatten, kehrte eine gewisse Normalität zurück. Luise ging wieder ins Café Jochum, Lothar nahm die Proben für »Hurra! Dada!« auf, und allmählich kamen auch wieder Gäste ins Quadriga. Das Hotel hatte kaum noch Ähnlichkeit mit dem eleganten Etablissement, das 1913 die illustren Gäste der kaiserlichen Hochzeit beherbergt hatte. Viele Fenster waren zertrümmert, und die Küche hatte kaum Lebensmittel. Nur in der Bar, einer der bestbestückten der Stadt, herrschte immer Betrieb, denn viele Menschen versuchten, ihre Sorgen im Alkohol zu ertränken.

Auch die Hotelgäste hatten sich geändert. Es waren überwiegend Geschäftsleute zweier Kategorien. Einmal die, die nach vier Jahren Krieg zurück in die Stadt kamen und versuchten, den unterbrochenen Lebensfaden wiederaufzunehmen, Aufträge für leere Fabriken zu bekommen, alte Kunden aufzusuchen oder einfach eine Arbeit zu finden. Die meisten Hotelgäste waren jedoch Leute, deren Geschäft durch den Krieg enorm floriert hatte. Kleine Firmen, die Stiefel, Kleidung, Ranzen, Sattelzeug und optische Instrumente herstellten, waren plötzlich mit Aufträgen für ein Millionenheer überschüttet worden. Sie hatten ungeheure Gewinne gemacht und gingen jetzt noch besseren Zeiten entgegen, denn die lange vernachlässigte Zivilbevölkerung schrie nach allem, was sie liefern konnten, und war bereit, jeden Preis zu zahlen.

Karl betrachtete sie voller Abscheu. »Ich habe das Hotel Quadriga nicht für diese neureichen Emporkömmlinge gebaut. Seht euch ihre Tischmanieren an – und wie sie die Kellner behandeln. Deutschland wird sich von all dem nie erholen, und das Quadriga auch nicht. Das ist der Anfang vom Ende.«

Nur Benno begriff den eigentlichen Grund für Karls Pessimismus. Diese neuen Gäste entstammten der gleichen Schicht wie er. Der Adel war verschwunden, und das Quadriga war zur Bleibe der bürgerlichen Mittelschicht geworden.

Bei den Wahlen zur neuen Nationalversammlung am 19. Januar hatten Frauen zum erstenmal Stimmrecht, aber Karl war vom Ergebnis so entsetzt, daß ihm dieser letzte Beweis für die Emanzipation der Frau kaum bewußt wurde. Die Sozialdemokraten erhielten nicht nur die meisten Sitze – wenn es auch nicht für die Mehrheit reichte –, es hieß auch, die Nationalversammlung werde nicht in Berlin tagen, sondern in Weimar. »Was ist an Berlin so schlecht?« wollte Karl wissen.

Benno war ebenfalls betroffen. »Sie sagen, Berlin sei zu unsicher. Aber ich bin deiner Meinung, Schwiegervater, die neue Republik sollte aus einer Position der Stärke starten. Daß die Politiker nach Weimar gehen, heißt, daß sie nicht an sich selbst glauben.«

»Berlin ist die Hauptstadt Deutschlands«, erklärte Karl bekümmert. »Ich habe diese Sache mit der Republik nie gemocht. Der Kaiser wäre nie nach Weimar gegangen.«

»Haben wir eine Zukunft?« fragte Ricarda am Abend, als Karl zu Bett gegangen war. »Wie paßt ein Hotel wie das unsere in eine Republik?«

Benno ergriff ihre Hand. »Ich bin sicher, es hat eine Zukunft. Die Gäste werden sich ändern, aber sie werden immer noch ins Quadriga kommen, weil es eines der exklusivsten Häuser Europas bleibt. Die Gesichter ändern sich vielleicht, aber die menschliche Natur nicht. Es wird immer Reiche geben, die das Beste wollen, egal, aus welcher Schicht sie kommen.«

Ricarda schwieg einen Augenblick. Dann sagte sie: »Du weißt, daß Karl es nicht mehr schafft? Ich habe ihm noch nichts gesagt, aber ich denke, wir sollten diesen Sommer längere Zeit in Heiligensee bleiben und euch beiden das Hotel überlassen. Du führst es ja praktisch schon seit Jahren.«

Viktoria legte ihr den Arm um die Schultern. »Es ist so traurig, Mama, aber ich glaube, du hast recht. Du und Papa, ihr seid müde, nicht wahr?«

Ricarda lehnte sich zurück. Ihr Gesicht wirkte unter dem weißen Haar blaß und abgespannt. »Ja, ich bin müde. Ich möchte hier weg, etwas aquarellieren, sticken, auf dem Land leben.«

»Wann willst du es ihm sagen?«

»Noch nicht. Warten wir, bis sich die Lage beruhigt hat und wir eine ordentliche Regierung haben.«

Es dauerte zwei Wochen, bis Männer der Tobisch-Brigade Rosa Luxemburg und Karl Liebknecht in ihrem Versteck in einer Wohnung in der Wilmersdorfer Straße fanden und sie zum Hotel Eden brachten, wo Tobisch und Waldemar Pabst sie verhörten. Diese Stunde war eine der befriedigendsten in Otto Tobischs Leben. Er konnte all die Foltermethoden anwenden, die er beim Kampf gegen die Partisanen an der russischen Grenze kennengelernt hatte. Aber keiner der spartakistischen Führer verriet ihm, wo Olga Meyer sich versteckte.

»Wir finden sie, keine Angst«, stieß er schließlich wütend hervor. Er gab den Wachen ein Zeichen, das fast bewußtlose Paar wegzubringen. Vor dem Hotel wurden sie in zwei Wagen verfrachtet; Otto und einige seiner Männer fuhren mit Liebknecht, Pabst mit Rosa Luxemburg.

Im Tiergarten bedeutete Otto dem Fahrer anzuhalten und

befahl dann einem seiner Männer, die Tür zu öffnen. »Lauf, Liebknecht«, höhnte er. »Die Freiheit ruft. Du kannst gehen.«

Benommen blickte Liebknecht ihn an und stolperte dann, von einem Gewehrlauf gestoßen, aus dem Wagen. Otto sah, wie er hinfiel, sich aufrappelte und wieder fiel. Dann nahm er seine Pistole aus dem Halfter und schoß dem Spartakistenführer in den Rücken.

Die Zeitungen, die jetzt fest in der Hand der Sozialdemokraten waren, schrieben, Liebknecht sei bei einem Fluchtversuch im Tiergarten erschossen worden; Rosa Luxemburg sei von einer aufgebrachten Menge ergriffen und getötet worden. Otto wußte, daß man ihr in den Kopf geschossen und sie dann in den Landwehrkanal geworfen hatte.

Sein einziges Ziel war jetzt, Olga Meyer zu finden. Seine Gedanken gingen zurück in die Zeit, als er Page im Quadriga gewesen war. Er hatte die Münchner Verwandten der Jochums nie kennengelernt, aber wo hätte Olga sonst sein können?

Am nächsten Tag fuhren er und seine Männer zum Hotel Quadriga. Mit Gewehren bewaffnet, stürmten sie durch die Glastür. »Bringen Sie mir den Direktor!« befahl Otto. Endlich würde Karl Jochum für all die Demütigungen der Vergangenheit zahlen. Doch dann stutzte Otto, denn nicht Karl Jochum trat aus dem Büro, sondern Viktoria.

Als sie die Unruhe in der Halle hörte, wußte sie sofort, wer die unwillkommenen Besucher waren. Froh darüber, daß ihr Vater oben war, aber gar nicht froh, daß Benno bei ihm war, zwang Viktoria sich, ruhig zu wirken. »Was ist los?« fragte sie den Freikorpshauptmann kühl. Dann hielt sie inne, denn irgendwie kamen ihr seine kalten, blauen Augen, die schmalen Lippen und die hellen Haare bekannt vor. »Otto Tobisch.«

»Hauptmann Tobisch.«

Lange sahen sie sich an, dann sagte Otto: »Am besten, Sie

sagen uns, wo sie ist, dann brauchen meine Männer das Haus nicht auf den Kopf zu stellen und nach ihr zu suchen.«

»Wen suchen?« fragte Viktoria bedächtig.

»Ihre Kusine. Wo ist Olga Meyer?«

»Sie ist nicht hier.«

Ottos Männer strafften sich und richteten die Gewehre auf sie. Viktoria zuckte mit keiner Wimper. Auf gar keinen Fall sollte Otto Tobisch glauben, daß sie Angst vor ihm hatte.

»Bringt sie weg!« befahl Otto. »Bewacht sie und laßt sie keinen Schritt machen. Die übrigen durchsuchen das Hotel.«

Grobe Hände packten sie an den Armen und stießen sie ins Büro. Zwei Männer blieben zur Bewachung, während Otto die anderen führte. In dem Augenblick erschienen Karl und Benno an der Treppe. »Was zum Teufel geht hier vor?« brüllte Karl.

Otto gab sich nicht die Mühe, ihm zu antworten. »Bringt sie zu dem Weibsbild«, befahl er seinen Männern. Bevor Karl und Benno reagieren konnten, wurden sie gepackt und in das Zimmer zu Viktoria gezerrt.

Otto kannte das Hotel natürlich wie seine Westentasche. Wie ein Orkan tobte er durch das Restaurant, die privaten Speiseräume, den Ballsaal, das Palmenhaus, den Salon, die Bar und die Küche. Er leerte Schränke mit Tischwäsche, riß Vorhänge herunter. Es war eine Orgie mutwilliger Zerstörung, denn er wußte, wenn Olga sich im Hotel befand, dann in einem der oberen Räume, in einem Schrank oder einer Truhe.

Als er sich im Erdgeschoß ausgetobt hatte, befahl er seine Männer nach oben. Er stellte eine bewaffnete Wache vor die Jochumsche Wohnung, denn er war sicher, daß Olga nicht dort war, und kämmte dann systematisch jeden Raum durch. Die Gäste wurden mit Waffengewalt hinausgeworfen. Mit ihren Bajonetten stießen die Männer in die

Schränke, schleuderten den Inhalt von Kommoden und Schubladen auf den Boden, räumten die Wäschekammern und die Wäscherei in jeder Etage aus, verstreuten die Federn der Daunenbetten in den Gängen. Aber Olga Meyer fanden sie nicht.

Nach zwei Stunden kamen sie ins Büro zurück. Otto stieß Karl die Pistole in die Rippen. »Wo ist sie?«

Aber Karl starrte ihn nur voller Verachtung an.

Otto blickte von einem zum anderen, überzeugt, daß sie wußten, wo sie war. Aber ohne Beweise konnte selbst er nichts machen. »Ihr werdet dafür zahlen«, schwor er. Dann machte er kehrt und führte seine Männer aus dem Hotel.

Karl zitterte vor Wut. »Ich habe genug. Das ist das letzte Mal, daß jemand ins Hotel kommt und mir sagt, was ich tun und nicht tun darf.«

Ricarda kam die Treppe heruntergehastet. »Was ist los? Ich bin in der Wohnung festgehalten worden. Ist euch etwas passiert?«

Viktoria sank in einen Sessel. Jetzt, wo die Tortur vorbei und Otto verschwunden war, fühlte sie sich ganz schwach. »Otto Tobisch war hier. Er ist jetzt Hauptmann bei den Freikorps und sucht Olga.«

»Zum Teufel mit Olga!« brüllte Karl. »Zum Teufel mit Otto Tobisch! Zum Teufel mit Kommunisten und Sozialisten! Ich habe mir das lange genug angeschaut! Das ist mein Hotel! Ich habe es aufgebaut, und niemand schreibt mir mehr vor, was ich darin tue und was nicht. Denen sag ich Bescheid!«

Erschreckt über seine plötzliche Wandlung, sahen sie ihn an. Er war nicht mehr der bedauernwerte alte Mann, sondern ein fast makabres Abbild seines früheren Selbst. »Was hast du vor, Karl?« fragte Ricarda und faßte ihn am Arm.

Er schüttelte sie ab, zog seinen Mantel an und setzte seinen Hut auf. »Ich werde Ebert aufsuchen und ihm sagen, was ich von seiner miesen Regierung halte!«

»Papa!« flehte Viktoria und wandte sich dann an Benno. »Benno, halt ihn zurück.«

Aber Karl war schon fort. Er stürmte aus dem Hotel und marschierte dann kampflustig auf das Brandenburger Tor zu. Als Ricarda, Viktoria und Benno zum Hoteleingang liefen, sahen sie ihn oben an den Linden haltmachen und zornig zu den Freikorpssoldaten hinaufblicken, die jetzt den strategischen Platz neben der Figuren der Quadriga einnahmen. Sie sahen, wie er automatisch nach links schaute, als er die große Kreuzung überqueren wollte. Als er zum mittleren Bogen des Brandenburger Tors kam, blickte er jedoch weder rechts noch links.

Alle drei liefen entsetzt los, als plötzlich Schüsse fielen. Sie riefen und winkten, als sie Panzerspähwagen und dahinter Lastwagen mit Freikorpssoldaten und Panzer näher kommen sahen. »Karl!« – »Herr Jochum!« – »Papa!«

Karl Jochum stand unter dem Mittelbogen des Brandenburger Tors. Er überhörte die warnenden Rufe der Soldaten über ihm. »Gloria Viktoria«, murmelte er, als aus den Fenstern eines Gebäudes eine Salve über den Pariser Platz fegte und von den Maschinengewehren über ihm beantwortet wurde. Wie gelähmt blieb er stehen, eine einsame Gestalt mitten auf einem Schlachtfeld.

Plötzlich wurde ihm das Tuten einer Autohupe bewußt, der Lärm von LKW-Motoren und das Quietschen von Reifen auf dem Pflaster. Er drehte sich um und sah die Armeefahrzeuge direkt auf sich zukommen. Wütend schüttelte er die Faust. Wußten sie nicht, daß dieser Bogen allein dem Kaiser vorbehalten war?

Die Fahrzeugkolonne hielt nicht. Ganz kurz sah Karl das Gesicht des Fahrers im ersten Wagen, der entsetzt bremste und ihm auszuweichen versuchte. Dann wurde er durch die Luft gewirbelt und zur Seite geschleudert. Ein bohrender Schmerz durchfuhr seinen Körper.

Wagen um Wagen donnerte an ihm vorbei. Aus den Fenstern nahe liegender Häuser versuchten Heckenschützen der Revolutionäre, die feindlichen Freikorps-Kämpfer auszuschalten. Dann waren sie vorbei, und Karl lag allein auf der Straße. Langsam bewegte er den Kopf, um zum Hotel zu blicken.

Von weit her hörte er Ricardas Stimme.

»Karl, Liebster ...«, stammelte Ricarda gequält.

»Rettet das Quadriga«, murmelte Karl.

»Im Quadriga ist alles in Ordnung«, schluchzte Ricarda, wiegte seinen Kopf in ihren Armen und blickte entsetzt auf seinen zerschundenen Körper. Aber Karl hörte nichts mehr. Der Tod hatte ihn erlöst.

In gewisser Hinsicht hielt die Hektik der nächsten Tage den Schmerz für sie alle in Schach. Es gab Termine bei Dr. Duschek, und bei der Polizei mußten Aussagen zur Ursache von Karls Tod gemacht werden. Augenzeugen des Unfalls hatten zwar Einzelheiten berichtet, aber da der Fahrer des Panzerspähwagens nicht identifiziert werden konnte, wurde Karls Tod einem Unglücksfall in Bürgerkriegszeiten zugeschrieben. Viktoria war überzeugt, daß Otto Tobisch in der Kolonne gewesen war, aber sie hatte keine Beweise.

Viktoria schrieb den Tod ihres Vaters Otto zu, aber sie beschuldigte auch Olga. Sie eilte hinaus nach Heiligensee. »Verschwinde hier«, schrie sie. »Wenn du nicht gewesen wärst, würde mein Vater jetzt noch leben. Verschwinde!«

»Dein Vater hat bekommen, was ihm zustand«, gab Olga zurück. »Er hat sich immer für den Kaiser gehalten und euer dämliches Hotel für seinen Palast. Aber das war er nicht. Er war ein Niemand.«

Fassungslos sah Viktoria sie an, sah sie plötzlich, wie sie wirklich war. All die Jahre war sie ihr dankbar gewesen, daß sie ihr geholfen hatte, als sie damals in Not war. Jetzt argwöhnte sie, daß diese Episode ihrer Kusine lediglich eine weitere Waffe gegen die Kapitalisten geliefert hatte. »Hast du überhaupt kein Gefühl? Bedeuten dir der Tod meines Vaters und der Kummer meiner Mutter gar nichts?«

»Ich habe meinen Mann verloren, vergiß das nicht!« stieß Olga hervor. »Aber letztlich zählen wir alle nicht, wenn es um die Sache geht. Viktoria, die Revolution ist zum Wohl aller Menschen, ist für jeden in der Welt. Reinhardt wußte das.«

»Und wie viele Menschen müssen sterben, bis ihr euer Ziel erreicht?« fragte Viktoria verbittert. Sie sah auf Olgas Bauch, der bereits erkennen ließ, daß sie ein Kind erwartete. »Und wirst du das auch deinem Kind beibringen?«

»Ja, ich werde mein Kind zu einem echten Kommunisten erziehen, der den Platz einnimmt, den Reinhardt hätte einnehmen sollen. Die Zukunft Deutschlands hängt von Kindern wie dem ab, das ich erwarte, denn sie sind die Kinder der Revolution.«

»Dann tut mir dein Kind leid.«

»Und mir tut deins leid, denn es wird mit einer Lüge groß. Eines Tages werden dein Kind und mein Kind sich begegnen, und dann werden wir sehen, aus wem etwas Besseres geworden ist.«

Olgas Augen funkelten.

»Verschwinde!« sagte Viktoria kalt. »Verschwinde, und komm mir nie mehr unter die Augen.«

»Nach allem, was du gesagt hast, hält mich hier nichts mehr. Es tut mir leid, daß ich dich jemals um Hilfe gebeten habe.«

Ein dünner Schneeteppich lag auf der gefrorenen Erde, und ein beißender Ostwind empfing die Trauernden, als sie aus ihren Wagen stiegen und sich um die tiefe Grube scharten, die Karls Sarg aufnehmen sollte.

Viktoria und Luise standen neben ihrer Mutter. Sie warfen ein paar armselige Blumen auf den Sarg. Blumen waren, wie alles andere in diesen Wintertagen in Berlin, kaum zu bekommen. Der Pastor sprach: »Da es dem allmächtigen Gott in seiner unendlichen Barmherzigkeit gefallen hat, die Seele unseres lieben, hier verschiedenen Bruders zu sich zu nehmen . . .«

Die umstehenden Trauernden bewegten verstohlen die Füße in ihren Schuhen und schmiegten die Hände an den Körper, um die Wärme in den frierenden Gliedern zu halten. Trotz des Wetters waren sie aus ganz Deutschland gekommen, um Karl das letzte Geleit zu geben. Grete und Gottfried hatten die schwierige Reise aus München auf sich genommen, und die Familie Kraus war aus Essen gekommen. Viele alte Geschäftsfreunde waren da – die Arendts, Duscheks und Dr. Blattner. Auf einen Stock gestützt, entbot Max Patschke mit tränenüberströmtem Gesicht dem Mann Lebewohl, mit dem er fast sechsunddreißig Jahre zusammengearbeitet hatte. Bei ihm standen Arno Halbe und Franz Jankowski. Neben dem Grab lag ein Kranz von Maurice Mesurier, ein stilles Zeichen dafür, daß die Liebe der Menschen alle Grenzen überwinden kann.

Auch viele Kunden des Quadriga waren zum Friedhof gekommen, um einem großen Mann und alten Freund die letzte Ehre zu erweisen. In stummer, erstaunter Dankbarkeit sah Ricarda sich um und dachte, wie stolz Karl gewesen wäre, wenn er wüßte, daß sie alle da waren. Und wieder wurde ihr schmerzlich klar, wie sehr sie ihn vermissen würde.

Die Abendzeitungen widmeten Karl Jochum erstaunlich viel Platz. Ausführlich beschrieben sie die Geschichte des Hotels, und viele erwähnten die symbolische Bedeutung seines Todes. »Das wirkliche Ende der wilhelminischen Ära« lautete eine Schlagzeile. Für die, die ihn geliebt hatten, bedeutete es sehr viel mehr.

1919–1933

14

Karls Tod warf einen Schatten auf das Hotel Quadriga. Ricarda, elegant in Schwarz gekleidet, aufgehellt durch ein elfenbeinfarbenes Spitzentuch und gekräuselte Spitzenmanschetten, bewegte sich mit ruhiger Würde durch die stillen Appartements, verweilte, um hier etwas geradezurücken oder dort ein Bild zu betrachten, vergaß nie ihren Verlust, aber trug ihren Kummer niemals offen zur Schau.

Viktoria, die immer sehr an ihrem Vater gehangen hatte, vermißte ihn schrecklich. Sie sagte kaum etwas, aber Luise traf sie des öfteren an, wie sie dastand und wehmütig ins Leere starrte. Sie war oft mit der Mutter zusammen, und Luise meinte, die beiden seien plötzlich enger zusammengerückt.

Wenn Viktoria nicht bei Ricarda war, half sie Benno, der damit beschäftigt war, die von den Revolutionären und Freikorpssoldaten angerichteten Schäden zu beheben, und versuchte, den alten Glanz wiederherzustellen. Personalmangel herrschte jetzt nicht mehr, und er stellte einen neuen Verwaltungsdirektor ein, Fritz Brandt, einen Empfangschef, Hubert Fromm, und einen italienischen Küchenchef, Vittorio Mazzoni. Außerdem schloß er einen Vertrag mit Rudi, so daß das Restaurant wieder frisches Fleisch und Gemüse anbieten konnte.

Für Luise schien es nichts zu tun zu geben. Ihre Hilfe wurde im Hotel nicht gebraucht, und sie fühlte sich vom Schmerz ihrer Mutter und Schwester ausgeschlossen. Nicht daß sie ihren Vater nicht geliebt hätte – sie hatte einfach das Gefühl, ihn nie richtig gekannt zu haben. Und da war noch etwas. Am Tag, als er starb, war sie im Café Jochum gewesen. Sie hatte seinen zerschundenen Körper nicht gesehen, und so war für sie etwas Unwirkliches um seinen Tod.

So suchte sie wieder Zuflucht im Café Jochum, doch die Einsamkeit folgte ihr selbst dorthin, denn Lothar steckte in den Proben mit Sara, und sie erkannte plötzlich, daß sie zwar viele Bekannte hatte, aber außer ihm keinen wirklichen Freund. Als daher Josef Nowak Ende Januar zurückkam, begrüßte sie ihn voller Freude.

Er erzählte ihr von seiner jetzigen Stelle bei Kraus-Luftfahrt und vertraute ihr seine Enttäuschungen und Hoffnungen an. Jetzt, wo Deutschland eine regulär gewählte Regierung hatte, fühlte sich Baron Kraus sicher genug, seine Fluggesellschaft zu starten. Sie sollte zwischen Berlin, Hamburg und Düsseldorf fliegen, später eventuell bis München. Josef sollte einer ihrer ersten Piloten werden.

»Ich freue mich für dich, Josef.«

»Nun ja, es ist besser als gar nichts, aber nicht das, was ich möchte. Ich bin ein besserer Taxifahrer, der Passagiere und Fracht durch die Gegend schaukelt. Fliegen ist das nicht.«

»Aber was kannst du denn sonst machen?«

»Ich weiß es nicht.« Er lächelte. »Aber einen Trost habe ich wenigstens. Immer wenn ich in Berlin bin, kann ich dich sehen.«

Luise nahm diese Bemerkung so, wie sie gemeint war. Sie und Josef waren einfach gern zusammen. Und als sie ihn besser kennenlernte, dachte sie, daß Josef eigentlich der Bruder wäre, den sie gerne gehabt hätte.

Nur einer weigerte sich, ihre Freundschaft in diesem unschuldigen Licht zu sehen. Rudi ließ keine Gelegenheit zu einer abfälligen Bemerkung aus. Luise bedauerte inzwischen mehr denn je, daß sie mit ihm geschlafen hatte. Sie konnte es nicht begreifen, daß sie auf ihn hereingefallen war, und war immer in Angst, daß er sich gegenüber Josef damit brüsten würde.

Josef fand das Verhalten seines Bruders seltsam, das ihm ungehobelt und unverständlich erschien. Er folgerte schließlich, daß Luise Rudi einmal abgewiesen habe und er jetzt einfach eifersüchtig sei. Je besser er sie kennenlernte, desto mehr mochte er sie. Im Gegensatz zu so vielen Mädchen im neuen Berlin schien sie eine etwas wunderliche, altmodische Moral zu besitzen. Und Josef war im Grunde ein altmodischer Mensch. Wenn ein Mann mit einem anständigen Mädchen ins Bett gehen wollte, sollte er ihr einen Heiratsantrag machen.

Im Moment war er jedoch nicht in der Lage, irgend jemand einen Antrag zu machen, und so ließ er ihre Freundschaft treiben, froh über Luises Gesellschaft und stolz, sich mit ihr zu zeigen.

Luise überredete ihn, sie zur Premiere von »Hurra! Dada!« Anfang Februar zu begleiten. »Ich mag weder Dada noch Sara Ascher«, sagte er, »und ich gehe nur deinetwegen mit.«

Das alte Varietétheater, das Lothar Lorenz am Nollendorfplatz gemietet hatte, war in »Das Expressionistische Theater des Proletariats« umbenannt worden. Lothar, in einem echten Cowboykostüm, aber das Monokel im Auge, begrüßte die Gäste persönlich, als sie am Samstagabend eintrafen. Im Halfter trug er eine Wasserpistole und erzählte jedem, daß dies ein persönlicher Protest gegen die Brutalität des Krieges sei.

Das schäbige Innere des Theaters barg eine Ausstellung äußerst beziehungsreicher und widersprüchlicher Dada-Kunst. Bilder von Künstlern, die Luise inzwischen recht gut kannte, hingen an den Wänden – Karikaturen und Greuelszenen aus dem Krieg von George Grosz; Arbeiten von John Heartfield und Raoul Hausmann; Collagen von Hannah Höch und zahllose Dada-Plakate und Flugblätter.

Das Stück war das Ausgefallenste, was Luise je erlebt hatte. Die gesprochenen Passagen bestanden zum Teil aus Lautversen, die einen zwingenden Rhythmus hatten, aber völlig unverständlich waren. Die Kostüme der Schauspieler waren Parodien auf militärische und bürgerliche Kleidung. Sara, die einzige Frau auf der Bühne, war übertrieben herausstaffiert und wie ein Engel gekleidet, mit Heiligenschein und Flügeln, die sie bewegte, wenn jemand die Bühne betrat.

Das Publikum ließ es sich fünf Minuten gefallen, dann fingen einige an zu buhen, andere zu lachen. Luise bedauerte Lothar, bis sie merkte, daß er genau das wollte. Er sprang auf die Bühne, zog die Wasserpistole und spritzte in die Zuschauer. Dann stand er stumm da, sah sie nur an, eine ernste, rundliche, ziemlich lächerliche Gestalt, die sie ermunterte, sich über ihn lustig zu machen.

In den nächsten anderthalb Stunden erschienen unglaubliche Figuren auf der Bühne, und das Publikum wurde immer zorniger. Von verschiedenen Seiten hörte Luise die Leute schimpfen. »Das ist kein Theater.« – »Es ist bestimmt keine Kunst.« – »Es ist eine Schande.« Aber kaum jemand ging vorzeitig. Einigen gefiel es. Die meisten verstanden nicht, was Lothar wollte. Alle wollten sie schockiert werden.

Später, hinter der Bühne, als die Champagnerkorken knallten, erklärte Lothar erregt: »Dada ist gegen alles. Er ist gegen den Krieg, gegen das Autoritäre und gegen die Kunst!«

Georg Jankowski kam am nächsten Tag in das Rosa-Leviné-Meyer-Krankenhaus in Berlin. Inzwischen wußte er, daß er nicht nur körperlich krank war, sondern auch geistig. Vier Jahre im Schützengraben, das ständige Bombardement und das tägliche Leben mit dem Tod hatten ihren Tribut gefordert. Jetzt kaschierte er mit seinen Hustenanfällen die schwere nervliche Verwirrung, denn er wußte, wenn die Ärzte ein geistiges Leiden feststellten, käme er aus der Krankenstation in eine Irrenanstalt und würde die Welt draußen wahrscheinlich nie mehr sehen.

Eine Krankenschwester kam herein. »Der Doktor untersucht Sie gleich, Leutnant, und dann kommt, glaub ich, noch Ihre Frau.« Sie fühlte den Puls und steckte ihm ein Thermometer in den Mund.

Endlich würde er Sara also wiedersehen. Georg starrte blind auf die weiße Schürze der Schwester, nicht einmal bereit, sich selbst einzugestehen, wie sehr er dieses erste Zusammentreffen seit drei Jahren fürchtete. Selbst wenn sie gewollt hätte, hätte sie ihn im Feldlazarett in Mons nicht besuchen können, wo er vergangenen April nach seiner Verwundung zuerst hingekommen war. Aber die Reise nach Pasewalk, wo er danach gewesen war, hätte sie durchaus machen können. Sie hatte nur einen Brief geschrieben, nur über sich, nicht nach ihm gefragt, außer daß er ihr Bescheid geben sollte, wenn er heimkäme.

Der Arzt kam und untersuchte sein Bein. »Sie haben Glück gehabt, Leutnant Jankowski. Die haben in Mons ausgezeichnete Arbeit geleistet. Haben Sie noch Schmerzen?«

»Eigentlich nicht.« Das stimmte. Blieben nur noch die seelischen Qualen, die Angst davor, was die Granatsplitter angerichtet hatten, die in die Leistengegend eingedrungen waren.

»Drehen Sie sich bitte auf den Bauch, Leutnant.« Der Arzt klopfte so stark seinen Rücken ab, daß er wieder anfing zu husten. Würden diese Anfälle denn niemals aufhören? Obwohl die Ärzte erklärten, das Medikament beruhige die entzündete Lunge, schien es doch keine Besserung zu geben.

Er hustete immer noch, als Sara ins Zimmer kam. Sie hatte sich einen langen Zobelmantel über die Schultern geworfen und die Haare unter einer Kosakenkappe aus Pelz hochgesteckt. Sie sah so hinreißend aus, daß Georg kurze Zeit alle Zweifel und Verdächtigungen vergaß, die seinen Geist schon so lange umwölkten. Sie ging zum Fenster und blickte hinaus in den Wintertag. Als sein Hustenanfall vorbei war und er erschöpft dalag, sagte sie ohne Mitgefühl: »Du siehst schrecklich aus.«

Es hatte sich also nichts geändert. Ihre Schönheit war immer noch nur eine Illusion. »Wie geht es dir«, fragte er, »und was macht Minna?«

Sie zuckte die Achseln. »Es gibt nicht genug zu essen. Das Brot ist scheußlich, und meistens verkaufen sie uns Pferdefleisch und sagen, es ist Rind. Aber wenn man die richtigen Leute kennt, kann man das meiste bekommen.«

»Und du kennst die richtigen Leute?«

»Scheint so. Ich habe offenbar Glück.«

»Wie sieht Minna jetzt aus?« Fotografien gab es keine.

»Ach, Minna«, antwortete Sara ausweichend. »Die Leute sagen, sie käme ganz nach mir.«

»Bringst du sie das nächstemal mit, wenn du kommst?«

»Was? Hierher? Nein, Liebling, du mußt einsehen, daß das nicht möglich ist. Du hast drei Jahre gewartet, um sie zu sehen, dann kannst du auch noch etwas länger warten. Es wäre nicht gut für das Kind. Sie würde zu Tode erschrecken, wenn sie dich so sähe.«

»Aber ich bin ihr Vater.«

»Dann willst du sie doch sicher nicht aufregen?« Sara trommelte mit den langen lackierten Fingernägeln auf sein Bett. »Ja, ich muß wieder gehen, Liebling. Weißt du, ich arbeite jetzt. Ich habe die Hauptrolle in einem neuen Stück.«

Nie war die Entfernung zwischen ihnen so groß gewesen. »Ein neues Stück?«

»Es macht viel Spaß. Du erinnerst dich an ›Hurra! Husar!‹? Das ist jetzt eine Parodie darauf, heißt ›Hurra! Dada!‹. Macht sich über den Krieg lustig, das Militär, die Offiziere und so. Gestern abend war Premiere. Das Publikum dachte, es wäre was Lustiges. Ich glaube, ich kann es als Komödiendarstellerin noch zu etwas bringen.«

Georg starrte sie an, unfähig, etwas zu sagen.

»Also, auf Wiedersehen, Liebling, ich besuch dich bald wieder.« Mit einem kalten Lächeln und einem Zurückwerfen des Kopfes verließ sie das Zimmer.

Sie hatte ihn nicht geküßt, sie hatte nicht einmal seine Hand berührt. Sie hatte ihn nicht gefragt, wie er sich fühlte oder wann er nach Hause kommen würde. Sie hatte nicht nach seinem Krieg gefragt. Aber sie spielte in irgendeiner Posse, die all das lächerlich machte, was er in den letzten vier Jahren durchlitten hatte ...

Sein Onkel besuchte ihn am nächsten Morgen. Franz Jankowski, klein, gebeugt und mit einem schäbigen Anzug, umarmte Georg, als wäre er ein Kleinkind, und küßte ihn auf beide Wangen. »Ich habe dich so vermißt, Georg. Gut siehst du aus, mein Junge, viel besser, als ich dachte. Erzähle, kannst du wieder laufen? Und deine Brust? Was für eine schlimme Sache. Das eigene Gas vergiftet unsere Männer.«

Georg hielt die Hände seines Onkels und beantwortete seine Fragen, so gut er konnte, spürte die Wärme des anderen, die allmählich das Eis schmelzen ließ, das sich seit dem Wiedersehen mit Sara um sein Herz gebildet hatte.

»Hat deine Frau dich schon besucht?« fragte Franz schließlich.

Georg nickte. »Sie hat mir erzählt, daß sie in einem Stück spielt.«

»Oh, das wußte ich gar nicht. Wenn du hier rauskommst, spielst du dann wieder bei mir Klavier?«

Georg drückte die verkrümmten Hände, die in den seinen lagen. »Ja, natürlich.« Aber er wußte, daß er log. Er würde nie wieder Klavier spielen.

In den nächsten drei Wochen besuchte Franz Georg täglich, und Georg wurde von Tag zu Tag kräftiger, so als wirkte die unnachgiebige Vitalität des alten Mannes anstekkend. Schon bald sprach der Arzt davon, ihn nach Hause zu schicken, und Georg wußte, daß er es mit der Hilfe seines Onkels schaffen würde. Franz erzählte ihm nach und nach, was in Berlin passiert war, schilderte die spartakistische Revolution, die Ankunft von Noskes Freikorps und den Tod Karl Jochums.

Georg bemühte sich, die komplizierte Geschichte von Revolutionären, Soldatenräten, Sozialdemokraten und Freikorps zu verstehen, gab dann aber auf. Er begriff jedoch, daß die maßlose Brutalität Noskes seinen Onkel ins Lager der Revolutionäre getrieben hatte.

Anfang März erschien Franz mit einem zornigen Funkeln in den Augen im Krankenhaus. »Es soll wieder einen Generalstreik geben. Ab morgen soll in der Stadt alles zum Stillstand kommen, und diesmal wird Noske ihn nicht brechen können.«

Georg, der die Geschichte von Karl Jochum noch im Ohr hatte, ergriff ängstlich die Hand des alten Mannes. »Sei vorsichtig, Onkel Franz. Ich könnte es nicht ertragen, wenn dir etwas zustößt.«

»Ich werde nicht kämpfen, aber ich werde zum Ullstein-Haus gehen, um meine Solidarität mit den Streikenden zu bekunden. Und ich werde auch noch da sein, wenn die Nachricht von der Niederlage des ›Metzgermeisters‹ gedruckt wird.«

»Nein, geh nicht hin, Onkel. Bitte, bleib zu Hause.«

Aber sein Onkel blieb hart. »Herr Ullstein hat mir geholfen, als du nach Berlin gekommen bist, und mich im Krieg bis lange nach meiner Pensionierung beschäftigt. Da ist das mindeste, was ich tun kann, ihn jetzt unterstützen.«

Als er gegangen war, lag Georg mit geschlossenen Augen und erfüllt von schrecklicher Angst da.

Franz war früh am nächsten Morgen am Ullstein-Haus, begrüßte alte Kollegen und blickte dann aus dem Fenster auf die sich auf der Straße sammelnden Massen. Die Journalisten, Drucker, Setzer und Sekretärinnen ringsum unterhielten sich gedämpft und erregt. Dann und wann klingelte ein Telefon, und aus den von draußen eingehenden Nachrichten wurde klar, daß dieser Streik nie erlebte Ausmaße erreichen würde.

Einige Straßenbahnen brachten Demonstranten aus den Außenbezirken, aber ansonsten fuhren keine Verkehrsmittel. Am Vormittag fiel das Telefon aus, dann das Licht. Und dann hörten sie in der Ferne Schüsse.

In der Kochstraße gab es Bewegung, und Franz sah einen Lastwagen, der einen Trupp der Volksmarinedivision brachte; die Männer eilten vor das Gebäude und spähten, das Gewehr in der Hand, die Straße hinunter. Sie riefen den Demonstranten Warnungen zu, die sich daraufhin zerstreuten. Das Schießen kam näher, und mit ihm auch das schwere Rumpeln von Panzern auf dem Kopfsteinpflaster.

Ein Journalist mit einem Gewehr schob Franz beiseite und kauerte sich ans Fenster, die Waffe auf die Straße gerichtet. Plötzlich dachte Franz an Georg. Was machte er hier im Ullstein-Haus, wo er bei Georg hätte sein sollen? Er hatte gemeint, Herrn Ullstein zu helfen, aber er war nur ein alter Mann, der im Weg stand.

Ein Panzerwagen bog um die Ecke, auf dessen offener Ladefläche Freikorpssoldaten standen. Gerade als Franz aufstand, feuerte die Volksmarinedivision eine Salve auf sie ab, und die Männer der Tobisch-Brigade schossen wie wild zurück. Eine Kugel durchschlug das Fenster, Glas lag auf dem Boden.

»Runter!« schrie der Journalist und zielte auf den Wagen.

Aber es war zu spät. Franz Jankowski drehte sich und fiel zu Boden. Blut schoß aus dem Loch in seinem Kopf, wo die Kugel ihn getroffen hatte. Er war tot.

Das »Expressionistische Theater des Proletariats« war an diesem Abend nur spärlich besucht. Foyer und Bühne wurden von Öllampen und Kerzen beleuchtet. Die meisten hatten es vorgezogen, hinter geschlossenen Fenstern und verriegelten Türen zu Hause zu bleiben. Auch einige Schauspieler waren nicht gekommen. Sara war überraschenderweise erschienen.

Als für Lothar das Stichwort fiel, mit seiner Wasserpistole auf die Bühne zu stürzen, hatte er einfach keine Kraft. Um die Wahrheit zu sagen, er verlor bereits den Glauben an Dada. Am Anfang war es so lustig erschienen, aber seit Noskes Truppen immer brutaler gegen die Spartakisten wüteten, hatte die Revolution ihren Reiz verloren. Er stand noch in der Seitenkulisse, als er im Foyer Unruhe hörte.

Sobald die Schauspieler den Lärm hörten, schwiegen sie und sahen sich ängstlich an. Dann rannten sie geschlossen von der Bühne. »Freikorps!« schrien sie und rissen sich noch im Laufen die exotischen Kostüme vom Leib. Lothar spähte hinter dem Vorhang vor und sah die wenigen Besucher zu den Ausgängen hasten, wo sie sich bewaffneten Männern in grauen Uniformen gegenübersahen.

Mehr wartete er nicht ab. Er packte Sara am Arm und zog sie durch den Bühnenausgang, die Straße hinunter zu seinem Wagen. Mit zitternden Händen drehte er die Kurbel, bis der Motor endlich ansprang. Er sprang in den Wagen, legte den Gang ein und preschte los. Er fuhr nach Süden, bis er sicher war, daß niemand ihnen folgte, und dann vorsichtig Richtung Charlottenburg. In seinem Kopf arbeitete es fieberhaft. Die Freikorps würden schnell dahinterkommen, wer das Theater gemietet hatte, und noch schneller seine Adresse im Quadriga herausfinden. Bestimmt war schon ein Haftbefehl für ihn erlassen. Er hielt vor Saras Wohnung und kam zu dem Schluß, daß es vielleicht Zeit für einen Besuch in der Schweiz wäre.

Als sie die Tür erreichten, öffnete sie sich, und ein Mann mit einer Kerze erschien, die sein graues Haar, zerfurchte Wangen und tiefliegende Augen beleuchtete. »Sara?«

»Papa? Papa!« Sie flog in seine Arme.

Obwohl Lothar schnell weiterwollte, fühlte er sich doch zu einer Erklärung verpflichtet. »Mein Name ist Lothar Lorenz. Ich habe, oder hatte, das Expressionistische Theater. Leider hatten wir heute abend einige Schwierigkeiten . . .«

Professor Ascher nickte düster. »Heute hat es überall Schwierigkeiten gegeben. Deshalb bin ich hier. Alles in Ordnung, Sara?«

»Sie ist nur verängstigt. Wir wurden nicht verletzt.«

Sara sah ihren Vater aus tränenfeuchten Augen an. »Freikorpssoldaten haben das Theater überfallen . . .«

»Sie haben Schlimmeres als das getan«, sagte ihr Vater. »Sie haben das Ullstein-Haus angegriffen und mehrere Menschen getötet, auch Franz Jankowski. Stell dir vor, Sara, was das für Georg bedeutet!«

Lothar kannte weder Georg noch seinen Onkel. Er verbeugte sich leicht und ging. Er hörte noch Saras verdrießliche Stimme. »Ach, Georg. Und ich? Ich hätte getötet werden können!«

Plötzlich tat Georg Jankowski Lothar sehr leid.

Da Sara sich weigerte, Georg die Nachricht vom Tod seines Onkels zu überbringen, übernahm Professor Ascher die traurige Aufgabe. Georg blickte ihn stumpf an. »Ich habe das Schießen gehört. Ich hatte Angst. Als Onkel Franz nicht kam . . .« Lange schwieg er, dann lief eine Träne über seine Wange. »Er war der einzige Freund, den ich auf der Welt hatte«, flüsterte er. »Warum mußte er sterben?«

Professor Ascher hatte keinen billigen Trost für ihn, aber sein Herz nahm Anteil. Trotz der vielen Verpflichtungen nahm er sich die Zeit, seinen Schwiegersohn jeden Tag zu besuchen, und übernahm die Rolle, die Franz gespielt hatte. In großem Maß war er es, der Georg den Willen zum Leben wiedergab. Sara erhielt zu seinem Unmut eine andere Rolle in Jessners Staatstheater, die sie als Vorwand benutzte, ihren Mann nicht zu besuchen.

»Wenn du nach Hause kommst, erwartet dich eine Überraschung«, erzählte der Professor ihm eines Tages lächelnd.

Im April wurde Georg entlassen und kehrte, begleitet von

Professor Ascher, endlich heim. Als das Taxi sie nach Charlottenburg brachte, bemerkte der Professor, wie schwer es heute falle, sich die Kämpfe vorzustellen, die hier in den Straßen getobt hatten, denn die Regierung hatte Noskes Freikorps angewiesen, Berlin zu verlassen und sich anderer Unruheherde im Ruhrgebiet und in Bayern anzunehmen.

In der Wohnung blieb er nur kurz, um Georgs Empfang zu erleben. Sara küßte ihren Mann flüchtig auf die Wange, während Minna ihn angsterfüllt ansah. »Wer bist du?« fragte sie.

Georg kniete vor ihr nieder. Sie war ein sehr schönes Kind, das ihm deutlich ähnlich sah. »Ich bin dein Papa.«

»Du bist nicht mein Papa. Ich habe dich noch nie gesehen.« Sie rannte aus dem Zimmer.

»Du hast sie erschreckt«, sagte Sara kalt. »Was erwartest du anderes? Du siehst wie ein Gespenst aus – dünn und weiß.«

Professor Ascher seufzte und ging.

Am Abend, als sie im Bett lagen, streckte Georg zögernd die Hand nach seiner Frau aus. Es war schon so lange her, daß er ihren Körper gespürt hatte, und er sehnte sich danach, sie zu berühren. Sara wies ihn nicht ab, ermutigte ihn allerdings auch nicht. Dann, als er sie streichelte, merkte er, wie ihr Körper reagierte, und empfand ein plötzliches Selbstvertrauen. Sara war so sinnlich – wenn er nur mit ihr schlafen konnte, wäre die Vergangenheit vielleicht vergessen, und sie könnten dort beginnen, wo sie in den ersten Monaten ihrer Ehe aufgehört hatten. Er rückte zu ihr und betete, daß der Arzt in Mons sich geirrt hatte.

Ihre Zunge erkundete seinen Mund, und er schmeckte den Duft ihres Verlangens. Er verlangte so nach ihr und danach, sie glücklich zu machen. Sie wand sich unter seinen Fingern, stöhnte. »Nimm mich, Georg, nimm mich.« Und in dem Augenblick merkte er gedemütigt, daß der Arzt in Mons recht behalten hatte.

Ihre Hand fuhr über seinen Körper nach unten und entdeckte sein Geheimnis. Ein paar Augenblicke spielte sie mit ihm, aber es rührte sich nichts. Todunglücklich lag Georg da und wußte, daß er sie in dieser für sie wichtigsten aller Fragen enttäuscht hatte. Sie zog die Hand zurück. »Was ist denn mit dir los, Georg? Jahre hast du nicht mehr mit mir geschlafen, und jetzt kriegst du nicht einmal eine Erektion.« Sie rückte von ihm ab. »Du bist impotent.«

Am nächsten Morgen erklärte sie ihm, daß sie ab jetzt in getrennten Zimmern schlafen würden und sie ihren Tagesablauf nicht ändern werde, wo er jetzt wieder zu Hause sei. »Ich habe nachmittags Proben und abends Aufführung. Ich bin selten vor Mitternacht zurück. Ich erwarte nicht, daß du meinetwegen aufbleibst.« Georg nickte resigniert. Es schien ohnehin alles egal zu sein.

Nachdem sie gegangen war, trat er in sein altes Arbeitszimmer, und da entdeckte er die Überraschung des Professors. Unter dem Fenster stand das alte Klavier von Onkel Franz. Es brachte so viele Erinnerungen hoch, daß Georg lange Zeit nur dastand und es ansah. Dann ging er langsam darauf zu, setzte sich auf den Hocker, klappte den Deckel hoch und ließ seine Finger über die alten Tasten gleiten.

So fand Minna ihn. Schüchtern kam sie ins Zimmer zu ihm. »Ist das dein Klavier?« fragte sie zaghaft.

»Ja, das gehört jetzt mir.«

»Spielst du mir was vor?«

Er schüttelte den Kopf. »Jetzt nicht, aber eines Tages vielleicht.«

»Das wäre schön«, sagte sie, und dann noch: »Papa.«

Es war der Beginn einer Freundschaft zwischen einem erschöpften, verwirrten Mann und einem einsamen, kleinen Mädchen.

Tante Simon, die sich freute, daß ihr Zögling jetzt wenigstens den Vater hatte, der ihr etwas Liebe schenken konnte, tat alles, um sie einander näherzubringen. Schon bald aßen sie gemeinsam, gingen jeden Nachmittag spazieren, und es war allein Georgs Aufgabe, seine Tochter ins Bett zu bringen und ihr vor dem Einschlafen noch etwas vorzulesen. Bald waren sie unzertrennlich.

Als Professor Ascher Georg an einem Aprilnachmittag ins Hotel Quadriga bat, war es daher nur natürlich, daß Minna mitkam. Auf den Stufen zum Hotel zögerte er und erinnerte sich plötzlich, daß er als Student hier gestanden und geschworen hatte, daß er es einmal als berühmter Pianist betreten werde. Wie schwer Onkel Franz gearbeitet hatte, um ihm das Studium am Konservatorium zu ermöglichen!

»Papa, warst du schon mal hier?« fragte Minna.

»Nein, Schatz, aber mein Onkel Franz hat hier gearbeitet.«

Ein Portier ließ sie mit einer Verbeugung ein. »Wir wollen nur in die Bar«, sagte Georg und wußte genau, wo sie war, obwohl er sie noch nie gesehen hatte.

»Es ist unheimlich schön, nicht wahr?« hauchte Minna, als ein Page sie durch die Halle führte.

»Onkel Franz hat gesagt, es sei das schönste Hotel Europas.«

Aufgrund der Schilderungen seines Onkels konnte Georg sich vorstellen, wie der Kaiser durch diese Halle schritt, Karl Jochum neben ihm. Aus der Bar kamen die Klänge eines Klaviers – ein Wiener Walzer. All das schien wie ein Relikt aus einer eleganteren, längst vergangenen Zeit.

Professor Ascher erhob sich und begrüßte sie, bestellte die Getränke und fing dann an, von einem seiner Studenten zu sprechen. »Er heißt Einstein und bekommt bestimmt einmal den Nobelpreis für seine Arbeit an der Relativitätstheorie . . .«

Aber Georg hörte gar nicht zu. Im hinteren Teil des Raums stand ein größerer Tisch mit mehreren Sesseln, der offensichtlich für Stammgäste war. Sie saß an diesem Tisch, ein schlankes junges Mädchen mit rotem Haar und smaragdgrünen Augen. Georgs Gedanken gingen zurück zu jenem Tag auf dem Anhalter Bahnhof, als er und Hunderte anderer Soldaten aus den Fenstern eines Zuges einem Mädchen in einem blauen Kleid zugewinkt hatten, die ihren blauen Hut geschwenkt hatte.

Mit einemmal war die Melodie, die er damals komponiert hatte, wieder da. Er schloß die Augen, und die Noten tanzten in seinem Kopf. Ein Walzer. In Dur. Er öffnete die Augen und sah sie an, und eine freudige Erregung durchschauerte ihn. Das war es! Darauf hatte er gewartet!

Er sprang auf und lief durch den Raum zu dem Pianisten, der in der Ecke an dem Bechstein-Flügel saß. »Entschuldigen Sie, aber ich muß etwas ausprobieren.«

Der Pianist blickte ihn überrascht an, machte jedoch anstandslos Platz. Als Georgs Finger sich auf die Tasten legten, wurden die Jahre, seit er zuletzt gespielt hatte, plötzlich zu Minuten, und es war, als wäre es wieder August 1914, als die Hoffnung alles war und Jugend ein Zauber, der ewig zu währen schien.

Sanft streichelten seine Finger die Elfenbein- und Ebenholztasten. Zunächst klang nur die Melodie ganz leicht durch den Raum, lachend, tanzend, singend. Die Gäste unterbrachen ihre Unterhaltung und lauschten, aber er merkte nichts von der plötzlichen Stille. Und dann kamen auch die Worte.

»Du bist der Traum, den ich geträumt, blau, kornblumenblau«, und: »Als ich gedacht, daß alles Hoffen hoffnungslos, da fand ich dich in meinen Träumen wieder.«

Nur dieser Ton war falsch, er mußte nachdrücklicher sein, und der etwas höher, und Georg begann noch einmal, und jetzt war er zufrieden. Erst als er fertig war und aufstand, um sich bei dem Pianisten zu bedanken, bemerkte Georg die vielen Menschen, die ihn staunend ansahen. Und dann erhoben sie sich zu seiner Verwunderung und Verlegenheit auch noch und klatschten und riefen: »Noch mal!« –

»Bravo!« – »*Encore*!« Schüchtern lächelnd ging er an seinen Tisch zurück. Professor Ascher schlug ihm auf die Schulter. »Hervorragend, Georg, hervorragend!«

Minna klatschte in die Hände. »Papa, du bist wunderbar.«

Auf der anderen Seite des Raums hatte Luise ihr Gespräch mit Josef vergessen und wie gebannt den dunkelhaarigen jungen Mann am Klavier angestarrt. Als er geendet hatte, war sie aufgestanden und hatte lauter als alle anderen geklatscht. »Wer ist das?«

»Geh doch hin und frag ihn«, meinte Josef grinsend.

Luise lief hinüber zu dem Tisch, an dem der Klavierspieler mit Professor Ascher und einem kleinen Mädchen saß. »Das war einfach hinreißend!«

Der Professor strahlte sie an. »Ein begabter junger Mann, nicht wahr?«

»Aber wer sind Sie?«

»Luise!« rief der Professor. »Habt ihr zwei euch denn nie kennengelernt? Du kennst meinen Schwiegersohn nicht, Georg Jankowski? Georg, das ist Luise Jochum.«

Als er ihr die Hand reichte, betrachtete sie ein hageres Gesicht mit den tiefliegenden, zusammengekniffenen Augen und den schmalen, sensiblen Lippen und fühlte sich plötzlich unsicher. Das war also Georg, an dessen Leben sie als Kind durch seinen Onkel teilgehabt hatte. Der Georg, den Sara betrog. Und der Georg, der, wie sie intuitiv spürte, der größte Pianist war, den sie je gehört hatte. »Sie sind Georg? Sie haben diese Musik komponiert?«

»Ich habe sie für Sie komponiert, als ich Sie zum erstenmal gesehen habe, vor fast fünf Jahren. Sie standen auf dem Bahnsteig des Anhalter Bahnhofs und winkten mit Ihrem blauen Hut. Ich habe Sie das ›Kornblumenmädchen‹ getauft.«

»Für mich?« Ungläubig schüttelte sie den Kopf. »Sie haben es für mich komponiert? Aber das ist . . .«

Professor Aschers Stimme holte sie in die Wirklichkeit zurück. »Warum setzt du dich nicht, Luise? Und rufen wir deinen Freund her.«

Nur widerstrebend ließ sie Georgs Hand los und gab Josef ein Zeichen, sich zu ihnen zu setzen. »Das ist Josef Nowak, ein alter Freund. Professor Ascher – Georg Jankowski.« Erst da bemerkte sie das kleine Mädchen. »Und du mußt Minna sein.«

Minna blickte zaghaft zu ihrem Vater hoch, und Luise spürte sofort das Band, das zwischen beiden bestand.

»Sind Sie Musiker?« fragte Josef ihn. »Ich verstehe zwar nicht viel von Musik, aber das hat sich recht gut angehört.«

»Er ist phantastisch«, erklärte Luise.

»Und arbeiten Sie jetzt?«

Georg schüttelte hilflos den Kopf. »Was kann ich tun?«

»Suchen Sie sich eine Arbeit«, sagte Josef, »irgendeine, aber suchen Sie. Wir können es uns in diesen Tagen nicht leisten, wählerisch zu sein.«

In dem Moment kam Luise eine Idee. »Georg, warum spielen Sie nicht hier im Quadriga, wie Ihr Onkel?«

»Ich halte das für eine hervorragende Idee, Luise«, meinte Professor Ascher.

»Solltest du nicht vorher mit Benno und Viktoria sprechen?« fragte Josef nüchtern.

Luise lächelte ihm selbstsicher zu. »Oh, sie werden sich freuen, daß ich mich für das Hotel interessiere. Ich gehe gleich mal Vicki suchen.«

Georg sah sie den Raum durchqueren und fand sich in einem Aufruhr widerstreitender Gefühle. Er war noch immer betroffen von dem Impuls, der ihn so unerwartet zum Klavier getrieben hatte. Innerhalb einer halben Stunde schien sich sein ganzes Leben verändert zu haben. Luise, Josef, Professor Ascher, sie waren alle so überzeugt, sie konnten wahrscheinlich nicht verstehen, daß ihm einfach das Selbstvertrauen fehlte, die Stelle seines Onkels zu übernehmen.

»Ich bin sicher, Sie sind viel zu gut für einen Hotelmusiker«, sagte Josef tröstend, der Georgs Zögern falsch deutete. »Sehen Sie mich an. Ich war im Krieg ein Held und fliege jetzt eine miese, kleine Transportmaschine für Kraus-Luftfahrt. Ich würde viel lieber den Atlantik überqueren, aber ich fliege wenigstens. Und Sie möchten wahrscheinlich die Philharmoniker leiten. Und ich bin sicher, das werden Sie auch eines Tages tun.«

Luises Stimme unterbrach sie. »Georg, darf ich vorstellen, meine Schwester, Viktoria Kraus. Vicki, das ist Franz Jankowskis Neffe.«

Noch immer benommen, schüttelte Georg Viktoria die Hand, einer großen, schlanken Frau in einem schlichten Kostüm. Blonde Haarsträhnen faßten ein energisches, fast quadratisches Gesicht ein. Als sie den Professor begrüßte und sich dann zu Minna hinunterbeugte, fand er sie auf Anhieb sympathisch.

»Herr Jankowski, meine Schwester sagte mir, Sie würden vielleicht im Hotel spielen.« Sie hatte eine feste, tiefe Stimme, die so beherrscht war wie die Luises aufgeregt. »Wir wären sehr froh, wieder einen Jankowski bei uns zu haben. Ihr Onkel war ein lieber Freund des Hotels – und meines Vaters. Wir haben sehr betroffen von seinem Tod gehört.«

»Und ich war sehr traurig, von Herrn Jochums Tod zu hören«, erwiderte Georg. »Mein Onkel hat mir viel von ihm erzählt.«

Viktorias Gesicht verdüsterte sich. »Ja, wir leben in einer traurigen Zeit. Wir müssen alle tapfer sein. Wann könnten Sie denn anfangen, Herr Jankowski?«

»Wollen Sie mich denn nicht vorher hören?«

»Nein, ich verlasse mich ganz auf Luise. Sie ist die Künstlerin in unserer Familie.«

»Ja, eigentlich könnte ich sofort anfangen.«

»Gut«, sagte Viktoria. »Dann kommen Sie jetzt am besten mit zu meinem Mann, und wir können die Formalitäten regeln.«

»Papa«, fragte Minna mit zitternder Stimme, »und ich?«

Viktoria lächelte ihr zu. »Wie alt bist du, Minna?«

»Ich bin fast vier.«

»Mein kleiner Junge, der Stefan, ist fast fünf. Du könntest doch manchmal herkommen und mit ihm spielen, ja?«

Zu Viktorias großer Freude kamen Stefan und Minna nach anfänglicher Scheu gut miteinander aus, beide mit braunen, ernsten Augen und dunklem Haar und jenem leicht glänzenden Flaum auf der Haut, der vor allem für Viktoria die Zerbrechlichkeit und Vergänglichkeit der Kindheit verkörperte.

»Schön, daß Stefan endlich jemand Gleichaltrigen hat«, sagte Ricarda, als sie davon hörte. »Ich war immer der Meinung, daß es ziemlich traurig ist, ein Einzelkind zu sein.«

Schon bald erscholl im Kinderzimmer ihr Lachen, und eine neue Generation entdeckte die Dschungelpflanzen im Palmenhaus und daß man den alten Max Patschke um den kleinen Finger wickeln konnte.

Die Worte ihrer Mutter weckten in Viktoria jedoch einen anderen Gedanken. Jetzt, wo es im Land ruhiger zu werden schien, war vielleicht die Zeit, an ein zweites Kind zu denken. Es wäre zum einen ein Spielgefährte für Stefan, würde aber auch die Schuld abtragen helfen, die sie Benno gegenüber hatte, wie sie meinte.

Im April erklärte Benno, daß das Kaiserzimmer umgebaut und so lange geschlossen werden sollte. »Wir sollten mit der Zeit gehen. Es ist ein bißchen düster.«

»Aber was ist mit Mama? Es war Papas Lieblingsraum.«

»Ich habe ihn nie gemocht«, sagte Ricarda. »Nein, Benno und ich sind absolut einer Meinung, was wir mit dem Kaiserzimmer machen sollten.«

Sie sagten es ihr allerdings nicht, und Viktoria war so klug, nicht zu fragen. Sie freute sich, daß ihre Mutter wieder Anteil am Hotel nahm, wieder lächelte und den Schock vom Tod ihres Mannes anscheinend überwunden hatte.

In den folgenden Wochen herrschte hinter den geschlossenen Türen des Kaiserzimmers das geschäftige Treiben einer kleinen Armee von Zimmerleuten, Malern und Dekorateuren. Luise lief mit geheimnisvollem Gesicht herum, und Stefan schwelgte offensichtlich darin, in ihre Pläne eingeweiht zu sein. Viktoria merkte, daß nach und nach auch das Personal einbezogen wurde, denn sie sah ihren Mann flüsternd mit Max Patschke, Arno Halbe und Georg Jankowski verhandeln. Zum erstenmal seit Jahren zog wieder heitere Zuversicht durch das Hotel.

Anfang 1919 machten zwei voneinander unabhängige Ereignisse diese frohe Stimmung zunichte. Das erste war ein Brief von Grete in München, der vom Tod Gottfrieds durch Grippe berichtete. Vor allem Viktoria war berührt, denn sie hatte ihren Onkel gern gehabt. Grete versuchte, den Brief erfreulich enden zu lassen und schrieb: »Aber wir warten voller Ungeduld auf die Geburt von Olgas Baby im Juli.«

Das zweite Ereignis manifestierte sich in der Person von Bennos Vater, der ein paar Tage später eintraf. »Ich warte auf Nachricht aus Paris«, erzählte er ihnen mit besorgter Miene. »Theo Arendt hat mir versprochen, mich anzufrufen, sobald er die Bedingungen der Friedenskonferenz kennt.«

Viktoria beachtete ihn kaum. Sie wußte vage, daß Vertreter aus Amerika, England, Frankreich und Italien seit Januar in Paris tagten, um jetzt, wo der Krieg zu Ende war, über Europas Zukunft zu entscheiden, aber für sie war diese Tagung bedeutungslos. Deutschland hatte den Waffenstillstand unterzeichnet und seine Truppen aus den besetzten Gebieten zurückgezogen. »Was ist mit dieser Friedenskonferenz?« fragte sie Benno.

»Es müssen noch einige Fragen geklärt werden. Französische Truppen besetzen zum Beispiel noch immer das Rheinland, während andere Teile Deutschlands weiter von Revolutionären drangsaliert werden. Unsere Fabriken in Essen sind immer noch geschlossen. Die Alliierten wollen offenbar ein stabiles Deutschland. Ich denke, sie werden uns für längere Zeit die Produktion von Waffen verbieten, aber sie wollen außerdem die Kommunisten loswerden, die uns und damit ganz Europa bedrohen.«

»Warum ist dein Vater dann so besorgt?«

»Ein Waffenembargo würde das Ende für einen erheblichen Teil der Kraus-Werke bedeuten.«

»Warum ist Theo nach Paris gefahren?«

»Deutschland durfte an keiner dieser Verhandlungen teilnehmen«, erklärte Benno geduldig. »Aber Theo als Bankier ist offensichtlich als ein Mitglied der deutschen Friedensdelegation ausgewählt worden. Mein Vater wär sicher gern gegangen, aber als Waffenproduzent wurde er wohl ausgeschlossen.«

Viktoria tat die Angelegenheit als etwas ab, das nur Baron Kraus betraf, und vergaß sie bis zum Abend des 7. Mai. Sie saßen nach dem Essen im Palmenhaus und hörten Georg zu, als der Baron in den Raum stürmte. Alle wandten sich zu ihm um. Benno sprang auf. »Was ist los, Vater?«

»Ich habe soeben Nachricht aus Paris erhalten«, stieß der Baron hervor. »Es ist verheerend. Sie wollen uns zerschlagen. Sie sind erst zufrieden, wenn Deutschland vernichtet ist.« Er griff zum nächststehenden Glas und leerte es in einem Zug. »Deutschland soll die ganze Schuld und Verantwortung für den Ausbruch des Krieges übernehmen. Wir sollen nicht nur all unsere Kolonien verlieren, sondern auch große Teile unseres Territoriums in Europa. Elsaß-Lothringen soll für immer an Frankreich abgetreten werden. Das Saargebiet soll von Frankreich und das Rheinland fünfzehn Jahre von alliierten Truppen besetzt werden.«

Man hörte entsetzte Ausrufe.

»Polen soll selbständige Republik werden, einschließlich Oberschlesien und Westpreußen«, fuhr der Baron grimmig fort, »und Danzig soll Freie Stadt werden.« Er nahm die Brille ab und fuhr sich mit der Hand über die Augen. Schokkiert stellte Viktoria fest, wie alt er geworden war. »Aber das ist noch nicht alles. Das deutsche Heer soll auf 100 000 Mann begrenzt werden, und wir dürfen keine Panzer. Flugzeuge, Luftschiffe und U-Boote mehr bauen. Nichts Militärisches. Für Firmen wie meine ist das natürlich katastrophal.«

Ringsum sah man fassungslose Gesichter. »Die Alliierten haben außerdem entschieden, daß wir als vermeintliche Urheber des Krieges Reparationen für den Schaden zahlen müssen, den wir anderen Ländern zugefügt haben. Die genaue Summe muß noch festgelegt werden, aber die Bezahlung hat in Form von Industriegütern und Goldmark zu erfolgen.«

Im Raum herrschte Totenstille. Dann murmelte jemand: »Mein Gott, was für Idioten sind das in Paris. Unsere wichtigsten Bergwerks- und Industriegebiete sind genau die, die sie uns nehmen wollen, und trotzdem erwarten sie, daß wir mit Sachgütern zahlen?«

Der Baron nickte gedankenschwer. »Ja, so ist es. Gerade wegen der Beschränkungen, die die Alliierten uns auferlegen, werden wir diese Verpflichtungen niemals erfüllen können.«

»Aber sehen sie das denn nicht?«

»Anscheinend nicht. Herr Arendt berichtet mir, daß man versucht hat, ihnen klarzumachen, daß Deutschland bereits bankrott ist, aber das interessiert sie nicht.«

»Dann unterzeichnen wir einfach nicht«, erklärte jemand.

»Ich fürchte, wir haben keine andere Wahl«, sagte der Baron. »Unglücklicherweise haben wir den Krieg verloren.«

Bis tief in die Nacht saßen die Menschen im Hotel und

diskutierten die verhängnisvollen Neuigkeiten. Nachdem der erste Schock vorüber war, wurde ihre Haltung aggressiver. Fast ausnahmslos machten die Hotelgäste die Sozialdemokraten für die Unterzeichnung des Waffenstillstands im November verantwortlich. Zum erstenmal hörte Viktoria den Ausdruck »Novemberverbrecher«. Des weiteren konnten die Kommunisten beschuldigt werden, die die Revolution angezettelt und Deutschland damit den »Dolchstoß in den Rücken« gegeben hatten, der das Verlieren des Krieges bewirkt hatte. Mit der Unterzeichnung des Friedensvertrags spiele die Regierung, wie einige behaupteten, den Kommunisten direkt in die Hände, denn die Menschen würden die Bedingungen nicht hinnehmen, sondern gegen die Regierung aufstehen.

Baron Kraus erhob seine Stimme. »Ich sehe für unsere Regierung keine andere Möglichkeit als zu unterzeichnen. Die Franzosen besetzen bereits das Rheinland, und amerikanische und englische Truppen könnten schnell zusammengezogen werden und einmarschieren. Wir sind nicht stark genug für einen weiteren Krieg – noch nicht, jedenfalls.«

Viktoria, die die ganze Tragweite des vorgeschlagenen Friedensvertrags noch nicht begriff, verließ Benno und seinen Vater und ging mit Ricarda nach oben. »Bei ihnen klingt alles so furchtbar, Mama«, sagte sie. »Ich dachte, der Krieg ist vorbei, und sie reden schon vom nächsten.«

Ricarda tätschelte ihre Hand. »Mach dir keine Sorgen, Liebchen. Ich bin sicher, die Männer wissen, was sie tun.«

Schon bald vergaß Viktoria den Friedensvertrag fast ganz, denn das Hotel füllte sich mit Geschäftsleuten, Politikern, Offizieren und Journalisten aus dem ganzen Land, die in Berlin zusammenkamen, um über seine Folgen zu sprechen. Sie war so beschäftigt, daß sie sogar die Arbeiten am Kaiserzimmer vergaß, an die sie nur Stefans aufgeregtes Geplapper und der Abtransport der schweren wilhelminischen Möbel sowie die Ankunft riesiger Kisten erinnerten.

Mitte Juni sagte Benno: »Morgen ist dein Geburtstag. Ich dachte, wir feiern ein bißchen. Nimm dir doch den Nachmittag frei – geh zum Friseur und kauf dir ein neues Kleid.«

Sie zog die Augenbrauen hoch. »Ein neues Kleid?« Auch wenn die Geschäfte sich allmählich wieder mit Waren füllten, gab es doch immer noch enorme Engpässe, und Männer wie Rudi Nowak machten Geschäfte wie nie zuvor.

»Luise kann dir bestimmt eins besorgen«, grinste Benno.

»Aber es ist soviel zu tun, ich möchte mir nicht freinehmen.«

»Komm, Vicki, sei nicht so lahm«, meinte Luise.

»Ja, Liebchen«, drängte Ricarda, »du gehst mit Luise einkaufen. Benno kommt mit dem Hotel sehr gut allein zurecht.«

Viktoria sah sie argwöhnisch an, überzeugt, daß sie etwas im Schilde führten, wovon nur sie nichts wußte. »Also gut, weil mein Geburtstag ist.«

Als sie und Luise am Abend wiederkamen, müde nach einem erfolgreichen Nachmittag beim Friseur und mit einem herrlichen Abendkleid, das ihr genau paßte, wurde sie sofort zur Wohnung hinaufgeführt, wo Luise sie fast bewachte. »Rühr dich nicht von der Stelle, bis du es gesagt bekommst.«

»Ja, ist gut«, lachte sie.

Als Benno nach oben kam, stand sie vor dem Spiegel und betrachtete sich. Das Kleid war weiß und mit Tausenden silberner Pailetten besetzt, die im Licht bläulich schimmerten. Um die Schultern hatte sie eine weiße Hermelinstola von Ricarda gelegt.

»Du siehst bezaubernd aus, Vicki«, sagte Benno leise. Er stellte sich hinter sie und legte die Arme um sie. »Gefällt es dir?«

Sie drehte sich um. »Benno, hast du das Kleid etwa machen lassen?«

Er lächelte. »Luise und ich haben es gemeinsam in Auftrag gegeben. Luise hat alle Maße besorgt.«

»Und ich dachte, es wäre ein Zufall.« Zärtlich faßte sie sein Gesicht und küßte ihn. »O Benno, danke. Es ist schön.«

»Bewundere dich ruhig noch etwas. Ich ziehe mich inzwischen um, und dann gehen wir nach unten.«

Arm in Arm verließen sie die Wohnung und gingen die Haupttreppe hinunter durch die Halle zum alten Kaiserzimmer. »Ist es fertig?« fragte Viktoria überrascht. »Das hast du mir gar nicht gesagt, Benno.«

Er legte den Finger auf die Lippen, und ein Page machte breit lachend die Tür auf. Der Raum war dunkel bis auf brennende Kerzen, die die Zahl fünfundzwanzig bildeten. Dann ertönte in die Stille ein Klavier mit einer vertrauten Melodie. Und plötzlich erklangen Stimmen: »Zum Geburtstag viel Glück, zum Geburtstag viel Glück, zum Geburtstag, Quadriga, zum Geburtstag viel Glück.«

Langsam ging das Licht an, und sie sah einen Raum voller Menschen, die alle eine Kerze in einem silbernen Leuchter trugen. Aber was für ein Raum! Die schreckliche dunkle Eichentäfelung war verschwunden und einer schweren weißen Tapete gewichen, auf der silberne Tupfer glitzerten. Von der Decke hingen silberne Kronleuchter, und die Stühle an den Wänden glänzten silbern. Tränen liefen Viktoria über die Wangen. »Das fünfundzwanzigjährige Jubiläum des Quadriga. Was für eine wunderschöne Idee.«

Benno griff in seine Jackentasche. »Und das ist ein kleines Geschenk für dich. Herzlichen Glückwunsch zum Geburtstag.«

Sie nahm die Schachtel und machte sie vorsichtig auf. Auf einer Watteschicht lag, meisterhaft aus Silber gearbeitet, ein Modell des Hotels als Halsanhänger.

Benno nahm ihr die Stola ab und legte ihr den Anhänger um. Dann trat er einen Schritt zurück, um sie zu bewundern. »Du und das Hotel, ihr seid beide ein Vierteljahrhundert alt. Ich hoffe aus ganzem Herzen, daß du ein volles Jahrhundert erlebst.«

Seine Worte lösten die Spannung. Alle jubelten ihr zu und kamen, um ihr zu gratulieren. Stefan sah sie aus bewundernden Augen an. »Mama, du siehst so schön aus. Du hast nichts von deiner Überraschungsfeier gewußt?«

Gerührt schüttelte sie den Kopf. »Ich hatte keine Ahnung, Stefan. Hast du es denn gewußt?«

»Ja«, verkündete er stolz, »wir alle wußten es. Papa, Oma, Tante Luise und ich haben es geplant. Und dann mußten wir es natürlich allen anderen sagen.« Er biß sich auf die Lippe. »Ein paarmal hätte ich es dir auch fast gesagt.«

Sie nahm ihn in die Arme. »Ich bin sehr stolz auf dich, Stefan. Aber jetzt muß ich all die anderen begrüßen.«

So viele persönliche Freunde und Freunde des Hotels. Baron Kraus war da, Julia, Ernst, Trude und ihr zweijähriger Sohn Werner. In einer unerwarteten Anwandlung von Vertrautheit verriet Trude Viktoria, daß sie Anfang nächsten Jahres ihr zweites Kind erwarte. Theo Arendt hatte Sophie mitgebracht, und seine beiden Jungen hüteten Minna Jankowski, solange Georg Klavier spielte. Bei ihnen saß auch Professor Ascher, aber Sara fehlte.

Luise saß, wie Viktoria befriedigt feststellte, bei Josef Nowak, der ihr engster Freund geworden zu sein schien, seit Lothar Lorenz überstürzt im März in die Schweiz gereist war. Luise, die in ihrem grünen Crêpe-de-Chine-Kleid bezaubernd aussah, machte Josef mit vielen Hotelgästen und Freunden aus Berlin bekannt, die extra zu der Feier eingeladen worden waren. Insgesamt waren etwa hundert Personen anwesend.

Und dann bemerkte Viktoria zum erstenmal das herrliche Büfett, das Küchenchef Mazzoni vorbereitet hatte. Trotz der Knappheit bogen sich die blau und weiß gedeckten Tische fast unter ihrer Last.

Wenn ihr Vater das noch hätte erleben können, dachte sie, wäre der Abend rundum gelungen gewesen. Als könnte sie ihre Gedanken lesen, kam Ricarda zu ihr. »Wir haben es schon vor langem geplant, Vicki. Schließlich sind du und das Hotel ja am gleichen Tag geboren. Karl hat immer daran gedacht.«

In dem Augenblick bat Benno um Aufmerksamkeit. Ehrfurchtsvoll trat Arno mit einigen dekantierten Flaschen Wein vor. Behutsam goß Benno aus einer Flasche einige Gläser voll und reichte sie Ricardo, Viktoria und Luise. »Karl Jochum hat diese Flaschen 1894 eingelagert, um die Eröffnung dieses Hotels zu feiern. Trinken Sie mit mir auf ihn. Auf Karl Jochum!«

»Auf Karl Jochum!« Die Stimmen hallten durch den Raum.

Als das Essen beendet, der Tanz vorbei und die Gäste gegangen waren, begaben sich Viktoria und Benno nach oben, um zu Bett zu gehen. Nachdem sie ihr Kleid in den Schrank gehängt hatte, legte Viktoria die Arme um ihn. »Ich weiß gar nicht, wie ich dir danken soll. Es war ein wunderbarer Abend.«

»Ich liebe dich, Vicki. Ich freue mich, daß ich dich glücklich gemacht habe.« Sanft führte er sie zum Bett und zog sie zu sich herunter. »Du hast hinreißend ausgesehen, aber ganz ohne Kleider siehst du noch hinreißender aus.«

Er machte das Licht aus und liebte sie mit verhaltener Leidenschaft. Als Viktoria seine Liebkosungen erwiderte, war sie sich absolut sicher, daß sie in dieser Nacht sein erstes Kind empfangen würde.

Als die anderen Geburtstagsgäste abreisten, blieb Baron Kraus im Quadriga, führte viele Besprechungen und wartete auf die abschließende Bestätigung des Versailler Friedensvertrages. Es war dieser Vertrag, der auf außerordentliche Weise zu einem deutlichen Wandel in der Beziehung zwischen dem Baron und seinem jüngeren Sohn führte.

Am 28. Juni 1919 erschien die »Deutsche Zeitung« mit einem Trauerrand um die Titelseite und schrieb: »Deutsche

Nation! Heute wird im Versailler Spiegelsaal ein schändlicher Vertrag unterzeichnet. Vergessen wir es nie! An dem Ort, wo im glorreichen Jahr 1871 das Deutsche Reich in all seinem Ruhm erstand, wird Deutschland heute ins Grab gezerrt. Vergessen wir es nie! Das deutsche Volk wird mit unaufhörlicher Anstrengung vorwärtsschreiten, um den Platz unter den Nationen der Welt zurückzuerobern, der ihm gebührt. Es wird Vergeltung geben für die Schande von 1919!«

Der Baron las den Artikel und schob die Zeitung beiseite. »Es ist ein schwarzer Tag, aber er kommt nicht gänzlich unerwartet. Als die Alliierten sich weigerten, mit der Armee zu verhandeln, hätten wir wissen müssen, was kommen würde. Mir tut Erzberger wirklich leid, daß er den Vertrag unterzeichnen mußte. Man wird ihn beschuldigen – dabei ist er ein guter Mann.«

Benno betrachtete ihn plötzlich in einem neuen Licht. War es möglich, daß der Mann, den er immer als Tyrann angesehen hatte, doch eine menschliche Seite hatte? »Was passiert mit uns, Vater?« Als Benno diese Frage stellte, erkannte er, daß die Lage seines Landes sie enger zusammenbrachte, als sie je gewesen waren.

Auch der Baron schien das zu spüren. Sein Ton, als er antwortete, war gemäßigt, ohne seine übliche einschüchternde Aggressivität. »Was die Kraus-Werke angeht, wir werden überleben. Die Unruhen im Ruhrgebiet werden wohl noch lange anhalten. Ich bezweifle, daß die Franzosen schon richtig zufrieden mit dem Vertrag sind, und ich habe das Gefühl, daß sie bei der geringsten Herausforderung ins Ruhrgebiet einmarschieren. Solange das Rheinland entmilitarisiert ist und die Franzosen es bewachen, haben wir natürlich in Essen Arbeitsprobleme. Ich werde Ernst also zunächst dort die Leitung überlassen und mich auf andere Bereiche konzentrieren.«

»Du denkst doch sicher noch nicht daran, eine Schifffahrtslinie aufzubauen?« fragte Benno ungläubig.

Sein Vater blickte sich vorsichtig um, um sicher zu sein, daß niemand in der Nähe war. »Ich will dich ins Vertrauen ziehen, Junge. Wir werden die Kraus-Amerika-Linie einführen. Amerika ist gegenwärtig das reichste Land der Welt, weil es durch den Krieg am wenigsten verloren und am meisten gewonnen hat. Ich weiß nicht, ob ich es dir erzählt habe, aber ich habe vor Kriegsende mit Jan van der Jong in Rotterdam einen Vertrag geschlossen. Wir mögen keine Schiffe in Deutschland bauen dürfen, aber nichts wird uns daran hindern, sie in Holland zu bauen.«

Benno nickte widerwillig bewundernd. Sein Vater war gerade sechzig geworden, aber er war geistig beweglicher als viele Jüngere.

»Auch wenn wir hier keine Waffen produzieren können, so besitzen wir immer noch die Patente«, fuhr der Baron fort. »Viele Kraus-Waffen werden im Ausland bereits in Lizenz hergestellt, und wir können den Absatz noch ausbauen, nach Südamerika, in den Fernen Osten und nach Südafrika. Wir haben im Krieg beachtliche Entwicklungen gemacht – diese Rechte können verkauft werden wie die Aktien, die wir haben. Irgendwo ist immer Krieg. – Und jetzt zum letzten Punkt, der auch dich hier im Hotel berühren wird. Ich glaube fest, daß Deutschland einer schweren Finanzkrise entgegengeht. Die Kraus-Werke werden erhebliche Geldmittel in die Schweiz und nach Amerika transferieren. Das solltest du auch tun.«

Benno lachte auf. »Vater, das Hotel Quadriga hat keine Mittel zu transferieren. Die Hypothek, die Karl Jochum 1893 aufgenommen hat, läuft bis 1923.«

»Ja, ich habe dazu beigetragen, das zu arrangieren.«

»Ich habe seit Herrn Jochums Tod die Bücher genau durchgesehen. Soweit ich beurteilen kann, hat das Hotel seit 1914 mit Verlust gearbeitet. Die letzten Monate waren fast katastrophal, wegen des Schadens während der Revolution und weil wir so lange keine Gäste hatten. Jetzt füllt sich das

Hotel zwar wieder, aber die Preise steigen so schnell, daß wir kaum die Kosten hereinbekommen.«

»Das Festessen, das du neulich veranstaltet hast, hat ganz schön was gekostet«, bemerkte der Baron anzüglich.

Benno nickte wehmütig. Rudi Nowak war voll auf seine Kosten gekommen, aber er hatte schwer bluten müssen.

»Erinnerst du dich an das Essen, das ich 1916 hier gegeben habe, als Theo Arendt über Kriegsanleihen gesprochen hat? Er hat in allem recht behalten, auch wenn niemand auf ihn hören wollte. Als die Geldquellen des Landes versiegten, hat die Regierung einfach Papiergeld gedruckt, um ihre Darlehen zurückzuzahlen, und eine Inflation bewirkt. Und jetzt kommen noch die Kriegsreparationen hinzu. Woher soll dieses Geld kommen? Ich werde es dir sagen, wir werden einfach welches drucken – bis es nicht mal mehr das Papier wert ist, auf dem es gedruckt wird.«

»Meinst du wirklich, daß es so schlimm wird?«

»Ich fürchte, ja. Die einzie Währung, die ihren Wert behalten wird, wird der amerikanische Dollar sein. Wenn du dir raten läßt, Benno, kaufst du Dollar. Laß deine Hypothek im Moment, laß deutsche Mark und alle anderen europäischen Währungen. Kaufe Dollar.« Er zog ein Notizbuch aus der Tasche, dessen Seiten eng mit Zahlen beschrieben waren. »Ich habe das festgehalten. Zu Beginn des Krieges stand der Dollar bei etwa vier Mark. Im Januar dieses Jahres war der Wechselkurs schon bei neun Mark. Und heute, nur sechs Monate später, zahlt man schon vierzehn Mark für einen Dollar.«

Benno zog nachdenklich die Augenbrauen hoch. Manchmal, so schien es, hatte es seine Vorteile, ein Kraus zu sein. »Danke, Vater.«

Der Baron schüttelte unwillig den Kopf. »Ich tue nur, was ich mein ganzes Leben getan habe, ich sehe der Situation ins Auge und schaue, wie ich sie am besten nutzen kann. Das Schlimme bei den meisten Leuten ist, daß sie soviel Zeit mit

Lamentieren vergeuden und so nichts zuwege bringen. Deutschland mag im Krieg geschlagen worden sein, aber das heißt nicht, daß wir als Deutsche verlieren müssen.«

15

In jenem Herbst, nach Unterzeichnung des Versailler Friedensvertrags, wurden Major Peter Graf von Biederstedt und seine Männer, die noch immer unter dem Befehl von Generalmajor Ritter Emerich von Schennig standen, von der jetzt Freien Stadt Danzig nach Stuttgart verlegt. Sie hießen nicht mehr Totenkopfhusaren und waren nur mehr an einer Zahl zu erkennen, ein Regiment von einer der drei Kavalleriedivisionen, die der schändliche Friedensvertrag Deutschlands Streitkräften gelassen hatte, die jetzt Reichswehr hießen.

Feldmarschall Hindenburg hatte die Friedensbedingungen nicht annehmen können und war zurückgetreten. General Groener verhandelte mit der Regierung. Dann war auch Groener zurückgetreten; sein Nachfolger war General von Seeckt, der Chef des neuen Truppenamtes. Seeckt konnte nichts anderes tun, als sich dem Vertrag zu fügen, und nach und nach wurden die Truppen auf die vereinbarten hunderttausend Mann und viertausend Offiziere reduziert, ein bloßer Schatten der ruhmreichen kaiserlichen Armee, die im August 1924 fast vier Millionen Männer hatte aufbieten können. Viele von Peters Offizierskollegen wurden entlassen und mußten eine zivile Arbeit in einem Land suchen, in dem die ersten Anzeichen von Arbeitslosigkeit zu spüren waren.

Wie waren die Aussichten für Peter? Er war entschlossen, auf diese Frage eine Antwort zu erhalten, als er im September 1919 mit seinem zukünftigen Schwiegervater in seinem neuen Quartier in der Stuttgarter Garnison zu Abend speiste. Die Hochzeit mit Ilse von Schennig sollte Mitte Oktober in Osterfelde stattfinden, dem Landsitz der Schennigs bei Lübeck, doch jetzt, wo er am meisten Selbstvertrauen hinsichtlich seiner Zukunft hätte haben müssen, verspürte er nur Unzufriedenheit und Unsicherheit. Ilse war eine attraktive Frau, aber das war nie der Grund für seinen Heiratsantrag gewesen. Nein, die Hochzeit fand statt, weil Ilse eine ideale Offiziersfrau abgab und er über ihren Vater seine Offizierskarriere absichern wollte. Aber gab es für ihn noch eine Karriere?

Nach dem ausgezeichneten Essen kam von Schennig selbst auf das Thema. »Ich glaube, es wird Zeit, Biederstedt, daß wir ein Gespräch von Mann zu Mann führen.« Er lehnte sich in seinen Sessel zurück, zündete sich eine dicke Zigarre an und blickte Peter durch den Rauch hindurch gleichmütig an. »Vielleicht sollten Sie wissen, daß ich nicht nur, weil Sie mit Ilse verlobt sind, meinen Einfluß dahingehend geltend gemacht habe, Sie in meinem Regiment zu behalten, sondern weil Sie ideal in das neue Offizierskorps passen. Viele Kriegsoffiziere sind zwar im Krieg erfolgreich, bringen aber nicht die für die langweilige Friedenszeit erforderliche Disziplin auf. Sie kommen aus einer Familie mit einer militärischen Tradition. Die zukünftige deutsche Armee braucht Männer wie Sie.«

Obwohl aufgrund des Versailler Vertrages der Generalstab, die Kriegsakademie und alle Kadettenanstalten abgeschafft worden waren, habe das Truppenamt insgeheim bereits begonnen, die Rolle des Generalstabs zu übernehmen, und werde aus der neuen Reichswehr bald eine noch feinere Version der kaiserlichen Armee machen. »Die Alliierten können da gar nichts ausrichten. Sie können nicht erwarten, daß Deutschland ohne Verteidigung bleibt.«

Zum erstenmal seit Kriegsende glaubte Peter, daß doch noch nicht alles verloren war. Die Armee fand bereits Wege, den Versailler Vertrag zu umgehen. »Und die Freikorps?« fragte er. »Gehören sie auch zu General von Seeckts Plan?«

Generalmajor von Schennig lächelte dünn. »Ja. Und nicht nur die Freikorps, sondern auch alle Privatarmeen, die es im Land gibt. ›Der Stahlhelm‹, die größte Vereinigung ehemaliger Soldaten, hat Tausende von Mitgliedern, alles im Krieg bewährte und vom Frieden enttäuschte Männer, wie die der Freikorps. All diese Vereinigungen werden vom Truppenamt inoffiziell unterstützt.«

Peter nickte. »Die Größe der Armee mag also offiziell auf hunderttausend begrenzt sein, aber mit Freikorps und Stahlhelm sind es schon jetzt eher eine Million Mann? Aber dann sind diese Privatarmeen ja viel größer als die Reichswehr. Wenn sie unsere Macht irgendwann anfechten, wären wir ohne Gegenwehr.«

»Ich halte das für unwahrscheinlich. Wie wir sind die meisten Freikorpsbrigaden promonarchistisch und rechtsgerichtet. Ihre Stärke besteht im Niederschlagen der kommunistischen Unruhen, und dafür werden sie ja auch gegenwärtig eingesetzt. Sie haben für einen Angriff auf die Reichswehr genausowenig Grund wie wir für deren Abschaffung. Eines Tages werden sie in der Reichswehr aufgehen.«

Peter bewunderte die Gerissenheit General von Seeckts, doch dann kam ihm eine andere Sorge. »Durch die neue Verfassung ist Ebert zum Oberfehlshaber der Streitkräfte ernannt worden, und wir alle mußten einen Eid auf die Verfassung schwören. Heißt das, die Armee ist den Sozialdemokraten verantwortlich?«

Generalmajor von Schennig drückte verächtlich seine Zigarre aus. »Die preußische Armee war immer stolz darauf, über der Politik zu stehen, Biederstedt. Wir waren immer der deutschen Nation verpflichtet und werden es immer sein, nicht den Politikern, die sie führen. Für mich sind die Sozialisten und Kommunisten für Deutschlands gegenwärtige

Lage verantwortlich. Sie sind gefährlich, und wir schulden ihnen keinerlei Treue.«

Zufrieden schwenkte Peter den Cognac in der Hand und genoß das milde Aroma. Seine Zweifel waren beseitigt, und er konnte seiner Zukunft endlich mit Gleichmut entgegensehen. Es mochte noch einige Zeit dauern, aber eines Tages würden sich die adligen Offiziere der Reichswehr im alten Glanz als die Elite Deutschlands erweisen.

Von Schennig ging in seine Schreibstube und kam mit einigen Blättern zurück. »Habe gerade die Gästeliste für die Hochzeit bekommen«, sagte er. »Sieht so aus, als kämen ein paar hundert Leute.«

Peter überflog sie und las mit Befriedigung die prominenten Namen, auch den seines Onkels Baron Kraus und seines Vetters Ernst mit Familien. Einmal lächelte er kurz, denn auch Benno, Viktoria und Stefan tauchten in der Liste auf.

Zum erstenmal seit Jahren dachte Peter wieder an Viktoria und erinnerte sich schwach an die Wochen, die sie gemeinsam verbracht hatten, bevor der Krieg ausgebrochen war. Sie war ein amüsantes kleines Ding gewesen. Wie sie wohl jetzt war? Bestimmt entsetzlich langweilig wie alle verheirateten Frauen, vor allem wenn sie bürgerlich waren.

Das Land mochte wegen des Friedensvertrags noch in Aufruhr sein, Viktoria aber war in jenen Tagen glücklicher denn je. Sie war im vierten Monat schwanger und frei von all den Schuldgefühlen, die mit Stefans Geburt verbunden gewesen waren; sie bildete sich fast etwas ein auf ihren Zustand.

An jenem Abend im September, als sie Stefan eine Gutenachtgeschichte vorlas, wanderten ihre Gedanken voraus zum nächsten Sommer, wo sie zwei Kinder haben würde. Sie hoffte ein wenig, daß das zweite die Tochter sein würde, die Benno sich wünschte, eine Schwester für Stefan, die sie Monika nennen würden. Stolz blickte sie auf ihren Sohn. Die langen, dunklen Wimpern bogen sich auf seinen Wangen im Schlaf nach oben. Sein Atem ging gleichmäßig, und so legte sie das Buch weg, küßte ihn auf die Stirn und verließ das Zimmer.

»Frau Kraus, noch ein Brief für Sie«, sagte Hubert Fromm wichtig, als sie durch die Halle zu Bennos Büro ging. Sie nahm ihn, warf einen kurzen Blick auf den Lübecker Poststempel und trat ins Büro, wo Benno mit ernstem Gesicht über den Büchern saß. Automatisch öffnete sie den Umschlag und zog eine Karte heraus. Das Blut wich ihr aus dem Gesicht, als sie die Namen darauf las. Es war eine Einladung – zur Hochzeit von Peter von Biederstedt mit Ilse von Schennig.

»Was ist es?« fragte Benno, von seinen Zahlen aufblikkend.

Sie antwortete nicht, sondern starrte nur blicklos auf die Buchstaben, die ihr vor den Augen tanzten.

Benno beugte sich vor und nahm ihr die Karte aus der Hand. »Ilse von Schennig? War sie nicht 1913 auf der kaiserlichen Hochzeit mit ihm zusammen? Ganz hübsch, glaube ich, mit blauen Augen?«

Als wäre es gestern gewesen, erinnerte sie sich an ihre Unterhaltung auf dem Ball. »Sie ist nur die Tochter meines Kommandeurs. Eigentlich etwas langweilig.« Peter hatte sie angelogen. Von Anfang an hatte er sich ihrer einfach nur bedient. »Wir müssen doch nicht hin, Benno, oder?«

»Sicher müssen wir hin«, erwiderte er lachend. »Ich kann doch meine Biederstedtschen Verwandten nicht verärgern.«

Sie nickte stumm und verließ langsam das Büro. Als sie jedoch gegangen war, schob Benno die Bücher beiseite und vergrub das Gesicht in den Händen. Er war so glücklich gewesen, als er erfahren hatte, daß Viktoria wieder schwanger war, denn diesmal war er absolut sicher, der Vater zu sein. Dieses Kind hatte sie ohne jeden Zweifel am Abend des fünfundzwanzigjährigen Jubiläums des Hotels empfangen.

Doch jetzt hatte der Geist Peters erneut sein Haupt erhoben. Weder er noch Viktoria hatten seinen Namen jemals wieder erwähnt, und Benno hatte nach jener privaten Abmachung mit Stefan am Tag seiner Geburt versucht, alle Zweifel über die wahre Vaterschaft des Jungen hintanzustellen. Es genügte, daß sich die Liebe zwischen ihnen im Lauf der Jahre vertiefte und Stefan ihm immer ähnlicher wurde. Jetzt wurde ihm klar, daß das nicht reichte und er von Anfang an drauf hätte bestehen sollen, daß Viktoria aufrichtig zu ihm war.

Er steckte sich eine Zigarette an. Jetzt war nicht die Zeit, die Frage anzugehen. Sie mußten die Hochzeit hinter sich bringen und den Ereignissen ihren Lauf lassen.

In den Wochen vor Peters Hochzeit dachte Viktoria immer wieder an Entschuldigungen, die ihre Teilnahme verhindert hätten, doch ihr fiel keine einzige ein, die nicht Bennos Argwohn erweckt hätte. Es schien nur eins zu geben. Sie mußte gute Miene zum bösen Spiel machen und die Sache ohne mit der Wimper zu zucken durchstehen. Schließlich bedeutete ihr Peter nichts mehr. Sie brauchte wirklich vor nichts Angst zu haben.

Doch als sie dann tatsächlich in der überfüllten Kirche von Osterfelde stand, wurde ihr Vorsatz fast zunichte gemacht. Dort durch den Gang schritt, in einer Wolke aus weißer Spitze, die Frau, die Peter ihr vorgezogen hatte, und ein paar Reihen vor ihr stand Peter selbst in seiner eleganten Galauniform.

Sie hörte sie ihr Gelübde ablegen und folgte dann zwischen Benno und Stefan der Prozession aus der Kirche zu der langen Reihe wartender Wagen, die sie zu dem alten Landsitz brachten.

Als die Reihe an sie kam, das neuvermählte Paar zu beglückwünschen, nahm Benno ihren Arm. Er schüttelte Peter die Hand, wünschte ihm viel Glück und lächelte Ilse freundlich zu, als sie einander vorgestellt wurden. Dann ging er weiter, um Peters Eltern seine Reverenz zu erweisen.

Zum erstenmal seit fünf Jahren spürte Viktoria Peters Hand in der ihren und fühlte seinen prüfenden Blick, der leicht belustigt schien. »Ah, Viktoria«, sagte er schleppend, »wie schön, dich wiederzusehen. Ich hoffe, es geht dir gut.« Er wandte sich an seine Frau. »Ilse, das ist Viktoria Kraus.«

Wie in Trance reichte Viktoria ihr die Hand. Noch nie, fand sie, war ihr jemand so unsympathisch gewesen wie diese kleine Blonde mit den unschuldigen blauen Augen. »Ich freue mich, Ihre Bekanntschaft zu machen«, sagte sie kühl. »Ich hoffe, sie beide werden glücklich.« Sie verbeugte sich knapp und wandte sich ab, um nach Benno zu sehen.

Aber ihr Martyrium war noch nicht beendet, denn plötzlich hörte sie Ilse ausrufen: »Oh, was für ein entzückender kleiner Junge! Ist das Ihr Sohn?«

Höflich, wie sein Vater es ihm beigebracht hatte, reichte Stefan ihr die Hand. »Ich heiße Stefan Kraus.«

Lachend schüttelte Ilse ihm die Hand. »Ich freue mich, dich kennenzulernen, Stefan.« Sie wandte sich an Viktoria. »Es ist kaum zu glauben, aber er erinnert mich an jemand, den ich kenne. Findest du nicht auch, Peter?«

Viktoria hielt den Atem an. Sie zwang sich, Peter nicht anzusehen, aus Furcht, er könnte die Ähnlichkeit zwischen sich und ihrem Sohn bemerken. Doch bevor noch jemand etwas sagen konnte, kam Benno dazu und zauste Stefans Haar. »Komm, Sohnemann.«

Ilse sah ihn an, schüttelte dann kläglich den Kopf. »Natürlich, wie dumm von mir. Sie und Peter sind ja Vettern. Er sieht Ihnen bemerkenswert ähnlich, Herr Kraus.«

Stefan nickte bedeutsam. »Ja, Papa und ich sind sehr ähnlich.«

Am ganzen Körper zitternd, nahm Viktoria Stefan an der Hand und ließ sich von Benno zu dem Platz führen, wo sein Vater, Ernst und die übrige Familie standen und Champagner tranken.

Unter anderen Umständen hätte sie die Hochzeit genossen, denn viele Gäste waren alte Freunde des Hotels, die vor dem Krieg dort gewohnt hatten und sich nach ihrer Mutter erkundigten und ihr Beileid über den Tod ihres Vaters ausdrückten. Aber Viktoria war noch immer aufgewühlt von Ilses Bemerkung über Stefans Aussehen und überließ es Benno, sich mit ihnen zu unterhalten.

Die Gespräche drehten sich, vor allem bei so vielen Offizieren, immer wieder um den Versailler Vertrag, und nachdem Baron Kraus sich über dessen schreiende Ungerechtigkeit ausgelassen hatte, stieß Peter zu ihrer Gruppe. »Ich glaube, kein Deutscher wird den Alliierten jemals die Vertragsbedingungen vergeben, vor allem nicht den Verlust Danzigs. Ist Ihnen klar, daß jetzt fast zwei Millionen Deutsche polnischer Herrschaft unterstehen sollen? Westpreußen und Oberschlesien waren fast sechshundert Jahre deutsch, aber jetzt macht Polen ältere Rechte geltend. Dieses Land ist rechtmäßig deutsch. Eines Tages bekommen wir es wieder.«

»Ihr mußtet aus Danzig raus, ja?« fragte der Baron. »Wo seid ihr jetzt?«

»In Stuttgart«, sagte Ilse. »Peter und mein Vater sind seit letzten Monat dort. Ich ziehe jetzt nach.«

Viktoria atmete unmerklich auf. Wenn sie in Stuttgart waren, sahen sie sie möglicherweise jahrelang nicht wieder.

»Papa schlägt Peter für einen Posten beim Generalstab vor«, plauderte Ilse weiter.

»Aber ich dachte, der Generalstab und die Kriegsakademie seien aufgelöst worden«, sagte Benno stirnrunzelnd.

»Nur auf dem Papier«, erwiderte Peter trocken.

»Und dann«, fuhr Ilse aufgekratzt fort, »hoffen wir, daß er aufgrund seiner familiären Verbindungen und dank Papas Einfluß vielleicht sogar ins Ausland geschickt wird, vielleicht als Militärattaché an eine unserer Botschaften. Schließlich hat er einen Onkel im diplomatischen Dienst in Argentinien.«

»Würden Sie gern ins Ausland gehen?« fragte Benno.

Sie hob ihr fröhliches Gesicht. »Ich würde alles tun, was Peter bei seiner Karriere hilft.«

Viktoria hoffte, die Biederstedts würden nach Argentinien gehen und nie zurückkommen.

Schließlich wurde es Zeit, daß das Paar in die Flitterwochen aufbrach, und alles strömte zu den Türen, um ihnen nachzuwinken, als sie unter einem Regen von Reiskörnern und Blütenblättern in einem Wagen mit Chauffeur losfuhren. Zu Viktorias Entsetzen ließ Stefan plötzlich ihre Hand los und lief zu Ilse. »Besuch uns mal im Hotel«, bettelte er.

Ilse beugte sich zu ihm hinunter und küßte ihn. »Eines Tages kommen wir bestimmt einmal.«

Stefan blickte dem abfahrenden Wagen nach und wandte sich dann zu seiner Mutter um. »Ich hoffe, sie besucht uns. Ich mag, wie sie lacht.«

»Um Gottes willen, Stefan, ich hoffe, wir sehen sie nie wieder.«

Er sah sie verwirrt an, dann flüsterte er: »Ich hab dich am allerliebsten, Mama. Und ich hab Papa viel lieber als Onkel Peter.«

Sie hob ihn hoch und bedeckte sein Gesicht mit Küssen. »O Stefan, mein kleiner Stefan, wie lieb du doch bist.«

Benno, der sie beobachtete, lächelte. Er konnte nicht umhin, die Ähnlichkeit zwischen Stefan und Peter zu bemerken, die sogar Ilse aufgefallen war, aber das störte ihn plötzlich nicht mehr. Falls Peter wirklich der Vater des Jungen war, wußte er es offensichtlich nicht, denn seine lässige, arrogante Art Viktoria gegenüber machte deutlich, daß er die kurze Affäre mit ihr vergessen hatte. Anstatt sich durch seinen Vetter eingeschüchtert zu fühlen, verachtete Benno ihn deswegen eigentlich eher. Diese Hochzeit hatte sein Gemüt merkwürdigerweise beruhigt, denn Peter stellte jetzt, da er verheiratet war, keine Gefahr mehr für sie dar. Benno war jetzt entschlossener denn je, Stefan jeden nur möglichen

Vorteil zu sichern, den Geld und Einfluß beschaffen konnten. Wessen Sohn er auch sein mochte, Benno würde ihm die Welt zu Füßen legen.

Seit dem Jubiläumsfest im Sommer war Luise ihrer Familie viel nähergekommen. Es war fast so, als ob jetzt, da sie die Trauerkleidung abgelegt hatten, die unsichtbare Barriere weggeräumt wäre und sie wieder teilhätte an ihrem Leben. Sie war zwar immer noch oft im Café Jochum, aber seit Lothar nicht mehr da war, hatte es sich verändert. Viele von den Schriftstellern und Künstlern, deren Gesellschaft sie so schätzte, hatten es zugunsten des Romanischen Cafés an der Tauentzienstraße verlassen, das billiger und en vogue war. Zur Freude von Luise auch Sara. Soweit Luise wußte, bestand das Verhältnis zwischen ihr und Rudi zwar noch, aber Rudi war ein bedeutender Geschäftsmann mit einem eigenen Büro in der Neuen Friedrichstraße geworden.

Luise vermißte Lothar, und Josef wurde ganz durch den rasch sich ausweitenden Flugplan der Kraus-Luftfahrt in Anspruch genommen. »Alle haben eine vernünftige Arbeit, nur ich nicht«, klagte sie ihm eines Abends ihr Leid.

Er blickte sich im Café Jochum um. »Ich muß gestehen, daß mir einige deiner Künstlerfreunde nicht besonders gefielen, aber sie brachten immerhin Farbe ins Café. Lothar vermisse ich allerdings. Falls er jemals zurückkommt, solltest du mal ernsthaft mit ihm darüber reden, ob er aus dem Jochum nicht eine Art erstklassiges Romanisches Café macht.«

»Weiß der Himmel, wo Lothar steckt, Josef, und ich langweile mich unterdessen.«

»Halt die Augen auf und schau nach einer Gelegenheit.«

Wie immer, wenn sie sich trafen, sprachen sie ungezwungen und lange über ihre Probleme und Pläne. Schließlich blickte Josef auf die Uhr. »Ja, es wird Zeit. Ich bin Mittwoch wahrscheinlich wieder hier. Sehen wir uns dann?« Er gab ihr einen flüchtigen Kuß auf die Wange und verließ, die Jacke über die Schulter geworfen, mit schwungvollen Schritten das Café.

Wie anders er doch war als Rudi, dachte Luise nicht zum erstenmal, und wieviel netter. Er hatte sich ihr nie ungebührlich genähert, ihr nie mehr als einen brüderlichen Kuß gegeben. Fast wünschte sie, in ihn verliebt zu sein, nur weil er ein so netter, liebenswerter Mensch war.

In den nächsten Wochen folgte sie seinem Rat und hielt die Augen auf, und kurz vor Weihnachten kam ihr die erste Idee. Als sie durch die stillen Räume des Hotels ging, fielen ihr Damen auf, die zusammensaßen und sich gelangweilt unterhielten, während entlassene junge Offiziere versuchten, mehrere Stunden mit einem Glas Bier auszukommen. Nachmittags war das Quadriga kein sonderlich einladender Ort. Gegen sechs, wenn die meisten Gäste von ihren Geschäften zurückkamen, erwachte es zu neuem Leben. Die Bar füllte sich, das Restaurant, und etwas später fing auch das Orchester an zu spielen.

Als sie ihrer Mutter von ihren Beobachtungen erzählte, sagte Ricarda versonnen: »Die Engländer haben eine ganz andere Lebensart. Sie trinken nach einem warmen Frühstück gegen elf Kaffee, essen gegen eins zu Mittag, trinken um fünf Tee ...«

»Tee um fünf? Und was gibt es dazu?«

»Kleine belegte Brote, Kuchen und Gebäck.«

»Die Männer arbeiten doch noch um diese Zeit. Dann trinken also die Frauen um fünf Uhr Tee?«

»Das ist richtig. Auf jeden Fall kann eine Dame allein auswärts zum Tee eingeladen werden, auch ohne männliche Begleitung.«

»Mama, ist dir aufgefallen, daß es in Berlin jetzt viel mehr Frauen als Männer gibt, von denen viele nicht wissen, was sie machen sollen? Warum sollen wir ihnen nicht im Quadriga einen Fünfuhrtee anbieten?«

»Das ist eine fabelhafte Idee.«

Benno war sofort dabei, als Luise ihn beim Abendessen darauf ansprach. »Warum sind wir nicht eher auf so etwas gekommen?«

»Weil es das Problem vorher nicht gab«, erklärte Viktoria. »Diese Frauen sind eine Nachkriegserscheinung. Ich habe allerdings nicht die Zeit, Fünfuhrtees aufzuziehen.«

»Aber ich«, sagte Luise.

Benno sah sie prüfend an. »Warum eigentlich nicht? Schließlich war es ihre Idee. Sprich doch mal mit Georg.«

Seit dem denkwürdigen Nachmittag, als Georg in der Bar seinen »Kornblumenwalzer« gespielt hatte, hatte sie kaum ein Wort mit ihm gewechselt, denn er verbrachte seine ganze freie Zeit mit Minna. Als sie ihm am nächsten Abend im Palmenhaus von ihrem Plan erzählte, wirkte er eher enttäuscht, und sie fragte sich zum erstenmal, ob ihm seine Arbeit noch Spaß machte. »Welche Musik soll ich spielen?«

»Etwas Leichtes und Gefälliges, wie das, was Sie abends spielen. Hintergrundmusik mit andern Worten.«

»Selbstverständlich.«

Erst einige Tage danach, als das Schild FÜNFUHRTEE draußen am Hotel eine Schar plappernder Frauen angelockt hatte, fragte Luise sich, warum es eigentlich Hintergrundmusik sein mußte. Einige der Frauen schauten nach dem Friseur herein, andere hatten Einkäufe gemacht, aber die meisten waren gezielt zum Fünfuhrtee ins Hotel gekommen. Die Hauptattraktion waren für sie die hübschen jungen Offiziere, die sich jetzt im Palmenhaus trafen.

»Was würde ich dafür geben, mit einem von ihnen zu tanzen«, gestand die Frau eines wohlhabenden Berliner Maklers Luise. »Ich kann mir nicht helfen, aber ich denke, wenn ich ihnen zwanzig Mark gäbe, würden sie einer alten Frau gern eine Freude machen.«

Luise sah sie überrascht an. »Sie würden dafür bezahlen, mit einem dieser jungen Männer zu tanzen?«

»Warum nicht? Ich bezahle für meinen Tee. Warum sollte ich nicht für einen Tanzpartner bezahlen?«

Luise lächelte. In ihrem Kopf jagten sich die Gedanken. »Die Frauen können keinen fremden Mann zum Tanz auffordern, und die Offiziere können es sich nicht leisten, sie einzuladen«, erklärte sie Benno später. »Aber wenn wir sie als Tanzpartner beschäftigen, wäre allen gedient. Die jungen Männer sind schließlich aus guten Familien.«

»Ich werde das Thema auf jeden Fall mal anschneiden.«

Die ehemaligen Armeeoffiziere waren sofort einverstanden. Einer von ihnen vertraute Luise verbittert an: »Es war nicht gerade das, was ich mir beim Eintritt in die Armee vorgestellt habe, aber es ist immer noch besser als hungern.«

Als Benno ihm einen Zuschlag für die zusätzlichen Nachmittagsstunden anbot, kam Georg ein Gedanke. »Ich habe zu Hause ein altes Klavier, an dem ich zwar hänge, das aber natürlich nicht an den Bechstein hier herankommt. Würden Sie mir, anstatt mehr zu zahlen, erlauben, hin und wieder hier zu üben, wenn das Hotel leer ist?«

»Aber selbstverständlich. Kommen Sie am frühen Nachmittag, oder bleiben Sie nach dem Fünfuhrtee.«

Diese Stunden wurden Georgs Rettung. Sara, die seine Arbeit im Hotel verachtete, nahm keinen Anteil an seinem Leben und erzählte von sich aus auch nichts von dem, was sie machte. Da Berlin aber Berlin war, hatte er bald von Rudi Nowak erfahren und die letzte Hoffnung begraben, die er für ihre Ehe noch gehabt hatte. Traurig mußte er sich eingestehen, daß er nur noch wegen Minna bei ihr blieb.

Aber in jenen Stunden allein im Palmenhaus vergaß er Sara und auch den entsetzlichen Tanztee und die Offiziere, die jetzt kaum mehr als bezahlte Gigolos waren, denn seit seiner Rückkehr nach Berlin hatte er eine neue Musik gefunden. Da Krieg und Krankheit verhindert hatten, daß er mit der Entwicklung der modernen Musik Schritt hielt, hatte er erst jetzt Ragtime und Dixieland entdeckt. Sie waren wie

Nahrung für den geistig ausgehungerten Musiker, und er durchkämmte die Musikläden Berlins, bis er jedes verfügbare Notenblatt erstanden hatte. Nach wenigen Wochen war er verliebt. Georg Jankowski hatte den Jazz entdeckt.

Er experimentierte mit neuen Rhythmen, erfand eigene phantasievolle Improvisationen. Oft war er so versunken, daß er die Zeit vergaß und erst durch Kellner aus seiner Musik gerissen wurde. Dann packte er die Noten bedauernd ein und widmete sich wieder Franz Lehár und Johann Strauß.

An einem frühen Abend im Februar wurde er jedoch nicht von einem Kellner gestört, sondern von Luise. »Was ist das für Musik?« fragte sie und stellte sich neben ihn.

Er lächelte sie an. »Gefällt sie Ihnen?«

»Sie ist wunderbar. Haben Sie sie komponiert?«

»Nein. Sie ist von einem Amerikaner, Scott Joplin. Hat sie Ihnen wirklich gefallen?«

»Ich habe noch nie so was gehört, aber ich finde es ganz toll.«

Er erzählte ihr von den Ursprüngen des Ragtime und Jazz, und sie hörte aufmerksam zu. Als er aufhörte, sagte sie bedauernd: »Schade, daß Sie hier nicht solche Musik spielen können, aber ich fürchte, unsere Gäste würden das nicht mögen.«

Georg war so gewohnt, daß niemand Anteil an seinen Interessen nahm, und so verwundert, Ermunterung aus einer so unerwarteen Ecke zu erhalten, daß er plötzlich den Wunsch hatte, Luise besser kennenzulernen. Bisher war sie für ihn nur die Muse für seinen »Kornblumenwalzer« gewesen, dem er durch einen glücklichen Zufall diese Stelle verdankte. Die kurzen Gespräche vor den Tanztees ausgenommen, hatte er kaum mit ihr gesprochen.

Jetzt sah er in ihr plötzlich eine hübsche Frau, die Musik so liebte wie er. Ohne darüber nachzudenken, was er tat, ergriff er ihre Hand. »Ich könnte Ihnen irgendwann einmal etwas vorspielen, wenn Sie möchten.«

Sie entzog ihm die Hand nicht, sondern erwiderte leise: »O ja, gerne.«

In dem Augenblick wurden die Türen aufgestoßen, und ein Schwarm Kellner strömte in den Saal. Verlegen ließ Georg ihre Hand los und packte die Noten weg. »Zurück zu Strauß«, sagte er und versuchte ungezwungen zu erscheinen.

Immer wieder kehrten seine Gedanken am Abend zu Luise zurück, und er hoffte, sie würde am nächsten Tag wiederkommen. Ihr Zusammentreffen erfüllte ihn mit einer unerwarteten Wärme, die noch lange, nachdem er heimgekommen war, anhielt und selbst Saras Kälte widerstand. Sie brachte ihn sogar dazu, sich zu fragen, ob er und Sara sich nicht scheiden lassen könnten.

Aber als er nach der schlafenden Minna sah, kannte er die Antwort. Irgendwie würden sie um des Kindes willen zusammenbleiben, denn er liebte Minna mehr als alles in der Welt und wollte ihr Leben nicht durch eine Scheidung ruinieren. Der bloße Gedanke entsetzte ihn, vor allem, da man Sara sicher das Sorgerecht geben würde.

Auch Luise war an diesem Abend mit ihren Gedanken bei Georg. Seine Musik, zufällig durch die geschlossene Tür zu ihr gedrungen, hatte sie gepackt. Sie hatte sie in ihrem Herzen empfunden und Georgs Erklärungen über Synkopen und polyrhythmische Neuerungen gar nicht gebraucht. Aber diese Worte hatten ihr den Menschen Georg offenbart, nicht nur den Pianisten und Neffen von Franz und den Mann von Sara.

Bevor sie zu Bett ging, stand sie still hinten am Palmenhaus, hörte ihn leichte Musik für ein gleichgültiges Publikum spielen und empfand einen Augenblick tiefes Mitgefühl. Es schien unrecht, daß sein Können verkümmerte, seine wirkliche Begabung sich nicht frei entfalten konnte. Sie betrachtete die schlanke Gestalt und dachte an den Augenblick, wo er ihre Hand ergriffen hatte.

Etwas Bedeutsames war ihr an diesem Nachmittag widerfahren, aber was, das war ihr nicht klar. Mit dem Gedanken an ihn schlief sie ein und erwachte am nächsten Morgen mit seinem Namen auf den Lippen. Verdutzt fragte sie sich, ob sie etwa dabei war, sich in ihn zu verlieben.

Als sie sich wusch und anzog, überlegte sie ganz nüchtern, wie gefährlich das Terrain war, auf das sie sich vorwagte. So gerne sie ihm weiter zuhören würde, sie würde seine Gesellschaft aus den falschen Gründen suchen. Der Musiker, nicht die Musik, übte die größere Anziehung auf sie aus – und dieser Musiker war ein verheirateter Mann.

Sich auf irgendeine Liebesgeschichte mit ihm einzulassen, konnte nur Unglück bringen. Mit einer für sie ungewohnten Willensstärke sorgte Luise dafür, daß sie das Hotel verließ, sobald der Fünfuhrtee vorbei war. Es tat ihr leid, Georg zu enttäuschen, aber es schien ihr der vernünftigste Weg.

Es war ein langer Winter für Viktoria. Das Kind machte sie dick und unbeholfen, und als der März näher kam, wälzte sie sich nachts unruhig im Ehebett hin und her, fand keine Ruhe und wachte mitten in der Nacht von Alpträumen auf.

»Ich wünschte, ich könnte etwas tun«, sagte Benno hilflos.

»Sorg dafür, daß ich nicht wieder schwanger werde«, fuhr sie ihn an.

»Ich dachte, du freust dich über das Kind.« Auch Benno war mitgenommen, tagsüber besorgte er die Hotelgeschäfte, und nachts wurde er durch Viktoria gestört.

»Entschuldige, Benno. Ich bin dir im Moment, glaube ich, keine sehr gute Frau. Ich versuche, mich zu bessern, sobald das Kind da ist.«

»Ich glaube, wir sind alle ziemlich abgearbeitet. Wir müssen versuchen, diesen Sommer etwas Ferien zu machen.«

Das Kind sollte Ende März kommen, aber in der zweiten Märzwoche liefen in der Stadt schlimme Gerüchte um. Entsprechend den Bedingungen des Friedensvertrags hatte die

Regierung die Freikorps aufgefordert, ihre Truppen zu entlassen. Die berüchtigsten Freikorps, die Tobisch- und Ehrhardt-Brigaden, waren über diesen Befehl erzürnt und hatten offenbar vor, unterstützt von den Generalen Lüttwitz und Ludendorff, nach Berlin zu marschieren und eine eigene Regierung zu bilden.

Viktoria war außer sich bei dem Gedanken, daß Otto wieder nach Berlin kam. »Benno, ich verabscheue diesen Mann. Ich habe Alpträume, daß er das Hotel übernimmt. Was passiert jetzt?«

Ihre Angst war so real, daß Benno darauf bestand, Dr. Blattner zu rufen, der sie untersuchte. »Es dauert noch einige Wochen, Frau Kraus«, sagte er. »Aber Sie müssen ruhen. Wir wollen doch keine Komplikationen in letzter Minute!«

Doch Viktoria konnte nicht ruhen. Sie hatte keinen Appetit, ihr Rücken schmerzte, und in ihrem Kopf herrschte Aufruhr. Nicht einmal Ricarda konnte sie dazu bringen, in ihrem Zimmer zu bleiben. Den ganzen Tag strich sie im Hotel herum, spähte hinaus auf die Linden und fuhr bei jedem Geräusch zusammen.

Am nächsten Morgen war sie lange vor allen anderen wach und empfand mit Grauen die Stille auf den Straßen. Sie hielt es nicht länger aus, zog sich an und ging nach unten. Als sie in die Halle kam, hörte sie den Lärm marschierender Stiefel auf dem Pflaster und das ferne Brummen von Lastwagen.

Sie stand an der Drehtür und spähte durch den Säulengang und sah die ersten Truppen durch das Brandenburger Tor marschieren – nicht mit der schwarzrotgoldenen Fahne der Republik, sondern mit der schwarzweißroten Standarte des kaiserlichen Deutschlands. Auf den Helmen trugen die Männer das Hakenkreuz. In endloser Kolonne marschierten sie zum Alexanderplatz.

Sie war nicht mehr allein. Benno, Ricarda und Luise standen inzwischen bei ihr und hinter ihnen Hotelgäste und Bedienstete. »Sie wollen die Monarchie wiederherstellen«, murmelte jemand. »Sie wollen den Kaier wiederhaben.«

»Das wird ihnen nie gelingen«, rief ein anderer. »Der Kaiser kann jetzt nicht zurückkommen.«

»Ebert wird die Armee gegen sie einsetzen.«

»Die Armee wird nicht auf die Freikorps schießen.«

»Die Sozialisten können sie nicht siegen lassen. Sie müssen etwas unternehmen.«

»Die Freikorps verlangen nur, was wir alle für recht halten. Sie drücken ihre Ablehnung des Versailler Vertrages aus. Warum sollten sie entlassen werden?«

Viktoria ließ die Augen nicht von der Straße, denn vor ihr fuhr in einem gepanzerten Wagen die unverwechselbare Gestalt Otto Tobischs vorbei. Er blickte nicht einmal kurz in ihre Richtung, aber sie war sicher, er wußte, daß sie hier standen. Der kalte Schweiß brach ihr aus, und Übelkeit überkam sie. Dann wurde ihr schwarz vor den Augen, und mit einem dumpfen Krach stürzte sie zu Boden.

Als sie wieder zu sich kam, lag sie auf ihrem Bett. Benno und Ricarda blickten sie angstvoll an. »Ich habe Dr. Blattner angerufen«, sagte Benno.

Sie streckte erschöpft die Hand aus. »Es tut mir leid, Benno. Es war der Anblick von Tobisch, aber es geht schon wieder.« Ihr Körper schmerzte vom Sturz, und ihr war immer noch übel. Vor allem die marschierenden Stiefel und das Hakenkreuz auf Ottos Helm verfolgten sie.

Nach der Untersuchung lächelte der Arzt ihr aufmunternd zu. »Es tut mir leid, aber ich kann Ihnen nichts geben. Trinken Sie etwas Kräutertee und versuchen Sie, ruhig zu bleiben.«

»Was ist da draußen los?«

»Machen Sie sich deswegen keine Gedanken.«

»Aber ich muß es wissen.« Unzusammenhängend stieß sie die Geschichte von Otto hervor, wie sie ihn schon als

Kind verabscheut hatte, wie er versucht hatte, sie zu vergewaltigen, und ihnen nach Eitels Selbstmord schließlich gedroht hatte. »Herr Doktor, Otto Tobisch war hier im Hotel, kurz bevor mein Vater starb. Ich bin sicher, er hat seinen Tod verursacht.«

Der Arzt nahm ihre Hand. »Es tut mir leid, meine Liebe, aber das wußte ich nicht. Ich will Ihnen sagen, was ich weiß. Soweit ich informiert bin, ist Noske heute früh aus Berlin geflohen, ist also verschwunden, noch bevor die Freikorps überhaupt da waren. Tobisch und seine Männer haben sich direkt zum Polizeipräsidium begeben. Die Polizei unterstützt sie zwar nicht, setzt ihnen aber auch keinen Widerstand entgegen. Ich glaube, ihre Truppen halten die meisten Ministerien besetzt, und sie haben im Reichskanzleramt einen Mann namens Dr. Wolfgang Kapp eingesetzt.«

»Haben sie schon Leute umgebracht?«

»Nicht daß ich wüßte. Bisher scheint alles friedlich. Sobald ich etwas höre, gebe ich Ihnen Bescheid. Ich komme später noch einmal vorbei. Und jetzt versuchen Sie zu schlafen.«

Sie schlief mit Unterbrechungen. Wenn sie aufwachte, saß manchmal Ricarda an ihrem Bett. Oder Benno oder Luise wachten bei ihr. Alle versicherten ihr, die Stadt sei ruhig. Am Abend kam Dr. Blattner noch einmal vorbei. Viktoria fühlte sich inzwischen so elend, daß ihr egal war, was in der Stadt vor sich ging. Benommen ließ sie sich untersuchen und nahm mürrisch seine Diagnose hin, daß es noch ein paar Tage dauern werde.

Im Wohnzimmer beruhigte der Arzt Benno über Viktorias Zustand und ließ sich gern ein Glas Wein anbieten. »Es sieht so aus, als ob wir Ärger bekämen«, sagte er besorgt. »Offenbar hat General von Seeckt der Reichswehr nicht erlaubt, sich an einer seines Erachtens rein politischen Sache zu beteiligen, und da er die Freikorps für einen Teil der Reichswehr hält, wird er seinen Soldaten nicht erlauben, auf andere Soldaten zu schießen.«

»Dann unternehmen die Sozialisten also nichts?« fragte Benno.

»Sie rufen einen Generalstreik aus«, erwiderte er lakonisch. »Diesmal scheinen Sozialisten und Kommunisten sich einig zu sein. Ich denke, sie glauben, wenn sie das Land lahmlegen können, kann dieser Putsch nicht gelingen.«

Obwohl Benno müde war, versuchte er, in dieser Nacht wach zu bleiben, während Viktoria unruhig schlief. Er machte sich Sorgen um sie und das ungeborene Kind, aber auch um das Hotel, die Stadt, das ganze Land. Er sympathisierte mit den Nationalisten, die eine Rückkehr der Monarchie wollten, fürchtete aber den Gedanken, die Freikorps könnten mehr Macht erringen. In den langen dunklen Nachtstunden starrte er hinaus auf die Stadt, über die die republikanische Regierung aus einer Position der Stärke herrschen sollte, die sie aber vom ersten Tag ihrer Einsetzung an nicht hatte erreichen können.

Am nächsten Tag spürten sie die ersten Auswirkungen des Streiks, als viele Angestellte nicht erschienen und keine Zeitungen ausgeliefert wurden. Die Straßenbahnen fuhren nicht. Am Vormittag war, wie Fritz Brandt ihm erzählt hatte, der Strom ausgefallen, und er hatte auf den eigenen Generator umgeschaltet. Kurz darauf hatte der Küchenchef ihn informiert, daß es kein Gas mehr gäbe und er daher nur auf den elektrischen Wärmeplatten etwas zubereiten könne. Der Streik traf ganz Berlin. Kein Beamter erschien zum Dienst, die meisten Geschäfte blieben geschlossen, der öffentliche Verkehr ruhte. Und am Abend brannte keine Straßenlampe. Die Stadt war in Dunkel gehüllt; nur das Hotel Quadriga strahlte hinaus in die Nacht.

In den frühen Morgenstunden begannen Viktorias Wehen. Schon die zweite Nacht wachte Benno bei ihr; seine Augen waren gerötet und brannten vor Mangel an Schlaf;

alle Gedanken an den Kapp-Putsch waren verschwunden, die einzige Sorge galt Viktoria.

Vergeblich versuchten Ricarda und Schwester Hedwig ihn zu bewegen, das Zimmer zu verlassen. Als Viktoria vor Schmerzen schrie und ihr der Schweiß über das Gesicht lief, bestand Benno darauf, Dr. Blattner zu rufen.

»Der Herr Doktor kommt, wenn er kann, aber wenn er nicht kann – ich habe schon viele Babys geholt«, beruhigte Schwester Hedwig ihn.

»Benno, bitte, versuch ein bißchen zu schlafen«, drängte Ricarda. »Siehst du nicht, daß du Vicki aufregst? Wir holen dich, wenn sich irgend etwas ändert.«

Widerstrebend gab Benno nach, setzte sich in einen Sessel und lauschte auf jeden Ton aus dem Schlafzimmer. Aber um sechs Uhr morgens war das Baby immer noch nicht da. Bleich vor Erschöpfung lag Viktoria matt unter der Decke, kaum noch fähig, die Augen offenzuhalten. »Ich hole Dr. Blattner«, sagte Benno. Da die Telefone außer Betrieb waren, konnte man den Arzt nur persönlich erreichen. Aber falls etwas passierte, wenn er unterwegs war?

»Der Herr Doktor weiß, wie der Zustand von Frau Kraus ist. Er kommt, sobald er kann. Frühstücken Sie doch etwas mit Stefan«, riet Schwester Hedwig, aber er merkte, daß auch sie beunruhigt war.

Stefan schien als einziger immun gegen all die Aufregung zu sein. Sein Appetit war gesund wie immer. »Papa, wann holt Schwester Hedwig das neue Baby?« fragte er.

Erst um zehn Uhr kam der Arzt. Bennos Aschenbecher quoll inzwischen über. »Sie liegt seit acht Stunden in den Wehen.«

Der Arzt zog den Mantel aus und schickte dann alle bis auf die Schwester aus dem Zimmer. Nach einer halben Ewigkeit kam er heraus. »Es dauert noch ein bißchen«, sagte er, als wäre das, was geschah, das Alltäglichste von der Welt. Er holte seine Pfeife aus der Tasche und steckte sie umständlich an. »Ich glaube, das Kapp-Regime hält sich nicht mehr lange. Viele Freikorpssoldaten fallen offenbar schon ab. Ein interessanter Gedanke, daß Soldaten gegen Meuterer meutern, nicht?«

»Zum Teufel mit den verdammten Freikorps!« schrie Benno. »Was ist mit Viktoria?«

»Herr Kraus, wenn sie einen Cognac im Hause haben, verschreibe ich Ihnen ein Glas für Ihre Nerven. Hören Sie, Ihre Frau ist kräftig. Und daß das Baby ein paar Wochen zu früh dran ist, ist kein Grund zur Beunruhigung.«

»Stefan war auch zu früh, aber damals hatte sie keine solchen Komplikationen.«

»Wirklich? Ich kann mich gar nicht erinnern. Komisch, ich dachte immer, er wäre ein normales Neunmonatskind gewesen. Aber vielleicht haben Sie recht. Ich habe so viele Kinder geholt, ich kann mich nicht an alle erinnern.«

In dem Augenblick steckte Schwester Hedwig den Kopf durch die Tür. »Herr Doktor, ich glaube, es geht los.«

Die nächste Stunde war die Hölle für Benno. Er erkannte, daß der Arzt seine schlimmsten Befürchtungen über Stefan praktisch bestätigt hatte, aber selbst das zählte jetzt wenig.

Was immer früher geschehen war, war nichts im Vergleich mit dem Drama, das jetzt im Nebenzimmer ablief. Einmal faltete er sogar die Hände und betete laut. »Lieber Gott, ich liebe Viktoria, bitte, laß sie nicht sterben.«

Dann senkte sich plötzlich Stille auf die Zimmer, die kurz darauf vom Schreien eines Säuglings durchbrochen wurde. Breit lachend kam Dr. Blattner ins Wohnzimmer und trocknete sich dabei die Hände an einem Handtuch ab. »Eine Tochter, Herr Kraus. Ich gratuliere.«

Benno stürmte an ihm vorbei ins Schlafzimmer. Viktoria lag totenbleich in den Laken, das Baby im Arm, doch Benno ignorierte das Kind. Er kniete neben dem Bett nieder, ergriff die Hand seiner Frau und brach in Tränen aus. »O Vicki, Vicki, Gott sei Dank, du lebst.«

Behutsam nahm Schwester Hedwig Monika an sich.

Bittere, verächtliche Wut erfüllte Otto Tobisch, als er aus dem Fenster des Hauptquartiers der Freikorps in der Viktoriastraße auf das dunkle Berlin starrte. Auf den Fensterbänken flackerten Kerzen. Die Hoffnungslosigkeit der Situation überwältigte ihn. Es war, als ob Deutschland nicht gerettet werden wollte, als wäre es ganz versessen auf seinen Untergang.

Seine Wut richtete sich gegen die Sozialisten, die zu diesem lähmenden Streik aufgerufen hatten, der Kapp und die Männer der Freikorps aller publizistischen Mittel für ihr neues Regime beraubte und auch alle Truppentransporte vereitelte. Die Sozialisten hatten die einzige ihnen verbliebene Waffe eingesetzt, und sie war äußerst wirksam. Wenn im Land alles stillstand, konnte Kapp sich nicht lange halten.

Aber Otto war klug genug zu sehen, daß die Sozialisten nicht zu dieser drastischen Maßnahme hätten greifen müssen, wenn sie die Reichswehr hinter sich gehabt hätten. Am ersten glorreichen Tag des Kapp-Putsches, als die Reichswehr sich dem Befehl Eberts und Noskes widersetzte, auf die Freikorps zu schießen, hatte er geglaubt, General von Seeckt stehe auf ihrer Seite, doch die Ernüchterung kam bald. Von Seeckt mochte nicht bereit sein, mit den Sozialisten zu gehen, aber zugunsten der Freikorps wollte er sich auch nicht festlegen.

Otto war nicht überrascht, als General Ludendorff ihm und seinen Männern am nächsten Morgen eröffnete: »Kapp ist geflohen. Aus Weimar verlautet, daß nicht gegen uns vorgegangen wird, wenn wir uns beeilen und die Reichswehr uns Schutz gewährt. In München ist eine nationalistische Regierung eingesetzt worden. Wir werden daher nach München gehen.«

Der Kapp-Putsch war also gescheitert. Selbst mit Ludendorff und Lüttwitz an der Spitze waren die Freikorps nicht stark genug, eine Nation streikender Arbeiter zu schlagen. Mit der Reichswehr auf ihrer Seite wären sie es gewesen. Warum hatte die Reichswehr nicht geholfen? Selbst in dieser dunklen Stunde der Enttäuschung kannte Otto die Antwort. Sie hatten in vieler Hinsicht den gleichen Fehler wie die Spartakisten vor einem Jahr begangen. Sie hatten die Macht zu schnell gewollt, und der Kanzler, den sie eingesetzt hatten, war eine schwache, unbekannte Größe. Kapp war keine Führernatur.

Es mußte doch wenigstens einen Mann da draußen geben, der bereit war, in der Stunde der Not etwas zur Rettung Deutschlands zu unternehmen. Otto war sicher, ihn irgendwann zu finden – den Führer, der Deutschland wieder groß machen würde.

Als die Tobisch-Brigade aus Berlin marschierte, waren die Straßen der Stadt nicht mehr leergefegt. Jetzt säumte eine schweigende Menge Unter den Linden und beobachtete ihren Auszug. Viktoria stand, noch sehr geschwächt, am Fenster ihres Zimmers, die kleine Monika auf dem Arm, Stefan neben sich.

Ein Junge in Stefans Alter löste sich aus der Menge und rief den Männern lachend etwas zu. Zu ihrem Entsetzen packten zwei Soldaten ihn, schlugen ihn und traten brutal auf ihn ein. Instinktiv zog sie Stefan an sich und versuchte, sein Gesicht in ihrem Morgenmantel zu verbergen. In dem Augenblick sah sie Otto, der haßerfüllt zu den Fenstern des Hotels hinaufschaute.

Durch das Fenster hörte sie ihn einen Befehl rufen, und plötzlich richteten sich Gewehre auf den Säulengang. Sie schrie auf und warf sich mit den Kindern zu Boden. Draußen hörte sie Schreie aus der Menge und das Rattern von Maschinengewehren. Dann herrschte Stille, bis auf das Trampeln der Stiefel auf dem Pflaster, als die Tobisch-Brigade weiter durch das Brandenburger Tor marschierte.

Als Otto und seine Männer nach München kamen, wußte er, daß er unter Freunden war. Sie wurden von Hauptmann Ernst Röhm persönlich begrüßt, einem Stabsoffizier des Bezirkskommandos VII der Reichswehr. Röhm sprach verächtlich von der Weimarer Republik und seinem Abscheu vor den Novemberverbrechern, die den Versailler Vertrag unterschrieben hatten. Er war ein Gründungsmitglied der Nationalsozialistischen Deutschen Arbeiterpartei, NSDAP, und hatte bereits andere Freikorps- und Stahlhelmeinheiten lose organisiert, die Zwischenrufer bei politischen Versammlungen zum Schweigen bringen und die Treffen anderer politischer Parteien stören sollten. Ihnen war die Erfahrung der berüchtigten Tobisch-Brigade hochwillkommen, die schon bald in den Bierhallen der Stadt Schlägereien anzettelte und dabei nicht nur die Fäuste, sondern auch Gewehre einsetzte, die ihnen Röhm über die Reichswehr besorgte.

Bei einer dieser Versammlungen lernte Otto auch Adolf Hitler kennen. Der Propagandachef der NSDAP hatte keine beeindruckende Herkunft vorzuweisen. Er stammte aus einer armen österreichischen Familie und war bei Kriegsende nur Gefreiter gewesen. Aber er war dennoch Träger des Eisernen Kreuzes – und seine Augen hatten etwas ungemein Zwingendes, schienen den Menschen direkt in den Kopf zu sehen, und seine Art zu sprechen war geradezu hypnotisch.

Als Otto Hitler auf einer Versammlung vor den Juni-Wahlen dieses Sommers hörte, wie er gegen den Versailler Vertrag, gegen die Weimarer Regierung, Sozialisten, Kommunisten und Juden wetterte, wußte er, daß er endlich einen Politiker nach seinem Herzen gefunden hatte. Ohne Frage wollten sie das gleiche – und was noch wichtiger war, Hitler war offenbar bereit, dafür zu kämpfen.

Ottos stolzester Augenblick kam, als Hitler eine Fahne für die NSDAP entwarf. Sie war rot mit einem weißen Kreis in der Mitte, der das schwarze Hakenkreuz enthielt, das die Tobisch-Brigade auf ihren Helmen trug. »Im Rot sehen wir die soziale Idee der Bewegung«, erklärte Hitler, »im Weiß die nationalistische Idee, im Hakenkreuz die Mission des Kampfes für den Sieg des arischen Menschen.« Otto erkannte nur, daß das Zeichen, das er und seine Männer im Baltikum übernommen hatten, das Emblem war, das die Geburt eines neuen, starken Deutschlands verkündete.

Unter Röhms inoffizieller Leitung wurden die verschiedenen Freikorpsbrigaden und Kampfgruppen zur sogenannten »Sturmabteilung« zusammengefaßt, der SA, einer großen Privatarmee, die die Armbinde mit dem Hakenkreuz über ihren braunen Hemden trug und Angst und Schrecken verbreitend durch die Straßen Münchens marschierte. Doch als die Monate vergingen und nichts passierte, empfand Otto zunehmend Enttäuschung. Hitler schien am Ende doch wie alle anderen Politiker zu sein – ein guter Redner, aber kein Mann der Tat. In München für Chaos zu sorgen, war schön und gut, aber nicht genug. Deutschlands Feinde mußten vernichtet werden – der Feind im Innern.

Auch andere Freikorpsoffiziere waren ungeduldig mit den bayerischen Politikern und hatten beschlossen, abgekürzt Recht über alle Feinde des Staates zu sprechen. Sie stellten eine Liste mit vielen hundert Namen auf, von Kommunisten, Sozialisten, Juden: von Männern wie Erzberger, der mit der Unterzeichnung des Versailler Vertrags Deutschlands Recht verspielt hatte; von Scheidemann, dem ehemaligen Kanzler; von Rathenau, dem jüdischen Außenminister, der selbst jetzt noch darüber diskutierte, wie das Land ehrenvoll die Vertragsbedingungen erfüllen und die Kriegsreparationen zahlen könnte, die die Alliierten gerade mit insgesamt 132 Milliarden Goldmark beziffert hatten; von Theo Arendt, dem Privatbankier, der ihn stützte.

Jede Woche erhielten Mitglieder der Freikorps Aufträge – sie sollten diese Männer ausfindig machen und ermorden.

Otto schloß sich ihnen, ohne einen Augenblick zu zögern, an.

Schon wenige Wochen nach Monikas Geburt saß Viktoria wieder hinter ihrem Schreibtisch, ohne Gewissensbisse zu haben, Monika in der Obhut von Schwester Hedwig zu lassen. Sie wußte, es war falsch, aber sie würde ihre Tochter nie genauso lieben können wie Stefan. Von allem andern abgesehen, würde sie deren Geburt immer mit den Freikorps und Otto Tobisch in Verbindung bringen. Obwohl die Freikorps nach Bayern geflohen waren, wurden sie immer wieder an deren Existenz erinnert, denn fast wöchentlich berichteten die Zeitungen über politische Morde in verschiedenen Teilen des Landes und lasteten sie den Söldnern an. Wenn die Mörder gefaßt wurden, erhielten sie äußerst milde Strafen, was selbst bei den Gerichten eine wachsende Ernüchterung über die Weimarer Regierung anzuzeigen schien.

Das spiegelte sich bei den Wahlen im Juni wider, als viele Wähler von den Sozialdemokraten zu Parteien der äußersten Rechten und Linken überliefen, was dem Land ein Parlament ohne klare Mehrheiten brachte. »Wir brauchen einen starken Führer«, sagte Benno sorgenvoll. »Ebert hat keine wirkliche Autorität.«

Doch als die Wochen verstrichen, bekam das Leben im Hotel wieder eine gewisse Normalität. Im September stellte Benno Hilde Metz als Erzieherin für Stefan ein. Fräulein Metz, groß und mager, in nüchternes Grau gekleidet und mit einem Kneifer auf der scharfen Nase, war vor dem Krieg in England ausgebildet worden. Sie erfüllte Viktoria mit einer bösen Vorahnung, als sie ihr sagte: »Die Universität Oxford ist der einzige Platz für einen jungen Herrn.« Als sie in Ricarda eine weitere Anglophilin erkannte, fragte sie: »Sind Sie nicht auch dieser Meinung, Frau Jochum?«

»Ich halte das für eine wunderbare Idee«, meinte Ricarda.

»Aber er ist doch erst fünf«, rief Viktoria bestürzt, unfähig, den Gedanken zu ertragen, Stefan könnte sie verlassen.

Fräulein Metz' grandiose Pläne für Stefan verblaßten jedoch neben den Neuigkeiten, die Baron Kraus einen Monat später verkündete. Der Baron sah sich in jenen Tagen als das Oberhaupt der Kraus-Dynastie, deren soziale Skala von den Jochums bis zu den Biederstedts reichte. Jeder familiäre Neuzugang bekam für ihn die Bedeutung einer neuen Tochterfirma, wenn der Wert auch erheblich schwanken konnte. Monika war zum Beispiel weit weniger wichtig als Norbert, der zweite Sohn von Ernst und Trude, der im Sommer geboren worden war. Alles, was mit den Biederstedts zu tun hatte, war von so großer Bedeutung, daß er nicht widerstehen konnte, Benno anzurufen. »Peter und Ilse haben eine Tochter. Sie heißt Christa.«

»Übermittle bitte meinen Glückwunsch«, sagte Benno nur.

»Aber das ist noch nicht alles«, dröhnte die Stimme des Barons aus dem Apparat. »Sie kommen nach Argentinien, wie sie gehofft hatten. Ausgezeichnete Nachrichten für Kraus, denn dann können wir wahrscheinlich einige Waffengeschäfte mit der Regierung Irogoyen machen und auch unsere Verbindungen zu den Biederstedts in Argentinien auffrischen.«

Nach dem Gespräch drehte sich Benno zu Viktoria um. »Peter ist offenbar zum erstenmal Vater geworden.«

Zu ihrem Verdruß errötete sie, aber als Benno ihr weiter erzählte, daß sie Deutschland verlassen würden, legte sich ihre Verlegenheit. Ihr furchtbarer Fehler und die Lüge gegenüber Benno zählten nicht länger, denn es sprach alles dafür, daß sie und Peter sich nie wieder begegnen würden.

16

Rudi eröffnete seine erste Bar, »Hades«, im Januar 1921 auf dem Kurfürstendamm. Sie war über Nacht en vogue und Berlins umstrittenster Nachtclub. Trotz ihrer Abneigung gegen Rudi wünschte Luise sich brennend, dorthin zu kommen, aber sosehr sie Josef auch bedrängte, mit ihr hinzugehen, er weigerte sich. »Ich habe üble Sachen darüber gehört und bin sicher, das ist nichts für dich«, erklärte er unerbittlich.

Jetzt, wo Viktoria wieder arbeitete, gab es im Hotel wenig für Luise zu tun, doch das machte ihr eigentlich nichts aus, denn die Neuheit der Tanztees hatte schon ihren Reiz verloren. Ihr kurzes Schwärmen für Georg war fast vergessen, und so war Josef noch immer ihr ständiger Begleiter, der seinen Flugplan so einrichtete, daß er möglichst oft nach Berlin kommen konnte.

»Weißt du noch, wie ich dir mal von Göring erzählt habe, dem letzten Kommandeur des Jagdgeschwaders Richthofen?« fragte er Luise eines Abends auf der Terrasse des Cafés Jochum. »Er ist nach dem Krieg nach Schweden gegangen. Offenbar hat er jetzt eine reiche schwedische Baronin geheiratet und ist mit ihr nach München gezogen. Hat sich da irgendwie politisch eingelassen. Er hat mir versprochen, wenn er je von einer Stelle für mich hört, sagt er mir Bescheid. Aber da scheint nichts zu kommen. Vielleicht sollte ich nach Schweden gehen.«

»Ich würde dich wahnsinnig vermissen, Josef.«

»Du könntest jederzeit mitkommen.«

»Und was sollte ich da tun?«

»Als meine Frau bräuchtest du überhaupt nichts zu tun.«

»Als deine Frau?« Luise sah ihn mit offenem Mund an. Dann lachte sie laut auf, denn sie hielt es für einen Scherz. »Josef, sei nicht albern.«

Er lächelte bekümmert. »Ich habe es durchaus ernst gemeint. Sieh mal, Luise, wir sind schon so lange zusammen, warum heiraten wir nicht? Wenn ich mich wirklich für das Ausland entschließe, könntest du doch mitkommen.«

Sie kannten sich so gut, daß Luise sich ihre Antwort nicht lange überlegte. »Josef, ich mag dich, aber ich bin nicht in dich verliebt.«

Er war offenbar keineswegs beleidigt. »Du bist wenigstens ehrlich, aber ich glaube, du machst einen Fehler. Du weißt schließlich nicht, ob ich dich nochmals frage. Und du darfst dich nicht wundern, wenn ich mich vorher absetze.«

Wie beiläufig sein Antrag auch gewesen war und wie gelassen er ihre Ablehnung auch genommen hatte, quälte Luise doch der Gedanke, ihn verletzt zu haben. Sie beruhigte sich zwar, daß es ein Verrat an ihrer Freundschaft gewesen wäre, ihm irgendeine Hoffnung zu machen, aber sie wünschte jetzt, sie hätte nicht gelacht. Sie versuchte, das wiedergutzumachen, und war in der Folgezeit besonders nett zu ihm.

Josef sah Rudi in jenen Tagen selten, aber zufällig trafen sie sich kurz darauf, und Josef erwähnte dummerweise seine Entscheidung. Rudi hatte sich seit Josefs Rückkehr sehr verändert – sein Gesicht war blaß, und er hatte Säcke unter den Augen, als käme er selten an die frische Luft. Aber er war immer noch ein gutaussehender junger Mann – und außergewöhnlich reich dazu. »Hast du Luise satt?« fragte er.

»Nein, mich hat nur die Wanderlust gepackt. War zu lange an einem Ort.«

Rudi schüttelte zweifelnd den Kopf. »Du kannst nicht mit

Frauen umgehen, das ist dein Problem. Du sitzt doch mit Luise immer nur im Jochum rum. Komm mit ihr ins Hades und seht euch meine neue Kabarettnummer an – es ist was Besonderes.«

»Nein, danke.«

»Josef, ich glaube, du kommst in die Jahre. Aber wenn du sie nicht fragst, lade ich sie ein.«

Zähneknirschend lenkte er ein. »Also gut, wir kommen heute abend.«

So bekam Luise doch noch ihren Willen. Als sie am Kurfürstendamm ankamen, fragte Luise sich einen Moment, ob sie an der richtigen Adresse waren, denn kein Schild erleuchtete den unscheinbaren Eingang. Nur eine Aufforderung zu läuten stand auf der Tür. Im Innern nahm ihnen jedoch ein livrierter Portier die Mäntel ab und führte sie in einen großen, verräucherten Raum, wo wie aus dem Nichts plötzlich ein junger Mann mit spitzer Nase und runden Augen vor ihnen stand. »Herr Nowak«, sagte er einschmeichelnd, als Josef seinen Namen nannte, »Ihr Bruder hat mir gesagt, daß Sie kommen.« Affektiert lächelte er Luise an. »Ich freue mich, daß Sie eine reizende Freundin mitgebracht haben.«

Er tänzelte ihnen voraus durch den Raum, einen Duft von herbem Toilettenwasser hinter sich herziehend. »O Gott«, murmelte Josef angewidert, »ein Homosexueller.«

Der junge Mann brachte sie an einen Tisch und fragte: »Champagner für Monsieur und Madame? Mit Herrn Nowaks Empfehlungen selbstverständlich. Ich heiße Günther Vogel. Ich hoffe, Sie haben einen angenehmen Abend.«

Als der Champagner auf dem Tisch stand, holte Josef tief Luft. »Wo wir schon mal hier sind, können wir auch Rudis Schampus trinken, aber Gott, ist das ein Laden.«

Luise sah sich gebannt um. Auf den ersten Blick wirkte das Lokal kaum anders als jedes Kabarett. In einer Ecke spielte eine Kapelle, und einige Paare tanzten eng umschlungen. Dann sah sie, wie ein Mann seiner Partnerin in das weite Oberteil faßte und ihre Brust streichelte. Sie traute ihren Augen kaum, wandte sich dann ab.

Erst da bemerkte sie Sara, die an der Bar saß, aber gerade als sie Josef darauf aufmerksam machen wollte, fragte eine Stimme: »Möchten Sie tanzen?« Sie blickte auf und sah einen Mann in einem eleganten Smoking, der sie aufmunternd anlächelte. Josef zog gleichmütig die Schultern hoch, und Luise nahm den Arm des Fremden. Wenn Josef sich nicht amüsieren wollte, sie wollte es.

»Sind Sie zum erstenmal im Hades?« fragte ihr Partner und zog sie an sich, so daß sein Gesicht ihr Haar berührte.

»Ja.« Seine Stimme hatte etwas Eigenartiges. Luise betrachtete sein feingeschnittenes, sanftes Gesicht, das dem eines Jungen glich. Seine Hand glitt über ihre Hüfte zum Hintern. Sie schob sie zur Taille zurück. Ein paar Sekunden später war sie wieder dort, mit ganz klaren Absichten. »Zier dich nicht so, Liebling. Du fühlst dich gut an.« Die Hand wanderte zu ihrer Brust.

Brüsk schob sie sie weg. »Nein.«

»Wenn du keinen Spaß willst, warum bist du dann hier?«

»Würden Sie mich bitte zurück an den Tisch bringen?« Erst als er ihr den Stuhl zur Seite schob, fielen ihr seine Hände auf. Sie waren schlank und zart, wie die eines Mädchens.

»Nicht dein Typ, Luise?« überraschte Rudi sie. Er hockte sich an den Rand ihres Tisches und lächelte sie spöttisch an. »Ach ja, du hast ja lieber männliche Männer.«

Anstatt zu antworten, blickte sie sich im Raum um. Zwei Gestalten an der Bar mit langen Beinen, schlanken Hüften, wohlgeformtem Busen und schulterlangem Haar sahen für sie absolut wie Frauen aus. Die eine stieß die andere an, und lächelnd blickten sie zu ihrem Tisch hinüber und zwinkerten Rudi und Josef einladend zu. »Transvestiten«, sagte Josef angewidert.

Rudi lachte. »Wartet, bis ihr Anita Berber seht. Ich kann euch versichern, sie ist wirklich eine Frau.« Er erhob sich. »Also, amüsiert euch noch gut.«

»Du meinst, das sind gar keine richtigen Frauen?« fragte Luise Josef ungläubig.

»Genausowenig wie dein Partner ein Mann war.«

Sie wünschte sich plötzlich, sie wären nicht hergekommen. Es war etwas Anrüchiges an dem Lokal. Der »Mann«, der eben mit ihr getanzt hatte. Rudi. All die anderen Menschen im Raum. Spärlich bekleidete Kellnerinnen eilten zwischen Gästen hin und her, die zunehmend betrunkener wurden. Ein stattlicher, rotwangiger Herr trank aus dem Schuh seiner Begleiterin Champagner. Eine Frau – oder war es ein Mann? – tanzte auf dem Tisch, brach am Ende der Solonummer ohnmächtig zusammen und mußte hinausgetragen werden. »Gehen wir«, flüsterte sie Josef zu.

Er nickte und wollte aufstehen. »Ihr wollt doch nicht etwa schon gehen?« fragte eine Stimme, und Sara stand vor ihnen, in der Hand ein kleines Papierbriefchen. »Seht mal, was Rudi mir eben gegeben hat.« Sie zog einen Stuhl an den Tisch. »Wißt ihr, was das ist?« Sie lächelte verzückt. »Kokain.«

Aufstöhnend setzte sich Josef wieder. »Sara, hast du schon mal Kokain genommen?«

»Nein, aber Rudi sagt, es würde mein Leben verändern.«

»Nimm's nicht, bitte, Sara!«

»Josef, sei doch kein Spielverderber. Alle nehmen heute Kokain.« Sie streute etwas von dem Pulver auf ihre Handfläche und schnupfte es vorsichtig.

In dem Augenblick erloschen die Lichter, und ein Scheinwerfer erleuchtete die Bühne. Zu betörender, orientalisch klingender Musik erschienen sechs Mädchen, ganz in durchsichtigen Stoff gekleidet, der ihren Körper durchscheinen ließ. Während fünf tanzten, nahm die sechste auf einer Art Thron Platz. Ringsum tuschelte es: »Anita Berber.«

Luise war unfähig, den Blick abzuwenden. Ein Mädchen nach dem andern ließ beim Tanzen die wallenden Hüllen fallen, bis sie vollkommen nackt waren, außer einer Art Lendenschurz, der das Nötigste bedeckte, und je einem Stern auf den Brustwarzen. Auf einen Arm gestützt, lagen sie auf der Bühne, die angewinkelten Beine zeigten zur Hauptfigur, auf die allein jetzt der Scheinwerfer gerichtet war.

Mit schlangenhaften Bewegungen erhob sich Anita Berber zur Musik und schälte sich aus dem hauchdünnen Stoff. Ihr Haar fiel nach vorn und bedeckte den Oberkörper, als sie sich vorbeugte, um eine Spange an der Brust aufzuhaken und sich dann aufreizend aus dem Kleid zu winden. Das letzte Stückchen Stoff fiel zu Boden, und Anita warf den Kopf zurück, so daß sie jetzt nackt vor dem Publikum stand. Ringsum hörte Luise ein scharfes Atemholen.

Das Mädchen tanzte nun, aber Luise blickte nicht länger auf sie, denn Sara war fast wie in Trance, ein seliges Lächeln auf dem Gesicht, aufgestanden und fing ebenfalls an, sich auszuziehen. »Sara«, zischte Luise und packte ihr Handgelenk, aber Sara machte sich frei. Sie stieg aus ihrem Kleid, ging durch den Raum zur Bühne und tanzte mit.

Luise ertrug es nicht länger. Sie sah Josef an, und er nickte. Schweigend gingen sie hinaus. »Es tut mir leid«, sagte Josef, »ich hätte mir denken müssen, daß es so kommt.«

»Ach, macht nichts«, erwiderte sie, doch sie wußte, daß es nicht stimmte. Die Leute in der Bar, Anita Berbers Auftritt und Saras Verhalten hatten sie entsetzt, aber vor allem Rudis Worte erfüllten sie mit Angst. Josef hielt sie für rein und unschuldig – was würde er machen, wenn er je erführe, daß sie mit seinem perversen Bruder geschlafen hatte? Sie wünschte, sie hätte nicht darauf bestanden, in den Nachtclub zu gehen.

Ein paar Tage später vergaß sie jedoch selbst Rudis Hades aus Freude darüber, daß Lothar Lorenz wieder da war.

Er platzte inmitten Koffer und Schachteln schleppender Pagen und Portiers ins Quadriga, noch rundlicher und überschwenglicher als vorher, noch immer das Monokel im Augen, in aufdringlich karierter Golfkleidung. »Hei, Leute!« rief er. »Was macht das alte Berlin?«

Am Abend im Café Jochum schien es fast wie in alten Zeiten zu sein, als er zwischen Luise und Josef saß und ihnen immer wieder Wein einschenkte. »Hier ist alles so billig«, sagte er.

»Billig?« rief Josef. »Diese Flasche Wein hat etwa acht Mark gekostet, als du das letztemal hier warst. Jetzt kostet sie über hundert!«

»Aber das ist nur etwa ein Dollar. In Amerika bekäme man für einen Dollar keinen Wein dieser Qualität. Was ist los hier?«

»Inflation«, sagte Josef grimmig. »Lothar, du solltest deine Dollars nicht umtauschen. Sie sind bald mehr wert als Goldstaub.«

Luise rutschte unruhig hin und her. »Ach, hört doch auf, über Geld zu reden. Warst du wirklich in Amerika, Lothar?«

»Ja, *Madam*«, erklärte er breit. »Ich war in Kalifornien. Josef, wenn du Berlin einmal satt hast, das ist das Land für dich. Ich hab da jemand kennengelernt, Deutscher, das heißt inzwischen eingebürgerter Amerikaner, heißt Erich Grossmarck. Weißt du, was der macht? In ein paar Blechschuppen mitten in der Wüste macht er Filme! Ich sag euch, Leute, Filme sind die Sache der Zukunft.«

Luise grinste. Dada war also passé – Lothars neue Liebe waren Filme. »Was für Filme?«

»Das ist es ja! Er dreht Fliegerfilme. Er hat wohl im Krieg Ausbildungsfilme für die Armee gemacht und war vom Fliegen so begeistert, daß er jetzt kommerzielle Filme über die Fliegerei dreht. Es besteht offenbar ein großer Bedarf.«

»Du meinst, er hat in den Schuppen richtige Flugzeuge?« fragte Josef aufgeregt.

»Und richtige Piloten hat er auch, aus der ganzen Welt! Das müßtest du mal sehen, Josef, wie die Loopings drehen und sich gegenseitig abschießen – alle Kunststücke, die du dir denken kannst.«

»Im Krieg waren es keine Kunststücke, da waren sie echt.«

»So wie Grossmarck die Filme dreht, wirken sie auch jetzt echt. Natürlich zahlt er nicht allzu gut, etwa fünfzig Dollar pro Kunststück, glaube ich. Aber für deutsche Maßstäbe ist das jetzt wohl eine ganze Menge, denke ich.«

»Was ist Grossmarck für ein Mann?«

»Er sieht ein bißchen wie Baron Kraus aus, nur kleiner, und läuft ständig in einer russischen Generalsuniform herum, so mit Stulpenstiefeln, Monokel, Orden und diesem Zeug. Er spielt in seinen Filmen immer den feindlichen General. Aber diese Filme dienen ihm nur dazu, Geld zu verdienen, damit er die Filme machen kann, die er machen will. Ich bin sicher, Grossmarck wird mal berühmt. Er ist ein Genie.«

Ein paar Tage später traf Josef auf dem Kurfürstendamm zufällig Rudi. »Du und Luise seid aber sehr früh gegangen«, mokierte sich Rudi. »Erzähl mir nur nicht, daß Luise so getan hat, als ob sie schockiert gewesen wäre.«

»So getan? Sie war schockiert. Schließlich war das nicht gerade die Art von Programm, die ein unschuldiges junges Mädchen ihrer Herkunft anspricht«, sagte Josef aufgebracht.

»Josef, bist du wirklich so naiv? Unschuldiges junges Mädchen!« Er sah ihn ungläubig an. »Willst du mir weismachen, daß du noch nie mit Luise geschlafen hast? Das glaub ich dir nicht. Mann, ich hab sie gehabt, als sie fast noch ein Schulmädchen war!«

Eine ohnmächtige Wut packte Josef, und er mußte die Fäuste in der Tasche ballen, um nicht auf seinen Bruder loszugehen. »Wenn du ein Mann wärst, würde ich dich zusammenschlagen.« Rudi lachte, und Josef sah ihn unglücklich an, denn er spürte plötzlich, daß Rudi die Wahrheit sagte. »Hast du wirklich mit ihr geschlafen?« fragte er widerstrebend.

»Natürlich. Sie war sogar noch Jungfrau. Aber ich glaube, du hast nicht viel versäumt, Bruderherz. Sie war nicht sehr aufregend.«

Josef blickte ihn lange an. Enttäuschung stieg in ihm auf. In dieser wirren Nachkriegswelt war Luise ihm immer wie der einzige Mensch erschienen, auf den er sich verlassen konnte – und jetzt, so schien es, enttäuschte auch sie ihn. Kein Wunder, daß sie über seinen Antrag gelacht hatte; wahrscheinlich hatte sie während ihres ganzen Zusammenseins über ihn gelacht, ihn vielleicht sogar hinter seinem Rücken zusammen mit Rudi verspottet. Verächtlich musterte er seinen Bruder, dann sagte er ruhig: »Leb wohl, Rudi. Ich denke nicht, daß wir uns noch einmal sehen.«

»Aber Josef ...«

Er war schon weg, ging rasch hinüber zum Postamt, wo er sich telefonisch mit dem Hotel Quadriga verbinden ließ. »Kann ich bitte Herrn Lorenz sprechen?«

An jenem Abend traf er sich nicht mit Luise. In einer stillen Bar bei der Leipziger Straße sprach er mit Lothar. Der Schweizer gab ihm ein Empfehlungsschreiben an Erich Grossmarck und streckte ihm das Geld für die Überfahrt nach Kalifornien vor, das Josef auf Lothars amerikanisches Konto zurückzuzahlen versprach. »Danke, Lothar, du weißt gar nicht, was das für mich bedeutet.«

Mit unerwartetem Verständnis erwiderte Lothar: »Ich glaube doch. Flugzeuge waren doch immer deine erste Liebe. Wenn ich der Meinung wäre, daß du und Luise ein gutes Ehepaar abgeben würdet, würde ich dich nicht dazu ermuntern, aber ihr paßt nicht zusammen. Geh und fang neu an. Vielleicht kommst du in zehn Jahren zurück, dann sieht alles anders aus.«

Als Luise Josef am nächsten Tag sah, wußte sie, daß er sich entschieden hatte. »Du gehst nach Amerika, um für diesen Grossmarck zu arbeiten, nicht wahr?«

Josef nickte. Er wollte sie fragen, ob Rudi die Wahrheit gesagt hatte, aber ihm war klar, daß die Frage überflüssig war. Lothar hatte recht – seine wirkliche Liebe war das Fliegen. »Und was wirst du machen?«

Sie schwieg einen Augenblick. Dann lachte sie über das ganze Gesicht. »Jetzt, wo Lothar wieder da ist, kann ich ja mit ihm darüber reden, das Café Jochum zu dem zu machen, worüber wir uns unterhalten haben – zu einem erstklassigen Künstlercafé.«

Er erfand eine Ausrede, um früh zu gehen, küßte sie kurz auf die Wange und ging mit einem unbekümmerten »Viel Glück, Luischen«.

Das erste, was Luise nach Josefs Abfahrt tat, war, sich die Haare kurz schneiden zu lassen. Leider waren sie zu lockig für einen Pagenschnitt, aber ohne die schwere Haarlast empfand sie ein wohliges Gefühl der Freiheit. Ein oder zwei Wochen lief sie ziellos umher. Dann, als ein Brief aus Kalifornien kam, in dem Josef schrieb, daß Grossmarck ihn genommen hatte, beschloß sie, anzufangen zu arbeiten.

Zu ihrer Familie sagte sie wenig über Josefs Weggang, so daß sie nicht wußten, was sie wirklich empfand. Eins wurde jedoch sofort erkennbar, daß sie sich nämlich mit einem nie gekannten Eifer in die Arbeit in Hotel und Café stürzte. Sie bat Viktoria, ihr bis ins kleinste das Reservierungssystem für das Hotel zu erklären, die Küche, Bar und Restaurant und die Verwaltungsarbeit, die für einen reibungslosen Ablauf im Hotel erforderlich war.

Benno, der sich über ihr Interesse freute, erklärte ihr die Preisgestaltung, die Einkaufsbudgets, die Berechnung von Gewinn und Verlust. Er setzte ihr eingehend die Probleme auseinander, die die Inflation dem Hotel brachte. »Die

Preise ändern sich heute von einem Tag zum andern«, sagte er, »was bedeutet, daß weder das Hotel noch das Café feste Preise hat.«

»Ich glaube, ich verstehe doch nicht, was Inflation bedeutet.«

»Es bedeutet, daß die Mark immer weniger wert wird. In mancher Hinsicht ist das gar nicht schlecht, denn das heißt, daß Deutschland Waren im Ausland sehr viel billiger als seine ausländischen Konkurrenten anbieten kann – und es bedeutet mehr ausländische Besucher in Deutschland, weil sie für ihr Geld viel mehr kaufen können als vorher.«

»Wie Lothar? Er sagt, wie billig hier alles ist.«

»Das stimmt. Wir bitten unsere Gäste zum Beispiel, ihre Rechnung in Dollar zu bezahlen, wenn sie können. Die Mark verliert ihren Wert über Nacht, der Dollar nicht.«

Eine erste Ahnung, wie die Inflation andere betraf, bekam Luise am Beispiel Max Patschkes. Max war inzwischen einundsechzig, näherte sich dem Pensionsalter und vertraute Luise seinen Traum von einem Häuschen auf dem Land an. »Ich weiß sogar wo, Fräulein Luise. Bei Potsdam, direkt an einem See. Aber jetzt weiß ich nicht mehr, ob ich mir das jemals werde leisten können. Es kostet mich von Tag zu Tag mehr, nur zu leben, selbst bei meinen bescheidenen Ansprüchen. Ich muß schon an mein Kapital gehen.«

»Das ist ja schrecklich, Max. Kann man da gar nichts tun?«

»Nein, Fräulein Luise. Sehen Sie, ich bekomme einen Prozentsatz von den Restauranteinnahmen. Nun erhöht Herr Kraus zwar täglich die Preise, aber bis ich meinen Anteil bekomme und zur Bank gebracht habe, hat er nicht einmal mehr die Hälfte seines ursprünglichen Wertes.«

Einige Tage später nahm er sie beiseite und vertraute ihr aufgeregt an: »Jetzt ist alles in Ordnung, Fräulein Luise. Sehen Sie mal.« Er holte ein Blatt aus der Tasche und erklärte: »Ich bin Partner in einem Konsortium bei einem Max

Klante geworden. Er sucht Geschäftspartner, die in sein Renngeschäft investieren, und verspricht uns allen dreihundert Prozent Zinsen!«

Selbst Luise erschien das hoch. »Ist das nicht ziemlich viel?«

»Das habe ich auch gedacht, aber ich habe meine erste Zinszahlung bekommen, dreihundert Prozent. Wenn er so weitermacht, kann ich mir zwei Häuschen in Potsdam kaufen.«

Im Verlauf der nächsten Wochen ließ Max immer wieder einige kurze Nachrichten über Max Klante durchsickern. »Der Mann ist ein Genie. Er hat jetzt eine eigene Zeitung, ›Reit-Nachrichten‹. Ich habe gerade meine letzte Zinszahlung wieder investiert.«

»Sind Sie sicher, Max, daß das klug war?«

»Sehen Sie, Fräulein Luise, wenn ich mein Geld auf der Bank lasse, verschwindet es einfach. Warum es also nicht Max Klante geben, der es auf die Pferde setzt? Er weiß, was er macht.«

Als Gegenleistung für sein Vertrauen erzählte sie Max von ihren Plänen für die Umgestaltung des Cafés Jochum. Er nickte gewitzt. »Ich glaube, Sie haben recht. Ich hatte immer eine Schwäche für das Café, aber nachdem der Herr Direktor das Hotel gebaut hat, hat er offenbar das Interesse am Café verloren. Er hätte damit auf den Ku'damm gehen sollen.«

Ermuntert durch seine Zustimmung, trug Luise Lothar ihre Ideen vor, der begeistert darauf einging. »Ich sehe es vor mir, Luise. Du brauchst einen der Bauhaus-Architekten, Gropius, Mies van der Rohe – oder noch besser Erich Mendelsohn. Er hat den Einstein-Turm in Neubabelsberg gebaut.«

»Wenn wir so etwas bauen würden, hätten wir das umstrittenste Haus Berlins. Kennst du Erich Mendelsohn?«

»Ich kenne jeden, mein Herz. Und außerdem sind diese

Architekten und Künstler im Moment fast mittellos. Ich bin sicher, er würde nur für seinen Lebensunterhalt arbeiten. Stell dir vor, wir könnten die schönsten Bilder aufhängen – die neuesten Werke von Kandinsky, Klee, Kokoschka. Was für eine Herausforderung!«

»Es gibt nur ein Problem. Wir haben keinen Bauplatz.«

Lothar machte ein bedrücktes Gesicht. »Nicht einmal ich kann mir ein Haus auf dem Kurfürstendamm leisten. Aber vielleicht sprechen wir mal mit Benno?«

Zu ihrer Überraschung nahm Benno sie ernst. »Deshalb hast du dich also plötzlich so fürs Geschäft interessiert, Luise?«

»Benno, stell dir ein neues, modernes Haus auf dem Ku'damm vor, etwas Auffallendes, aus Beton, Chrom und Glas.«

»Hat Lothar dich mit dem Bauhaus bekannt gemacht?« fragte Benno.

»Du kennst das Bauhaus?«

»Ich halte Augen und Ohren offen. Du siehst, ich halte einiges von deiner Idee. Ich sehe zwar nicht, wie wir uns Änderungen im Moment leisten könnten, aber ich behalte das im Hinterkopf.«

»Wenn wir vielleicht den Potsdamer Platz verkaufen würden?«

»Das müßte deine Mutter entscheiden, aber selbst wenn wir es täten, bezweifle ich, daß wir uns ein neues Café dieser Art leisten könnten. Vergiß nicht, daß die Hypotheken 1923 getilgt werden müssen, und das ist in gut einem Jahr.«

Benno brachte das Thema beiläufig bei einem Abendessen zur Sprache. Ricarda hörte nachdenklich zu und sagte dann: »Ich bin eher Luises Meinung. Es ist eine Schande, daß das Café Jochum vernachlässigt wurde, und ich sehe keinen Grund, warum wir es nicht verlegen sollten, solange es noch ein Café Jochum in Berlin gibt.«

»Aber du willst das Café doch sicher nicht selbst führen?« wollte Viktoria wissen.

»Um Gottes willen, nein, Vicki. Mich interessiert das Haus – und die Menschen. Oskar Braun müßte es führen. Ich weiß nur, welche Atmosphäre ich gern dort hätte.«

»Es hört sich nicht so an, als ob es zu unserem herkömmlichen Image paßte. Das Café Jochum war immer sehr traditionell.«

Luise warf den Kopf zurück. »Vicki, sieh dich an mit deiner Frisur, du gehörst noch ins neunzehnte Jahrhundert. Aber ich bin ein Kind des zwanzigsten. Ich weiß, meine Ideen passen in meine Zeit.«

Als Viktoria empört um sich sah, lächelte Ricarda. »Benno, vielleicht kannst du mal mit Theo Arendt und Dr. Duschek reden und hören, was sie sagen.«

»Aber Mama . . .«, rief Viktoria.

»Viele haben damals gesagt, wir wären verrückt, das Quadriga zu bauen«, rief Ricarda ihr ins Gedächtnis. »Es war auch einmal seiner Zeit voraus.«

In den folgenden Monaten hatte Viktoria kaum Gelegenheit, Luises Plänen für ein neues Café Beachtung zu schenken, denn das Hotel beanspruchte fast jede Minute, und nur mit Mühe rang sie sich etwas Zeit für Stefan und Monika ab. Mehr denn je schätzte sie jetzt die Vorteile, mit Benno verheiratet zu sein, denn es schien ihm richtig Spaß zu machen, sich mit den finanziellen Schwierigkeiten auseinanderzusetzen, die allmählich Dauercharakter annahmen.

Als sie das erwähnte, lachte er. »Du solltest meinem Vater und Theo Arendt danken, denn sie haben uns vor dem gewarnt, was kommen würde – und uns geraten, was wir tun sollten. Heute morgen war der Wechselkurs vierhundert Mark für einen Dollar.«

»Ich verstehe nicht, wieso der Wechselkurs uns hilft.«

»Das ist ganz einfach – wir nehmen unsere Kredite in

Mark auf, kaufen damit Dollars und zahlen die Kredite mit entwerteter Mark zurück. Wir spekulieren mit anderen Worten ganz einfach gegen den Dollar.«

»Und was ist mit unserer Mark?«

»Sie wird immer wertloser. Wenigstens haben unsere Gäste auch Dollarkonten. Das Hotel wird unter der Inflation nicht leiden, aber eine Menge anderer Leute, fürchte ich.«

Entsetzt erfuhr Viktoria, daß Max Patschke dazugehörte. Es war der ganze Stolz des Chefkellners, die Familienmitglieder persönlich zu bedienen, wenn sie im Restaurant aßen. Eines Morgens goß er Viktoria Kaffee ein, während sie die Zeitung aufschlug. Die Schlagzeile sprang ihr entgegen: BUCHMACHER BRENNT MIT ERSPARNISSEN KLEINER LEUTE DURCH.

Mit lautem Getöse entglitt Max das Tablett. Erschreckt blickte sie zu ihm auf und sah ihn auf die Zeitung starren. Fassungslos schüttelte er den Kopf. »Max, was ist denn los?«

»Es ist Max Klante, nicht wahr?« sagte er tonlos.

Viktoria überflog den Artikel, der von einem Buchmacher berichtete, der Leuten die Ersparnisse mit dem Versprechen abgenommen hatte, ihnen dreihundert Prozent Zinsen zu zahlen. Da er diese Zusage natürlich nicht erfüllen konnte, hatte er Bankrott gemacht. »Max, haben Sie etwa bei ihm investiert?«

Benommen nickte Max. »Am Anfang hat er gezahlt, aber neulich nicht mehr. Ich habe geschrieben, aber keine Antwort bekommen.«

Sie erhob sich, bedeutete einem Kellner, die Scherben wegzuräumen, und führte Max in ihr Büro. »O Max, warum haben Sie das nur gemacht?«

Er sank in einen Sessel, ein gebrochener, müder alter Mann. »Ich war wohl ziemlich dumm, aber ich wollte mein Häuschen in Potsdam.«

Sie goß ihm einen Cognac ein und legte ihm den Arm um

die Schulter, wie einem Kind. »Haben Sie Ihre gesamten Ersparnisse bei Klante angelegt?«

»Fast alles«, erwiderte er kaum hörbar.

»Max, das tut mir leid. Ich werde mit meinem Mann sprechen. Vielleicht kann er helfen.«

»Nein, Frau Kraus, ich möchte keine Almosen. Ich habe immer noch meine Arbeit. Ich werde schon durchkommen.«

Noch Wochen nachher sah er allerdings wie ein Gespenst aus. Seine Hände zitterten, und das Humpeln aufgrund seiner Kriegsverletzung wurde noch deutlicher. »Er sollte sich wirklich zur Ruhe setzen«, sagte Benno besorgt zu Viktoria. »Wir können ihn doch nicht so im Restaurant herumhumpeln lassen.« Aber Max gegenüber sagte er nichts, und zu ihrer Erleichterung schien sich der alte Mann zu erholen.

Niemand konnte in diesen Tagen die wachsende Unruhe in der Bevölkerung entgehen. Wie Max Patschke sah der Normalbürger seine Ersparnisse schwinden und wurde wieder einmal auf Rübenkaffee und -koteletts gesetzt. Viele Kleinfirmen machten Bankrott, und täglich wuchs das Heer der demonstrierenden Arbeitslosen.

Auch die politischen Morde wurden nicht weniger, die weiter für Schlagzeilen in den Zeitungen sorgten. Im August des Vorjahrs war Matthias Erzberger ermordet worden. Im Juni 1922 gingen Gerüchte um, auf den früheren Kanzler Scheidemann sei ein Anschlag verübt worden, und nur Tage später wurde Außenminister Rathenau in Berlin niedergeschossen – weil er erklärte, Deutschland solle den Versailler Vertrag erfüllen, aber auch, weil er Jude war. Benno war entsetzt, denn er bewunderte Rathenau sehr. »Er war einer unserer fähigsten Politiker. Was wollen diese Verrückten mit seiner Ermordung erreichen?«

Kurz danach machte Baron Kraus einen seiner seltenen Besuche in Berlin, um sich mit Theo Arendt zu treffen. Er wirkte fülliger und wohlhabender denn je und war in aufgeräumter Stimmung. »Ihr solltet tun, was ich tue«, riet er Benno und Viktoria beim Essen am ersten Abend. »Die Kraus-Werke kaufen kleine Firmen für ein Butterbrot auf. Ihr solltet euch überlegen, ob ihr nicht einige kleine Hotels aufkaufen wollt.«

»Wir denken daran, ein weiteres Café aufzumachen«, gab Benno zu.

»Ausgezeichnet! Ich glaube, wenn ihr noch ein bißchen wartet, könnt ihr Immobilien äußerst günstig kaufen.«

Viktoria dachte an Max und machte ein unmutiges Gesicht. »Mir erscheint es irgendwie nicht richtig, daß wir an der Inflation profitieren, während andere so schrecklich leiden.«

Ihr Schwiegervater wischte ihren Einwand beiseite. »Unsinn, meine liebe Viktoria. Mit der Übernahme dieser kleinen Firmen tun die Kraus-Werke den Arbeitern etwas Gutes, denn wenn wir nicht wären, würden sie arbeitslos. Nein, meine Liebe, wir verkörpern Stabilität für das Land.«

Er erzählte ihnen auch etwas von anderen Projekten. »Bald beginnen die Arbeiten an meinem neuen Überseedampfer. Wir wollen ihn ›Gräfin Julia‹ nennen, Benno, zu Ehren deiner Mutter. Es wird nützlich sein, eigene Verbindungen nach Amerika zu haben, weil wir noch viele Geschäfte dort machen werden. Das Bankhaus Arendt hat in New York bereits eine Zweigstelle eröffnet, und ich möchte mit Theo über meine Beteiligungen an amerikanischen Firmen reden.«

Nach seinem Treffen lud der Baron Theo zum Essen ins Hotel ein, und als die beiden Männer durch die Halle zum Restaurant gingen, hörte Viktoria einen der Portiers zu seinem Kollegen sagen: »Da, das ist Arendt, auch einer von diesen dreckigen Juden, der in Versailles war.«

Gegen neun Uhr kam Luise aus dem Café Jochum. Ihr Gesicht war weiß. »Vicki, eben ist jemand ins Café gekommen und hat gesagt, man habe Otto Tobisch in Berlin gesehen.«

Viktoria ging in der Halle auf und ab, bis Baron Kraus und

Theo endlich vom Essen kamen. »Wir haben eben gehört, daß Otto Tobisch in Berlin ist.«

Theo wurde bleich. Er wandte sich zum Hallenportier. »Mein Chauffeur soll sofort den Wagen bringen.«

Sie standen auf der Treppe und sahen ihn wegfahren, und in dem Augenblick traf ein Geschoßhagel den Wagen, zerstörte Scheiben und Reifen, so daß das Fahrzeug unkontrolliert auf die Straßenmitte schleuderte. »Theo!« schrie Viktoria und rannte über die Straße. Da sah sie die untersetzte Gestalt eines Mannes, der mit einem Gewehr in der Hand aus dem Schutz der Bäume zum Brandenburger Tor lief. »Da ist er! Haltet ihn!«

Während Passanten die Verfolgung aufnahmen, riß Viktoria die Wagentür auf. »Theo?« Es kam ein unterdrücktes Stöhnen, dann richtete Theo sich langsam auf. Auf seiner Stirn klaffte eine Wunde, und Blut lief ihm über das Gesicht, aber ansonsten schienen weder er noch sein Fahrer verletzt.

»Haben sie ihn geschnappt?« fragte Theo.

»Es war Otto, ich weiß es. Ich würde ihn überall erkennen.« Sie half Theo zurück ins Hotel, wo Emil Brandt bereits einen Arzt und die Polizei gerufen hatte. Nachdem Dr. Blattner Theo untersucht und ein Polizist Aussagen aufgenommen hatte, fragte sie: »Warum wollte er Sie umbringen, Theo?«

»Weil ich Jude bin. Weil sie glauben, ich sei schuld am Elend, das Deutschland erlebt, und würde daran verdienen.«

»Das tun wir und Baron Kraus doch auch. Warum hat Otto nicht versucht, ihn umzubringen?«

»Sie und die Kraus sind Deutsche. In den Augen von Männern wie Otto Tobisch bin ich zuallererst ein Jude.«

Otto wurde am gleichen Abend noch mit dem Gewehr in der Hand festgenommen, als er am Anhalter Bahnhof auf einen Zug wartete. Er versuchte nicht einmal, den ihm angelasteten Mordversuch zu leugnen. »Arendt ist ein Jude«, erklärte er. »Er ist ein Staatsfeind.«

Von dem Vorfall zutiefst betroffen, sagte Viktoria: »Er ist ein Irrer. Sie werden ihn doch bestimmt hängen.«

Otto wurde jedoch nur zu einem Jahr Gefängnis in Brandenburg verurteilt.

Seit ihrer Flucht aus Berlin nach der gescheiterten Januarrevolution 1919 hatte Olga Meyer sich in München ruhig verhalten, denn sie kannte die Gefahr, falls Otto Tobisch ihren Aufenthalt entdeckte. Es waren furchtbare Jahre gewesen, denn Kurt Eisners sozialistische Republik war kurz nach ihrer Rückkehr gestürzt und er selbst dabei ermordet worden, und der Sowjet, der dann gegründet worden war, hatte kaum einen Monat bestanden. Kurz darauf war ihr Vater gestorben; ihre Mutter war nur noch ein Schatten ihrer selbst. Olga bedauerte sie, war aber auch ungehalten über ihr Gejammer, denn seit Reinhardts Tod schienen Menschen für sie nicht mehr sehr viel zu zählen.

Im Juli 1919 brachte sie Reinhardts Sohn zur Welt, und alles änderte sich. Ihr Leben hatte wieder einen Sinn, denn sie war entschlossen, den Traum ihres Mannes von einem kommunistischen Deutschland durch ihren Sohn Basilius verwirklichen zu lassen. Die bayerische Regierung wurde unterdessen immer rechtslastiger und zu einem Sammelbekken für die Freikorps, Vaterlandsvereine und andere nationalistische Sympathisanten. Das Eingeständnis, Kommunist zu sein, kam der Unterzeichnung des eigenen Todesurteils gleich. Deshalb trat Olga in den ersten drei Jahren von Basils Leben politisch nicht in Erscheinung.

Dann wurde Otto verhaftet, und einige Wochen danach starb ihre Mutter, die lange gelitten hatte. Endlich war sie frei, mit Basil nach Berlin zu gehen. Hier wurde sie als Heldin der Revolution begeistert begrüßt und fand sofort eine Stelle als Verfasserin von Artikeln für die »Rote Fahne« und aufwieglerischen Flugblättern, die an die Arbeiter verteilt wurden. Wie früher wohnten sie in den Mietskasernen im

Wedding. Aber erschreckt stellte sie bald fest, daß die Bedingungen noch schlechter als in den furchtbaren letzten Monaten des Jahres 1918 waren. Viele Arbeiter fanden keine Arbeit, und die, die eine Stelle hatten, verdienten kaum genug zum Leben für sich und ihre großen Familien. Viele mußten selbst ihre ärmlichen Möbel verpfänden, um das nächste Essen kaufen zu können. Das Geld, das sie bekamen, verlor schon auf dem Weg vom Pfandhaus zum Markt an Wert.

Für diese Menschen hatte Olgas Botschaft mehr Bedeutung denn je. »Arbeiter der Welt, wir müssen uns gegen die kapitalistischen Unterdrücker vereinen!« rief sie in die Halle im Wedding, wo sich Hunderte versammelt hatten, um sie reden zu hören. »Die russische Revolution war der erste Schritt zur großen Weltrevolution. Jetzt ist die Zeit zum Handeln da, und Handeln heißt Streik. Hungert Baron Kraus? Nein, Genossen, der Baron ist reicher denn je. In den letzten zwei Jahren hat er über zweihundert Firmen gekauft, kleine Betriebe, die die Inflation ruiniert hat. Aber hat er eure Löhne erhöht? Hat er Lebensmittel für eure Familien beschafft? Ich sage euch, Genossen, legt eure Werkzeuge nieder und streikt für mehr Rechte.«

Nach einer solchen Versammlung zupfte eine kleine, grauhaarige, niedergeschlagen wirkende Frau sie zögernd am Ärmel. »Frau Meyer, wat Sie sag'n, det stimmt allet, aba funzionieren tut et nich. Wenn mein Mann streiken tät, würd'n wa noch mehr hungern wie jetz.«

Da erinnerte sich Olga an die Armenküchen, die sie im Krieg betreut hatte. Wie konnte sie den Menschen im Wedding besser helfen als dadurch, daß sie eine Kooperative für ihre Leute aufmachte? Sie konnte zwar nicht von der Partei finanziert werden, denn deren Mittel reichten bei weitem nicht, aber die Leute konnten sie selbst bezahlen.

Schon bald bedeutete Geld im Wedding kaum noch etwas. Klempner, Tischler, Schneider, Handwerker aller Art zahlten für ihren Lebensunterhalt mit ihrer Arbeit und wurden mit dem Lebensnotwendigsten von Leuten versorgt, die auf die eine oder andere Art Zugang zu Gemüse, Suppe, Mehl und Salz hatten. Sie lebten nicht gut, aber sie verhungerten wenigstens nicht.

Schon bald kannte Olga alle Bewohner des Blocks, aber das Paar, das ihr größtes Interesse erweckte, wohnte in der schäbigen Wohnung unter ihr. Es waren ein ehemaliger Kraus-Arbeiter und seine Tochter, beide mit struppigen, schwarzen Haaren und Augen und kaffeebrauner Haut, die auf farbige Vorfahren schließen ließ. Adam Anders war groß und mager, seine Tochter Emmy, nicht älter als vierzehn, sehr klein und nur aus Haut und Knochen bestehend. Als sie Olga einmal auf der Treppe begegneten, schubste Adam Anders seine Tochter an. »Los, Emmy, erzähl Frau Meyer, watte mir jrade erzählt hast.«

Emmy sah ihn mit großen, ängstlichen Augen an. »Nee, det jeht nich, det mach ick nich.«

»Meine Emmy hat ebent 'ne Stelle jekricht«, erzählte Anders Olga. »Sie is Küchenmädchen in ein janz schnieket Hotel auf'n Linden, und sie saacht, wat die da zu essen ham, det kann sich keener vorstell'n. Sie saacht, aleene wat die wegschmeißen, davon würde halb Wedding satt.«

»Welches Hotel ist das, Emmy?« fragte Olga.

»Det Hotel Quadriga«, hauchte das Mädchen.

»Ick habe ihr jesaacht, sie soll mitbring, wat se krieg'n kann«, sagte Adam Anders kampflustig.

»Aba det is doch Klauen.«

Olga schüttelte den Kopf. »Emmy, du kannst nicht etwas klauen, was von Rechts wegen dir gehört, und wir haben auf diese Lebensmittel genausoviel Recht wie jeder im Hotel.«

»Siehste«, fuhr Adam Anders sie an, »det is dein Recht. Un jetz siehste zu, det de jeden Tach wat mitbringst, sonst schmeiß ick dir raus.«

Wenn Emmy jetzt nach Hause kam, beulten sich ihre Taschen vor Würsten, Obst, Kaffee, Kakao und Konserven aus den Regalen des Hotels. Schon bald hatte ihr Vater ein paar Männer organisiert, die in der Nähe des Boteneingangs warteten, so daß sie noch einmal zurückgehen konnte.

Es dauerte nicht lange, und er hatte ihr die genauen Örtlichkeiten und den Zeitplan der Küche im Quadriga entlockt, einschließlich der Information, daß der Schlüssel für den Hauptvorratsraum oft steckenblieb. »Du läßt den Schlüssel mal mitjeh'n, dann laß ick 'n Nachschlüssel machen.«

»Nee, Papa, det kann ick nich.«

»Du machst, wat ick sage, sonst schlage ick dir jrün un blau«, drohte er und hob die Faust.

Als der Küchenchef einmal den Rücken drehte, steckte sie also den Schlüssel voller Bangen ein. Niemand merkte etwas.

Natürlich hörten Viktoria und Benno von Olgas Rückkehr, aber von Gretes Tod erfuhren sie erst, als Ricardas Weihnachtsbrief mit dem entsprechenden Vermerk eines Nachbarn zurückkam. Olgas Mangel an Familiensinn erhöhte noch ihr Mißtrauen gegen sie. Aber da Benno nichts mit Kraus zu tun hatte, außer daß er immer höhere Dividenden für seine Anteile erhielt, berührten ihn ihre Aktivitäten nicht.

Im Januar 1923 wurden die Speisekarten im Quadriga und im Jochum nicht mehr mit Preisen versehen; die Kellner bekamen statt dessen Tabellen zum Ausrechnen der sich täglich ändernden Beträge. Der Dollarpreis stieg inzwischen auf etwa siebentausend Mark, und eine Tasse Kaffee, die vor anderthalb Jahren noch eine Mark gekostet hatte, kostete jetzt tausend Mark.

Dann, Mitte des Monats, marschierten französische Truppen über die Grenzen und besetzten das Ruhrgebiet. Die Zeitungen waren voll mit Berichten über blutige Kämpfe zwischen Fabrikarbeitern und französischen Soldaten. Als Benno von den Neuigkeiten las, rief er sofort in Essen an; er sorgte sich um seine Mutter und die beiden Jungen seines Bruders. »Alles in Ordnung bei euch?« fragte er seinen Vater.

»Natürlich«, dröhnte die Stimme des Barons aus dem Apparat.

»Aber warum sind die Franzosen einmarschiert?«

»Weil wir diese verfluchten Reparationen nicht zahlen können. Selbst vor der Inflation waren sie schon lächerlich hoch, aber jetzt sind sie schlicht unmöglich. Aber den Franzosen ist das egal.« Obwohl es nur ein Telefonat war, hörte Benno eine gewisse Befriedigung aus der Stimme seines Vaters, so daß er sich fragte, ob er und andere Industrielle die Rückzahlung der Schulden nicht bewußt unterbunden hatten.

»Aber warum sollten sie das tun?« fragte Viktoria später, als Benno ihr seinen Verdacht mitteilte.

»Vater macht auf jeden Fall Gewinn. Dank der Inflation kauft er überall pleite gegangene Firmen auf – und jetzt braucht er die Kohle und Industriegüter nicht zu liefern, die Teil der Reparationszahlungen sind. Es würde mich allerdings nicht im geringsten wundern, wenn er sie nicht längst an die Franzosen verkauft – mit Gewinn.«

Wann immer sie miteinander telefonierten, schien der Baron keineswegs unglücklich, selbst als das ganze Ruhrgebiet bestreikt wurde. »Wir nennen das passiven Widerstand. Die Franzosen werden das bald leid sein, und wir bekommen so lange Ausgleichszahlungen vom Staat für unsere Produktionsausfälle.«

Inzwischen hatte Benno allerdings kaum noch Zeit, sich um die Unruhen im Ruhrgebiet zu kümmern, denn das Leben in Berlin entwickelte total unwirkliche Aspekte. Der Wert der Mark fiel nach der Besetzung des Ruhrgebiets auf achtzehntausend pro Dollar und ging dann in den freien Fall über. Nicht nur die Arbeiter, auch die Angehörigen der Mittelschicht, die von festen Einnahmen zu leben versuchten, wurden an die Wand gedrückt; sie waren, wenn sie überleben wollten, gezwungen, nicht nur Schmuck und Familienerbstücke zu verkaufen, sondern häufig sogar ihre Häuser, und waren dankbar, ein paar Dollar dafür zu bekommen, die ihnen ermöglichten, von einem Tag zum andern zu leben.

Benno erkannte mit seiner Krausschen Schläue sehr schnell die Vorteile für das Quadriga. Die noch ausstehende Hypothek von fünf Millionen würde bald kaum mehr wert sein als das Papier, auf dem sie stand, und er hatte jetzt keine Befürchtungen mehr, die Schulden seines Schwiegervaters nicht zurückzahlen zu können. Im Juli, als ein Dollar die unglaubliche Summe von einer Million Mark wert war, tilgte Benno die Hypothek für den Gegenwert von sechs Tassen Kaffee und kaufte ein aufgegebenes Haus am Kurfürstendamm für vierhundert Dollar. »Da ist er«, sagte er zu Luise, »der Standort für das neue Café Jochum.«

Luise betrachtete das Haus lange. Dann sagte sie: »Benno, es ist hoffnungslos, wir müssen es abreißen und neu bauen.«

Er zuckte die Achseln. »Warum nicht? Arbeitskräfte sind billig. Ich möchte ein drei- oder viergeschossiges Haus, das Café im Erdgeschoß und darüber Büros. Auf diese Weise können wir von Anfang an einen Teil unserer Kosten über die Mieten hereinbekommen. Sprich mit deinen Architektenfreunden und sag mir, was sie meinen.«

Wie ihre Mutter vor dreißig Jahren verbrachte Luise jetzt jede Stunde auf dem Grundstück, besprach sich mit Lothar Lorenz und Erich Mendelsohn und sah zu, wie das Haus abgerissen wurde.

Viktoria hörte sich die lebhaften Berichte ihrer Schwester zu den Plänen für das neue Café an, aber sie verbrachte jede wache Minute damit, die Probleme im Hotel zu lösen. Die Gäste, die Dollars hatten, wurden von der Inflation kaum berührt, aber für die anderen war es verheerend, denn es konnte passieren, daß sie für den Preis des Abendessens am nächsten Morgen nur noch eine Tasse Kaffee bekamen. Die Verwaltung des Hotels war zu einem Alptraum geworden.

Sie bezahlten ihr Personal inzwischen täglich aus. Emil Brandt und die Pagen fuhren mit Gepäckwagen zur Reichsbank und brachten das Geld in Waschkörben zum Hotel. Aber als auch die Millionen nichts mehr wert waren, wurden Lebensmittel zum begehrtesten Zahlungsmittel.

Im August rief der Küchenchef Viktoria eines Morgens in die Küche und zeigte ihr den leeren Vorratsraum.

Viktoria blickte sich in dem Raum um, betrachtete Fenster und Türen. »Einbruchspuren scheint es nicht zu geben.«

Der Küchenchef führte sie in sein Büro. »Das war jemand aus dem Haus«, sagte er ernst. »Ich habe gemerkt, daß seit einiger Zeit gestohlen wird, habe aber die Augen zugedrückt. Schließlich haben diese Leute Familien, und wenn man sieht, was zum Teil aus dem Restaurant zurückkommt, kann man verstehen, wie verbittert sie sind. Aber das hier ist regelrechter Diebstahl.«

»Haben Sie irgendeinen Verdacht?«

»Die erste morgens in der Küche ist Emmy Anders«, sagte Mazzoni und deutete durch das Fenster auf ein kleines Mädchen, das in eine riesige Schürze gewickelt war. »Sie hat den Boden und die Tische zu scheuern und muß die Küche sauber haben, wenn das übrige Personal kommt. Sie könnte ohne weiteres Waren an jemand rausreichen, der am Fenster steht.«

Als hätte sie gespürt, daß man über sie sprach, drehte Emmy sich um und sah sie starr an, mit großen, dunklen, angsterfüllten Augen in einem mitleiderregend schmächtigen kleinen Gesicht.

»Ich fürchte, es wäre ziemlich leicht für sie, ihn zu entwenden und einen Nachschlüssel machen zu lassen. Anfangs habe ich nicht immer so aufgepaßt, wie ich es hätte tun sollen. Aber schließlich dachte ich, ich könnte dem Personal trauen.«

»Wir reden am besten erst einmal mit ihr, aber nicht vor den anderen. Schicken Sie sie zu mir ins Büro.«

Das Mädchen war kaum in Viktorias Büro, da brach sie schon in Tränen aus. »Ick wollte es nich tun, aba sie ham mir jezwung'n. Als Kraus mein'n Vata entlassen hat, hatten wa keene andere Möglichkeit, wat zu essen zu krieg'n. Sie ham ma jesaacht, det is eijentlich jar keen Klauen.«

Sie war noch ein Kind. »Wer sind sie?« fragte Viktoria freundlich.

Unzusammenhängend plauderte Emmy die Geschichte aus, wie ihr Vater der Kommunistin von ihrer Stelle erzählt hatte und wie die Frau gesagt hatte, sie könne die Sachen ruhig nehmen. »Mein Vata hat jesaacht, er haut ma windelweich, wenn ick's nich mache, und Frau Meyer hat jesaacht, es ist unsa Recht. O Chefin, wat wird denn nu mit mir?«

»Du gehst nicht dorthin zurück«, sagte Viktoria bestimmt. »Ab jetzt wohnst du hier im Hotel, Emmy.«

Emmy starrte sie ungläubig an. »Soll det heißen, Sie lassen ma nich vahaft'n?«

»Wenn du nie wieder etwas nimmst, nein. Und ich denke, das wirst du nicht, oder, Emmy?«

»Chefin, ick wollte Ihnen nie beklauen. Oh, wenn Sie mir hier lassen, ick tue alles für Sie, ick arbeete, det ick . . .« Ihr fehlten die Worte, und in ihrer Erleichterung überkam sie ein neuer Weinkrampf.

Emmy war rasch bei zwei anderen Mädchen in einem kleinen Zimmer untergebracht, und Viktoria vergaß sie praktisch, denn wichtigere Ereignisse trugen sich zu. Im August wurde ein neuer Kanzler ernannt, der dem rechten Spektrum angehörende Gustav Stresemann, dessen erste Amtshandlung darin bestand, den passiven Widerstand zu beenden. Er gab sofort seine Absicht bekannt, die Achtung der anderen Nationen dadurch zu erlangen, daß Deutschland sich an den Friedensvertrag hielt und seinen Verpflichtungen nachkam.

»Irgend jemand muß den Mut haben, die Verantwortung auf sich zu nehmen«, sagte Benno zu Viktoria. »Stresemann hat Mumm. Er wird sich viele Feinde machen, aber ich glaube, er tut das Richtige.«

Im ganzen Land kam es zu Gewalttätigkeiten und wütenden Demonstrationen. In Sachsen und Thüringen brachten Kommunisten die Herrschaft an sich und setzten eine eigene Regierung ein, und in Bayern rief Gustav von Kahr eine rechte Diktatur aus.

Die Ansichten über Stresemann gingen im Hotel ebenso weit auseinander wie im Land. Viktoria hörte Gäste wütend murmeln: »Er gibt den Franzosen einfach nach.«

Andere reagierten genauso erregt. »Stresemann hat recht. Es ist besser, mit den Franzosen zu reden, als gegen sie zu kämpfen.«

In einem waren sich jedoch alle einig. Die Inflation mußte gebremst werden. Der größte Teil des Landes hungerte, viele wurden in den Selbstmord getrieben. Ein Pfund Kartoffeln kostete fünfzig Milliarden Mark, ein Laib Brot zweihundertsechzig Milliarden.

Im November stand der Dollar bei über vier Billionen Mark, und eine Tasse Kaffee im Hotel Quadriga kostete sechshundert Milliarden Mark. Benno machte sich gar nicht mehr die Mühe, die Noten zur Bank zu bringen. Er schenkte sie seinen Kindern und sagte, sie sollten damit das Kinderzimmer schmücken.

Otto Tobisch kehrte nach seinem Jahr Gefängnis in ein ganz anderes München zurück, als er verlassen hatte. Nicht nur, daß Hitler Stresemann öffentlich als Verräter beschimpfte, er war auch entschlossen, von Kahrs Regierung zu stürzen, und sobald er sich in Bayern als Diktator etabliert hätte, Mussolinis Beispiel in Italien zu folgen und nach Berlin zu marschieren.

Die SA zählte inzwischen etwa 15000 Mann und erhielt

täglich Zulauf von Mitgliedern des Stahlhelms und anderen privaten Verbindungen, die durch die Zusage eines faschistischen Putsches angelockt wurden. Von Röhm und der bayerischen Reichswehr noch inoffiziell unterstützt und von Ludendorff angegriffen, war sie sicher stark genug, eine Revolution anzuzetteln. Sie hatte während Ottos Abwesenheit auch einen neuen Chef bekommen – Hermann Göring.

Nach dem Scheitern des Kapp-Putsches hatte Otto kaum mehr Geduld mit Ludendorff, aber seine Bewunderung für Göring stieg mächtig. Er war zwar laut und schwülstig, konnte seine Männer aber auch anfeuern. Bei einem Treffen von SA-Führern im Oktober, auf dem der Putsch erörtert wurde, sagte er: »Jeder, der die geringsten Schwierigkeiten macht, muß erschossen werden.« Das war eine Sprache, die Otto verstand.

Doch immer wieder wurden der Putsch und der Marsch auf Berlin verschoben. Göring erklärte ihnen, daß Hitler vor vielfältigen Problemen stehe. Auch wenn er und von Kahr offensichtlich die gleichen Ziele hatten, beanspruchten doch beide die absolute Macht für sich; bevor Hitler also nach Berlin marschieren konnte, mußte er von Kahr entmachten.

Schließlich kam der große Tag. Am 8. November befahl Göring Otto, seine Truppen vor dem Bürgerbräukeller in München zu versammeln, wo von Kahr eine politische Versammlung abhielt. Die Frist war zu kurz, sie hatten so schnell nicht genug Truppen zur Verfügung, aber der langersehnte Augenblick war endlich gekommen. Zuerst würden sie das Kahr-Regime stürzen, dann würde die SA mit der Reichswehr an ihrer Seite – und Hitler als ihrem Führer – nach Berlin marschieren.

Sein Maschinengewehr schußbereit, kauerte Otto draußen in der Dunkelheit und hörte Kahrs dröhnende Stimme. Da gab Göring das Signal. Gleichzeitig stießen sie die Türen der Bierhalle auf und stürmten hinein. Otto fegte im Weg stehende Menschen und Tische beiseite unds rannte zu der ihm angewiesenen Stelle, wo er sein Maschinengewehr auf die Versammlungsteilnehmer richtete. Seine vierundzwanzig Kumpane taten das gleiche, während Hitler sich mit einer Pistole in der Hand einen Weg durch die überraschten Zuhörer Kahrs auf die Bühne bahnte.

»Die nationale Revolution hat begonnen!« schrie Hitler und fuchtelte mit der Pistole herum. »Dieses Gebäude ist von sechshundert schwerbewaffneten Männern umstellt. Keiner kann den Saal verlassen. Wenn nicht sofort Ruhe herrscht, lasse ich ein Maschinengewehr auf der Galerie postieren. Die bayerische und die Reichsregierung sind entfernt worden, und es ist eine provisorische nationale Regierung gebildet worden. Die Armee- und Polizeikasernen sind besetzt. Armee und Polizei marschieren unter dem Hakenkreuz auf die Stadt zu.«

Otto, der neben seinem Maschinengewehr kauerte, wunderte sich über Hitlers Selbstsicherheit, denn er wußte, daß alles reiner Bluff war. Doch er befolgte seinen Befehl, hielt die Waffe auf die drei Männer auf der Bühne gerichtet und gab einigen seiner Kumpane ein Zeichen, sie zu umstellen und hinauszubegleiten. Aufgebracht gestikulierend folgten von Kahr und seine beiden Kollegen Hitler unter dem Eindruck der Waffen in ein kleines Zimmer hinter der Bühne.

Unter der Zuhörern erhob sich wachsender Unmut, und die stämmigen Bayern fingen an, gegen Hitlers Privatarmee aufzumucken. An den Wänden standen Sicherheitspolizisten, die die Politiker vor eben solchen Zwischenfällen schützen sollten. Einer der Zuhörer in Ottos Nähe rief einem Polizisten zu: »Steht nicht da rum! Schießt die Kerle zusammen!« Otto richtete sein Maschinengewehr auf den Polizisten, der hilflos von einem Bein auf das andere trat, aber nichts unternahm.

In dieser gespannten und bedrohlichen Lage stieg Göring auf die Bühne. »Es ist kein Grund zur Unruhe«, versicherte er, und sein gerötetes Gesicht strahlte Zuversicht aus. Dann erklärte er, daß Hitler, von Kahr und die anderen Politiker in diesem Augenblick die Bildung einer neuen Regierung besprächen. Aber nicht Görings Worte hielten von Kahrs aufgebrachte Zuhörer auf ihren Plätzen, sondern die Gewehre der SA-Männer. Sie kannten von Kahr, stimmten seinem Programm zu – Hitler war nichts als ein emporgekommener Revoluzzer, der auf Unruhe aus war.

Da kam Hitler lächelnd wieder auf die Bühne. »Die bayerische Regierung ist abgesetzt«, verkündete er erregt. »Noch am heutigen Tag wird hier in München eine neue nationale Regierung ernannt.« Obwohl sie nicht auf der Bühne waren, hörte es sich so an, als hätten von Kahr und seine Gefährten sich bereit erklärt, mit Hitler zu gehen, und Otto spürte einen allmählichen Stimmungsumschwung im Saal. »Es wird sofort eine deutsche Nationalarmee unter Befehl von General Ludendorff gebildet«, fuhr Hitler fort. Es gab zustimmendes Gemurmel, denn Ludendorff genoß ein hohes Ansehen. »Die provisorische deutsche Nationalregierung soll den Marsch auf das Sündenbabel Berlin organisieren und das deutsche Volk retten«, schrie Hitler. »Der morgige Tag wird entweder eine Nationalregierung in Deutschland oder unseren Tod sehen!«

In dem Augenblick erschien Ludendorff, begleitet von einem von Hitlers Adjutanten, und die Stimmung der Menge schlug restlos um. Otto bemerkte zwar, daß der alte General von den Ereignissen völlig überrumpelt war, aber der Menge entging das. Für sie war sein plötzliches Erscheinen das Zeichen der Zustimmung zu Hitlers Plänen, das sie brauchten. Sie jubelten und trommelten mit den Fäusten auf die Tische. Jetzt waren Politiker und Militär vereint, sie konnten nach Berlin marschieren – und es einnehmen!

Als Ludendorff sich zu den anderen Politikern in dem kleinen Zimmer begab, ließen die Zuhörer keinen Zweifel daran, was sie wollten. Hitler allein war eine Sache gewesen – Hitler zusammen mit Ludendorff und von Kahr eine ganz andere. Ludendorff hielt eine kurze Rede, und dann schworen sie einander und der neuen Regierung die Treue.

Die Begeisterung der dreitausend Münchner in der überfüllten Bierhalle kannte keine Grenzen. Als Hitler erneut vor sie trat, mußte er sie beruhigen, um reden zu können.

»Ich will heute das Gelübde erfüllen, das ich vor fünf Jahren abgelegt habe, als ich als blinder Krüppel im Lazarett lag«, sagte Hitler mit fast verklärtem Gesicht. »Damals beschloß ich, keine Ruhe zu geben, bis die Novemberverbrecher gestürzt wären, bis aus den Trümmern des unglücklichen Deutschlands von heute wieder ein Deutschland der Macht und Größe, der Freiheit und des Ruhms erstehen würde.«

Die Münchner Bürger waren nicht mehr zu halten. Maßkrüge wurden erhoben, und donnernder Beifall brauste auf. Otto Tobisch stand neben seinem jetzt überflüssigen Maschinengewehr und schrie sich seine rückhaltlose Begeisterung für den Führer aus dem Leib.

Am nächsten Morgen herrschte jedoch eine dramatisch veränderte Lage. Nachdem von Kahr und seine Männer die Bierhalle verlassen hatten, machten sie ihr Wort rückgängig und mobilisierten die bayerische Armee, die Hitler Treue zugesagt hatte, gegen die SA. Nur Ludendorff hielt zu ihm. Röhm hatte zwar das Kriegsministerium im Namen der neuen Regierung besetzt, aber andere Ministerien oder Regierungsstellen waren nicht besetzt worden; Röhm war offenbar von Regierungstruppen umzingelt.

Als die SA-Männer sich wieder im Garten der Bierhalle sammelten, war die Stimmung gedämpft und angespannt. Otto trug einen Karabiner mit aufgepflanztem Bajonett und führte die Kolonne an, die Hitler, Göring und anderen NSDAP-Größen Richtung Stadtmitte folgte. An der Spitze des Zuges flatterte stolz die Hakenkreuzfahne der NSDAP. Am Ende fuhr ein LKW mit Maschinengewehren und MG-Schützen.

Das erste Ziel war, dem belagerten Röhm im Kriegsministerium zu Hilfe zu kommen. Um ihn zu erreichen, mußten sie durch die enge Residenzstraße, die auf den weiten Odeonsplatz führt. Sie wurden immer wieder aufgehalten, wenn bewaffnete Polizisten versuchten, die Marschkolonne aufzulösen, während andere sich ihr anschließen wollten.

Am Eingang zur Residenzstraße war der Weg von einem bewaffneten Polizeikommando versperrt. In der Annahme, die Polizei werde, wie die Armee, nicht auf einen General schießen, trat Hitlers persönlicher Leibwächter vor. »Nicht schießen!« rief er. »Seine Exzellenz General Ludendorff kommt!« Aber dem Polizisten sagte der Name Ludendorff nichts. Er war kein Soldat.

Plötzlich peitschten Schüsse über die schmale Straße. Dann herrschte unvermittelt wieder Stille, und die Schießerei war vorbei. Otto blickte sich um und sah Hitler, Göring und etwa zwanzig weitere Nationalsozialisten und Polizisten auf der Straße liegen, tot oder verwundet. Nur General Ludendorff marschierte weiter an den Gewehren der Polizisten vorbei bis zum Odeonsplatz, wo er stillstand, eine einsame Gestalt, die wartete und um sich schaute, als nicht einer der nationalsozialistischen Führer folgte.

Ludendorff wurde festgenommen. Hitler wurde rasch in ein wartendes Auto bugsiert, ohne daß er sich darum gekümmert hätte, wie es um seine Freunde stand. Göring, der sich die Lenden hielt, wurde in ein nahes Haus gezerrt. Die Toten lagen reglos auf der Straße. »Kompanie auflösen!« rief Otto und rannte zurück in die engen Straßen Münchens.

Er brauchte mehrere Tage, um ins sichere Österreich zu kommen, wo er schließlich auf einem Bauernhof oberhalb des Traunsees im Salzkammergut Arbeit fand. Die Feldmanns, denen der kleine Hof gehörte, waren froh um die Hilfe dieses kräftigen jungen Mannes. Der alte Bauer litt unter Rheuma, und seine einzige Tochter Anna konnte die

Arbeit eines Mannes nicht verrichten, auch wenn sie schuftete wie ein Pferd.

Anna wirkte auf Otto wie eine Droge. Den Geruch von Pulver noch in der Nase und die Revolution noch im Blut, folgte er ihr, wohin sie ging, sah ihr zu, wenn sie die Hühner fütterte und den jungen Ziegen Milch gab. Sie roch nach Bauernhof, dem sauberen, ehrlichen Geruch von Stroh und Mist. Er spürte ein Brennen in den Lenden. Er hatte lange keine Frau mehr gehabt.

Eine Woche nach seiner Ankunft trafen sie sich im Kuhstall. Ihre dicken, blonden Zöpfe schaukelten über ihren Schultern, die stämmigen Arme trugen zwei schwere Eimer Milch in den Molkereiraum zum Käsemachen. Sie drehte sich lächelnd zu ihm um. »Komm«, sagte er schroff, »gib mir einen.« Ihre Finger berührten sich. Klare, blaue Augen sahen ihn an.

Sie setzte die Eimer ab, nahm seine Hand und führte ihn zu einem Heuhaufen hinten im Stall. Sie bückte sich, um einen Ballen zur Seite zu schieben, damit sie sich hinlegen konnte. Otto knöpfte sich die Hose auf und nahm sie.

Eines Tages, dachte Otto, würde er nach Deutschland zurückgehen, aber bis dahin würde ihm Traunsee schon gefallen.

17

Hitlers gescheiterter Putsch und seine anschließende Inhaftierung erregten im fernen Berlin kaum Beachtung. Im Quadriga bemerkte Baron Kraus vor seiner Abreise nach Paris: »Wenn es diesem Hitler mit seiner Gegenrevolution ernst gewesen wäre, hätte er mit von Kahr und dessen rechtem Flügel zusammenarbeiten und nicht gegen sie kämpfen sollen. Nun, vielleicht geht ihm im Gefängnis ein Licht auf. Ich glaube allerdings, wenn Stresemanns Bemühungen keinen Erfolg haben, wird Hitler erneut nach der Macht greifen.«

Baron Kraus gehörte zu den deutschen Delegierten des internationalen Wirtschaftsausschusses, der unter dem Vorsitz des Amerikaners Dawes in jenem Dezember in Paris tagte. Eines der ersten Ergebnisse war die Schaffung der Rentenmark, die einer Billion alter Mark entsprach. Ferner wurde Deutschland ein Darlehen von 800 Millionen Goldmark für die Rückkehr zur Goldwährung gewährt, und man einigte sich auf neue Bedingungen für die Reparationszahlungen. Nachdem der Reichstag 1924 dem Dawes-Plan zugestimmt hatte, kamen die ersten Gelder aus dem Ausland, vor allem aus Amerika.

Benno war so froh wie schon lange nicht mehr. Dank Stresemann schien es für Deutschland endlich eine Chance für Stabilität und Aufschwung zu geben. Er gab den Auftrag zu den Bauarbeiten am neuen Café Jochum am Kurfürstendamm und ließ Dr. Duschek nach einem Käufer für das Haus am Potsdamer Platz suchen.

Im Februar weilte der Baron wieder im Hotel. »Jetzt, wo der Dawes-Plan angenommen ist, habe ich die Kraus-Werft angewiesen, mit dem Bau der ›Gräfin Julia‹ zu beginnen«, erklärte er. »Benno, wir gehen herrlichen Zeiten entgegen.«

Emmy Anders in der Küche des Quadriga wußte kaum etwas von Stresemann und dem Dawes-Plan, aber sie wußte, daß sich plötzlich alles zum Besseren gewandelt hatte. Sie hatten jetzt richtige Mark und Pfennig. Vielleicht konnte sie bald sogar etwas für ein neues Kleid sparen. Trotz vieler Bedenken hatte Frau Kraus sie behalten, und nicht nur das: Küchenchef Mazzoni hatte ihr versprochen, ihr das Zubereiten von Gemüsen und sogar das Abwiegen der Zutaten beizubringen, wenn sie fleißig wäre. Die Arme tief in einem Spülbottich, fing Emmy an zu singen.

»Na, bist du glücklich?« fragte der Küchenchef. Erschreckt hielt Emmy inne, doch er lächelte ihr zu und sagte mit seinem lustigen italienischen Akzent: »Ich höre gerne die Leute singen. In Italien singen wir den ganzen Tag. Sing weiter, Emmy.«

Da das Küchenpersonal größtenteils beim Essen war, würde sich niemand beschweren, und so sang Emmy weiter. Es machte das Abwaschen sehr viel leichter.

Im Palmenhaus spielte Georg Jankowski seine neueste Entdeckung – George Gershwins »Rhapsody in Blue«. Während seine Finger über die Tasten tanzten, stellte er sich die entsprechende Begleitung durch ein Jazzorchester vor und schwor sich, eines Tages mit einem richtigen Orchester zu spielen. Nach einer Stunde reinem Vergnügen packte er Gershwin weg und holte ein paar handgeschriebene Noten hervor – seine neueste eigene Komposition. Er sang einen eigenen Text, wenngleich seine Stimme dem kaum gerecht wurde. Aber er wollte nicht nur ein Jazzorchester, er brauchte auch einen Jazzsänger – ein ziemlich unmöglicher Wunsch, wie er bekümmert dachte. Und selbst wenn er beides hätte, wo sollte er spielen? Diese Musik paßte nicht ins Quadriga mit seinem gesetzten Publikum.

Als Kellner hereinkamen, um den Raum für den Abend zu richten, packte Georg die Noten weg und dachte dabei, wie so oft, an das eine Mal, als sie ihn und Luise gestört hatten. Sie liefen sich zwar gelegentlich über den Weg, aber er sah wenig von ihr und hatte von Max Patschke gehört, daß sie sehr mit dem neuen Café Jochum auf dem Kurfürstendamm beschäftigt sei. Einen Augenblick fragte er sich vage hoffend, ob seine Musik nicht in ihr neues Café passen würde, verwarf den Gedanken aber wieder. Luise hatte ihre Gefühle ihm gegenüber ganz deutlich gemacht.

In der Hotelhalle überlegte er, wie er die nächste Stunde herumbringen könnte. In diesen Augenblicken empfand er seine Einsamkeit am stärksten, denn jetzt, wo Minna sieben war, ging sie in dieselbe Schule wie ihre Vettern und anschließend mit dem Kindermädchen meistens zu den Arendts. Sara war wahrscheinlich in irgendeinem Café oder im Bett eines anderen Mannes. Aber solange sie Minna und ihn in Ruhe ließ, war Georg das egal.

Er ging zum Lieferanteneingang und blieb plötzlich aufhorchend stehen. Jemand sang – aber was für eine Stimme! Er öffnete die Tür und blickte in die verlassene Küche. »Ah, Signor Georg. Gefällt Ihnen unsere kleine Primadonna?« rief der Küchenchef ihm unter seiner hohen, weißen Mütze lachend zu.

Georg beachtete ihn nicht, sondern sah zu der schmächtigen Gestalt hinüber, die auf einem Lattenrost an der Spüle stand. Ihre weiße Kittelschürze ging ihr bis zu den Knöcheln, und das Gesicht verschwand fast unter einer zu großen weißen Haube. Er sah nur große, braune Augen und einen offenen Mund.

Georg ging zu dem Küchenmädchen hin und tippte ihr

auf die Schulter. Erschrocken hörte sie auf zu singen und sah ihn verängstigt an.

»Hast du schon mal zum Klavier gesungen?«

Sie schüttelte den Kopf. »Wir ham zu Hause nie 'n Klavier jehabt«, erwiderte sie.

»Wann hast du Feierabend?«

»Ick bin 'n anständjet Mädchen. Ick jehe nach der Arbeet sofort auf mein Zimmer.«

Georg wandte sich an den Küchenchef. »Hat sie tagsüber irgendwann frei?«

Mazzoni drohte lächelnd mit dem Finger. »Von drei bis vier, aber nehmen Sie mir nicht mein kleines Küchenmädchen weg.«

»Maître, es gibt in Berlin Tausende von Küchenmädchen, aber keins, das so gut singen kann wie sie.«

Am nächsten Nachmittag, als Mazzoni Emmy persönlich ins Palmenhaus gebracht hatte, schloß Georg die Tür und spielte und sang ihr langsam seine Melodie vor. Emmy hatte ein gutes Gehör und begriff sehr schnell. Am Ende der Stunde wußte Georg, daß es noch viel Arbeit kosten würde, er wußte aber auch, daß er die Sängerin seiner Träume gefunden hatte.

Um vier Uhr ging Emmy ganz schwindlig wieder in die Küche und sang Georgs Lied beim Spülen. Der Küchenchef schüttelte den Kopf. »Das ist furchtbar. Warum singst du nicht ein schönes italienisches Lied? Signor Georg ist ein netter Mensch, aber er hat kein Verständnis für Musik.«

Emmy lächelte ihn nur schelmisch an. Wahrscheinlich hätte sie es nicht erklären können, aber sie spürte Georgs Musik irgendwo ganz tief in sich.

Allmählich verlor sie ihre Nervosität in Georgs Gegenwart und stellte ihm Fragen. »Woher kommt der Jazz?«

Er blickte sie lange an, dann sagte er freundlich: »Von da, woher wahrscheinlich auch du ursprünglich kommst. Aus Afrika.«

Sie schwieg, während sie darüber nachdachte. In ihrer Familie gab es fremdes Blut, das wußte sie, denn ihre Großmutter war viel dunkler als ihr Vater und sie selbst gewesen, und in der Schule hatte man sie manchmal wegen ihres Aussehens gehänselt. Dann sah sie Georg an, dessen Hautfarbe ganz ähnlich schien, der aber andere Gesichtszüge hatte als sie. »Is det wichtig?«

Er schüttelte den Kopf. »Es macht dich anders, das ist alles. Und es gibt dir Fähigkeiten, die andere nicht haben. Dein afrikanisches Blut ermöglicht dir, so zu singen.«

Schon bald kreiste Emmys ganzes Leben um die Stunde, die sie jeden Tag mit Georg verbrachte. Zum erstenmal im Leben hatte sie jemand, der in ihr mehr als ein Arbeitstier sah, der ihr etwas geben, nicht nehmen wollte. In ihren Gedanken wurde Georg bald mehr ihr Vater, als Adam Anders es je gewesen war.

Erstaunlich schnell nahm das neue Café Jochum Gestalt an. Es war ganz anders als die übrigen Häuser in Berlin, ein großer avantgardistischer Betonbau mit einem Flachdach, runden Balkons in jedem Stockwerk und einem abgestuften, Orgelpfeifen ähnelnden Zentralmotiv über dem Eingang, über dem bald in Neonbuchstaben »Café Jochum« leuchtete. Auch auf dem Dach stand noch einmal in riesigen Art-deco-Lettern der Name des Cafés, und orangefarbene Lichtbänder ergossen sich über den vierten Stock, rahmten das Gebäude ein und erleuchteten die geschwungenen Terrassen.

Immer wenn Lothar Lorenz in Berlin war, ging er mit Luise auf die Baustelle, um den Fortgang zu verfolgen; er strahlte vor Begeisterung, gab Anregungen hier und Lob dort. Er brachte ihr Bilder, Skulpturen und Kataloge. Die meisten Talente fand man in Berlin selbst, denn die Weimarer Regierung förderte die Künste, und die Stadt war ein kultureller Schmelztiegel.

Im August 1924 waren die Büros fertig und wurden vermietet, unter anderem an die Anwaltskanzlei Duschek und Duschek. Jetzt begann endlich die eigentliche Ausstattung des Cafés. Die Möbel wurden bestellt und all die Kunstschätze hervorgeholt und aufgestellt, die Luise und Lothar so lange gehortet hatten. »Jetzt fehlt nur noch die Musik«, meinte Lothar.

»Ach, da finden wir schon jemand«, sagte Luise beiläufig. Sie ließ Lothar im Café und ging zum Hotel, um einige Papiere zu holen. Einen Augenblick blieb sie, wie immer, auf dem Kurfürstendamm stehen, um ihre Schöpfung zu bewundern.

»Wenn der alte Herr Jochum diese Klamotte sehen könnte, er würde sich im Grab umdrehen«, murrte ein Mann hinter ihr.

Luise lächelte und ging weiter. Sie hatte etwas so Umstrittenes bauen wollen, das nicht zu übersehen war, und offenbar hatte sie das geschafft.

Als sie ins Hotel kam, war die Halle fast leer und still, bis auf Musik, die ganz schwach aus dem Palmenhaus drang. Sie hatte Georg schon lange nicht mehr spielen gehört und den Nachmittag fast vergessen, an dem er sie mit dem Jazz bekannt gemacht hatte. Sie zögerte, dann öffnete sie leise die Tür und trat in den Raum.

Ihren Augen bot sich ein unglaubliches Bild. Georg saß am Flügel, und neben ihm stand eine höchst sonderbare Gestalt. Sie ging Luise kaum bis zur Schulter, steckte in einer langen, weißen Kittelschürze, die bis zum Boden reichte, und hatte eine Küchenhaube auf dem Kopf. Ihre Stirn war in konzentrierte Falten gelegt, und aus ihrem Mund kamen ganz erstaunliche Töne.

Luise näherte sich leise und hörte mit wachsender Erregung zu. Wie dumm von ihr, nicht an Georg zu denken, als Lothar die Musik für das neue Café angesprochen hatte. Als das Lied zu Ende war, sagte sie verhalten: »Das war wunderschön.«

Erschrocken drehte sich Georg um, aber sein Gesicht hellte sich auf, als er sie sah. Ihre Blicke trafen sich, und sie wußte, daß er an ihr letztes Zusammensein in diesem Raum dachte. Das Mädchen trat von einem Fuß auf den andern. »Soll ick jetz jeh'n, Herr Jankowski?«

Georg machte ein ratloses Gesicht, sagte dann aber: »Nein, Emmy, bleib nur da.« Und zu Luise gewandt: »Das ist Emmy Anders. Sie arbeitet in der Küche.«

Luise betrachtete Emmys spitzes kleines Gesicht, in dem die großen Augen vorherrschten, und nahm ihr die Haube ab, so daß das struppige schwarze Haar hervorquoll. Wenn es gekämmt wäre und das Mädchen sich anständig kleidete, würde sie hübsch aussehen. »Haben Sie noch mehr solche Stücke?«

Wehmütig zeigte er auf einen Stapel handgeschriebener Notenblätter. »Ich habe ständig geschrieben – und seit ich Emmy gefunden habe ...«

»Kann Emmy sie mir vorsingen?«

Er sah sie an, um zu prüfen, ob sie es ernst meinte. Dann drehte er sich um und fing an zu spielen.

Nie war Luise von etwas tiefer bewegt worden als von dieser Musik. Die Lieder erzählten von Hunger, Einsamkeit und Liebe in einer kalten, trostlosen Welt – die Lebensgeschichte Georgs, wie sie erkannte. Verstohlen betrachtete sie sein konzentriertes Gesicht, bemerkte die um seinen Mund und die Augenwinkel eingegrabenen Linien und mußte an sich halten, um nicht die Hand auszustrecken und sie zu berühren. Und plötzlich wurde ihr klar, daß sie, als sie damals vor ihm weggelaufen war, vor den eigenen Gefühlen geflohen war.

Schließlich legte er die Hände in den Schoß. »Das war's.«

»Ich habe noch nie so etwas gehört«, bekannte Luise. »Wären Sie bereit, im neuen Café Jochum zu spielen, wenn es demnächst eröffnet, Georg?«

»Gern. Meinen Sie es wirklich?«

»O ja, ich meine es ernst«, versicherte sie, aber sie wußte, daß sie auch diesmal ebensosehr den Musiker wie seine Musik haben wollte.

»Und Emmy?«

»Emmy gehört zu Ihrer Musik dazu, nicht wahr?« Wieder trafen sich ihre Blicke, und Luise war sicher, daß ihre Gefühle erwidert wurden.

»Sie meinen, ick soll im Café Jochum singen?« fragte Emmy entgeistert. »Ick? Im Café Jochum?«

Luise sah das kleine Mädchen an. »Ja«, sagte sie. »Wenn Georg und ich etwas aus dir gemacht haben, brauchst du in deinem Leben nie mehr einen Teller zu spülen.«

Am Abend erklärte Benno: »Ich hatte eigentlich vor, in diesem Jahr im Quadriga einen Neujahrsball zu veranstalten, aber je mehr ich darüber nachdenke, desto besser scheint mir, daß wir das neue Café am Silvesterabend eröffnen. Was haltet ihr davon?«

»Benno, das wäre toll!« rief Luise. »Geht es in Ordnung, daß Georg spielt?«

»Ich hatte eigentlich nicht gedacht, daß Strauß und Lehár das Richtige für das Café Jochum sind.«

Sie sah ein, daß sie zumindest ihn und Viktoria einweihen mußte, und so beschrieb sie ihnen überschwenglich die Musik, die sie von Georg und Emmy am Nachmittag gehört hatte.

»Daß die kleine Emmy so ein Talent hat«, sagte Viktoria staunend. »Ich bin froh, daß ich sie behalten habe – und daß Georg sie entdeckt hat. Können wir sie uns anhören?«

Aber Luise wachte eifersüchtig über ihre Entdeckung. »Nein, bitte vertraut mir. Ich möchte, daß sie für alle eine Überraschung ist.« Nicht einmal Lothar verriet sie ihr Geheimnis. Sie war vielmehr fast erleichtert, als er nach London aufbrach und versprach, Silvester zurück zu sein.

Während der Proben bekam sie immer mehr Vertrauen in Georgs und Emmys unvergleichliche Naturbegabung. Doch in den Wochen, in denen die drei zusammenarbeiteten, trat ein anderes, undefinierbares Element in ihre Beziehung. Wenn Emmy anhänglich bei ihr und Georg Halt suchte, hatte Luise manchmal das Gefühl, sie hätten die Rolle ihrer Eltern übernommen. Es brachte sie und Georg einander immer näher und schuf ein Band der Verantwortung und Zuneigung zwischen ihnen, das, wie sie vermutete, zwischen Georg und Sara nie bestanden hatte.

Oft kam er mit ihr in das neue Café, wo die Arbeit rasch voranging. Die Küche wurde eingerichtet, die Möbel aufgestellt und die Wände dekoriert. Das Innere war in Schwarz und Chrom gehalten. Lange, schwarze Lederbänke und rechteckige Sessel standen um Stahlrohrtische mit Glasplatten. Lampen in außergewöhnlichen geometrischen Formen erleuchteten den Raum, und an den Wänden hingen Bilder von Künstlern des Bauhauses und des Blauen Reiter. Ein Gemälde von Otto Dix nahm eine ganze Wand ein.

Oskar Braun zog mit den Geräten und dem Personal vom Potsdamer Platz um, während Luise sich ganz auf den ersten Abend konzentrierte. »Ich will unbedingt Prominente unter den Gästen haben«, sagte sie Georg. »Ich lade alles ein, was Rang und Namen in Berlin hat. Und ich bemühe mich darum, daß der Abend im Rundfunk übertragen wird.«

Es schien ganz natürlich, daß Georg mit ihr im neuen Büro saß und beim Adressieren der Karten half. »Glauben Sie wirklich, daß all diese Leute kommen?« fragte er.

»Die meisten. Schließlich bieten wir ihnen die größte Neujahrsfeier seit dem Krieg.« Impulsiv ergriff sie seine Hand. »Es wird ein denkwürdiger Abend, Georg. Unser Café wird der aufregendste Ort in ganz Berlin.«

Diesmal platzte kein Kellner ins Zimmer. Georg blickte auf ihre Hand, die auf seiner lag. »Ich hab Ihnen für vieles zu danken, Luise. Ich weiß nicht, warum Sie soviel für mich getan haben, aber Sie sollen wissen, daß ich sehr dankbar bin.«

Bevor sie Zeit fand, über ihre Worte nachzudenken, waren sie ihr entschlüpft. »Aber ich liebe dich, Georg.«

Es war still im Zimmer. Dann, den Blick noch immer gesenkt, sagte er leise: »Und ich liebe dich, Luise. Ich habe, weiß Gott, versucht, es nicht zu tun, aber ich kann nichts dafür.«

»Ist das denn etwas so Schlimmes?«

»In unserem Fall, ja. Ich bin ein verheirateter Mann, Luise. Ich liebe meine Frau zwar nicht, aber ich liebe meine Tochter, und ich werde nichts tun, was Minna weh tun könnte. Und nichts, was dir weh tut.«

»Aber warum sollte es uns weh tun?«

»Wir könnten niemals heiraten.«

Sie sah ihn an. Für sie zählte die Liebe, nicht die Ehe, Georg nah zu sein, an seinen Gedanken teilzuhaben, seiner Musik, seinem Leben. »Aber Freunde können wir doch sein, oder? Mehr will ich nicht.«

Er nickte, doch ein gequälter Ausdruck trübte seinen Blick. »Ja, natürlich können wir Freunde sein. Verlange nur nie mehr von mir. Versprich es mir.«

Er war so angespannt, daß Luise nicht umhin konnte, sich zu fragen, welch dunkles Geheimnis er in seinem Herzen verschloß, aber sie versprach es ihm.

Was am Silvesterabend zur Eröffnung des Cafés strömte, übertraf Luises verwegenste Träume. Aus ganz Berlin kamen sie zum Kurfürstendamm – tout Berlin war da.

Während die Kellner geschickt zwischen den Gästen hindurchjonglierten und ein neues Quartett mit leichter, moderner Musik zum Tanz aufspielte, begrüßte Luise die Gäste, plauderte mit jedem einige Augenblicke, ging von Tisch zu Tisch. Jeder hatte etwas zum Café zu sagen. Einigen gefiel auf Anhieb alles. Andere fanden es abscheulich. Niemand blieb gleichgültig.

»Es ist gleich Viertel nach elf am Abend des 31. Dezember 1924«, berichtete Arthur Funck seinen Rundfunkhörern, »und hier im Café Jochum auf dem Kurfürstendamm klingt der Tango aus, die Lichter erlöschen, und wir warten auf die Darbietung.« Die Lichter über der Bühne gingen aus, und das Quartett zog sich mit seinen Instrumenten zurück.

»Das muß Luises Überraschung sein«, raunte Lothar dem Kritiker Alfred Kerr zu, stutzte aber, als Georg Jankowski am Flügel Platz nahm.

Der Pianist spielte ein paar sehr rhythmische Takte, zu denen er mit dem Fuß klopfte. Lothar blickte zu Luise hinüber, die mit angespanntem Gesicht in der Nähe des Flügels stand. Die Melodie war eingängig und zwingend. Es war Musik zum Tanzen – aber plötzlich tanzte niemand mehr. Alles blickte zur Bühne.

In den Lichtkegel des Scheinwerfers trat ein Mädchen. Lothar hielt den Atem an. Emmy Anders war einfach schön. Selbst in ihren hochhackigen Spangenpumps war sie nicht groß, und zu einer Zeit, in der Dünnsein durch die Anforderungen der Mode oder durch bloße Notwendigkeit alltäglich war, wirkte ihre extreme Schmächtigkeit dennoch ungewöhnlich und verlieh ihr eine fast beängstigende Zerbrechlichkeit. Aber sie war perfekt gebaut. Sie trug ein feuerrotes Kleid, das von einem Schulterträger über ihre schmalen Hüften bis zu den spitzen Goldpumps fiel und in einer Schleppe auslief.

Die glatte, feste Haut glänzte leicht olivfarben. Das schwarze Haar umloderte das kleine, spitze Koboldgesicht wie ein Heiligenschein. Ihre Lippen waren üppig, aber nicht zu voll. Ihre Nase war zierlich, aber doch ausgeprägt. Ihre Augen waren so groß, daß sie kaum Platz für ein anderes Merkmal zu lassen schienen.

Emmy blickte kurz zu Georg, der unmerklich nickte. Dann hob sie die Schultern, warf den Kopf zurück, schloß die Augen und begann zu singen. Ihre Stimme schien ganz unten aus dem Bauch zu kommen, war überraschend tief für eine so kleine Person.

Niemand stand mehr auf der Tanzfläche. Alle waren leise zu ihren Plätzen geschlichen, um in atemloser Stille dieses Phänomen zu erleben.

Abrupt wechselte der Rhythmus, das Tempo stieg, und Emmys Stimme sprang zwei Oktaven nach oben.

Sie konnte höchstens sechzehn sein, doch ihre Stimme vermittelte das Gefühl und die Erfahrung einer sehr viel älteren Frau. Mühelos nahm sie die hohen Töne, sank unbarmherzig in bodenlose Tiefen, rührte die Zuhörer zu Tränen, ließ sie auflachen und führte sie dann geschickt aus dem Aufruhr der Gefühle zurück in die glatte, elegante Wirklichkeit. Sie verzückte sie, um sie gleich darauf zu ernüchtern. Sie beendete ein Lied und begann mit dem nächsten, war eins mit der Musik, bis sie zur letzten Nummer kam.

Als Emmy sich verbeugte und anschickte, die Bühne zu verlassen, war es einen Augenblick ganz still im Café. Dann brach ein beispielloser Beifallssturm los. Die Gäste trommelten auf die Tische, stiegen auf die Stühle, schrien, riefen, viele mit Tränen in den Augen. »Zugabe! Zugabe!«

Aber der Scheinwerfer erlosch, und das Licht ging wieder an. An Stelle von Emmy Anders stand Benno auf der Bühne.

»Meine Damen und Herren, es ist Mitternacht! Im Namen des Café Jochum wünsche ich Ihnen allen ein glückliches, gesundes und erfolgreiches neues Jahr!«

Ein allgemeiner Jubel erhob sich, und noch ganz im Bann der Gefühle, die Georg und Emmy geweckt hatten, umarmten und küßten sich die Berliner überschwenglich, brave Bürger, gesetzte Geschäftsleute, ernste Professoren, leicht verwahrloste Künstler, unkonventionelle Schauspieler und viele ausländische Gäste. Draußen läuteten die Kirchenglocken, erleuchtete Feuerwerk den frostklaren Himmel und knallten Gewehre.

Ganz benommen merkte Lothar, wie der ansonsten so unbeteiligte Kerr ihm ausdauernd die Hand schüttelte. »Lorenz, wer ist sie?« wollte der Theaterkritiker wissen. Überall im Café wurde die gleiche Frage gestellt.

Lothar schüttelte den Kopf. Emmy war phänomenal, aber er erkannte, daß sie ohne Georg nichts war. Daß Georgs Talent all die Jahre verborgen geblieben war und Luise es hatte entdecken müssen! Aber jetzt würde alles anders werden, denn Lothar würde sich darum kümmern. Er würde Georg alles geben, was er brauchte: Geld, Zeit, Flügel, Empfehlungen . . . Der Name Georg Jankowski würde Weltruhm erlangen.

Er eilte zu Georg und streckte ihm die Hand hin, um ihn zu beglückwünschen, wurde aber von Luise beiseite geschoben. Sie warf die Arme um Georgs Hals, küßte ihn liebevoll und sagte: »Das war das Schönste, was ich je gehört habe. Danke, mein Lieber, und ein glückliches neues Jahr.«

Die Worte waren an sich nichts Besonderes, aber in ihrer Stimme schwang ein Ton, den Lothar sofort erkannte. Seine kleine Freundin Luise hatte sich endlich verliebt. Diplomatisch trat er zurück und wurde dabei durch eine Bewegung abgelenkt. Am anderen Ende des Raums stand Sara auf, ihr Mund ein harter, dünner Strich. Verächtlich blickte sie zu Georg, Luise und ihm herüber und lief dann, so schnell ihr enges schwarzes Kleid es erlaubte, zum Ausgang. Warum ging sie? Gerade heute hätte sie doch stolz auf ihren Mann sein sollen. Aber als ringsum immer wieder der Name »Emmy Anders« genannt wurde, begriff Lothar. Sara, die immer ein Star hatte sein wollen, war auf Emmy eifersüchtig.

Saras Augen waren schmal vor Wut. Sie blickte sich am Tisch um, auf ihren Vater, der sich offen die Augen trocknete. Theo und Sophie sahen noch immer wie gebannt zur Bühne. Neben der Bühne küßte Luise Jochum Georg, und Lothar Lorenz schaute zu. Eine von Alfred Kerr angeführte

Menschenmenge erdrückte Emmy Anders fast. Sara erhob sich abrupt und lief trotzig zum Ausgang.

Niemand versuchte, sie aufzuhalten. Niemand fragte, warum sie schon ging. Niemand schien ihr Gehen überhaupt zu bemerken. Alle hatten nur Augen für Georg und Emmy.

Noch nie hatte sich Sara so gedemütigt gefühlt. Warum hatte Georg ihr nicht gesagt, daß er komponierte, und warum, vor allem, hatte er sie nicht gebeten zu singen? Auf der Heimfahrt im Taxi kochte sie, und als er schließlich nach Hause kam, warf sie sich in einem Anfall von Wut auf ihn. »Wie konntest du mir das antun? Wie konntest du diese Göre singen lassen?«

Er blickte sie lange an. Dann sagte er langsam: »Du wolltest doch wohl nicht im Ernst singen, oder?«

»Natürlich wollte ich. Schließlich bin ich deine Frau. Und ich bin Sängerin.«

Ein Streit mit Sara war das letzte, was er wollte. Der Abend war phantastisch gewesen. »Sara«, sagte er ruhig, »das ist nicht deine Musik. Deine Stimme hat nicht diesen Umfang. Das würdest du einfach nicht schaffen.«

»Dann schreib eben etwas, was ich singen kann. Das hast du mit Absicht gemacht, nur um mich vor all meinen Freunden zu demütigen. All die Jahre habe ich zu dir gehalten, auf dich gewartet, als du im Krieg warst, mich damit abgefunden, daß du in dem blöden Hotel Quadriga gespielt hast. Und jetzt schreibst du deine erste gute Musik und läßt sie von einer anderen singen.«

»Es tut mir leid, daß du das so siehst.«

»Es wird dir noch viel mehr leid tun. Du hast einen kranken Geist, Georg. Du bist pervers.«

»Wie meinst du das?« Seine Stimme klang kalt.

»Das sieht doch jeder auf zehn Kilometer!« giftete Sara. »Sie ist keine Deutsche! Sie hat afrikanisches Blut. In unseren Erdkundebüchern waren Bilder von solchen Leuten.«

Georg schluckte eine zornige Antwort herunter. »Sara, ich glaube, es ist am besten, du gehst ins Bett.«

»Aber du brauchst nicht zu denken, daß ich mit dir schlafe und mich von deinen schmierigen Händen betatschen lasse, nachdem du diese Niggerin angefaßt hast!« Sie hielt inne, und Georg merkte erleichtert, daß sie keinen Verdacht auf eine Beziehung zwischen ihm und Luise hatte. Ihr ganzer Haß galt Emmy. »Aber wenn sie merkt, daß du impotent bist, wird sie schon früh genug abhauen.«

Zornbebend hob er die Hand, und Sara duckte sich. »Raus!«

»Das zahle ich dir heim!« kreischte sie, rannte aus dem Zimmer und schlug die Tür so laut sie konnte hinter sich zu.

Georg ließ sich in den nächsten Sessel fallen und vergrub das Gesicht in den Händen. Noch eine solche Szene, und er würde gehen und Minna mitnehmen. Und er würde wie ein Löwe um das Sorgerecht für das Kind kämpfen. Aber selbst als er jetzt diese Entscheidung traf, wußte er doch, daß er es niemals durchstehen würde, denn Sara hatte den letzten Trumpf in der Hand, wie sie soeben noch einmal klargemacht hatte. Sie würde nicht zögern, seine Impotenz vor Gericht oder in ganz Berlin hinauszuposaunen. Er würde Minna verlieren, und er würde nicht Emmy, aber Luise verlieren.

Luise würde sich entsetzt von ihm abwenden, wenn sie erführe, daß er nur ein halber Mann war. Nein, erkannte er resignierend, er war in einem Netz gefangen, aus dem es kein Entrinnen gab, wenn nicht ein Wunder geschah. Und für Leute wie ihn, geschahen keine Wunder ...

Er schlief kaum in dieser Nacht, doch als er aufwachte, fühlte er sich komischerweise ausgeruht, und sein erster Gedanke galt nicht dem Streit mit Sara, sondern seinem musikalischen Triumph. Dem und der Gewißheit, daß dies der erste Tag eines neuen Jahres war, das eine neue Seite in seinem Leben ankündigte. Diese positive Stimmung stieg noch beim anschließenden Champagnerfrühstück mit Luise und Lothar.

»Ab jetzt bin ich Ihr Manager«, erklärte Lothar. »Und als erstes verfüge ich: kein Tanztee mehr im Quadriga. Georg, Sie werden die Musik für ein Programm schreiben.«

»Aber ich muß Geld verdienen.«

Lothar winkte ab. »Luise und ich haben das gerade besprochen und sind uns einig. Wir sind zu dem Schluß gekommen, daß Sie und Emmy Gastvorstellungen im Café Jochum geben können, aber das Wichtigste ist, daß Sie im ganzen Land auftreten. Sie müssen in Deutschland und dann in Europa auf Tournee gehen.«

Es war ein berauschender Gedanke. Sie boten ihm die Flucht aus all seinen Nöten. Schließlich war er schon fünfunddreißig, und wenn er jetzt nichts unternahm, würde er es wahrscheinlich nie mehr tun. Nur einen Wermutstropfen gab es – er würde Luise noch seltener sehen. »Was hältst du davon?«

»Du wirst mir fehlen«, gestand sie, »aber ich glaube, Lothar hat recht.«

»Was ist mit Viktoria und Benno? Ich möchte sie nicht sitzenlassen.«

»Ich habe schon mit ihnen gesprochen. Sie bedauern, dich zu verlieren, aber sie verstehen das. Sie werden jemand anders suchen.«

»Und das ist nur der Anfang«, versprach Lothar ihm. »Ich glaube an Sie, Georg. Ich weiß, Sie werden einer der berühmtesten Komponisten dieses Jahrhunderts werden.«

»Dein Onkel hat sich das immer gewünscht«, sagte Luise.

Georg betrachtete ihre lächelnden, begeisterten Gesichter. »Danke. Ich bin ein Glückspilz, zwei so gute Freunde zu haben.«

Eine Woche danach rief Lothar ihn an, um ihm mitzuteilen, daß er den ersten Auftritt für ihn und Emmy in Hamburg in vierzehn Tagen arrangiert hatte.

Die Eröffnung des neuen Cafés Jochum brachte viele Änderungen für Luise mit sich. Sie hatte erreicht, was sie wollte – über Nacht war das Café zu *dem* Treffpunkt Berlins geworden und wurde ständig von den Leuten besucht, die ihr am liebsten waren. Und als sich die Geschichte von Georgs und Emmys Erfolg herumsprach, wurde sie bald mit Anfragen von Musikern und Künstlern überhäuft, die im Jochum oder im Quadriga auftreten wollten. Sie hatte ihren Platz im Leben gefunden.

Benno beglückwünschte sie und nahm sie mit in sein Büro. »Deine Mutter, Vicki und ich haben Kriegsrat gehalten und uns gefragt, ob du das nicht hauptberuflich machen willst, da du offensichtlich eine Ader für künstlerische Dinge hast. Wir haben an eine Art Unterhaltungsdirektorin gedacht.«

»Meint ihr für das Café und das Hotel?« fragte Luise.

»Warum nicht? Ich habe die Leute gestern abend beobachtet und festgestellt, wir hätten sogar Eintritt verlangen können. Der Ballsaal hier ist oft leer – wir könnten Künstler verpflichten, die dann vor einem zahlenden Publikum auftreten.«

Luises Augen leuchteten. »Wir könnten ein abendfüllendes Programm bieten. Die Gäste könnten Karten für Abendessen, Tanz und Darbietung kaufen. Im Palmenhaus könnte weiter ein Quartett spielen und in der Bar ein Pianist. Im Café könnten wir es mit unbekannten Künstlern versuchen, die wir, wenn sie gut sind, ins Quadriga holen könnten ... Das ist eine tolle Idee, Benno.«

»Du wirst eine Menge zu tun bekommen.«

»Ich wüßte nicht, wie ich meine Zeit lieber verbrächte.«

»Du darfst gleich anfangen und Ersatz für Georg suchen.«

Luise fand Ersatz und besprach sich dann ausführlich mit Emil Brandt und Max Patschke über die Kombination Abendessen, Tanz, Unterhaltungsprogramm. Alle waren sich einig, daß Georg und Emmy das Eröffnungsprogramm bestreiten sollten.

Lothar war begeistert von Luises Neuigkeiten. »Ich habe das Gefühl, daß mein Leben endlich einen Zweck hat, und habe deshalb beschlossen, eine Wohnung in Berlin zu mieten. Ich habe mit Dada, Expressionismus, Bauhaus und Filmen geliebäugelt, aber jetzt, mit fast vierzig, habe ich entdeckt, daß die Musik die wahre Liebe meines Lebens ist.«

»Du hast deine Impressionisten vergessen«, lächelte sie.

»Sie sind meine Alterversorgung, wie die Wurstfabrik.«

Seine Begeisterung wirkte wie immer ansteckend, aber er nahm seine Verpflichtung bei aller Sprunghaftigkeit ernst. Er machte aus einem Zimmer seiner neuen Wohnung ein Büro und stellte Heidi Wendel ein, eine Sekretärin mittleren Alters, die sich unter anderem um die Engagements von Georg und Emmy zu kümmern hatte. Bald kämpfte auch Heidi gegen das Heer von Künstlern und Musikern an, die in der Hoffnung, entdeckt zu werden, zu ihnen strömten.

Für Luise wurde Lothar von unschätzbarem Wert, nicht nur als Talentsucher, sondern auch als Vertrauter. Sie kannten sich inzwischen sieben Jahre, und er war mit fast jeder Seite ihres Lebens vertraut. Als sie einmal im Café Jochum saßen, ihrem üblichen Treffpunkt, fragte er sie direkt nach ihrer Beziehung zu Georg.

Sie antwortete ganz offen. »Ich liebe ihn, und er liebt mich. Das Dumme ist nur, daß er wahrscheinlich wieder eine meiner ›geistigen‹ Affären wird.«

Als er sie fragend ansah, erklärte sie die Sache mit Josef. »Obwohl wir nie miteinander geschlafen haben, bat er mich, ihn zu heiraten. Aber Josef habe ich nicht geliebt, Georg liebe ich.«

Lothar zog die Augenbrauen hoch. »Georg ist verheiratet. Und er ist ein Ehrenmann, wie ich glaube.« Er grinste. »Aber ich wäre nicht überrascht, wenn Sara die Sache bald anschneiden würde.«

Es war stadtbekannt, daß Sara und Rudi sich getrennt hatten und Rudi ein Verhältnis mit der hübschen Anita Berber hatte. Er war mittlerweile reicher denn je und fuhr mit einem Isotto-Fraschini 8A herum, einem der luxuriösesten und teuersten Sportwagen. Auf dem Höhepunkt der Inflation hatte er seine florierende Großhandlung verkauft und von dem Erlös zwei weitere Bars gekauft. Seine Bar »Utopia« in der Motzstraße wurde ausschließlich von Transvestiten besucht; dort war Günther Vogel in seinem Element. In »Rudis Casino« in der Puttkamerstraße dagegen gab es Champagner nur in Magnumflaschen, und die jedem Gast zugewiesenen Tischdamen trugen knappe Höschen und eine Federboa um den Hals. Die Hälfte der Prostituierten auf dem Kurfürstendamm arbeitete für ihn, und er war außerdem am sehr lukrativen Drogengeschäft beteiligt. All seine Geschäfte standen unter dem Schutz eines der Ringvereine, dem Dr. Erich Frey vorstand, der Anwalt und König der Unterwelt.

Sara war in jenen Tagen oft im Café Jochum. In ihrem teuren Pelz gab sie eine beinahe tragische Gestalt ab, als sie allein bei endlosen Tassen Kaffee saß. Sie war jetzt fast dreißig und fing auch an so auszusehen. Saras einziges Kapital war immer ihr Körper gewesen, und in den reaktionären Berliner Theatern der 20er Jahre gab es keine Rollen für eine zweitklassige Schauspielerin wie Sara Ascher.

Mit der Zeit kam Luise die wachsende Stärke der Kommunistischen Partei deutlicher zum Bewußtsein. Seit ihrem ersten Zusammentreffen mit Olga hatte schon das Wort Kommunismus sie zum Gähnen gebracht, doch jetzt wurde sie immer öfter in die politischen Debatten verwickelt, die im Café Jochum ausgetragen wurden.

»Diese Leute sind ganz anders als Olga«, bemerkte sie einmal beim Abendessen. »Es scheint fast so, als hätten sie zwei verschiedene Vorstellungen von Kommunismus.«

»Das haben sie auch«, meinte Benno, »und keine davon hat einen Bezug zur Wirklichkeit. Deine Kunden im Café sind fast ausnahmslos Idealisten, Träumer. Keiner von ihnen war jemals in Rußland, und sie wissen absolut nichts über Stalin. Ich meine, sie spielen ein gefährliches Spiel.«

»Und Olga?« fragte Viktoria. »Was immer man von ihr denken mag, man muß zugeben, daß sie das Beste für die Arbeiter will. Abgesehen davon, daß sie Emmy zum Stehlen anhielt, hat sie versucht, den Menschen im Wedding während der Inflation zu helfen.«

»Ja, Olga ist keine intellektuelle Kommunistin wie Brecht, die Herzfelds und Jung. Aber der deutschen Kommunistischen Partei fehlen immer noch die richtigen Führer, und offenbar hat sie keine richtige Organisation. Ihr Hauptreiz liegt darin, daß sie gegen die Weimarer Regierung ist. Aber ich glaube, du brauchst dir keine allzu großen Sorgen zu machen, Luise«, lachte er. »Olga und ihre Freunde haben zwei Gelegenheiten verpaßt, die Macht zu ergreifen, und ich bezweifle, daß sie eine dritte bekommen. Dank Stresemann stehen wir am Beginn einer langen Periode des Friedens und der Stabilität. Es wird keine Revolutionen mehr geben.«

Doch schon nach wenigen Tagen drohte Bennos Prognose sich als falsch zu erweisen, als Reichspräsident Ebert unerwartet bei einer einfachen Operation starb. Wie so oft schon standen die Gäste des Hotels Quadriga auch jetzt auf dem Balkon und sahen dem Trauerzug zu, der sich die Linden hinunterbewegte. »Er war schließlich der erste Präsident der Republik«, meinte Benno und zog den Hut, als die Prozession vorbeizog, »und trotz aller Fehler war er kein schlechter Mann. Die große Frage ist jetzt, wer sein Nachfolger wird.«

Die nächsten Wochen zerrissen die kurze Ruhe der letzten Monate, an die sie sich gerade gewöhnt hatten, denn der Präsidentschaftswahlkampf begann. Ebert schien keinen natürlichen Nachfolger zu haben, und als Hindenburg aus dem Ruhestand geholt wurde und, wenn auch widerstrebend, seine Bereitschaft verkündete, sich der Wahl zu stellen, begrüßten die meisten Gäste des Quadriga das mit Erleichterung. Hindenburg war der große alte Mann Deutschlands. 1914 hatte man ihn schon einmal zurückgeholt, und er hatte alles getan, Deutschland zum Sieg zu führen. Jetzt, mit achtundsiebzig, war er erneut bereit, seinem Volk zu nationaler Einheit und Stärke zu verhelfen.

Aber nicht alle sahen in ihm Deutschlands Retter. Wieder vernahm man in Berlin die Stimme Olga Meyers, die Hindenburg als Monarchist ablehnte und behauptete, er werde das Volk in einen neuen Krieg führen. Obwohl bei der Wahl im April der Vorsprung Hindenburgs vor seinem stärksten Rivalen, einem gemäßigten Kandidaten vom Zentrum, knapp war, hatte es nie wirkliche Zweifel an seinem Sieg gegeben. Merkwürdigerweise sagte Benno jedoch ganz nüchtern: »Ich habe Hindenburg gewählt, weil es keine echte Wahl gab, aber ich halte ihn nicht für den richtigen Mann. Einmal ist er zu alt, und dann wird er nie vergessen können, daß er Soldat ist. Solange wir Stresemann haben, ist alles gut, aber wenn ihm jemals etwas zustößt, bekommen wir die größten Schwierigkeiten.«

In den folgenden Monaten führte Stresemann, der jetzt Außenminister war, das Land weiter nach oben. Schon erholte sich die Industrie von den Verheerungen des Krieges, der Revolution und Inflation. Die Arbeitslosigkeit ging zurück, und die Arbeiter hatten wieder etwas Geld in der Tasche. Außerdem arbeitete Stresemann mit den Locarno-Verträgen auf eine Friedensgarantie in Europa hin und bemühte sich um die Aufnahme Deutschlands in den Völkerbund.

Auch wenn Benno all diese Entwicklungen sehr interessiert verfolgte, Luise hatte anderes im Kopf. Nach triumphalen Auftritten in Hamburg, Frankfurt und München kamen Georg und Emmy in diesem Sommer nach Berlin zurück, um ihre erste Vorstellung im Quadriga zu geben. Zu Luises Freude war das Konzert Wochen im voraus ausverkauft. »Ist das nicht herrlich?« rief sie und hängte sich bei Georg ein. »Georg, bist du glücklich? Genießt du dein neues Leben?«

Er verzog das Gesicht. »Emmy tut das ganz bestimmt, aber bei mir bin ich mir nicht so sicher. Es ist natürlich schön, anerkannt zu werden, aber es ist nicht das, was ich eigentlich will. Ich möchte Musik schreiben, Luise, nicht Abend für Abend dieselben alten Nummern spielen.«

Trotzdem spielte er so professionell wie immer, aber Luise litt unter einem eigenartigen Gefühl der Enttäuschung. Sie hatte ihn furchtbar vermißt, aber jetzt, wo sie wieder zusammen waren, schien er ihr noch ferner zu sein als bei seinem Auftritt in München. Ihre Gesellschaft freute ihn ganz offensichtlich, aber außer einem gelegentlichen Händchenhalten ließ er keine Zeichen von Liebe erkennen.

Georgs und Emmys Erfolg im Quadriga steigerte Saras Wut noch. Mit einem modischen, heruntergezogenen Hut, der fast ihre Augen verdeckte, einem engen Cocktailkleid, das ihre Silhouette betonte, und ihrem lässig am Arm baumelnden Abendtäschchen ging sie ins »Hades«.

Rudi stand selbst hinter der Bar und begrüßte sie zu ihrer Erleichterung wie eine langentbehrte Freundin: »Sara, Liebling, du siehst hinreißend aus. Versuch einen von meinen neuen Cocktails. Ich habe ihn ›Der Traum der Jungfrau‹ genannt.« Geschickt schüttete er verschiedene Ingredienzen in einen Barbecher, schüttelte kräftig und goß das schaumige Getränk dann in ein Glas.

Sara kippte den Cocktail mit ein paar Zügen hinunter, hielt ihr Glas hin, um sich nachschütten zu lassen, und sah sich in dem überfüllten, verrauchten Lokal um. So viele neue Gesichter – und so jung. Ihr Blick fiel auf die verführerische Figur Anita Berbers. Kein Wunder, daß Rudi auf sie flog.

Rudi sah Sara gedankenverloren an, griff dann unter die Bar. »Zigarette?«

Sara blickte erstaunt, denn die Zigaretten waren aus Fünfmarkscheinen gedreht. »Was ist da drin?«

»Ja, sag mal, Sara, so altmodisch kenn ich dich gar nicht. Heute schnupft doch jeder Kokain aus Scheinen.«

Ihre Augen funkelten, als sie sich an das letzte Mal erinnerte, wo sie das Pulver versucht hatte, auch im »Hades«, auch in Anita Berbers Gegenwart. Rudi reichte ihr die Zigarette, und sie probierte vom Kokain.

Sehr schnell hatte sie Georg und Emmy vergessen, als die Anspannung von ihr wich. Sie fühlte sich wieder jung und begehrenswert, amüsant und witzig, wie ihre Umgebung. Völlig Fremde forderten sie zum Tanzen auf, luden sie zu weiteren Cocktails ein, sagten ihr, wie schön sie sei. Und die ganze Zeit merkte sie, wie Rudis Augen ihr folgten, bis es plötzlich drei Uhr morgens war und nur noch sie und Anita neben Rudi saßen und sich unterhielten, als wären sie alte Freunde. »Kommt«, sagte er, »gehen wir nach hinten und trinken noch ein Glas Champagner.«

Er führte sie durch eine Tür hinter der Bar in einen schwach erleuchteten Raum, der von einem riesigen Diwan mit Tigerfell beherrscht wurde. Sara ließ sich auf das Bett fallen. »Ist das nicht herrlich, Anita?«

Rudi öffnete eine Flasche Champagner, füllte drei Gläser und zog die Mädchen zu sich. »Seid ihr nicht der Meinung, daß ihr zuviel anhabt?«

Sie brauchten keine weitere Aufforderung. Als sie sich auszog, merkte Sara, daß Anita ihren Körper musterte, und ließ ihren Blick über Anitas kleine Brüste und ihren flachen Bauch wandern. Rudi beobachtete sie mit unbeteiligter Belustigung und entkleidete sich dann ebenfalls. Noch nie hatte sich Sara so frei und beschwingt gefühlt wie in der folgenden Stunde, denn die ganze Zeit, in der sie und Anita Rudi mit ihren Bewegungen aufreizten, war ihr bewußt, daß sie beide nicht wirklich ihn begehrten, sondern sich. Als Rudi Sara auf sich zog und seinen Höhepunkt erreichte, erregten Anitas Lippen, die ihre Brust küßten, sie mehr.

Danach waren Sara und Anita fast immer zusammen, aßen gemeinsam, schlenderten Arm in Arm durch die Stadt und kauften ein, kicherten wie zwei Schulmädchen, wenn sie gegenseitig ihre Kleider anprobierten, tranken Cocktails und rauchten Kokain im »Hades« und sanken am Ende glückselig in Anitas Bett.

Anita war wie ein Kind oder Kätzchen, träge, liebte Luxus, ließ sich vor allem gern umhegen – und Sara verwöhnte sie mit einer Aufmerksamkeit, wie sie sie noch nie jemand geschenkt hatte. Sie genoß dieses Gefühl, gebraucht zu werden und der stärkere Partner zu sein. Es war falsch gewesen, befand sie, sich den Männern zu widmen, wo eine Beziehung zwischen Frauen doch soviel befriedigender war.

Seit sie Anita kannte, kaufte sie Kokain grammweise und streckte das kostbare Pulver, denn es war sehr teuer. Es war jedoch so herrlich, daß ihr die Auslagen egal waren. Es verlieh ihr nicht nur ein unglaubliches sexuelles Hochgefühl, sie fühlte sich auch zum erstenmal in ihrem Leben ungeheuer selbstsicher.

Obwohl sie meistens irgendwann nachts heimkam, sah sie Minna oder Georg in jener Zeit kaum. Das Kindermädchen brachte Minna zur Schule, bevor Sara morgens aufstand, und blieb dann häufig mit ihr den Rest des Tages und das Wochenende in Sophies Haus. Und Georg war entweder auf Tournee oder zog sich in sein Arbeitszimmer zurück und komponierte. Beide bedeuteten ihr nichts. Sara blieb nur bei ihnen, weil sie jetzt keine Kraft zu schwierigen Entscheidungen hatte.

Doch zumindest eine mußte sie treffen, als Theo ihr im Herbst mitteilte, daß ihr Konto überzogen sei. Ihre erste Reaktion war Angst, doch dann schnupfte sie etwas Kokain und entschied schließlich, daß die einzige Lösung die sei,

Georg um mehr Haushaltsgeld zu bitten. Sie war ein wenig überrascht, als er sie nur kalt ansah und dann fragte, wieviel sie haben wolle. Selbst als sie das Doppelte von dem nannte, was sie ursprünglich haben wollte, zuckte er mit keiner Wimper, sondern schrieb den Scheck aus. Mit einemmal wurde ihr klar, daß sie ihm genausowenig bedeutete wie er ihr.

Als ihr Konto ein paar Wochen später erneut überzogen war, wandte sie sich an ihren Vater, doch von ihm Geld zu bekommen erwies sich als nicht so leicht. »Was ist los mit dir, Sara? Du bist sehr dünn. Ißt du nichts?«

»Eine volle Figur ist unmodern, Papa. Deshalb brauche ich ein paar neue Kleider.«

Professor Aschers scharfe Augen sahen sie eindringlich an. »Georg müßte doch jetzt eigentlich genug verdienen. Wofür gibst du all das Geld aus?« Als sie nur die Achseln zuckte, sagte er: »Nun gut, wenn du's brauchst, dann sollst du es auch bekommen.« Er schrieb ihr einen recht beachtlichen Scheck aus. Sara gab ihn Rudi im Austausch gegen mehr von jenem wunderbaren Pulver, das sie selbstverständlich mit Anita teilte.

Aber trotz allem, was Sara tat, mußte sie mit ansehen, daß Anita bereits anfing, sich zu langweilen. Sie klagte, das »Hades« werde öde, sie hatte Champagner über und erklärte vage, daß sie etwas anderes machen wolle. Deshalb schlug Sara eines Abends vor, zur Abwechslung zu ihr zu gehen.

Die andere Umgebung ließ alles aufregend erscheinen. Sie führte Anita an dem Zimmer, wo Minna und das Kindermädchen schliefen, vorbei ins Wohnzimmer. Zu der durch das Kokain hervorgerufenen Euphorie und dem nie endenden Reiz, Anitas nackten Körper zu sehen, kam jetzt noch das Pikante der Gefahr. Sie hatte keine Ahnung, wo Georg war, aber was würde passieren, wenn er plötzlich in der Tür stand?

Sara erlebte an dem Abend einen neuen Höhepunkt in

ihrer Beziehung zu Anita. Erschöpft rollten sie sich schließlich auf dem Teppich vor dem Kamin zusammen und schliefen ein.

Georg wäre die Nacht fast in Magdeburg geblieben, wo er und Emmy ihren letzten Auftritt gehabt hatten, doch Emmy schwor, sie sei überhaupt nicht müde, und so fuhr er noch in der Nacht zurück, setzte sie beim Quadriga ab und kam gegen drei Uhr nach Hause. Wie immer betrat er leise die Wohnung, um Minna und das Mädchen nicht zu wecken, beschloß aber, vor dem Zubettgehen noch ein Glas zu trinken.

Als er die Tür zum Wohnzimmer öffnete, sah er sie, zwei nackte Frauen, die vor dem Kamin schliefen. Lange stand er da und betrachtete sie angewidert, kämpfte gegen den Wunsch an, Sara nach Strich und Faden zu verdreschen. Wie konnte sie es wagen, mit einer anderen Frau in seiner Wohnung zu schlafen, wo Minna ein Zimmer weiter lag? Er holte tief Luft und verließ das Zimmer. Zuerst mußte er Minna hier wegbringen, dann würde er ein für allemal entscheiden, was er mit Sara machte.

Entschlossen bereitete er alles vor, lege Minnas Mantel und den des Kindermädchens in der Garderobe bereit und ging dann ins Kinderzimmer, um Minna zu wecken. »Minna, wach auf. Wir gehen weg.«

Dann klopfte er an die Verbindungstür zum Zimmer des Mädchens. »Fräulein Simon, aufwachen!«

Das Kindermädchen war sofort hellwach und erschien in einem langen, weißen Nachthemd, die Zöpfe über die Schultern hängend, in der Tür. »Herr Jankowski, was ist los?«

»Machen Sie Minna fertig. Wir müssen die Wohnung verlassen. Ich erkläre es Ihnen später.«

Offensichtlich genügte seine Gegenwart, sie zu überzeugen. Nach wenigen Minuten erschien sie wieder, angezogen und mit einem kleinen Reisekoffer in der Hand, und packte Minnas Sachen zusammen.

»Wohin gehen wir, Papa?« fragte Minna.

»Zu Onkel Theo.«

Erst als die beiden im Wagen saßen, ging er noch einmal in die Wohnung zurück und füllte einen Eimer mit kaltem Wasser. Die beiden Frauen schliefen noch immer fest. »Ihr Huren!« schrie er und goß das Wasser über sie. Sara fuhr kreischend hoch. Aber Georg wartete nicht weiter. Ohne Hast verließ er die Wohnung, schlug die Tür hinter sich zu, stieg ins Auto und fuhr zu Theo Arendts Villa im Grunewald.

Undeutlich hörte Sara die Tür schlagen und ein Auto abfahren, aber einen Augenblick wußte sie nicht, wo sie war. »Was war das?« fragte Anitas Stimme.

»Das war Wasser«, erwiderte Sara verwirrt. Es schien hauptsächlich sie getroffen zu haben, denn Anitas Haar war im Gegensatz zu ihrem noch trocken. Während sie noch aufgeschreckt um sich blickte, dämmerte es ihr allmählich. Sie waren in ihrem Wohnzimmer, es mußte also Georg gewesen sein, der das Wasser über sie geschüttet hatte. In panischer Angst schrie sie plötzlich: »Das war Georg!«

»Bitte, schrei nicht so«, flehte Anita. »Das geht mir auf die Nerven.«

»Kapierst du nicht, das war mein Mann, du blöde Kuh!«

Anitas Pupillen waren noch geweitet. Langsam stand sie auf, ein verzücktes Lächeln um die Lippen. »Ach, Sara, du bist eine solche Nervensäge. Ich glaube, ich gehe jetzt. Du siehst häßlich aus, wenn du schlecht gelaunt bist, und ich kann nur schöne Menschen lieben.«

Sara verfolgte mit Bangen, wie sie sich anzog. »Bitte, verlaß mich nicht, Anita. Ich kann ohne dich nicht leben.«

»Wo steht das Telefon, Liebling? Ich rufe ein Taxi.«

»In der Diele.« Sara unterdrückte ihre Tränen. »Bitte, geh nicht.«

Aber Anita war schon angezogen, und Sara konnte nur eine Decke um ihren nassen Körper legen und hilflos hinter ihr herlaufen. »Ich liebe dich so, Anita. Versprich mir, daß du wiederkommst.«

Anita lächelte ihr nur spöttisch zu. »Liebling, ich kann Szenen nicht ausstehen.«

Erst als das Taxi ihre Freundin in die Nacht entführt hatte, fiel Sara Minna ein. Als sie das Zimmer ihrer Tochter betrat, sah sie das leere Bett und die offene Tür zum Zimmer des Mädchens. Alle hatten sie also verlassen. Was sollte sie jetzt tun?

Mit einemmal wußte sie, was. Endlich war sie frei – und sie sollte eigentlich glücklich sein. In ihrer Handtasche fand sie ein zusammengeknülltes Papier, in dem noch etwas Kokain war. Behutsam schüttete sie es auf ihre Handfläche und schnupfte. Sofort fühlte sie sich etwas besser, und nach einer halben Stunde war sie ganz obenauf. Sie warf sich auf ihr Bett und fiel in einen traumlosen Schlaf.

Im Grunewald öffnete Theo in einem seidenen Morgenmantel die Tür. Obwohl Georg ihn offensichtlich aus dem Schlaf geholt hatte, schien er nicht überrascht, ihn zu sehen. Und nachdem das Kindermädchen Minna in einem der Gastzimmer zu Bett gebracht hatte, waren er und Sophie auch kaum erstaunt über die Geschichte, die er ihnen erzählte. »Georg«, sagte Sophie, »es tut mir so leid, aber ich weiß, daß Theo und Papa sich seit langem Sorgen machen.«

»Ihr Konto ist überzogen«, sagte Theo.

»Und sie hat sich Geld von Papa geliehen«, fügte Sophie hinzu. »Sie ist so dünn, sie nimmt bestimmt Rauschgift. Anita Berber ist sicher kokainsüchtig.«

Erschöpft vergrub Georg den Kopf in seinen Händen. »Ich hatte keine Ahnung«, stöhnte er. »Was soll ich nur tun?«

Theo goß ihm einen großen Cognac ein. »Zuerst trinkst

du einmal das hier, und dann schläfst du etwas. Du siehst völlig übermüdet aus.«

»Aber Minna, sie kann nicht zurück zu Sara.«

Sophie nahm seine Hand. »Sie kann bei uns bleiben. Sie und das Mädchen sind so oft hier, sie sind hier fast schon wie zu Hause. Aber jetzt tu, was Theo sagt, und schlaf erst mal. Später reden wir weiter.«

Am nächsten Abend saßen Luise und Lothar an ihrem Tisch im Jochum, als Sara fast entrückt an ihnen vorbeischwebte, ohne sie wahrzunehmen.

»Mein Gott«, murmelte Lothar, »sie ist völlig weggetreten. Aber wo ist Anita?«

Er war nicht der einzige, der das fragte, denn das Verhältnis Sara–Anita war stadtbekannt, und schon bald war Sara von einer wißbegierigen Meute umlagert, von der jeder als erster den neuesten Klatsch erfahren wollte. Bald drangen die ersten Neuigkeiten zu Luise und Lothar vor. »Sara hat Anita Berber verlassen. Sie hat Frauen aufgegeben.« Etwas später dann: »Sie hat Streit mit ihrem Mann gehabt. Sie ist mit der Ehe fertig.«

Luise sah Lothar erschrocken an. »Wo ist Georg?«

Auch Lothar blickte besorgt. »Er sollte doch heute wieder hier sein, oder? Am besten, wir suchen ihn. Gehen wir in dein Büro und versuchen, ihn telefonisch zu erreichen.«

In Georgs Wohnung in Charlottenburg meldete sich niemand, und auch im Quadriga hatte ihn niemand gesehen.

»Ich bin sicher, es geht ihm gut«, meinte Lothar. »Schließlich ist nicht nur Georg weg, sondern auch Minna und das Mädchen.«

»Theo! Minna wird bei Theo sein.«

Es schien eine Ewigkeit zu dauern, bis Lothar mit dem Haus der Arendts verbunden war und Theo bestätigte, daß Georg bei ihnen war. Schließlich sagte Lothar: »Wir kommen sofort.« Er wandte sich an Luise. »Gehen wir.«

Die Fahrt in den Grunewald schien endlos. »Was hat Theo gesagt?« fragte Luise immer wieder. »Geht es Georg gut?«

»Ich glaube, ja. Anscheinend ist er gestern nacht nach Hause gekommen und hat Sara mit Anita im Bett gefunden. Der arme Kerl.«

Georg wirkte sehr müde, aber seine Augen leuchteten auf, als er Luise sah. »Theo hat gesagt, daß ihr kommt. Es tut mir leid, daß ihr euch gesorgt habt.«

»Gott sei Dank, daß alles in Ordnung ist, Georg. Wir wußten nicht, was dir passiert ist.« Nur Theos Gegenwart hinderte sie daran, ihm die Arme um den Hals zu werfen und ihn zu küssen.

»Ich hätte euch Bescheid sagen sollen.« Er wandte sich an Lothar. »Ich denke, Theo hat euch die Geschichte erzählt?«

Lothar nickte. »Ich bin betroffen, Georg.«

»Das ist nicht nötig. So etwas mußte mal passieren. Ich gebe zu, es war ein Schock, als ich sie fand, aber ich war vor allem wegen Minna so aufgebracht.«

»Kommt und macht es auch bequem«, forderte Theo sie auf und führte sie in den Salon. »Ich hole euch was zu trinken und lasse euch dann allein.« Er goß allen einen Whisky ein und zog sich dann diskret zurück.

Lothar stellte Georg all die Fragen, die auch Luise stellen wollte, es aber nicht wagte, und zum erstenmal hörte sie aus Georgs Mund die Wahrheit über seine furchtbare Ehe.

»Mein Gott«, rief Lothar, »warum haben Sie sich nicht schon vor Jahren scheiden lassen?«

»Ich habe immer gehofft, es würde besser, und ich wollte Minna nicht weh tun. Sie ist noch so jung, und der Skandal wäre furchtbar für sie. Dann war da noch was, aber . . .« Er blickte Luise plötzlich an, und sie bemerkte nackte Angst in seinen Augen. »Es geht nicht«, flüsterte er, »ich kann es nicht sagen.«

»Es macht nichts«, sagte sie leise, aber sie wußte, daß es nicht stimmte.

»Was werden Sie jetzt machen, alter Junge?« fragte Lothar.

»Ich gehe nicht zu Sara zurück. Theo und Sophie haben angeboten, Minna bei sich aufzunehmen. Ich muß also nur eine Bleibe für mich suchen.«

»Das ist einfach!« sagte Lothar. »Mein Wohnung ist groß. Sie können bei mir bleiben. Wir besorgen morgen einen Spediteur, der Ihre Sachen holt. Keine Angst, Georg, es ist genug Platz für Sie und Ihr Klavier.«

»Es wäre ja nur für kurze Zeit, bis ich etwas gefunden habe.«

Lothar blickte auf die Uhr. »Großer Gott, die Zeit. Ich muß noch kurz was mit Theo besprechen, dann sollten wir gehen.«

Als Luise endlich mit Georg allein war, nahm sie seine Hände. »Georg, ich wünschte, ich könnte auch etwas für dich tun.«

»Das hast du schon. Daß du hergekommen bist, hat mir sehr geholfen.« Beide schwiegen sie eine Weile, dann fragte er: »Weißt du noch, wie du mir gesagt hast, daß du mich liebst?«

»Es hat sich nichts geändert, Georg.«

»Jetzt bin ich frei«, murmelte er, als spräche er zu sich selbst. »Ich kann tun, was ich will. Sie kann mich nicht noch mehr verletzen, als sie schon getan hat, aber ... Luise, kannst du mich nehmen und lieben, so wie ich bin? Ich kann den Gedanken nicht ertragen, dich zu enttäuschen.«

»Du könntest mich nie enttäuschen«, sagte sie zuversichtlich.

Sie hörten die Stimmen von Lothar und Theo in der Halle, und er hob mit dem Finger ihr Kinn und küßte sie leicht auf den Mund. »Luise, Liebste, ich weiß nicht, was ich ohne dich machen sollte.«

»Jetzt brauchst du nie mehr ohne mich zu sein. Nichts wird uns mehr trennen.«

Georgs und Minnas Sachen waren schnell ausgeräumt, und noch bevor er richtig wußte, was geschehen war, hatte Georg sich in Lothars Wohnung eingerichtet, mit Onkel Franzens Klavier an einem Ehrenplatz.

Am nächsten Tag kam Professor Ascher. »Wir müssen über Sara sprechen«, sagte er.

»Soll ich gehen?« fragte Lothar.

»Nein, Herr Lorenz, sie ist mir seit langem fremd«, gestand der alte Herr betrübt. »Sie kennen sie wahrscheinlich besser als ich.« Er wandte sich an Georg. »Ich habe sie gestern besucht, konnte aber kein vernünftiges Wort aus ihr herauskriegen. Sie sagte mir, ich solle mich um meine eigenen Angelegenheiten kümmern, und wollte dann Geld. Was ich ihr natürlich gegeben habe.«

»Herr Professor, ich kann Ihnen gar nicht sagen, wie leid mir das alles tut.«

»Georg, ich gebe dir keine Schuld. Ich muß vielmehr gestehen, daß ich, als du mich vor Jahren um ihre Hand gebeten hast, meine Zweifel an dieser Ehe hatte, aber daß es so schlimm kommen würde, habe ich nie geglaubt. Wir haben sie alle verdorben. Was willst du machen? Die Scheidung einreichen?«

»Ich habe kurz mit Theo darüber gesprochen, und er meint, ich sollte mit Dr. Duschek über eine offizielle Trennung reden.«

»Theo sagt, sie nimmt Kokain«, fuhr der Professor fort. »Weißt du, woher sie es bekommt?«

»Ich glaube, von Rudi Nowak«, erklärte Lothar.

»Ich könnte ihn bei der Polizei anzeigen«, sagte der Professor.

Am nächsten Tag ging er zur Polizei und fragte dort direkt nach Rudi Nowak. Der zuständige Inspektor seufzte auf und gab unumwunden zu: »Wir würden Herrn Nowak gerne das Handwerk legen, aber das ist verdammt schwer. Sehen Sie, Herr Professor, er wird vom König der Unterwelt geschützt, von Dr. Dr. Frey, und wenn wir ihm nicht was ganz Dickes anhängen können, spielen er und seine Anwälte mit uns Fangen.«

»Ich bin sicher, daß er meine Tochter mit Kokain versorgt.«

»Wie alt ist Ihre Tochter, Herr Professor? Dreißig? Ich fürchte, da brauchen wir ein bißchen mehr, um ihn hinter Gitter zu bringen. Vielleicht Verkauf von Rauschgift an eine Minderjährige, die dann eine Überdosis nimmt, aber Sie können sicher sein, daß wir ihn genau im Auge behalten.«

In den folgenden Wochen entkrampfte Georg sich langsam. Lothar war ein großzügiger, aber unaufdringlicher Gastgeber, der ihm die Freiheit ließ, zu gehen und zu kommen, wann er wollte, aber immer da war, um anzuregen und Mut zu machen. Mit Bedacht gestaltete er Georgs Terminplan, so daß er bis zum Silvesterabend im Café Jochum keine Verpflichtungen mehr hatte, was ihm Zeit ließ, zu sich selbst zu finden.

Er sah und hörte nichts von Sara, und der Brief, den Dr. Duschek ihr wegen der Trennung schrieb, blieb unbeantwortet. Er stellte jedoch fest, daß die wöchentlichen Schecks, die er für die Miete schickte, prompt eingelöst wurden.

Er besuchte Minna oft. Sie schien sich bei Arendts wie zu Hause zu fühlen, wurde von ihnen wie ein Familienmitglied behandelt und war bemerkenswert unberührt von der Tatsache, daß ihre Eltern nicht mehr zusammenwohnten.

Georgs glücklichste Stunden waren jedoch die, die er mit Luise verbrachte, manchmal still am Klavier in Lothars Wohnung, dann im Konzert oder Kino, oder, was am schönsten war, wenn sie durch die frostklirrende Dezemberlandschaft hinaus zu den Havelseen oder dem Häuschen der Jochums in Heiligensee fuhren. Sie war ein so mitteilsamer, großherziger, glücklicher Mensch, daß er bald erkannte, daß die Liebe, die er vorher für sie empfunden hatte und die mehr dem einsamen Wunsch entsprungen war, geliebt zu werden als zu lieben, tatsächlich in etwas Tieferem wurzelte.

Jeder Tag vertiefte seine Empfindungen für sie, und manchmal spürte er ein so heftiges Verlangen nach ihrem geschmeidigen, pulsierenden Körper, daß es schmerzte. Aber wenn er sich vorzustellen versuchte, daß er sie körperlich liebte, stieß er auf seine Angst vor der Impotenz und schreckte vor den Bildern zurück. Was, wenn Luise genauso reagierte wie Sara? Er ertrug den Gedanken nicht, von ihr verspottet zu werden.

Das Eis auf den Seen war in diesem Winter dick, und als Luise an einem Sonntag kurz vor Weihnachten vorschlug, Schlittschuh laufen zu gehen, war Georg begeistert. Tiefverschneit und unter einem fast hochgebirgsblauen Himmel sah das Häuschen in Heiligensee schöner denn je aus, doch innen war es unwirtlich, und so machten sie ein Feuer im Kamin und setzten einen Kessel auf den Dreifuß.

Sie fühlten sich beschwingt, als sie die Schlittschuhe anschnallten und dann die ersten zaghaften Schritte auf dem Eis machten. Die Luft belebte und färbte ihre Wangen, als sie Hand in Hand nahe am Ufer entlangliefen. »Komm, wir laufen weiter raus«, rief Luise spontan.

Da sie sehr viel besser lief als er, ließ Georg ihre Hand los und blickte ihr lächelnd nach, als sie ihm mühelos davonlief, immer weiter auf den See hinaus. Reglos stand er da und bewunderte ihre Anmut.

Mit einem trockenen, reißenden Geräusch brach das Eis. »Luise!« schrie er und raste zu ihr, aber sie war schon eingebrochen und nur noch der Kopf und die hilflos an der Oberfläche umhertastenden Hände schauten aus dem eisigen Wasser. Das Eis bewegte sich bedrohlich unter seinem Gewicht und knackte, und er mußte nach einigen letzten, tastenden Schritten stehenbleiben. »Ich kann nicht zu dir. Ist eine Leiter im Haus?«

»Im Bootshaus«, keuchte sie schlotternd.

Vorsichtig machte Georg kehrt und glitt leicht über das Eis, bis er wieder festen Grund unter sich spürte, und dann lief er wie noch nie in seinem Leben, rannte mit den Schlittschuhen über die dicke Schneedecke zum Bootshaus, fand die Leiter, nahm sie auf die Schulter und hetzte über das Eis zu Luise zurück.

Er legte sich auf den Bauch und schob die Leiter vor sich her. Das Eis knarrte und ächzte. »Gleich haben wir's, es reicht. Ganz ruhig jetzt. Ich hab dich gleich draußen, Luise.«

Als das Leiterende in ihrer Reichweite war, legte er sich mit seinem ganzen Gewicht auf die Sprossen des anderen Endes. »Zieh dich mit den Armen hoch.« Sie tat, was er sagte, doch da brach eine große Scholle ab. »Versuch es noch einmal!«

Er sah, wie sie tief Luft holte und sich dann mit den Armen auf das Leiterende zog. Wieder wankte das Eis, doch die durch Georg beschwerte Leiter verhinderte, daß es brach. »Jetzt kriech weiter vor.« Zu seiner großen Erleichterung schaffte sie es und lag schließlich der Länge nach auf der Leiter, etwas entfernt von dem Loch, das sie verursacht hatte. »Bleib so.« Er rutschte zurück, bis er wieder auf dem festen Eis war und die Leiter mit Luise dem Ufer zu ziehen konnte. Erst als das Eis nicht mehr knackte, wagte er aufzustehen und die Leiter heranzuziehen, bis Luise neben ihm war. Dann hob er sie hoch, als wäre sie ein Kind, und lief zum Ufer.

Jetzt spürten sie die schneidend kalte Winterluft. An Land rannte Georg, auf den Schlittschuhen schwankend, so schnell er konnte zum Haus, wo er Luise vor dem Kaminfeuer absetzte. Ihre Finger waren viel zu klamm, als daß sie die Knöpfe ihrer Kleidung hätte öffnen können, und so zog er ihr ohne Zögern Mantel, Kleid und Stiefel aus, dann die Unterwäsche. Gehetzt blickte er sich nach etwas zum Zudekken um, packte dann den Kaminvorleger und wickelte sie darin ein. Er zog das Sofa vor das Feuer und setzte Luise darauf. »Bleib so, ich hole ein paar Decken.«

Sie war noch zu benommen zum Reden. Hastig schnallte er seine Schlittschuhe ab, rannte nach oben und kam mit einer großen Daunendecke von einem der Betten zurück, die er ihr anstelle des Kaminvorlegers umlegte; dann rieb er kräftig ihren Körper, um den Blutkreislauf anzuregen. Langsam wich das gräßliche Blau von ihren Lippen, und ein leichtes Rot kehrte in ihre Wangen zurück, aber ihr Körper zitterte und zuckte, und Tränen liefen ihr über das Gesicht. Zu seiner Erleichterung entdeckte er eine Karaffe mit Cognac auf einer Anrichte. Er holte sie, nahm den Stöpsel ab und träufelte ihr einige Tropfen ein.

Er hielt sie im Arm und merkte, daß das Zittern allmählich nachließ und einem haltlosen Schluchzen wich, als der Schock einsetzte. »Ganz ruhig, Luise, es ist alles wieder gut, Liebes. Du bist in Sicherheit.« Sie atmete tief und schaudernd ein und vergrub aufschluchzend ihr Gesicht an seiner Brust. Er hielt sie fest im Arm, fuhr mit den Lippen über das nasse Haar, streichelte sie und beruhigte sie mit leiser Stimme, bis ihre Tränen versiegten.

Zärtlich hob er ihr Gesicht. »Trink noch etwas Cognac.« Ihre Wangen glühten jetzt und die Augen waren vom Weinen gerötet, doch nie war sie ihm schöner erschienen. Sanft küßte er ihren salzigen Mund.

Sie ergriff seine Hand und sprach zum erstenmal mit schwacher Stimme. »Georg, du bist ganz kalt. Du mußt dich auch umziehen.«

Er hatte bisher überhaupt nicht an sich gedacht, aber jetzt merkte er, daß auch seine Kleidung durchnäßt war. Behutsam bettete er Luise auf das Sofa und ging nach oben, um kurz darauf, wie sie in eine Daunendecke gehüllt, zurückzukommen, die feuchten Sachen über den Arm. Sie sah schon bedeutend besser aus, zitterte nicht mehr, blickte aber noch klein und mitleiderregend mit ihren großen, grünen Augen aus ihrem herzförmigen Gesicht über die bauschige Decke. »Wie fühlst du dich jetzt?«

Sie lächelte zaghaft. »Georg, wie kann ich dir jemals danken? Ohne dich wäre ich ertrunken.«

Er wandte sich zum Feuer und legte ein paar Holzscheite auf. Der Kessel zischte und stieß Dampfwolken aus. »Ich mache etwas Tee.«

Luise sah ihm zu, wollte, daß er wieder zu ihr käme. Sie dachte einen Moment nicht daran, daß ihre Beine noch schwach waren, und stand auf. Aber sie strauchelte, und die Decke öffnete sich und enthüllte ihren nackten Körper im Feuerschein.

Im Nu war Georg bei ihr und fing sie auf. Er blickte hinunter zu ihr. Dann hob er langsam die Augen, und einen Augenblick sahen sie sich an; nur das Krachen des Holzes im Kamin war zu hören. Er zog sie an sich, küßte sie, hielt sie in seinen starken Armen, preßte ihren Körper an sich, bis sie schließlich auf das Sofa sanken.

Sie hatte immer gewußt, daß dies einer der erhebendsten Augenblicke ihres Lebens sein würde, aber Georgs Zärtlichkeit und seine fast demütige Erregung nahmen ihr den Atem. Nie hatte sie sich eine solche Wärme vorstellen können, ein solches Entzücken am Entdecken des Körpers eines anderen Menschen, die Verwunderung über die Berührung mit Fingern und Lippen, diese Freude am Geben und Nehmen und die Hingabe und Aufgabe des eigenen Ich in jener letzten verzehrenden, ekstatischen Vereinigung. Bis zu diesem Augenblick, das wußte sie, war sie nichts gewesen. Jetzt, durch Georg, hatte sie eine neue Ganzheit erreicht. Sie hob ihr Gesicht, um ihn zu küssen, und sah, daß seine Wangen feucht von Tränen waren.

»Luise, ich liebe dich so«, flüsterte er.

»Und ich liebe dich, Georg. Bitte, sei nicht traurig, mein Liebster.«

Staunend sah er sie an. »Luise, weißt du nicht, was du getan hast? Verstehst du nicht, wie glücklich du mich gemacht hast?« Er zog ihren Kopf an seine Schulter, drückte sie heftig an sich. »Luise, ich dachte, ich wäre nicht imstande, wie jeder andere Mann zu sein. Sie haben mir gesagt, ich wäre impotent. Aber das bin ich nicht, Luise! O mein Liebling, danke, danke, danke . . .«

18

Luise versuchte nicht, ihr Glück vor der Welt zu verbergen. Es kam in ihrem heiteren Lachen zum Ausdruck, in der Lebhaftigkeit, mit der sie ging, in der Frische ihrer Haut. Georg würde nicht mehr leiden wie bisher, denn Luise war entschlossen, ihm alles zu geben, was Sara ihm verweigert hatte.

Daß sie dabei Erfolg hatte, zeigte sich in der Freude, die Georgs Musik erfüllte, in dem Schwung, mit dem er sich wieder in die Arbeit stürzte. Luise war alles andere als eifersüchtig auf seine Arbeit, ermunterte ihn vielmehr darin, denn sie stellte ein weiteres Band zwischen ihnen dar. Weil sie verstand, was er machte, fühlte sie sich nicht ausgeschlossen, wenn er stundenlang in seinem Zimmer saß und sie mit Lothar reden ließ, sondern war stolz, daß sie seinem Genie zum Durchbruch verholfen hatte. Daß ihr Vertrauen in ihn berechtigt war, bewies sein und Emmys einjähriger Jubiläumsauftritt am Silvesterabend im Café Jochum.

Es war nicht mehr nötig, Einladungen zu verschicken, denn die Leute bemühten sich lange im voraus um Plätze. Emmy, die nicht mehr ganz so schmächtig und sehr viel selbstsicherer als vor einem Jahr war, sah noch reizender aus, und ihre Stimme schien noch kräftiger geworden zu sein. Georgs Lieder handelten nicht mehr von Hunger und unerwiderter Liebe, sondern von Hoffnung und Mut und Freude.

Als Emmy umjubelt von der Bühne gegangen war und überall in der Stadt die Glocken das Jahr 1926 begrüßten, kämpfte sich Luise durch das überfüllte Café, um Georg ein gutes neues Jahr zu wünschen. »Du warst wunderbar. Wann hast du das geschrieben?«

»Seit ich dich kenne. Du scheinst etwas Neues, Positives in mein Leben gebracht zu haben.«

Sie hätte sich keinen besseren Beginn des neuen Jahres wünschen können. »Danke«, hauchte sie und küßte ihn auf die Wange. Und als sie sich schließlich trennen mußten, hatte sie zumindest die Genugtuung zu wissen, daß er nicht nach Hause zu Sara ging, auch wenn er nicht mit ihr kommen konnte.

Am nächsten Tag wurde deutlich, daß ihre neue Beziehung zu Georg Viktorias Adleraugen nicht entgangen war. »Luise, mir scheint, du bist sehr viel mit Georg zusammen«, sagte sie nach dem Frühstück.

»Warum nicht? Wir waren immer gute Freunde.«

»Ich glaube fast, ihr seid mehr als Freunde. Denk bitte nicht, ich will mich einmischen, aber ich möchte nicht, daß du Kummer bekommst.«

»Vicki, ich glaube nicht, daß dich das etwas angeht«, erwiderte Luise aufgebracht. »Wir sind beide erwachsene Menschen. Ich habe mich nie in dein Leben eingemischt oder mir ein Urteil über dein Handeln angemaßt und empfehle dir daher, daß du dich weiter um deine Kinder, deinen Mann und das Hotel kümmerst und mich mein Leben leben läßt.«

Tief getroffen und verärgert sagte Viktoria: »Aber ich hatte auch nie ein Verhältnis mit einem verheirateten Mann.«

Abrupt schob Luise ihren Stuhl zurück und stand auf. »Ich werde hoffentlich wenigstens soviel Verstand haben, nicht schwanger zu werden«, bemerkte sie kühl und verließ das Zimmer.

Sie vergaß ihren Ärger mit Viktoria bald, doch die Bemerkung ihrer Schwester, daß Georg ein verheirateter Mann sei, ging ihr nach. Schließlich fragte sie Lothar, der der einzige Geschiedene war, den sie kannte. »Sara ist schuld, daß die Ehe zerbrochen ist. Warum läßt er sich nicht scheiden?«

»So einfach ist das nicht. Er müßte ihre Untreue beweisen und ginge dennoch das Risiko ein, daß sie das Sorgerecht für Minna bekäme.«

Luise nagte an der Unterlippe. »Das heißt also, obwohl er nicht mit ihr zusammenlebt, wird er vielleicht nie geschieden?«

»Das ist möglich«, meinte Lothar. Er legte den Arm um sie. »Glaub mir, Luise, die Ehe ist nicht so wichtig. Sei glücklich – und laß die Zukunft auf dich zukommen.«

Die Wochen vergingen, und Luise kam zu dem Schluß, daß Lothar wahrscheinlich recht hatte. Auch wenn Georg wieder oft auf Tournee war, er kam doch immer, so schnell es ging, zu ihr zurück, und sie verbrachte ihre ganze freie Zeit mit ihm. Wann immer ihre Arbeit es zuließ, waren sie lange, berauschte Nachmittage zusammen, liebten sich, sprachen über Musik, Lieder, den Sinn des Lebens. Jeder Tag schien sie einander näherzubringen.

Bevor sie es recht wußte, war der Winter vorbei, und plötzlich war es Frühling. Die Bäume Unter den Linden zeigten zartes Grün, und die Wiese in Heiligensee war mit Osterglokken übersät. Dort, als sie Hand in Hand am See entlangliefen, eröffnete Georg ihr an einem herrlichen Apriltag: »Ich fange jetzt ernsthaft mit der Arbeit an dem Stück an, über das Lothar und ich gesprochen haben.«

Freudig überrascht wandte sie sich ihm zu. »Ich freue mich. Wovon handelt es?«

Er grinste sie an. »Von der ersten Liebe meines Lebens – nach dir, natürlich. Es geht um Jazz.« Er zog sie an sich. »Macht es dir was aus, wenn du mich etwas weniger siehst?«

»Solange du dabei glücklich bist, macht es mir nichts aus«, beruhigte sie ihn. Es stimmte tatsächlich. Sein Glück war ihr einziger Lebenszweck.

Im April erfuhr Sara, daß ihr Mann ein Verhältnis mit Luise hatte. Als sie eines Abends ins »Hades« kam, erzählte Rudi ihr schadenfroh: »Ich habe sie Hand in Hand im Tiergarten gesehen. Aber sicher weißt du das längst und hast deinen Anwalt schon unterrichtet.«

Sie blickte ihn verständnislos an. Georg hatte ein Verhältnis mit Luise? Das konnte nicht sein. Georg war impotent. Er konnte kein Verhältnis haben. Angst stieg in ihr auf, ihr Herz schlug schneller, und ihre Hände zitterten. Sie zwang ihre Stimme, ruhig zu bleiben, und fragte: »Kann ich mein Kokain haben, Rudi?«

Er griff in die kleine Schublade hinter der Bar, aber bevor er ihr das Päckchen gab, sagte er: »Übrigens, dein Konto bei mir ist ziemlich überzogen, Liebling. Gib demnächst mal wieder etwas Geld rüber, ja? Der arme Rudi muß schließlich auch leben.«

Sie hörte kaum hin und ging sofort auf die Damentoilette. Hatte zu Beginn noch eine kleine Dosis für mehrere Stunden gereicht, mußte sie jetzt häufiger schnupfen. Zitternd sank sie auf einen Stuhl und inhalierte das für sie lebenswichtige Pulver. Dann betrachtete sie sich im Spiegel. Die eingefallenen Wangen ließen ihre Augen sehr groß erscheinen, während sie ihre Taille fast mit den Händen umspannen konnte. Aber ihre Nasenlöcher waren entzündet, und ihre Stirnhöhle tat weh. Sie schien nichts mehr riechen zu können.

Allmählich klang ihr Herzklopfen ab, und sie dachte über Rudis Nachricht und seine Bemerkung hinsichtlich des Anwalts nach. Wenn Georg wirklich ein Verhältnis hatte, müßte sie doch etwas Geld aus ihm herausholen können, um Rudi zu bezahlen.

Als sie zurückkam, war sie recht zuversichtlich. Ein Fremder saß allein an der Bar, und sie setzte sich zu ihm. »Hallo, ich bin Sara.«

Der Mann lächelte sie wissend an und legte seinen Arm um ihre nackten Schultern. »Hallo, Sara, du magst sicher

Champagner.« Er gab einem Kellner ein Zeichen und führte sie in eine schummrige Ecke. Aber als es Zeit zum Gehen war, überhörte er ihre Aufforderung, sie nach Hause zu begleiten, obwohl sie ihm erlaubt hatte, ihr unter das Kleid zu fassen. So mußte sie schon den siebten Abend hintereinander ihr Taxi selbst bezahlen und allein schlafen. Das gab den Ausschlag. Am nächsten Tag ging sie zu ihrem Anwalt.

Er machte sich eifrig Notizen und hörte aufmerksam ihren Bericht über ihre Ehe mit Georg an, über seine Impotenz und daß er sie ohne ein Wort verlassen hatte, weil er allem Anschein nach ein Verhältnis mit einer anderen Frau hatte. »Lassen wir einmal die technische Frage beiseite, ob ein impotenter Mann ein Verhältnis haben kann, Frau Jankowski«, sagte er, als sie fertig war. »Liegt Ihnen an einer Aussöhnung, oder möchten Sie eine Aufhebung der ehelichen Gemeinschaft oder eine Scheidung?«

Sara starrte ihn an. Das letzte, was sie wollte, war, daß Georg zurückkäme, aber sie würde den Teufel tun und ihm die Freude einer Scheidung machen, damit er dann Luise Jochum heiraten könnte. »Ich brauche eigentlich nur mehr Geld.«

»Haben Sie Ihren Mann gesehen, nachdem er Sie verlassen hat?«

Sie zeigte ihm Dr. Duscheks Brief. »Das ist alles, was ich von ihm gehört habe.«

Der Anwalt las den Brief und sagte dann: »Ich schlage vor, ich setze mich mit Dr. Duschek in Verbindung und rege eine Trennung an. Wenn Sie mir in der Zwischenzeit eine genaue Aufstellung Ihrer Ausgaben geben, versuche ich, eine Erhöhung des Unterhalts zu erreichen.«

Da wußte Sara, daß es aussichtslos war, denn der wöchentliche Scheck, den Georg ihr gab, reichte für weit mehr als die häuslichen Ausgaben, und kein Richter würde verfügen, daß Georg ihr Kokain bezahlte.

Von da an wurde es immer schlimmer. Rudi räumte ihr

bald keinen Kredit mehr ein, und die Bank weigerte sich, ihren Dispositionskredit zu erhöhen. »Gib das Rauschgift auf, dann können wir weiterreden«, war alles, was Theo sagte.

Dann besuchte sie ihren Vater. »Papa, leih mir bitte etwas Geld«, bat sie.

»Damit du dir Rauschgift kaufen kannst?« schnaubte Professor Ascher. »Nein, Sara, du kriegst von mir keinen Pfennig mehr, solange du diese furchtbare Sucht nicht aufgibst. Du hast das Leben von Georg und Minna zerstören wollen, und jetzt ruinierst du deins. Mädchen, hast du denn überhaupt keinen Verstand?«

»Das geht dich überhaupt nichts an«, kreischte sie. »Es ist mein Leben, und ich mache damit, was ich will.«

Er hob beschwichtigend die Hand. »Sara, es ist nur, weil wir uns Sorgen machen. Wir wollen nicht, daß du dich krank machst. Und Rauschgiftsucht ist eine Krankheit. Bitte, geh zu einem Arzt, Sara. Gib das Kokain auf.«

Das brachte sie auf eine Idee. Sie suchte einen Modearzt am Kurfürstendamm auf, von dem sie im »Hades« des öfteren gehört hatte, und tischte ihm eine glaubhafte Geschichte von Schlaf- und Appetitlosigkeit auf. Er verschrieb ihr eine große Packung Schlaftabletten. »Nur eine abends«, erklärte er.

Die Kombination Kokain, Schlaftabletten und Champagner war hervorragend. Noch nie hatte sie so herrlich geträumt. Und bald kam sie dahinter, daß sie, wenn sie zwei Schlaftabletten nahm, erst mittags aufwachte.

Da sie nirgendwo mehr Geld auftreiben konnte, fing sie an, ihren Schmuck zu versetzen, bis die Kassette eines schlimmen Tages leer war. Ungläubig blickte sie hinein, dann sah sie sich in der Wohnung um. Sie würde die Möbel verkaufen müssen.

Von ein paar Gramm Kokain beflügelt, beauftragte sie großspurig ein Unternehmen für Haushaltsauflösungen, bis auf ihr Bett alle Möbel und Bilder abzuholen, auch wenn das, was sie dafür bekam, weniger war, als sie sich vorgestellt hatte. Aber es reichte für einen weiteren Monat Kokain. Als die Sachen aufgeladen waren, sagte einer der Männer grinsend: »Jetz könn'n Se hier 'ne dufte Party schmeißen.«

Sara fühlte sich an diesem Tag richtig euphorisch. Was für eine tolle Idee! Sie würde ins »Hades« gehen und anschließend alle zu sich einladen. Sie machte sich schön, gab etwas von ihrem neuen Reichtum für ein Taxi aus, aber als sie vor dem Nachtclub hielten, deutete der Fahrer auf ein Polizeifahrzeug, das draußen parkte: »Sieht so aus, als hättet Ärjer jejeben, Frollein. Soll ick weiterfah'n?«

»Nein«, sagte sie hochnäsig, »ich möchte aussteigen.«

Als sie jedoch gerade bezahlte, erschien Rudi, mit Handschellen gefesselt, zwischen zwei Polizisten. Eine kleine Menschenmenge hatte sich angesammelt. Rudi, verbindlich und elegant wie immer, lächelte gnädig, als erwiesen ihm die Polizisten eine große Ehre. Als er Sara bemerkte, blinzelte er ihr zu.

»Rudi!« schrie sie, aber ein Polizist drängte sie beiseite und schob Rudi in die grüne Minna. Verwirrt blickte sie dem abfahrenden Wagen nach, dann läutete sie am »Hades«. Der Portier, der ihr aufmachte, sah sie kühl an. »Der Club ist bis auf weiteres geschlossen. Es ist nichts für Sie da. Die Polizei hat alles mitgenommen.«

Binnen Sekunden schlug ihre Hochstimmung in Niedergeschlagenheit um. »Warum haben sie Rudi festgenommen?«

»Sie sagen, er habe einem minderjährigen Mädchen Rauschgift gegeben, und sie ist gestorben. Sie werfen ihm Mord vor.«

»Mord?« Das Gesicht des Portiers verschwamm vor ihren Augen. »Aber was ist mit meinem Kokain?«

»Sie verschwinden hier. Die kommen jeden Augenblick wieder und durchsuchen hier alles von oben bis unten.

Wenn man Sie hier findet, werden Sie auch festgenommen. Also, gehen Sie.« Er schob sie nach draußen und schlug die Tür hinter ihr zu.

Tränen traten ihr in die Augen. Die paar Gramm Kokain in ihrer Tasche waren alles, was sie noch hatte, und jetzt, wo Rudi nicht mehr da war, wußte sie nicht, wo sie Nachschub bekommen sollte. Sie kam sich plötzlich völlig ausgeplündert vor. Ein Taxi fuhr vor, und fast wie im Traum bat sie den Fahrer, sie nach Hause zu fahren.

Erst als sie wieder in die leere Wohnung trat, fiel ihr ein, daß sie eine Party hatte geben wollen, obwohl sie gar nicht wußte, wer die Gäste hätten sein sollen, denn sie hatte keine richtigen Freunde mehr. Sie dachte an Anita, den einzigen Menschen, den sie je geliebt hatte. Aber wie hatte Anita ihre Liebe vergolten? Sie hatte sie verlassen, wie alle anderen auch.

Sie schnupfte etwas Kokain, holte eine halbvolle Flasche Whisky hervor, die unter ihrem Bett versteckt war, und nahm ein paar Schlaftabletten. Sie hatte seit zwei Tagen nichts gegessen, und so wirkten sie sofort. Plötzlich dachte sie an Georg. Georg hatte sie immer geliebt. Dieses dumme Zeug, daß er ein Verhältnis mit Luise hatte, war doch nur ein Trick, sie zurückzugewinnen. Warum sollte sie Georg nicht einladen? Sie könnten zusammen eine wunderbare Party feiern. Sie griff zum Telefon auf dem Boden neben dem Bett, suchte in ihrem Notizbuch Lothars Nummer und fühlte sich, während sie auf das Freizeichen hörte, allmählich befreiter. Wenn Georg zurückkäme, müßte sie nie mehr einsam sein.

Er meldete sich selbst. »Georg, ich bin's, Sara.«

Er war einen Augenblick still, dann fragte er: »Ja, Sara, was möchtest du?«

»Komm zu mir, Georg. Ich bin so einsam. Ich möchte mit jemand reden.«

»Worüber möchtest du reden?«

»Über dich und mich«, sagte Sara. Ihre Stimme schien von weit her zu kommen. Die Tabletten, dachte sie wie in einem Nebel, wirkten gut. »Ich möchte dich, Georg. Ich bin einsam.«

»Das hätte dir etwas früher einfallen sollen, Sara. Ich bin sehr beschäftigt. Wenn du mich sehen willst, mach etwas über deinen Anwalt aus. Und jetzt laß mich in Ruhe.« Er legte auf.

Nicht einmal Georg wollte sie also haben. Mechanisch schluckte sie drei weitere Tabletten und spülte mit Whisky nach. Was für ein Ehemann war das? Tränen stiegen ihr in die Augen, und sie legte sich aufs Bett und starrte an die Decke. Warum war in ihrem Leben alles schiefgegangen? Sie hatte doch nur etwas Spaß haben wollen, wollte lieben und geliebt werden.

Sie griff nach dem Kokaintütchen und schnupfte eine weitere Prise. Bald würde nichts mehr dasein, und es würde nichts mehr geben, denn Rudi saß im Gefängnis. Armer Rudi. Armer Georg. Aber vor allem arme Sara. Ach, sie konnte es sich genausogut genehmigen, solange es noch da war. Und die Tabletten. Und den Whisky. Sie hob die Flasche. Sie schluckte noch ein paar Tabletten. Bald waren beide Flaschen leer, und das Stück Papier, in dem das Kokain gewesen war, flatterte leer zu Boden. Die Augen fielen ihr zu, und quer über dem Bett liegend, sank sie in einen tiefen Schlaf.

Sie träumte, sie gäbe eine Party, die größte Party ihres Lebens, aber komisch, es gab keine Musik, und es gab auch keine Gäste. Und plötzlich gab es überhaupt nichts mehr.

Sara Ascher war tot.

Als Georg Luise und Lothar beim Abendessen von Saras Anruf erzählte, machte er einen ziemlich verstörten Eindruck. »Wir sind seit über sechs Monaten auseinander; das ist das erste Mal, daß sie sich gemeldet hat. Sie sagte, sie sei einsam und wolle mit jemandem sprechen. Meint ihr, ich sollte hingehen?«

Lothar, der die Abendzeitung aufgeschlagen hatte, lächelte schwach. »Ich glaube, ich kann es erklären. Rudi ist verhaftet worden. Das ›Hades‹ ist bis auf weiteres geschlossen.«

Luise riß ihm die Zeitung aus der Hand, aber der Artikel brachte kaum etwas Neues. »Das erklärt wohl, warum Sara sich einsam gefühlt hat«, meinte sie unschlüssig.

»Jetzt kommt sie nicht mehr so leicht an Kokain heran.«

Georg sah beide bekümmert an. »Wahrscheinlich habt ihr recht. Ja, ich werde wieder an die Arbeit gehen, wenn ihr mich entschuldigt.«

Als er sich am nächsten Nachmittag mit Luise traf, war er wieder guter Dinge. »Lothar ist weg, und seine Sekretärin ist nach Hause gegangen. Wir sind allein und werden den Rest des Tages im Bett verbringen!«

Nie schienen ihre Körper in vollkommenerer Harmonie gewesen zu sein als an diesem Nachmittag, und Luise vergaß Sara völlig, bis das Telefon klingelte. »Ach, laß es klingeln«, brummte Georg, das Gesicht zwischen ihre Brüste gepreßt. Aber als es nicht aufhörte zu klingeln, spürte sie, wie er unruhig wurde. »Ich geh doch besser ran, aber wehe, es ist Sara.«

Er blieb sehr lange weg, und als er zurückkam, war sein Gesicht grau. Wortlos zog er sich an. »Georg, was ist los?« fragte Luise besorgt.

»Sara ist tot«, erwiderte er knapp. »Der Professor hat sie vor ein paar Stunden gefunden.«

»Tot?« wiederholte Luise entsetzt, sprang aus dem Bett und fing an, sich ebenfalls anzuziehen. »Aber wie?«

Georg sah sie starr an. »Sie hat anscheinend eine Überdosis genommen.« Er ging zur Tür und öffnete sie. »Ich muß den Professor in der Leichenhalle treffen.«

»Warte, Georg, ich komme mit«, rief sie, an einem Strumpf zerrend.

»Nein, das ist meine Sache. Das muß ich allein erledigen.«

»Aber Georg . . .«

»Luise, begreifst du nicht? Gestern hat sie mich angerufen und mich gebeten, zu ihr zu kommen. Wäre ich gegangen, wäre das nicht passiert. Aber ich bin nicht gegangen – und jetzt ist sie tot. Ich habe Sara getötet, Luise. Ich habe meine Frau getötet.«

Noch bevor sie etwas erwidern konnte, war er fort. Wie betäubt setzte sie sich aufs Bett. Sie hörte das Anspringen des Motors, dann das Quietschen der Reifen, als er abfuhr. Mechanisch zog sie sich die Strümpfe an und machte das Bett. Dann lief sie im Wohnzimmer auf und ab und versuchte zu verstehen, was geschehen war. Sara war tot. Und Georg glaubte, sie getötet zu haben, weil er nicht zu ihr gegangen war. Das war natürlich Unsinn. Aber die Tatsache, daß Sara tot war, blieb.

Sie lief noch immer hin und her, als Lothar zurückkam. Er sah sie an und goß ihr, ohne ein Wort zu sagen, einen Schnaps ein. »Trink, und dann erzähl mir, was passiert ist.«

Sie kippte das scharfe Getränk in einem Zug hinunter und erzählte ihm das bißchen, das sie wußte. »Ich mußte hierbleiben. Ich dachte, daß Georg vielleicht anruft. Und ich möchte hiersein, wenn er zurückkommt.«

Als sie bis Mitternacht noch nichts von ihm gehört hatten, sagte Lothar sanft: »Ich bring dich am besten jetzt nach Hause. Wahrscheinlich ist er bei den Arendts oder Professor Ascher. Er wird heute bei der eigenen Familie sein wollen.«

»Ja, wahrscheinlich hast du recht.« Und dann sprach sie das aus, was ihr den ganzen Abend durch den Kopf gegangen war. »Lothar, es wird doch alles wieder gut, nicht wahr? Schließlich liebt Georg sie seit Jahren nicht mehr, und ihr Tod kann ihm doch nicht soviel bedeuten. Und jetzt braucht er sich auch nicht mehr scheiden zu lassen. Nichts hindert uns mehr zu heiraten.«

»Ich weiß es nicht«, sagte Lothar gequält. »Georg ist sehr sensibel. Wenn er, wie du sagst, glaubt, Sara getötet zu haben, braucht er vielleicht sehr lange, um darüber hinwegzukommen.«

»Meinst du, ich könnte ihn morgen bei den Arendts anrufen?«

Lothar legte die Hand auf ihren Arm. »Er weiß, wo du zu finden bist, Luise. Du mußt warten, bis er auf dich zukommt.«

Sie nickte teilnahmslos.

Die Zeitung meldete am nächsten Tag ganz groß: SCHAUSPIELERIN STIRBT AN ÜBERDOSIS. Ein Foto zeigte Sara mit achtzehn in »Hurra! Husar!« Das lange schwarze Haar fiel ihr über die Schultern, und ihre volle Figur sprengte fast das Kostüm. Der Artikel berichtete über ihre Bühnenlaufbahn; weiter hieß es: »Sie war ein bekannter Gast in Berlins berühmtem Nachtclub ›Hades‹, dessen Besitzer Rudi Nowak vor zwei Tagen verhaftet wurde, weil er einer Minderjährigen Kokain besorgt hatte.« Der Artikel schloß: »Der Mann Sara Aschers, der Komponist Georg Jankowski, hält sich mit seiner zehnjährigen Tochter Minna in der Villa seines Schwagers auf, des Bankiers Theo Arendt. Der Tod seiner Frau soll ihn tief getroffen haben, und er stand zu einer Auskunft nicht zur Verfügung. Die Trauerfeier findet am nächsten Montag in der Synagoge in Grunewald statt.«

Luise lief wie im Traum durch das Leben, war immer in der Nähe eines Telefons, aber auch wenn Lothar sie täglich anrief, um sich zu vergewissern, daß es ihr gutging, von Georg hörte sie nichts. Dann kam eine offizielle, an Benno adressierte Todesanzeige, in der sie alle zur Trauerfeier eingeladen wurden. »Das arme Ding«, sagte Benno, »kann nicht sehr alt gewesen sein.«

»Sie war ein Jahr jünger als ich«, bemerkte Viktoria. »Einunddreißig, überhaupt kein Alter.«

Luise sah Georg erstmals in der Synagoge wieder und war

schockiert über sein Aussehen. Mit ausgezehrtem, grauem Gesicht stand er zwischen Sophie und Minna in der ersten Reihe und starrte blicklos vor sich hin. Selbst auf dem jüdischen Friedhof, wo Sara beerdigt wurde, schien er nichts zu sehen und zu hören, und als die Beerdigung vorbei war, zog er sich mit der Familie sofort wieder zurück.

»Sie machen sich Vorwürfe wegen ihres Todes«, sagte eine stattliche jüdische Dame neben Luise zu einer Freundin. »Sie lebte gar nicht mit dem Jankowski zusammen, aber sie soll ihn am Tag ihres Todes angerufen haben. Er hatte was mit irgendeiner jungen Kebse, obwohl das jetzt ja wohl vorbei ist. Aber es ist zu spät. Das hätte er sich früher überlegen müssen.«

Viktoria legte den Arm um Luise. »Komm nach Hause.«

Luise ließ noch ein paar Tage verstreichen, aber als sie die Spannung nicht länger ertragen konnte, rief sie Georg an. »Kann ich dich sehen?«

Mit einem selbst für sie spürbaren Widerwillen sagte er zu und schlug einen der unverfänglichsten und belebtesten Treffpunkte der Stadt vor. »Ich erwarte dich morgen um zwei am Eingang des Zoos.«

Im Zoo herrschte an diesem herrlichen Julinachmittag Hochbetrieb. Die Hände tief in den Taschen, liefen Georg und Luise nebeneinander her, als gehörten sie gar nicht zusammen. Ihre Gesichter ließen Spuren schlafloser Nächte erkennen. Als Georg sprach, sah er sie nicht an. »Es tut mir leid, Luise, daß ich so durcheinander bin, aber ich weiß einfach nicht, was ich noch denken soll.«

»Ich liebe dich, Georg, und ich möchte dir so gern helfen.«

»Ich fühle mich schuldig. Niemand kann mir diese Schuld abnehmen.«

Sie nickte benommen. »Was willst du tun, Georg?«

»Arbeiten. Das ist das einzige, was ich kann. Es tut mir leid, Luise, aber du verdienst jemand Besseren als mich. Ich werde dich nie glücklich machen, genausowenig wie ich Sara glücklich gemacht habe.«

»Aber du hast mich glücklich gemacht. Begreifst du nicht, Georg? Ich liebe dich. Ich liebe alles an dir, nicht nur deinen Körper, nicht nur deine Musik, sondern dich, Georg Jankowski. Du bist mein Leben, Georg, du bist alles, wofür ich lebe.« Schluchzend würgte sie die Worte hervor.

Es war, als wäre er sich ihrer Gegenwart nicht bewußt, als hätte er bereits aufgehört, zu ihr zu gehören. Er sprach von Sara, erzählte, daß er Professor Ascher versprochen habe, sie zu lieben, bis er sterbe. »Aber ich habe sie im Stich gelassen. Als sie mich am dringendsten brauchte, war ich nicht da.«

»Nein, Georg, du hast getan für sie, was du konntest ...«

Er schien sie nicht zu hören. »Ich habe auch Minna im Stich gelassen. Sie ist offenbar überhaupt nicht davon berührt, daß ihre Mutter tot ist. Und bei mir will sie auch nicht bleiben. Sie möchte bei Theo und Sophie bleiben.«

»Georg, sie ist verwirrt, sie hat einen schrecklichen Schock erlitten. Aber wir, wir können neu anfangen. Vielleicht kommt Minna später zu uns.«

»Begreifst du denn nicht?« In seiner Stimme klang eine fast grimmige Bitterkeit. »Ich kann nicht einfach da weitermachen, wo wir aufgehört haben. Ich brauche Zeit, die Dinge zu durchdenken, Zeit, mir ein neues Leben aufzubauen.«

»Aber eins, in dem ich nicht vorkomme«, sagte Luise traurig. »Georg, es ist nicht meine Schuld, daß Sara gestorben ist. Was ist mit mir?«

Lange standen sie schweigend da, während sich ringsum die Menschen drängten und Kinderlachen erklang. Dann sagte Georg hilflos: »Ich weiß es nicht, Luise.« Er beugte sich vor und fuhr ihr mit den Lippen über das Haar. »Es tut mir leid, Liebes, ich weiß einfach nichts mehr.«

Sie hörte ihn kaum. Sie wußte nur, daß die tote Sara zwischen sie getreten war, wie es der lebenden nie gelungen war.

Lange verlor das Leben für Luise jeglichen Inhalt. Wie ein Automat ging sie weiter ihrer Arbeit nach, schrieb Geschäftsbriefe, lächelte Gästen zu, aß lustlos und rauchte viel. Aber wann immer sie konnte, war sie im Grunewald, im Häuschen in Heiligensee, im Café Jochum, im Palmenhaus, im Tiergarten und auf dem Kurfürstendamm. Mit schwerem Herzen stand sie vor Lothars Wohnung, wartete darauf, daß er auftauchen würde. Aber Georg wohnte nicht mehr dort.

Ihre Freunde waren unendlich besorgt, wie bei einem kleinen Kind, das sein Lieblingsspielzeug verloren hat oder dessen Hund überfahren worden war. Weil sie nicht mit Georg verheiratet gewesen war, sondern nur ein Verhältnis mit ihm gehabt hatte, hielten sie ihre Liebe zu ihm nur für etwas Vorübergehendes. »Ich verstehe dich, aber darüber bist du bald hinweg«, sagte Viktoria. »Du findest bald einen anderen.«

Ricarda merkte, daß etwas nicht stimmte, wußte aber nicht, was, und Luise konnte es ihr nicht sagen. Sie hätte zugeben müssen, daß sie ein Verhältnis mit einem verheirateten Mann gehabt hatte, und das hätte Ricarda nie verstanden.

Und Lothar war da. Lothar, der ihr erzählte, daß Georg eine neue Wohnung gefunden hatte; der ihr berichtete, daß Georg und Emmy wieder auf Tournee waren; der sagte: »Luise, wir müssen viel Geduld und Verständnis haben«, der murmelte: »Du hast ja noch mich. Ich weiß, ich bin ein schlechter Ersatz, aber ich habe dich sehr gern.«

Alle sprachen sie mit ihr, aber ihre Worte waren bedeutungslos. Manchmal dachte sie, sie selbst sei gestorben und es sei ihr Geist, der sich unter ihnen bewegte. Oft, wenn ihr Schmerz fast unerträglich wurde, wenn sie auf dem Bett lag und stille Tränen weinte, wünschte sie sich, tot zu sein.

Warum? Warum? Warum? Die Fragen bedrängten sie ohne Unterlaß. Warum hatte er sich nicht eher scheiden lassen? Warum hatte er die Schuld an ihrem Tod auf sich genommen? Warum glaubte er nach wie vor, Sara getötet zu haben, während er in Wirklichkeit sie, Luise, getötet hatte? Warum hatte er sie verlassen, wo sie doch jetzt frei waren und heiraten konnten? Warum meldete er sich nicht? Und dann die letzte, die härteste Frage: Hatte Georg sie je so geliebt wie sie ihn?

War es eine der grausamsten Ironien des Schicksals, daß bei jeder Beziehung einer gibt und einer nimmt, einer verletzt und einer verletzt wird, einer liebt und einer geliebt wird?

Als die Monate vergingen und sie nichts von ihm hörte, versuchte Luise, sich der bitteren Wahrheit zu fügen. Sie waren glücklich zusammen gewesen, aber es war eine Liebe, die nicht von Dauer sein konnte. Nichts war von Dauer. Sie hatten ein Stück vom Himmel besessen, aber dieser Himmel hatte sich in eine Hölle verwandelt. Georg hatte ihr nichts versprochen. Er hatte kein Wort gebrochen. Zumindest für den Augenblick war ihre Beziehung beendet.

Vielleicht konnten sie die Scherben eines Tages kitten und neu beginnen. Nicht dort, wo sie aufgehört hatten, sondern an einem neuen Punkt. Irgendwann, wenn sie beide Zeit gehabt hatten nachzudenken, ein neues Leben aufzubauen ... Es war eine schwache Hoffnung, aber die einzige, an die Luise sich klammern konnte.

Im Dezember wurde Rudi Nowak nach nur sechs Monaten aus dem Gefängnis entlassen. Die Nachricht machte in Berlin sofort die Runde. Dr. Dr. Frey hatte ihn nicht nur brillant verteidigt, sondern während Rudis Haft auch dessen drei Nachtclubs und einige andere Beteiligungen mit, wie man munkelte, einem erklecklichen Gewinn verkauft, von dem er bestimmt einen anständigen Prozentsatz einbehalten hatte; den stattlichen Rest hatte er nach Amerika überwiesen. NOWAK BEGINNT NEUES LEBEN lautete eine Schlagzeile, und ein Bild zeigte Rudi, der am Anhalter Bahnhof einen Zug auf seiner ersten Etappe nach Kalifornien bestieg.

Er bedeutete ihr zwar nichts mehr, aber dennoch empfand Luise eine unerwartete Trauer bei seiner Abreise. Er hatte trotz all seiner Schwächen starken Einfluß auf ihr Leben gehabt. Er war ihr erster Liebhaber gewesen und eine Verbindung zu Josef, der ebenfalls nach Amerika gegangen war, um ein neues Leben zu beginnen. Neues Leben, neues Leben ... Die Worte hallten in ihr nach. Wenn Rudi, Josef und Georg Berlin verlassen und ein neues Leben beginnen konnten, konnte sie es auch. Wenn sie eine Arbeit fände, die sie tagsüber ganz in Anspruch nahm, brauchte sie nur noch die einsamen Nächte durchzustehen. Wenn sie nicht jeden Tag an Georg erinnert würde, konnte sie vielleicht Abstand gewinnen. Selbst wenn sie ihn nie würde vergessen können, konnte sie den Verlust doch wenigstens bewältigen.

Irgendwie überstand Luise die nichtssagenden Belustigungen des Silvesterabends ohne Georg. Inzwischen war der Wunsch zu fliehen zum allesbeherrschenden Antrieb in ihrem Leben geworden. Es war ihr egal, wohin sie gehen und was sie machen würde, wenn sie nur Berlin mit all seinen Erinnerungen verlassen konnte.

Die Böllerschüsse, die das Jahr 1927 begrüßt hatten, waren kaum verklungen, und die meisten Hotelgäste kurierten noch ihren Kater, doch Baron Kraus hatte für solchen Luxus keine Zeit.

Um neun Uhr morgens klopfte ein Page an die Jochumsche Wohnungstür und überbrachte auf silbernem Tablett eine Nachricht. Benno öffnete den Umschlag und stöhnte. »Vater wählt die Zeit wie immer perfekt. Offenbar hat er Geschäftliches zu besprechen. Er möchte, daß wir alle um zehn zu ihm in die Suite kommen, auch Mama. Werden wohl gehen müssen.«

Als sie pünktlich antraten, begrüßte der Baron sie kurz und wandte sich sofort an Benno. »Die ›Gräfin Julia‹ wird demnächst fertiggestellt. Ich will sie zu einem schwimmenden Hotel Quadriga machen und brauche dazu euren fachmännischen Rat.«

»Wir kennen uns bei Schiffen kaum aus, Vater«, sagte Benno.

»Bei Schiffen nicht, aber bei Gästen. Die ›Gräfin Julia‹ wird die besten Kabinen, die ausgesuchtesten Restaurants und das aufwendigste Unterhaltungsprogramm aller Ozeandampfer haben. Wetzlar hat das größte und schnellste Linienschiff der Welt entworfen, und Kraus hat es gebaut; ihr sollt es jetzt auch zum luxuriösesten Schiff machen.«

»Das wäre bestimmt eine reizvolle Aufgabe«, seufzte Benno, »aber um welche Größenordnungen geht es da?«

»Die ›Gräfin Julia‹ hat über fünfzigtausend Tonnen und ist zweihundertfünfundachtzig Meter lang. Damit ist sie doppelt so groß wie die ›Preußen‹ und etwa fünfmal so groß wie das Quadriga. Sie befördert fünfhundert Passagiere, nur erster Klasse. Von euch möchte ich, daß ihr mich bei der Ausstattung der Kabinen, Salons, Speisesäle, den Menüs und dem Unterhaltungsprogramm beratet und die Durchführung überwacht.«

»Keine Kabinen, Heinrich«, warf Ricarda ein. »Es sollten richtige Schlafzimmer für Erste-Klasse-Passagiere sein, mit offenem Kamin, schweren Veloursteppichen, Seidenvorhängen ...«

»Sie haben den ganzen Tag nichts zu tun, außer sich zu amüsieren«, murmelte Viktoria. »Man könnte Modeschauen veranstalten, Geschäfte und Frisiersalons einrichten, Kabarett, Varietévorstellungen, Kostümbälle ...«

»Und ausgezeichnete Restaurants und Bars«, spann Benno den Faden fort. »Ja, Vater, wir könnten dir bestimmt helfen.« Er machte eine Pause. »Aber ich sehe beim besten Willen nicht, woher ich die Zeit nehmen sollte.«

Luise hielt den Atem an. Das mußte die Gelegenheit sein, auf die sie gewartet hatte. Aber würde der Baron sie akzeptieren? Würde er sie nicht für zu jung und unerfahren halten?

»Heinrich«, meinte Ricarda, »warum soll nicht Luise die Sache für dich durchführen? Sie hat beim Café Jochum hervorragende Arbeit geleistet.«

Alle schwiegen einen Augenblick und sahen Luise an.

»Das ist gar keine schlechte Idee«, sagte Benno bedächtig.

»Das wäre doch fabelhaft«, rief Viktoria. »Schließlich hat Luise Mamas künstlerische Begabung geerbt, und eigentlich war Mama für die Einrichtung des Quadriga verantwortlich.«

Benno wandte sich an Luise. »Würdest du es gern übernehmen?«

»Ja, sicher. Ich wäre gern mit dabei.«

»Vater, dann schlage ich vor, daß ich, unter deiner Oberhoheit natürlich, die Arbeiten überwache und Luise an Ort und Stelle mit der Ausführung betraut wird.«

»Ist dir klar, daß du viel deiner Zeit in der Kraus-Werft verbringen mußt?« fragte der Baron Luise warnend.

»Das würde mir überhaupt nichts ausmachen«, beruhigte sie ihn. Als sie die Sache in allen Einzelheiten besprachen, keimte in Luise neue Hoffnung auf.

Der folgende Monat verging in fast beängstigendem schnellen Tempo. Der Baron überhäufte sie mit Entwürfen, Plänen, Skizzen, Fotos, Bücherstapeln und einer einschüchternden Liste mit Anweisungen. Hedwig Korb, die Frau des Chefs der Kraus-Werft, schrieb ihr, sie sei als Gast der Familie herzlich willkommen.

Ende Januar fuhr Benno Luise zur Kraus-Werft. Sie war ein kleines Mädchen gewesen bei ihrem einzigen Besuch der Werft vor neunzehn Jahren anläßlich des Stapellaufs der »Preußen«. Inzwischen hatte sich die Werft so vergrößert, daß sie nicht wiederzuerkennen war. Ringsum war zudem eine kleine Stadt entstanden, mit Geschäften und Häusern.

Benno parkte am Kai. Als sie ausstiegen, peitschte ihnen eisiger Schneeregen ins Gesicht. Benno zeigte auf den massigen Schiffsrumpf, der vor ihnen in den Himmel ragte, fast verborgen hinter Baugerüsten, auf denen winzig aussehende Arbeiter herumturnten.

»Ist das die ›Gräfin Julia‹?« fragte Luise staunend.

»Das ist die ›Gräfin Julia‹«, lachte eine Stimme, und Luise sah sich, als sie sich umdrehte, einem stämmigen Mann mittleren Alters in einer Seemannsjacke gegenüber. Aus einem wettergegerbten Gesicht lächelten sie graue Augen an. »Und Sie müssen Fräulein Jochum sein. Darf ich mich vorstellen? Ich bin Jürgen Korb, der Chef der Kraus- Werft.« Er drückte kräftig ihre Hand und wandte sich dann Benno zu. »Ich freue mich, Sie wiederzusehen, Herr Kraus. Aber jetzt kommen Sie weg aus diesem Sauwetter.«

Benno blieb nicht lange, weil er noch am Abend zurück nach Berlin wollte. Als er abgefahren war, sagte Jürgen Korb: »Sie sind sicher müde und werden sich etwas frisch machen und umziehen wollen, Fräulein Jochum. Ich bringe Sie jetzt nach Hause. Morgen zeige ich Ihnen das Schiff, und Sie können mit der Arbeit beginnen.« Luise nahm dankbar an.

Er packte ihre Koffer hinten in seinen kleinen Wagen und fuhr etwa fünf Minuten, bis sie vor einem langen, verschachtelten Haus hielten, das auf einer flachen Landzunge mit Blick auf die Weser und die Nordsee lag. »Das ist Ihr neues Zuhause«, verkündete er stolz. »Ich hoffe, Sie fühlen sich wohl hier.«

Die Tür ging auf, und eine Frau eilte ihnen entgegen, an deren Schürze sich ein Kleinkind klammerte. »Sie Ärmste, Sie müssen ja erfroren sein«, gluckte sie besorgt und legte Luise mütterlich den Arm um die Schulter. Das Haus empfing sie mit Wärme und roch appetitlich nach frischgebackenem Brot. Luise hatte den Eindruck geräumiger, etwas unordentlicher Zimmer, bequemer Möbel und von Kinderlachen. Sie betrachtete Hedwig Korbs rundliches, lustiges Gesicht und war plötzlich froh, nicht in einem unpersönlichen Hotel zu wohnen. Sie freute sich darauf, Mitglied einer fröhlichen Familie zu werden.

Nein, hier würde sie nichts an ihr altes Leben erinnern. Keine Cafégesellschaften, keine moderne Musik, niemand, der jemals etwas von Sara Ascher oder Georg Jankowski gehört hatte. Hier gab es die unwirtliche Flußmündung, das Schreien der Möwen und die Gesellschaft einfacher, glücklicher Menschen. Vielleicht fand sie hier wieder zu sich selbst.

Luise blieb sechzehn Monate weg, Monate, die für Viktoria so schnell vergingen, daß sie sich dessen kaum bewußt wurde. Es war die erste wirkliche Stabilitäts- und Wohlstandsphase, die Deutschland seit der Vorkriegszeit erlebte. Stresemanns überragende Bemühungen, zunächst den Dawes-Plan zu verwirklichen, dann die Unterzeichnung der Locarno-Verträge und schließlich die Aufnahme Deutschlands in den Völkerbund, hatten das Land zum Bestandteil eines zusammengeschlossenen und friedlichen Europas gemacht. Keine Wolke schien den Horizont zu verdunkeln.

Viktoria erwartete, daß ihre Schwester Heimweh hätte, aber wenn, ließ sie es sich nicht anmerken. Ihr langer Aufenthalt hatte zur Folge, daß alle sie besuchten. Benno fuhr einmal in der Woche ganz früh los und war um Mitternacht wieder in Berlin. Viktoria, Ricarda und die Kinder machten aus ihren Fahrten Kurzferien; Hedwig Korb brachte irgendwie immer alle in dem weitläufigen Haus auf der Landzunge unter.

Es waren schöne Tage, vor allem im Frühling und Sommer, und die reine erfrischende Luft verlieh ihren Wangen Farbe und regte ihren Appetit an. Ricarda, inzwischen sechzig und ganz weißhaarig, brachte Staffelei und Wasserfarben mit und verbrachte viele glückliche Stunden beim Malen.

Auch Stefan und Monika profitierten von dem Klimawechsel und freundeten sich mit den drei Korb-Kindern an. Stefan war mittlerweile zwölf, ein kräftiger, kleiner Junge mit dunklen, nachdenklichen Augen. Er war Fräulein Metz schon über den Kopf gewachsen und besuchte das Gymnasium der Stadt, war Klassenprimus und gut im Sport. Viktoria war ungeheuer stolz auf seine Leistungen, wenngleich sie manchmal, wenn Ricarda und Fräulein Metz über ein Studium in Oxford sprachen, wünschte, er wäre weniger begabt. Die blonde Monika machte ihr keine solchen Sorgen. Unter der Anleitung von Fräulein Metz entwickelte sie sich zu einer ganz normalen Siebenjährigen, die folgsam lernte, aber keine Anzeichen von der überragenden Intelligenz ihres Bruders erkennen ließ.

Viktoria erkannte bald, daß die Korbs eine entscheidende Rolle bei der Erholung Luises spielten. Hedwig und Jürgen Korb schienen sie von Anfang an adoptiert zu haben. »Sie ist ein so zartes kleines Ding«, vertraute Hedwig Viktoria an. »Sie braucht Fürsorge.« Und die drei Korb-Kinder vergötterten diese neue Tante Luise.

Luise nahm ihre neue Aufgabe offenbar sehr ernst und erledigte sie laut Jürgen Korb hervorragend. Schon bald ging sie so in der Arbeit auf, daß sie nur noch vom Schiff sprach. Es sah so aus, als hätte Luise sich entschlossen, am Anfang des neuen Jahres auch ein neues Kapitel ihres Lebens zu beginnen. Die Monate vergingen, ihr Gesicht wurde voller und bekam Farbe durch die Seeluft, und sie schien ihre alte Energie wiedererlangt zu haben. Einmal im Herbst, als Stefan und Monika glücklich mit den Korb-Kindern spielten und sie mit Viktoria beim Haus der Korbs über die Wiesen schlenderte, wagte Viktoria zum erstenmal Georg zu erwähnen. »Heilen die alten Wunden?« fragte sie behutsam.

Luise schwieg einen Augenblick und sagte dann: »Ich habe oft an Georg gedacht, seit ich hier bin, und verstehe allmählich, warum er so gehandelt hat. Natürlich bin ich traurig, daß wir auseinandergegangen sind, aber ich hoffe, daß wir eines Tages wieder Freunde sein können. Ich bin jetzt siebenundzwanzig, Vicki, und habe nur einmal einen Mann wirklich geliebt. Aber ich erkenne so langsam, daß das Leben aus mehr als Liebe besteht. Wie Georg finde ich Zuflucht und Befriedigung in meiner Arbeit.«

Als die Ausstattungsarbeiten auf der »Gräfin Julia« im Frühjahr 1928 abgeschlossen waren, war Luise längst nicht mehr das bleiche Gespenst, das einmal zur Kraus-Werft gekommen war. Als Anerkennung für ihre gute Arbeit lud Baron Kraus sie und eine Begleitperson zur Jungfernfahrt des Schiffes ein.

So gerne Viktoria sie begleitet hätte, freute sie sich, als Luise Ricarda fragte. »Wir versprechen euch, daß es eine tolle Kreuzfahrt wird«, lachte Luise. »Anscheinend hat der Baron die Absicht, daß die ›Gräfin Julia‹ das Blaue Band von der englischen ›Mauretania‹ zurückgewinnt.«

Für den oberflächlichen Beobachter war Luise wieder die alte. Zurück in Berlin, nahm sie langsam die alte Arbeit im Hotel und Café Jochum und die Freundschaft zu Lothar Lorenz wieder auf. Aber Viktoria blickte tiefer. Sie sah die Narben, die vom Ausmaß von Luises Leid sprachen, und den Preis, den sie für ihre Genesung bezahlt hatte. Ihre Stirn zeigte leichte Falten, und in ihrer Stimme schwang ein neues Mißtrauen. Verschwunden war der quirlige Schmetterling, der trunken von Traum zu Traum und Liebe zu Liebe gegaukelt war. Viktoria, die traurig über diese Veränderung war, fragte sich, ob er je wiederkommen würde.

Baron Kraus hielt sich gerade im Quadriga auf, als sich im Mai etwas Bedrohliches ereignete, das unangenehm an Tage erinnerte, die, wie sie alle geglaubt hatten, vorbei waren. Da Ende des Monats Wahlen anstanden, befanden sich die Parteien mitten im Wahlkampf, wenngleich es kaum Zweifel gab, daß jetzt, da die Republik gefestigt war, die Sozialdemokraten die Mehrheit erringen würden, um die sie so lange gekämpft hatten.

Viktoria und Luise bummelten an einem sonnigen

Nachmittag über den Kurfürstendamm und kauften für Luises Kreuzfahrt ein, als ihnen plötzlich finster blickende Polizisten den Weg verstellten. Aus einer Seitenstraße hörten sie Marschtritte und das Rufen von Parolen und blickten sich entsetzt an.

In braunen Hemden und kniehohen schwarzen Stiefeln marschierte eine Kolonne an ihnen vorbei. Ihr Standartenträger trug eine rote Fahne, auf der in einem weißen Kreis ein schwarzes Hakenkreuz zu sehen war. Das gleiche Emblem trugen die Männer auf ihren Armbinden. »Die Tobisch-Brigade«, flüsterte Viktoria voller Angst.

»Faschisten!« brüllte ein Mann hinter ihnen. »Verschwindet nach München!«

In dem Augenblick tauchte aus einer anderen Seitenstraße ein Trupp Arbeiter mit roten Fahnen und die Internationale singend auf. Ein Zuruf ihres Anführers brachte die Braunhemden zum Stillstand.

»NS-Schweine!« schrie ein Mann aus der Menge. Es war, als wäre dies das Signal, auf das die beiden Gruppen gewartet hatten. Sie durchbrachen die Polizeiketten, und binnen Sekunden verwandelte sich die Straße in ein Schlachtfeld, als die beiden Parteien mit bloßen Fäusten aufeinander einprügelten. Entsetzt flohen Viktoria und Luise mit den meisten anderen Fußgängern in die Richtung, aus der sie gekommen waren.

»Sie trugen das gleiche Zeichen wie Otto Tobisch beim Kapp-Putsch«, berichtete Viktoria Benno und seinem Vater besorgt, als sie wieder ins Hotel kamen. »Ich habe Otto zwar nicht entdeckt, aber irgendwie sahen sie alle so aus wie er.«

Der Baron nickte wissend. »Das ist die SA, die private Schutztruppe der NSDAP. Es ist eine bayerische Partei unter Führung eines gewissen Adolf Hitler, der vor fünf Jahren in München einen Putsch versucht hat. Hitler hat in ländlichen Gebieten Süddeutschlands einen gewissen Erfolg, aber in Berlin wird er, glaube ich, nicht viel Eindruck machen.«

»Weißt du, was aus Otto Tobisch geworden ist?«

»Als letztes habe ich gehört, daß er 1923 nach Österreich geflohen ist.«

»Du brauchst also keinen Grund zur Sorge zu haben«, meinte Benno.

Doch Viktorias Angst blieb, insbesondere als sie die Wahl jetzt in den Zeitungen genauer verfolgte und mehr über die Nationalsozialisten las. Einer ihrer Kandidaten und Gründungsmitglied der Partei war Hermann Göring, der ehemalige Fliegerheld. Gemeinsam mit dem Reichswehrhauptmann Ernst Röhm war er 1921 an der Gründung der Sturmabteilung, die aus Freikorpsbrigaden hervorging, beteiligt. Ein weiteres Mitglied war Joseph Goebbels, der sich Gauleiter von Berlin nannte. »Ist das ein offizieller Titel?« fragte sie.

»Ich habe Adolf Hitler nie persönlich gesehen«, antwortete der Baron, »aber ich habe sein Parteiprogramm gelesen. Er hält offenbar viel von Organisation und hat das Land in Gaue mit jeweils einem Gauleiter unterteilt. Sollte seine Partei jemals an die Macht kommen, könnte er sofort die Herrschaft übernehmen.«

Benno sah ihn scharf an. »Hältst du das für wahrscheinlich?«

»Im Moment halte ich es für unwahrscheinlich, daß die Nationalsozialisten eine größere Zahl an Sitzen im Reichstag erhalten. Aber wer weiß, was die Zukunft bringt?«

Sie errangen schließlich zwölf Sitze, und sowohl Göring wie Goebbels saßen erstmals im Reichstag. Wie erwartet, gewannen die Sozialdemokraten Stimmen von den Kommunisten und den rechten Nationalisten und schienen erneut die politische Macht in Deutschland zu besitzen.

Obwohl die SA-Männer weiter durch Berlin marschierten, beschränkten sie ihre Aktivitäten auf die armen Vororte, standen Wache bei Versammlungen und Kundgebungen, die Goebbels in Bierhallen und Versammlungsräumen abhielt, die von Arbeitern besucht wurden. Allmählich legte sich Viktorias Angst wieder.

Viktoria und Benno holten Ricarda und Luise nach deren Kreuzfahrt in Hamburg ab. »Vicki, es war herrlich!« rief Luise, warf die Arme um ihren Hals und küßte sie auf beide Wangen. Fast ununterbrochen plauderte sie auf der Heimfahrt im Auto. »Es war so aufregend, auf dem Schiff zu wohnen, das ich mitgestaltet habe, und zu erleben, daß alles so funktioniert, wie ich mir das vorgestellt habe!«

Ricarda, die nach diesem Urlaub um Jahre jünger aussah, lachte. »Sie hat ihre Sache phantastisch gemacht – und Benno, da du für Küche und Restaurant verantwortlich warst, meinen Glückwunsch. Das Essen war ganz ausgezeichnet.«

»Ich bin jeden Morgen geschwommen und habe Decktennis gespielt, und Mama hat im Liegestuhl gelegen«, erzählte Luise. »Dann war bald Zeit zum Mittagessen. Danach natürlich Fünfuhrtee, und dann Abendessen. Ich habe, glaube ich, ein paar Pfund zugelegt.«

»Aber das aufregendste war die Rückfahrt«, warf Ricarda ein, »als wir den Rekord der ›Mauretania‹ gebrochen haben.«

Ein so spektakuläres Ereignis konnte nicht einfach so vorbeigehen, vor allem wenn es mit dem siebzigsten Geburtstag des Barons zusammenfiel. Anfang Oktober kam Bennos Bruder Ernst zu einem seiner seltenen Besuche nach Berlin, um Vorbereitungen für die Feier zu treffen.

Viktoria fiel auf, daß Ernst seinem Vater immer ähnlicher wurde, und wie jung Benno neben ihm wirkte. Sie waren nur drei Jahre auseinander, Ernst einundvierzig und Benno achtunddreißig, aber es hätten zehn oder mehr Jahre sein können. Während Bennos Haar noch dunkel und seine Figur schlank war, wurde das früh ergraute Haar von Ernst schon licht und er selbst leicht füllig. Am meisten überraschte beide jedoch Ernsts überschwengliche Freude, seinen Bruder wiederzusehen. »Du hast richtig gehandelt, die Firma zu verlassen«, sagte er zu Benno am ersten Abend nach dem Essen grimmig. »Du bist hier dein eigener Herr. Damals dachte ich, du wärst übergeschnappt, aber jetzt beneide ich dich fast.«

»Aber das Hotel ist doch nichts gegen die Kraus-Werke.«

»Aber du hast Vater nicht um dich«, bemerkte Ernst verbittert. »Er behandelt mich noch immer wie ein Kind, selbst nach all diesen Jahren. Ich muß wegen jeder Entscheidung bei ihm vorsprechen, und da wir in der Festung wohnen, kann ich ihm nicht mal zu Haus entfliehen.«

»Er kann nicht ewig arbeiten«, versuchte Benno ihn zu trösten. »Irgendwann muß er dir die Zügel überlassen.«

Ernst schüttelte den Kopf. »Erst auf dem Totenbett.«

»Kannst du ihn nicht bitten, dich irgendwohin zu schikken?« meinte Viktoria, überrascht, daß sie Mitleid mit ihm empfand.

»Wohin? In Essen ist unsere Zentrale.«

»Was ist mit Amerika?« sagte Benno nachdenklich. »Kraus hat doch ansehnliche Beteiligungen in Amerika, und jetzt, wo die ›Gräfin Julia‹ für die Kraus-Amerika-Linie fährt, braucht Vater drüben doch ein Büro. Warum schlägst du ihm das nicht vor?«

Ein Hoffnungsschimmer leuchtete in Ernsts Augen auf. »Eine sehr gute Idee!«

Es war ein außergewöhnlicher Empfang im Oktober im Hotel Quadriga, als sich die gesellschaftliche *Crème de la crème* in seinen Räumen drängte, um den siebzigsten Geburtstag des Barons und die Verleihung des Blauen Bandes an die »Gräfin Julia« zu feiern. Ein überdimensionales Modell des Schiffs aus Blumen beherrschte den Festsaal, und die Angestellten trugen Schiffsuniform.

Der Ehrengast des Barons war Alfred Hugenberg, ein sehr einflußreicher, vornehmer, silberhaariger Herr, Führer der Deutschnationalen Volkspartei wie auch Zeitungsmagnat und Mehrheitsaktionär der Ufa, Deutschlands größter Filmgesellschaft. Weitere prominente Gäste waren Reichsbankpräsident Hjalmar Schacht, Albert Vogler, der Generaldirektor der Vereinigten Stahlwerke, Gustav Krupp von Bohlen, der Chef des riesigen Krupp-Imperiums, und Hermann Göring, einer der zwölf Abgeordneten der NSDAP.

Lothar Lorenz, der in den Augen von Baron Kraus aufgrund des Vermögens seiner Familie und seines Engagements im Café Jochum die respektable Seite der Kunst vertrat, war auch eingeladen. Er saß beim Essen neben Göring und stellte erfreut fest, daß sie in Josef Nowak einen gemeinsamen Bekannten hatten. »Das letzte, was ich von ihm gehört habe, ist, daß er Fliegerfilme für Erich Grossmarck macht«, sagte Göring.

»Erich Grossmarck?« unterbrach Hugenberg sie. »Kennt jemand von Ihnen Erich Grossmarck?«

»Ich habe ihn 1922 in Amerika kennengelernt, und wir stehen seither in Briefkontakt«, sagte Lothar. »Soll ich ihn in Ihrem Namen ansprechen?«

»Ich werde den Studioleiter bitten, sich mit Ihnen in Verbindung zu setzen, Herr Lorenz, aber grundsätzlich ja. Ich besitze erhebliche Anteile an der Filmgesellschaft Ufa und glaube, daß Grossmarck der Mann ist, der uns bei der Entwicklung vom Stumm- zum Tonfilm helfen kann.«

Als Baron Kraus sich am Ende des Festbanketts erhob, um zu seinen Gästen zu sprechen, wirkte er wie ein Riese unter Riesen. In einer langen, flüssigen Rede strich er die Erfolge seines Unternehmens seit dem Krieg heraus, zählte die verschiedenen Aktivitäten in den Bereichen Stahl, Chemie, Elektrizität, Luftfahrt und jetzt Schiffahrt auf. An dieser Stelle erklärte er: »Ich möchte diese Gelegenheit nutzen, um die bevorstehende Eröffnung des neuen Büros der Kraus-Amerika-Gesellschaft in New York bekanntzugeben, das mein Sohn Ernst leiten wird.«

Als Beifall aufbrandete, drehte sich Benno um und gratulierte seinem Bruder. »Ich freue mich für dich«, sagte er.

Ernst blickte ihn skeptisch an. »Vater schickt mich allein hin. Trude und die Kinder bleiben in Essen. Er weiß, daß er mich so immer im Griff hat. Aber es verspricht eine interessante Aufgabe zu werden.«

Der Baron kam zum Ende. »Wir feiern heute ein Ereignis, das der Welt beweist, daß Deutschland wieder eine Macht ist, mit der zu rechnen ist. Mancher Fremde wird vielleicht fragen, wie das möglich war. Wie ein Land, das erst jüngst einen Krieg verloren hat, jetzt wieder zu den wohlhabendsten in Europa gehört. Die Antwort ist einfach. Es liegt daran, daß wir nie aufgehört haben zu arbeiten. Der Fleiß hat Deutschland zu dem gemacht, was es ist. Und das ist erst der Anfang. Meine Damen und Herren, bitte trinken Sie mit mir auf unsere Zukunft!«

Alle stimmten laut zu und erhoben ihr Glas. Baron Kraus war siebzig und seine Gestalt massiger denn je, aber er hatte weder seinen unbezähmbaren Willen noch seine maßlose Gier nach Macht und Ansehen verloren.

Im Herbst sah Luise Georg zum erstenmal seit über zwei Jahren wieder. Sie ging den Kurfürstendamm entlang, als er plötzlich aus einem Geschäft trat. Er sah älter aus, als sie ihn in Erinnerung hatte, sein Haar wies graue Strähnen auf, und seine Schultern waren etwas gebeugt. Er erinnerte sie mehr an Onkel Franz als an ihren früheren Geliebten.

Als er sie erkannte, machte er ein verlegenes Gesicht, und er tat ihr plötzlich leid. »Georg, wie geht es dir?« fragte sie freundschaftlich.

»Es geht mir gut, Luise«, murmelte er. »Und dir?«

»Hast du es eilig, oder trinken wir zusammen einen Kaffee?« Sie war entschlossen, sich zu beweisen, daß sie sich völlig von dem schlimmen Schmerz erholt hatte, den er ihr zugefügt hatte.

Sie saßen auf der Terrasse des Jochum. Noch beklommener als sie, schilderte er die Tournee, die er und Emmy durch ganz Deutschland gemacht hatten. »Aber sosehr Lothar sich bemüht, und sosehr die Leute behaupten, meine Musik zu mögen, keiner will Geld in mein Stück stecken oder mir Auftragsarbeiten geben. Es ist furchtbar deprimierend.«

Nein, sie bedeutete ihm nichts. Für ihn gab es nur noch die Musik. Luise schwieg eine Weile und fragte sich, ob sie wirklich so mutig war, wie sie glaubte. Dann fragte sie: »Du spielst doch wieder im Jochum, oder?«

Er zögerte. »Möchtest du das wirklich?«

Impulsiv legte sie ihre Hand auf seine. »Georg, wir können doch sicher Freunde sein? Trotz allem, was uns widerfahren ist, glaube ich noch immer an dich – und an deine Musik. Ich möchte alles tun, was ich kann, um dir zu helfen.«

Bewegt nahm er ihre Hand in seine Hände. »Danke, Luise. Ich verdiene deine Freundschaft nicht, aber ich werde sie immer höher schätzen als alles sonst. Selbstverständlich spiele ich im Café Jochum, wann immer du willst.«

Sie blickte auf seine Hände, dann in sein Gesicht. Es war fast so, als entdeckte sie, daß jemand, den sie für tot gehalten hatte, doch lebte. Aber ihre Trauerzeit war vorüber, und sie hatten ihren Kummer bewältigt. Georgs Hände hatten nicht mehr die Macht, sie zu verletzen.

Benno, der nie von ihrer Beziehung gewußt hatte, freute sich, als er hörte, daß Georg wieder im Jochum spielen wolle. Aber Viktoria war ziemlich überrascht, jedoch so klug, nichts zu sagen. Und so arrangierte Lothar als Folge dieses zufälligen Treffens einen Auftritt von Georg und Emmy im Café für die Woche, in der Erich Grossmarck kommen sollte.

Grossmarck reiste von New York auf der »Gräfin Julia« nach Hamburg, fuhr die letzte Etappe mit der Bahn, und Lothar holte ihn mit dem Wagen des Hotels am Lehrter Bahnhof ab. Luise wartete mit Viktoria und Benno und einem Rudel Journalisten im Hotel. Der Filmregisseur gab ein ungewöhnliches Bild ab, als er an der Spitze einer Schar Koffer tragender Pagen durch die Drehtür trat. Er war etwas größer als Lothar, noch rundlicher, mit gesunder Gesichtsfarbe, kleinen, tiefliegenden Augen, dünnen Lippen und einem kahlen, roten Kopf. Er trug einen teuren dunklen Anzug. Bevor Luise oder die anderen ihn begrüßen konnten, war er schon von den Journalisten umschwärmt.

»Ich bin das erste Mal seit einundzwanzig Jahren wieder in Berlin«, deklamierte Grossmarck. »Ich bin 1908 als Vierzehnjähriger gegangen und dachte nicht, daß ich noch einmal zurückkommen würde. Doch jetzt bin ich als Gast der berühmten Ufa-Filmstudios eingeladen worden, bei ihrem ersten Tonfilm Regie zu führen.«

Die Reporter schrieben eifrig mit. »Worum geht es in dem Film, Herr Grossmarck?« fragte einer.

Er schüttelte unbekümmert den Kopf. »Das erfahren Sie früh genug.«

Luise eilte auf ihn zu, um sich vorzustellen, aber er schob sie zur Seite. »Ein andermal, junge Frau. Ich bin müde. Ich möchte mich ausruhen.«

Sie sahen ihn den ganzen Tag nicht mehr, obwohl er das Personal ständig auf Trab hielt, denn sein Zimmertelefon klingelte ununterbrochen. Herr Grossmarck mochte frühmorgens keine Sonne im Zimmer. Herr Grossmarcks Bett war zu hart. Herr Grossmarck wollte nicht gestört werden. Herr Grossmarck brauchte ein Bier. Herrn Grossmarck mußte ein Anzug gebügelt werden. Herr Grossmarck wollte Mittagessen. Er wollte Tee. Er wollte das Abendessen auf das Zimmer. »Wenn er wenigstens höflich wäre«, brummte Hubert Fromm an Viktoria gewandt.

»Er ist unser Gast«, erwiderte sie streng. Aber während der nächsten Tage schien Erich Grossmarck das ganze Hotel gegen sich aufbringen zu wollen. Zuerst kritisierte Arno

Halbe sein Benehmen in der Bar, dann beklagte Max Patschke, er habe andere Gäste beleidigt, weil er mehrere Ufa-Repräsentanten angeschrien habe.

»Herr Grossmarck macht viel Ärger«, seufzte Viktoria am Abend, als die Familie in der Wohnung zu Tisch saß. »Luise, kannst du oder Lothar ihn nicht etwas besänftigen?«

»Für den existiere ich doch gar nicht«, schimpfte Luise. »Weiß der Himmel, warum Lothar so ein Theater um ihn gemacht hat. Er ist ein Rüpel!«

Benno überlegte. »Versuchen wir es mal anders. Laden wir ihn doch morgen zum Abendessen ein.«

Luise verzog das Gesicht. »Muß es unbedingt morgen sein? Es ist Georgs und Emmys erster Abend im Café.«

»Vielleicht gehen wir nach dem Essen mit ihm dorthin.«

Bei aufmerksamen Zuhörern, einem ausgezeichneten Essen und nach einer Flasche rotem Bordeaux taute Grossmarck sichtlich auf und hörte während des ganzen Essens überhaupt nicht mehr auf zu reden. Angetan davon, daß Benno der Sohn von Baron Kraus war, erzählte er ihnen: »Mein Finanzberater hat mir empfohlen, bei Kraus zu investieren. Er ist vor ein paar Jahren aus Berlin gekommen, heißt Rudi Nowak.«

»Rudi!« rief Luise fassungslos. »Rudi arbeitet für Sie?«

Zum erstenmal schien Grossmarck sie zu bemerken. »Sie kennen ihn? Er hat was für Frauen übrig. Trotzdem ein gewiefter Geschäftsmann. Seinen Bruder habe ich vor vielen Jahren kennengelernt. Er war Flieger, ein unruhiger Bursche. Ist nach Südamerika gegangen. Rudi hat mir erzählt, das letzte Mal, als er von ihm gehört habe, sei er in Afrika Safaris geflogen.«

Es kam so überraschend, nach all den Jahren von Josef zu hören, daß Luise von Wehmut gepackt wurde. Wie schön es wäre, ihn wiederzusehen.

»Amerika ist im Moment in einem verrückten Zustand«, erzählte Grossmarck weiter. »Die Aktien klettern und klettern, und Nowak hat mir schon ein paar gute Tricks gezeigt. Er hat mir geraten, auf Einschuß zu kaufen und die Aktien dann zu reinvestieren. Dann braucht man nicht soviel Kapital, aber wenn wir diese Aktien verkaufen, machen wir einen tollen Schnitt!«

Benno sah ihn besorgt an. »Ich kenne den amerikanischen Aktienmarkt nicht, Herr Grossmarck, aber ich kenne Rudi ein bißchen und rate Ihnen, vorsichtig zu sein.«

Grossmarck lachte heiser. »Keine Angst, Herr Kraus, ich bin nicht von gestern.«

»Können Sie uns etwas über Ihren Film erzählen, Herr Grossmarck?« fragte Viktoria, als Max Kaffee und Cognac brachte.

Er blickte finster. »Ich möchte etwas, das europäisch in der Art ist, aber Zuschauern auf der ganzen Welt gezeigt werden kann. Die Handlung entwickelt sich aus sich selbst heraus. Nach dem, was Rudi mir erzählte, hatte ich gehofft, hier heiße Nachtclubs zu finden, aber wo ich jetzt hier bin, merke ich, daß es nicht anders ist als anderswo.«

Luise schielte zu Benno hinüber, der nickte. »Kommen Sie mit uns ins Café Jochum? Ich denke, da finden Sie das andere.«

»Am Kurfürstendamm? Ich bin gestern vorbeigefahren. Das gehört doch Ihnen, oder? Na gut, gehen wir mal hin.«

Als sie den großen Raum mit dem Wandgemälde von Otto Dix und der schwarzen, chromglitzernden Einrichtung betraten, blieb Grossmarck doch erstaunt stehen. Das Café war voll besetzt mit einer lauten, bunten, lebhaft gestikulierenden weltstädtischen Menge, die auf Emmy Anders' ersten Auftritt seit über zwei Jahren wartete. »Interessante Ausstattung«, bemerkte Grossmarck, als ein Kellner sie zu ihrem Tisch führte. »Wer hat das entworfen?«

»Ich«, sagte Luise selbstsicher.

»Nicht schlecht«, gab er widerwillig zu. Dann kam er auf seinen Film zurück. »Sehen Sie, was ich meine? Die gleichen Gesichter, die ich fast überall finden könnte. Bis auf das Café selbst könnten diese Leute in New York, Los Angeles, Paris, Rom oder London sitzen.«

Luise hörte nicht mehr zu, denn die Jazzband hatte ihre Instrumente eingepackt und das Podium verlassen. Die Lichter gingen aus, und ein einziger Scheinwerfer erleuchtete die Bühne. Sie sah Georg, der sich an den Flügel setzte und ein paar Takte spielte. Die Zuhörer waren still, bis auf Grossmarck, der noch immer redete. »Ich sage Ihnen, Herr Kraus, das ist alles nicht neu –« Mit offenem Mund hielt er inne und starrte zur Bühne.

Emmy Anders stand im Lichtkegel des Scheinwerfers. Sie hatte etwas Flitter auf ihren schwarzen Haarkranz gestreut, so daß er in dem dunklen Raum wie Phosphor leuchtete. Um die großen Augen hatte sie sich schwarz geschminkt, und ihre Wimpern bewegten sich träge im Rauch, der von der Zigarette zwischen ihren karminroten Lippen aufstieg. Sie war in schwarzen Satin gekleidet, der von einer Schulter gerade bis zum Boden fiel.

Georg spielte eine leichte, sehnsuchtsvolle Melodie. Im Raum herrschte knisternde Spannung. Kein Glas klirrte, niemand hustete, kein Kellner rührte sich. Emmy änderte ihre Haltung, so daß der schwarze Stoff ihres Kleides zur Seite fiel und ein schwarzbestrumpftes Bein entblößte. Sie hob die Schultern, öffnete den Mund und schrie: »Du! Du bist Freude, du bist Fieber, du bist der Himmel!«

Erich Grossmarck stand auf, starrte sie gebannt an. Emmy sang, ihre grollende rauhe Stimme jagte den Zuhörern Schauer über den Rücken. Als sie geendet hatte, ließ sie die Hände sinken und verbeugte sich tief.

Grossmarck stimmte in den donnernden Beifall ein. Als Emmy die Bühne verließ, der Scheinwerfer erlosch und die Lichter wieder angingen, drehte er sich zu seiner Tischgesellschaft um und rief: »Das Mädchen muß ich haben! Sie ist Berlin, ich sag es euch. Raffiniert, verlockend, sexy, sie ist eine Klasse für sich. Ihr hier, dieses Café, der Pianist und dieses Mädchen – ihr seid das, was ich in meinem Film sagen will!«

»Sie meinen, Sie wollen uns alle haben?« stieß Luise hervor.

»Ja, es ist alles hier. Wir filmen einen Teil direkt im Café. Aber wer hat die Musik geschrieben, die sie gesungen hat?«

Luises Herz klopfte. »Der Pianist, Georg Jankowski.«

»Ich muß ihn kennenlernen. Er soll herkommen. Und die kleine Puppe auch. Sie hat das Zeug zu einem Star.«

Benno rief einen Kellner. »Bitten Sie Herrn Jankowski und Fräulein Anders, zu uns an den Tisch zu kommen.«

In dem Augenblick kam Lothar mit Georg und Emmy durch den Raum. Grossmarck eilte auf sie zu. »Emmy Anders!« rief er und ergriff ihre Hand. »Ich mache aus Ihnen den größten Filmstar der Welt. Und Sie, Georg Jankowski, schreiben die Musik.« Er wandte sich an Lothar. »Sie kennen sie? Warum zum Teufel haben Sie mir nichts von ihnen gesagt?«

»Weil Sie nicht zuhören«, erwiderte Lothar ruhig. Zu Georg und Emmy, die völlig verwirrt dastanden, sagte er lächelnd: »Darf ich euch Erich Grossmarck vorstellen, der aus Hollywood hierhergekommen ist, um für die Ufa den ersten Tonfilm zu machen?«

»Ich halte es für vernünftiger, wenn wir ins Büro gehen und die ganze Sache in Ruhe besprechen«, meinte Benno nüchtern. Als sie dort Platz genommen hatten, fragte er: »Also, Herr Grossmarck, was wollen Sie genau machen?«

»Ich möchte meinen Film um Ihr Café herum aufbauen«, erklärte Grossmarck, »und ich kann hoffentlich einige Szenen hier direkt drehen. Das meiste muß allerdings in den Ufa-Studios in Neubabelsberg gedreht werden, denn es ist nicht möglich, die Tonaufnahmegeräte hierherzubringen.«

»Ich hoffe, die Dreharbeiten stören den Betrieb hier nicht zu sehr.«

»Sie werden nicht einmal merken, daß wir hier sind, und Sie werden für alle Mühen gut bezahlt.« Er wandte sich an Emmy. »Haben Sie schon einmal Probeaufnahmen gemacht?«

Sie sah ihn mit großen Augen an. »Nee, noch nie. Aber ick kann bestimmt jut spielen.«

»Sie sind einfach Sie selbst, Baby«, sagte er zuversichtlich.

»Herr Grossmarck«, fragte Viktoria, »worum wird es in Ihrem Film gehen?«

»Er erzählt die Geschichte der kleinen Nachtclubsängerin Mimi in den zwanziger Jahren. Und er heißt ›Café Berlin‹.«

Aber nicht das Café Jochum, sondern die Bar des Quadriga schien in den folgenden Tagen im Mittelpunkt der erregten Diskussionen zu stehen, als Erich Grossmarck die Ufa zu überzeugen versuchte, wie ihr erster Tonfilm sein sollte.

Schließlich setzte er sich durch, und die Rechtsabteilung der Ufa bat Dr. Duschek, Verträge für Georg, Emmy und das Café Jochum aufzusetzen. Als Emmy ihren Vertrag in der Hand hielt und die – für sie – enorme Gage sah, kam sie ganz aus dem Häuschen. »Mann, det kleene Küchenmädchen aus'n Wedding wird Filmstar! Frollein Luise, die zeigen ›Café Berlin‹ doch bestimmt im Ufa-Palast, oder? Det heißt, alle seh'n mein Namen uff de Plakate!«

Aber Emmy hatte noch einen langen Weg vor sich. Damit der Film weltweit gespielt werden konnte, mußte er in Englisch und Deutsch gedreht werden, was bedeutete, daß sie ihren Text in beiden Sprachen lernen mußte, eine Aufgabe, bei der Luise ihr soweit wie möglich zu helfen versuchte. Georg saß unterdessen in seiner Wohnung und schlug sich mit der Partitur und dem Libretto herum.

Der Baron, der im Juni im Hotel eintraf, war in ganz anderer

Gemütsverfassung als vor neun Monaten, als man das Blaue Band gefeiert hatte. Als Benno hinaufging, um ihn zu begrüßen, fand er seinen Vater in der Suite auf und ab gehend, den Mund zu einem dünnen Strich zusammengepreßt. »Ich komme gerade aus Paris. Es sieht schlecht aus, Junge. Ich sage dir, wir haben schlimme Zeiten vor uns, wenn wir nicht sehr, sehr aufpassen.«

Benno sah ihn erstaunt an, denn bei ihm schien alles bestens zu laufen. Der Vertrag für »Café Berlin« brachte eine Menge Geld, die damit verbundene Werbung würde enorm sein, und das Hotel war voll mit reichen internationalen Gästen.

»Das hat alles mit dem Versailler Vertrag zu tun«, sagte der Baron düster. »Wenn man uns nur ein entscheidendes Mitspracherecht bei der Höhe der Reparationen eingeräumt hätte, die Deutschland leisten konnte.«

»Aber Vater, das ist zehn Jahre her. Die Wirtschaft hat sich inzwischen erholt. Es geht uns doch so gut wie noch nie.«

»Ich nehme an, du hast den Kopf so voller Filmerei, daß du keine Zeit mehr hast, die Zeitung zu lesen. Wenn du es tätest, wüßtest du, daß die Arbeitslosigkeit ständig steigt, was ein sicheres Zeichen dafür ist, daß mit der Wirtschaft etwas nicht stimmt. Es fällt uns sehr schwer, die Bedingungen des Dawes-Plans zu erfüllen. Deshalb hat die Regierung um weitere Unterredungen mit den Alliierten gebeten, um die Zahlungsmodalitäten zu überprüfen. Sie finden seit mehreren Monaten in Paris unter dem Vorsitz des Amerikaners Owen Young statt.«

»Ich hatte keine Ahnung . . .«, sagte Benno verdutzt.

»Das haben auch die meisten anderen Leute nicht«, bemerkte sein Vater trocken, »aber sie werden es bald merken, denn Young hat uns gerade sein Ultimatum gestellt. Der Dawes-Plan soll völlig überarbeitet werden, und die Rückzahlungen sollen nicht mehr in Waren und Geld, sondern nur noch in Geld erfolgen. Die Beträge sind zwar verringert worden, aber die Laufzeit soll neunundfünfzig Jahre betragen. Das heißt, wir zahlen bis 1988, und zwar Geld, das wir gar nicht wirklich haben, denn unsere Wirtschaft und unser Wohlstand beruhen auf Krediten überwiegend aus Amerika.«

Verblüfft versuchte Benno, die Bedeutung dieser Nachricht zu begreifen. »Aber warum sollten die Amerikaner die Rückzahlungsbedingungen ändern?«

»Weil sie in Schwierigkeiten sind. Ich habe Ernst, seit er in Amerika ist, gebeten, mich über alles, was sich dort tut, auf dem laufenden zu halten. Im letzten Jahr sind die Holzpreise drastisch gesunken, dieses Jahr haben wir eine Weizenschwemme. Plötzlich braucht Amerika Geld, um die eigene Wirtschaft zu stabilisieren. Und wenn du Geld brauchst, an wen wendest du dich dann? An die, die dir etwas schulden.«

Benno nickte. »Und die amerikanischen Darlehen an Deutschland? Meinst du, es ist möglich, daß sie sie kündigen?«

»Falls es so weitergeht, ist das durchaus denkbar, Junge. Wir können nur hoffen, daß die Amerikaner so vernünftig sind, es nicht zu tun.«

»Und ist dieser neue Young-Plan endgültig?«

»Nein, der Reichstag muß noch zustimmen, aber ich weiß, daß zum Beispiel Hugenberg dagegen sein wird. Aber da Hindenburg und Stresemann dafür sind, wird er wahrscheinlich angenommen.«

Beide schwiegen eine Weile, dann fragte Benno: »Kann Ernst in New York nichts tun?«

»Für Deutschland? Nicht für fünf Pfennig. Aber für Kraus, da kann er eine ganze Menge tun und tut es auch – nach meinen Anweisungen natürlich. Die Aktien an der New Yorker Wallstreet werden zu immer abenteuerlicheren Preisen gehandelt, und wir machen bei unseren Geschäften ganz schön Geld. Aber einfach aufgrund dessen, was ich eben gesagt habe, kann es nicht ewig so weitergehen. Irgendwann stürzt alles zusammen.« Er lächelte leicht. »Aber vorher, Benno, werden wir all unsere Beteiligungen verkauft haben und Gold kaufen.«

Im August wurden die Bedingungen des Young-Plans allgemein bekannt, als Stresemann sie in Den Haag annahm. Wie der Baron vorausgesagt hatte, führte Hugenberg den erbitterten Widerstand mit einer wütenden Kampagne in seinen Zeitungen an; er veröffentlichte viele bissige Angriffe auf die Regierung, nicht nur von seiner eigenen Deutschnationalen Volkspartei, sondern auch von Hitler, dem Führer der NSDAP. Weil Benno, wie sein Vater, den Young-Plan für eine Katastrophe für Deutschland hielt, las er all diese Artikel sehr interessiert und stand weitgehend auf der Seite Hugenbergs und Hitlers gegen die Regierung.

Bennos Sorgen verhallten bei den übrigen Familienmitgliedern ungehört, denn sie waren restlos mit der Verfilmung von »Café Berlin« beschäftigt, allen voran Luise. Im August machte Grossmarck alle Außen- und Innenaufnahmen vom Café Jochum; ganze Heerscharen von Mitarbeitern wälzten sich, bewaffnet mit Scheinwerfern, Kameras, Leitern, Kabeln und Filmrollen, durch das Gebäude.

Auch für Stefan wurde es bald die aufregendste Zeit seines Lebens. Er liebte das hektische Hin und Her. Er war überglücklich, als er durch die Kamera blicken durfte, und ganz außer sich, als Grossmarck ihm erlaubte, als Komparse aufzutreten. Hätte man ihn gelassen, er hätte sich den ganzen Tag bei Grossmarck aufgehalten, aber seine Mutter hatte andere Vorstellungen. »Die Schule macht wegen einem Film keine Ferien«, erklärte sie. »Keine Hausaufgaben, kein Film. Wie wollen wir es also machen, Stefan?«

»Das ist wahrscheinlich die einzige Gelegenheit, die ich je habe«, maulte er, »und ich möchte wissen, wie ein Film gemacht wird. Die Hausaufgaben laufen nicht weg.«

Viktoria fand in Grossmarck einen unerwarteten Verbündeten. »Wenn du Regisseur werden willst, mußt du einen Schulabschluß haben«, sagte er. »Hör zu, du machst deine Hausaufgaben, dann kann deine Mutter dich und deine Schwester raus zu den Studios bringen.«

Angespornt durch dieses Versprechen, arbeitete Stefan in der Schule mehr denn je, und zu seiner großen Freude wurden sie Anfang September nach Neubabelsberg eingeladen, als die Aufnahmen in den mächtigen Kulissen des Café Jochum begannen.

In dem riesigen Studio wimmelte es von Menschen. Gebannt beobachteten sie, wie Emmy auf die Bühne kam und eines von Georgs Liedern sang. Aber während Monika sich hauptsächlich für ihre Kostüme interessierte, wollte Stefan alles über Fotografie, Cutten und vor allem darüber wissen, wie Ton und Bild gleichzeitig aufgenommen wurden.

Grossmarck filmte schon einen Monat, als am 3. Oktober Stresemann starb, was fast die ganze Nation in tiefe Trauer stürzte. Betroffen vom Verlust eines Menschen, der eher ein Freund als ein Politiker gewesen zu sein schien, strömten die Menschen aus ganz Deutschland und aus dem Ausland zur Trauerfeier; viele von ihnen drängten sich auf dem Balkon des Quadriga, als der lange Trauerzug, angeführt von der schwarzrotgoldenen Fahne der Republik, sich durch das Brandenburger Tor zum Friedhof am Halleschen Tor bewegte.

Am Abend sagte Baron Kraus, der an der Totenfeier teilgenommen hatte, ernst: »Er war einer der größten Staatsmänner, die einem begegnen können, und er hat sich buchstäblich aufgerieben bei seinen Bemühungen, Deutschland zu retten. Dies ist ein sehr, sehr trauriger Tag.«

»Es war eigenartig«, sagte Viktoria leise, »aber als ich die

Fahnen im Zug betrachtete, war mir fast, als würde die Republik selbst zu Grabe getragen.«

Erschrocken sah ihr Schwiegervater sie an. »Du könntest durchaus recht haben, Viktoria. Es ist ganz sicher, daß wir jetzt, wo Stresemann tot ist, sehr schweren Zeiten entgegengehen.«

Der Tod Stresemanns bedeutete Grossmarck wenig, für den die letzte Woche der Dreharbeiten begann und der erleichtert feststellte, daß der Film sowohl zeitlich als auch finanziell im Plan blieb. Zur gleichen Zeit erhielt er einen Brief von Rudi Nowak mit sensationellen Neuigkeiten.

»Ich habe Ihre Aktien von Commercial Solvents und American Railway Express verkauft und Houston Oil und Studebaker gekauft, beides erstklassige Firmen. Die Kurse steigen immer noch. Erich, wenn Sie Ende des Monats zurückkommen, können wir unsere Aktien verkaufen und Paramount kaufen!«

Grossmarck erzählte es sofort allen Bekannten im Quadriga. »Herr Baron, ich hoffe, Ihr Sohn kommt zu dem Ball in New York. Mit Ihren Aktien machen Sie einen Riesengewinn!«

»Herr Grossmarck, ich habe große Achtung vor Ihren Fähigkeiten als Regisseur, aber absolut keine vor Ihrem oder Herrn Nowaks finanziellem Urteilsvermögen. Ich habe Ernst vor zwei Wochen angewiesen, alle Aktien zu verkaufen und Gold zu kaufen.«

»Verkaufen?« stammelte Grossmarck fassungslos.

»Spekulationsfieber nenne ich die Krankheit, die Amerika heimsucht und an der offenbar auch Sie und Herr Nowak erkrankt sind. Sie sollten aufpassen – sie kann tödlich sein.«

Besorgt las Grossmarck den Wirtschaftsteil der Zeitungen, während die Dreharbeiten dem Ende zugingen, aber der Dow-Jones-Index stieg weiter. In seiner Freude, seinen größten Film beendet zu haben, tat er die Ansicht des Barons schließlich als Schwarzmalerei ab. »Wir geben ein Riesenfest«, sagte er zu Benno, »laden alle Schauspieler und die Studiomannschaft ein. Es geht alles auf meine Rechnung. Dank Rudi bin ich jetzt schließlich reich.«

Grossmarcks Fest fand nicht statt. Am Donnerstag, dem 24. Oktober, wurde in den Nachrichten von ungewöhnlicher Aktivität an der New Yorker Börse und anscheinend panikartigen Verkäufen berichtet. »Meinen Sie, da ist was dran?« fragte er Benno.

»Mein Vater irrt sich in solchen Fragen selten.«

Den ganzen Tag versuchte Grossmarck, mit Hollywood zu telefonieren, aber die Überseeleitung war ständig besetzt, und er konnte lediglich ein Gespräch mehrere Tage im voraus anmelden.

Die Zeitungen nannten bald das Ausmaß des Unglücks. Am Donnerstag waren dreizehn Millionen Aktien verkauft worden, fünf Tage später, als er Rudi endlich erreichte, wurde mit sechzehn Millionen Verkäufen ein neuer Rekord aufgestellt.

Er telefonierte in Bennos Büro und war bleich und zitterte, als er herauskam. »Ich habe alles verloren, mein Haus, mein Auto, alles. Wir haben alles als Sicherheit für Kredite zum Aktienkauf verpfändet. Jetzt ist alles weg.« Er sank schlapp in einen Sessel. »Rudi sagt, drüben sei alles absolut verzweifelt. Banken machen zu, Firmen gehen pleite und Menschen stürzen sich aus Wolkenkratzern. Warum habe ich nicht auf den Baron gehört?«

Die eigene Armut und Verzweiflung nach dem Krieg war ihnen noch sehr deutlich in Erinnerung, und so hörten sie ihm voller Mitgefühl zu. Die Abneigung, die sie bei seiner Ankunft vor sechs Monaten empfunden hatten, war längst verschwunden.

»Ich fahre morgen nach Amerika zurück, allerdings nicht mit der ›Gräfin Julia‹.« Mitleiderregend wandte er sich ihnen zu. »Gott sei Dank zahlt die Ufa mir hier alles, so kann ich wenigstens die Hotelrechnung und die Heimfahrt bezahlen. Und was die Zukunft angeht, nun, das hängt vollkommen von ›Café Berlin‹ ab.«

19

In kürzester Zeit wurden die ersten Auswirkungen der Krise, die Amerika nach dem New Yorker Börsenkrach heimsuchte, auch in Europa spürbar. Wie Baron Kraus vorausgesagt hatte, kündigten die Amerikaner sofort ihre Kredite, und die Exportaufträge begannen abzunehmen; auch aus dem Inland erhielten die Kraus-Werke immer weniger Aufträge. Im Dezember hatte der Baron in Essen mehrere hundert Arbeiter entlassen müssen, und zwei Tage vor Weihnachten fuhr er nach Berlin und wies den Chef von Kraus-Chemie an, ebenfalls Entlassungen vorzunehmen.

»Wir kriegen Ärger mit den Gewerkschaften und Kommunisten«, meinte der Geschäftsführer finster. »Sie wissen, diese Meyer ist immer noch im Wedding. Die bringt alle Arbeiter her, wenn sie kann.«

Natürlich wartete Olga am nächsten Morgen mit den entlassenen Arbeitern vor der Kraus-Chemie; Streikposten standen neben wärmenden Kohlepfannen und schwenkten Plakate – »Kraus raus!«. Als sein Chauffeur langsamer fuhr, blickte der Baron angewidert auf die schmächtige Frau, die das gleiche unförmige graue Kleid wie vor fünfzehn Jahren trug.

Selbst ihre Parolen schienen sich nicht geändert zu haben. »Arbeiter von Kraus-Chemie, eure Zukunft liegt in euren Händen! Streikt, um Baron Kraus die gleiche Weihnacht zu bereiten, die er euch bereitet! Ihr seid ihm nichts schuldig!«

Es gab Beifallsrufe und drohende Fäuste gegen den Mercedes des Barons. Doch er bemerkte die Männer, die an den Streikposten vorbei durch die Fabriktore schlüpften. Egal, was Olga Meyer sagte, es war besser zu arbeiten, als zu hungern.

»Genossen, ihr habt das Recht, eure Fabriken selbst zu führen, und ihr habt das Recht, euer Land selbst zu regieren«, rief Olga. »Reißt die Mauern des Kapitalismus nieder und befreit euch von der Knechtschaft!«

Langsam schob sich der Wagen durch die Menge der wütend gestikulierenden Männer, aber obwohl sie Kraus erkannten, wagte niemand mehr, ihn zu beschimpfen. Als er aus dem Wagen stieg, hörte er noch immer Olgas schrille Stimme: »Kämpft für die Freiheit, Genossen! Kämpft für die proletarische Revolution!«

Am Nachmittag, als Olga nach Hause kam, sprach sie lange mit ihrem Sohn. Basilius war inzwischen zehn, ein ernster Junge, der Reinhardt sehr ähnlich sah und die engagierte Hingabe der Mutter an die Ziele seines Vaters teilte. Ihre schäbige Mietwohnung hing voll mit Bildern von Reinhardt, Rosa Luxemburg, Karl Liebknecht und Lenin, und Basilius war mit Geschichten über die russische Oktoberrevolution und die deutsche Januarrevolution, in der sein Vater das Leben verloren hatte, groß geworden. Sein Ziel war, den Tod des Vaters, den er nie gesehen hatte, zu rächen und Deutschland unter kommunistische Herrschaft zu bringen.

Olga sah zum drittenmal ein Unglück dieser Art den Wedding heimsuchen. Und Basilius war jetzt alt genug zu begreifen, was Arbeitslosigkeit für seine Schulfreunde bedeutete, als die Fabriken von Baron Kraus plötzlich keine Arbeit mehr für deren Väter hatten.

»Sofortige Entlassung ist der Dank, den sie vom Baron bekommen«, sagte Olga bitter. »Sie bekommen keine Entschädigung, keine Lebensmittel, nichts.«

»Gibt die Regierung ihnen kein Geld?« fragte der Junge.

»Die Regierung? Basil, die sozialistische Republik gründet auf einer Lüge! Die Sozialisten wollen den Kapitalismus erhalten und die Räuberbarone im Luxus leben lassen. Aber wir werden sie vernichten. Es muß bald neue Wahlen geben, und dann werden wir zeigen, wie mächtig wir geworden sind. Wir werden die Regierung stürzen und das Land von der parlamentarischen Herrschaft befreien.«

Den ganzen Winter sprach Olga, Basilius oft neben sich, vor immer größeren Versammlungen von Arbeitslosen im Wedding, überhäufte die Sozialisten mit Verachtung, die unfähig waren, sich in der Stunde der Not um sie zu kümmern.

Derweil aber galt, wo keine Arbeit war, war kein Geld, denn die Fabrikbesitzer zahlten keine Unterstützung, und bald wurde deutlich, daß der staatlich kontrollierte Arbeitslosenunterstützungsfonds völlig unzureichend war. Die kommunistischen Reichstagsabgeordneten schlugen sich auf die Seite anderer Republikfeinde und verurteilten die Politik des Kanzlers. Im März trat Kanzler Müller zurück und wurde von Brüning ersetzt, dem Führer der Zentrumspartei, der kaum sein Finanzprogramm umrissen hatte, als er auch schon den ganzen Reichstag gegen sich hatte.

Auch Baron Kraus war der Meinung, daß die Tage der Republik gezählt sein sollten. Es wurde endlich Zeit für direktes Eingreifen und Handeln, bevor all das, wofür er so lange gearbeitet hatte, im Chaos versank. »Ich will meine Bekanntschaft mit dem Reichstagsabgeordneten Göring auffrischen«, sagte er zu Benno. »Wenn du an einem privaten Essen in meiner Suite teilnehmen möchtest, verspreche ich dir einen interessanten Abend.«

Göring hätte, wie Benno dachte, in vieler Hinsicht der Sohn des Barons sein können. Er war vier Jahre jünger als Benno und dem Baron weit ähnlicher; die charakterlichen Ähnlichkeiten wurden im Lauf des Abends zunehmend deutlich. Beide waren offen gefräßig und arbeiteten sich durch unmäßige Mengen, die sie mit reichlich Wein hinunterspülten.

Göring bestritt den größten Teil des Gesprächs und erwies sich als überraschend guter Unterhalter, erzählte Anekdoten aus seiner Fliegerzeit und von den Schwierigkeiten, danach Arbeit zu finden, bis er schließlich seine Frau, eine schwedische Baronin, kennengelernt hatte. Das hatte ihm, wie er offen zugab, eine ganz neue Welt eröffnet. Benno lächelte insgeheim. Eine weitere Gemeinsamkeit zwischen seinem Vater und dem Politiker. Göring nannte zahlreiche adlige Namen, die beiden bekannt waren. »Viele von ihnen haben sich der NSDAP angeschlossen und geben uns die dringend notwendige finanzielle Unterstützung. Sie sehen, Baron Kraus, im Gegensatz zu traditionellen Junkerparteien, wie etwa Hugenbergs Nationalen, blicken wir nicht zurück, um zu sehen, wie wir die Vergangenheit wiederbeleben können. Wir sind radikal. Mit unserer Revolution hoffen wir, ein neues und besseres Deutschland aufzubauen.«

Der Baron nahm diese Auskunft schweigend auf. Beim Cognac fragte er Göring unverblümt: »Was will Ihre Partei für uns Industrielle tun in unserem Kampf gegen Gewerkschaften und Bolschewisten?«

»Wenn wir an der Macht sind, werden die Gewerkschaften abgeschafft, und die Kommunistische Partei wird verboten«, antwortete Göring verbindlich.

Es war fraglos eine revolutionäre Lösung der Schwierigkeiten, die sie bedrängten, auch wenn Benno kaum glauben konnte, daß Göring meinte, was er sagte. Aber es war offensichtlich die Art positiver Antwort, die sein Vater erwartet hatte. »Nach meiner Einschätzung«, fuhr der Baron fort, »stehen wir vor dem größten Wirtschaftsdebakel, das die Welt je erlebt hat. Will die NSDAP die deutsche Wirtschaft wieder ankurbeln und stabilisieren?«

Göring erklärte, die Nationalsozialisten würden öffentliche Arbeitsprogramme durchführen, wie den Bau von Autobahnen, Eigenheimen und öffentlichen Gebäuden. Außerdem war seine Partei strikt gegen die Reparationszahlungen und wollte alles unternehmen, Deutschland von den Beschränkungen des Versailler Vertrags zu befreien, wozu auch die Rückeroberung der 1919 verlorengegangenen deutschen Gebiete gehörte.

Dann wurden seine Argumente unklarer, als er sich ziemlich vage über Hitlers Ideen ausließ, die in einem Buch zum Ausdruck kamen, das er im Gefängnis geschrieben hatte und »Mein Kampf« hieß; er umriß dort ein neues Großdeutschland, das sich nach Osten ausdehnen und den Deutschen den Lebensraum geben sollte, auf den sie durch Geburtsrecht Anrecht hätten. Deutschland müsse sich nicht nur von den Bolschewisten befreien, sondern auch von den Juden, die das private Bank- und Geldwesen beherrschten und, anders als Industrielle wie der Herr Baron, die Wirtschaft lediglich aussaugten und keinen Beitrag leisteten.

Benno hörte diese Theorien mit Skepsis, denn er wußte, daß Privatbanken wie die Arendts sehr wohl erhebliche Risiken für Deutschland eingegangen waren. Jüdische Bankiers hatten die Wirtschaft nach dem Krieg gerettet und auch während der Inflation und waren erneut fast allein verantwortlich dafür, daß jetzt, wo die Amerikaner und andere Länder ihr Kapital aus Deutschland abziehen wollten, Kreditverlängerungen erreicht wurden. Das Hotel Quadriga und die Kraus-Werke hatten fraglos erheblich von ihrer Verbindung zum Bankhaus Arendt profitiert.

»Herr Göring«, unterbrach der Baron Bennos Gedankengänge, »was ist mit Ihrer Privatarmee, der SA?«

»Sie ist eine Volksarmee zur Verstärkung der Reichswehr«, erklärte Göring stolz, »und ist gegenwärtig etwa hunderttausend Mann stark, wie die Reichswehr. Sobald wir die Herrschaft haben, erlauben wir den Ausbau aller Streitkräfte einschließlich unserer Luftwaffe, was auch mir persönlich sehr am Herzen liegt.«

»Und den Kraus-Werken«, warf der Baron ein.

Benno stutzte. »Aber die SA besteht doch hauptsächlich

aus ehemaligen Freikorpssoldaten, Männern also, die für ihre Gewalttätigkeit bekannt sind.«

»Mein lieber Herr Kraus«, rief Göring, »die SA-Männer haben nicht die Aufgabe, unschuldige Menschen anzugreifen, sondern uns vor militärisch geschulten Roten zu schützen, die unsere Versammlungen überfallen und unsere ehrenhaften Politiker terrorisieren. Sie haben von der SA nichts zu befürchten. Sie ist zu Ihrem Schutz da. In diesem Moment versucht Adolf Hitler, unseren alten Freund Hauptmann Röhm zur Rückkehr aus Bolivien zu bewegen und Männer wie Hauptmann Tobisch aus Österreich. Ihre Fähigkeiten werden dringend gebraucht, um unseren Truppen Disziplin und Führung zu geben.«

Als Ottos Name fiel, überkam Benno eine schlimme Vorahnung, aber bevor er etwas sagen konnte, fragte sein Vater: »Habe ich nicht ein paar Männer in schwarzen Uniformen gesehen? Gehören sie auch zur SA?«

»Ach ja, Herr Baron, Sie meinen wohl die Schutzstaffel, die SS. Das ist tatsächlich eine Abteilung der SA unter der Führung Heinrich Himmlers.« Aus seinem Ton ging hervor, daß er Himmler nicht mochte.

»Aber wer bezahlt die SA-Männer?« fragte Benno. »Woher kommen sie?«

»Sie werden aus Parteimitteln bezahlt und rekrutieren sich in vielen Fällen aus Arbeitslosen. Sie sehen, wir Nationalsozialisten halten den Kommunismus nicht nur für die größte Bedrohung der Menschheit, wir haben auch ein soziales Gewissen. Der Unterhalt der SA ist natürlich sehr kostspielig.«

Dieser zarte Hinweis ließ den Baron nicht gleichgültig. Als Göring sich erhob, um zu gehen, zückte er sein Scheckbuch und schrieb einen Scheck über 200 000 Mark aus. »Ich hoffe, das hilft Ihnen, denn ich glaube, Ihre Partei und ich wollen das gleiche.«

Nachdem Göring sich überschwenglich bedankt hatte,

sagte er: »Sie sind ein Mann mit vielen bemerkenswerten Eigenschaften, Baron. Sie werden sich schon bald beglückwünschen können, zu den ersten gehört zu haben, die dem größten Führer der deutschen Geschichte zur Macht verholfen haben.«

Als er gegangen war, sagte der Baron: »Ein interessanter Abend, fandest du nicht? Nicht diese saft- und kraftlose Befriedungspolitik. Kommunisten, Gewerkschaften und Juden loswerden, all die Leute, die das Land ausnehmen. Die Streitkräfte aufbauen, die Ostgebiete zurückholen und Deutschland wieder groß machen.«

»Ein ziemlich ehrgeiziges Programm«, antwortete Benno skeptisch.

»Aber eins, das maßgeschneidert ist für Kraus«, entgegnete sein Vater.

Als Benno und Viktoria am Abend zu Bett gingen, faßte er für sie das Wichtigste des Gesprächs zusammen, erwähnte aber die Spende seines Vaters für die NSDAP nicht. »Einer muß schließlich versuchen, etwas Positives für Deutschland zu tun. Vielleicht hat die NSDAP die Antwort auf unsere Probleme.«

»Wirklich?« fragte sie verbittert und kämmte sich ungewöhnlich heftig die Haare.

»Vicki, was ist los?«

Sie seufzte. »Ich kann mich nicht an den Gedanken gewöhnen, daß Otto Tobisch wiederkommt.«

Er verstand ihre Gefühle zwar, wurde aber gleichzeitig nicht den Gedanken los, sie stelle ihre persönliche Abneigung gegen Tobisch über ihre Pflicht für das Land. »Sei vernünftig, Vicki. Wir werden ihn wahrscheinlich nie mehr sehen, und wenn, steht er unter dem Befehl von Leuten wie Göring. Die SA ist nicht dazu da, Leute wie uns zu bedrohen.«

Abrupt drehte sie sich auf ihrem Hocker herum. »Benno, du bist ein Dummkopf, wenn du das glaubst. Aber du kannst machen, was du willst. Ich werde Hitler und Göring jedenfalls nicht helfen, nicht, wenn das bedeutet, Otto Tobisch zu helfen.«

»Machst du aus einer Mücke nicht einen Elefanten? Hitler will eine friedliche Revolution. Seit dem Putsch von Kapp und München hat sich eine Menge geändert.«

»Otto bestimmt nicht«, sagte Viktoria finster.

Kein Tag war auf den Almen über dem Traunsee vergangen, an dem Otto Tobisch nicht mit seiner Gefangenschaft in dem stillen Tal gehadert hatte, in dem er nur Anna und das Vieh zur Gesellschaft hatte. Als ihn der Ruf erreichte, sich der SA Hitlers anzuschließen, war er sofort dabei und hatte keine Bedenken, seine Frau und ihre alten Eltern allein zu lassen.

In der pompösen Parteizentrale der NSDAP in München wurde Otto von Himmler eingehend über die Parteiorganisation und ihre Absicht unterwiesen, die Macht nicht durch Gewalt, sondern auf legalem Weg über die Wahlen zu erringen. Er erfuhr alles über das Propagandaprogramm von Joseph Goebbels einschließlich der Massenkundgebungen, mit denen sie hofften, Anhänger zu finden. Und er erfuhr seine spezielle Aufgabe.

»Das rote Berlin ist die Wurzel allen Übels«, sagte Himmler. »Es ist das Herz der bolschewistischen Verschwörung. Kommunisten, Juden und andere Untermenschen sind der Ursprung unseres Unglücks, und es ist unsere heilige Pflicht, Hauptmann Tobisch, Berlin und ganz Deutschland von diesen zersetzenden Elementen zu befreien.«

So, wie Himmler das sagte, war Otto sicher, daß sie die gleiche Sprache sprachen. Sie stimmten auch stillschweigend darin überein, daß die Revolution nur gewaltsam erfolgen konnte.

Zwei Wochen später kehrte Otto als Sturmführer Tobisch zum erstenmal seit dem Mordversuch an Theo Arendt vor fast acht Jahren in seine Heimatstadt zurück. Ja, entschied er, als er entschlossen in seiner schwarzen Uniform mit der Hakenkreuzbinde durch die Straßen marschierte, Berlin war noch schlimmer, als er gedacht hatte. Mit Schmuck behängte Jüdinnen saßen schlemmend auf den Caféhausterrassen, und entartete Künstler malten obszöne, gegenstandslose Bilder oder machten dekadente Musik.

Vor dem Hotel Quadriga blieb er einen Augenblick stehen. Erinnerungen an die dort erlittenen Demütigungen kamen hoch. Aber nicht mehr lange, schwor er sich. Das kommunistische Gesindel unter Olga Meyer und Juden wie Theo Arendt und Professor Ascher würden bald um ihr Leben laufen müssen.

Auch vor dem Ufa-Palast am Zoo, dem größten Kino Berlins, blieb er stehen, wo gerade Plakate angebracht wurden, die die Premiere des ersten deutschen Tonfilms ankündigten. »Café Berlin« hieß er. Darunter stand: »Ein Porträt unserer Zeit.«

Der Plakatkleber, der sein Interesse bemerkte, sagte im Plauderton: »Hat mit dem Café Jochum am Ku'damm zu tun. Ist zum Teil sogar da jedreht worden. Die Hauptdarstellerin Emmy Anders werden Se ja kennen.«

Otto trat etwas vor, um das Bild des Mädchens zu sehen. Sie sah ausländisch aus, fast afrikanisch, eine von den Untermenschen, vor denen Himmler ihn gewarnt hatte.

Zwei Tage später hörte er zum erstenmal Goebbels sprechen. Es war eine Großkundgebung im Sportpalast und das Spektakulärste, was er je gesehen hatte. In Reih und Glied standen die SA- und SS-Männer mit ihren blutroten Hakenkreuzfahnen. Bald war die Halle mit Tausenden von Berlinern gefüllt, die alle den Gauleiter von Berlin hören wollten.

Otto beobachtete neugierig die schmächtige Gestalt, die leicht hinkend zur Bühne mitten in der Halle schritt, und konnte sich kaum vorstellen, daß dieser winzige Mann eine solche Menge in seinen Bann ziehen würde. Aber als Goebbels dann sprach, lauschte selbst Otto, der nichts auf Worte gab, den Haßtiraden, die aus seinem Mund kamen.

»Das Theater ist zu kaum mehr als einem Bordell verkommen«, geiferte Goebbels, »wo man Ausschweifungen und Hurerei jeder Art sehen kann, wo Ehebruch verherrlicht und die Ehe verunglimpft wird. Zeitschriften bringen Bilder von nackten, lesbischen Tänzerinnen, denen skrupellose Verleger Unsummen zahlen, damit sie sich auf eine Weise zeigen, die Schande über die übrigen anständigen deutschen Frauen bringt. In den Kinos laufen Filme über Prostituierte und Rauschgiftsüchtige. Das ist keine Kultur! Das ist Pornographie! Das ist Unflat!«

Otto dachte an den Film »Café Berlin«. Als Goebbels seine Rede beendet hatte, hoben er und alle anderen in der Halle den Arm. »Sieg Heil!« schrie er emphatisch. »Sieg Heil! Sieg Heil!«

Es fiel ihm nicht schwer, den Befehl entgegenzunehmen, mit seinen Männern die Premiere von »Café Berlin« zu stören. Die Rache schien näher, als er zu hoffen gewagt hatte.

Olga erfuhr von Ottos Rückkehr und der Premiere von »Café Berlin« etwa zur gleichen Zeit, und beides versetzte sie in Wut. Sie wußte kaum, was sie mehr verabscheute, den rechtsextremen Nationalismus der NSDAP und ihrer SA-Männer, oder die reiche, dekadente Gesellschaft, die in diesem Film über das Café Jochum gezeichnet wurde. Sie haßte Otto Tobisch, der ihren Mann vor elf Jahren umgebracht hatte, und sie haßte Emmy Anders, die sich abgesetzt und auf die Seite der Kapitalisten Jochum und Kraus geschlagen hatte.

Plötzlich kam ihr jedoch der Gedanke, daß die Premiere der ideale Anlaß sein könnte, sich an den Jochums und an Otto zu rächen. Dieser Film mit dem intellektuellen jüdischen Anstrich mußte auf die Nazis wie ein rotes Tuch wirken, und bestimmt würden sie ihre SA-Männer schicken, um vor dem Kino zu stören. Wenn sie kämen, würden die Kommunisten schon auf sie warten! Die anschließende Straßenschlacht würde garantieren, daß den Jochums der Abend verdorben wurde.

Die Premiere fand am 28. April 1930 statt, Stefans fünfzehntem Geburtstag, und zu seiner großen Freude erlaubten ihm die Eltern mitzukommen. Es würde sicher ein großes Ereignis werden, zu dem die Berliner Gesellschaft, aber auch viele Filmbegeisterte aus ganz Europa kämen. Nie war Stefan so stolz gewesen wie in dem Augenblick, als er mit den Eltern und der Großmutter in der ersten Reihe des Ufa-Palasts Platz nahm.

Luise konnte sich nicht erinnern, jemals so aufgeregt gewesen zu sein. Links von ihr kaute Georg an den Nägeln, während rechts von ihr Emmy ängstlich fragte: »Det wird doch, oder, Frollein Luise? Det wird 'n Erfolg, nech?«

Lothar, der auf der anderen Seite von Emmy saß, kommentierte das Publikum. »Schau mal, Emmy, der Bürgermeister von Berlin kommt zu deiner Premiere! Jetzt brauchst du nicht mehr aufgeregt zu sein. Mein Gott, da sind Kurt Weill und Lotte Lenya mit Bert Brecht! Und hier kommt mein alter Freund Alfred Kerr.«

Die Lichter erloschen, der Vorhang teilte sich, und der Lichtstrahl eines Projektors erleuchtete die Leinwand, auf der die Ufa-Produktion »Café Berlin« angekündigt wurde. Luise saß starr auf ihrem Platz und spürte, wie Emmys Hand die ihre suchte. Dann, mit der Erregung des Wiedererkennens, hörte sie die ersten Töne von Georgs Titelmusik durch den Saal schweben. Der Text verschwand und machte einem Blick auf den Kurfürstendamm Platz. Die Kamera schwenkte auf den unverwechselbaren Bau des Cafés Jochum, nur daß über dem Eingang jetzt Café Berlin stand. Unten auf der Leinwand erschien die Zahl 1923.

Auf dem Gehweg draußen suchte die verwahrloste kleine Emmy in ihrem Portemonnaie nach Geld, während mit

Reichsmark beladene Handkarren an ihr vorbeigezogen wurden. Die Kamera folgte Emmy in das Café, wo sie darum bat, für ein Essen singen zu dürfen. Als Emmy dann das erste von Georgs herrlichen Liedern sang, wußte Luise plötzlich, daß alles gut war. Grossmarck, Georg und Emmy hatten ein Meisterwerk geschaffen.

Luise hatte das eigenartige Gefühl, ihr Leben vor sich ablaufen zu sehen. Mimi, die Hauptfigur, war natürlich Emmy, aber sie war auch Sara und sogar Luise. Und die anderen Gestalten, das waren Rudi, Lothar und Georg ... Die ganze glitzernde Freude des Jahrzehnts war eingefangen, seine Eleganz, seine Extravaganz.

Als Georgs Musik verklang und die Lichter im Kino angingen, brach das Publikum in tosenden Beifall aus, rief Emmys Namen. »Komm, Emmy«, sagte Lothar, nahm sie an der Hand und zog sie auf die Bühne. Wie auf Kommando erhoben sich die Zuschauer, jubelten, schrien. Mit Tränen in den Augen verbeugte Emmy sich.

Überschwenglich drehte sich Luise zu Georg, doch da hörte sie ein andersartiges Rufen, ein wütendes Lärmen, das selbst den Jubel der Zuschauer übertönte. Plötzlich sprangen die Türen auf, und bewaffnete Polizisten stürzten herein und riefen über Lautsprecher: »Meine Damen und Herren, hier spricht die Polizei. Nehmen Sie bitte Ihre Plätze ein.« Hand in Hand gingen Lothar und Emmy zu ihrem Platz zurück. Gespannte Stille legte sich über das Publikum, und ein Polizist schritt den Mittelgang hinunter zur Bühne. »Danke. Draußen ist eine gewalttätige Demonstration im Gange. Unsere Männer haben die Lage voll unter Kontrolle, aber zu Ihrer eigenen Sicherheit möchten wir Sie bitten, das Kino durch den Bühneneingang zu verlassen.«

In dem Augenblick brach die Polizeikette am Haupteingang, das Lärmen der Schlägerei im Foyer drang in den Zuschauerraum, und die Demonstranten stürmten vorwärts. Polizisten riefen, und ein Schuß wurde in die Luft abgegeben. In Panik drängten die Menschen jetzt zur Bühne, schrien, fielen übereinander. Die Jochums und Krauses wurden von den nachrückenden entsetzten Massen regelrecht auf die Straße katapultiert.

Luise war überrascht, Georg noch neben sich zu haben. »Schlagen die sich wegen unserem Film?« fragte sie ratlos.

»Um Gottes willen«, rief Lothar und schob Emmy wenig galant in seinen Wagen, »los, nur weg von hier.«

Stefan und Ricarda saßen bereits in dem mit laufendem Motor in der Nähe wartenden Wagen des Hotels. Aber Viktoria stand wie angewurzelt auf dem Gehweg und starrte angsterfüllt in eine Seitenstraße. Gegen die Straßenlaternen hob sich die Silhouette einer Frau mit zu einem Knoten hochgestecktem Haar ab, die eine kommunistische Fahne schwenkte. »Großer Gott«, murmelte Benno, »es ist Olga! Ich hätte es ahnen können. Mein Gott, Vicki, komm jetzt! Wir müssen hier weg!«

Aber Viktoria blickte gar nicht zu Olga hinüber, sondern zu dem Mann mit einer schwarzen Uniform, der direkt hinter Olga stand. Selbst aus dieser Entfernung konnte sie das arrogante Lächeln erkennen, das um seine schmalen Lippen spielte. Otto Tobisch. Scheinbar eine Ewigkeit standen die drei reglos da. Die alten Gegner waren doch wieder aufeinandergestoßen.

Benno packte sie am Arm, schob sie unsanft ins Auto und stieg dann selbst ein. »Fahren Sie so schnell wie möglich zum Hotel zurück«, wies er den Chauffeur an.

Als sie sich umdrehte und durch das Fenster sah, waren Otto und Olga verschwunden, hatten sich unter die gegeneinander und gegen die Polizei prügelnde Menge vor dem Kino gemischt. Sie schauderte. Der Film hatte bewegend die Jahre geschildert, die sie alle gerade durchlebt hatten, aber waren diese goldenen Jahre wirklich so strahlend gewesen, wie sie gewirkt hatten? Und was würde danach kommen? »Es war Otto«, hauchte sie.

»Unsinn, Liebling, du siehst überall Otto. Aber ich habe Olga gesehen, mit Sicherheit. Vielleicht war es ein Fehler, das Café in diesem Film darstellen zu lassen. Es ist nicht gut für uns.«

»Aber so ist das Café nun mal«, meinte Stefan.

»Ich weiß«, erwiderte Benno grimmig. »Vielleicht ist das auch ein Fehler.«

Selbst der sehr kritische Alfred Kerr lobte in seiner Besprechung des Films am nächsten Tag Georgs Musik, während fast alle anderen Zeitungen »Café Berlin« überschwenglich feierten, die von der NSDAP und KPD beherrschten Zeitungen ausgenommen. Unbeabsichtigt halfen auch die Demonstranten dem Film, denn ihre Straßenschlacht wurde auf allen Titelseiten abgehandelt und veranlaßte viele, sich den Film anzusehen, die sonst vielleicht nicht gegangen wären.

Einige Wochen danach bekam Lothar ein Telegramm von Erich Grossmarck aus Amerika. CAFE BERLIN IN NEW YORK BOMBENERFOLG. BIN VON PARAMOUNT BEVOLLMÄCHTIGT JANKOWSKI UND ANDERS VERTRAG ANZUBIETEN, RATE ZU SCHNELLSTMÖGLICHER ANNAHME.

Emmy machte ein ungläubiges Gesicht, als Lothar ihr das Telegramm zeigte. Dann sagte sie entschieden: »Det is so aufregend, aber eijentlich will ick jar nich nach Amerika, nich mal mit Jeorg. Ick kann doch kaum Englisch.« Sie zögerte. »Und in Berlin bin ick zu Hause.«

»Du mußt nicht gehen. Warte ab, Emmy. Wenn der Film erst in Wien, Paris und London angelaufen ist, wirst du mit Angeboten aus ganz Europa überschüttet.«

Georg reagierte ganz anders. Sehnsüchtig sagte er: »Stell dir vor, Lothar, was ich in Amerika machen könnte. Die Heimat von Gershwin, Louis Armstrong, Duke Ellington, Cole Porter, Irving Berlin . . . In Deutschland wird man mich nie richtig anerkennen, aber in Amerika könnte ich vielleicht meinen Platz finden.« Aber dann schüttelte er den Kopf. »Nein, es ist ein Traum.«

»Nicht mehr. Dieses Telegramm beweist es. Nicht, daß ich dich wegschicken will, Georg, aber ich könnte verstehen, wenn du glaubst, drüben eine größere Zukunft zu haben.«

»Es ist nicht so einfach. Du vergißt, ich habe eine Tochter.«

»Vielleicht fragst du sie mal. Möglich, daß sie auch immer davon geträumt hat, nach Amerika zu gehen.«

Georg schüttelte den Kopf. »Minna würde nie von den Arendts wegwollen. Sie ist bei Theo und Sophie zu Hause, aber auch wenn sie mehr ihre Eltern sind, als Sara und ich es je waren, könnte ich sie nicht einfach verlassen.«

»Ich glaube, du schuldest es ihr, ihr die Chance zu geben«, beharrte Lothar. »Georg, ich bin nicht völlig blöd, ich halte Augen und Ohren auf. Ich weiß, weswegen die gestern demonstriert haben, und ich weiß, was die Nazis über das Theater und die Juden sagen. Ich hoffe, ich bete, daß Hitler nie irgendwelche Macht bekommt, aber vielleicht wäre es für dich und Minna in Amerika sicherer.«

Georg sprach mit Minna. Sie war inzwischen vierzehn, hübsch, dunkelhaarig, klug und betrachtete ihn zu seinem Leidwesen mehr wie einen Familienfreund, nicht wie ihren Vater. Sie hörte ihm höflich zu und sagte dann: »Vielleicht solltest du nach Amerika gehen. Aber wenn du nichts dagegen hast, bleibe ich hier.«

»Minna«, sagte er und faßte ihre Hände, »denke bitte nicht, ich wollte dich nicht haben. Ich habe nur genug von Krieg, Revolution und Demonstrationen. Ich möchte mein Leben in Frieden zu Ende leben, Musik schreiben. Ich bitte dich, komm mit mir nach Kalifornien.«

»Nein, Papa. Ich verstehe, was du sagen willst, aber ich möchte doch lieber hier bleiben.«

Weder Theo noch Sophie versuchten ihn abzuhalten.

Theo ging sogar so weit zu sagen: »Wenn die Lage hier noch schlimmer wird, kommen wir vielleicht nach.«

Selbst Professor Ascher redete ihm zu, als Georg ihn in Dahlem aufsuchte. »Minna hat es gut bei Theo und Sophie, und sosehr ich dich vermissen werde, du verdienst etwas Besseres vom Leben als das, was du dir bisher eingehandelt hast. Geh ruhig, mein Junge, und schreib mir oft.«

Nichts und niemand schien ihn mehr zu halten. Zum erstenmal im Leben konnte er wirklich das tun, was er wollte. Und so telegraphierte er sein Einverständnis an Erich Grossmarck und bekam prompt die Antwort, daß ein Ticket für die Überfahrt nach New York mit der »Gräfin Julia« unterwegs sei. Dann faßte er sich ein Herz und erzählte Luise von seiner Entscheidung.

Er sagte es ihr in der Ecke der Quadriga-Bar. Plötzlich erinnerte er sich wieder ganz deutlich an ihre gemeinsamen Jahre. Sie war immer so fröhlich gewesen, lebhaft und großherzig, hatte wie kaum jemand sein Leben beeinflußt. Warum verließ er sie? Warum konnte er das Glück nicht annehmen, das sie ihm bot? Was war es, das sie immer trennen würde?

Er war erleichtert, daß sie keine Szene machte. »Du wirst mir fehlen, Georg, aber du hast sicher recht. Du wirst in Amerika die Anerkennung finden, die du hier nie bekommst.«

Er nahm ihre Hand. »Luise, ich habe dich sehr schlecht behandelt. Ich war selbstsüchtig und weiß nicht, wie ich dir sagen soll, daß es mir leid tut. Ich habe offenbar nur genommen und du nur gegeben. Bitte, verzeih mir.«

Sie blickte auf ihre Hände. »Es gibt nichts zu verzeihen. Ich habe dich immer geliebt, Georg, und ich werde dich immer lieben. Es war hoffentlich nie eine selbstsüchtige Liebe. Ich wünsche dir von ganzem Herzen Glück in Amerika.«

»Ich werde dir schreiben«, versprach er, aber er wußte, er würde es nicht tun.

Sie lächelte, als könnte sie seine Gedanken lesen. Georg hatte sie nie so geliebt wie sie ihn, aber sie hatte es überwunden. Entschlossen stand sie auf. »Danke, daß du vorbeigekommen bist. Ich wäre sehr enttäuscht gewesen, wenn du ohne ein Wort gegangen wärst.«

Sie begleitete ihn bis zur Hoteltreppe und sah ihm nach, als er zum Brandenburger Tor ging. Als er sich umdrehte, stand sie noch immer da, eine kleine Gestalt in Smaragdgrün mit in der Sonne leuchtenden Haaren. Mehr als alles andere erinnerte sie ihn an das, was er zurückließ. Als er um die Ecke bog, stieß er auf eine Gruppe Braunhemden. »Dreckiger Jude!« knurrte einer von ihnen.

Schon am nächsten Tag erhielt Lothar ein Telegramm aus Paris mit einem phantastischen Angebot für Emmy, in einer großen Pariser Konzerthalle solo aufzutreten. Emmy war fassungslos. »Ick bin reich! Ick bin reich und berühmt. Mensch, is det toll.« Sie warf Lothar die Arme um den Hals. »Wissen Se, wat ick mache? Ich miete mir 'ne eigene Wohnung und kof ma 'n kleenen Hund, 'n französischen Pudel!«

Lothar lachte. »Kauf dir ein halbes Dutzend, Emmy, du kannst es dir leistern.«

Ein paar Tage darauf zog Emmy aus ihrer Mansarde im Hotel Quadriga in eine Wohnung in Wilmersdorf. Und dann fuhr sie in Begleitung ihrer zwei jungen Pudel von Berlin nach Paris.

Glücklicherweise war Luise in jenen Tagen so beschäftigt, daß sie kaum Zeit zum Grübeln hatte, denn so wie »Café Berlin« berühmt wurde, wurden auch das Café Jochum und das Hotel Quadriga weltbekannt, und aus der ganzen Welt kamen die Menschen, um sie zu sehen. Trotz Wirtschaftskrise, wachsender Arbeitslosigkeit, steigender Preise und einer immer gespannteren politischen Lage gab es noch immer viele Reiche, für die Berlin ein kulturelles Mekka blieb.

In den folgenden Monaten hörte sie von Lothar, wie phantastisch Emmy in ganz Europa aufgenommen wurde.

Vor allem Paris, so schien es, hatte die kleine Sängerin in sein Herz geschlossen. Hin und wieder schickte Emmy eine Karte. »Ich habe mir einen weißen Rolls-Royce mit einem feinen Chauffeur namens Jean-Pierre gekauft.« Von Georg hörte Luise nichts.

Sie hielt sich mehr und mehr an Lothar. Er war amüsant, intelligent und unkompliziert und stellte keine emotionalen Anforderungen an sie, sondern gab ihr immer das Gefühl, interessant und begehrenswert zu sein. Aber oft fragte sie sich, wann auch er sie verlassen würde.

Obwohl Viktoria weder Otto noch Olga nach der Premiere von »Café Berlin« wiedersah, war sie sich doch immer ihrer Anwesenheit in der Stadt bewußt, denn die Zahl der Arbeitslosen überschritt die drei Millionen, und die Demonstrationen und Kämpfe zwischen den beiden Gruppen wurden immer brutaler. Die Gewalttätigkeit erreichte einen Höhepunkt, als Reichskanzler Brüning nach dem Scheitern seines Finanzprogramms gezwungen war, Hindenburg zu bitten, den Reichstag aufzulösen, und Wahlen für den 14. September angekündigt wurden.

In der Stadt herrschte Wahlfieber; Kommunisten und Sozialisten marschierten durch die Straßen, schwenkten Fahnen und riefen Parolen, und die Nationalsozialisten und Nationalen fuhren mit LKWs durch die Hauptstraßen und plärrten ihre Heilsbotschaften durch Lautsprecher.

Nicht einmal das Quadriga blieb verschont, denn in der Bar, den Restaurants und dem Empfangsraum hörte man die erregten Stimmen von Gästen, die nicht nur die Verdienste der von ihnen favorisierten politischen Parteien hervorhoben, sondern insbesondere die Sozialisten und die Weimarer Republik für den desolaten Zustand verantwortlich machten, in dem das Land sich befand. Während die gesetzteren, adligen Gäste Hugenbergs Deutschnationale Partei oder Brünings Zentrum bevorzugten, stellte Viktoria bei den

Geschäftsleuten der Mittelschicht auch beträchtliche Sympathien für Hitler fest.

Die einzigen eindeutigen Gegner Hitlers waren die jüdischen Gäste. »Das Gespenst des Antisemitismus erhebt wieder sein gräßliches Haupt«, sagte Theo Arendt eines Abends betrübt zu Viktoria, als er auf dem Heimweg auf ein Glas hereinschaute. »Na ja, damit mußte man ja rechnen.«

»Sie nehmen doch das Gerede vom reinen Arier und der Volksgemeinschaft nicht ernst?« fragte sie.

»Es steht in ihrem Parteiprogramm. Da wird kategorisch erklärt: ›Kein Jude kann Angehöriger der Nation sein.‹ Laut Hitler bin ich ein Ausländer und Nicht-Bürger.«

»Aber Theo, Sie sind doch genauso ein Deutscher wie ich.«

»Vielleicht sogar noch mehr. Meine Familie lebt schon länger hier als Ihre, aber das ändert nichts an der Tatsache, daß ich Jude bin.«

»Aber was können sie Ihnen tun?«

»Meine Bank beschlagnahmen, meinen Besitz einziehen, mir das Leben sehr schwer machen.« Dann lächelte er. »Aber keine Angst, hoffen wir, daß es nicht so kommt.«

Noch immer in Sorge, begleitete sie ihn hinaus zum Wagen. Großspurig lehnten zwei Braunhemden am Säulengang des Hotels. Als sie Theo sahen, rief der eine: »Judensau! Hurensohn!«

»Sie gehen besser rein«, sagte Theo leise.

Aber das tat sie nicht. Sie sah die beiden SA-Männer hochmütig an und ging mit ihm zum Wagen, ergriff seine Hand, als der Chauffeur die Tür öffnete. Einer der Schläger spuckte aus, und als der Wagen losfuhr, höhnte er: »Bist du auch 'ne Jidde, Mäuschen?«

Der Vorfall setzte ihr mehr zu als jede Goebbels-Rede, aber als sie Benno davon erzählte, schien er sich mehr darüber aufzuregen, daß die Portiers den Braunhemden erlaubten, vor dem Hotel herumzulungern, als daß Theo als Jude angeprangert worden war. »Antisemitismus ist nichts Neues. Dein Vater zum Beispiel hat die Juden auch nicht besonders gemocht.«

»Nur wegen Silberstein. Er hat Franz Jankowski eingestellt und seine Bankgeschäfte bei den Arendts getätigt.«

»Aber er stand ihnen nie so nah wie etwa meiner Familie. Vicki, du mußt es sehen, wie es ist, die Juden sind anders als wir. Sie haben eine andere Religion, feiern andere Feste, viele sehen anders aus – und es stimmt eben auch, daß die meisten weitaus reicher sind als die meisten Deutschen.«

»Du bist also einer Meinung mit den Nazis?« fragte Viktoria bestürzt.

»In vielem ja. Als Deutsche ist unsere erste Pflicht die, für unser eigenes Volk zu sorgen.«

»Ich traue ihnen nicht. Ich mag ihre Methoden nicht, mit SA-Männern unschuldige Menschen einzuschüchtern. Ich mag ihre marktschreierische Propaganda nicht. Kurz, ich mag nichts an ihnen.«

»Du weißt nichts über sie. Du reagierst gefühlsmäßig, nicht realistisch. Vicki, dieses Land braucht einen starken Führer. Brüning ist keiner, und Müller genausowenig. Und Hindenburg ist dreiundachtzig; er ist nicht nur alt, sondern senil. Nach meiner Meinung ist Hitler der einzige, der uns aus unseren wirtschaftlichen Schwierigkeiten holen kann. Er bietet Arbeitsplätze, ein Ende der Reparationszahlungen und ein Ende aller Verworfenheit. Er will ein großes Deutschland – und was mich betrifft, neige ich immer mehr dazu, ihm eine Chance zu geben.«

»Er sagt nicht, wie er das alles bewerkstelligen will.«

Benno sah sie ungeduldig an. »Welche andere Wahl hast du? Die Sozialisten – und du weißt selbst, was sie zustande gebracht haben. Oder die Kommunisten. Möchtest du wirklich, daß Deutschland von Olga und ihren Freunden regiert wird? Oder du hast Hugenberg und seine Deutschnationalen, die noch immer auf die Rückkehr der Monarchie und der guten alten Zeit hoffen. Und dann natürlich jede Menge Splitterparteien, die nur spalten und bremsen wollen und keine Aussicht auf Einfluß im Reichstag haben.«

Viktoria war nicht überzeugt und wählte die Nationalen, Benno dagegen die NSDAP. Luise weigerte sich zu wählen. »Ich fand Politik immer langweilig. Mir ist es egal, wer reinkommt. Ich bin nur dankbar, wenn die ganze Unruhe vorbei ist.«

Das Ergebnis war höchst ungewöhnlich. Das Pendel schlug weit nach links und rechts aus, so daß, auch wenn die Sozialdemokraten die stärkste Partei blieben, die Parteien von Hugenberg und Brüning genauso viele Sitze hatten wie die Kommunisten. Die größte Sensation war jedoch das Abschneiden der NSDAP, die fast sechseinhalb Millionen Stimmen bekam, sich von 12 auf 107 Sitze steigerte und zweitstärkste Partei wurde.

Benno jubelte – wie sein Vater –, der aus Essen anrief: »Ich glaube, es ist angebracht, wenn wir im Quadriga ein Festessen zu Ehren Görings geben.«

Viktoria war wütend, als sie von der Anregung des Barons hörte. »Wir fangen also an, politische Versammlungen im Hotel abzuhalten? Warum kann dein Vater nicht in Essen feiern?«

»Viktoria«, beschwichtigte Benno, »erstens ist das keine politische Versammlung, sondern ein Festessen wie viele andere vorher. Und zweitens ist es ein Geschäft für das Hotel, das ich nicht wegen deiner unausgegorenen Vorurteile auszuschlagen gedenke. Können wir jetzt mit diesem Unsinn aufhören?«

Noch nie hatten sie sich so oft gestritten wie in diesem Sommer, und es schien albern, daß ausgerechnet die Politik die Ursache ihrer Auseinandersetzungen war. Beklommen sagte sie: »Ich bedaure, daß du mich für dumm hältst. Mir gefällt das immer noch nicht, aber wenn du so willst, soll dein Vater sein Festessen hier geben.«

Aus Angst, die Aufmerksamkeit der Kommunisten auf das Hotel zu lenken, wurde der Name des Ehrengastes von Baron Kraus vor dem Personal geheimgehalten. Besorgt kam Max Patschke zu Viktoria: »Einer der Kellner ist Kommunist und sehr schlecht auf den Herrn Baron zu sprechen. Sein Vater und Bruder sind bei der Kraus-Chemie entlassen worden, und Olga Meyer hat ihnen gesagt, das liege alles am Herrn Baron. Aus irgendeinem Grund denkt er, Hitler kommt zu dem Bankett, und den haßt er fast so wie den Herrn Baron.«

Viktoria seufzte. Der arme alte Max war jetzt fast siebzig, und es war offenkundig, daß er es nicht mehr schaffte. Sie würden ernsthaft daran denken müssen, ihn zum Aufhören zu bewegen, denn genug gespart hatte er für seine alten Tage bestimmt. »Wenn Sie meinen, daß der Kellner Ärger macht, Max, dann entlassen Sie ihn am besten.«

»Oh, das möchte ich nicht, Frau Kraus, nicht, wenn er keine Aussicht auf eine andere Arbeit hat«, sagte Max sofort. »Er ist kein schlechter Mensch. Wenn wir allen sagen könnten, wer der Ehrengast des Herrn Barons ist, würden sie sich beruhigen.«

»Das geht nur den Herrn Baron etwas an.«

Es war eine aufgeräumte Gesellschaft, unter anderem zahlreiche Industrielle von der Ruhr, führende Männer der Hamburg-Amerika-Linie, des Norddeutschen Lloyd und der Dresdner Bank. Sie und viele andere versammelten sich im Festsaal und warteten auf die Ankunft Görings.

Viktoria ließ Benno mit ihnen allein und ging in den privaten Bankettsaal, wo das Essen stattfinden sollte. Den Sitzplan in der Hand, warf sie einen Blick auf die hufeisenförmige Tafel, die mit weißem Damast, glitzerndem Silber und funkelndem Kristall gedeckt war. Dann stutzte sie; die Messerspitzen auf der einen Seite waren nicht ausgerichtet. Ein weiteres Zeichen, daß Max seiner Aufgabe nicht mehr gewachsen war.

Sie legte die Gästeliste ab und ging zum Tisch, um das Besteck zu richten. Am Kopfende blickte sie zurück, um ihre Arbeit zu prüfen, und bemerkte einen Kellner, der sich über die Liste beugte und sie studierte. Als sie sich ihm näherte, entfernte er sich mit einem letzten Blick darauf, als wollte er sie sich noch einmal einprägen. Rasch nahm sie das Blatt an sich und ging zu Max, der dem Personal letzte Anweisungen gab. »Ist das der Kellner, von dem Sie mir erzählt haben?« Aber als sie sich umdrehte, war der junge Mann verschwunden.

Unruhig begab sie sich in den Festsaal. Emil Brandt geleitete gerade Hermann Göring herein. Der Politiker begrüßte Baron Kraus und Benno herzlich, nahm einen Aperitif und hielt inmitten des Stimmengewirrs hof. Unbemerkt zog Viktoria sich zurück, noch immer den Kellner im Kopf. Er hatte die Liste gelesen und war dann verschwunden. Wenn er nun in den Wedding fuhr und Olga unterrichtete, daß Göring heute hier im Hotel sein würde? Sie ging in die Halle und fragte den Hallenportier, ob er den Kellner hatte weggehen sehen.

In dem Augenblick durchfuhr sie ein Schock. An der Glastür stand ein Dutzend SA-Männer und neben ihnen, in der schwarzen Uniform der SS, Otto Tobisch. Das Blut wich ihr aus dem Gesicht, und sie merkte, wie ihre Hände anfingen zu zittern. Wut überkam sie, wie beim letztenmal, als er in das Hotel eingedrungen war. »Was zum Teufel machen Sie hier?«

Ottos Mund verzog sich zu einem höhnischen Grinsen. »Wir sind auf Anweisung von Herrn Göring hier.«

»Und auf meine Anweisung können Sie wieder gehen«, erklärte Viktoria aufgebracht. »Verschwinden Sie aus diesem Hotel, Otto Tobisch!«

»Sturmführer Tobisch«, korrigierte er sie kalt. Er blickte sich in der Halle um. »Sie halten sich noch immer für enorm schlau, was, Prinzessin? Aber Sie kriegen noch Ihr Fett, wenn wir erst die Herren im Land sind. Ich weiß alles über Sie und Ihre Freunde, über Juden wie Theo Arendt, Georg Jankowski und Bethel Ascher. Ich kenne das Schwesterchen und ihre pornographischen Künstlerfreunde vom Café Jochum, Sozialisten wie Lothar Lorenz und afrikanische Huren wie Emmy Anders.«

Viktorias Zorn war grenzenlos. »Verschwinden Sie auf der Stelle«, zischte sie. »Verschwinden Sie, oder ich hole die Polizei.«

Lange blickten sie sich an, dann drehte sich Otto abrupt um, bellte einen Befehl und marschierte mit seinen Männern hinaus, wo sie Posten bezogen.

»Ist alles in Ordnung, Frau Kraus?« fragte der Hallenportier.

Sie nickte und erinnerte sich dann, weshalb sie in die Halle gekommen war. »Haben Sie heute abend irgend etwas Ungewöhnliches bemerkt? Etwa, daß einer der Kellner sich merkwürdig verhalten hat?«

»Einer ist vor etwa einer halben Stunde überhastet davongelaufen. Der Kommunist. Er sah so wütend aus, daß ich dachte, er wäre entlassen worden.«

Das bestätigte ihre schlimmsten Befürchtungen. Sie winkte einen Pagen zu sich. »Geh zu Herrn Kraus. Er soll sofort herkommen.« Sie wandte sich wieder dem Hallenportier zu. »Am besten, Sie rufen die Polizei. Ich fürchte, wir bekommen Ärger.«

Er griff gerade zum Telefon, als Benno kam. »Vicki, unsere Gäste begeben sich zum Essen, was ist denn los?«

»Erstens steht Otto Tobisch vor unserem Hotel Wache«, sagte sie grimmig, »und zweitens bin ich ziemlich sicher, daß einer unserer Kellner seine kommunistischen Freunde benachrichtigt hat, daß Göring heute hier ist. Es kann jede Minute losgehen. Ich habe Hans gerade gebeten, die Polizei zu rufen.«

Inzwischen waren sie von besorgten Gesichtern umringt.

Benno gab sofort seine Anweisungen. »Verbarrikadiert die Türen«, befahl er den Portiers, »und niemand wird hereingelassen! Herr Brandt, bringen Sie unsere Gäste schnellstens in den Bankettsaal, und sorgen Sie dafür, daß sie dort bleiben.«

»Ja, sofort, Herr Kraus.«

In dem Augenblick hörten sie sie. Der Lärm kam vom Brandenburger Tor. »Kraus raus! Kraus raus! Nieder mit Göring! Nieder mit Göring!«

Ottos SA-Männer drückten sich an den Hoteleingang, bereit, den erwarteten Überfall abzuwehren. Und dann stürmte der kommunistische Trupp Knüppel und Fahnen schwingend in die Lichterbögen, die die Hotelbeleuchtung warf. Die Braunhemden traten nach ihnen, schlugen sie zurück die Stufen hinunter.

Plötzlich durchschlug ein Stein eine der Glastüren, und jetzt hörte man den Tumult von der Straße ganz deutlich. »Geh nach oben«, sagte Benno zu Viktoria, doch sie stand wie angezwurzelt, während sich der Säulengang in ein Schlachtfeld verwandelte. Wieder und wieder erzitterte die Tür unter der Wucht der dagegengeschleuderten Körper. Es schien unmöglich, daß Ottos kleine Gruppe gegen die Übermacht der Kommunisten gewinnen konnte, doch Viktoria bemerkte, daß ständig mehr SA- und SS-Männer eintrafen und den Gegnern schwer zusetzten. Einer nach dem anderen wurden die Männer mit den Arbeitermützen von den Braun- und Schwarzhemden zusammengeschlagen.

Ein weiterer Stein polterte durch die zerbrochene Scheibe. Mit letzter Kraft starteten die Kommunisten einen neuen Angriff auf den Hoteleingang. Die Reste der Scheibe gaben nach und fielen krachend auf den Marmorboden.

Viktoria schrie auf, als die Männer mit blutverschmierten Gesichtern und Händen und mit vom Kampf und dem Glas zerrissenen Kleidern durch die Öffnung stürzten. Benno packte sie und zog sie in sein Büro. Als sie ihm folgte, sah sie den Kellner, der das alles verursacht hatte, am Boden liegen. Otto stand über ihm und trat ihm mit seinem schweren Stiefel wie besessen immer wieder ins Gesicht.

Da tauchte die Polizei auf, und binnen weniger Minuten war der ganze Spuk vorbei. Die Kommunisten rannten in die eine Richtung, die Braunhemden in die andere. Im Hotel waren ein paar benommene Kommunisten und Otto geblieben, der breitbeinig über dem leblosen Kellner stand. Als die Polizisten die Kommunisten wegen Ruhestörung in Handschellen abführten, hob Otto die Hand zum Gruß, sagte »Heil Hitler« und marschierte aus dem Hotel.

»Den hat's erwischt«, sagte ein Polizist und wies auf den Kellner. Grob packten er und ein Kollege die Leiche und schleppten sie nach draußen.

Ein Polizeibeamter trat zu Benno. »Ich höre, der Reichstagsabgeordnete Göring nimmt an einer Veranstaltung hier teil?« Benno nickte. »Besser, Sie sagen uns in Zukunft vorher Bescheid, dann können wir eine bewaffnete Wache für das Hotel abordnen«, erklärte der Polizist.

»Danke, Herr Wachtmeister. Wir dachten, wir hätten ausreichend vorgesorgt . . .«

»Herr Wachtmeister«, sagte Viktoria, »der Tote, er ist von Sturmführer Tobisch umgebracht worden.«

»Das glaube ich kaum«, meinte der Polizist. »Sie sind wahrscheinlich sehr mitgenommen, meine Dame. Ich empfehle Ihnen einen Cognac, das beruhigt die Nerven.«

Benno blickte auf das Chaos in der Halle, wo der Hallenportier bereits einige Angestellte zum Aufräumen und notdürftigen Reparieren der Türe angewiesen hatte. Mit ernstem Gesicht sah er Viktoria an. »Warum gehst du nicht rauf und legst dich etwas hin? Ich muß zu unseren Gästen.«

In dem Augenblick erschien Göring in der Tür. »Oje«, rief er, »Sie haben doch nicht etwa Ärger mit den Kommunisten bekommen? Das tut mir leid. Ich hoffe, sie haben nicht zuviel Schaden angerichtet.«

Benno eilte zu ihm. »Ich bedaure sehr, Herr Göring, wenn Ihr Essen gestört worden ist, aber es ist alles wieder in Ordnung.«

Göring legte den Arm um Bennos Schultern. »Keine Angst, mein lieber Herr Kraus. Wenn wir an der Macht sind, werden uns die Kommunisten nicht mehr belästigen.«

Viktoria hörte nicht weiter zu. Noch ganz benommen vor Angst, ging sie durch die Halle die Treppe hinauf. Plötzlich bemerkte sie Stefan, der am oberen Absatz saß, leichenblaß und mit weit aufgerissenen Augen. »Stefan«, rief sie und lief zu ihm. »Stefan, wie lange bist du schon hier?«

»Die ganze Zeit. Ich habe alles gesehen.« Sie setzte sich neben ihn und legte den Arm um seine Schultern. Er war einen Augenblick still, dann sagte er: »Das Schwarzhemd hat den Kellner umgebracht, nicht wahr?«

Sie biß sich auf die Lippe. Der Polizist mochte sie belügen, aber sie konnte Stefan nicht belügen.

»Die SA-Männer waren zuerst hier«, fuhr Stefan fort. »Ich habe gesehen, wie sie mit Göring gekommen sind, und ich glaube, sie waren auf einen Kampf aus. Aber von ihnen ist keiner festgenommen worden. Nicht einmal der, der den Mord begangen hat. Ich glaube, die Polizei ist auf der Seite der Nationalsozialisten. Ich hasse die Nationalsozialisten.«

Einer nach dem andern mußten Betriebe und Kleinunternehmen in diesem Winter ihre Pforten schließen, was die Arbeitslosenzahl von drei auf vier Millionen steigen ließ. Aber keine Statistik konnte das Elend dieser Menschen widerspiegeln, die Brüning verbittert den Hungerkanzler nannten, so kläglich war die Arbeitslosenfürsorge, die die Regierung bot. Sie streiften durch die Straßen Berlins, standen Schlange, wenn irgendwo Stellen frei waren, und bettelten an der Küchentür des Quadriga um Essensreste.

Vor allem die Notlage dieser Menschen veranlaßte Max Patschke zu der Einsicht, daß es Zeit sei, sich zur Ruhe zu setzen. »Ja«, sagte er, als Benno die Frage Ende April taktvoll anschnitt, »es ist besser, wenn ein junger Mann meine Stelle übernimmt, der eine Familie zu ernähren hat.«

»Es wäre mir lieb, wenn Sie noch etwas blieben und den Nachfolger einarbeiteten. Und danach können Sie uns natürlich besuchen, wann immer Sie wollen, Max.«

»Danke, Herr Kraus.«

Aber Max' Herz war schwer. »Ich hasse den Gedanken, hier aufzuhören«, vertraute er Ricarda an. »Das Quadriga war mein Leben. Ich weiß nicht, was ich ohne das Hotel tun soll.«

»Ich habe mich schon vor längerem zurückgezogen«, tröstete sie ihn, »und ich muß sagen, ich genieße es. Wollen Sie sich immer noch ein Häuschen im Grünen kaufen?«

Seine Augen leuchteten. »Ich habe ein anderes schönes Häuschen bei Potsdam entdeckt. Das Geld liegt bei der Darmstädter Bank, und der Notar bereitet den Vertrag vor. Ich glaube, diesmal kann nichts schiefgehen.«

Selbst als Max vom Zusammenbruch der Österreichischen Kreditanstalt hörte, machte er sich keine Sorgen. Er sah die langen Schlangen vor den deutschen Banken, deren Kunden ihr Geld abhoben und notdürftig in Scheunen, Matratzen oder in wasserdichten Beuteln in der Erde im Garten versteckten. Er tröstete sich mit dem Gedanken, daß wenn, dann nur die kleineren Privatbanken scheitern würden, nicht die großen wie die Darmstädter. Das Geld, das er gespart hatte, war dort ganz bestimmt sicher.

Erleichtert hörte er von seinem Notar, daß der Kaufvertrag am 13. Juli abgeschlossen würde. Max überließ es seinem Nachfolger, sich um das Restaurant zu kümmern, und begab sich zur Bank, um das Geld zu überweisen. Als er um die Ecke kam, bot sich ihm ein schreckliches Bild. Der Eingang der Darmstädter Bank war nicht nur verschlossen, verbarrikadiert und von Polizisten bewacht, sondern eine aufgebrachte Menge versuchte laut schreiend, in das Gebäude einzudringen. Das Blut erstarrte Max in den Adern, und er blieb stehen.

»Den Weg könn'n Se sich sparen«, sagte ein Passant, »die Bank hat keen Jeld mehr.«

Max packte ihn am Ärmel. »Was ist passiert?«

»Dichtjemacht. Alle ham ihr Jeld abjehoben, un jetz hat die Bank nischt mehr.«

»Aber kann sie sich denn nichts leihen?« fragte Max verzweifelt.

»Wo denn? Det janze Land is doch pleite!«

Schließlich erschien oben an einem Fenster ein Bankangestellter und bestätigte, was der Fremde Max gesagt hatte. In dem Augenblick wußte Max, daß sein Leben für ihn keinen Sinn mehr hatte. Die Arbeit im Hotel hatte er nicht mehr, und seine Ersparnisse waren dahin. Gebrochen kehrte er ins Hotel zurück und ging ohne ein Wort auf sein Zimmer. Er nahm das Seil, das um den Reisekoffer gebunden war, befestigte es an der stabilen Vorhangstange und knüpfte eine Schlaufe. Er warf einen letzten Blick hinunter auf die Linden und das Brandenburger Tor und zog den Vorhang zu.

Dann blickte sich Max Patschke noch einmal traurig in dem Zimmer um, das siebenunddreißig Jahre sein Zuhause gewesen war, stieg auf einen Stuhl, steckte den Kopf in die Schlinge, stieß den Stuhl weg und erhängte sich.

Max Patschkes Tod traf die Familie und die Gäste gleichermaßen. »Wenn wir nur etwas gewußt hätten«, sagte Ricarda immer wieder. »Vielleicht hätten wir ihm helfen können.«

»Er dachte, sein Geld wäre auf der Bank sicher«, sagte Viktoria erschüttert. »Es ist furchtbar, das ganze Leben so zu schuften und dann alles zu verlieren. Aber man dachte doch, daß die Darmstädter bombensicher ist.« Sie empfand entsetzliche Schuldgefühle und war überzeugt, daß sie Max im Augenblick der größten Not im Stich gelassen hätten.

»Nichts ist mehr sicher«, sagte Benno niedergeschlagen.

»Niemand braucht sich schuldig zu fühlen. Schließlich war Max fast siebzig und seiner Arbeit nicht mehr gewachsen.«

Viele Hotelgäste, die Max seit Jahren gekannt hatten, bekundeten ihr Beileid, und dabei wurde deutlich, wem einige von ihnen die Schuld gaben. Ein Kugellagerfabrikant aus Schweinfurt sagte Viktoria ganz unverblümt: »Es sind die Juden, Frau Kraus. Ich habe gehört, daß Jakob Goldschmidt, der Vorstandsvorsitzende der Darmstädter Bank, den Bankzusammenbruch bewußt herbeigeführt hat, um seinen Zahlungsverpflichtungen zu entgehen.«

Ein paar Tage danach kam Baron Kraus nach Berlin. »Schlimme Sache, das mit Patschke«, sagte er, als er sich am Abend zu Benno und Viktoria an die Bar gesellte, »aber so was kommt nun mal vor. Ich bin hier, um mit Theo Arendt zu sprechen.«

»Meinst du, das Bankhaus Arendt ist in Schwierigkeiten?« fragte Benno besorgt. »Du weißt ja, wir wickeln fast alle Geschäfte dort ab.«

»Nicht mehr als andere auch. Theo Arendt ist trotz der Krise noch immer einer der reichsten Männer Berlins, wenn nicht ganz Deutschlands.« Er machte eine Pause. »Ich bin froh, sagen zu können, daß es uns im Moment sehr gut geht. Ernst macht für uns eine Menge Geld in Amerika; er kauft sich mit dem Gold, das wir vor ein paar Jahren gekauft haben, in den noch immer sehr schwachen Aktienmarkt ein. American Railways, Bell Company, öffentliche Versorgungsunternehmen, erstklassige Firmen, bei denen nichts schiefgehen kann. In Deutschland sieht es natürlich nicht so gut aus. Wir brauchen dringend jemand, der dieses Land wieder aufrichtet.«

Während Benno begeistert nickte, sah Viktoria ihren Schwiegervater feindselig an. Als Jude würde er nicht wagen, so zu reden. Es war offenbar in Ordnung, wenn ein Kraus während einer Krise Geld machte – aber nicht ein Goldschmidt oder Arendt.

Theo Arendt war jetzt einundfünfzig, ein eleganter Mann mit silbergrauem Haar, Hakennase und feinen Zügen. Angewidert betrachtete er den unförmigen Körper des Barons, die großen roten Hände, die eine dicke Zigarre hielten, die geplatzten Äderchen, die Nase und Wangen marmorierten, und die kalten Augen hinter der Nickelbrille. »Herr Arendt, ich schlage Ihnen vor, Ihre Berliner Bank zu kaufen«, sagte er, »und zwar nicht mit Geld, sondern einem äußerst guten Portefeuille von Aktien einiger sehr gesunder überseeischer Unternehmen, das die Aktiva Ihrer Londoner Bank konsolidieren würde.« Er zeigte auf den Ordner auf dem Tisch. »Ich denke, wenn Sie das hier lesen, werden Sie erkennen, wie großzügig ich bin.«

Theo stützte das Kinn in die Hand. Was, so fragte er sich, hätte sein Vater oder Großvater in dieser Situation getan? Aber was er antworten würde, war ihm klar. »Ich erkenne die Vorteile eines solchen Geschäfts für Sie, Herr Baron. Ich hätte an Ihrer Stelle auch gern eine eingeführte Privatbank. Aber ich weiß nicht, wieso Sie glauben, daß ich verkaufen will. Wir bekommen noch immer Kredite von ausländischen Banken, wenn auch zu extrem hohen Zinsen, und wir haben immer noch Deckung für alle Kundeneinlagen. Im Gegensatz zur Darmstädter sind wir nicht insolvent.«

Der Baron lehnte sich in seinem Sessel zurück und blies eine blaue Rauchwolke in die Luft. »Sie brauchen mir nicht zu erzählen, daß Deutschland bis an den Hals in Schwierigkeiten steckt. Wir haben fast viereinhalb Millionen Arbeitslose. Unsere Landwirtschaft ist in einem fast ebenso schlechten Zustand wie die Industrie. Wir brauchen einen starken Mann, der das Land in Ordnung bringt, und der einzige, der das meiner Meinung nach kann, ist Adolf Hitler.«

Ungerührt blickte Theo ihn an; ihm war klar, wohin dieses Gespräch zielte.

»Sie kennen Hitlers Ansichten über die Juden«, fuhr der Baron fort. »Ich sage nicht, daß ich mit ihm übereinstimme,

Herr Arendt, aber viele andere tun es. Ich an Ihrer Stelle würde ernsthaft in Erwägung ziehen, Deutschland zu verlassen.«

Theo erhob sich, bemüht, seinen Widerwillen zu verbergen. »Danke für Ihre Besorgnis, Herr Baron, aber ich versuche, mich über die politische Situation in diesem Land auf dem laufenden zu halten. Gegenwärtig sehe ich jedoch keine Notwendigkeit, das Bankhaus Arendt zu verkaufen. Sollte sich die Lage grundlegend ändern, werde ich an Ihr großzügiges Angebot denken.«

Doch als der Baron gegangen war, fragte sich Theo, ob er die richtige Entscheidung getroffen hatte. Er mußte nicht nur an sich denken, sondern auch an seine beiden Söhne und Minna. Mit einem sehr unguten Gefühl dachte er, daß er das Angebot des Barons vielleicht doch noch einmal würde annehmen müssen.

20

Als sich das Jahr 1931 seinem Ende näherte, der dritte Krisenwinter mit knapp fünf Millionen Arbeitslosen, hatte Luise das Gefühl, daß das Leben sich um sie allmählich auflöste. Im Hotel lagen sich ihre Schwester und Benno offenbar aus keinem anderen Grund in den Haaren als dem, daß Benno für die Nazis war und Vicki dagegen. Im Café Jochum flakkerten täglich erbitterte Streite auf, gingen alte Freundschaften in die Brüche und bildeten sich seltsame neue Bündnisse, zerbrachen Liebesbeziehungen und wurden Geschäftsverbindungen aufgekündigt – alles wegen der Politik.

Wegen des Cafés Jochum bekam Luise ihren ersten Streit mit Benno. An einem Dezemberabend sagte er sorgenvoll: »Ich weiß nicht, ob Emmy an Silvester wieder im Café auftreten sollte.«

Luise sah ihn fassungslos an. »Aber Emmy gehört dazu. Silvester ohne sie wäre nicht das gleiche!«

»Das weiß ich, Luise, aber sieh mal, sie ist keine Arierin, und die Stücke, die Georg geschrieben hat, sind nicht deutsch. Im Hotel verlangen die Gäste immer mehr traditionelle, patriotische Musik. Der Neujahrsball hier wird ganz bestimmt einen konventionellen Anstrich haben, Walzer, Foxtrott, Quickstep, nicht deine amerikanische Musik. Wir wollen keine abträgliche Aufmerksamkeit auf uns lenken.«

Für Luise war diese Argumentation nicht nur unverständlich, sie war tragisch. »Arierin! Emmy kann singen, und alles andere interessiert mich nicht.«

Am nächsten Tag erzählte sie Lothar von dem Vorfall. »Lothar, wer ist hier verrückt? Ich oder Benno?«

Er blieb ernst. »Luise, du warst nie ein politischer Mensch, nicht wahr?«

»Politik interessiert mich nicht«, gab sie zu, »mich interessieren Menschen. Ich glaube, es gibt gute Menschen und schlechte – und damit hat sich's.«

»Wenn ich das sagen darf, Luise, ich glaube, du bist etwas naiv. Politik ist eine Realität im Leben, und zwar eine, mit der du dich vernünftigerweise befassen solltest. Du weißt, was bei der Premiere von ›Café Berlin‹ passiert ist. Ich muß gestehen, daß ich heute froh bin, Schweizer zu sein.«

Angst erfaßte ihr Herz. »Lothar, du denkst doch nicht daran, in die Schweiz zurückzugehen?«

»Vielleicht. Vergiß nicht, ich habe auch noch andere Interessen und Verpflichtungen, die ich viel zu lange vernachlässigt habe.« Er ließ den Anflug eines Lächelns erkennen. »Wenn ich wirklich gehe, kannst du natürlich mitkommen.«

Es waren fast die gleichen Worte, die Josef vor zehn Jahren gesprochen hatte, und Luise wußte, daß sie auch Lothar würde abweisen müssen. »Es tut mir leid, Lothar, aber ...«

Er tätschelte ihre Hand. »Ist schon gut, ich verstehe es.«

Luise sah ihn eindringlich an. Sie war sich bewußt, daß sie das Ende ihrer kostbaren, noch erhaltenen Freundschaft miterlebte und es hilflos mit ansehen mußte.

Je näher der Silvesterabend kam, desto nervöser wurde sie. Die Plakate, die sie anbrachten, EMMY ANDERS SINGT LIEDER VON GEORG JANKOWSKI, wurden mit Hakenkreuzen beschmiert. Über Emmys Name stand »Afrikanische Hure!« und über dem von Georg »Judensau!«. Einige Stammkunden machten ihre Reservierung rückgängig.

Am Abend selbst fuhr Emmy, die nichts von der Aufregung wußte, die ihr Auftreten hervorrief, mit ihren beiden Pudeln in ihrem weißen Rolls-Royce am Café vor. Als Luise hinauseilte, um sie zu begrüßen, deutete sie mit der Hand auf den hübschen jungen Mann, der die Wagentür aufhielt. »Jean-Pierre David. Er gehört zum Auto.«

Emmys Überschwang wirkte so ansteckend, daß Luises Nervosität allmählich wich, und als die ersten Gäste eintrafen, schalt sie sich eine dumme Gans, daß sie sich von Benno und Lothar so verrückt hatte machen lassen. Auch wenn auffiel, daß einige bekannte Gesichter fehlten, wurde das durch andere Besucher mehr als wettgemacht, die festlich gekleidet waren und sich amüsieren wollten. Luise hatte außer Emmy zwei Jazzbands engagiert, zu deren heißer Musik wild getanzt wurde.

Kurz nach elf trat Emmy auf die Bühne, und wie immer wurde es im Café totenstill, als die Lichter ausgingen und ein Scheinwerfer die schlanke Gestalt anstrahlte. »Meine Damen und Herren«, sagte sie mit rauher Stimme, »ich freue mich, erstmals die neuesten Lieder von Georg Jankowski vortragen zu können, die eigens aus Amerika hierhergeschickt worden sind.«

»Sie ist so schön«, flüsterte Jean-Pierre Luise ins Ohr. Doch sie hörte ihn kaum, so gefesselt war sie von der Musik, die so unverwechselbar von Georg war, daß es ihr vorkam, als müßte er hier im Raum sein.

Sie war so gefangen, daß sie die Neuankömmlinge gar nicht bemerkte, die das Café betreten hatten, bis sie die Buhrufe und Pfiffe von hinten hörte. Verärgert drehte sie sich um. Etwa ein Dutzend Braunhemden lehnte, Bierflaschen in der Hand und rauchend, herausfordernd an der Tür. Inzwischen wandten sich überall im Café die Gäste um, und die SA-Männer stimmten das Horst-Wessel-Lied an.

Offensichtlich gestört, aber doch ganz professionell sang Emmy ihr Lied zu Ende. Jetzt drängten sich die Braunhemden zwischen den Tischen vor, buhten, zischten, schrien obszöne Bemerkungen, schmissen Gläser um, traten an Tischbeine und rempelten Gäste an. Von überall wurden sie angeschrien, ruhig zu sein und zu verschwinden, aber jetzt, wo sie einmal hier waren, hatten sie offenbar nicht vor, wieder zu gehen. Emmy stand hilflos und verängstigt auf der Bühne.

Lothar eilte zu ihr, ergriff ihre Hand und führte sie von der Bühne, während Oskar Braun mit grimmigem Gesicht zu einem der SA-Männer ging, ihn am Aufschlag packte und ihm wütend etwas zuflüsterte. Überrascht sah Luise, wie sich Verunsicherung auf dem Gesicht des jungen Mannes ausbreitete. Dann hörte sie den Geschäftsführer sagen: »Herr Kraus ist ein persönlicher Freund von Herrn Göring...« Zu ihrer Erleichterung rief der SA-Mann: »Kommt, lassen wir diesen Scheißladen!« An der Tür brüllte er jedoch noch: »Noch mal so 'ne Judenmusik hier, und wir nehmen den ganzen Laden auseinander!«

Als sie verschwunden waren, ging Oskar Braun auf die Bühne. »Meine Damen und Herren«, sagte er gewandt, »ich bedaure diese höchst unliebsame Störung sehr und möchte Sie alle zur Stärkung Ihrer Nerven zu einem Glas Champagner auf Kosten des Hauses einladen.« Es gab schwachen Beifall. Er blickte auf die Uhr und fuhr fort: »Angesichts der Tatsache, daß es fast Mitternacht ist, schlage ich vor, daß wir Fräulein Anders erlauben, sich für den Rest des Abends zu entspannen, und uns mit Tanzen begnügen.«

Die Band intonierte einen etwas holprigen Tango, und Lothar brachte die völlig aufgelöste Emmy an den Tisch zurück. Als es Mitternacht schlug und die Gäste anstießen, lag ein abgespannter Ausdruck auf seinem Gesicht, als er ihnen ein gutes neues Jahr wünschte.

»Ich glaube, wir gehen jetzt«, sagte Emmy, die neben Jean-Pierre saß, ganz zaghaft. Kurz darauf baten auch andere Gäste um ihre Rechnung und brachen auf. Um ein Uhr war das Café vollkommen leer.

Benno erfuhr sehr schnell von dem Zwischenfall und erklärte beim Abendessen am folgenden Tag: »Wir werden beim Café etwas unternehmen, wir müssen all diese Künstler und Schriftsteller loswerden. Das Café sollte wieder anständig werden, wie es zur Zeit deines Vaters war.«

Das Blut schoß Luise ins Gesicht. »Ich nehme an, du hältst SA-Männer für das richtige Publikum.«

»Sie sind eingedrungen, weil das Café einen schlechten Ruf bekommt«, hielt Benno ihr entgegen. »Es war immer ein Tummelplatz für linke Radikale.«

»Nein«, erwiderte Luise aufgebracht, »du weißt ganz genau, daß es einer der beliebtesten Treffpunkte der Stadt für Künstler und Intellektuelle ist, unabhängig von ihrer politischen Richtung. Gerade deshalb hat doch Erich Grossmarck seinen Film da gedreht.«

»Und das war wohl ein Fehler, ihm das zu erlauben.«

»Damals hast du nicht so gedacht. Inzwischen ist anscheinend einiges passiert, daß du deine Meinung geändert hast.«

»Die Nazis«, bemerkte Viktoria bitter.

Benno seufzte. »Es stimmt, ich bin in vielem einer Meinung mit ihnen, aber ich kann auch so erkennen, daß das Café Jochum herunterkommt.«

»Benno, du solltest, glaube ich, nicht vergessen, daß Entscheidungen darüber, wie das Café – und im übrigen auch das Hotel – geführt wird, nicht allein deine Sache sind«, erklärte Viktoria scharf. »Sowohl Luise als auch ich und Mama haben da ein Wörtchen mitzureden. Ich schlage daher vor, daß wir das Café im Moment so lassen, wie es ist.«

Er zuckte resignierend die Achseln. »Ich wollte euch nur helfen. Aber laßt euch gesagt sein, wenn ihr wieder Besuch von der SA bekommt, wird es kein Café Jochum mehr zu führen geben.«

Emmy kam noch einmal kurz tagsüber ins Jochum, bevor sie mit Jean-Pierre zum nächsten Auftritt nach Zürich fuhr. Sie schien sich von ihrem Schock erholt zu haben und versprach, das nächste Silvester trotz der SA-Männer wiederzukommen.

Am gleichen Abend platzte Lothars Bombe. »Ich gehe

mit ihnen zurück in die Schweiz«, erzählte er Luise am Stammtisch. Obwohl er es leichthin sagte, blickte er bekümmert. »Wer kann schon einer Fahrt in einem weißen Rolls-Royce widerstehen?«

»Du kommst doch wieder, ja?«

Er faßte ihr zärtlich unter das Kinn. »Ich denke schon.« Aber er klang nicht sehr zuversichtlich, und sie fragte sich unwillkürlich, ob sie ihn je wiedersehen würde. Sie sprachen noch eine Weile über dies und das, dann erhob Lothar sich. »Auf Wiedersehen, Luise, paß gut auf dich auf.«

Sie begleitete ihn zur Tür und sah ihn in seinen Wagen steigen, eine kleine, rundliche Gestalt von undefinierbarem Alter, und Tränen traten ihr in die Augen. Wieviel hatten sie und Lothar gemeinsam erlebt – Josef, Georg, Sara, Emmy, Grossmarck und »Café Berlin«, das Café Jochum ... Und dann war er fort ...

Sie wischte sich mit der Hand über die Augen und ging zurück ins Café, das jetzt alles zu verkörpern schien, was ihr in der Welt geblieben war. Und plötzlich erfüllte sie eine verzweifelte Entschlossenheit, das Café Jochum nicht herzugeben, denn es stellte ihre ganze Existenz dar.

Im Februar trug Benno zu Viktorias Entsetzen ein NSDAP-Abzeichen am Revers. »Goebbels hat erklärt, daß Hitler nächsten Monat bei der Präsidentschaftswahl gegen Hindenburg antritt. Der Eintritt in die Partei ist die beste Methode, meine Unterstützung zu zeigen«, sagte er.

»Was heißt das, Parteimitglied zu sein?« fragte sie voller Angst.

»Eigentlich nicht mehr, als daß ich Beitrag zahle.«

»Wieso kann Hitler sich um das Präsidentenamt bewerben? Ist er nicht Österreicher?«

Benno tat ihren Einwand ab. »Dein Großvater hat die deutsche Staatsbürgerschaft bekommen, und so wird wohl auch Hitler dieses kleine Hindernis überwinden.« Ein paar

Tage später erzählte er ihr, daß Hitler Legationsattaché von Braunschweig in Berlin und damit deutscher Staatsbürger geworden sei.

Erleichtert stellte Viktoria fest, daß sowohl Reichskanzler Brünings Zentrumspartei wie auch die Sozialdemokraten den alten Präsidenten unterstützten; die über diesen Verrat empörten Kommunisten stellten einen eigenen Kandidaten auf, wie auch die Deutschnationale Volkspartei Hugenbergs.

Es war der erbittertste Wahlkampf, den sie je erlebt hatten. Lautsprecherwagen der NSDAP fuhren plärrend durch die Stadt. Ihre Plakate klebten an Mauern, und Millionen Handzettel und Zeitschriften wurden an Haushalte, Büros und auf der Straße verteilt. Hitler selbst sprach pausenlos im ganzen Land auf Massenkundgebungen. Und durch die Straßen marschierten die ständig wachsenden Kolonnen der SA und SS und sangen das Horst-Wessel-Lied. Durch die Straßen marschierten auch Tausende von Anhängern der Kommunisten, so daß jeder Tag blutige Straßenschlachten sah.

Als die Stimmen gezählt wurden, war Hindenburg zwar der Sieger, hatte aber knapp die absolute Mehrheit verfehlt, so daß eine Nachwahl abgehalten werden mußte. Um Hitler zu unterstützen, zogen die Deutschnationalen ihren Kandidaten zurück, und der Wahlkampf begann von neuem.

Diesmal hatte der der Nationalsozialisten einen neuen Ton. Ganz unmißverständlich wurde gesagt, wer die Schuld an der gegenwärtigen Situation habe – Kommunisten, Sozialisten und Juden –, und versprochen, das Land von diesen »Kräften des Bösen« zu befreien. Hitler bot aber auch Hoffnung. Er versprach Beschäftigung für die Arbeitslosen, Aufträge für die Industrie, eine Landwirtschaftspolitik, die den Bauern wieder Wohlstand bringen sollte, und die Wiederherstellung einer großen deutschen Armee.

»Die Nazis scheinen doch die einzige Partei zu sein, die

ein aktives Wiederbelebungsprogramm hat«, sagte Ricarda nachdenklich. »Ich habe wie du nichts für die SA übrig, Viktoria, aber ich meine doch, daß wir einen jüngeren Mann als Hindenburg brauchen, und Hitler scheint unsere einzige Wahl zu sein.«

Aber obwohl Hitlers Botschaft nicht nur Ricarda überzeugte, sondern weitere dreizehn Millionen, gelang es ihr nicht, die neunzehn Millionen – einschließlich Viktoria – zu überzeugen, die bei der zweiten Wahl am 10. April Hindenburg wählten.

Sofort nach der Wahl erließ der Präsident zur Erleichterung aller ein Verbot der Privatarmeen Hitlers. Zum erstenmal seit Monaten hatte das Land wieder einen, wenn auch unsicheren Frieden. Im Mai wurde Brüning zum Rücktritt gezwungen und durch Franz von Papen ersetzt, einen fast unbekannten Zentrumspolitiker und Industriellen, der sein Kabinett fast ausschließlich aus Angehörigen des Adels zusammenstellte, das »Kabinett der Barone«, wie es die unzufriedene Öffentlichkeit nannte. Als erstes ersuchte er den Präsidenten, den Reichstag aufzulösen, Neuwahlen für Ende Juli anzusetzen und das Verbot der SA aufzuheben.

Es war der Beginn des heftigsten und blutigsten Wahlkampfes. Täglich berichteten die Zeitungen über Kämpfe, bei denen es Hunderte von Toten gab, aber während Kommunisten häufig festgenommen wurden, schien die Polizei die Nationalsozialisten zu verschonen.

Lothar kehrte in jenem Sommer nicht mehr zurück, und Viktoria und Luise kamen einander immer näher, denn beide sahen, wie sich die Dinge, die sie liebten, vor ihren Augen veränderten, ohne daß sie etwas dagegen hätten unternehmen können. Auch das Café Jochum änderte seinen Charakter. Viele linksgerichtete Schriftsteller, Regisseure und Künstler fanden eine neue Bleibe, so daß das Jochum zum Tummelplatz ihrer früheren Freunde wurde, die immer unverblümter die Nationalsozialisten unterstützten. Luise versuchte sich mit dem Gedanken zu trösten, daß ihr Café doch immer noch das Herz der Berliner Künstlergemeinde war.

Eine ähnliche Wandlung erlebte das Hotel Quadriga. Viktoria merkte nach einigen Monaten, daß bestimmte vertraute Namen nicht mehr im Hotelregister auftauchten und verschiedene bekannte Gesichter nicht mehr im Restaurant und der Halle zu sehen waren. An ihre Stelle traten neue Gestalten, Industriellenfreunde des Barons, aufstrebende NSDAP-Politiker wie Strasser, Frick, Ley, Frank und Hjalmar Schacht, den der Baron offenbar sehr schätzte. Die alten Freunde wie Theo Arendt und Professor Ascher kamen auf ihrem Heimweg nicht mehr auf ein Gläschen vorbei.

Als Baron Kraus im Sommer sein Angebot zum Kauf des Bankhauses Arendt erneuerte, stand Theo vor der schwersten Entscheidung seines Lebens. Er konnte sie zwar noch hinauszögern, bis das Ergebnis der Juli-Wahlen feststand, aber wenn sie so ausgingen, wie Theo vermutete, mußte der Verkauf schnellstens erfolgen.

Er war, wie er wußte, nicht der einzige, der dem Kurs mißtraute, den Papen offenbar einschlug, denn die SA wieder zuzulassen bewies, daß er, Hindenburg und Hitler irgendeine beunruhigende Allianz geschlossen hatten.

Jeden Tag, wenn Theo zum Bankhaus Arendt kam, erwarteten ihn Braun- und Schwarzhemden und schrien: »Dreckiger Jude!« – »Judensau!« und »Juden raus!«

An der Universität war es das gleiche, wie Professor Ascher ihm erzählte. »Viele Studenten und sogar einige Dozenten unterstützen die NSDAP. Manchmal ist es fast unmöglich, eine Vorlesung zu Ende zu führen, so sehr sind diese Schläger auf Stören aus. Einstein hat man einen Lehrstuhl in Kalifornien angeboten, und er hat angenommen.« Betrübt schüttelte er den weißhaarigen Kopf. »Einstein war ein Nationalheld, als er den Nobelpreis bekam; jetzt ist er nur noch eine Judensau.«

Theo sah sich im eleganten Wohnzimmer seiner Villa um, blickte hinaus in den parkartigen Garten. Es war schwer, sich vorzustellen, all das zu verlassen und mit zweiundfünfzig ein neues Leben in London zu beginnen. »Wenn ich das Angebot von Baron Kraus annehme und wir nach London gehen, kommst du dann mit, Bethel?«

Professor Ascher zögerte, dann sagte er bedächtig: »Ich meine, du solltest das Angebot annehmen, schon wegen der Kinder. Sie sind die Juden der Zukunft, Theo, und wir haben die Pflicht, sie zu schützen. Aber ich werde nicht mitkommen. Ich bin ein alter Mann, sechsundsechzig, mein Arbeitsleben ist fast zu Ende. Aber nicht alle Juden haben es so gut wie du und ich. Irgend jemand muß bleiben, um sie zu schützen und gegen Ungerechtigkeit, Intoleranz und Haß zu kämpfen.«

Seine Antwort überraschte Theo nicht, aber sie stimmte ihn traurig. »Ich respektiere deine Entscheidung, Bethel, aber du solltest sie noch einmal überdenken.«

Professor Ascher senkte den Kopf. »Von Palästina wurden die Juden in die ganze Welt zerstreut, ohne ein eigenes Land, und viele Male sind sie seither gezwungen worden, erneut zu fliehen, wie sogar jetzt in Deutschland. Es ist mein höchster Wunsch, daß die Siedler im heutigen Palästina eines Tages eine jüdische Heimat gründen, aber bis dahin müssen wir weiter gegen die Not kämpfen. Hitler kann mir nichts antun, was ich nicht hinnehmen und überwinden könnte.«

»Vielleicht beweisen die Menschen mehr Scharfblick, als wir ihnen zutrauen«, meinte Theo.

Am 20. Juli kam es zu einem sehr bedenklichen Ereignis. Um die Gewalttätigkeit zu stoppen, die fast bürgerkriegsähnliche Ausmaße erreicht hatte, verbot Papen alle politischen Aufmärsche und verhängte das Kriegsrecht über Berlin; dann entließ er mit Hilfe von Notverordnungen die preußische Regierung und ernannte sich selbst zum Reichskommissar für Preußen. Es war offensichtlich ein Versuch, die Nationalsozialisten zu besänftigen, und ein offener Bruch der Verfassung. Für Theo war das nicht nur ein Zeichen des Anfangs vom Ende der Republik, sondern auch der Demokratie in Deutschland.

In gespannter Atmosphäre gingen die Menschen zur Wahl, und wenn die Nationalsozialisten auch die absolute Mehrheit verfehlten, wurden sie doch mit 37 Prozent und 230 Sitzen die stärkste Partei im Reichstag.

Theo wußte, daß ihm die Entscheidung abgenommen war. Er besprach sie eingehend mit Sophie, führte lange Telefongespräche mit seinem Vetter Hugo in London und mit Oskar Duschek. Dann schrieb er an Baron Kraus, daß er bereit sei, das Bankhaus Arendt zu verkaufen.

Der Baron rief ihn an. »Herr Arendt, vermutlich werden Sie auch Ihr Haus verkaufen. Falls Sie nicht schon einen Käufer haben, wäre ich interessiert. Mein Sohn Ernst kommt demnächst aus Amerika zurück. Es wäre gut, wenn wir ein *Pied-à-terre* in Berlin hätten.«

Obwohl Theo der Gedanke schmerzte, daß sein schönes Haus von einem Kraus bewohnt würde, der seine Eleganz und den herrlichen Park kaum würde zu schätzen wissen, sagte er widerwillig ja.

Jetzt, wo der schreckliche Augenblick da war, wollte er so schnell wie möglich weg. »Ich halte es für das beste, wenn du mit den Kindern nach London vorausgehst«, sagte er zu Sophie. »Ich komme nach, sobald der Verkauf abgeschlossen ist. Es wird nicht lange dauern, denn die Anwälte des Barons wollen alles bis Ende August erledigt haben, wie sie sagen.«

Nachdem seine Familie abgefahren war, begannen die Umzugsleute mit dem Verpacken der kostbaren Bilder, der

Möbel und des Hausrats. Theo sah ihnen traurig zu. Es dauerte so lange, sich ein Heim zu schaffen, und so kurz, es zu zerstören; so lange, ein Lebenswerk aufzubauen, und nur wenige Minuten, es in Schutt und Asche sinken zu sehen.

Als die Anwälte Ende August ihre Verhandlungen abgeschlossen hatten, trafen sich Theo und der Baron in Berlin, um die Abmachungen zu unterzeichnen. Anschließend erklärte der Baron ungerührt: »Wir werden die Bank selbstverständlich umbenennen. Da meine Familie aus Liegnitz in Schlesien stammt, werde ich sie Liegnitzer Bank nennen.«

Theo nickte. Natürlich, alle Erinnerungen an den jüdischen Ursprung der Bank sollten getilgt werden. »Ich werde die Mitarbeiter unterrichten. Ich verlasse Berlin noch heute abend.«

Als der Baron gegangen war, stand Theo noch lange in dem Büro, das zuvor ihm, seinem Vater und seinem Großvater gehört hatte. Die Bilder seiner Ahnen waren schon von den Wänden genommen und nach London transportiert worden, und draußen montierten Arbeiter bereits den Schriftzug BANKHAUS ARENDT ab. Es schien kaum faßbar, daß zweihundert Jahre Arendtsche Banktradition in Deutschland zu Ende gehen sollte.

Er ballte die Faust. Solange er lebte, würde er den Deutschen nie verzeihen, und auch seine Kinder und Kindeskinder nicht.

Viktoria und Luise saßen an diesem Augustabend an ihrem Ecktisch in der Bar, als Baron Kraus mit Benno an seiner Seite seinen triumphalen Auftritt hatte. Er küßte die Schwestern freudig auf die Wangen und verkündete dann: »Blendende Neuigkeit! Ihr werdet sicher erfreut sein zu hören, daß unsere Familie jetzt das Bankhaus Arendt besitzt! Der Vertrag ist heute unterschrieben worden.«

Viktoria spürte, wie ihr das Blut aus dem Gesicht wich. »Du hast das Bankhaus Arendt gekauft?« fragte sie ungläubig.

»Theo Arendt ist kein Dummkopf. Er weiß, woher der Wind weht, und wenn er so lange wartet, bis Hitler Kanzler wird, kann seine Bank vom Staat enteignet werden. Schließlich ist er Jude, und die Nationalsozialisten mögen die Juden nicht.«

»Aber Theo ist nicht irgendein Jude«, rief Viktoria, »er ist unser Freund!«

»Und meiner auch, meine liebe Viktoria, ich habe nichts gegen die Juden. Dies war ein rein geschäftlicher Vorgang, von dem beide Seiten profitiert haben. Ich habe ihm einen sehr guten Preis für die Bank und sein Haus geboten, und er war so klug anzunehmen. Und im übrigen werden die Kraus-Werke weiterhin Geschäfte mit seinen Zweigstellen in England, Frankreich und Amerika tätigen.«

Auch Luise blickte den Baron mit bleichem Gesicht an. »Du hast auch sein Haus gekauft? Wo sind Theo und seine Familie denn jetzt?«

»Seine Frau ist vor einigen Wochen mit den Kindern nach London gegangen. Er folgt ihnen heute abend.«

»Du meinst, sie sind gegangen, ohne sich zu verabschieden?«

»Es wäre für ihn unter diesen Umständen ziemlich mißlich gewesen hierherzukommen«, meinte Benno verständnisvoll.

Unempfänglich für die offensichtliche Verstörtheit der beiden Frauen, fuhr der Baron fort: »Und jetzt meine zweite Neuigkeit. Benno, unser guter Freund Hermann Göring ist zum Reichstagspräsidenten ernannt worden! Morgen steht es in den Zeitungen. Endlich hat ein Nationalsozialist den Vorsitz!«

Noch ganz benommen von der schockierenden Nachricht, daß Theo an diesem Abend Deutschland verlassen hatte, blickte Viktoria vom Baron zu ihrem Mann, entsetzt, daß Göring plötzlich solche Macht haben sollte.

Benno lächelte zufrieden. »Das ist eine sehr gute Nachricht. Göring wird diesen Unsinn der Kommunisten und anderer Parteien nicht durchgehen lassen. Was, meinst du, wird er tun?«

»Ich weiß nicht, aber er wird schon einen Weg finden, diesen Esel Papen bald abzuservieren.«

Viktoria erhob sich. »Entschuldigt mich bitte, ich muß noch nach den Kindern sehen. Kommst du mit, Luise?«

In der Geborgenheit der Wohnung nahm Viktoria Luise in die Arme. »O mein Gott, was für eine schreckliche Nachricht.«

Luise legte den Kopf auf Viktorias Schulter. Sie zitterte am ganzen Körper. »Ich verstehe nicht, was geschieht. All unsere Freunde gehen. Bald sind nur noch wir beide da.«

Viktoria fuhr ihr über das Haar. »Dann müssen wir zusammenhalten. Merkst du, was die Nazis uns antun? Sie treiben Menschen auseinander, flößen ihnen Mißtrauen und Angst voreinander ein, so daß selbst so gute Freunde wie die Arendts das Land ohne Abschied verlassen.«

Beide schwiegen einen Augenblick, dann fragte Luise leise: »Vicki, wo wird das enden? Benno und sein Vater glauben offenbar, daß die Nazis recht haben, aber du nicht. Sie treiben einen Keil zwischen Benno und dich.«

Erschreckt blickte Viktoria sie an. Es stimmte. Sie und Benno wurden sich immer fremder. Sie mußte mit Benno reden, schnellstens, bevor sie einander verloren.

In dem Augenblick ging die Tür auf, und Stefan erschien. »Mama, Tante Luise, was ist los?« Er blickte besorgt. Mit einemmal erkannte Viktoria, daß ihr Sohn kein Kind mehr war. Er kam zu ihnen, nicht um beschützt zu werden, sondern um zu schützen.

»Theo Arendt und seine Familie sind nach London gegangen«, sagte sie.

»Warum?«

»Weil sie Juden sind, weil sie glauben, hier nicht mehr erwünscht zu sein, weil dein Großvater ihre Bank gekauft hat.«

»Ist Minna mitgegangen?«

»Ja.«

Stefan nagte an der Unterlippe. »Herr Arendt hat also seine Bank verkauft, weil er Angst vor Hitler hat«, sagte er langsam. »Mama, würdest du das Hotel Quadriga aufgeben, weil dich jemand wie Hitler bedroht?«

»Nein, ich würde bleiben und kämpfen.« Sie zwang sich, zuversichtlich zu klingen. »Du und Tante Luise, Monika, deine Großmutter und dein Vater, ihr seid die wichtigsten Menschen in meinem Leben, und dann kommt das Quadriga. Ich würde euch mit Zähnen und Klauen verteidigen, denn ohne euch wäre mein Leben wertlos.« Es war eine einfache Feststellung. Die Liebe, die sie für ihre Familie empfand, überstieg alles, selbst ihre Verachtung für den Baron und Göring, selbst ihre Angst vor Otto Tobisch.

Im Herbst des Jahres 1932 hatte Olga Meyer das furchtbare Gefühl, daß ihr Kampf gegen das Übel, das Deutschland bedrohte, vergeblich gewesen war, daß die Menschen noch nicht die Stufe des revolutionären Klassenbewußtseins erreicht hatten.

Kurz nachdem der Reichstag Mitte September zusammentrat, verkündete er schon wieder seine Auflösung, und die vierte Wahl in einem Jahr wurde auf den 6. November festgelegt. Wieder bereitete Olga sich auf den Kampf vor, diesmal mit einem Gefühl ohnmächtiger Wut, denn Hitlers Wirkung auf die Massen nahm ständig zu. Selbst im Wedding erlagen einige Arbeiter seinen Versprechungen von Brot, Arbeit und Uniformen – sie waren der irrigen Ansicht, Nationalsozialismus bedeute Sozialismus und nicht Nationalismus.

An einem Abend im Oktober, als sie mit dem dreizehnjährigen Basil zu der Halle ging, wo sie auf einer Massenveranstaltung sprechen sollte, fragte ihr Sohn sie: »Mutter, glaubst du, daß Hitler an die Macht kommt?«

»Ja, ich halte es für möglich. Aber ich glaube nicht, daß er sich lange hält. Weißt du, Basil, die Nazis werden von Industriellen wie Baron Kraus finanziert, weil sie unabhängig von den Gewerkschaften und der Republik sein wollen. Aber Baron Kraus wird sich von einem dahergelaufenen Gefreiten nichts vorschreiben lassen. Und das Volk auch nicht. Es wird bald merken, daß Fähnchenschwenken nicht satt macht. Es wird Hitler zum Teufel jagen, und dann sind wir dran.«

Die Halle war brechend voll, abgemagerte Frauen, Männer mit eingefallenen Gesichtern, Kinder mit hohlen Wangen, die noch nie ein richtiges Essen gehabt hatten. Olga konnte die Arbeiter im Wedding nicht mehr zum Streik aufrufen, aber sie konnte sie anspornen, für ihre Rechte als freie Menschen zu kämpfen.

Basil saß unter den Zuhörern, sie stand auf der Bühne, eine kleine, unscheinbar wirkende Frau von einundvierzig mit einem deutlich älter wirkenden Gesicht. Sie zielte in ihrer Rede auf die ab, die sie für ihre schärfsten Feinde hielt – die Weimarer Koalitionsregierung und Papen. »Nieder mit der Regierung des Herrn von Papen und seinem Kabinett der Barone, die meinen, sie könnten über uns herrschen! Kämpft gegen Papen, der mit der Verhängung des Kriegsrechts und der Entlassung der preußischen Regierung die Verfassung gebrochen hat! Kämpft gegen die Volksverführer an der Spitze der nationalistischen Bewegung!« Wieder bemerkte sie erfreut das kämpferische Leuchten in den Augen ihrer Zuhörer, sah sie sich geschlossen erheben und ihr zujubeln, die Fäuste in die Luft gereckt.

Plötzlich wurden die Türen aufgestoßen, und eine Horde SA-Männer stürmte herein, die Knüppel und Totschläger schwangen. Die Weddinger Arbeiter waren auf sie vorbereitet. Mit bloßen Fäusten erwehrten sich Männer, Frauen und Kinder der bewaffneten Braunhemden, bis Olga vom Podium aus nur noch eine wogende, schreiende Masse menschlicher Leiber sah, in der irgendwo Basil steckte. Sie sprang von der Bühne und zwängte sich, seinen Namen rufend, durch das Gewühl dorthin, wo er gesessen hatte.

Plötzlich wurden ihre Arme von hinten gepackt, und ein Mann knurrte: »Diesmal entwischst du mir nicht.«

Olga hatte seine Stimme noch nie aus der Nähe gehört, wußte aber sofort, wem sie gehörte. Mit einer ungeahnten Kraftanstrengung befreite sie sich aus seinem Griff und starrte in das verhaßte Gesicht von Otto Tobisch. Ihre Blicke bohrten sich ineinander, dann spuckte sie ihn an.

Seine beringte Hand schlug ihr ins Gesicht, so daß ihr das Blut über die Wange lief. Aber ihr Haß war so gewaltig, daß sie den Schlag kaum spürte. Sie trat nach ihm und bemerkte im gleichen Augenblick ihren Sohn, der einen Stuhl packte und ihn Otto Tobisch über den Schädel schlug.

Der Schlag irritierte ihn nur leicht, gab ihr jedoch genug Zeit, Basil an der Hand zu fassen und ihn über die Bühne zum Hinterausgang zu ziehen. Hinter sich hörte sie Ottos wütende Befehle an seine Männer, sie zu verfolgen.

Als Olga durch die stillen, düsteren Straßen des Wedding hetzte, fiel ihr plötzlich jene andere Gelegenheit ein, als sie nach Reinhardts Tod vor Otto geflohen war. Damals hatte sie im Hotel Quadriga Zuflucht gefunden, aber heute konnte sie nirgendwo um Aufnahme bitten. Das Geräusch schneller Schritte kam näher, und sie zog Basil in eine dunkle Einfahrt und preßte ihn fest an sich. Mit Taschenlampen in der Hand rannten die SA-Männer vorbei.

In ihre Wohnung zurückzukehren wagten sie nicht. Sie versteckten sich im Keller eines zuverlässigen Genossen in Pankow, wo sie auch die Ergebnisse der Wahl hörten. Zu Olgas Freude verlor die NSDAP fast zwei Millionen Stimmen, die an Hugenbergs Deutschnationale gingen – und an die Kommunisten. Ein paar Tage danach trat Reichskanzler Papen zurück. Am gleichen Abend kehrten sie in ihre Wohnung zurück

In den nächsten Wochen lebten sie in ständiger Unsicherheit. Zweimal wurde Hitler zu einem Gespräch mit Präsident Hindenburg gebeten. Am 2. Dezember ernannte der Präsident jedoch General von Schleicher zum neuen Reichskanzler, den Reichswehrminister aus Papens Kabinett. Es war eine schlimme Entscheidung, denn Schleicher verkörperte nicht nur in extremer Form den preußischen Militarismus, sondern war auch ein Machtpolitiker, der zur Erlangung seiner Ziele vor nichts haltmachte.

Doch in einer Rundfunkrede an die Nation erklärte der neue Kanzler, er wolle mit den Gewerkschaften zusammenarbeiten und den armen Bauern helfen. Zur gleichen Zeit verlautete gerüchteweise in der Stadt, die NSDAP sei bankrott. Es hieß, sie hätte kein Geld mehr, um das riesige Heer der SA zu bezahlen.

Als Luise Emmy nach Paris schrieb und ihren Auftritt für Silvester im Café Jochum bestätigte, war das eine sehr überlegte Entscheidung. Oskar Braun versuchte, es ihr auszureden, doch Luise blieb hart. »Die Plakate werden angebracht. Emmy wird hier singen.« Ohne Rücksicht auf die Folgen war sie bereit, bis zum bitteren Ende für das zu kämpfen, was ihr das Wichtigste war – das Café Jochum. Erst nachdem alles vereinbart war, erzählte sie es Viktoria und Benno.

Benno war entsetzt. »Wo ist sie jetzt?«

»In Paris.«

»Dann sollte sie dort bleiben. Luise, weißt du nicht mehr, was im letzten Jahr passiert ist? Emmy ist ein nettes Mädchen, aber sie ist hier unerwünscht. Hör mir zu. Mein Vater kommt Silvester hierher und wird bestimmt einige sehr wichtige Besprechungen haben, auch mit NSDAP-Politikern. Wenn jemand wie Dr. Goebbels erfährt, daß Emmy im Café singt, wird das dem Café unendlich schaden. Er wird einfach seine SA-Leute schicken.«

»Wenn die Leute Emmy hören wollen, sollen sie sie auch hören«, beharrte Luise. »Noch ist dies ein freies Land, egal, was du und dein verehrter Dr. Goebbels denken. Ich bin eine Jochum, und das Café gehört meiner Familie. Und wenn ich sage, daß Emmy Silvester in unserem Café auftritt, dann wird sie es tun.«

Überzeugt, daß Benno recht hatte, beschwor Viktoria sie hilflos: »Tu, was Benno sagt. Wenn die SA erfährt, daß Emmy im Café ist, schlägt sie alles kurz und klein.«

»Vicki, kümmere du dich um dein Geschäft. Es ist alles vorbereitet und zu spät, noch etwas zu ändern.« Sie machte auf dem Absatz kehrt und verließ türenknallend das Zimmer.

In die Stille, die sie hinterließ, seufzte Benno schließlich: »Wir können uns dieses Risiko nicht erlauben. Ich werde Emmy telegrafieren, daß das Konzert abgesagt wurde.«

Viktoria nickte unglücklich; sie war sich im klaren, daß sie Luise hinterging, sehnte sich aber auch verzweifelt danach, sich wieder mit Benno zu verstehen. Sie legte die Hand auf seinen Arm. »Benno, es tut mir leid, ich möchte mich nicht dauernd mit dir streiten. Aber ich habe die Wahlen einfach satt, die endlosen Demonstrationen, die Streiks und das Gerede von der Revolution. Ich habe die Braun- und Schwarzhemden und Kommunisten und Sozialisten und Politiker satt, die nichts zuwege bringen.«

Zum erstenmal seit Monaten zog er sie an sich und küßte sie auf die Stirn. »Vicki, ich verstehe das. Wir alle haben es satt. Aber irgendwann, bald, muß eine Lösung her.«

Als Bennos Telegramm in Paris ankam, war Emmy jedoch schon in Berlin. Jean-Pierre parkte den Rolls-Royce vor ihrer Wilmersdorfer Wohnung und eilte mit den Koffern voraus, während sie ihm mit ihren Pudeln folgte. Als sie zum Treppenabsatz kam, stand Jean-Pierre in der Tür. »Das Schloß ist aufgebrochen. Ich glaube, es ist eingebrochen worden.«

Sie knipste das Licht an und schrie entsetzt auf, als sie die Verwüstung sah. Kein Möbelstück schien mehr ganz. Kissen waren aufgeschlitzt, und Federn bewegten sich leicht im Luftzug. Lampen waren umgeworfen, Fotorahmen zerschlagen und Bilder entstellt worden. Unter ihren Schuhen knirschten zerbrochenes Glas und Porzellan.

Besorgt ging Jean-Pierre ins Schlafzimmer. Zitternd folgte sie ihm und erblickte eine an die Wand geschmierte Botschaft. »Emmy Anders! Verschwinde aus Deutschland! Geh zurück nach Afrika!« Rechts und links davon prangten zwei große Hakenkreuze.

Tränen liefen Emmy über das Gesicht. »Jean-Pierre, was soll ich nur tun? Wohin soll ich gehen? Sie haben meine Wohnung zerstört! Sie werden mich umbringen, wenn sie mich finden.« Verzweifelt schlang sie die Arme um ihn.

Fassungslos schüttelte er den Kopf. Dann fragte er: »Ihre Freundin, Mademoiselle Luise, kann Sie Ihnen helfen? Können Sie in Ihrem Hotel bleiben?«

»Ja, wir fahren zum Hotel Quadriga. Luise wird wissen, was wir tun müssen.‹

Jean-Pierre nahm die Koffer und trug sie zum Wagen zurück. Beide sprachen kein Wort, als der Wagen am Hotel Quadriga vorfuhr. Emmy ging die weißen Stufen zum Hotel hinauf. Der Hallenportier starrte sie völlig überrascht an. Weiter hinten sah sie Hubert Fromm zum Telefon greifen, eine Nummer wählen, einen kurzen Satz sagen und wieder auflegen. Sie ging zum Empfang. »Guten Abend, Herr Fromm. Ist es vielleicht möglich, Fräulein Luise zu sprechen?«

»Aber Fräulein Anders, es ist Mitternacht. Vielleicht morgen . . .«

In dem Moment erschien Benno. Er reichte ihr nicht die Hand. »Emmy, ich habe nicht damit gerechnet, Sie hier zu sehen. Haben Sie mein Telegramm mit der Absage nicht bekommen?«

»Nein«, sagte sie verschreckt. »Ich bin wohl vorher abjefahren. Herr Kraus, sie hab'n mir die janze Wohnung auf'n Kopp jestellt, und ich kann nirgendwo hin. Kann ick hier übernachten?«

Plötzlich erklang aus dem Festsaal Musik – der Pianist hatte den Fuß auf dem Fortepedal, und mehrere Männer stimmten das Horst-Wessel-Lied an, dasselbe Lied, das die SA-Männer gegrölt hatten, als sie vor einem Jahr in ihr Konzert eingedrungen waren. Nervös blickte Benno zur Tür hinüber und sagte: »Emmy, wir können Ihnen kein Zimmer geben. Es tut mir leid, aber wir können nicht. Sagen wir einfach, das Hotel ist voll.«

Langsam begann Emmy zu begreifen. »Aber wo soll ick denn hin?«

Freundlich sagte er: »Wenn ich an Ihrer Stelle wäre, Emmy, würde ich Deutschland verlassen.«

Sie unternahm einen letzten mutigen Vorstoß. »Und Fräulein Luise kann ich nich sehen?«

»Emmy, sie kann auch nichts machen.«

Sie nickte und sagte mit aller Würde, deren sie fähig war: »Danke, Herr Kraus.«

Es war ein langer, einsamer Weg über den riesigen Savonnerie-Teppich des Hotels, wo sie zu Ruhm gekommen war und in dem es plötzlich keinen Platz mehr für sie gab. Der Hallenportier hielt ihr eilfertig die Tür auf, um sie hinauszulassen. Jammernd warf sie die Arme um Jean-Pierre: »Herr Kraus sagt, das Hotel ist voll. Was soll'n wir machen?«

Er schob sie auf den Beifahrersitz. »Als erstes verlassen wir Berlin und schlafen irgendwo unterwegs. Dann fahren wir zurück nach Paris.«

Tränen liefen Emmy über das Gesicht. »Mir isset Wurscht, ob ick Berlin noch ma wiederseh«, schluchzte sie.

Luise war außer sich, als sie am nächsten Morgen erfuhr, daß Benno Emmy weggeschickt hatte. »Ihre Wohnung ist verwüstet worden, und du hast ihr kein Zimmer gegeben?«

Auch Stefan sah ihn entsetzt an. »Du hast Emmy Anders nicht geholfen? Warum nicht?«

Benno holte tief Luft. »Es wäre gefährlich für sie gewesen, Stefan. In den Augen der Nationalsozialisten ist sie dekadent und nicht rassenrein. Es wäre Wahnsinn gewesen, sie hier übernachten zu lassen, wo im Festsaal eine NSDAP-Veranstaltung stattfand.«

Mit Worten, die sehr an seinen Großvater erinnerten, sagte Stefan kühl: »Eigentlich sollten wir doch bestimmen, wer in unserm Hotel übernachten kann, und nicht die Braunhemden, oder? Papa, ich verstehe nicht, warum du dich von ihnen einschüchtern läßt.«

Benno mußte an sich halten. »Stefan, du bist noch ein Kind und weißt nicht, was du redest. Ich und sehr viele andere vernünftige Leute halten die Politik der NSDAP zufälligerweise für gut für unser Land und die SA für eine notwendige Kraft, um Ruhe und Ordnung aufrechtzuerhalten.«

Stefan schüttelte skeptisch den Kopf. »Nach meinen Erfahrungen hat die SA Ruhe und Ordnung bisher nur gestört.«

»Emmy hat doch nichts verbrochen«, warf Luise ein.

»Egal, was passiert ist, Emmy ist weg«, sagte Benno. »Und ich empfehle allen, den Blick in die Zukunft zu richten – und diese Zukunft braucht Patrioten, Männer mit Mut und Zielstrebigkeit wie Hitler. Sobald er Deutschland von den zersetzenden Elementen befreit hat, wird er die SA bändigen.«

Rein äußerlich unterschied sich dieser Silvesterabend nicht von all den anderen, die das Hotel schon gefeiert hatte. Es gab ein Festbankett, nach dem Viktoria und Benno in Abendkleid und Frack ihre Gäste in den festlichen Ballsaal geleiteten, wo das Orchester Strauß und Lehár spielte. Reichswehroffiziere saßen unter Adligen, Beamten, Industriellen, Politikern und Bankiers, und ihre Frauen wetteiferten mit Schmuck und Kleidern miteinander. Man plauderte, trank Champagner und tanzte. Es schien ein Abend in der besten Tradition des Hotels Quadriga zu sein.

An einem besonders guten Tisch an der Tanzfläche saß Baron Kraus mit seiner Familie, Julia und Ricarda erinnerten sich wehmütig an alte Zeiten, als Karl und Ewald noch gelebt hatten. Frauen, dachte der Baron ungeduldig, immer leben sie in der Vergangenheit, unfähig zu begreifen, daß die Zukunft zählt, haben keinen vernünftigen Gedanken im Kopf. Seine Schwiegertochter Trude war genauso. Sie starrte ins Leere und dachte wahrscheinlich an Ernst, der im nächsten Monat aus Amerika zurückkommen sollte. Ehe, Kinder und Dienstboten, das waren ihre einzigen Gesprächsthemen.

Sein Blick fiel auf Luise. Als sie geholfen hatte, die »Gräfin Julia« auszustatten, schien sie ihre fünf Sinne noch beisammenzuhaben. Aber wenn man sie jetzt sah! Aus einem weißen Gesicht blickten große, grüne Augen; unruhig spielte sie mit einem goldenen Zigarettenetui; der Aschenbecher vor ihr quoll über. Offensichtlich verärgert wegen irgendeiner Sängerin. Neurotisch.

Seine Stimmung stieg, als er seine vier Enkel betrachtete. Werner und Norbert, die beiden Söhne von Ernst, unterhielten sich mit den beiden Kindern von Benno, Stefan und Monika. Drei Prachtbuben, dachte der Baron, und selbst das Mädchen machte sich gut, blond und realistisch. Aber eigenartig der Unterschied zwischen ihr und ihrem Bruder. Bei Stefan ein so starker Biederstedtscher Einschlag, von dem man bei Monika nichts merkte.

Beim Gedanken an die Biederstedts dachte der Baron an

den Besuch zurück, den er und Julia kurz vor Weihnachten in Fürstenmark gemacht hatten. Johann ging es gar nicht gut, und Anna sprach ernsthaft davon, Peter zu bitten, aus London zurückzukommen, wo er jetzt Militärattaché war.

Das war eine bedenkliche Sache, aber nicht so ernst wie das Thema, das ihre Unterhaltung beherrscht hatte – Reichskanzler Schleichers Landwirtschaftsreform. Die davon ausgehende Bedrohung für Johanns Ländereien nahm dessen Gesundheit nicht weniger mit als die Arteriosklerose, von der die Ärzte sagten, sie könnte jeden Augenblick zu einem Herzinfarkt führen.

Schwerfällig ging der Baron durch den Saal. Er gab nichts auf den festlichen Rahmen, der jedoch eine ausgezeichnete Tarnung für diskrete Gespräche mit Gleichgesinnten abgab. Umsichtig holte er sie zusammen, eine kleine, aber ungemein einflußreiche Gruppe von Männern, die die Abneigung gegen einen Mann vereinte – General von Schleicher. Im Schutz der Musik nippten sie Champagner, rauchten Zigarren – und schmiedeten ein Komplott.

»Schleicher ist ein Irrer«, sagte ein Industrieller. »Mit den Gewerkschaften verhandeln! Was wir brauchen, ist eine Verringerung der Gewerkschaftsmacht.«

»Die Ländereien im Osten aufteilen und sie den Bauern geben, das ist ja fast schon Bolschewismus!« ereiferte sich ein Grundbesitzer.

»Er wird sich nicht lange halten«, prophezeite ein Bankier aus Köln. »Vergessen Sie nicht, Hindenburg hat selbst ausgedehnte Ländereien. Er wird Schleicher aus dem Amt drängen.«

»Aber wer soll ihn ersetzen? Es weiß doch jeder, daß Hindenburg Hitler nicht ausstehen kann, und ich selbst bin mir über ihn auch nicht sicher. Seine Politik ist mir zum Teil zu radikal«, erklärte ein einflußreicher Berliner Geschäftsmann.

Der Baron schüttelte den Kopf. »Hitler ist ein Politiker. Er meint nicht, was er sagt. Aber er braucht Unterstützung von den Arbeitern und der Mittelschicht, und um deren Stimmen zu bekommen, muß er diese radikalen Versprechungen machen. Sobald er an der Macht ist, ist das vergessen.«

»Wenn Hitler irgendwie Hindenburgs Gunst erringen könnte ...«, sagte der Industrielle nachdenklich. »Vielleicht mit Papens Hilfe?«

»Meine Herren«, sagte der Bankier ruhig, »ich glaube, Sie vergessen eins. Die NSDAP ist pleite. Sie ist bereits hoch verschuldet. Allein die SA kostet etwa zweieinhalb Millionen wöchentlich. Dann die Zeitungen, Büromieten, Gehälter, Wahlkampfausgaben ...«

»Wenn wir Hitler da heraushelfen würden, stände er in unserer Schuld«, sinnierte der Geschäftsmann.

In dem Augenblick hörte das Orchester auf zu spielen, und Benno sprang auf das Podium. »Meine Damen und Herren«, verkündete er, »es ist Mitternacht. Im Namen des Hotels Quadriga wünsche ich Ihnen ein glückliches und erfolgreiches neues Jahr.«

Baron Kraus prostete seinen Mitverschwörern zu. »Auf ein erfolgreiches neues Jahr! Und«, fügte er beiläufig hinzu, »vergessen wir nicht, daß der, der das Geld hat, in jedem Land letztlich auch die Macht hat.«

Obwohl die übrige Familie am nächsten Tag wieder nach Essen zurückkehrte, blieb der Baron in Berlin, denn er hatte einige vertrauliche Geschäfte zu erledigen. Fünf Tage später erfuhr er mit großer Befriedigung, daß Hitler und Papen sich in Köln getroffen und offenbar irgend etwas ausgehandelt hatten.

Weitere Treffen zwischen ihnen und Hindenburgs Sohn sollten folgen. Baron Kraus' Partner hatten das Ihre getan. Es würde nicht mehr lange dauern, bis Schleicher aus dem Amt gejagt würde.

»Ich hielte es für klug, wenn du dich darauf vorbereitetest, daß Hitler zum Kanzler ernannt wird«, riet er Benno. »Besorg dir Fähnchen und Flaggen, vielleicht sogar ein Bild von Hitler für die Bar.«

»Bist du so zuversichtlich?« fragte Benno zweifelnd.

»Hast du jemals erlebt, daß ich unrecht hatte, Junge?«

Als Benno gegangen war, schrieb der Baron einen Scheck der Liegnitzer Bank über zweieinhalb Millionen Mark für die NSDAP aus. Er steckte ihn in einen Umschlag, den er mit dem Krausschen Wappen versiegelte, und läutete. Sofort klopfte ein Page an die Tür. »Bring das zum Abgeordneten Göring in die Reichskanzlei«, wies er ihn an. Eine Woche später bedankte sich Göring in einem Brief und vertraute dem Baron an, daß sich die finanzielle Situation der Partei dank der Großzügigkeit des Barons und anderer enorm verbessert habe.

Am Samstag, dem 28. Januar, kam die Nachricht, daß Hindenburg Schleicher fristlos entlassen habe. Die Gerüchte jagten sich. Einige behaupteten, Hindenburg wolle Papen wiedereinsetzen, andere, Schleicher habe die Reichswehr für einen Staatsstreich gewonnen und wolle eine Militärdiktatur errichten. Die steigende Zahl von SA-Männern in Berlin ließ viele glauben, die NSDAP bereite selbst einen Putsch vor und Hitler werde, wenn er nicht zum neuen Regierungschef ernannt würde, die Reichskanzlei von seinen Truppen stürmen lassen.

Mit einem letzten verzweifelten Versuch, das Land vor dem Nationalsozialismus zu retten, versammelten sich die Berliner Arbeiter nach dem Aufruf ihrer Führer. Am Sonntagmorgen marschierten sie ins Stadtzentrum. Selbst aus den entlegensten Bezirken kamen sie seit dem Morgengrauen. Sie zogen am Schloß vorbei, wo Hindenburg residierte, Unter den Linden entlang zum Brandenburger Tor, sangen die

»Rote Fahne« und die »Internationale« und riefen antifaschistische Parolen. Zehn-, zwanzig-, fünfzig-, hunderttausend, vereint in der gemeinsamen Sache.

Basil neben sich, blickte Olga von dem schnell errichteten Podium auf das Meer von Gesichtern unter sich und rief erneut auf, sich gegen die Kräfte des Bösen zu erheben. Nur schwach klangen ihre Worte zu den Menschen hinüber, die auf dem Balkon des Hotels Quadriga standen. »Streik«, murmelte Baron Kraus. »Das ist das einzige, was dieses Weibsstück jemals hat empfehlen können.«

»Arme Olga«, seufzte Ricarda, »sie hat es schwer gehabt im Leben. Ich weiß, ich sollte sie nicht bedauern, aber ich tu es.«

Luise schüttelte unwillig den Kopf. »Wenn sie wenigstens was getan hätte. Die Kommunisten sind so dumm. Sie hatten so viele Gelegenheiten, aber sie haben nur geschwafelt ...«

»Gott sei Dank«, erwiderte Benno. »Ich mag gar nicht daran denken, in welchem Zustand unser Land wäre, wenn Olga Macht bekäme.«

»Wer ist der Junge neben ihr?« fragte Stefan. »Ihr Sohn?«

Viktoria blickte angestrengt auf die ferne Gestalt und versuchte, etwas zu erkennen. »Ja«, sagte sie, »das ist Olgas Sohn.«

Sie wußte in dem Moment nicht, was sie mehr fürchtete – Olgas fanatischen Haß oder Ottos nachtragende Rachegelüste.

Als sie am nächsten Morgen aufwachten, ging das Gerücht, die SA habe gemäß dem Befehl Hitlers Berlin abgeriegelt und bereite sich mit Unterstützung der Polizei darauf vor, die Armee zu überwältigen und die Reichskanzlei zu stürmen.

Der Vormittag verging in banger Ungewißheit. Am Mittag kam die langerwartete Ankündigung. Gemäß der deutschen Verfassung hatte Reichspräsident Hindenburg Adolf Hitler zum neuen Reichskanzler ernannt. Papen wurde Vizekanzler.

Schweigend hörten die versammelten Hotelgäste die Einzelheiten über das neue Kabinett und die Ankündigung, daß SA und SS um acht Uhr abends einen Fackelzug durch die Straßen veranstalten würden. Dann brach ein Begeisterungssturm los.

»Ein stabiles Kabinett, meine ich«, sagte jemand. »Er hat Papen zum Vizekanzler gemacht, um Hitlers Exzesse zu bremsen.«

»Bin überrascht, daß Goebbels keinen Posten bekommen hat . . .«

»General von Blomberg als Reichswehrminister . . .«

»Hugenberg ist Ernährungsminister . . .«

»Nur drei von elf Kabinettsposten für Nationalsozialisten«, höhnte jemand.

»Es scheint ein sehr guter Kompromiß zu sein«, sagte Ricarda ruhig. »Im Kabinett sind beruhigend viele Konservative, und der wichtigste Posten ist an Hitler gegangen. Siehst du, Vicki, Benno hatte doch die ganze Zeit recht.«

»Ausgezeichnet«, rief Baron Kraus und schüttelte Benno heftig die Hand. »Hitler Kanzler und mein guter Freund Göring Innenminister und Reichsminister der Luftfahrt, was nur heißen kann, daß wir bald eine Luftwaffe bekommen. Hervorragende Nachricht für die Kraus-Werke.«

Viktoria blickte ihn an. Sicher, Hitler hatte seine Revolution mit scheinbar demokratischen Mitteln erreicht. Die SA hatte die Reichskanzlei nicht gestürmt. Das Kapp-Fiasko oder der Münchner Bierhallenputsch hatte sich nicht wiederholt. Aber etwas im selbstgefälligen Ton ihres Schwiegervaters ließ sie aufhorchen. Es schien kaum vorstellbar, daß er Hindenburgs Entscheidung beeinflußt hatte – aber dennoch . . .

»Vicki«, fragte Luise, »dieser Fackelzug, bedeutet das neuen Ärger?«

»Natürlich nicht«, sagte Benno rasch, »es ist eine althergebrachte Sitte, ein patriotischer Umzug! Vicki, hilf doch bitte Herrn Fromm beim Empfang, er sieht ziemlich erschöpft aus.«

Viktoria eilte dem Empfangschef zu Hilfe. Den ganzen Nachmittag gingen die Telefone, aus dem ganzen Land kamen Zimmerbestellungen. Die Stammgäste wurden wie immer bevorzugt behandelt, aber viele mußten sie enttäuschen.

War es möglich, daß Hitler unter ihren Gästen so viele Anhänger hatte? War es möglich, daß sie als einzige das alles falsch sah? Hatten Baron Kraus, ihre Mutter, Benno, hatten sie recht?

Unübersehbare Menschenmassen säumten bereits Unter den Linden, so daß die Straße einem Meer wogender Hakenkreuze glich. Herr Brandt äußerte sich besorgt über die vielen Fremden, die schon jetzt in der Bar Stellung bezogen, um den Zug sehen zu können. »Ein oder zwei Kommunisten darunter, und wir kriegen wieder eine Schlägerei. Wenn Sie einverstanden sind, Frau Kraus, fordere ich Polizeischutz an.« Was er sagte, hatte Hand und Fuß, und widerstrebend willigte sie ein.

Benno wies inzwischen andere Mitarbeiter an. Aus den Kisten, die er im Keller gelagert hatte, kamen die blutroten Hakenkreuzfahnen zum Vorschein, mit denen der Hausmeister die Halle ausschmückte; den ganzen Säulengang entlang wurden NSDAP-Fähnchen aufgehängt. Viktoria empfand eine wachsende Beklemmung. Ihr geliebtes Hotel schien zu einem Schrein für Otto Tobisch geworden zu sein.

Um sechs Uhr wurde der Hoteleingang geschlossen und verbarrikadiert, und draußen bezogen Polizisten Posten.

Wenn das ein Vorzeichen des Kommenden war, konnte es kaum deprimierender sein.

Im Triumphzug marschierten sie durch das Brandenburger Tor an jenem winterkalten Abend des Januar 1933, die dichtgeschlossenen Reihen der SA in braunen und der SS in schwarzen Uniformen, das schwarze Hakenkreuz in einem weißen Kreis auf ihren blutroten Armbinden, voran die riesigen Standarten. Trommeln wirbelten, Trompeten schmetterten, und lodernde Fackeln wurden in der Luft geschwenkt. Vielstimmig erschollen die alten, vaterländischen deutschen Lieder. Gleichmäßig marschierten glänzende, schwarze Stiefel im Paradeschritt über das Pflaster, Tausende und aber Tausende, Stunde um Stunde, und die Massen, die die Straßen säumten, hoben den Arm und schrien wie im Wahn: »Sieg Heil! Sieg Heil! Sieg Heil!«

An der Spitze einer der Kolonnen marschierte Sturmführer Otto Tobisch. Er war absolut sicher, daß dieses Schauspiel militärischer Stärke den Berlinern – und der übrigen Welt – überzeugend bewies, daß Deutschland nicht mehr unter den Demütigungen des Versailler Vertrages zu leiden brauchte.

Er blickte kurz zum Hotel Quadriga hinauf und schickte eine stumme Botschaft an Viktoria Kraus. »Von jetzt an werde ich das Recht haben, mit deinem Hotel zu machen, was ich will, denn von jetzt an sind wir die Herren Deutschlands!« Es schien, als hätte er sein ganzes Leben auf diesen Tag hingearbeitet, und endlich war er gekommen!

Die gedrängt auf dem Balkon des Hotels Quadriga stehenden Menschen konnten keine Gesichter erkennen. Sie sahen nur den Schein der Fackeln. Viktoria hatte den Kragen ihres Zobelmantels gegen die scharfe Nachtluft hochgeschlagen, so daß er ihr bleiches Gesicht einrahmte, und starrte besorgt auf die Marschierenden. Irgendwo unter ihnen war Otto Tobisch, schritt triumphierend durch den Mittelbogen des Brandenburger Tores, wo ihr Vater vor fast genau vierzehn Jahren sein Leben unter den Rädern eines Freikorps-LKWs verloren hatte.

Sie sangen das Horst-Wessel-Lied.

»Das haben sie an dem Abend gesungen, als sie Emmys Konzert gestört haben«, murmelte Luise. »Ich werde dieses Lied bis an mein Lebensende verabscheuen.« Sie faßte Viktorias Arm. »Wie viele sind es?«

»Wenn du den Stahlhelm mitrechnest, gibt es in Deutschland bestimmt über zwei Millionen SA-Männer«, erklärte Baron Kraus bedeutsam. »Deine Kusine Olga hat keine Chance gegen sie.«

»Und wir?« fragte Luise leise. »Welche Chance haben wir?«

Viktoria drückte ihr beruhigend die Hand.

»Bist du nicht stolz, Deutsche zu sein?« fragte Benno Monika. Viktoria merkte, daß er sehr bewegt war von der Parade, der Militärmusik, den Flaggen und der patriotischen Inbrunst der Massen. Sie konnte seine Gedanken fast lesen. Deutschland war wieder stark!

Ihre zwölfjährige Tochter schwenkte ausgelassen ihr Hakenkreuzfähnchen. Ihre Augen leuchteten, und ihre Stimme war heiser vor Begeisterung. »Ich wollte, ich wäre ein Mann«, sagte Monika sehnsüchtig, »dann könnte ich mitmarschieren.«

Sie wandte sich zu Stefan. »Stefan, wärst du nicht gern Soldat?«

Stefan zog liebevoll an ihren dicken, blonden Zöpfen, und Viktoria wunderte sich nicht zum erstenmal, daß ihre Kinder so verschieden waren. »Eigentlich nicht«, antwortete er, »und ganz bestimmt möchte ich nicht zur SA gehören.«

»Siegreich wollen wir Frankreich schlagen . . .«, brüllten die unter ihnen vorbeiziehenden SA-Männer das alte

Kampflied aus den Napoleonischen Kriegen. In einem Begeisterungstaumel fielen die Massen mit ein.

»Dieses ›Sieg Heil!‹ und diese Massen, kommt dir das nicht bedrohlich vor?« fragte Stefan.

Ricarda legte den Arm um seine Schultern. »Stefan, du bist selbst Berliner, und du solltest die Berliner verstehen. Früher haben wir zu Tausenden an den Straßen gestanden, um einen Blick auf den Kaiser zu werfen, um Hochzeitszüge und Trauerprozessionen zu sehen. Gestern war es, um die Kommunisten zu sehen, heute die SA. Aber das Schöne an uns Berlinern ist, wie ich vor langem erkannt habe, daß wir uns tief im Innern immer eine gesunde Skepsis bewahrt haben. Keiner von uns mag die SA, aber wir ertragen das noch ein bißchen und geben Hitler eine Chance.«

Viktoria empfand eine plötzliche und überwältigende Dankbarkeit für die heitere Vernunft ihrer Mutter. Vielleicht hatte sie selbst es zugelassen, daß ihre Angst vor Otto ihr den gesunden Menschenverstand geraubt hatte. »Deine Großmutter hat bestimmt recht«, beruhigte sie Stefan. »Und im übrigen, wenn uns Hitler nicht paßt, können wir ihn immer noch abwählen.«

Ihre Worte gingen fast unter in einem Trommelwirbel unten auf der Straße, dem pompös das Deutschlandlied folgte: »Deutschland, Deutschland über alles . . .«

Mitternacht war vorbei, als der Fackelzug endete. Langsam verliefen sich die Massen, die Polizisten bekamen dienstfrei, und die Gäste des Quadriga begaben sich zu einem wohlverdienten letzten Glas an die Bar. Nach und nach zogen sie sich, nachdem sie sich zu einem äußerst zufriedenstellenden Tag beglückwünscht hatten, auf ihre Zimmer zurück. Ein Licht nach dem andern erlosch, bis nur noch der Schein der Lampen in der Halle auf die Linden fiel.

Kleine weiße Flocken bedeckten die schmutzigen Stiefelabdrücke der SA-Männer unter dem Brandenburger Tor, hüllte die Quadriga mit den vier tänzelnden Pferden in eine Decke aus Schnee. Mit heldenhaft erhobenem Arm hielt Viktoria, die Siegesgöttin, einsame Wacht über die Straßen Berlins.

Leseprobe

JENNY GLANFIELD

Viktoria

Die Geschichte einer
Berliner Familiendynastie

Aus dem Englischen
von Beatrice Ulrich

Rowohlt Taschenbuch Verlag

Neuausgabe
Veröffentlicht im Rowohlt Taschenbuch Verlag,
Hamburg, Dezember 2019

Einzig berechtigte Übersetzung aus dem Englischen von Beatrice Ulrich
Titel des Originals: «Victoria»
Covergestaltung HAUPTMANN & KOMPANIE Werbeagentur, Zürich
Coverabbildung Lee Avison/Arcangel; akg-images
Gesamtherstellung CPI books GmbH, Leck, Germany
ISBN 978-3-499-00087-4

PROLOG

28. April 1915

Auf der Prachtstraße Unter den Linden, nicht weit vom Brandenburger Tor, wurde der Gehsteig von einem langen Säulengang überwölbt. Eine prächtige weiße Marmortreppe führte hinauf zu den gläsernen Drehtüren, neben denen zwei eindrucksvolle Türsteher den Eingang des exklusivsten Hotels der Stadt bewachten. Sie trugen makellose kobaltblaue Livreen mit Goldlitzen und glänzenden Messingknöpfen, dazu passende Mützen, weiße Handschuhe und auf Hochglanz polierte schwarze Stiefel.

Ein auffälliges Hotelschild existierte nicht. Doch für den Fremden und historisch Interessierten war eine schimmernde Messingtafel in die Mauer eingelassen, auf der mit vornehmer Zurückhaltung in gotischen Lettern geschrieben stand: *Hotel Quadriga, eröffnet von Seiner Majestät, Kaiser Wilhelm II., am 15. Juni 1894.*

Genau an diesem Tag war Viktoria Jochum-Kraus geboren worden. Jetzt, einundzwanzig Jahre später, hatte sie in den gleichen Räumen im ersten Stock ihr eigenes Kind zur Welt gebracht.

Ihr blondes Haar lag schweißverklebt auf den Kissen, und sie fühlte sich vollkommen erschöpft, doch die in den vergangenen Stunden ausgestandenen Schmerzen waren durch die Freude, ihren neugeborenen Sohn in den Armen zu halten, bereits vergessen. Nie zuvor hatte sie ein solches Gefühl der Liebe verspürt wie in diesem Moment, da sie ihn zärtlich an ihre Brust drückte. «Ich liebe dich so sehr», flüsterte sie. «Ich habe dich schon geliebt, bevor du geboren wurdest, und ich werde dir mein ganzes Leben lang beweisen, wie sehr ich dich liebe.»

Die Krankenschwester führte Viktorias Mann, Benno, herein. «Meinen Glückwunsch, Herr Kraus, ein prächtiger Junge.»

Benno durchquerte den Raum und kniete sich neben dem Bett nieder. Vorsichtig streckte er eine Hand aus und berührte den Kopf des Kindes, dann gab er seiner Frau einen zarten Kuß. «Wie fühlst du dich, mein Liebling?»

«Müde, aber glücklich. Ich bin so glücklich. Benno, ist er nicht wundervoll?»

Benno nickte verwundert. «Er ist so klein, es scheint kaum möglich, daß er eines Tages zu einem Mann heranwächst. Irgendwie flößt er mir das Gefühl von Demut ein …»

Der Hausarzt, Dr. Blattner, räusperte sich diskret. «Herr Kraus, es tut mir leid, aber Ihre Frau braucht Ruhe …»

Schwester Hedwig nahm den Säugling aus Viktorias Armen. Benno küßte seine Frau noch einmal und folgte der Schwester ängstlich-besorgt ins Kinderzimmer. «Wird er durchkommen? Er sollte doch erst Anfang Juni zur Welt kommen?»

«Natürlich kommt er durch, Herr Kraus. Schauen Sie ihn doch an, den kleinen Schatz. Er ist absolut vollkommen.»

Ja, dachte Benno, er war wirklich perfekt ausgebildet. Man hätte nicht glauben wollen, daß er eine Frühgeburt war. Vorsichtig hob er die kleinen Händchen mit den winzigen Fingernägeln hoch und lächelte, als sie sich um seinen Finger zur Faust ballten. Er blickte auf den feinen braunen Flaum auf dem Kopf des Babys, die Stupsnase, die fest geschlossenen Augen, und wieder kamen die alten Ängste in ihm hoch. War das sein Sohn? Oder war sein Cousin, Leutnant Graf Peter von Biederstedt, der Vater?

Das Baby öffnete die Augen und sah ihn an – eher wie ein weiser alter Mann als ein hilfloses Kind. Lange blickten sie sich so in die Augen, und plötzlich hatte Benno das Gefühl, daß das Kind ihm etwas sagen wollte. Es fixierte ihn so eindringlich, als wollte es Benno genauso ergründen wie Benno das Kind. Dann gähnte es, wie um zu sagen: «Du bist schon in Ordnung.»

«Hallo, mein Sohn», sagte Benno.

Das Baby begann zu weinen. «Du lieber Himmel», rief Schwester Hedwig. «Er will uns sagen, daß er Hunger hat.»

Aber Benno wußte es besser. Das Baby hatte ihm gerade mitgeteilt, daß es ihn als seinen Vater betrachtete, gleichgültig, ob das der Wahrheit entsprach oder nicht.

Während der folgenden Monate stellte sich heraus, daß Stefan nicht blond und blauäugig wie Viktoria werden würde, sondern braunhaarig und dunkeläugig wie Benno und seine Mutter, Julia Kraus von Biederstedt.

Es war fast unmöglich, Benno aus dem Kinderzimmer herauszuhalten. «Es ist erstaunlich», sagte er. «Selbst die Haare und die Augen hat er von mir. Und schau, wie er die Finger biegt. Genau wie ich. Andererseits ist es ja nur natürlich, daß er seinem Vater gleicht. Stefan, sag deinem Papa guten Tag.»

Das Baby stieß einen gurgelnden Laut aus, und Benno rief: «Hast du das gehört? Er sagt Papa.»

Viktoria faßte daraufhin den endgültigen Entschluß, Benno nie zu enthüllen, daß er nicht Stefans leiblicher Vater war. Wichtig war nur, daß er und Stefan glaubten, sie seien Vater und Sohn. Aber tief in ihrem Herzen wußte sie, daß sie alle betrog, daß sie mit einer Lüge leben würde, die eines Tages ans Licht käme.

1

Am Winterabend des 30. Januar 1933 marschierten, angeführt von Standartenträgern, die dichtgeschlossenen Reihen der braununiformierten SA und der schwarzuniformierten SS durchs Brandenburger Tor. Auf ihren roten Armbinden prangte in weißem Kreis das schwarze Hakenkreuz. Triumphierend feierten sie Adolf Hitlers Ernennung zum Reichskanzler.

Trommelwirbel dröhnten, Fanfaren erklangen, und brennende Fackeln erhellten die Nacht. In stetem Tempo hallten Tausende um Tausende schwarzer Stiefel über das Pflaster, Stunde um Stunde, während die dichtgedrängte Menge auf den Gehsteigen die Arme zum Hitlergruß erhoben hatte.

Auf dem Balkon des Hotels Quadriga schlug Viktoria Jochum-Kraus zum Schutz gegen die bitterkalte Nachtluft den Kragen ihres Zobelmantels hoch, so daß er ihr blasses Gesicht umrahmte. Nach den gängigen Vorstellungen war es etwas zu eckig, aber mit den blauen Augen besaß es eine Schönheit ganz eigener Art. Aufmerksam sah Viktoria auf die lohenden Fackeln hinunter, die sich wie ein Feuerstrom über den schmelzenden Schnee der Straßen bewegten. Die Sturmtruppen erhoben die Stimmen zum Horst-Wessel-Lied.

«Wie viele sind das wohl?» murmelte Luise, Viktorias jüngere

Schwester, die grünen Augen in ihrem herzförmigen Gesicht weit aufgerissen.

Bevor Viktoria antworten konnte, erklärte ihr Schwiegervater voller Selbstzufriedenheit: «Mehr als zwei Millionen in ganz Deutschland.» Baron Heinrich von Kraus, einer der reichsten Industriellen Deutschlands, war ein Riese von einem Mann, er wog zweieinhalb Zentner, hatte ein rosiges Gesicht, und hinter der goldumrandeten Brille blitzten kleine Augen. Er stützte sich auf einen Stock und schnippte seine Zigarrenkippe in die Menge auf dem Gehsteig. «Die Bolschewiken haben keine Chance gegen sie. Hitler wird ihren Streiks und ihren Demonstrationen bald ein Ende machen.»

«Ich bin stolz, ein Deutscher zu sein», sagte Benno und beugte sich über die Balustrade. In seinem Knopfloch blinkte das Parteiabzeichen. Für ihn bewies diese Zurschaustellung militärischer Stärke, daß Deutschland nicht länger schamvoll das Haupt beugen mußte, weil es den Krieg verloren hatte, und auch mit den Demütigungen des Versailler Vertrages würde es bald ein Ende haben. Deutschland mochte zwar nur über eine hunderttausend Mann starke Armee verfügen, aber Hitlers Sturmtruppen, die an ihnen vorübermarschierten, zeigten die eigentliche Realität. Deutschland war wiedererstarkt! Deutschland war wieder eine Macht, mit der man rechnen mußte!

«Ich wünschte, ich wäre ein Mann», seufzte Monika, Viktorias zwölfjährige Tochter, wehmütig. Begeistert schwenkte sie ihr Hakenkreuzfähnchen, ihre grauen Augen leuchteten, ihre Zöpfe wippten, und mit vor Aufregung heiserer Stimme fügte sie hinzu: «Dann könnte ich mitmarschieren.» Viktoria holte tief Luft und versuchte, ihren Ärger über die Begeisterung der Tochter zu unterdrücken.

Monika wandte sich an Stefan. «Möchtest du kein Soldat werden?»

Stefan war jetzt siebzehn und sah aus, wie Benno und Peter

von Biederstedt in diesem Alter ausgesehen hatten, braunhaarig und dunkeläugig, doch mit einer ganz eigenen, ernsthaften Ausstrahlung. «Ich will ganz sicher kein Braunhemd werden.»

Auf Viktorias Gesicht zeigte sich ein Lächeln der Erleichterung.

«Siegreich werden wir Frankreich schlagen ...» Die Stimmen der vorbeiziehenden Sturmtruppen grölten das alte Kampflied, das aus den Napoleonischen Kriegen stammte. Die Menge stimmte mit ein, und der Chor schwoll zu triumphierendem Crescendo an. «Sieg Heil! Sieg Heil! Sieg Heil!»

«Findet ihr das ‹Sieg Heil!› und diese Massen nicht bedrohlich?» fragte Stefan.

Seine Großmutter antwortete. Ricarda Jochum war eine elegante Dame von fünfundsechzig Jahren. Ihr einstmals kastanienbraunes Haar war nun grau und zu einem Knoten geschlungen. Wie immer seit dem Tod ihres Gatten Karl trug sie Schwarz, nur ein cremefarbenes Spitzenfichu hob sich von ihrem Kleid ab; um ihre Schultern hatte sie einen Pelzmantel gelegt.

«Stefan, du bist ein Berliner, du bist hier geboren und aufgewachsen, du solltest die Berliner verstehen. Früher standen wir zu Tausenden auf der Straße, um einen Blick auf unseren Kaiser zu erhaschen; wir kamen zu den Hochzeitszügen und den Totenprozessionen. Gestern nacht ging man zu den Arbeiterdemonstrationen, heute feiert man Hitlers Ernennung. Aber das Schöne an uns Berlinern ist, wie ich schon vor langem festgestellt habe, daß wir uns tief im Innern einen gesunden Skeptizismus bewahrt haben. Keiner von uns mag diese Sturmtruppen, aber wir schauen uns das eine Zeitlang an und geben Hitler eine Chance.»

Viktoria verspürte plötzlich ein überwältigendes Gefühl der Dankbarkeit für die heitere Ausgeglichenheit ihrer Mutter. «Ich bin sicher, deine Großmutter hat vollkommen recht», versicherte sie Stefan. «Wenn uns nicht gefällt, was Hitler tut, können wir ihn schließlich immer noch abwählen.»

Ihre Worte gingen in einem Trommelwirbel fast unter, darauf erscholl mit mächtigem Klang die Nationalhymne. «Deutschland, Deutschland über alles ...»

Viktorias Blicke schweiften über die Prachtstraße, über die kahlen Lindenbäume, die dem Boulevard den Namen gegeben hatten, bis zu den zwölf dorischen Säulen des Brandenburger Tores. Durch den Schneeregen konnte sie unscharf die bronzene Statue der Quadriga erkennen, den vierrädrigen Streitwagen mit den vier sich aufbäumenden Pferden. Nach dieser Statue hatten ihre Eltern das Hotel benannt.

Aber Viktoria blickte auf die Figur, die den Wagen lenkte. Eingehüllt in einen Mantel aus Schnee, hielt die Siegesgöttin Viktoria ihren Arm heldenhaft erhoben, während sie über die Straßen Berlins wachte.

Am folgenden Morgen, nachdem die Kinder fertig für die Schule waren, ging Viktoria die Treppe hinunter ins Foyer des Hotels. Zu ihrem Ärger sah sie, daß die Halle noch immer mit Hakenkreuzfahnen geschmückt war. Mißbilligend kräuselte sie die Lippen, dann faßte sie sich wieder.

Das Foyer war voller Gäste, die im Begriff waren, abzureisen. Viele waren extra nach Berlin gekommen, um die Aufmärsche des gestrigen Abends zu sehen. Hubert Fromm, der Chefportier, und seine Angestellten erledigten umsichtig die Abreiseformalitäten, während unter den Adlerblicken von Hallenportier Johann Dorn die Pagen das Gepäck der Gäste zu den Limousinen und den Taxis trugen, die Unter den Linden warteten.

Höflich verabschiedete sie ihre Gäste, lächelte, wünschte ihnen eine gute Reise und gab der Hoffnung Ausdruck, daß sie sie bald wiedersehen würde; dann betrat Viktoria den kleinen Nebenraum, wo ihre Sekretärin bereits viel zu tun hatte. «Guten Morgen, Helga.»

Helga Ruh, in frisch gestärkter weißer Bluse und marineblauem Schneiderrock – ganz ähnlich gekleidet wie Viktoria –, sprang auf. «Guten Morgen, Frau Viktoria. Ich habe die Post auf Ihren Schreibtisch gelegt.»

«Danke. Sagen Sie bitte Herrn Brandt, daß er die Hakenkreuzfahnen sofort entfernen lassen soll.»

«Gewiß, Frau Viktoria.»

Das ganze Personal nannte sie «Frau Viktoria», obwohl die Gäste sie formeller mit «Frau Jochum-Kraus» anredeten. Viktoria mochte die Familie ihres Mannes nicht besonders gern, und das schlimmste an der Heirat mit Benno war der Zwang, seinen Namen tragen zu müssen. Als Kompromiß hatte sie nach englischer Sitte einen Doppelnamen angenommen. Von Geburt und Wesensart war sie eine Jochum; eine Kraus war sie nur durch Heirat geworden.

Viktoria betrat ihr Büro, das einst ihrem Vater gehört hatte; die Tapeten, der Schreibtisch und die anderen Möbel stammten noch aus seinen Tagen. Auch vierzehn Jahre nach seinem Tod fand sie es noch immer merkwürdig, daß sie den Vater dort nicht vorfand – sie vermißte ihn schrecklich. Niemals betrat sie das Büro, ohne daß lebhafte Erinnerungen in ihr aufstiegen.

Die Beziehung zwischen den beiden, zwischen Vater und Tochter, war enger als üblich gewesen. Im Gegensatz zu ihrer Mutter, die sich nach der Geburt der beiden Töchter nicht mehr aktiv an der Führung des Hotels beteiligte, hatte Viktoria, trotz Stefans Geburt, während des ganzen Krieges mit ihrem Vater gearbeitet. Nach Karl Jochums Tod hatte sie die Leitung des Hotels Quadriga übernommen. Damals war sie vierundzwanzig Jahre alt gewesen.

Doch Viktoria gab als erste zu, daß sie es allein nicht geschafft hätte, selbst mit Unterstützung des sehr fähigen leitenden Personals, das sie mit vererbt bekommen hatte. Sie war eine ausgezeichnete Organisatorin und wußte über alle Einzelheiten der Verwaltung Bescheid, aber ihr fehlte Karl Jochums geschäftliches und finanzielles Geschick, das vor allem in einer Zeit wirtschaftlichen Niedergangs und galoppierender Inflation vonnöten war.

Benno hatte sich nach einem schweren Zerwürfnis mit seinem Vater wegen der Praktiken der Kraus-Werke während des Krieges von der Firma zurückgezogen und konnte ihr daher zur Seite stehen. Er hatte sich bald als geschickter Geschäftsmann erwiesen. Sein Büro war etwas kleiner und lag neben dem Viktorias.

Sie setzte sich hinter ihren großen, dunklen Eichenschreibtisch, zündete sich die erste Zigarette des Tages an und sah die Papierstapel durch, die sie zu bearbeiten hatte. Einiges legte sie für Helga Ruh beiseite, anderes für die Morgenbesprechung mit Emil Brandt, dem Direktor.

Benno mochte sagen, daß die Hauptfunktion des Hotels darin bestand, Profit zu machen, aber Viktoria glaubte – wie einst ihr Vater –, daß es darüber hinaus weit mehr erfüllen sollte. Es sollte den Gästen ein Heim in der Fremde anbieten, einen Ort, wo ihnen jeder Wunsch von den Augen abgelesen wurde, wo nichts zuviel Mühe kostete und wo sie wußten, daß sie einen Service bekamen, der mit keinem anderen zu vergleichen war. Ständig erinnerte sie ihr Personal an die Devise: «Der Gast hat immer recht.»

Verglichen mit einigen neueren Hotels war das Quadriga nicht groß: Auf vier Stockwerken besaß es nur einhundertfünfzig Suiten und Zimmer, konnte maximal dreihundert Gäste beherbergen und verfügte über eine Belegschaft von zweihundertfünfzig Mitarbeitern. Aber dieses Haus konnte gleichzeitig fünf Bankette mit über tausend Gedecken ausrichten, wobei mehrere hundert Kellner und Küchenbedienstete zusätzlich beschäftigt wurden. Dafür zu sorgen, daß alles reibungslos ablief, war keine leichte Aufgabe.

Um zehn Uhr klopfte Helga an die Tür und ließ Brandt eintreten. Emil Brandts Tag begann früh am Morgen. Vor der Unterredung mit Viktoria hatte er bereits mit den verschiedenen Abteilungsleitern die wichtigsten Punkte des Tages besprochen, ob nachts Schäden oder besondere Vorkommnisse aufgetreten waren oder Personal durch Krankheit ausfiel.

Bestimmte Informationen von Brandt hielt Viktoria schriftlich fest und gab sie dann an Benno weiter. Die Leiter der einzelnen Abteilungen hatten relativ großen Spielraum, aber Benno mußte dafür sorgen, daß die Budgets nicht überschritten wurden und jede Abteilung profitabel wirtschaftete. Viktorias Hauptaufgabe bestand darin, ihren Gästen den bestmöglichen Service zu bieten.

Als erstes reichte ihr Brandt die Gästeliste und den Belegungsplan. Einige neue Gäste waren eingetroffen: ein österreichischer Graf und seine Familie, eine Delegation von Chemikern aus Leipzig, die an einer wissenschaftlichen Tagung teilnahmen, eine Hochzeitsgesellschaft aus Magdeburg und einige Auslandskorrespondenten, darunter Mortimer Allen von den *New York News*.

Viktoria blätterte schnell die Karteikarten durch, die sie über alle früheren Gäste führte, und zog die betreffenden Karten heraus. Bevor sie sie Brandt reichte, warf sie einen raschen Blick darauf. «Ich erinnere mich an Herrn Allen», schmunzelte sie. «Das ist doch der Journalist, der die ganze Nacht getippt hat, und Baroneß Ems hat sich dann über ihn beschwert?»

«Ich schlage vor, wir geben ihm Zimmer 401.»

Viktoria nickte. In diesem Raum würde der Journalist niemanden stören. «Bitten Sie Herrn Fromm, dafür zu sorgen, daß der Schreibtisch ausreichend ausgestattet ist: genügend Papier, Durchschlagpapier, Radiergummi, Notizblock und Bleistifte.»

«Gewiß, Frau Viktoria.» Emil Brandt machte sich die entsprechenden Notizen.

«Jetzt zu den beiden Diners heute abend – handelt es sich dabei um politische Treffen?»

«Eines wird von einer Handelsgesellschaft veranstaltet, das andere von Freimaurern.»

Erleichtert nickte Viktoria. «Gut. Gibt es sonst noch etwas, Herr Brandt?»

«Ich glaube nicht, Frau Viktoria. Die Nazifahnen sind entfernt worden, wie Sie es angeordnet haben.»

Sie nickte, ihr Gesicht blieb ausdruckslos. «Das ist alles, Herr Brandt. Danke.»

Nachdem er gegangen war, begann sie ihre tägliche Inspektionsrunde. Wie ihr Vater delegierte sie die Arbeit, hielt aber trotzdem ein wachsames Auge über alles. Fehler traten dann auf, wenn die Leitung den Kontakt zum alltäglichen Betriebsablauf verlor. Kontrolle mußte also sein.

Sie begann in der blitzsauberen Küche, wo Maître Vittorio Mazzoni, seine Souschefs, der Vorratsmeister und die Küchenhilfen seit den frühen Morgenstunden an der Arbeit waren. Mazzoni war der erste Chefkoch aus Italien, den das Quadriga eingestellt hatte, aber seine meisterliche Kunst mußte sich neben der seiner französischen Konkurrenten nicht verstecken. Da er immer ein paar Tage vorausplante und umsichtig wirtschaftete, mußten nur selten Eßwaren weggeworfen werden.

Viktoria war mit der Wahl seiner Menüs für den folgenden Tag einverstanden, beglückwünschte ihn zu dem hervorragenden Wildbret, das er am Morgen erstanden hatte, und wollte gerade gehen, als Mazzoni sagte: «Heute sind sogar noch mehr da draußen. Es bricht mir das Herz, wenn ich sie hungrig gehen lassen muß, vor allem die *bambini*.»

Sie trat mit ihm ans Fenster, von dem aus man den Hinterhof überblicken konnte. An der Küchentür warteten an die fünfzig Menschen, hauptsächlich Frauen und Kinder in abgetragenen Kleidern, die Gesichter spitz vor Kälte. Jeden Tag bettelten sie um Essen, genau wie ihre Männer jeden Tag am Dienstboteneingang um Arbeit nachfragten.

«Von gestern sind noch Kartoffeln übrig», sagte Mazzoni, «und ein paar saure Heringe. Wenn Sie es erlauben, Frau Viktoria …»

Viktoria stimmte sofort zu, aber sie wußte, daß morgen nur noch mehr anstehen würden.

Von der Küche ging sie durch die grünen Holztüren in das prunkvolle Restaurant. Der riesige Raum mit den hohen Decken wurde von schweren Kristallüstern erleuchtet, in denen sich der kobaltblaue Teppich und die goldgefleckten blauen Tapeten spiegelten. Ober im schwarzen Frack glitten geräuschlos zwischen den mit weißem Damast gedeckten Tischen umher, auf denen Silberbestecke und Bleikristallgläser einladend schimmerten.

Der Leiter des Restaurants, Philip Krosyk, eilte zu Viktoria und schlug eine schwere, ledergebundene Speisekarte auf, die in Schönschrift aufgelistet die Menüs und die À-la-carte-Gerichte enthielt. Dann zeigte er Viktoria die Speisenfolge der beiden Empfänge, die in den beiden angrenzenden Banketträumen stattfanden: Suppe *à la Parisienne,* Kalbsbries mit Trüffeln, Steinbutt mit Kaviarsauce, Artischockenherzen, gefüllt mit Erbsen und Spargelspitzen, Wildschweinrücken mit Kartoffelpüree und Salat, Ananaseis und Käse.

Viktoria lag die Frage auf der Zunge, ob es recht war, daß die Gäste des Hotels Quadriga in solchem Luxus lebten, wenn die Menschen draußen fast verhungerten. Doch Philip Krosyk war zwar ein ausgezeichneter Restaurantleiter, aber kein Mensch, dem man derart philosophische Fragen stellen konnte.

Viktorias nächstes Ziel war die Bar. Obwohl sie am Tag zuvor erst weit nach Mitternacht geschlossen hatte, waren Hasso Annuscheks Leute bereits mit dem Aufräumen fertig. Hasso stand schon hinter der Bar und kümmerte sich um einige Gäste, die in den tiefen Ledersesseln saßen, Kaffee tranken oder einen ersten Drink zu sich nahmen und die Morgenzeitung lasen.

Viktoria sah in Hasso Annuscheks offenes, freundliches Gesicht und spürte, wie sich ihre Laune hob. Hasso, ein gutaussehender Mann Ende Vierzig mit sich lichtendem Haar, gehörte zu ihren bevorzugten Angestellten. Außerdem war er ein würdiger

Nachfolger des legendären Arno Halbe, der die Bar seit der Gründung des Quadriga geführt und sich erst kürzlich zur Ruhe gesetzt hatte.

«Aus der Gästeliste ersehe ich, daß mein alter Freund, Herr Allen, erwartet wird», sagte Hasso. «Das ist einer von der Art, wie ich sie als Gäste liebe. Er verträgt einen Tropfen – Jack Daniels, wenn ich mich recht erinnere. Keine Cocktails, verwässert seine Getränke nie und weiß sich vor allem zu beherrschen.»

Als sie auf ihrem Rundgang beim Hallenportier Johann Dorn ankam, stellte Viktoria fest, daß Hasso nicht als einziger gute Erinnerungen an Mortimer Allen hegte. «Ich freue mich, daß Herr Allen wieder kommt», sagte er. «Ein sehr großzügiger Herr, Frau Viktoria.»

Inge Fiedler, die Hausdame, zeigte sich weniger begeistert. «Ein sehr unordentlicher Mann, soweit ich mich erinnere. Überall lagen Papiere. Und bei seinem letzten Besuch hat er doch fast sein Zimmer in Brand gesetzt. Ich werde dafür sorgen, daß er mehrere große Aschenbecher bekommt – und einen Papierkorb aus Metall.»

Viktoria war gerade in ihr Büro zurückgekehrt, als Benno hereinstürzte. Er schloß die Tür hinter sich und stieß zwischen zusammengepreßten Lippen hervor: «Hast du etwa die Fahnen entfernen lassen?»

«Ja, das habe ich.» Viktoria sah ihn trotzig an. «Direkt nach Weihnachten nehmen wir ja auch immer die Dekorationen ab. Warum sollte das bei politischen Feiern anders sein?»

Ihre Blicke trafen sich für einen Moment, dann zuckte Benno mit den Schultern. «Mach, was du willst, meine Liebe. Aber vielleicht hast du noch nicht gehört, daß Hitler heute den Reichstag aufgelöst hat. Am 5. März finden wieder Wahlen statt. Hitler wird sich länger halten, als ein Weihnachtsfest dauern kann – das sage ich dir jetzt schon.»

«Das ist noch lange kein Grund, daß mein Hotel wie ein Aufmarschplatz der Nazis oder wie eine Kaserne der Sturmtruppen aussieht», gab Viktoria schnippisch zurück.

Die Betonung, die sie auf das Wort «mein», legte, entging Benno nicht. Mit seltsamem, fast traurigem Blick verließ er den Raum.

Mortimer Allen wurde bei seiner Ankunft herzlich empfangen. Die Türsteher verbeugten sich, als er durch die Drehtüren trat, und auch Johann, der den großgewachsenen, gutaussehenden Amerikaner sofort erkannte, machte einen respektvollen Bückling. «Guten Tag, Herr Allen. Willkommen im Hotel Quadriga.» Auf sein Fingerschnippen eilten die Pagen herbei, um Mortimers Gepäck aus dem Taxi auf Zimmer 401 zu bringen, wobei einer voller Ehrfurcht die Remington-Schreibmaschine trug.

Hubert Fromm begrüßte ihn mit einem Kopfnicken. «Guten Tag, Herr Allen. Ich hoffe, Sie hatten eine angenehme Reise. Wenn Sie freundlicherweise die Anmeldung ausfüllen wollten …»

Ein Hilfsportier eilte vom Empfang zu Helga Ruh: «Herr Allen ist angekommen. Würden Sie bitte Frau Viktoria Bescheid sagen?»

Viktoria kam aus ihrem Büro und ging mit ausgestreckter Hand auf den Journalisten zu. «Herr Allen, ich freue mich sehr, Sie wieder in Berlin zu begrüßen.»

Auf Mortimers Gesicht mit den blaugrauen Augen und den dunklen Wimpern erschien ein entwaffnendes Lächeln. Er nahm ihre Hand, beugte sich tief hinunter und streifte sie mit den Lippen. «Es ist wunderbar, wieder hierzusein. Berlin war immer meine geistige Heimat.»

Das entsprach der Wahrheit. Mortimers Familie mütterlicherseits stammte aus Berlin und war in den späten achtziger Jahren des 19. Jahrhunderts nach Amerika emigriert. Mortimer war mit Deutsch als seiner zweiten Muttersprache aufgewachsen, aber erst im Alter von dreißig Jahren hatte er bald nach 1920 Berlin für sich entdeckt. Damals war er dem Zauber dieser Stadt verfallen. Die Cafés, die Kabaretts, Theater, Konzerthallen und die Oper faszinierten ihn; vor allem aber zog ihn die freizügige, vibrierende und weltoffene Atmosphäre an. Was er immer schon vermutet hatte, bestätigte sich – durch den Zufall der Geburt war er Amerikaner, durch seine Heirat mit einer Engländerin lebte er nun in Großbritannien, in seinem Herzen aber war er ein Berliner.

Von seinem Lächeln eingenommen, sagte Viktoria: «Unsere Familie trifft sich um sieben Uhr in der Bar zum Aperitif. Würden Sie uns die Ehre geben und sich heute abend anschließen?»

«Es ist mir ein Vergnügen.»

Viktoria kehrte in ihr Büro zurück, und Mortimer folgte einem Pagen in einen der Lifts, der ihn zu seinem Zimmer im vierten Stock brachte. Bewundernd sah er sich um. Kaiser und Kanzler mochten kommen und gehen, das Hotel Quadriga änderte sich nicht. Die Räume waren so makellos und geschmackvoll eingerichtet wie immer, sie waren noch genauso hervorragend gepflegt wie an jenem Eröffnungstag, als Karl Jochum, Viktorias Vater, Kaiser Wilhelm II. von Preußen als seinen ersten Gast begrüßte.

Nachdem er ausgepackt hatte, ging Mortimer zu dem kleinen Büro der *New York News,* das ganz in der Nähe des Hotels in der Dorotheenstraße lag, und informierte die dortige Redaktion von seiner Ankunft. Danach machte er sich auf einen Spaziergang durch die Stadt.

Was er dabei zu sehen bekam, war ziemlich niederdrückend. Schäbig gekleidete Männer standen mit hoffnungslosem Gesichtsausdruck an Straßenecken herum. Vor Fabriken und Büros bildeten sich lange Schlangen, trotz der Schilder mit der Aufschrift «KEINE STELLEN FREI». Immer wieder kam es zu Schlägereien zwischen Gruppen von Arbeitern und SA-Leuten in Braunhemden. Das war eine vollkommen andere Stadt als diejenige, die Mortimer Allen von seinen früheren Besuchen her kannte.

Als Viktoria am Abend in die Bar kam, fand sie die Familie bereits versammelt, Mortimer Allen in ihrer Mitte. Benno, Stefan und Mortimer erhoben sich höflich, ihr Schwiegervater, Baron von Kraus, unternahm einen angestrengten Versuch, seinen mächtigen Leib zu bewegen, als Hasso ihr den Stuhl zurechtrückte. Sie bedeutete ihnen, sitzen zu bleiben, bat Hasso um einen Martini-Cocktail und wandte sich dann an den Journalisten. «Ich hoffe, Sie sind mit Ihrem Zimmer zufrieden, Herr Allen?»

«Es ist ganz ausgezeichnet, Frau Jochum-Kraus.»

«Wie lange gedenken Sie dieses Mal zu bleiben, Herr Allen?» fragte Ricarda Jochum.

Er zuckte mit den Schultern. «Sicherlich lange genug, um die Wahlen am 5. März mitzubekommen.»

Ricarda runzelte leicht die Stirn. «Sie führen ein seltsames, ziemlich nomadenhaftes Leben. Ihre Frau muß sehr verständnisvoll sein, um sich mit so langen Trennungen abzufinden.»

«Joyce könnte mich schon begleiten, aber sie möchte das gar nicht. Zum einen ist sie selbst berufstätig – sie ist Landschaftsmalerin –, und zum anderen muß sich jemand um unsere Tochter Libby kümmern. Wir möchten sie nicht ins Internat schicken, und es würde ihr nicht guttun, wenn wir sie von Land zu Land schleppten, nur weil ich so ein unstetes Leben führe.»

«Wie alt ist Ihre Tochter?» fragte Monika.

«Ein bißchen jünger als du, nehme ich an. Sie ist erst zehn.»

«Wo leben Sie in England?» erkundigte sich Benno höflich.

Mortimer lächelte. «In Oxford. Ich bin vor zwanzig Jahren als Student hingekommen, habe dort meine Frau kennengelernt und bin seitdem dort geblieben.»

«Oxford!» rief Stefan mit glänzenden Augen. «Meine Erzieherin hat es mir als die schönste Stadt der Welt beschrieben.»

«‹… *whispering from her towers the last enchantments of the Middle Age*›», zitierte Mortimer.

Voller Stolz beendete Stefan das Zitat des Dichters Matthew Arnold: «‹*Home of lost causes and forsaken beliefs, and unpopular names, and impossible loyalties!*› – Ich hoffe, daß ich eines Tages nach Oxford gehen kann!»

«Ich bin in England aufgewachsen», warf Ricarda ein. «Mein Vater war um 1890 Handelsattaché bei der deutschen Botschaft in London. Ich war schon immer der Ansicht, daß es für Stefan gut wäre, im Ausland zu studieren.»

Benno fügte hinzu: «Stefan ist nicht nur Klassenbester, er ist auch in Sport sehr gut. Er könnte im Herbst an die Friedrich-Wilhelm-Universität gehen. Aber ich denke auch, daß eine englische Universität ihm sehr nützen würde.»

«Ich wüßte nicht, worin England einer deutschen Ausbildung überlegen wäre», sagte Viktoria aufgebracht. «Stefan, warum willst du unbedingt nach Oxford, wo wir hier doch eine ausgezeichnete Universität haben?»

«Kann dem Jungen nur guttun, wenn er rauskommt», brummte der Baron. «Du verhätschelst ihn, Viktoria.»

Viktoria setzte gerade zu einer ärgerlichen Antwort an, aber Mortimer warf begütigend ein: «Wenn Sie wirklich so begabt sind, wie Ihr Vater behauptet, sollten Sie sich um ein Stipendium der Rhodes-Stiftung bemühen. Mein Stipendium hatte einen sehr großen Einfluß auf mein weiteres Leben.»

«Stefan ist kein Amerikaner», entgegnete Viktoria scharf.

«Die Rhodes-Stipendien sind auch deutschen Studenten zugänglich.»

Viktoria sank in ihren Stuhl zurück. Mortimer Allen begriff nicht, daß es ihr das Herz brechen würde, wenn Stefan fortginge, um im Ausland zu studieren.

In dem Augenblick stürmten ein halbes Dutzend SA-Leute von der Straße in die Bar und verlangten lauthals nach Bier. Die Gespräche verstummten, und die Leute sahen sich besorgt an. Viktorias Schwester Luise wurde bleich und griff mit zitternder Hand nach einer Zigarette. Stefan warf den Eindringlingen wütende Blicke zu; Viktoria und Benno, der sich halb erhoben hatte, sahen sich kurz an. «Tut mir leid», hörte man Hasso mit höflicher Stimme sagen, «wir schenken hier kein Bier vom Faß aus.»

Die SA-Leute blickten sich voller Abscheu um. «Was ist denn das für ein Misthaufen hier!» rief einer und trat seine Zigarette auf dem Teppichboden aus.

Jedermann im Raum hielt die Luft an.

«Wenn ich Ihnen einen Vorschlag machen darf, Sturmführer», fuhr der Barmann fort, «der Kaiserhof ist berühmt für sein Bier. Ich trinke dort selbst öfter ein Glas», setzte er vertraulich hinzu. Der Trick funktionierte. Grobe Beleidigungen murmelnd, verließen die SA-Leute die Bar.

«Warum servieren wir kein Bier vom Faß?» fragte Monika.

Mortimer biß sich auf die Lippen und strich sich mit der Hand die Haare aus der Stirn. Dann fragte er in perfektem Berliner Akzent: «Wissense eijentlich, warum de SA braune Hemden trägt?» Grinsend gab er selbst die Antwort auf das Rätsel. «Weil se se dann nich so oft waschen müssen.»

Die Atmosphäre entspannte sich. Obwohl Monika ein finsteres Gesicht machte und Luise nervös an ihrer Zigarette zog, lächelten Benno, Baron Kraus und Stefan leicht gequält, Ricarda verhehlte ihr Amüsement keineswegs. «Herr Allen, Sie beherrschen nicht nur den Berliner Dialekt perfekt, Sie wissen auch, wie gern wir Witze mögen. Sie müssen Berliner Blut in sich haben.»

«Die Familie meiner Mutter stammte aus Berlin.»

Baron Heinrich schlug sich auf die Schenkel und verkündete: «Großartig! Dann sind Sie ja einer von uns, mein Lieber! Essen Sie mit uns zu Abend!»

Mortimer sah Viktoria an, sie nickte. «Es würde uns sehr freuen.» Sie winkte Hasso heran. «Sagen Sie Herrn Krosyk, daß Herr Allen mit uns essen wird.»

Ein paar Minuten später saß der Baron im Restaurant in einem schweren geschnitzten Eichenstuhl am Kopfende der Tafel. Wie immer wählte er das siebengängige Menü, die anderen entschieden sich für eine weniger üppige Speisenfolge. Nachdem Benno den Wein bestellt hatte, wandte sich der Baron an Mortimer.

«Sie sind also hier, um über die Wahlen zu berichten. Nun, da sind Sie am richtigen Ort. Wenn Sie Meinungen suchen, hier finden Sie alles.» Er machte eine Geste, die den ganzen Raum umfaßte. «Geschäftsleute, Politiker, Offiziere – hier steigen sie ab.»

Die Art, wie ihr Schwiegervater das Hotel Quadriga seinem Industrie-Imperium einverleibte, ließ Viktoria vor Ärger erstarren.

«Wer soll denn Ihrer Meinung nach die Wahlen gewinnen, Herr Baron?» fragte Mortimer.

«Die Nationalsozialisten», antwortete der Baron unmißverständlich. «Seit dem Krieg hatten wir unfähige Koalitionsregierungen. Als Resultat liegt unsere Wirtschaft völlig darnieder, unsere Auftragsbücher sind praktisch leer, und wir haben über sechs Millionen Arbeitslose. Hitler ist entschlossen, Deutschland wieder zu der Großmacht zu machen, die es unter dem Kaiser war, und meiner Meinung nach ist er als einziger Politiker dazu in der Lage.»

«Denken die meisten Berliner so? Ich dachte, Berlin war seit jeher eine Hochburg der Sozialisten.»

«Der Sozialisten und der Kommunisten», sagte Benno grimmig. «Haben Sie von der Demonstration letzten Sonntag gehört, als hunderttausend Arbeiter durch das Zentrum marschierten, angeführt von Kommunisten wie Olga Meyer? Olga Meyer war eine der Anführerinnen des spartakistischen Aufstands am Ende des letzten Krieges. Solange es Leute wie sie gibt, besteht immer noch die Gefahr einer kommunistischen Revolution in Deutschland.»

Der Spartakusaufstand hatte Mortimer immer fasziniert, jene kurzen Monate Ende 1918 und Anfang 1919, als die Möglichkeit aufschien, daß Deutschland genauso unter kommunistische Herrschaft geraten könnte wie Rußland im Jahr 1917.

«Olga Meyer war jahrelang eine verdammte Plage», schnaubte der Baron. «Jetzt zieht sie mit ihrem Balg herum und schwört, daß der Traum ihres Mannes eines Tages wahr wird und die Kommunisten in Berlin an die Macht kommen. Aber solange ich lebe, wird es dazu nicht kommen!»

Mortimer suchte in seinem Gedächtnis, dann sah er Viktoria an. «Ist Olga Meyer nicht eine Verwandte von Ihnen?»

Obwohl sich Viktoria lieber nicht an diese verwandtschaftliche Beziehung erinnerte, wäre es töricht gewesen, sie zu verneinen. «Ja, sie ist meine Cousine. Sie war mit dem linken Journalisten Reinhardt Meyer verheiratet. Als es nach einem Sieg der spartakistischen Revolution aussah, rief die Regierung die Freikorps, um sie niederzuschlagen. Reinhardt wurde als einer der ersten getötet.»

«Wie ist Olga entkommen?»

«Sie konnte nirgendwo sonst hingehen, also kam sie ins Quadriga», erklärte Ricarda. «Weil sie hier nicht sicher war, brachten Benno und Vicki sie in unser Landhaus in Heiligensee.»

Mortimer runzelte die Stirn. «Jetzt erinnere ich mich wieder. Wurde Reinhardt Meyer nicht von Otto Tobisch erschossen?» Otto Tobisch führte eine der berüchtigtsten Freikorps-Brigaden, deren nachhaltigstes Vermächtnis an das moderne Deutschland vermutlich das Hakenkreuz war, das die Brigade Tobisch auf ihren Helmen trug.

«Ja, Otto Tobisch war der Anführer der Hexenjagd», gab Viktoria bitter zur Antwort. «Er hat früher im Quadriga als Page gearbeitet und wußte, daß Olga meine Cousine war. Er und seine Leute haben das Hotel nach ihr durchsucht – aber sie haben sie natürlich nicht gefunden.» Ihre Stimme stockte, als sie sich an jenen schicksalhaften Tag im Januar 1919 erinnerte, als nach Ottos Abzug ihr Vater in einem Wutanfall auf die Straße stürmte, wo ihn Minuten später der Tod ereilte …

«Tobisch hat hier gearbeitet!» rief Mortimer aus. «Das wußte ich nicht.»

«Er war der Sohn unseres damaligen Geschäftsführers», seufzte Ricarda. «Der arme Eitel Tobisch. Ein zwanghafter Spieler, der Selbstmord beging, nachdem seine Schulden zu hoch wurden. Später haben wir erfahren, daß Ottos Mutter Alkoholikerin war. Ich habe mich oft gefragt, ob das wohl der Grund ist, warum Otto so wurde, wie er geworden ist.»

«Mama, du mußt nicht nach Entschuldigungen für ihn suchen!» rief Viktoria ärgerlich aus. «Er hat sich schon immer abscheulich benommen. Ich werde nie vergessen, wie ich ihn eines Tages überrascht habe, als er in einen Pflanzenkübel im Palmengarten urinierte. Als ich ihm androhte, es Papa zu sagen, versuchte er, mich zu erwürgen.»

Ihre Mutter starrte sie entsetzt an. «Vicki, das habe ich nicht gewußt!»

«Damals war ich höchstens fünf und hatte solche Angst, daß ich dir nichts sagte. Später hat er mich dann allein im vierten Stock überrascht und mich belästigt.»

«Vicki, mein Liebling, ich hatte keine Ahnung …»

«Ich wollte nicht, daß du dir Sorgen machst.» Sie hatte ihrer Mutter auch nie erzählt, was Otto gesagt hatte, als er zur Armee eingezogen wurde – Worte, die sie niemals vergessen würde: «Eines Tages werde ich derjenige sein, der hier im Hotel die Anweisungen gibt», hatte er geschrien. «Dann rechne ich mit dir ab!»

Mortimer kratzte sich nachdenklich am Kopf. «Hat Tobisch nicht auch am Kapp-Putsch teilgenommen?»

«Ich wurde im Mai 1920 während des Kapp-Putsches geboren», sagte Monika. «Als er mißlang und die Freikorps-Soldaten

Berlin verließen, hat Otto Tobisch sein Maschinengewehr auf unser Hotel abgefeuert.» Sie wandte sich an ihre Mutter. «Das stimmt doch, oder?»

«Ja.» Es war wirklich nicht schön, aber Monikas Geburt stand für Viktoria immer mit Otto in Verbindung. Manchmal fragte sie sich, ob die gegenwärtige Faszination ihrer Tochter für die Sturmtruppen mit den turbulenten Ereignissen während ihrer Geburt zu tun hatte.

«Ach! Nehmt doch Tobisch nicht so wichtig!» brummte der Baron. «Er ist auch nicht anders als Tausende Soldaten, die sich den Freikorps angeschlossen haben, nachdem die Reichswehr durch den Versailler Vertrag reduziert wurde. Er war dann auch in Hitlers mißglückten Putsch 1923 in München verwickelt. Jetzt allerdings steht er auf der Seite der Gewinner.»

«Was macht er jetzt?»

«Er ist wieder in Berlin», sagte Viktoria bedrückt. «Als Offizier bei der SS.»

Stefans Gesicht verdüsterte sich. «Vor ein paar Jahren war Minister Göring bei einem Essen hier, Otto Tobisch gehörte zu seiner Leibwache. Vor dem Hotel demonstrierten Kommunisten, es kam zu Auseinandersetzungen, und dabei hat Otto Tobisch einen der Demonstranten zu Tode getrampelt. Ich habe gesehen, wie es passiert ist. Seitdem hasse ich die Nazis.»

«Ich verstehe nicht, daß man Göring und der politischen Polizei, der SA und der SS, Männern wie Otto soviel Macht gibt», sagte Viktoria bitter. «Solange Otto auf freiem Fuß ist, werde ich den Nazis niemals trauen.»

Luise warf ihre kastanienbraunen Locken zornig zurück. «All unsere Schwierigkeiten in den letzten Jahren wurden durch die Sturmtruppen verursacht. Mein Café Jochum zum Beispiel ...»

Benno seufzte gereizt auf. «Luise, wann wirst du einsehen, daß es deine Freunde aus dem Café Jochum waren, die aus Berlin einen Sumpf der Korruption und eine Brutstätte von Revolutionären gemacht haben? Dadurch wurden die Sturmtruppen doch erst notwendig!»

«Meine Freunde sind Künstler, keine Revolutionäre! Um Himmels willen, wirf sie doch nicht in einen Topf mit Leuten wie Olga!»

«Luise», murmelte Ricarda, «reg dich doch bitte nicht so auf.»

«Ich finde die Sturmtruppen aufregend», sagte Monika. «Letzte Nacht bei dem Fackelzug ...»

Viktoria seufzte ungeduldig. «Monika, du bist erst zwölf. Du verstehst nichts von Politik.»

«Ich weiß mehr, als du denkst. Und überhaupt, ich weiß mehr über Hitler als du», gab ihre Tochter triumphierend zurück. «Unser Klassenlehrer liest uns jeden Morgen vor dem Unterricht aus ‹Mein Kampf› vor. Es ist sehr interessant.»

Viktoria holte tief Luft. «Schade, daß du an Mathematik und Englisch nicht ebenso großes Interesse zeigst.»

Benno tätschelte seiner Tochter liebevoll die Hand. «Ich freue mich, daß du am Tagesgeschehen so lebhaft Anteil nimmst.»

Am Tisch war peinliche Stille eingetreten, und Viktoria bedeutete den wartenden Kellnern, das Geschirr abzuräumen. Als der nächste Gang serviert wurde, lenkte sie die Konversation geschickt auf ein anderes Thema. Sie fragte Mortimer nach den Gemälden seiner Frau, und der Rest des Abendessens verlief harmonischer.

Den Kaffee nahmen sie im Palmengarten ein. Mortimer entschuldigte sich danach, dankte für die Gastfreundschaft und erklärte, daß er nach der langen Reise ziemlich müde sei und sich zurückziehen wolle.

«Allen ist ein guter Journalist», meinte der Baron. «Er versteht eine ganze Menge von deutscher Politik, obwohl ich mit dem, was er schreibt, überhaupt nicht einverstanden bin.»

«Er spricht ausgezeichnet Deutsch, unter den anderen amerikanischen Korrespondenten ist er damit eine große Ausnahme», unterstrich Benno.

«So ein charmanter Mann», murmelte Ricarda.

«Zumindest scheint er die Braunhemden nicht mehr zu mögen als wir», setzte Luise schneidend hinzu.

«Ich mag ihn nicht», verkündete Monika. «Ich glaube, er ist gar kein Journalist. Ich halte ihn für einen bolschewistischen Spion – vielleicht ist er auch Jude.»

«Mach dich nicht lächerlich! Du bist bloß beleidigt, weil wir nicht über dich gesprochen haben», antwortete Stefan mit der Überlegenheit des großen Bruders.

Viktoria sagte nichts. Sie wußte nicht, warum, aber sie hielt Mortimer für einen seltsam attraktiven und ziemlich verwirrenden Mann.

Oben, in seinem Zimmer, dachte Mortimer über Viktoria nach. Die Veränderungen in ihrem Gesicht während des Gesprächs waren ihm nicht entgangen: der Anflug besitzergreifender Eifersucht, als man über Stefans Studium in Oxford sprach; Unbehagen, als Olga Meyers Name fiel, und Haß, als er das Gespräch auf Otto Tobisch brachte. «Ein wacher Kopf», dachte er, «eine gute Freundin und eine erbarmungslose Feindin.» Er wußte nicht genau, warum, aber irgend etwas an ihr zog ihn an. Es versprach äußerst interessant zu werden, sie näher kennenzulernen.

Mitte Februar gehörte Baron Heinrich von Kraus zu den ausgewählten Gästen bei einem Empfang in Görings offiziellem Amtssitz, dem Palais des Reichstagspräsidenten, wo Hitler seine Zukunftspläne, insbesondere für die Großindustrie, erläuterte. Seine Worte klangen wie Musik in den Ohren des Barons.

In einem satirischen Beitrag stand einmal zu lesen, daß beim Tod des Barons Heinrich von Kraus der heilige Petrus die Himmelstüren verriegeln würde, für den Fall, daß der Baron eventuell beabsichtigte, das Himmelreich zu übernehmen. Der Baron hatte den Artikel aufgehoben, nicht, weil er ihn so amüsant fand, sondern weil er eigentlich überhaupt nicht daran dachte zu sterben. Er war jetzt vierundsiebzig Jahre alt, aber es gab auf der Welt noch eine ganze Menge zu übernehmen, bevor er ein Auge auf den Himmel warf.

Als einziger Sohn hatte er von seinem Vater Stahlwerke in Schlesien, Waffenfabriken im Ruhrgebiet und chemische Betriebe in Berlin-Wedding geerbt. Zu seinem Reich gehörten nun auch eine Werft an der Mündung der Weser, eine Schiffahrtslinie, eine Fluggesellschaft und an die vierhundert Zulieferungsbetriebe, die er während der Wirtschaftskrise aufgekauft hatte; außerdem verfügte er natürlich auch über umfangreiche Anlagen im Ausland. In der ganzen Welt war er als der «Stahlkönig» bekannt.

Seinen Erfolg verdankte er zwei Faktoren. Einer war seine Verbindung mit der Familie von Biederstedt aus Fürstenmark in Vorpommern. Seine Heirat mit Julia von Biederstedt hatte ihm viele Tore geöffnet, die ihm sonst verschlossen geblieben wären, und war indirekt auch der Anlaß für die Verleihung des Adelstitels durch den Kaiser. Um die Verbindung zwischen den beiden Familien zu stärken, hatte der Baron seinen ältesten Sohn Ernst mit dessen Cousine Trude verheiratet. Ernst führte nun die amerikanische Kraus-Niederlassung in New York, während Trude und ihre beiden Söhne Werner und Norbert bei Julia in Essen lebten.

Der Hauptgrund aber für den Erfolg des Barons war seine politische, wirtschaftliche und finanzielle Gerissenheit. Der Versailler Vertrag, der die Herstellung militärischer Ausrüstung verbot, hatte die Kraus-Werke weniger getroffen als seine Konkurrenten, denn bereits während des Krieges hatte Baron Heinrich gemerkt, aus welcher Richtung der Wind wehte, und seine Pläne darauf abgestimmt.

In vielen Ländern wurden Waffen und militärische Ausrüstung in Lizenzbetrieben der Firma Kraus produziert. Mit der Firma van der Jong nahe Rotterdam gab es Abmachungen, die die Weiterproduktion von Unterwasserbooten und Schiffen für die Kriegsmarine sicherstellten. Und in geheimer Zusammenarbeit mit der Reichswehr wurde in den Werken an der Ruhr weiter an der Entwicklung moderner Waffen und Panzer geforscht, in den Laboratorien am Wedding experimentierte man mit Sprengstoffen, synthetischem Öl und Benzin. Die Flugzeugfirmen, die nach außen hin nur für die zivile Luftfahrt produzierten, beschäftigten sich in Wirklichkeit mit der Entwicklung von Kampfflugzeugen.

Während der Weimarer Regierung gab es wenig Chancen für die Umsetzung seiner Pläne. Mit den Nazis war dies etwas anderes. Wenn es jemals ein Parteiprogramm gab, das für Kraus maßgeschneidert war, dann war es das von Hitler. Der Baron hatte dies schnell erkannt. Er pflegte seine Freundschaft zu Hermann Göring und half der Partei über manches finanzielle Desaster hinweg. Die Profite dafür konnte er bald ernten. Eine seiner ersten Erwerbungen war das Bankhaus Arendt in der Behrenstraße, das er in Liegnitzer Bank umbenannte, um jede Erinnerung an die jüdischen Ursprünge des Hauses zu tilgen. Ein Teil dieses Handels war auch der Erwerb der Grunewaldvilla des Bankiers Theo Arendt. Im Augenblick residierte Kraus in einer Suite im ersten Stock des Quadriga, bis seine Villa bezugsbereit war.

Als die Versammlung vorüber war, griff der Baron in seine Tasche und zückte sein Scheckbuch. «Mein kleiner Beitrag für die Parteikasse», sagte er zu Göring.

Er spendete nicht aus Menschenfreundlichkeit, sondern aus der Überzeugung, daß sich die Investition in den kommenden Jahren mehr als bezahlt machen würde. Schon vor langem hatte er erkannt, daß nicht die Politiker, sondern diejenigen, die über das Kapital verfügten, das Schicksal eines Landes kontrollierten.

Die Bar war vergleichsweise leer, als Mortimer hereinschlenderte und sich auf einen Hocker setzte. «Guten Abend, Hasso. Das Übliche bitte, und nehmen Sie sich auch etwas.»

«Danke, Herr Allen.» Hasso reichte Mortimer seinen Whisky und schenkte sich selbst ein Bier ein, während er anerkennend den Schaum der braunen Flüssigkeit betrachtete. «Schultheiss-Patzendorfer, das beste Lagerbier der Welt. Und die größte Brauerei der Welt, wußten Sie das? Mein Vater hat dort gearbeitet.»

Mortimer sah ihn interessiert an. «Sie stammen aus Berlin?»

«Natürlich. Aus Wedding.»

Mortimers Interesse nahm zu. «Haben Sie immer noch Familie dort?»

«Meine Schwester Rosa, sie lebt in der Maxstraße. Ihr Mann arbeitet bei Kraus-Chemie.» Hasso runzelte die Stirn. «Ich habe heute nachmittag etwas erfahren, das Sie vielleicht interessieren dürfte, Herr Allen. Letzte Nacht, als einer der Vorarbeiter der Kraus-Werke, Joachim Richter, mit einigen seiner Kollegen von einem Gewerkschaftstreffen zurückkehrte, wurde ihnen von bewaffneten SA-Leuten aufgelauert. Sie versuchten, sich zu verteidigen, und als die Polizei auftauchte, wurde Richter wegen Gewalttätigkeit verhaftet und abgeführt. Heute morgen gab es eine Versammlung, man wollte besprechen, wie vorgegangen werden sollte, um seine Freilassung zu erreichen, aber auch dieses Treffen haben die Braunhemden aufgelöst. Inzwischen wurden Versammlungen der Gewerkschaft und der Kommunistischen Partei per Staatsverordnung verboten.»

Mortimer kräuselte die Lippen. «Die Leute scheinen große Angst vor einer neuerlichen kommunistischen Revolution zu haben. Halten Sie so etwas für möglich?»

Hasso schüttelte den Kopf. «Nein, eine Revolution wird nicht geplant. Die Arbeiter wollen nur ihre Rechte – und etwas Geld in der Tasche.»

In einem tristen Klassenzimmer des Gymnasiums an der Wiesenstraße im Wedding nahm Olga Meyer an einer Elternversammlung teil. Sie war eine kleine, unscheinbare Frau von einundvierzig Jahren, das graue Haar trug sie in einen Knoten geschlungen, und ihr Gesicht durchzogen mehr Falten, als ihrem Alter angemessen war; ihr Leben hatte sie der kommunistischen Sache verschrieben. Doch mit einemmal ergriff sie das Gefühl, daß ihre Arbeit vergeblich gewesen war.

«Ich möchte betonen, daß sich durch die Wahl Hitlers zum Reichskanzler nichts an dieser Schule ändern wird», versicherte Dr. Paul Lukas den versammelten Eltern und Lehrern.

Kaum hatte der Schulleiter seine Rede beendet, sprang Olga auf. «Genossen, ich glaube nicht, daß ihr den Ernst unserer Lage richtig einschätzt. Habt ihr nicht gehört, wie Hitler immer wieder gesagt hat, er werde unsere Kinder im Dienst des ‹neuen Nationalstaates› erziehen?» Ihre Stimme wurde schrill. «Seht euch doch einmal an, wie viele Schüler der Hitlerjugend beitreten. Jetzt müssen wir handeln. Wir müssen für Erziehungsfreiheit streiken!»

Aufgeregtes Stimmengewirr brach los, die kleine Versammlung teilte sich schnell in zwei Gruppierungen, aber nach ein paar Minuten erkannte Olga, daß sie ihre Zeit verschwendete. Am Ende würde, wie so oft, alles beim alten bleiben. Sie stand auf, um zu gehen.

Im selben Moment wurde die Tür aufgerissen. Flankiert von etwa einem halben Dutzend SA-Leuten, betrat ein Polizist den Raum. Er blickte über die kleine, aufgeregte Schar, ohne Olga zu bemerken. «Wie uns zu Ohren kam, handelt es sich hier um ein Treffen von Kommunisten … Gemäß den letzten Verordnungen sind kommunistische Versammlungen strikt verboten. Ich muß Sie leider verhaften.»

«Das ist keine kommunistische Versammlung …» stotterte Dr. Lukas.

Olga hatte genug gehört. Sie schlüpfte hinter den SA-Leuten aus der Tür, rannte schnell durch die leeren Korridore der Schule und entkam durch die Hintertür des Gebäudes.

Am Eingang ihres Mietshauses hielt sie inne und versteckte

sich im Schatten. Von der Schule drangen ärgerliche Stimmen herüber, Türen wurden geschlagen und Motoren angelassen. Die Wagen brausten an ihr vorüber. Auf dem Rücksitz des Polizeiautos, eingeklemmt zwischen zwei SA-Leuten, erkannte sie das weiße Gesicht von Dr. Lukas. Wenn sie in Zukunft nicht vorsichtiger vorgingen, würde es am Wedding bald keine Kommunisten mehr geben. Unerbittlich zog sich das Netz enger zusammen.

An Viktorias Bürotür klopfte es leise, und Mortimer Allen trat ein.

«Ich hoffe, ich störe nicht?»

«Nein, natürlich nicht, Herr Allen.»

«Danke.» Mortimer lehnte sich mit ernstem Gesicht an die Wand. «Ich komme gerade von einer Pressekonferenz bei Goebbels. Görings Polizei hat das Büro der Kommunistischen Partei durchsucht und Beweise dafür gefunden, daß eine Revolution geplant ist. Ausdrücklich fiel der Name von Olga Meyer. Nachdem Sie ihr einmal geholfen haben, als sie in Schwierigkeiten war, dachte ich, daß Sie ihr vielleicht jetzt auch helfen wollten.»

Viktoria biß sich auf die Lippen. Als sie an jenem Abend von Olgas Flucht erzählt hatte, war ihr nicht in den Sinn gekommen, daß die Geschichte sich wiederholen könnte. «Herr Allen, Sie können das nicht ganz verstehen. Olga und ich waren vor langer Zeit einmal befreundet, aber seitdem hat sich viel geändert.»

«Sie ist aber dennoch Ihre Cousine – und sie ist in großer Gefahr ...»

Viktoria blickte auf die Papiere hinunter, die ihren Schreibtisch bedeckten. «Herr Allen, halten Sie mich bitte nicht für herzlos, aber Olga hat eine Menge Leid in meiner Familie verursacht.»

«Wegen ihrer Sympathien für die Kommunisten?»

«Es kommen noch andere Dinge hinzu.» Mortimer Allen war ein Fremder, dem sie keine Erklärungen schuldete, dennoch wollte sie nicht als gefühllos erscheinen. Sie sah zu ihm auf. «Wenn

Olga im Jahr 1919 nicht hierher geflüchtet wäre, hätte Otto Tobisch sie hier nicht gesucht – und mein Vater wäre vielleicht nicht gestorben. Er regte sich damals so auf, daß er wütend aus dem Hotel rannte – und von einem Auto getötet wurde. Bis zum heutigen Tag bin ich sicher, daß Otto Tobisch in dem Wagen war, der Papa überfuhr.»

«Ich hatte keine Ahnung ... Aber trotzdem können Sie doch Olga nicht für den Tod Ihres Vaters verantwortlich machen.»

«Es war ihre Haltung danach, die mich so furchtbar aufregte. Olga zeigte absolut kein Mitgefühl. Sie schien sich weder um den Tod meines Vaters noch um den ihres Mannes zu scheren. Tatsächlich behauptete sie, daß – verglichen mit der kommunistischen Sache – das Leben einzelner nicht wichtig sei und es nicht zähle, wie viele Menschen sterben, wenn nur die Revolution siege.»

Mortimer schwieg einen Moment, dann nickte er teilnehmend. «Ja, ich verstehe, wie Sie fühlen müssen. Danke, daß Sie so offen zu mir waren.»

Nachdem er gegangen war, blieb Viktoria bewegungslos sitzen. Sie hatte Mortimer viel, aber nicht die ganze Wahrheit erzählt. Olga wußte, daß Stefan nicht Bennos Sohn war. Denn als Viktoria bemerkte, daß ihre kurze Affäre mit Peter von Biederstedt nicht ohne Folgen geblieben war, hatte sie eines Tages Olga um Hilfe gebeten. Sie hatte Mortimer auch nichts von Olgas Worten erzählt, die schließlich das Ende ihrer Freundschaft besiegelten: «Ich werde mein Kind als wahren Kommunisten aufziehen», hatte Olga gesagt, die damals schwanger war, «damit es den Platz einnehmen kann, den Reinhardt hätte ausfüllen sollen. Die Zukunft von Deutschland hängt von Kindern ab, wie ich eines in mir trage, denn sie werden die Kinder der Revolution sein.»

«Dann tut mir dein Kind leid», hatte Viktoria ärgerlich erwidert.

«Und mir tut deines leid, denn es wird mit einer Lüge aufwachsen. Eines Tages werden sich dein und mein Kind begegnen, und wir werden sehen, welches das bessere geworden ist.»

Viktoria zitterte. Noch immer sah sie den unversöhnlichen Haß in Olgas Augen, und sie wußte nicht, was sie mehr fürchtete: Olga Meyers Fanatismus oder Otto Tobischs Rachegelüste.

Weitere Titel

Die Hotel Quadriga Trilogie

Hotel Quadriga

Viktoria

Viktorias Erbe

MIX
Papier aus verantwortungsvollen Quellen
FSC® C083411
FSC www.fsc.org

Das für dieses Buch verwendete Papier ist FSC®-zertifiziert.